让-保尔·萨特

(1905 – 1980)

Jean-Paul Sartre

萨特文集
Jean-Paul Sartre

沈志明
夏玟
　主编

文论卷 I

施康强
译

人民文学出版社

JEAN-PAUL SARTRE

Textes extraits de Situations tome I
©Editions Gallimard, Paris, 1947, 2010 pour la nouvelle version :
« *Sartoris* » « A propos de John Dos Passos » « Denis de Rougemont: *L'amour et L'Occident* » « A propos de *Le bruit et la fureur*, la temporalité chez Faulkner » « François Mauriac et la liberté » « L'Homme ligoté » « Explication de *L'étranger* »

Textes extraits de Situations tome II
©Editions Gallimard, Paris, 1948, 2012 pour la nouvelle version :
« Qu'est-ce que la littérature? »

Textes extraits de Situations tome IV
©Editions Gallimard, Paris, 1964 :
« *Portrait d'un inconnu* » « L'artiste et sa conscience » « Gide vivant » « Albert Camus »

Textes extraits de Situations tome X
©Editions Gallimard, Paris, 1975 :
« Sur *L'Idiot de la famille* » « Entretiens sur moi-même »

Textes extraits de Un théâtre de Situations
©Editions Gallimard, Paris, 1973 :
« Pour un théâtre de situations » « Forger des mythes » « Brecht et les classiques » « L'auteur, l'œuvre et le public »

Simplified Chinese translation copyright
©People's Literature Publishing House 2019

All rights reserved

目　次

文论卷〔Ⅰ〕导言 ………………………………… 施康强 1

福克纳的《萨托里斯》 …………………………………… 1
关于多斯·帕索斯和《一九一九年》 …………………… 8
弗朗索瓦·莫里亚克先生与自由 ……………………… 18
德尼·德·鲁日蒙的《爱情与西方》 …………………… 38
关于《喧哗与骚动》·福克纳小说中的时间 …………… 46
《局外人》的诠释 ………………………………………… 56
被捆绑的人 ……………………………………………… 76
什么是文学？ …………………………………………… 94
　一　什么是写作？ …………………………………… 95
　二　为什么写作？ …………………………………… 120
　三　为谁写作？ ……………………………………… 143
　四　一九四七年作家的处境 ……………………… 216
《一个陌生人的肖像》序 ……………………………… 326
《艺术家和他的良心》序 ……………………………… 333
纪德活着 ……………………………………………… 348
阿尔贝·加缪 ………………………………………… 352
关于《家中的低能儿》 ………………………………… 355
七十述怀 ……………………………………………… 377

提倡一种处境剧 …………………………………… 462
铸造神话 …………………………………………… 465
布莱希特与古典主义戏剧家 ……………………… 475
作者,作品与公众 ………………………………… 479

文论卷〔Ⅰ〕导言

一

萨特兼为哲学家和作家,也是文学理论家和文学批评家。如果说他的文学创作体现了他的哲学思想,那么,文学理论和文学批评作为一种思辨活动,与他的哲学思想的关系更加密切,在某种意义上可视为他的哲学著作与文学创作的中介。

他的文学批评活动始于本世纪三十年代后期。他是最早对美国作家产生兴趣的当代法国作家之一,早期文论中有一篇评论多斯·帕索斯,两篇评论福克纳。在《福克纳的时间》里他声称:"一种小说技巧总与小说家的哲学观点相关联。批评家的任务是在评价小说家的技巧之前首先找出他的哲学观点。"时间是哲学的基本范畴,小说家的哲学观点既然体现在他的技巧上,萨特就特别注意小说家对叙述时间的处理方式。他指出,福克纳的叙述混杂过去与现在,排斥将来,这是因为对小说中的人物来说,一切该发生的都已发生了,现在什么也不会再发生,现在的一切都在过去中显示,犹如坐在疾驰的敞篷车里朝后看的人最初只看到闪烁、颤动的光点,当车子开过一段距离之后才变成清晰可辨的景色。萨特认为,这也是福克纳本人的感受:他生活在一个正在死于衰老的社会,这个社会里不可能发生变革,他因此感到窒息、绝望,相信"未来已被挡住"。然而萨特本人不以为人的时间没有未来。他指出时间是从外部加给意识的,而"意识的本性决定它自动投向未来;我们只能通过它将来是什么来理解它现在是什么,它通过自身的可能性规定它现在的存在"。所以我们不能与福克纳式的人认同,不应该用过去来解释现在和未来。存在主义哲学强调意识的能动性,在这篇评论中已经崭露头角了。

在萨特那里,自由是意识的基本属性,意识即自由,自由即意识。《弗朗索瓦·莫里亚克先生与自由》一义就是从"自由"这个特定角度出发来评论莫里亚克的小说《黑夜的终止》的。如果说他对美国作家赞不绝口,他对一般法国作家,尤其对莫里亚克却持论甚苛。莫里亚克的小说里剥夺了女主人公苔蕾丝的自由,让她听凭一种宿命力量的摆布,这是萨特不能接受的。退一步说,即便我们赞同莫里亚克的观点,认为苔蕾丝不能对自己的选择和行动负责,那么莫里亚克理应只从外部描写人物,然而莫里亚克在叙述时既位于人物外部,又置身人物内部。他使用了模棱两可的第三人称"她",有时候"她"代表女主人公本身的想法,有时候却是作者在评判"她",赋予"她"一个命运,甚至在同一句话里莫里亚克会从一种叙述角度跳到另一种叙述角度。萨特认为,这在技巧上也是不能接受的。

《〈局外人〉的诠释》已成为当代文学批评的名篇之一。萨特指出,读者读这部小说时会产生荒诞感,那是因为一方面作者描写了主人公逐日经历的现实生活,另一方面他在叙述这一现实生活时又使它变得难以辨认,如检察官在起诉书中叙述的谋杀经过,便与读者在上文读到的、从主人公默尔索的角度体验的事件完全不同。事实本无意义,是理性的叙述赋予事实以意义。因此,加缪在叙述时大量使用不相连贯的短句,避免表示因果关系与时间关系,好像现实无非是个别因素的总和,本可以还原成互不相关的因素。萨特这一分析,对于动词有时态变化,频繁使用表示因果关系和时间关系的连词的西方语言来说,倒也言之成理,对于汉语却提出一个有趣的问题。地道的汉语恰好以大量使用不相连贯的短句,省略连词为其特征(我们的连词,如"当……的时候","因为……所以……",其实都是从西方语言翻译过来的),而我们却丝毫不感到荒诞。

二

萨特首先是,并主要是哲学家。哲学家一般都喜欢构造理论体系。第二次世界大战前和战时的文学批评对萨特不过是小试锋芒而已。战后他创办了《现代》杂志,在发刊词中猛烈抨击为艺术而艺术的态度,号召作家在写作的时候履行他作为人的责任,通过他的作品对当代各个重大问题做出回答。这个主张引起一场论战,促使他于一九四七年在《现代》上分期连载他的文学理论著作《什么是文学?》。从抽象到具体,从一般到特殊,从关于文学本质的思考到一九四七年法国作家的具体任务,这一著作构成萨特独特的文学理论体系。为了行文的方便,我们先介绍其内容,然后再做评论。

在《什么是文学?》的第一章《什么是写作?》中,萨特开宗明义声明从不要求绘画、雕刻、音乐也介入,至少不要求这些艺术门类以与文学同样的方式介入。艺术家在颜色和声音上下功夫,作家则用文字做表达工具,与意义打交道。但是有必要区分散文与诗。散文①是符号的王国,诗却站在绘画、雕刻、音乐这一边。诗与散

---

① 萨特所指的散文,是相对于韵文而言的一切文字,不仅包括小说、戏剧、评论,也包括政论和学术性著作,如卢梭的《民约论》、孟德斯鸠的《法意》。

文的区别在于它不以与散文同样的方式使用文字,甚至可以说诗不但不使用文字,它反而是为文字服务的。诗人不把语言看作工具,他把文字看成物而不是符号。诗的本质是非功利性的;诗人与语言的关系,犹如画家之于颜色,音乐家之于旋律。诗的意境不能离开诗句本身来解释,如同一幅画或一首乐曲的意境不能离开颜色或旋律纯用语言来解释一样。既然如此,人们不能要求诗人也介入,正如不能要求画家、雕刻家、音乐家介入一样。但是散文作家与诗人不同。对于散文作家,文字首先不是客体,而是客体的名称。首先要知道的不是这些文字本身是否讨人喜欢,而是它们是否正确指出世上某一东西或某一概念。不管是我们自己还是别人在使用语言,语言总是行动的某一特殊瞬间,离开这个行动(语境)人们就不能理解它。因此人们有权利问散文作家:你为什么目的而写作?如果词被组成清晰的句子,必定是作者决定向其他人提供自己获得的结果,因此在每个场合都应该质问他之所以做出这个决定的理由。

　　文字是语言的记录,而语言、说话也是一种行动方式:"任何东西一旦被人叫出名字,它就不再是原来的东西了,它失去了自己的无邪性质。如果你对一个人道破他的行动,你就对他显示了他的行为,于是,他看到了他自己。由于你同时也向所有其他人道破了他的行为,他知道自己在看到自己的同时也被人看到……这以后,他又怎么能照原来的方式行动呢?或者出于固执,他明知故犯,或者他放弃原来的行动。"①因为说话、写作便是揭露,因为散

---

① 下面萨特举《巴马修道院》中莫斯卡伯爵、法布里斯和他的姑姑吉娜·桑塞维利纳公爵夫人的三角关系为例。莫斯卡目送马车载着法布里斯和桑塞维利纳远去时说了一句话:"万一爱情这个词在他们之间冒出来,我就完了。"法布里斯与吉娜之间其实已发生了爱情,但是他们自己没有意识到。只要他们自以为这不过是姑侄之间的温情,就不致逾越界限。一旦说穿,他们势必真的相爱,莫斯卡本人对吉娜的爱情就没有希望了。

文作家选择了揭露作为行动方式,于是要向他提出一个问题:你要揭露世界的哪一个面貌?你想通过这个揭露给世界带来什么变革?这正是第二章《为什么写作?》所要回答的。

各种各样的理由驱使作家从事写作,但是"在作者的各种意图背后还隐藏着一个更深刻、更直接、为大家共有的抉择"。世界诚然是客观存在的,但是世间万物只有通过人的意识,才能显现自身。人揭示了世界,然而对于世界而言,人不是重要的,因为单个的人总要消失,而世界始终存在。人不满足这种情况,他需要感到自己对于世界而言是重要的,这便是艺术创作最深层的动机。但是作者单独一人不可能完成作品,作者创造作品的过程和方式不同于读者阅读作品的过程和方式。需要有一个人们称之为阅读的具体行为,作品才算完成。在一部作品的生产过程中,创作行为不过是一个不完备的、抽象的瞬间。"精神产品这个既是具体的又是想象出来的客体,只有在作者和读者的联合努力之下才能出现。只有为了别人,才有艺术;只有通过别人,才有艺术。"

"既然创造只能在阅读中得到完成,既然艺术家必须委托另一个人来完成他开始做的事情,既然他只有通过读者的意识才能体会到他对于自己的作品而言是主要的,因而任何文学作品都是一项召唤。"那么作家向什么发出召唤呢?阅读是一个自由的行为。一方面,读者随时可以把书本撂下来,他之所以读下去,是因为他自由地信任作者;另一方面,读者的感情不受外在现实的制约,它以自由为永恒的源泉;不是书中的人物打动读者,而是读者把自己的感情赋予这些人物,使他们获得生命。所以作者是向读者的自由发出召唤,让它来协同产生作品。"作家为诉诸读者的自由而写作,他只有得到这个自由才能使他的作品存在。但是他不局限于此,他还要求读者把他给予他们的信任再归还给他,要求他们承认他的创造自由,要求他们通过一项对称的、方向相反的召唤来吁请他的自由。"于是出现阅读过程中的另一辩证矛盾:"我们越是感到我们自己的自由,我们就越承认别人的自由;别人要求于我们越多,我们要求于他们的就越多。"因此,写作是求助于别人的意识以便使自己被承认为对于存在的整体而言是主要的。既然作者在写作时承认了读者的自由,既然读者在阅读时承认了作者的自由,所以不管人们从哪个角度来看待艺术品,后者总是对人们的自由表示信任的一个行为。作家作为自由人诉诸另一些自由人,他只有一个题材:自由。

然而这只是理想条件下的情况。实际上作家在他自己身上和他的读者身上遇到的都是"陷在泥淖中的""有待于打扫干净的自由"。作者和读者在一定历史环境中生活,他们都有历史性,同样出力创造历史。通过书本,在他们中间形成一种历史接触。写作与阅读是同一历史事实的两个方面,每本书都使人们从个别异化中得到具体的解放。作者和读者的自由互相寻找、彼此影响。作者在选择世界的某一面貌的同时决定了他的读者对象,在选择他的读者对象的同时决定他的题材。

作家与读者的关系始终是萨特思考的焦点。在第三章《为谁写作?》中,他考察作家与读者关系变化的历史。他认为作家不事生产,是由统治阶级养活的。写作就是揭露,如果读者在被揭露的真相面前感到羞耻,揭露便会引起变革。但是,一般说,统治阶级委托给作家的任务是由作家为他们提供一幅他们能够接受的肖像,因此作家的工作便与养活他们的人的利益相违背。这一冲突在客观上表现为"保守力量或作家实际上的读者群与进步力量或作家潜在的读者群之间的对抗"。作家"内心负疚"的原因正在于此。

如果不存在一个广泛的潜在读者群,这个冲突便趋于消弭。如在十二世纪,神职人员专门为神职人员写作。这个时期,文学与统治阶级的意识形态一致,作家心安理得。十七世纪,在一个更大的范围内,实际上的读者群与潜在的读者群相一致。十七世纪作家的读者是上流社会的全体成员,后者在文学上都是行家。古典主义作家与他们所处的社会非常融洽,他们批评越轨的思想和行动,而不批评统治阶级的意识形态。他们相信人性不变,认为古代作品提供的典范是不可超越的,所以他们着意刻画人的心理活动,努力使"正人君子"从他们的情欲中解放出来。

十八世纪为法国作家提供了历史上唯一的良机:有史以来第一次,一个实际上的读者群——处于上升时期但政治上受压迫的资产阶级形成积极的公众,他们要求作家为他们阐明他们的历史作用。同时,作家仍旧受到贵族阶级的拉拢。这个时期的贵族阶级对自身价值的信念已开始动摇。于是作家对于宫廷、教会、城市(资产阶级)都持有某种程度的独立性;他置身于冲突之上,享有真正的作家的自主性。十八世纪作家在追求舆论自由的时候实际上体现了资产阶级的需要,因为资产阶级虽然强大,却没有政治自由,在法律和其他领域没有平等权利。因此,百科全书派作家写作的目的不是使"正人君子"从他们的情欲中解放出来,而是赋予人以政治自由。"不管作家本人的意愿如何,他向他的资产阶级读者发出的召唤总是鼓动他们起来造反;他同时向统治阶级发出的召唤,是吁请他们保持清醒,对自己做批判反省,放弃他们的特权。"宗教改革以来,历史上第一次有一些作家在公共事务中起到巨大的作用。

资产阶级一旦实现了他们的目的,作家就觉得自己在很大程度上被剥夺了存在的理由,失去了他的特权地位。十九世纪资产阶级的思想是功利主义的,它要求作家为它服务。这与真正的文学是不相容的。有些作家同意为资产阶级服务,大部分人拒绝了。这个拒绝把文学引向一个前所未有的局面:从一八四八年到一九一四年,作家原则上是为了反对他的读者群而写作。作家本可以转向另一个新兴阶级——无产阶级,但是除了个别例外,作家们都不愿意从自己出身的阶级降下来。他们将要去保卫的形式自由(思想、言论自由)与无产阶级的要求没有共同之处,因为无产阶级希望的是改善他们的物质处境。

但是十九世纪后半期作家与资产阶级的决裂是象征性的。资产阶级养活了作家,作家知道自己是为他们写作的,但又不愿意知道这一点,如同资产阶级拒绝承认社会上存在阶级一样,作家拒绝问自己,他到底为谁写作。他乐意相信他是为自己,为上帝写作的。活着的时候,他为同调者写作。于是在某种程度上,在当时的"文社"里重新出现由内行的读者们组成的公众,作家再一次为同行们写作。另一方面,作家觉得自己与过去的大作家们有一种神秘的默契,自诩为他们的知音,希望身后能加入他们的行列,同享不朽的盛名。作家试图模仿贵族的"非功利主义态度",效法他们过纯消费者的生活。为艺术而艺术、巴那斯派、福楼拜的现实主义、象征主义,便是这种态度的表现。

萨特引用上述事例来说明,在不同的历史时期,作家们的自由位于什么处境。他认为,自由的一个本质性的和必然的属性是它位于一定的处境之中。"如果说,文字的本质确实是自由发现了自身,并且愿意自己完全变成对其他人的自由发出的召唤,那么同样确实的是,各种形式的压迫在向人们掩盖他们是自由的这一事实的同时,也为作家们掩盖了这一本质的全部或部分。"那么文学在什么样的社会里才能实现它的"纯粹本质"呢?

萨特认为,当一种文学对自己的自主性没有明确意识,听命于某一意识形态,把自己看作手段而不是不受任何条件限制的目的时,这种文学便是被异化的文学;当一种文学对自身的本质还没有取得完全的认识,仅以形式上的自主为原则而视作品主题为无关紧要时,这种文学便是抽象的文学。文学在十二世纪既是具体的又是被异化的,它通过否定性(对既存秩序持争议、异议)解放自己,进入抽象阶段。"更确切地说,它在十八世纪变成抽象的否定性,然后到十九世纪末和二十世纪初变成绝对否定。"

作家在原则上是为所有人写作的,但是事实上仅有一小部分人读他的作品。理想的读者群与实际上的读者群之间存在着差距,作家因而只能达到一种抽象的普遍性。与此相对应的是具体的普遍性,即"生活在某一社会的所有人的整体"。这个具体的读者群向作家提出巨大的疑问,等待作家的回答。但是只有在无阶级的社会里公众才能自由地提问,作家才能自由地回答。只有在无阶级的社会里,文学才能成为真正的人学,才完全意识到它自身。"它将懂得,形式与内容,读者与主题都是一致的,说的形式自由与做的物质自由是互为补充的,人们应该利用其中的一项去要求另一项;它将懂得当它最深刻地表达了集体要求时,它就最好地体现了主体性,反之亦然;它将懂得它的职能是向具体的普遍性表达具体的普遍性,它的目的是呼唤人们的自由,以便他们实现并维持人们自由的统治。"

对历史的回顾和对未来的展望固然是萨特为建立他的文学理论体系必定要顾及的两个环节,然而他关心的却是眼前。上面全部论证都是为了解答最具体、最迫切的问题:一九四七年作家位于什么处境之中?他拥有什么样的读者群?他能写什么?想写什么?应该写什么?

在第四章《一九四七年作家的处境》中,萨特把二十世纪法国作家分为三代:第一代在一九一四年前已经成名,他们多半依附资产阶级。第二代活跃在两次世界大战之间,他们深受第一次世界大战的刺激,对现实持否定态度。超现实主义者是他们的代表。不过他们的否定性不是黑格尔的否定性,因为他们只顾破坏,不顾建设。第二代作家中有一部分人,他们的出身和拥有的读者群使他们接近激进社会党的观点,他们为平庸的读者描写平庸的生活,不能使自己的作品达到这个悲剧时代的高度。

第三代于第二次世界大战前开始写作。萨特把他本人归入这一代。他们具有敏锐的历史感,不像老辈作家那样依附资产阶级,与第二代也有所不同。这是因为,在纳粹统治下,每个人随时随地都有被捕、受刑、被处死的可能。如果你顶得住严刑拷打,你就是人人敬仰的英雄;如果你屈服,你就成为万众唾骂的叛徒。当代人就这样发现了自己的历史性。

第二次世界大战后的情况与第一次世界大战后不同。第一次世界大战后,社会上物资富足,人们拼命享乐。第二次世界大战后,欧洲变为一片废墟,百业凋敝。人们努力生产,把消费降到最低限度。这个时期的文学希望自己成为一个"生产社会"的自由意识。"如果说否定性是自由的一个面貌,那么建设是它的另一个面貌。我们时代的悖论在于,建设性的自由从未如现在那样接近于产生对自身的意识,而同时,可能它也从未如现在那样被异化。"作家的任务已经摆明了:"就文学是否定性而言,文学将对劳动的异化提出抗议;就它是创造和超越而言,它将把人表现为创造性行动,它将伴随人为超越自身异化,趋向更好的处境而做的努力。"如果说过去时代的文学是消费文学,那么现在正在出现一种生产文学、实践文学。

二十世纪作家希望能在压迫阶级与被压迫阶级之间占据类似十八世纪作家在贵族阶级与资产阶级之间的位置:"被压迫者与压迫者都是他的读者,他为被压迫者做证反对压迫者,他从内部和外部向压迫者提供形象,他与被压迫者一起意识到压迫,他出力构成一个建设性的革命的意识形态。"但是,这在马克思的时代还办得到,今天却行不通了:正当作家们发现实践的重要性时,他们的读者群却消失了。

一七八〇年,只有贵族阶级有意识形态及政治组织,资产阶级处于被压迫地位,既无政党,也无明确的意识。作家批评君主制和宗教,向资产阶级介绍几个以否定为重要内涵的概念,如自由和政治平等;他这样做的时候就直接在为资产阶级服务了。一八五〇年,资产阶级成为压迫阶级,有系统的意识形态,无产阶级则处于无组织、未觉醒状态。作家本可以直接诉诸工人,但是他错过了这个机会。在这两个时期,文学的本质与历史形势的要求相一致。但是今天一切都颠倒了:"压迫阶级失去了它的意识形态,它们的自我意识动摇了,它的堡垒不再分明,它敞开自己,它呼吁作家前来救援。被压迫阶级则受到一个政党①的拘束,被一种严格的意识形态搞得举止生硬,它变成一个封闭性社会:人们不复不通过中介就与他沟通。"

一方面是作家通过艺术发现了自由的两个方面(否定性与创造性的超越)。另一方面,一九四七年的工人寻求在解放自身的同时解放所有的人。两者于是发生关系:"就工人是被压迫者而言,文学作为否定性能反映他的愤怒的对象;就工人是生产者和革命者而言,他是一种实践文学的最好题材。"因此,"文学的命运与

---

① "一个政党"指法国共产党。

工人阶级的命运是联在一起的"。不幸在法国,法共把工人与作家隔开,并追随苏联的政治,而苏联在"革命出了故障"的现阶段,保卫的不是革命利益,而是它自身的国家利益。艺术品作为绝对目的,它在本质上反对资产阶级的功利主义,与共产党的功利主义也无法调和。作家不可能在资产阶级与共产党两者之间做出选择。作家只能在共产党提出反映被压迫阶级愿望的要求的时候,支持共产党反对资产阶级;当资产阶级某些开明人士承认精神性同时既是自由的否定性又是自由的建设性的时候,作家又应该支持他们而反对共产党;当一种保守的、决定论的意识形态与文学的本质相矛盾时,作家应该同时反对资产阶级和共产党。这就是说,"我们有读者,但没有读者群"。

三

以上是萨特在《什么是文学?》中阐述的理论的大概。第一章《什么是写作?》和第二章《为什么写作?》直逼美学的堂奥,第三章《为谁写作?》涉及历史哲学,又是从作家和读者的关系这一特定角度审视的法国文学史,第四章《一九四七年作家的处境》带有强烈的政治色彩(萨特当时在政治上想走中间道路,在反对资产阶级的同时也不断批判共产党)。"自由"作为存在主义哲学的核心概念贯穿全书的哲学思辨。

存在主义哲学意义上的自由,不是说人可以随心所欲,为所欲为,而是说人在每一件事情上,或者用存在主义术语来说,人在每一个处境中,都要根据自己的判断做出决定,或这样做,或那样做;没有任何原则应该先验地指导他的判断:如果他推诿于某种原则,那是他对自己掩盖了自己的自由,所以人要对自己的行为负完全责任。问题在于,任何哲学在介入人生时,都会遇到伦理学问题。萨特说:"我们是孤独的,得不到辩解。我说人命定是自由的,指的正是这个意思,说命定,因为人不是他自己创造出来的,然而在另一方面他又是自由的,因为他一旦投入世上,他就要对自己的所作所为负责。"①人的行动果真得不到辩解,因而也不需要辩解的话,那么他只要敢于承担自己的责任,岂非就不必受任何伦理标准的约束?既然如此,为什么作为普遍原则的哲学意义上的自由同时又是作为行为标准的伦理意义上的自由呢?萨特这样回答问题:"我们为了自由而要求自由,通过每个特殊的场合要求自由,而其他人的自由也取决于我们的自由。诚然,自由作为人的定义而言,并不取决于他人。但是一旦发生了介入行为,我就被迫在要求我自己的自由的同时要求其他人的自由。只有当我把其他人的自由当作目的的时候,我才能把自己的自由当作目的。"②这段话轻而易举地,但是并不令人信服地从哲学层面飞渡到伦理层面。在《什么是写作?》里他先是论证作者与读者相互承认对方的自由,然后提出作家只能从自由的角度去介绍世界,因此他必须反对任何奴役;这一过渡同样不是很明显的。伦理学也许是存在主义哲学的"误区"。他在《存在与虚无》的结尾许诺要写一部伦理学,但始终没有完成。马克思主义认为:自由不是绝对的,是对客观规律的认识。生活经验也证明,任何人在一定处境中做出选择时不可能不考虑现实提供的有利或不利条件,他在行动中得到社会的助力或者同样来自社会的阻力,他的自我设计蓝图最终能否实现不是全凭他的个人意志。从反对资本主义社会对人的异化这个角度来看,强调自由选择有其一定的积极意义,但是过分夸大个人的

---

①② 萨特:《存在主义是一种人道主义》。

主观自由,就会陷入唯意志论和非理性主义。

另一个问题纯属文学理论:文学是否有独立的本质?如果有,这个本质是否就是自由?马克思主义的文艺理论认为文学是意识形态的组成部分,而意识形态作为上层建筑的组成部分既适应又不适应于一定的经济基础。文学作品或直接反映社会现实,或体现某一社会集团的意识形态,也就是说,它没有独立的本质。如果说文学有它自身的发展规律,这指的是文学体裁的发生、进化规律和艺术规律,不是说文学是一个有自身命运的、先验的存在。萨特却认为文学以自由为本质,这个本质在历史中展开,历史本身的发展经常与这个本质相忤,偶尔也与它相一致(十八世纪)。为使文学不再受到异化,为了实现文学的本质,就要改变社会,消灭阶级,因为只有在无阶级的社会里文学才能意识到它自身。

在这里,萨特把文学和社会的关系完全颠倒过来:不是文学去反映社会,反映历史的过程,而是社会和历史将要去适应文学的本质;文学要致力于"改变周围的社会",但是归根结底改变社会是为了解放文学自身。这套理论不由使人想起黑格尔的客观唯心主义。自由作为人的定义和文学的本质,在萨特的体系中的地位有点类似黑格尔哲学中的绝对理念。在黑格尔那里,绝对理念在逻辑阶段作为抽象的、纯粹逻辑的范畴而运动、发展;在萨特那里,文学在历史之前、历史之外,便以自由为本质。绝对理念在自然阶段采取了异于自己的自然的、物质的形式;文学在阶级社会中被异化,失去或不能完全实现自己的本质。绝对理念在精神阶段由于它的主动性和创造性战胜了被动的、无力的物质、自然,摆脱了异化的形式,恢复到同它自己相适应的精神形式;文学通过否定性解放自己,从异化(十二世纪)到抽象的否定性(十八世纪),再经由绝对的否定(十九世纪末和二十世纪初)到既有否定性又有建设性(1947),最终将在无阶级社会里充分实现它的本质。似乎萨特是借助一个先验哲学模式来建立他的文学理论的,为了体系的完整,就难免削足适履。其次,这套理论全部以法国文学史上的现象为立论根据,缺乏普遍性,用以解释其他国家的文学史确实凿枘难入。

从仓颉造字鬼神夜哭的传说到清朝末年与周树人、周作人兄弟同在东京留学的诸暨蒋观云的"文字收功日,全球革命潮",文字在中国人的传统思想中具有魔力。西方思想史上也有类似的传统。"逻各斯"的本义为语言,《圣经》中的"太初有言"也可译作"太初有道"。萨特认定"写作就是揭露,揭露就是改变",赋予文字——语言的载体——以如此崇高的使命和如此巨大的威力,本有其思想渊源。但他似乎太抬举文学了。广义的散文史上,有过给社会带来巨大变革的作品,如萨特不止一次提到的卢梭的《民约论》,又如他没有提到的《共产党宣言》。然而"批判的武器"毕竟不能代替"武器的批判"。文学可以号召、推动人们去改变世界,但是它不能代替改变世界的行动;创立一种"实践文学"或"整体文学"不等于建立一个无阶级的、非异化的社会。在资本主义社会以及以前的阶级社会里,或者说在自由被异化的社会里,不仅有起揭露作用的写作,也有起掩盖作用的写作。有为被压迫者呼吁的文学,也有为压迫者帮忙或帮闲的文学,如全部"消费文学"和"旨在奉承阿谀、献媚取宠"的坏小说,或许还有一种中性文学。萨特认为消费文学和坏小说因为违背了文学的本质,所以不是好的文学,但总不能因此否定这类文学的存在。在这种情况下,写作不是揭露,而是掩盖。如果说揭露就是变革,那么掩盖就是维持现状。

萨特一方面过分重视写作的社会效果,另一方面,在文学内部,他却认为唯有散文具有揭露和变革的功能,而诗与绘画、雕刻、音乐一样,不是功利性的。这既表现他的理论的不彻底性,也说明他没有深入到各种艺术现象的本质。关于音乐的非介入性,日后他在《〈艺术家和他的良心〉序》(1950)中做了进一步阐述,在他生命的最后几年还打算写一篇文章发挥这一观点。然而对于诗的非介入性,他似乎一开始就意识到这是他的体系的薄弱环节,人们很容易以比如说抵抗运动诗歌为例来反驳他的论点。于是他在《什么是写作?》文末特地写了一条长注,声明他指的是当代诗歌。他认为诗的目的是创造人的"神话",而散文的目的是画出人的"肖像"。资本主义社会一味讲求功利,把人当作手段而不是绝对目的,人在社会上成就越大,就越丧失自己的本性。诗人为了恢复人的纯洁性,故意只看到人的事业的失败。诗人要指出,人即便失败了,他也比压垮他的一切更有价值。"诗歌是输家反而成了赢家。为了能赢,真正的诗人选择了诗,至死无悔……他确信人的事业完全失败,并且安排自己在生活中失败,以便用他的个别失败来为人类普遍的失败做证。"可见萨特只是把"真正的诗人"从其他诗人中区分出来:"真正的诗人"不能介入,介入的诗不是真正的诗。这和他说的散文作家以自由为主题,作品若不以自由为主题,便违背了文学的本质,因而不是好作品一样,更多地是回避问题,而不是正面解答问题。

四

一九六〇年萨特发表《辩证理性批判》,在该书第一部分《方法问题》中概括了他对马克思主义的看法。萨特认为,马克思主义是当今世界不可超越的哲学,而存在主义只是一种意识形态,一种寄生的思想体系。但是存在主义需要在马克思主义提供的框架里保持自己的独立性,因为马克思主义在当今世界已经僵化了,停止发展了。当代马克思主义者忽视每个人的具体实在,满足于用普遍、一般的真理去分析具体的单个的人,把人一开始就当作成年人。因此萨特认为有必要引入精神分析方法,回溯到人的童年以便完整、正确地理解他成年之后的思想和行为。在这个基础上,萨特创立了他自己的辩证法,即"前进—逆溯法"或称"存在精神分析法",并以《包法利夫人》的作者福楼拜为例具体应用这一方法。后来他还写了一部卷帙浩繁的研究福楼拜的专著《家中的低能儿》。

概括说,"前进—逆溯法"就是从社会整体到个人和从个人到社会整体结合起来的方法。这种方法主张个人第一性,社会第二性。就个人属性来说,它主张心理、生理属性为第一性,社会属性为第二性。一个人的生活计划是在童年形成的,如研究福楼拜就必须回溯到他的童年时代及其当时的家庭关系,然后才谈得上应用前进的方法(马克思主义的方法)一环扣一环地重建历史的整体化运动。①

我们不妨也用这个方法去研究萨特本人,好在他为我们留下一部自传:《文字生涯》。他说自己不到四岁就能识字读书,不久就模仿别人的著作写小说,被家人视为神童。他的外祖父是新教徒,外祖母信天主教,每天在饭桌上彼此嘲弄对方的信仰。早慧的孩子在一旁听着,得出自己的结论:两种宗教都没有价值。萨特失去信仰,七八岁时就产生对死亡的恐惧,于是他把对永生的渴望转

---

① 更详细的介绍可参见杜小真著《一个绝望者的希望——萨特引论》,第158—160页,上海人民出版社1988年。

化为对写作的嗜好,指望通过文学事业而永垂不朽。"当我以为自己献身于文学的时候,实际上我接受了神职。"①"我把文字和它们的名称混为一谈:这便是信仰。"②他曾相信文学有一种神秘的力量:"我把文字看成事物的本质。"③在本书的结尾,他这样总结自己的文字生涯:"我长期以来把我的笔当作一柄剑:现在我明白我们无能为力。"

因此,《什么是文学?》中认为写作就是说出事物的名称,就是揭露,就是变革,这个想法的根源可以追溯到萨特的童年。文学对于萨特来说一直具有奇妙的功能,所不同的是,到一九四七年这种功能从个人层面转移到了社会领域。萨特不再像中国的儒家那样认为立言与立德、立功一样可以不朽,但他认为文字可以直接改变社会。他在一九四七年提倡"实践文学"或"整体文学"时,西欧物质匮乏,还是他所谓的"生产社会"。五十年代西欧经济开始复苏、繁荣,后来进入充分意义上的"消费社会"。另一方面,政治活动和社会活动的经验使他领悟到笔不是剑,文字不是事物的本质。那么他应该怎样重新看待"介入文学"理论呢?要么他放弃"介入文学"的主张,要么给它一种新的解释。萨特选择了后一种做法。

一九六三年在列宁格勒举行了"东西方当代小说讨论会",会上对文学介入时代的问题展开热烈的讨论。萨特和法国新小说派理论家罗伯-格里耶参加了这次会议。罗伯-格里耶对介入问题早就有他自己的看法:"让我们把介入这个概念唯一可能对我们具有的意义归还给它吧。介入不应该是政治性的。对于作家来说,介入就是充分意识到他使用的语言当前遇到的问题,确信这些

---

①②③　参见萨特《文字生涯》。

问题极其重要,决心从内部来解决这些问题。"①在赴列宁格勒前夕,他进一步明确自己的观点:"对世界提出质问,只能通过形式来进行,而不能通过某一含义不明的社会或政治趣闻。文学对革命施加影响,但是这种影响的方式是不可预料,不可估计的。"②苏联作家在发言中强调形式与内容是一致的:"形式是由艺术家的实际目的决定的。这个目的是他要抵达的港口,每个严肃的作家都应该事先预见到他的目标。"③萨特在会上的发言既不同于苏联作家,也不同于罗伯-格里耶,他说:"一部小说,这是一个整体的人的作品……如果一部小说不是整体小说,那就不是好小说。卡夫卡写了薄薄几本书,只谈论小资产阶级的特殊问题。但是如果人们深入阅读这些书,他们就会发现一部现代新小说始终应该力求达到的那种整体……文学是否如人们所说的那样介入,这一点无关紧要,文学必然通过今天一个人的整体而介入。而今天一个人的整体便是,举例来说,我们都可能死于原子战争这一事实。这不等于说作家必须谈论原子战争;这是说,当一个人害怕自己像耗子一样死去的时候,如果他满足于写关于鸟的诗,他就不可能是完全真诚的。"④这以后,他在巴黎以《文学能做些什么?》为题做了一次演讲,发挥了上述论点:作家若要反映"整体",就要在作品中关注威胁着人类的灾难。"不过这种关注不一定非要在作品里以被叫出名称来的现实的形式得到表现,有时候甚至最好不要这样做。"⑤

---

① 罗伯-格里耶:《提倡一种新小说》。
②③ 《费加罗文学报》(1963年2月23日),转引自本杰明·苏尔:《作为文学批评家的哲学家萨特》,第228页。大学出版社,巴黎,1971年。
④⑤ 《费加罗文学报》(1963年2月23日),转引自本杰明·苏尔:《作为文学批评家的哲学家萨特》,第228、229页。大学出版社,巴黎,1971年。

显然,他已经从一九四七年的激进立场大大后退了。后来他研究福楼拜,认为这个曾经一再遭他谴责的"整体解脱"的典型,其实也介入了他的时代。萨特当然有一番解释:

> 如果人们从表面上看他写的作品:这时出现的是整体解脱,但是人们后来看到他在第二个层次上介入了,不管怎样我要把这个层次叫作政治层次。这里说的是那个曾经,举例说,辱骂巴黎公社社员的人,一个大家知道是业主和反动派的人。但是如果人们停留在这个看法上,人们就对福楼拜不够公道。为了真正把握他,就应该一直走到那个深层的介入,他企图借以拯救自己一生的介入。重要的是福楼拜在另一个层次上彻底介入了,即便这一层次的介入意味着他在所有其他地方都采取了理应受到谴责的立场。文学介入,这归根结底就是承担全世界,承担整体……把宇宙作为一个整体,其中有人,然后从虚无的观点解释它,这是一种深层的介入,这不是简单的在"承诺写书"意义上的文学介入。

在另一个场合,他给文学和介入分别下了定义:"人生在世,他的各种形象环绕着他。文学是一面批判性的镜子。显示,证明,表现:这就是介入。"在这个意义上,散文与诗、音乐、绘画、雕刻都以同样方式介入了:"……诗与散文艺术首先变成批判艺术:马拉美管他自己的诗叫'批判诗'。写作就是对全部文学提出质问。今天亦然。在绘画、雕刻、音乐上,情况是相同的:全部艺术介入单独一个人的历险;它在寻找自己的界限,开拓自己的疆域。但是写作不可能在带有批判性的同时不对它身上的那个一切提出质问:这才是写作的内容。"[①]

[①] 萨特:《关于我自己》,《处境种种》第九集第31页。参见同书第15页:"如果文学不是一切,它就一钱不值。我说的'介入'就是这个意思。"

就这样,《什么是文学?》中那种有自觉政治内容的、公开的、狭义的介入,变成福楼拜式的无明确政治内容的、潜在的、广义的介入。萨特的话也许不太好懂,一位中国批评家评论沈从文的一段文字倒是可以用来相互说明:"其实,政治是生活里的东西,在阶级社会里,它虽非生活的全部,但却在生活中广泛地渗透。一个真正忠实于反映现实生活的作家是不会,也不可能使自己作品的内容完全脱离政治的。沈从文并不例外。前面我们已指出,他笔下二三十年代的湘西,正是苦难中国的一角。不过,他不属于'席勒式'的作家,他成熟时期的作品,是更倾向于'莎士比亚化'的。"①

五

萨特作为作家的声望,主要来自他的戏剧创作。除了写剧本,他还有一套戏剧理论,称自己写的剧本为"处境剧",大力提倡处境剧。存在主义的自由,其实指的是人在每种处境中都有选择的自由。如果说"介入文学"理论高扬自由,处境剧理论则强调处境,二者相辅相成。

萨特认为:"伟大的悲剧,无论是埃斯库勒斯还是索福克勒斯的,或者是高乃依的,都以人的自由为主要动力。俄狄浦斯是自由的,安提戈涅和普罗米修斯也是自由的。人们自以为在古代戏剧中看到的宿命力量不过是自由的反面。情欲本身是坠入自己设置的陷阱中的自由。"而所谓处境,并非复杂的情节。"如果人在某一特定处境中真正是自由的,如果他真的在这个处境中并且通过

---

① 刘一友:《桃李不言,下自成蹊》,见《沈从文研究资料》上集,第300页。

这个处境选择自己，那么应该在戏剧中表现一些单纯的人的处境，以及在这些处境中选择自身的自由……处境是一种召唤；它包围我们；它向我们提出一些解决方式，由我们去决定。为了使这个决定深刻地符合人性，为了使它能牵动人的总体，每一次都应该把极限处境搬上舞台，就是说处境提供抉择，而死亡是其中的一种。于是自由在最高程度上发现它自身，既然它同意为了确立自己而毁灭自己。因为只有达成全体观众的一致时才有戏剧，所以必须找到一些人所共有的普遍处境。你把一些人置于这类既普遍又有极端性的处境中，只给他们留下两条出路，让他们在选择出路的同时做自我选择：你能这样做就赢了，剧本就是好的。"

与处境剧相对立，"性格剧"主要关心性格分析和性格交锋。萨特与他引为同道的法国剧作家不相信人有共同的、一经形成就一成不变的"人性"。戏剧应该表现人的价值体系、道德体系和观念体系的对峙，而不是研究性格冲突。如在阿努依的《安提戈涅》中，安提戈涅被表现为一个自由的女人，她在选定自己的性格特征之前无性格可言，她在确定以死亡为自己的自由的那一瞬间，才完成自己的选择。在西蒙娜·德·波伏瓦的《白吃饭的嘴巴》里，沃塞尔市市长犹豫不决，不知应该用牺牲一半居民（老弱妇孺）为代价来解救他被围困的城市呢，还是努力保全全体居民而甘冒全城生灵涂炭的风险。剧本展示他的焦虑，而他最终做出的决定与他的性格无关。"我们想用一种处境剧来代替性格剧，我们的目的在于探索人类经验中一切共同的情境，在大部分人的一生中至少出现过一次的情境。我们剧本中的人物区别不是懦夫与吝啬鬼的区别或吝啬鬼与勇士的区别，而是行为之间的分歧和冲突，权利和权利之间可以怎样发生冲突。"另一方面，处境剧也与萨特理解的现实主义戏剧唱反调，因为后者"总是喜欢表现外部力量怎样压垮一个人，粉碎他，最终把他变成一个随风转动的风标"。

在表现手法上，萨特要求剧本朴实无华，从一开始就表现情境即将达到顶点的那个确切时刻，没有必要详细描述某一性格或某一情节的微妙演变过程。剧本简洁、强劲，围绕单一的事件展开，上场人物不多，台词使用日常语汇。

总而言之，这是一种具有强大张力的、严峻的戏剧。萨特提倡处境剧，与法国生活在四十年代末五十年代初的严峻性是一致的。法国在第二次世界大战中被搞得精疲力尽，解放并不意味回到富裕生活；人们要求很高，但是只有厉行节约才能生存下去。萨特并非没有意识到处境剧理论本身的处境，即其时代、地域特征，无意把它奉为戏剧创作的金科玉律。他本人创作的剧本的成功，也与它们发表上演的时代有密切关系。他曾自问这类剧作在物质条件优越的国家（指当时的美国）能否得到人数更多的观众。反过来，我们或许有理由认为，在物质条件不够优越，并为重大的权利冲突困扰的社会里，处境剧理论仍有其一定意义。

施 康 强

福克纳的《萨托里斯》[1]

过了一段时期,好的小说就会变得与自然现象完全相似;人们忘了它们有一个作者,人们像接受石头或者树木一样接受它们,只因为它们就在那儿,因为它们存在着。《八月之光》就是这一类密封的作品,一种矿石。但是人们不能接受《萨托里斯》,正是这一点使得这本书变得宝贵:福克纳在这本书里藏头露尾,人们到处发现他的手,他的伎俩。我明白他的艺术的主要动力乃是不诚实。当然任何艺术都是不诚实的。一幅画中的远景总是虚假的。但是既有真正的画,也有所谓"逼真"的画。

《八月之光》里的人——我想的是福克纳的人,就像人们说陀思妥耶夫斯基的人或梅瑞狄斯[2]的人一样——这头既有神性又不信上帝的野兽,从出生那一天起就已沉沦,并且不遗余力地使自己堕落,他残忍却又讲道德,在杀人时也不忘道德;在临死前的瞬间终于得救——不是被死亡拯救,也不是在死亡中得救——他在遭受苦刑,在他的肉体蒙受最难堪的侮辱时仍不损其伟大:我不作任何批评就接受了这个人;我没有忘记他那副高傲的、咄咄逼人的暴君的面孔,他那双视而不见的眼睛。我在《萨托里斯》里又找到这

---

[1] 本文译自《处境种种》第一集,法国加利马出版社1973年版。
[2] 梅瑞狄斯(1828—1909),英国小说家,诗人。

个人,我认出了巴耶德的"阴沉的傲慢"。然而我却再也不能接受福克纳的人:这不过是逼真的布景。这是一个照明强度问题。有一个秘诀:不说穿,保守秘密,或者不忠实地保守秘密——稍微透露一点。人们悄悄告诉我们说,老巴耶德被他的孙子不期而归闹得惊惶不安。悄悄地用半句很可能不被觉察的话,而且人们希望这半句话几乎不被觉察。这以后,正当我们期待暴风雨来临时,人们却让我们看到一些用长时间精细描述的动作。福克纳并非不知道我们急于知道下文,他指望我们这种迫不及待的心理,但他故意不推进故事,偏偏若无其事地唠唠叨叨叙述人物的动作。别的作家也有唠叨的:如现实主义者德莱塞①。但是德莱塞的描写意在传授知识,它们具有文献性。而在这里,动作(穿靴子、登楼梯、上马)的目的不在描绘,而在于掩盖。我们窥伺着那个将泄露巴耶德内心恐慌的动作:但是萨托里斯家的人从来不喝醉酒,从来不会做出足以泄露自己内心的动作。他们好比偶像,其动作犹如带威胁性的礼仪,但是这些偶像也有意识。他们说话,有思想,也会激动。福克纳知道这一点。他不时不经意地为我们揭示某个人的意识。不过他好比魔术师,只在盒子里空洞无物时才把盒子打开给观众看。我们看到什么呢?除了我们可以从外部看到的东西:一些动作之外,一无所有。要不然我们就是看到一些解除了束缚,正在坠入梦乡的意识。然后又是一些动作:打网球、弹钢琴、喝威士忌酒,谈话。我不能接受的正是这一点:一切都致力于使我们相信这些意识无论在什么时候总是那样空空洞洞,那样躲躲闪闪。为什么我不能接受呢?因为意识是人类特有的东西。阿兹特克诸神之间不会娓娓清谈。但是福克纳很清楚意识不是空洞的,也不可

---

① 德莱塞(1871—1945),美国作家,《美国的悲剧》的作者。

能是空洞的,他太清楚这一点了,所以他写道:

> ……她再次努力什么都不去想,使她的意识完全淹没,像人们把一只小狗按在水中,直到它不再挣扎为止。

只不过他没有告诉我们,在这个人们想淹死的意识里面有什么东西。这倒不是说他存心隐瞒:他希望我们能猜出来这里面有什么东西,因为被猜出来的东西会有一种魔力。我们想对福克纳说"动作太多了",就像人们对莫扎特说"音符太多了"一样。词儿也太多了。福克纳滔滔不绝的词锋,他那种布道师式的抽象、高妙、拟人化的风格,这一切仍是障眼法。这种风格使日常生活的动作变得滞重,使它们带上史诗般的华美而又不胜这种华美的重负,终于像铅制的小狗一样直沉海底。这都是故意的:福克纳追求的,正是这种既富丽堂皇又令人作呕的单调,这种日常生活的礼仪、动作,这就是充满厌烦的世界。这些有钱人不事生产却又无处消遣,体面却又没有文化,离不开他们的土地,既是他们的黑奴的主人又是奴隶,他们活得腻烦,试着用动作填满他们的时间。但是这种腻烦(福克纳是否总能明确区分他的作品的主人公们的腻烦和他的读者们的腻烦?)仅是外表,是福克纳用来对付我们,也是萨托里斯家族用来对付他们自己的防卫手段。真正的腻烦,这是社会秩序,是一切可以看到、听到、触及的东西那种单调的萎靡不振:福克纳笔下的景物和他的人物同样感到腻烦。真正的悲剧在背后,在腻烦、动作和意识的背后。突然一下子,行动像流星从悲剧深处涌现。一个行动——总算发生了某件事情,带来某一信息。但是福克纳还要使我们失望:他很少描写行动。这是因为他遇上又躲开了小说技巧上的一个老问题:行动构成小说的主体;人们精心安排伏笔,后来当行动发生时,它们就像铜器一样光洁,极其简单,从我们的手指缝里滑走。关于这些行动人们不需要再说什么了,只消直呼其名就够了。福克纳不说出这些行动的名称,他不谈论它们,借此暗示它们有无数个,非言语所能表达。他只指出行动的结果:一个老人死在座椅上,一辆汽车翻倒在河里,水面上露出两条腿。这些结果静止不动、粗暴、结实、严密的程度堪与行动的躲闪性媲美,它们在日常生活动作织成的稠密的细雨中出现,摊开,无可改变,不可解释。然后这些猜不透的暴力将变成"故事":人们将说出它们的名字,解释它们,讲述它们。所有这些人,所有这些家族都有故事。萨托里斯家的人肩负着两次战争、两个系列的故事的重荷:老祖宗巴耶德死于南北战争,约翰·萨托里斯在一九一四年战争中丧生。故事出现又消失,口口相传,与日常生活的动作一起拖沓。它们不完全属于过去,倒不如说它们是一种超级现在。

"和平时一样,老福尔斯把约翰·萨托里斯的阴魂带进房间……约翰既然已不受时间和肉体的羁绊,便形成比这两个定期相会,彼此冲着对方重听的耳朵大声嚷嚷的老人更明显的存在。"这些故事给现在带来诗意,使现在具有宿命性:"宿命的不朽性和不朽的宿命性。"福克纳的主人公们用故事铸造自己的命运:通过这些精细的、偶尔经过几代人加工美化的叙述,一个叫不出名字的、被长期掩埋的行动向别的行动打招呼,使它们着迷,吸引它们,犹如尖端吸引雷电。这里体现出文字、故事阴险的力量,但是福克纳不相信这类咒语:"……原先只是两个莽撞、冒失的男孩子被自己的青春活力弄得晕乎乎,盲目出走,后来却变成勇敢和壮美的顶峰,甚至被人说成是两个英勇地自甘沉沦的天使通过改变事件的进程……为种族的历史增光添彩……"他决不会完全上当,因为他知道这些故事的价值,因为是他在讲故事,因为他和舍伍德·安德森①一样,是"讲故事者,说谎者"。只不过他梦想这样一个世界,那里的故事都有人相信,那里的故事真的会对人们产生影响:他的小说描写的就是他梦想的世界。我们知道《喧哗与骚动》和《八月之光》应用的"杂乱技巧",即过去与现在不可分地相互纠缠。我以为在《萨托里斯》里找到了这一技巧的双重起源:一方面,是不可遏制的讲故事的需要,为了插进一个故事不惜把最紧急的行动停下来——我以为这是许多抒情小说家的特点;另一方面,是一半真的相信,一半想象故事有魔法般的力量。但是他在写作《萨托里斯》时技巧未臻完善,因此他在从现在过渡到过去,从动作过渡到故事时显得很笨拙。

所以,这就是他介绍给我们、要求我们接受的人:这是个捉不到的人;人们不能通过他的动作抓住他,因为这些动作不过是个幌子,也不能通过他的故事抓住他,因为这些故事都是假的,更不能通过他的行动抓住他,因为他的行动是不可描绘的闪电。然而,越过行为和词句,越过空洞的意识,这个人却存在着,我们预感到一个真正的悲剧,某种可以辨认的、足以解释一切的性格。那么这到底是什么呢?这种族的或者家族的缺陷,阿德勒②的自卑感,还是被压抑的力必多③?或此或彼,视故事与人物而异;福克纳本人往往不明说。再说他也不太关心这一点:对他来说,更重要的毋宁是这个新人的本性:这个本性首先是诗意

---

① 舍伍德·安德森(1876—1941),美国作家,著有《讲故事者的故事》等。
② 阿德勒(1870—1937),奥地利精神病学家,设计了一种灵活的支持性心理疗法,以指导有自卑感的情绪障碍患者达到成熟,成为对社会有用的人。
③ 力必多(Libido),弗洛伊德所创造的心理学名词,原指与性冲动有关的生理能量,后又指爱本能或生存本能。

的和神奇的,它矛盾重重,但隐而不露。我们可以通过其心理表现把握这个"本性"(能用别的名词称呼它吗?),它是心理存在的构成部分;它不完全属于无意识,因为受它驱使的人似乎往往可以转过身来面向它、观察它。但是另一方面,它却是像厄运一样一成不变的,福克纳的主人公一出娘胎就带着这个本性,它像岩石一样顽固,它是物。亦物亦精神,一种藏在意识背后的固态的、不透明的精神,一种以光明为本质的黑暗:这才是地道的有魔力的物体;福克纳的人物中了魔法,一种令人窒息的妖术气氛包围着他们。这正是我上文说的不诚实:像这样着魔是不可能的,甚至不能想象的。所以福克纳用心避免让我们具体想象这种魔法:他的全部手段仅用来暗示它们。

他是否完全不诚实呢?我不认为。或者说,如果他说谎,那是对他自己说谎。《萨托里斯》里一段有趣的文字为我们提供了区分他的谎言和真诚的钥匙:

"你的亚伦们和萨巴蒂尼们①话说得太多,还有那个老德莱塞,谁也没有他那么多话要说,谁也不像他说得那么费劲。"

"但是他们含蓄,"她解释说,"莎士比亚不含蓄。他说出一切。"

"这我明白,他对细微的差别不敏感,也不善于含蓄。换句话说,他不是一位绅士。"他委婉地说。

"是的……这正是我想说的。"

"所以,必须含蓄,才能当绅士。"

"哟,你可真叫人头疼。"

---

① 亚伦,萨巴蒂尼,均为当代作家。

模棱两可的,无疑也是讽刺性的对话。因为纳西撒算不上聪明,何况迈克尔·亚伦和萨巴蒂尼都是蹩脚作家。不过我觉得福克纳在这段对话里透露了许多有关他自己的东西。如果说纳西撒的文学趣味可能不高,相反她的直觉却是很准的,她凭直觉选择了巴耶德,一个有秘密的人。霍拉斯·班波喜欢莎士比亚可能是对的,但是他软弱、饶舌,他说出一切:他不是一个男子汉。福克纳喜欢的人,如《八月之光》里的黑人,巴耶德·萨托里斯,《押沙龙》里的父亲,都很含蓄;他们缄口不语。福克纳的人道主义大概是我们唯一能接受的东西:他恨我们那种四平八稳的良知,我们那种工程师式的唠唠叨叨的良知。但是他是否知道他笔下那些伟大、阴郁的人物徒有其表?他是不是受到自己的艺术的捉弄?光是把我们的秘密驱逐到无意识里对他来说还不够:他梦想在意识中间有一个绝对的黑暗区域,希望我们自己在我们身上造成一个绝对黑暗区域。沉默,在我们身外,也在我们身上的沉默,这是一种极端的清教徒斯多噶主义不可能实现的梦想。他是否对我们撒谎?他一个人的时候在做些什么?他会不会勉强忍受自己太富于人性的良知那滔滔不绝的饶舌?这还有待了解。

一九三八年二月

关于多斯·帕索斯和《一九一九年》[①]

大家都说:一部小说是一面镜子。但是读小说又是怎么一回事呢?我以为这是跳到镜子里面去。人们一下子就置身于镜子的另一边,与看上去很面熟的人和物待在一起。但是这些人和物只是似曾相识而已,实际上我们从来没有见过它们。而我们自己的世界里的事物却被赶出去,变成反映了。你合上书,跨过镜子的边缘,回到这个诚实不欺的世界,重逢楼房、花园和一些对你无话可说的人;在你背后重又合上的镜子平静地反映着它们。这以后你会赌咒说艺术是反映;最乖巧的人甚至会说艺术好比哈哈镜。多斯·帕索斯[②]有意识地利用这一荒谬、执拗的幻觉把我们引向反抗。他做了一切必要的事情使他小说只是一种反映,他甚至披上民粹主义的驴皮[③]。这是因为他的艺术不是无所为而为的,他意在证明。可是他的做法很奇怪:他把这个世界,我们居住的世界展示给我们看。仅仅是展示,不加解释和评论。他不去披露警察局的圈套,石油大王推行的帝国主义政策和三K党的内幕,也不

[①] 本文译自《处境种种》第一集。法国加利马出版社1976年版。
[②] 多斯·帕索斯(1896—1970),第一次世界大战后美国"迷惘的一代"的主要小说家之一。《一九一九年》是《美国》三部曲的第二部。第一部为《北纬四十二度》,第三部为《赚大钱》。
[③] 驴皮,典出法国作家佩罗的童话:一名公主为了逃避父亲对她的不正当爱情,远离家乡,白天披上丑陋的驴皮,晚上恢复原来的盛装。

去无情地描绘贫困。他要让我们看的东西我们已经见过,而且我们最初的印象是,我们看到的样子正是他要让我们看到的样子。我们一上来就认出这些没有悲剧因素、富裕但是闷闷不乐的生活;这成千上万人的遭遇正是我们自己的遭遇,他们的遭遇刚勾出轮廓就告流产,立即被遗忘,永远重新开始,不留痕迹地滑过去,从来不让当事者承担责任,直到有那么一天,某个遭遇本来和其他遭遇没有差别,突然之间好像是由于手脚失灵或者是弄虚作假,在使当事人从此永远感到恶心的同时,不经意地毁坏了某一运行机制。多斯·帕索斯正是通过描绘太为我们熟悉的这些外表——我们自己可能以同样的方式描绘它们,我们每个人都与它们相安无事——使这些外表变得无法忍受。他使那些从未愤怒的人感到愤怒,使那些从未害怕的人感到害怕。是不是他变了一套魔术?我朝周围看:人、城市、船舶、战争。原来刚才的一切都不是真的:它们有一种淡淡的暧昧、不祥的神情,像在噩梦中所见的一切。连我对那个世界的愤怒,我也觉得它不无暧昧:它只是远看好像另一种愤怒,一条社会新闻足以引起的愤怒:我位于镜子的另一边。

  多斯·帕索斯的仇恨、绝望和高傲的轻蔑都是真的。但是,正因为这一点,他的世界不是真的:这是一个被创造的物体。我不知道还有什么作品——福克纳和卡夫卡的作品也在内——具有比这更伟大、更隐蔽的艺术。我也不知道还有什么世界比这离我们更近、更宝贵、更打动人:这是因为多斯·帕索斯取材于我们的世界。但是没有一个世界比他的世界更遥远、更奇怪;多斯·帕索斯只发明了一件东西:一种讲故事的艺术。但是这就足够创造一个世界了。

  人们生活在时间里,人们在时间里起作用。小说与生活一样,在现在展开。完成时态仅在表面上被小说采用;应该带着审美距离把它看成一种现在时,一种舞台手段。小说里的情节未成定局,因为小说里的人是自由的。情节在我们眼皮底下展开;我们的急躁、无知和期待与主人公的急躁、无知和期待是相同的。记叙则反其道而行之,费尔南德斯①指出记叙是用过去时进行的。但是记叙提供解释:与生活的次序相吻合的年代次序背后,隐约可见为理性准备的因果次序;事件不触及我们。它位于事实与规律的正中间。多斯·帕索斯的时间是他独特的创造:既非小说,又非记叙。或者不妨说,这是历史的时间。使用完成时和未完成时并非为了遵循语法:乔或者伊芙琳的遭遇的真实性在于这些遭遇已成过去。一切都好像以某人在回忆的口气来叙述:"狄克小时候从未听人说起过他爸爸……"。"那年冬天,伊芙琳只想着一件事:上美术学院……""他们在维哥待了半个月,这期间当局对他们的身份百般挑剔,他们简直受够了……"小说里的事件是一个未被叫出名字的存在:关于它人们说不出任何内容,因为它正在发生;人们可以让我们看到有两个人走遍全城寻找他们的情妇,但是人们不告诉我们他们"没有找到她们",因为这不是事实:只要还有一条街、一家咖啡馆、一座房子没有查看过,这还不能成为事实。在多斯·帕索斯的作品里事件首先得到一个名称,骰子已经掷出去了,像我们记忆里的事情一样:"格仑和乔在岸上只待了四个小时,未能找到玛瑟琳和萝萝。"事实被围上显明的轮廓线,去思考它们正是时候。但是多斯·帕索斯从来不去思考它们:哪怕只是一瞬间,我们也不能在年代次序下发现因果次序。这不是记叙,这是一个智力低下、记忆里有许多空白的人结结巴巴地回忆过去,用几句话带过整整几年,然后在一件微不足道的小事上再三流连。这和我们真

---

① 费尔南德斯(1929—?),法国作家。

实的记忆完全一样,大处落墨的壁画和工笔画彼此混杂。这样做倒也不乏立体感,不过产生立体效果的地方看似偶然,其实都是精心安排的。再往前走一步,就与《喧哗与骚动》里那个白痴有名的独白如出一辙了。不过这后一种做法仍是理性化,用非理性来暗示一种解释,让读者在这一片混乱后面预感到一种弗洛伊德式的秩序。多斯·帕索斯及时止步。幸亏他这样做,过去的事实得以保留现在的鲜味;它们在流放中仍是它们有一天,在唯一的一天曾经是的东西:色彩、声响和情欲不可解释的骚动。每个事件都是一个熠熠生辉的孤独的物,它不是任何其他物的衍生,它突然出现了,加到其他物上头:它是不可缩减的。对多斯·帕索斯来说,记叙就是做加法。所以他的文体显得松散:"还有……还有……还有"。令人不安的重大外表、战争、爱情、一个政治运动、一场罢工无不逐渐消隐,碎裂成无数可以并排放在一起的小摆设。他这样写停战:"十一月初就传闻要停战了,然后突然有一个下午,伍德少校一阵风似的冲进伊芙琳和伊丽阿诺合用的办公室,让她们放下工作,一边拥抱她们一边叫喊:'总算盼到了!'伊芙琳还没弄清是怎么一回事,发现自己竟与摩耳豪斯少校接上吻了。红十字会的办公室变得像足球队旗开得胜那天晚上的大学宿舍:这就是停战。突然一下人人都拿出考涅克酒,齐声唱起'有条长长的盘山路'或者'玛德隆对我们不厉害……'"这些美国人看战争就跟法布利斯①看滑铁卢大战一样。只要我们动动脑筋,作者的意图和手法都很明显。不过需要我们合上书本,动脑子去想。

情欲和动作也是物。普鲁斯特分析它们,把它们与以前的状态相联系,于是它们就成为必然的。多斯·帕索斯要保留它们作

---

① 法布利斯,斯丹达尔的小说《巴马修道院》中的主人公之一。

为事实的性质。只允许说："是这么回事：那个时期理查是这样的，另一个时期他又是一个样子。"爱情、决定都是以自身为轴心旋转的大球。我们至多能在人物的心理状态与外部情景之间发现某种契合，某种类似色彩配比关系的东西。我们也许会猜疑到某些解释是可能的。但是这些解释显得轻飘、琐屑，犹如张在一片硕大的红花上的蜘蛛网。然而我们在任何地方都没有感到小说特有的那种自由，而是多斯·帕索斯以其细节非前定论强加给我们一种不愉快的印象。行动、感情、想法突然在一个人物身上出现，安顿下来，然后离开他，而人物本身在这里起不了多大作用。不应该说人物承受这些行动、感情、想法，他只是见到它们——谁也不能为它们的出现指定一些规律。

然而它们都是曾经存在的。这个无规律可循的过去是不可逆转的。多斯·帕索斯在讲故事时有意把历史放在前景，他要让事情已成定局。马尔罗①在《希望》里说过类似的话："死亡的悲剧意味在于它把生命变成命运。"多斯·帕索斯在他的书一开头就以死亡为基点。所有他描绘的人生都已经封闭。它们犹如柏格森式的记忆，肉体死亡后仍在某一阴阳界游荡，有声、有味、有光，但是没有生命。这些谦卑、模糊的人生，我们老觉得它们犹如命运。我们自己的过去绝不是这样的：我们没有一个行动是我们今天已不能改变其价值和意义的。但是多斯·帕索斯拿给我们看的这些美丽的、花花绿绿的物件在它们耀眼的色彩底下却有某种僵化如石头的东西：它们的意义已被固定。请闭上眼睛，试着回想你自己的过去，试着以这种方式回想过去，你会喘不过气来的。多斯·帕索斯想表达的，正是这种窒息感。资本主义社会里的人没有生命，

---

① 马尔罗（1901—1976），法国作家，曾任法国文化部部长。

他们只有命运。这一点，他不在任何地方明说，但他到处让我们感觉到。他悄悄地、审慎地反复暗示这一点，直到我们终于渴望砸烂我们的命运。我们于是成了反抗者；他的目的就达到了。

镜子后面的反抗者。因为现实世界的反抗者要求改变的不是这一点：他要求改变人们当前的状况，这个正在逐日形成的状况。用过去时讲述现在，这样做是耍了一个花招，创造出一个奇特又美丽的世界，五官固定犹如狂欢节最后一天的面具，但是一旦它真的成为活人脸上的长相，它就变得狰狞可怕了。

那么，像这样从小说开始到结尾抽丝般展开的回忆到底是谁的回忆呢？乍一看，似乎是主人公们的回忆，是乔、狄克、费蕾特、伊芙琳的回忆。这在不止一个场合是正确的。一般说，每当人物是真诚的，每当他具有不管何种形式的充实性的时候，我们读到的是他自己的回忆："他做完工作就回家，筋疲力尽，浑身酸痛，在有草莓香味的巴黎曙色中回忆起一双眼睛，被汗水浸湿的头发，收缩的、沾满油腻和凝固的血块的手指……"但是叙述者往往与主人公不完全吻合：叙述者说的话不一定全是主人公的话，不过我们感到他们之间有一种默契，叙述者从外部叙述，就像主人公愿意别人代他叙述那样。由于这种默契，多斯·帕索斯不跟我们事先打招呼就使我们完成他期待的过渡：我们突然一下被安置在一个可怕的记忆里，每一个回忆都使我们感到踉跄。这个使我们犹如身处异域的记忆既不是作者的，也不是他的人物的：它好像是一个合唱队在回忆，这个合唱队好用格言警句，又与作者和人物站在同一立场："尽管如此，他在学校的成绩很好，教师们很喜欢他，尤其是英语教员梯格尔小姐，因为他很有教养，能不失分寸讲些闲话，引得大家哄堂大笑。这位英语教员肯定他确有英语作文的天赋。有一年圣诞节，他给她寄去一部他自己写的关于三王来朝圣婴耶稣的短诗剧,她就宣告他有天赋"。叙述到这里有点拿腔作势,人们告诉我们的关于主人公的事情变成庄重地向公众发布的消息:"她宣告他有天赋。"这句话没有伴随任何评论,但它引起一种集体的共振。这是一份宣言。确实如此,往往当我们想了解他的人物的思想时,多斯·帕索斯却以彬彬有礼的客观态度把人物的宣言告诉我们:"费莱德……宣称出发前夜他一定玩个痛快。一旦上了前线,他可能被打死,那时候可就晚了。狄克回答说他很乐意和娘儿们聊天,不过她们的生意经味道太重,叫他恶心。埃德·斯库依勒外号法国佬,完全是欧洲人的做派,他说街上的女孩子们太幼稚了。"我打开一份《巴黎晚报》,读道:"本报特派记者报道:查理·卓别林宣布他杀死了夏洛。"我恍然大悟:多斯·帕索斯用报上的宣言的文体来转述他的人物的全部话语。霎时间,这些话语就与思想脱离关系,变成纯粹的话语,变成应该如行为主义者那样照原样记录下来的简单反应,何况多斯·帕索斯有时高兴起来也向行为主义讨教。但是语言同时取得一种社会重要性:它是神圣的,它变成格言。得到满足的合唱队会想:狄克脑子里装着什么无关紧要,只要他说出这句话就行了。主要的是这句话被说出来:它来自远方、别处,它并非在他身上形成的,在他还没有说出这句话的时候,它已是一个神气活现、理应避讳的响声了;而他无非是把自己表示肯定的力量借给它罢了。好像在一个常见的语言和场合的天宇,我们每个人只消从中摘取现成的词句便能应付一切情境。也存在一个动作的天宇。多斯·帕索斯佯装把动作当作纯粹的事件、单纯的外表,作为一头动物的自由运动展示给我们看。其实这仅是表象:他在描绘这些动作时,实际上采用了合唱队和公众舆论的观点。狄克或者伊丽阿诺没有一个动作不是宣言,不是伴随着表示赞许的轻声低语:"在尚蒂依他们参观了古堡,给水濠里的鲤鱼喂食。他们在树林里坐在橡胶垫子上用午餐。J.-W.说他最讨厌野餐,问大家为什么即便是最聪明的女人也无一例外总想组织几次野餐,这番话把大家都逗乐了。午餐后,他们一直走到桑利斯去看战争期间被德国枪骑兵毁掉的房屋。"这难道不像地方报纸上刊登的退伍军人聚餐会纪事?在动作不断缩小,最终变成一层薄膜的同时,我们突然发现它是起作用的,就是说它使做动作的人承担责任,它是神圣的。对谁而言是神圣的?对于"大家"的卑污的意识,对于海德格尔①所谓的 das Man②。进一步说,这个意识是谁使它诞生的?当我阅读的时候,是谁在代表这个意识?是我自己。为了理解词句,为了赋予各个段落以意义,我首先必须采取这个意识的观点,必须成为随和的合唱队。这个意识只是因为我才得以存在;没有我,就只剩下白纸上的黑斑点。但是正当我就是这个集体意识的那个瞬间,我想与它分开,用法官的观点审视它:也就是说我想与自身份开。多斯·帕索斯巧妙地让读者感到的那种耻辱和不安的根源正在于此。我违背自己的意愿成为这个意识的同谋——其实我是否真的违背自己的意愿我自己也不太清楚——既创造又拒绝禁忌;然后我又在自己心中反对自己,革自己的命。

反过来,我却十分厌恶多斯·帕索斯的人物。他们的意识只在一秒钟内向我展示,这时间刚够让我看到他们是些活的动物,然后他们就无休止地展开由他们程式化的宣言和神圣性的动作组成的织物。在这些人物身上,断裂不发生在里与外、意识与肉体之间,而是产生在某一个别的、羞答答的、间歇性的、不善用语言表述

---

① 海德格尔(1889—1976),德国存在主义哲学家。
② 海德格尔的哲学术语,本义为"人家""别人",特指一种失去真性,以别人的是非为是非的存在方式。

的思想的嗫嚅与集体表象的黏黏糊糊的世界之间。这个手法多么简单,多么有效:只要用美国新闻报道的技巧去讲述某个人的一生,人生就如萨尔茨堡的盐矿里的树枝一样结晶,取得社会意义。社会小说最棘手的向典型过渡的问题也就同时得到解决。再也不必给我们介绍一名典型的工人,不必如尼赞在《安东·勃洛瓦叶》里所做的那样,杜撰一个正好代表成千上万个人生的精确平均值的人生了。相反,多斯·帕索斯可以专心致志表现一个人的一生的特殊性。他的每个人物都是独一无二的;每一人物遇到的事情只有他本人才摊得上。这样做没有什么妨碍,因为社会性已经比任何特殊情况在他身上留下了更深的印记,因为社会性就是他。于是,越过各种命运的偶然性和细节的偶然性,我们隐约看到一种比左拉的生理必然性和普鲁斯特的心理机制更灵活的秩序,一种婉转的、温柔的压迫,它似乎放开它的牺牲品,让它们走开,然后又在它们不知不觉中重新把它们抓住:这是一种统计学的决定论。这些人沉溺在自己的生活里,他们得过且过,他们挣扎,他们遇上的事情不是事先就被决定的。然而他们最凶狠的暴力,他们的错误和他们的努力都不影响出生、结婚、自杀的规律性。气体对于容器内壁的压力不取决于组成这一气体的各个分子的个别历史。

我们始终处在镜子的另一边。昨天你见到你最好的朋友,你向他表达了你对战争的强烈仇恨。现在请你试着用多斯·帕索斯的方式为你自己讲述这次谈话:"于是他们要了两杯啤酒,说战争是可恶的。保尔宣布他宁可干其他一切也不愿去打仗,而冉说他们很高兴彼此看法一致。保尔在回家路上决定今后与冉更经常地见面。"你马上会讨厌你自己。但是你用不了多长时间就会明白,你不能不用这种口气谈论你自己。不管你多么缺乏诚意,至少你体验着你的不真诚;你独自一人打这张牌,你不时以连续的创造来延长这一不真诚的存在。然而,即便你让集体表象黏住你的手脚,你首先必须亲身体验到集体表象就是个人教育自己的职责。我们既非机器,又没有着魔;我们的处境更糟:我们是自由的。我们不是整个儿在外部,就是整个儿在内部。多斯·帕索斯式的人是一个杂种。既在外又在内。我们和他在一起,我们就在他身上,我们和他动摇的个人意识一起生活,可是突然一下这个意识顶不住了,它变弱了,它溶化在集体意识里了。我们跟着它进入集体意识,当我们不注意的时候我们突然又被排挤在外。镜子后面的人。奇怪、可鄙却又令人眩惑的创造物。多斯·帕索斯从这两种境界之间的永恒往返得出美丽的效果。我不知道有比乔的死亡更动人心魄的文字:"乔打发掉两个'蛙人',倒退着走到门口,此时才看见镜子里有个穿工作服的大个子双手举起一个酒瓶正向他的脑袋砸去。他想转身,但已来不及了。酒瓶砸碎了他的头骨,于是一切告终。"直到酒瓶敲开头盖的时候,我们一直和他一起置身在里面。这以后,我们马上出来了,和合唱队一起进入集体意识:"于是一切告终"。没有比这更能让人感到什么是毁灭了。随后人们翻过的每一页书讲的都是别人的意识和一个没有乔照样存在的世界,这每一页书都像加在他尸体上的一锹泥土。不过这是在镜子后面发生的死亡:实际上我们把握的只是虚无的外表。真正的虚无不能被感受,也不能被思考。关于我们真正的死亡,我们永远不能说出什么来,我们之后的任何人也说不出什么来。

多斯·帕索斯的世界与福克纳、卡夫卡和斯丹达尔的世界一样是不可能的,因为它是矛盾的。但是正因为这一点它是美的:美是一种掩盖之下的矛盾。我认为多斯·帕索斯是当代最伟大的作家。

一九三八年八月

弗朗索瓦·莫里亚克先生与自由①

　　小说给人的不是物,而是物的符号②。光凭这些符号,即指示虚空的文字,怎么能建立一个站得住脚的世界呢?斯塔夫罗金③从哪里得到生命呢?如果人们认为他从我的想象力得到生命,那是错的:当我们对着文字遐想时,文字在我们头脑中唤起一些形象,但是当我阅读时,我不在遐想,我在期待。不,我没有想象斯塔夫罗金,我在等他,我等待他的行为,他的历险的结局。当我阅读《群魔》时,我搅拌的那个稠密的材料是我自己的等待,是我的时间。因为一本书无非是一小堆干燥的纸张,或者是一个正在运动中的巨大形式:阅读。小说家逮住这个运动,引导它,改变它的方向,他把它变成他的人物的实质;一部小说是一连串阅读行为,一连串寄生的小生命,每一个小生命的持续时间不超过跳一场舞的时间,它依靠读者们的时间而膨胀,而养活自己。但是,若要使我的不耐烦、我的无知的延续时间被逮住,被塑造加工,最后被当作这些杜撰的人物的血肉之躯介绍给我自己,小说家必须善于引其

---

① 本文译自《处境种种》第一集。
② 我在下面提出的看法也适用于作者的近作,如《美蒙娜》或《俯视》。但是莫里亚克先生在写作《黑夜的终止》时明言要探讨自由问题,所以我宁可从这本书里找例证。——作者原注
③ 陀思妥耶夫斯基的小说《群魔》中的人物。

入殓,他必须利用供他支配的符号,在他的书里用阴文刻画出一个与我的时间相似的时间,在这个时间里未来悬而未决。如果我猜到主人公未来的行动已经被他的遗传因素,被社会影响或某一其他机制所预先规定,我的时间就会退回到我身上。于是只剩下我一个人面对一本静止的书,只有我在阅读,在时间中存在。你愿意赋予你的人物生命吗?请你给他们自由。问题不在给情欲下定义,更不在解释它们(小说里最好的心理分析也尸气扑鼻),而是仅在于展示情欲和不可预料的行为。罗戈任①将要做的事情,我和你都不知道;我知道他要去见他有罪的情妇,然而我猜不到他将克制自己,或是在盛怒之下动手杀人:因为他是自由的。我附在他身上,于是他就带着我的等待等待他自己,他在我身上害怕他自己:他活着。

我在准备读《黑夜的终止》②时产生一个想法:基督教作家由于他们的信仰的性质使然,最适合写小说。因为宗教的人是自由的。天主教徒至高无上的宽恕精神可能叫我们恼火,因为他们这种态度是学来的。如果他们当小说家,宽恕精神却能帮上大忙。小说人物和基督教徒作为不确定性的中心虽有性格,却躲开自己的性格;他们超越本性而得到自由,即便他们屈服于本性,那也是出于他们的自由。他们可能陷入心理齿轮的啮合之中,但是他们永远不会是机器。甚至基督教关于罪的概念也与小说体裁的一项原则严密对应。基督教徒犯罪,小说主人公必须犯过失:如果不是因为错误的存在——人们不能抹掉过失,只有赎罪——向读者披露了时间的不可逆性,主人公如此充实

---

① 陀思妥耶夫斯基的小说《白痴》中的人物。
② 本书有周国强的中译本,收入《爱的沙漠——莫里亚克选集》,湖南人民出版社,1983年版。

的时间延续就会失去紧迫感,而正是紧迫感赋予艺术品以必然性和残酷性。所以陀思妥耶夫斯基是基督教小说家。他不是小说家和基督徒,像巴斯德是基督徒和科学家一样:他是为基督效力的小说家。

莫里亚克先生也是基督教小说家。他的书《黑夜的终止》企图在最深处触及一个女人的自由。他在该书序言里说,他试图描写"分配给受厄运压迫最深重的人们的力量,对压得他们喘不过气来的法则表示否定的那股力量"。我们于是被带到小说艺术和信仰的中心。然而,我得承认我掩卷时感到失望;没有一刹那我曾被攫走,没有一刹那我曾忘记我的时间。我依然存在,我感到自己活着,我打了哈欠,有时我说:"演得不错!"我想得更多的不是苔蕾丝·德斯盖鲁,而是莫里亚克先生,他为人精细、敏感、狭隘,既审慎又不知羞耻,有善意但缺乏常性,感情冲动时倒也凄怆动人,此外他还有一种辛酸的、怯生生的诗意,痉挛性的文体和突然冒出来的俗气。为什么我既不能忘了他,又不能忘了我自己呢?基督教徒写小说的天赋又到哪里去了?应该回到自由这个问题上来。莫里亚克先生把自由当礼物送给他的女主人公,他用什么手法让我们发现这个自由呢?

苔蕾丝·德斯盖鲁诚然在与自己的命运抗争。所以她有两重性。她的一部分被禁锢在本性里,我们可以说:她本是这样的,如同石头是石头,木柴是木柴一样,但是她的另一部分逃脱了描写和定义的框框,因为这一部分是虚空。只要自由接受本性的制约,宿命的统治立即开始。只要她拒绝本性,只要她去爬坡,苔蕾丝·德斯盖鲁就是自由的。表示否定的自由,至少是不表示赞同的自由("对他们唯一的要求是不要甘心地忍受这个黑夜")。笛卡儿式的自由,无边无际,无可名状,叫不出名字,也不受命运支配,"永远重新开始",它唯一的力量是赞同,但它也是至高无上的,因为它可以拒绝赞同。至少这就是我们在序言里瞥见的那个自由。那么我们是否将在小说正文里找到它呢?

打一开头就应该说:这个悬在半空中的意志更多的是悲剧性的,而不是小说性的。苔蕾丝在她本性的冲动和意志的抬头之间彷徨,使人想到罗特鲁①的四行诗节,但是真正的小说冲突应是自由和它本身的冲突。在陀思妥耶夫斯基的作品里,自由在它的源头就已经中毒了;它越是努力挣脱束缚,束缚勒得更紧。德米特里·卡拉马佐夫的骄傲易怒与阿廖沙的内心平静同样是自由的。德米特里与使他窒息的本性抗争,但是这个本性不是上帝为他造成的,而是他自己为自己造成的,是他发誓要成为的,而且由于时间的不可逆性而固定下来的那个东西。在这个意义上,阿兰②说性格就是誓言。我们在读莫里亚克先生的作品时——可能这正是他的长处——会遐想有另一个苔蕾丝,她应该更能干、更伟大。话说回来,这个自由与本性的斗争因其历史悠久及不悖正统而被世人认可:这是理智与情欲的斗争,是在想象力作用下与肉体结合但又反抗肉体欲望的基督徒的灵魂。我们姑且接受这一主题,即便它显得虚假:只要它是美的也就不必深究了。

只不过,苔蕾丝应该与之斗争的这个"宿命",是否仅是她的习性对她的决定力量呢?莫里亚克先生把这叫作命运。我们不应把命运和性格混为一谈。性格仍是我们自己,这是各种阴柔的力

---

① 罗特鲁(1609—1650),法国戏剧诗人,其剧中人经过一番斗争后,最终往往接受命运的安排。
② 阿兰(1868—1951),法国哲学家、散文家。

量的集合,这些力量潜入我们的意愿,不知不觉中把我们的努力从原来的目标引开,转到同一个方向上去。蒙杜侮辱了苔蕾丝①,苔蕾丝大怒。此时莫里亚克写道:"这一回才是她在说话,是这个……准备应付一切诬蔑中伤的苔蕾丝。"这里涉及的确实是苔蕾丝的性格。但是下文不远,苔蕾丝极为恶毒地反唇相讥②之后,当她离他而去时,我读道:"这发自一只有把握的手的打击,帮助她衡量了自己的力量,意识到了自己的使命。"是什么使命?我于是想起序言里的话:"那种毒害和腐蚀的天赋力量"。就这样命运出场了,它包裹、超越性格,它在本性内部,也在莫里亚克先生有时流露卑劣心理的作品里,代表超自然的力量。这是某种法则,不受苔蕾丝的意志左右,从她的行为脱离她的那一瞬间起,它就制约它们,把它们无一例外——甚至动机最善良的行为——引向凶险的后果。我们想起一个仙女施加的惩罚:"你一张嘴,嘴里就会跳出癞蛤蟆。"如果你不信上帝,你对这种魔法莫名其妙。但是信教的人很理解它,说到底,它难道不是另一种魔法,即原罪的表现形式吗?当莫里亚克先生作为基督徒谈论命运时,我同意他是严肃的。当他作为小说家谈论命运时,我却不能追随他了。苔蕾丝·德斯盖鲁的命运由两个因素组成,一方面是她的性格的缺陷,另一方面

---

① 苔蕾丝·德斯盖鲁曾因企图毒死丈夫贝尔纳·德斯盖鲁而被送上法庭。贝尔纳顾及家族面子,收回起诉,但从此与苔蕾丝分居。《黑夜的终止》开始时,苔蕾丝独居巴黎,女儿玛丽从乡下老家突然来找她,说她与乔治的亲事遭到乔治家人反对,要求母亲帮助。苔蕾丝为促成女儿的婚事,决心放弃自己名下的财产。乔治与苔蕾丝见面后,爱上了她,并向她表白。苔蕾丝大为感动,但告以不可能。乔治走后,苔蕾丝担心他出事,第二天到乔治的寓所去看他,遇到他的朋友蒙杜,得知乔治一夜未归。蒙杜指责苔蕾丝挑拨他与乔治的关系,让乔治以为他在向她献殷勤。

② 我很少见到有比这一场景更粗俗不堪的。奇怪的是,显然应该把这一粗俗归咎于莫里亚克先生本人。——作者原注

是加在她的全部行为上的诅咒。但是这两个因素相互排斥：前一个因素可以由女主人公本人从内部觉察到，后一个因素要求有一个证人从外部做无数次观察，注视苔蕾丝的所作所为，一直跟踪到行为的最终结果。莫里亚克先生很清楚这个道理，所以当他要让我们看到苔蕾丝的一切皆系前定时，耍了一个花招：他为我们指出苔蕾丝对其他人呈现的样子："她走过时人们都回头看她也不足为奇：一头发臭的野兽首先让人闻到它的气味。"这就是人们贯穿小说始终让我们看到的那个巨大的、杂凑的外表：苔蕾丝并非仅限于她自己的纯粹自由，而是逃脱自己，化作不祥的雾霭在人间消失。话说回来，除非苔蕾丝已经接受这个命运，否则她又何从知道自己有一个命运呢？莫里亚克先生又何从知道呢？命运的概念饶有诗意，发人幽思。但是小说是行动，小说家无权离开战场，舒舒服服地高踞小山顶上观看两军恶斗，感叹战神的喜怒无常。

我们不应认为莫里亚克先生只是偶尔一次抵挡不住诗意的诱惑：这种首先与他的人物等同起来，然后突然抛弃他，从外部像法官一样审视他的做法，是莫里亚克的艺术的特点。他打第一页就告诉我们，他将采用苔蕾丝的观点叙述故事。确实如此，在我们的眼睛和苔蕾丝的房间、她的女仆和从街上传来的喧哗声之间，我们立即感到另有一个厚实的、半透明的意识存在着。但是，几页以后，我们还以为附在这个意识身上时，事实上我们已经离开它了，我们已和莫里亚克先生一起处在外部，审视这个意识。莫里亚克先生用来造成这种错觉的手法，是"第三人称"的模棱两可性。在一部小说里，代词"她"可以指别人，就是说一个不透明的物体，某个我们只见到其外部的人。譬如我写道："我发觉她在颤抖"，就属于这种情况。但是也有另一种情况，这个代词会把我们引入一个人的内心世界，而这个内心世界从逻辑上说应该用第一人称来表达:"她惊愕地听到自己的话在回响。"这一点,只有当我就是她,也就是说,当我能够说"我听到自己的话在回响"时,我才能知道。实际上小说家们使用这一约定俗成的表达方式是出于某种审慎态度,为了不必要求读者与人物难解难分地同谋合伙,为了在"我"造成的令人目眩的亲密关系前面开辟一个防护地带。女主人公的意识起到望远镜的作用,读者可以用它眺望小说世界,而"她"这个词给人一种望远镜被挪开的错觉,提醒人们这个泄露天机的意识也是小说的创造物,它代表加在那个优越观点之上的另一个视点,为读者实现了普天下情人的夙愿:既是自身,又是另一个人。同一个词因此具有两种相反的功能:"主体她"和"客体她"。莫里亚克先生利用这一不确定性使我们不知不觉从苔蕾丝的一个方面转移到另一个方面:"苔蕾丝为自己的感受而羞愧。"[1]就拿这句话做例子。这个苔蕾丝是主体,这是与我自己保持一定距离的另一个我,我在苔蕾丝身上体验到这一羞愧,因为苔蕾丝本人知道她有这一感觉。但是,在这一情况下,既然我是借用她的眼睛窥探她的内心的,关于她我能够知道的只是她自己知道的:她知道的一切,仅是她知道的而已。为了理解苔蕾丝到底是什么人,我必须打破与她的同谋关系,合上书本:于是我只剩下对这个意识的回忆,这个意识始终是清澈的,但是像一切成为过去的东西一样变得不透明,而我则企图解释它,就像它是我自己已逝生命的一个片断似的。可是,正当我与他的人物密迩相处,在他们受骗时我也上当,在他们说谎时我也不讲实话时,莫里亚克先生却在他们没有觉察时突然用刺眼的闪电照亮他们,他仅为我一个人照亮他们的底

---

[1] 乔治向苔蕾丝表明爱情之后,苔蕾丝满心喜欢,但又意识到自己不应夺走女儿的未婚夫。

蕴。他们自己不知道自己的底蕴,而他们的性格却像奖章上的花纹一样突现在这上面:"她思想里,还未在她所不知的苔蕾丝·德斯盖鲁的际遇和一桩刑事案件之间建立过任何联系……至少在她清澈的意识中还没有"①,等等。——于是我的处境很古怪:我是苔蕾丝,她是隔着一段审美距离的我自己。她的思想就是我的思想,在她形成这些思想的同时我形成同样的思想。但是我知道一些有关她的情况,她却一无所知。要不就是,我在她的意识中心安顿下来,帮助她说谎,同时我却审判她,给她定罪,我作为他人附在她身上:"她不可能不意识到自己在说谎,但是她却心安理得,从中得到休息。"这句话足以说明莫里亚克先生要求我经常采取两面三刀的做法。对自己说谎,发现自己在说谎,但又设法对自己隐瞒:这就是苔蕾丝的态度,我只有通过她才知道的态度。但是,就在人们向我揭示这个态度的方式里,有一种以证人身份做出的无情评判。再说这一不自在的感觉为时甚短:莫里亚克先生利用我在上文已指出其模棱两可性的"第三人称",突然溜到外面去,同时把我也带出去了:"孩子,你擦了胭脂真漂亮……"这是苔蕾丝说的第一句话,一个女人对另一个女人说的话。苔蕾丝的意识之火熄灭了,这个人物现在不再从内部照亮,恢复了它厚实的不透明状态。然而用来称呼她的名字或姓氏,乃至叙述的口气都没有改变。莫里亚克先生觉得这种往返极其自然,他甚至能在同一句话里从作为主体的苔蕾丝过渡到作为客体的苔蕾丝:"她听到钟敲九点。还得挨过一段时间,因为服用能给她带来几小时睡眠的药片为时尚早;这倒不是这个拼命时不乏谨慎的女人的习惯,但是今天晚上她不能不乞灵药物。"谁判断苔蕾丝是一个"拼命时不乏谨

---

① 这里指的是玛丽,她家里人一直对她隐瞒苔蕾丝上过刑事法庭的事。

慎的女人"呢？这不可能是她自己。不是的，这是莫里亚克先生，这是我自己：我们手里有苔蕾丝的卷宗，我们在作判决。

但是莫里亚克先生的伎俩不止于此：他喜欢阿斯摩台①这个糊里糊涂、东张西望的魔鬼，爱像他一样掀开屋顶的一角朝里窥视。只要他认为这样做更合适，他就离开苔蕾丝，突然到另一个人的意识中心去安家，附在乔治、玛丽、贝尔纳·德斯盖鲁、女仆安娜身上。他在那里转上几圈，然后走开，像在演木偶戏："在那张仰起的脸上，苔蕾丝什么也看不出来，她不知道少女在想什么。'这个老婆子在几天里走完的路程，我一辈子走不了一半……'"她确实不知道吗？这无关紧要：莫里亚克先生突然抛弃她，让她什么都不知道，自己却跳到玛丽那里去，给我们带回来这张小小的快照。别的时候恰恰相反，他又慷慨地让他的某一人物分享小说家洞察幽微的神力："她伸出手去，想把他拉过去，然而他粗暴地挣脱了，于是她明白自己已经失去了他。"征兆并不明确，而且只与现在有关。可是这不打紧。莫里亚克先生决定苔蕾丝已经失去了乔治。他决定这一条，像古代的神明决定俄狄浦斯弑父娶母一样。于是，为了把他的判决告诉我们，他暂时把提瑞西阿斯②未卜先知的本领借给苔蕾丝。不过你不必担心，她不久就要回到她的黑夜里去。何况宵禁时间到了，家家黑灯瞎火。莫里亚克先生疲倦了，突然一下同时从所有人物身上撤走，剩下的只是世界的外表和几个在硬纸板景片前面活动的木偶：

  姑娘挪开遮在眼睛上的手，说：
  "我还以为您睡着了呢……"

---

① 阿斯摩台，法国作家勒萨日（1668—1747）的小说《瘸腿魔鬼》中魔鬼的名字。
② 提瑞西阿斯，希腊神话中底比斯的一位盲人先知。

那声音重又在哀求：

"对我发誓说你感到幸福。"

若明若暗处的动作和声响。莫里亚克先生坐在几步开外的地方沉思：

"妈妈,您一定非常痛苦吧!"

"不,我一点感觉都没有……"

"嗳!什么!这嘶哑的喘气声,这紫涨的脸,竟不是痛苦的征候么"

或者我们能够穿过痛苦的地狱而不留下任何记忆么?

对于了解玛丽性格的人来说,毫无疑问这个少女不会把时间浪费在类似的想法上。不,这是第七天的休息,而莫里亚克先生情绪激动,对自己发问,感叹起自己创造的人物来了。

他正是在这一点上坏了事。他曾说小说家对于他创造的人物而言等于上帝对于万物。他的技巧的全部古怪之处都可以从他对自己的人物采取上帝的观点来解释。上帝同时看到外部和内部,灵魂的底蕴和肉体,整个宇宙。莫里亚克先生对于他那个小世界同样也是无所不知的。他关于他的人物说的话与《福音书》上的话有同等力量。他解释他的人物,给他们分类,不容上诉地给他们定罪。如果有人问他:"你怎么知道苔蕾丝是一个'拼命时不乏谨慎'的女人?"他一定会感到奇怪,他会回答说:"难道不是我把她造成这样的吗?"

不!现在应该说:小说家不是上帝。请想一想康拉德①花了多少周折向我们暗示吉姆爷可能是个"空想家"。他有意避免自

---

① 康拉德(1857—1924),英国航海家,小说家。

己作出判断,他让他的一个人物,一个会有失误的人,不无犹豫地说出这句话。"空想家"这个含意如此明确的名词因而显得突出,带着某种悲怆情调,某种说不清的神秘。莫里亚克先生那里用不着这番周折:"拼命时不乏谨慎的女人"不是一个假设,这是从上天颁下的明谕。作者急于让我们把握他的女主人公的性格,突然把理解的钥匙塞给我们。但是我恰恰认为他没有权利作出绝对的判决。一部小说是从若干不同角度讲述的一个故事。莫里亚克先生很明白这个道理,他在《黑夜的终止》中写过:"……关于同一个人物的极端相反的判断都是正确的,这是一个照明问题,不存在比别的照明方式更揭示真相的某一照明方式……"但是每一种解释都应该处于运动中,就是说被它解释的那个行动本身卷入运动。简单说,这是参与其事者的证词,它应该既披露做证者为之做证的事件,也披露做证者本人的情况;它应该激起我们的好奇心(这个解释是否将被以后发生的事件证实或者否定?),从而让我们感到时间的抵抗力;因此每种观点都是相对的,最好的观点应能让读者在最大限度上遇到时间的阻力。当事者提供的解释都有假定性。越过这些假定,读者可能将预感到事件的绝对真实性,但是只有让他独自去重建这个真实性,如果他有兴趣做这种练习。不过即使他试着去做,他也永远不可能离开逼真性和可能性的领域。无论如何,把绝对真理,即上帝的观点引入小说是双重的技术错误:首先这一绝对真理意味着存在一个不卷入行动、纯粹处于观察者地位的叙述者,这就与瓦莱里[①]提出的美学法则相违背,根据这条法则一个艺术品的任一成分都应该与其他成分始终保持多元性的关系。其次,绝对是没有时间性的。如果你用绝对方式进行叙述,时

---

① 瓦莱里(1871—1945),法国诗人、文艺理论家。

间的持续绸带就会断裂,小说从你眼皮底下消失,只剩下一种萎靡不振的 sub specie eternitatis① 真理。

还有比这更严重的:莫里亚克先生时刻准备塞进叙述里去的不容变更的判断证明他没有像他应该做的那样构思他的人物。他在动笔之前就铸定人物的本质,他发布命令说他们将是这样或那样的。苔蕾丝这只发臭的野兽,这个拼命时不乏谨慎的女人等等,她的本质是复杂的,这我同意,而且不能用一句话来表达。但是这所谓本质究竟是什么呢?是她的灵魂最深处?请仔细看:康拉德很清楚,"空想家"这个词如果表示人物对于别人呈现的一种面貌,它才具有意义。我们看到,"拼命时不乏谨慎的女人","发臭的野兽","海上遇难者"以及所有其他漂亮的提法,与康拉德放在群岛上一个商人嘴里的这个名词属于同一性质:道德家和历史学家的概括。当苔蕾丝总结自己的一生时("她挣扎着跑出泥淖,然后再一次滑进里面去,如此无限地反复……有几年时间,她没有意识到这正是她的命运的循环规律。然而现在她已经走出了这个黑夜。她看得一清二楚。")她能够如此从容不迫地评判自己的过去是因为她不能再回到过去。当莫里亚克先生以为自己在探索人物的内心时,他也是待在外面、门口。这本来没有什么坏处,如果他明白这一点,因而写出海明威式的小说,只让我们通过主人公的动作、语言和他们相互作出的不确定的评价了解他们。但是,当莫里亚克先生利用他作为造物者的全部权威,让我们把这些外部看法当作他的人物的内心本质来接受时,他把人物变成了物。不过物的本质已经预定,属于物自己的只有外表。意识没有预定的本质,它的本质处在形成过程中。莫里亚克先生在塑造表现为永恒形式

---

① 拉丁文:表现为永恒形式的。

的苔蕾丝时，把她首先造成物，然后他从下面再给她加上一层意识，不过这纯属徒劳。小说人物有他们自身的法则，其中最严格的一条规定：小说家可以是人物的见证人或者同谋，但是绝不能身兼二职。不在外面，就在里面。莫里亚克先生不注意这些法则，结果杀死了他的人物的意识。

我们现在回到自由问题上，自由是苔蕾丝的另一个向度。在这个熄灭的世界她变成什么了？迄今为止苔蕾丝对于我们来说是一件物，一连串安排好的动机、模式、情欲、习惯和利益——一个可以概括为几句格言的故事——一种宿命力量。然而现在人们把这个女巫，这个中了魔法的女人，当作一个自由的人介绍给我们。莫里亚克先生留心告诉我们应该怎样理解这个自由："尤其是昨天，当我下决心放弃我的财产时，我感到一种深深的享受。我翱翔于我的实际存在千仞之上。我往上升呀，升呀，升呀……接着我一下子滑下来，重又回到这种冷酷而邪恶的意愿中，即当我不作任何努力时我的存在本身之中，——当我坠落到自身时便也坠落到它身上①。"所以，自由与意识一样不是苔蕾丝的"实际存在"。这个人，这个"当我坠落到自身时便也坠落到它身上"的东西，是一开始就给出的；这是物。意识和自由是后加的，意识作为一种使人对自己产生错觉的力量，自由则作为一种使人逃脱自我的力量。这意思是说，对于莫里亚克先生而言，自由不会建设；一个人凭着他的自由既不能创造自己，也不能铸造自己的历史。自由意志只是一种不连续的力量，它能使人得到短暂的解脱，但是什么也产生不了，除非是引起几个没有明天的事件。所以在莫里亚克先生的想法里，《黑夜的终止》应该是关于一个人的自由的小说，我们却觉得它主要是关于一个人的奴役的小说。这一点确定无疑，所以作者本想为我

---

① 变体字是我标明的。——作者原注

们展示"一个人精神升华经历的各个阶段",却在序言里承认苔蕾丝不由他做主便把她带入地狱。他不无遗憾地说:"作品完成后,这个书名所包含的希望部分地落空了。"但是他的希望怎么可能不落空呢? 正因为自由是苔蕾丝厚实、凝固的本性的附加物,自由就失去了它的全部力量和它的不确定性,它得到一个定义、一个本性,既然我们知道它是相对于什么的自由。更有甚者,莫里亚克先生把一项法则强加给自由:"我往上升呀,升呀,升呀……接着我一下子滑下来。"可见苔蕾丝每次上升后必定坠落早已前定。我们甚至在序言里被告知,不能对她要求过高:"她属于那种只有到结束生命时才能摆脱黑夜的人。对他们的唯一要求是不要甘心地忍受这个黑夜。"刚才苔蕾丝本人就谈到"她的命运的节奏":自由是这个节奏的一个节拍;苔蕾丝在自由时的作为也是可以预见的。莫里亚克先生赐给她的有限的独立性是经过精确衡量的,像医生处方或者菜谱里规定的分量。我什么也不期待她,我知道一切。所以她的上升和坠落并不比一只愚蠢地执意爬墙的蟑螂更打动我。

　　这是因为人们没有让自由充分行使其权力。苔蕾丝的自由是像输液那样一点一滴地给她的,这个自由不像真正的自由,就跟她的意识不像真正的意识一样。莫里亚克先生殚精竭虑描写苔蕾丝心理活动的机制,当他想让我们感到她不再是一个机械装置时,突然捉襟见肘了。他无疑要让我们看到苔蕾丝正与自己的恶劣倾向做斗争:"苔蕾丝紧闭双唇,她反复对自己说:'我一定不对她提起那个叫卡珊的女人。'"①但是谁能为我证明,进一步的分析不会在这突如其来的反抗背后找到一环扣一环的联系和决定论的原因?

---

①　卡珊是乔治的女友,也许是情妇。苔蕾丝觉得自己不应该把乔治另有所欢这件事告诉玛丽。

莫里亚克先生太清楚这一点了,所以他有时逼得实在没有办法,会拽一下我们的袖子,悄悄对我们说:这下可是真的,她是自由的。例如这一段:"当时有一句话,她说了一半没说下去(因为她完全是出于真诚)。"我不知道还有比这放在括号里的提醒更笨拙的手段。但是我们很理解作者也是万不得已:如果人们以莫里亚克先生孕育的,被他叫作苔蕾丝的本性的这个不伦不类的怪胎做出发点,一个自由的行动和一项情欲之间不可能有任何区别标志。可能也有,那就是当人物战胜自己时流露在他脸部表情上或体现在他内心的某种短暂的韵致:"目光之美为他前所未见";"她不觉痛苦,只感到解脱,被割除了她自己也说不明白的累赘,好像她不再原地兜圈子,好像她一下子向前进了……"但是这些精神上的奖赏不足以使我们信服。相反它们表明,对莫里亚克先生而言,自由与奴役的区别在于它的价值,而不在它的本质。任何向上、向善的愿望都是自由的;任何向恶的意愿都是被捆绑的。这一区分原则本身有多大价值,我们不必多说。无论如何它扼杀了小说的自由,同时也扼杀了作为小说原料的时间直接延续性。

　　苔蕾丝的故事怎样在时间上延续呢?我们于是又回到关于上帝的无所不知和人的自由这一古老的神学争论:苔蕾丝的"命运的节奏",即她的上升和坠落的图表,犹如表示体温的曲线;这都是死去的时间,因为未来在这个时间里如同过去一样摊开,仅是重复过去。小说的读者不愿意做上帝:为了使我自己的延续时间能注入苔蕾丝和玛丽·德斯盖鲁的血管,我必须至少有一次不知道她们的命运但又急于想知道。但是莫里亚克先生无意引起我的好奇心:他唯一的目的是把我变得与他一样博识多闻,他无情地为我提供充裕的情报;我刚萌发一丝好奇心,他立即给我过量的满足。换了陀思妥耶夫斯基,他会在苔蕾丝周围设置一些充实的、带着秘密的人物,我在每一页上眼看这些人物的意义就要暴露,却始终把握不住。但是莫里亚克先生一上来就在人物心灵最深处安营扎寨。谁也没有秘密可言,他用同样的光明普照众生。所以,即使我偶尔对小说中以后发生的事件感兴趣,我也不可能把我的好奇心与苔蕾丝急于知道事情结局的心理等同起来,因为我们期待的不是相同的东西,因为我早就知道她想知道的东西了。她对于我来说好像桥牌对局讲解中那些抽象的对局者,他们被假定不知道对方手里的牌,从这个无知出发设计自己的打法,而我却看到各家手里的牌,当他们在计算,还抱着希望时,我已经知道他们的牌路错了。他们不在我的时间之内,是失去血肉之躯的幽灵。

再说,显然莫里亚克先生一点不喜欢时间,也不喜欢柏格森的等待"糖块溶化"的必要性。对他来说,他的人物的时间是梦幻,是人所特有的幻觉;他摆脱这种幻觉,毅然在永恒中定居。但是我认为,单凭这一点,他本来就不应该去写小说。真正的小说家热爱一切有抵抗力的东西。他爱一扇门,因为需要打开它,他爱一封信,因为需要拆开它。物在海明威那部出色的小说《永别了,武器》里是些时间陷阱,它们在叙述的各处设置无数琐屑、顽强的障碍,主人公必须逐一粉碎这些障碍。但是莫里亚克先生讨厌这些使他偏离目标的微小的路障,他尽可能不提到它们。他甚至舍不得在人物的对话上花费时间:他突然代替人物说话,用寥寥数语概括他们将要说的话。"(苔蕾丝说)爱情不是生活的全部内容,至少对于男人不是的。——她从这个话题说开头。她本可以就这样一直讲到天亮,她出于责任心费力说出的这些合情合理的话不是那种……"在整本书里,可能没有比这类节省更严重的错误了。正当人物的对话开始使我感兴趣的时候,莫里亚克先生——他怎么可能看不出来呢？——却把对话切断了，突然把我扔到他们的时间和他们的故事之外。因为这些对话没有停下来；我知道它们在某处继续进行着，只不过人们剥夺了我在一旁聆听的权利。莫里亚克先生大概会把这种突然停顿和继之而来的突然起动叫作"省略法"，我以为倒不如叫作"故障"。当然需要不时"省略"，但是这不等于说人们可以突然夺走叙述的时间延续性。在一部小说里你要么沉默不语，要么说出一切，尤其不要略去任何东西，不要"跳过"任何东西。所谓省略只是叙述速度的变化。莫里亚克先生没有闲工夫，他想必发过誓不使他的作品超过中篇小说的篇幅。英国小说中常见长长的、吞吞吐吐的对话，主人公无休止地重温自己的故事，却无从使故事向前发展。我在《黑夜的终止里》找不到这种对话，也找不到把行动悬起来，从而使它变得更加紧迫的暂时休止，以及所谓"间歇时间"，那时候小说人物在浓云密布的天宇下如蝼蚁般忙于他们的日常事务。莫里亚克先生只同意处理主要段落，然后用简略的交代把这些段落串联起来。

由于他偏爱简洁，他的人物说起话来就像在念台词。莫里亚克先生确实只想让他们尽可能迅速和尽可能明晰地表达他们想说的内容。他去掉口语中多余、重复和游移不定的话，使他的主人公的"说白"具有不带任何修饰的表意力量。但是总得让人家感到他用自己名义写下的文字和他让人物说的话之间有区别才好，于是他就赋予这些极为明晰的言辞一种激流奔泻的速度，而这正是戏剧手法。且听苔蕾丝怎么说话："怎么？您还敢有异议？我难道没犯过那桩案件？我可是干过了的；同我别的更卑鄙、更隐蔽、毫无危险的罪行相比，它可是微不足道的。"这句话与其说是给人阅读的，不如说是供人朗诵的。请你欣赏开头的雄辩气势和那个一再重复,在重复过程中膨胀的质问。你是不是想起爱尔米奥娜①的愤怒来了?我发现自己被这小试其技的修辞术镇住了,不由低声念出上面这段话。而这正是悲剧里成功的对话的标志。再请读这一段:"您的朋友再荒诞,也不至于认为您还能取悦女人。如果我有意要使他忌妒,那我还该做出关心备至的样子来。"②你难道没有认出十八世纪喜剧作家爱用的句法?小说却和这类优雅的表现方式格格不入。这倒不是因为小说人物说话应该和生活里一样,但是小说有它自己的程式。从叙述转入对话时,照明应该摇曳不定。光线暗下来,主人公努力表达自己的想法。他的话不是他的灵魂的画面,而是自由的、笨拙的行为,不是说过头,就是说得不够;读者迫不及待,他想弄清这些挨挨挤挤、结结巴巴说出来的话究竟想表达什么意思。文字的这种阻力是产生无数误会和无意中泄露秘密的根源。陀思妥耶夫斯基、康拉德和福克纳善于利用这一阻力,把对话变成小说中最具时间延续感的瞬间。如此含糊的对话想必不讨莫里亚克先生的喜欢。但是大家知道我们的古典主义是用于雄辩和戏剧的。

这还不够,莫里亚克先生要求他笔下的每一场对话都是有效的,因此还需要服从一条戏剧法则,因为只有在戏剧里,对话必须不惜一切代价推进剧情。于是他写出一些"场景":全部小说由四场戏组成,每场戏都有一个"收场事件",每场戏都如在悲剧里一样早就埋下伏笔。

请看下面这一段便可作出判断:玛丽在圣克莱尔收到她的未婚夫乔治的一封信,乔治在信里表示要解除婚约。玛丽出于误会,

---

① 爱尔米奥娜,拉辛的悲剧《昂朵玛格》中的人物。
② 这是苔蕾丝对乔治的朋友蒙杜说的话。

以为她母亲是乔治情变的原因,立即赶到巴黎去。我们对这个少女的性格已有精确的了解,她好动、自私、狂热,相当傻,有时也能行善;我们看到她在旅途中怒气冲天,张牙舞爪,决心战斗,损害别人,变本加厉地报复。同时,人们同样精确地描绘了苔蕾丝的状态:我们知道痛苦使她身心交瘁,突然濒于疯狂。你难道没看出来,这两个女人的会见被安排得像一场戏?我们知道两种力量在对峙,情境已被严格规定:这是一场交锋。玛丽不知道她母亲疯了;一旦她发现这个事实,她将怎么做?问题提得很清楚:只有让决定论行使它的权力,于是我们看到进攻、反击、意料之中的情节突变。决定论稳妥地把我们引向结局:玛丽临时充当看护妇,说服她母亲回到德斯盖鲁家去。你是否想到萨尔杜①和他的《女间谍》里那一场有名的戏?想到伯恩斯坦②和《小偷》的第二幕?我不难理解莫里亚克先生曾受到戏剧的诱惑。我在读《黑夜的终止》时,有一百次产生正在读一部四幕剧的剧情提要和主要场面的印象。

现在请你读梅瑞狄斯的《博尚的生涯》中关于博尚和勒内最后一次见面那一节文字。他们依然相爱,只差一点他们就要相互表白了,但是他们还是分手了。当他们会面时,他们之间一切都是可能的:未来尚未定局。由于他们轻微的过失、小小的误会和不愉快心情越来越重地压在他们的良好意愿上,他们再也看不清了。然而,直到我开始担心他们会决裂的那一刹那,我仍感到一切还可以另作安排。这是因为他们是自由的,他们最终的分离也是他们根据自己的自由意志造成的。这才叫小说。

《黑夜的终止》不是一部小说,这部见棱见角、冷若冰霜的作

---

① 萨尔杜(1831—1908),法国剧作家。
② 伯恩斯坦(1876—1953),法国剧作家。

品兼收并蓄了戏剧片断、分析性段落和诗的冥想,这样一部作品你能管它叫小说吗?这种不顺当的起动、急刹车、艰难的重新起动和频发的故障,你能把这一切与小说时间延续的宏伟过程等同起来吗?这种静止的叙述一上来就暴露它的理性框架,犹如圆的内接角限定主人公们沉默的形象,你能被这种叙述牵着鼻子走吗?如果一部小说真的与一幅画、一所建筑一样是一个物,如果人们真的与用油画颜料作画一样用自由的意识和延续的时间写小说,那么《黑夜的终止》不是一部小说,它至多是若干符号和意愿的总和,莫里亚克先生不是小说家。

  为什么?为什么这位严肃、用功的作者没有达到他的目的?我以为这是因为他过于骄傲。与我们大部分当代作者一样,他拒不承认相对论完全适用于小说世界。在一部真正的小说里和在爱因斯坦的世界里一样,没有为享有特权的观察者留下位置。他也不想知道在小说系统①里和在物理系统里一样,不存在能使人测出这个系统处于运动还是静止状态的实验。莫里亚克先生偏爱自己。他选择了神明的全知全能。但是小说是由一个人写给其他人看的。上帝的目光穿透外表,不在外表上停留,所以在上帝眼中没有小说,也没有艺术,因为艺术以外表为生。上帝不是艺术家,莫里亚克先生也不是。

一九三九年二月

---

① 我用小说系统这个说法兼指整部小说和组成小说的各个分系统(人物的意识、他们的心理和伦理判断的总体)。——作者原注

德尼·德·鲁日蒙的《爱情与西方》[1]

"由(《特里斯丹和伊瑟》的)传说[2]发扬光大的激情型爱情始于十二世纪,它在当时确实是一种不折不扣的宗教,特别是历史上一种特定的基督教异端。由此我们可以推论说,今天由小说和电影加以普及的两性间的激情不过是一种唯灵主义异端不合时宜地回潮和侵入我们的生活,但是我们遗失了理解这一异端的钥匙。"

以上便是鲁日蒙先生企图证明的论点。我得承认他的各条论据并非对我具有同等说服力。尤其是特里斯丹和伊瑟的传说与清洁派异端的联系与其说是被证明的,不如说是被断定的。在另一处,鲁日蒙先生为了自圆其说,需要指出中国人不知有激情型的爱情。于是他就这么说了,我当然很愿意相信他。不过我继而一想,中国有五千年历史和形形色色的众多人口。我立即去找附录里鲁日蒙先生为证实自己的说法而引用的材料,我看到他关于中国人心理的立论全部建立在莱奥·菲雷罗的遗著《绝望》中一段简短的文字上。这样做是严肃的吗?可能他还有别的理由,不过为了

---

[1] 德尼·德·鲁日蒙(1906—1985),瑞士法语作家,政治思想家。《爱情与西方》(1939)是一部心理学、历史学和伦理学研究著作。本文译自《处境种种》第一集。
[2] 渊源于克尔特族古代传说的中世纪著名爱情传说,男主人公特里斯丹和女主人公伊瑟历尽磨难未能结合,双双殉情。

不增加篇幅他没有逐一列举罢了。中国人的事姑且不跟他计较，但是我们难以放过他关于当代文学的大部分看法。譬如说在第233页上我们这位作者杂乱无章地引证了考德威尔①、劳伦斯、福克纳和塞林纳②，把他们说成是一种对于生命的神秘主义态度的代表，并且说这一神秘主义态度是"国家社会主义"运动的滥觞。福克纳竟是生命神秘论者？考德威尔成了纳粹的堂兄弟！我们只有奉劝鲁日蒙先生去读或者重读《八月之光》和《上帝的小块土地》。视野放得太宽难免产生这类危险。

　　幸亏这本书并非全都这么大胆、不拘细节。人们一定会欣赏作者机智的分析，他的某些类比的精细和独特之处——我以为有关"爱情与战争"那一章尤为出色——及其灵巧、简洁的文风。不过对我来说这部著作的意义首先在于它表明在精神分析学说、马克思主义和社会学三重影响下历史研究方法最近呈现深度的灵活化。我以为鲁日蒙先生把神话当作严格的研究对象处理的做法来自社会学。只不过他作为历史学家着手研究，就是说他无意比较原始神话以便找出它们的共同规律：他选择一个特定的有时间界限的神话然后追随它的个别变化史。我很乐意把他和卡约瓦③先生相提并论——不是当后者为我们解释螳螂神话④时，而是当他研究"大都会巴黎"的神话在十九世纪怎样形成和演变时——但是我有点担心这样做会同样惹恼两位如此不同的作者。但是这两位终得承认，至少在这一个别场合他们做法相同，都把神话同时看作普遍感情反应的表现形式和某一个别历史情境的象征产品。这

---

① 考德威尔(1903—1987)，美国小说家。
② 塞林纳(1894—1961)，法国小说家。代表作为《茫茫黑夜的旅行》。
③ 卡约瓦(1913—1978)，法国散文作家、社会科学家。
④ 有一种雌螳螂与雄性交配后随即吞食雄性，引申为诱惑、毁灭男性的女人。

样一种神话观念本身就是当代的产物肉,从索黑尔①以来甚为流行。让-理查·勃洛克②不久前不是呼吁二十世纪应有自己的神话吗?安德烈·马尔罗在他为劳伦斯一本小说的译本写的序言③里谈论的不正是爱情的神话吗?以致我们可以仿效这几位作者的口气,说人们可以担心今天已形成关于神话的神话,它本身就可以当作社会学研究的对象。

我也不认为鲁日蒙先生毫无保留地接受了辩证唯物主义的影响,虽说我以为在他的书里觉察到这种影响。如果他愿意,我也可以承认这种影响不是直接的:我没有忘记我们这位作者是基督教徒。但是他从哪里得到这个宝贵的想法,认为在同一文明的不同上层建筑之间存在着深刻的相似性和对应关系呢?对于我们的作者而言,一个社会似乎是一个有意义的总体,其个别组成部分各以自己的方式表述同一个意义:马克思主义者对这个看法不会表示异议。每一上层建筑都有某种它特有的逻辑,这一逻辑似乎既反映一种基本情境,同时又根据它自身变化的客观规律通过人们的意识而发展:这一观点也是马克思主义的。在这一层次上,由于假定精神,或者说是意识形态——如果人们愿意使用后一种提法——有其客观的变化史,我们就与精神分析学说汇合了。鲁日蒙先生作为真正的弗洛伊德主义者写道:"神话即无意识。"事实上,当他询问中世纪在法国南方和北方活动的行吟诗人时,他很少关心他们是否意识到自己的诗歌的秘密意义。社会和人一样有自身的秘密:神话是象征——与我们的梦一样。于是历史学家就有

---

① 乔治·索黑尔(1847—1922),法国政论家。他认为社会学说是反映无产阶级要求的"神话"。
② 让-理查·勃洛克(1884—1947),法国作家。
③ 指马尔罗为《恰特莱夫人的情人》法译本写的序言。

了新的使命:对文本进行精神分析。

  这些不同影响的合力作用产生的最好的结果,无疑是促使鲁日蒙先生用"领悟"方法去阐明历史现象。雷蒙·阿隆①在其《历史哲学导论》中企图阐明"领悟"法的逻辑,我以为这一方法的应用标志历史研究领域的一个真正进步。我的意思是说,我们在鲁日蒙先生的这部著作里既找不到社会学家确定的这类因果系列(如西密扬②在十九世纪发现金矿和工资上升之间建立联系),也不见古典经济学的合理推导,更不会发现如拉维斯③和瑟诺博斯④那样按照年代顺序罗列事实的做法。我们的作者力求阐明有关社会集团的客观精神的领悟性关系,我们在这里简明扼要地把领悟性关系定义为对文化现象内在的某一类型的目的性的揭示。

  由此可见,激情型的爱情不是人的状况的一项原始材料,我们可以指出它在西方社会出现的年代,我们也可以想象它完全消失:"人们……可以想象,我们各种道德规范都办不成的事情,强制实行优生原理却能办成,到那一天欧洲的激情时期就告终了。"这个想法可能并不如它表面上显得那样新颖。涂尔干⑤在《乱伦的禁止》中已经提示说,现代爱情观念起源于禁止原始人娶本家族的女子为妻。他说,如果允许乱伦,性行为就会变成家族内部一项严

---

① 雷蒙·阿隆(1905—1983),法国当代哲学家、社会学家和政治评论家。他在《历史哲学导论》中提出区分"领悟"(compréhension)和"因果性"(causalité):"领悟指的是人的存在和事业不需要确立因果关系就能被理解时我们对它们取得的认识。"(该书第59页,加利马出版社1967年版)
② 西密扬(1873—1935),法国社会学家、经济学家,用统计方法进行研究。
③ 拉维斯(1842—1922),法国历史学家。
④ 瑟诺博斯(1854—1942),法国历史学家。
⑤ 涂尔干(1858—1917),法国社会学家。

肃、神圣的仪式。不过鲁日蒙先生既然是基督徒,他表现那么多的历史主义就令人吃惊。因为历史主义推到底,就会自动走向完全相对主义。鲁日蒙先生在这条路上他乐意停下来的地方停下来了:他确实断定信仰是绝对的。这一下我们就看清了基督教的模棱两可性,它是对于绝对的历史启示。这一悖论本身并不令人反感,因为人生来只能在时间中认识永恒的真理。不过鲁日蒙先生需要小心。如果他利用"激情型爱情"现象的历史性来断定它的相对性,他会使我们不禁对宗教也如法炮制。而且,如果他提出绝对完全可以在时间里属于我们,以便维护他的信仰,我们就会回答他:既然如此,请问为什么人类状况的某些主要结构不能通过一定的历史条件得到实现呢?谁能阻止我假设激情型爱情在古代希腊曾被异教信仰、城市宗教和家族压力掩盖起来呢?何况我以为发现作者的思想在这个问题上有点游移不定。一会儿他似乎相信激情是自然的情欲的正常结局,他甚至谈到"激情和对死亡的本能恐惧是压在任何社会之上的永久威胁",一会儿他又把激情说成是"西方从东方受到的诱惑"。他想必会说,这是一回事,东方人就是自然的人。我看不见得,不完全是,既然作者自己承认"相同的信仰没有在东方民族中产生相同的效果"。他说这是因为这些信仰没有在东方遇到相同的障碍:"……基督教婚姻在变成一项圣事时把自然人无法忍受的忠贞要求强加给自然人……自然人欢迎在天主教形式掩盖下各种能解除他的束缚的异教神秘主义的复活。"好,这一来我们就远离激情压在社会之上的"永久威胁"了。激情型爱情是一个贬了身价的神话。鲁日蒙先生的立场与精神分析学者出奇地接近,既然他和他们一样断言人的感情活动在其原始状态是"一片空白"。是个人或集体历史中产生的情况把他们的教训镌刻到这一片空白上去的。这一切不是说得很清楚,可能也不连贯。作者到处肯定有信仰的人的存在，好像这是不言而喻的事情，但是对自然人和有信仰的人的区别本应有所解释。不过这都无关紧要：我们且把作者的论点原样拿过来，只问它有多大价值。

就我个人而言，我佩服这一论点的巧妙，但是不敢苟同。首先必须证明文学准确地反映风俗，还必须证明文学影响风俗。鲁日蒙先生仅限于肯定这一影响的存在，因为据他说，"激情起源于精神的飞跃，而这一飞跃也产生了语言"。此话不假。但是语言和文学表现不是一回事，仅仅通过一项神话的文学形式——即其自觉的、被思维的形式——去研究该项神话，这就好比根据一个集体的成文法去研究其风俗。鲁日蒙先生至多不过指出文学创造了一种固定的表现形式，好比给激情贴上标签，这可能就是许多艳遇得以发生的根源。其实这一点我们早就知道了：打从斯丹达尔起我们就知道了。莫斯卡伯爵眼望马车载着桑塞维利纳和法布利斯远去时说道："如果他俩之间说出爱情这个词，我就完了。"①但是真实的激情，突然在一个灵魂中形成的激情，也结晶为这类千篇一律的形式吗？是否没有这类形式，激情就成为懵懵懂懂、怡然自得的性欲？激情作为心理现象难道没有它自身的辩证法？它热烈而不幸的努力所追求的难道不是取消障碍，反而是不断引起新的障碍？这些问题都有待研究。我听到鲁日蒙先生对我说：性本能听之任之时是不讲辩证法的。如果他指的是十九世纪的心理学家们称之为性欲的这一在下腹部产生的痒感，我可以同意。但是需要知道性欲是否仅是下腹

---

① 莫斯卡伯爵，斯丹达尔的小说《巴马修道院》中的人物。他爱着桑塞维利纳公爵夫人。后者与她的侄儿法布利斯之间存在着微妙的感情，但没有意识到或不敢想到这就是爱情。如把事情挑破，则对莫斯卡不利。

部的痒感而已。

我以为鲁日蒙先生下面这段话倒是触及了真正的问题所在:"爱情作为激情的历史……这是记载厄洛斯①为用一种强烈的情感代替神秘主义的超验性而做出的越来越绝望的努力②。"我们接触正题了:激情型爱情与神秘主义一样,提出了超验性的问题。但是作者在检讨这个问题时带着一种已过时的心理学的内在论和主观主义偏见。假如超验性就是人的"存在性"结构呢?有没有一种爱情上的恋己癖呢?如果真是这样,还有必要用骑士矢志效忠贵妇的神话来解释激情吗?鲁日蒙先生没有对自己提出这些问题。这些问题其实至关紧要:如果人有"超验性",人只有在超越自我,就是说投入自身之外的世界时才能存在;这便是海德格尔的 Sich-vorweg-Sein-bei。在这种情况下,爱只是超验性的一个方面:人们在自身之外有所爱,在别人身边有所爱,怀着爱情的人直到其存在的核心都取决于别人。如果鲁日蒙先生认为"爱"这个词指的是一大大进化了的情感,我要对他说性欲本身也是一种超验性。人们不是像一头等待挤奶的奶牛那样产生排出体内某种东西的"欲念"。人们的欲念指向的也不是由皮肉接触引起的纯属主观的印象。人们的欲念指向一个人的肉体。有欲念,这就是投入世界,在一个女人的肉体身边经历危险;在这个女人的肉体里经历危险;这就是要求通过肉体,在肉体上,达到一个意识,即瓦莱里说的"神明的虚无"。至此毋庸赘言便能理解欲念自然包含着它特有的矛盾,它的不幸和它的辩证法。欲念不是在寻求一种为其本性排斥的结合;欲念就是意欲得到别人的自由,而别人的自由

---

① 厄洛斯,希腊神话里的爱神,即罗马神话中的丘比特。
② 变体字是我注明的。——作者原注

就其本质而言是欲念无从牢笼的。最后,如果人的真正存在确实是"为死而存在",任何真正的激情都应该带有白骨的味道。如果死亡与爱情难解难分,这不是爱情的过错;也不是某种难以命名的恋己癖的过错;这是死亡的过错。

因为鲁日蒙先生的书甚至无意讨论这些问题,它只能提供一种精致的消遣。这倒不要紧:请你读这本书,你会感到兴味盎然。可能你还会遐想,如果清洁派奇迹般地杀死所有基督徒(很不幸,事实恰恰相反),如果他们的宗教一直流传至今,又会发生什么事情。清洁派都是些正人君子。

关于《喧哗与骚动》·福克纳小说中的时间[1]

人们阅读《喧哗与骚动》时,一上来就会对写作技巧的奇特感到突兀。为什么福克纳要把故事的时间打碎,又把碎片搅乱呢?为什么朝这个小说世界打开的第一扇窗户竟是一个白痴的意识呢?读者忍不住要去寻找故事的线索,为自己重建时间顺序:"杰生和卡罗琳·康普生有三男一女。女儿凯蒂与达尔顿·艾密司有染后怀孕,不得不赶紧去找个丈夫……"读者到这里就会停下来,因为他发现自己在讲另一个故事:福克纳并非先构思好一个有条理的情节,然后再像洗牌一样把它打乱,他舍此没有别的叙述方法。在古典小说中,故事情节总有一个焦点,如卡拉马佐夫家父亲被害,如《伪币制造者》[2]中爱德华与贝尔纳相会。但是在《喧哗与骚动》中却找不到这种焦点。是班吉被阉割吗?是凯蒂不幸的私情吗?是昆丁的自杀吗?是杰生对他外甥女的仇恨吗?每一段情节只要遇上我们的目光,便会自己张开,让我们看到它后面的其他情节,所有的情节。什么事也没有发生,故事没有进展:是我们在每个字底下发现故事,它像一个见不得人的、碍手碍脚的东西躲

---

[1] 本文译自《处境种种》第一集。
[2] 《伪币制造者》,法国作家安德烈·纪德(1869—1951)的小说。

在那里,其浓缩程度则视不同场合而异。如果认为这些反常做法不过是无谓地卖弄技巧,那就错了:一种小说技巧总与小说家的哲学观点相关联。批评家的任务是在评价小说家的技巧之前首先找出他的哲学观点。显然,福克纳的哲学是一种时间哲学。

人的不幸在于他被时间制约。"人者,无非是其不幸的总和而已。你以为有朝一日不幸会感到厌倦,可是到那时,时间又变成了你的不幸了。"①这是这部小说的真正主题。如果说福克纳采用的技巧乍一看似乎是对时间的否定,那是因为我们把时间和时序混为一谈了。是人发明了日期和时钟。"经常猜测一片人为的刻度盘上几根机械指针的位置,这是心智有毛病的征象,父亲说,这就像出汗一样,也是一种排泄。"②要理解真正的时间,必须抛弃这一人为的计时尺度,它什么也测不出来:"只要那些小齿轮在咔嗒咔嗒地转,时间便是死的;只有钟表停下来时,时间才会活过来。"③所以昆丁砸毁他的手表这一动作具有象征意义:它使我们进入没有钟表的时间。白痴班吉的时间也是没有钟表的,因为他不识钟表。

这样出现的时间,是现在。这个现在不是在过去和未来之间乖乖地就位并成为两者的理想界线的那个时间:福克纳的现在本质上是灾难性的;它像贼一样逼近我们的事件,怪异而不可思议,——它来到我们跟前又消失了。从这个现在再往前,什么也没有了,因为未来是不存在的。现在从不知什么地方冒出来,它赶走另一个现在;这是一个不断重新计算的总数。"还有……还有……再还有……"福克纳像多斯·帕索斯一样把他的叙述当作演算加

---

① 《喧哗与骚动》,李文俊译,上海译文出版社,1984年版,第119页。
② 同上,第86页。
③ 同上,第96页。

法,不过他做得要巧妙得多。小说中的行动即使从行动主体的角度来看,在进入现在的同时就爆炸分裂,散落在四处:"我来到梳妆台前拿起那只表面朝下的表。我把玻璃蒙子往台面上一磕,用手把碎玻璃碴儿接住,把它们放在烟灰缸里,把表针拧下来也扔进了烟灰缸。表针还在嘀嗒嘀嗒地走。"①这一现在的另一特点是陷入。我用这个词是因为找不到更恰当的词来表示这一无定形的妖魔的某种静止的运动。在福克纳的小说里,从来不存在进展,没有任何来自未来的东西。现在并非首先曾经是一种未来的可能性,就像我的朋友先是我期待的那个人,随后他终于来临那样。不:福克纳的现在无缘无故地出现然后陷入。这一陷入并非一种抽象的看法:福克纳在事物本身中看到它,并且设法让我们也感到它:"列车拐弯了,机车喷发出几下短促的、重重的爆裂声,[他和骡子就那样平稳地离开了视域,]还是那么可怜巴巴,那么有永恒的耐心,那么死一般的肃穆……"②还有下文:"马车虽然重,马蹄却迅速地叩击着地面,轻快得犹如一位女士在绣花,像是没有动,却一点一点地在缩小,跟一个踩着踏车被迅速地拖下舞台的角色似的。"③福克纳似乎就是在事物的中心抓住一种被冻结的速度:他碰到一些喷发出来的、凝固成水柱似的东西,这些水柱失色、后退、缩小但依然不动。

然而这个不易捉摸、不可思议的静止状态还是可以被抓住,并形诸思想的。昆丁可以说:我把手表砸坏了。只不过,当他说这句话的时候,他的动作已成为过去。过去是可以有称谓、被叙述,并在某种程度上固定为概念或被心灵认出来的。我们在谈到《萨托

---

① 《喧哗与骚动》,第 87 页。
② 同上,第 98 页。方括号内的字为萨特在引用时略去,但未加省略号。"他"指昆丁把身子探出火车窗外扭过头去看到的一个骡夫。
③ 同上,第 141—142 页。变体字是萨特标明的。

里斯》时已经指出,福克纳总是当一个事件已经发生后才告诉我们这个事件。在《喧哗与骚动》里一切都在幕后进行:什么也没有发生,却一切都已经发生了。这能使我们理解他的一个主人公这种奇怪的表述方式:"我现在不存在,我过去存在。"也正是在这个意义上,福克纳可以把人写成一个没有未来的总体:"他对各地气候取得的经验的总和","他的不幸的总和","他有的一切的总和";我们在每一瞬间都能画一条线表示到此为止,因为现在不过是没有规律可循的传闻,不过是过去将来时。福克纳看到的世界似乎可以用一个坐在敞篷车里朝后看的人看到的东西来比拟。每一刹那都有形状不定的阴影在他左右出现,它们似闪烁、颤动的光点,当车子开过一段距离之后才变成树木、行人、车辆。在这一过程中过去成为一种凌驾于现实之上的现实:它轮廓分明、固定不变;现在则是无可名状的、躲闪不定的,它很难与这个过去抗衡:现在满是窟窿,通过这些窟窿,过去的事物侵入现在,它们像法官或者像目光一样固定、不动、沉默。福克纳的独白使我们想起坐飞机遇上许多空潭;每逢一个空潭主人公的意识就"堕入过去",重新升起,再行堕入。现在并不存在,它老在变;一切都是过去的。在《萨托里斯》里过去叫作"故事",因为这都是些经过加工的家族回忆,也因为福克纳还没有找到他的技巧。在《喧哗与骚动》中,这个过去更带有个人性,更游移不定。但是过去纠缠不放福克纳的人物,有时它甚至掩盖了现在——于是现在在影子里行进,像一条地下河流,当它重新露出地面时它自己也变成过去了。当昆丁惹怒布兰特时①,他自己毫无觉察:他在重温自己与达尔顿·艾密司

---

① 原书第158—167页(中译本第169—186页)。尤见第162页(中译本第182页)的对话。萨特原注:"见嵌在昆丁与艾密司的对话中间的他与布兰特的对话:'你有姐妹没有,你有没有?'等等,以及他分不清两次打架,把它们混为一谈的做法。"

的吵架。而当布兰特揍他的时候,这场打架又被昆丁过去与艾密司那场打架所覆盖、隐藏。后来当施里夫将叙述布兰特怎样打了昆丁时,他将描述这个场景是因为它已变成过去,——但是当这幕场景在现在发生时,它不过是隐隐约约的悄悄滑过去的事情。有人跟我讲过一位变得痴呆的中学学监,他的记忆像一只打坏了的表,永远停在四十岁上。他已六十岁了,但自己不知道自己的年纪:他最后的回忆是中学的院子以及他每天在顶棚下兜圈子。所以他就借助这最终的过去来解释现在,整天围着桌子转,自以为在监视学生课间休息。福克纳的人物就是这个样子。更糟的是他们的过去本是有条有理的,却不按时间顺序排列,而是根据情感散列为星辰。无数沉默的天体围绕几个中心主题(凯蒂的怀孕,班吉的被阉割,昆丁的自杀)旋转。于是时序就成为荒谬的,"时钟愚蠢地转圈子报时"也是荒谬的:因为过去的次序是情感的次序。我们切不要相信,现在一经过去就变成我们最切近的回忆。现在经历的变化可以把它沉到记忆最深处,也可以让它浮出水面;只有它本身的密度和我们生活的悲剧意义能决定它的沉浮。

  以上说的就是福克纳的时间的性质。我们是否承认它呢?这个现在非语言所能形容,像漏船一样到处进水,过去突然侵入现在,感情的次序与理性的次序相对立,后者虽然遵照年代顺序但缺乏现实性,记忆千奇百怪、断断续续,但反复涌现,心潮时起时伏……这一切难道不就是马赛尔·普鲁斯特失而复得的时间吗?我并非不知道两者之间的差别:譬如说我知道,对于普鲁斯特来说,解脱存在于时间本身之中,在于过去全部重现。对于福克纳来说,恰恰相反,很不幸过去从来没有丢失,它始终在那里,死死地缠住我们。我们逃避现时世界的唯一方法是神秘的出神忘形。神秘主义者总是一个企求忘记什么东西的人:他想忘记自我,更一般地说想忘记语言或其形象化的表现。福克纳需要忘记的是时间:"昆丁,这只表是一切希望与欲望的陵墓,我现在把它交给你;你靠了它,很容易掌握证明所有人类经验都是谬误的 reductio ad absurdum,这些人类的所有经验对你祖父或曾祖父不见得有用,对你个人也未必有用。我把表给你,不是要让你记住时间,而是让你可以偶尔忘掉时间,不把心力全部用在征服时间上面。因为时间反正是征服不了的,他说。甚至根本没有人跟时间较量过。这个战场不过向人显示了他自己的愚蠢与失望,而胜利,也仅仅是哲人与傻子的一种幻想而已。"①《八月之光》中被追捕的黑人正因为忘了时间,才突然获得一种奇特的、残酷的幸福:"这不是在你认识到任何东西——宗教、骄傲、任何其他——都帮助不了你的时候,而是在你认识到你不需要任何帮助的时候。"②不过对于福克纳和对于普鲁斯特一样,时间首先是起分离作用的东西。我们记得普鲁斯特的主人公们因不能做到像过去一样相爱而感到惊愕,记得《悠游卒岁录》里的情侣们拼命抓住他们害怕消逝但又知道必将消逝的热情。在福克纳的作品中可以找到同样的焦虑:"人们是做不出这样可怕的事来的,他们根本做不出什么极端可怕的事来的,今天认为是可怕的事到明天他们甚至都记不起来了"③。还有:"一种爱或一种哀愁会是一种事先没有计划便购买下来的债券,它是不管你愿意还是不愿意自己成长起来的,而且是事先不给信号就涌进了自己的记忆并被当时正好当道的任何一种牌号的神所代替的"④。说实话,普鲁斯特的小说技巧本应该也是福克纳的技巧,它是福克纳的哲学在逻辑上的必然产物。但是

---

① 见《喧哗与骚动》中译本第 85 页。变体字是萨特标明的。
② 《八月之光》,(英文)现代文库 1950 年版,第 99 页。
③ 见《喧哗与骚动》中译本第 90 页。
④ 同上,第 200 页。

福克纳是个迷途者,正因为他感到自己迷失了方向,他就不怕冒险,把自己的思想推向极端。普鲁斯特是古典主义者,又是法国人;法国人就是迷路也不会走得很远,他们总能回到正路上来。动人的文采,对清晰观念的爱好以及理智主义迫使普鲁斯特至少保留时间顺序的外表。

应该在一种很普遍的文学现象中寻找这两位作家之所以接近的深刻理由:当代多数大作家,普鲁斯特、乔依斯、多斯·帕索斯、福克纳、纪德和弗吉尼亚·沃尔夫,都曾经企图以自己的方式割裂时间。有的人把过去和未来去掉,于是时间只剩下对眼前瞬间的纯粹直觉;另一些人,如多斯·帕索斯,把时间变成一种死去的、封闭的记忆。普鲁斯特和福克纳干脆砍掉时间的脑袋,他们去掉了时间的未来,也就是行动和自由那一向度。普鲁斯特的主人公们什么也不去做;他们诚然在作预测,但是他们的预见紧贴在他们身上,不能化作桥梁跨越现在;这都是些白日梦,遇到现实就逃之夭夭。阿尔贝蒂娜出现时不是人们期待的那个人,而期待也不过是局限于一瞬间的一场小小的无关紧要的骚动。至于福克纳的主人公们,他们从不预见什么;汽车把他们脸朝后带走。给昆丁的最后一天投上漆黑阴影的那个将要发生的自杀不在人的选择范围;昆丁没有一秒钟想到他可以不自杀。这个自杀是一堵岿然不动的墙,一件物,昆丁倒退着向它接近,他不愿意,也不能够思考它:"你仿佛只把它看作是这样一种经验,它可以说是一夜使你白了头而根本没改变你的形态。"它不是你选择去干的事情,它是一种宿命;在它失去它作为可能发生的事情的性质的同时,它就不再在未来中存在;它已经成为现在,而福克纳的全部艺术旨在向我们暗示,昆丁的独白和他最后的散步已经是他的自杀。我以为这样就可以解释这个奇怪的悖论:昆丁想着自己的最后一天时把这当作过去的事。好像是某人在回忆。但是,既然主人公最后的思想跟他的回忆的爆裂和消灭几乎是重合的,到底是谁在回忆呢?应该回答说,小说家的技巧在于他把哪一个时间选定为现在,由此开始叙述过去。正如萨拉克鲁①在《阿拉斯的陌生女人》中一样,福克纳把死亡这一短得不能再短的瞬间选定为现在。所以,当昆丁的记忆开始列举他的各种印象("我隔墙听到施里夫眠床的弹簧声,然后是他的拖鞋在地板上的沙沙声。我起来……")时,他已经死了。在艺术上下了那么多功夫,事实上也是耍了那么多不诚实的手段,目的只是为了取代作者缺乏的对未来的直觉。这下子一切都明白了。首先是时间的不合理性得到解释了:现在既然是不期然的、不定形的,它只有借助加重回忆才能明确自身。我们也认识到持续时间②是"人类特有的不幸"。假如未来有真实性,那么时间离开过去,趋近未来;但是,如果你取消了未来,时间就成了仅起分离作用,把现在从它自身份割开来的东西:"想到你将来不会像这样痛苦,你就再也不能忍受这个想法。"人毕生与时间斗争,时间像酸一样腐蚀人,把他与自己割裂开,使他不能实现他作为人的属性。一切都是荒唐:"人生如痴人说梦,充满着喧哗与骚动,却没有任何意义。"③

可是,人的时间是否没有未来呢?我知道铁钉、土块、原子的时间处于永恒的现在之中。但是人是否一个能思想的钉子呢?如果我们一开始就像投入硫酸池一样把人投入宇宙时间,星云、行星、第三纪的皱褶和各种动物种类的时间,然后讨论这个问题,那么答案是明显的。不过,如果我们相信时间是从外部加给意识的,

---

① 萨拉克鲁(1895—?),法国剧作家。
② 法国哲学家柏格森的术语,指不受空间限制的心理时间。
③ 《麦克白》第五幕第五场。

那么像这样在一个个瞬息之间推来搡去的意识应该首先是意识，然后才取得时间属性。意识只有通过把它变为意识的同一运动变成时间，才能"存在于时间之中"；用海德格尔的话来说，它必须"时间化"。于是就不允许在每一现在时让人停下来，把他定义为"他有的一切的总和"；相反，意识的本性决定它自动向前投往未来；我们只能通过它将来是什么来理解它现在是什么，它通过自身的可能性规定它现在的存在：这就是海德格尔所谓的"可能性的沉默的力量"。福克纳式的人被剥夺了可能性，只能通过他的过去来解释他的现在，你不会和他认同的。请你努力把握自己的意识并且去探测它，你会发现它是虚空，你在这里面只能找到未来。我说的甚至不是你的计划和期待：即便是在你眼前闪过的一个动作，只有在你计划把它延伸到它自身之外，你自己之外，在未来中完成它的情况下，它对你才有意义。你看不见这只茶杯的底——你做完一个动作就可以看见它，但是你还没有去做；这张白纸的背面你也看不见（但是你可以把它翻过来）。茶杯、白纸、所有我们周围的稳定、浑成的东西都在未来中展示它们最直接、最厚实的性质。人不是他有的东西的总和，而是他还没有的东西，他可能有的东西的总汇。既然我们是这样沉浸在未来之中的，现在的未定型的粗暴性岂不因此得到缓和？事件并非像贼一样向我们袭来，既然它从其本性来说是一种已成过去的未来。而历史学家为了解释过去，他的任务难道不是首先寻找这一过去在未来引起的后果？福克纳在人生中看到的那种荒谬性，恐怕是他自己事先加上去的。这倒不是说人生不是荒谬的，但那是另一种荒谬。

那么福克纳和其他许多作者为什么选择了这种如此不像小说又如此不真实的荒谬性呢？我以为要从我们现在生活的社会状况中去找原因。我觉得福克纳的绝望感先于他的哲学：对他和对我们大家一样,未来已被挡住。我们看到的一切,我们经历的一切,都促使我们说:"不能老这样下去了",然而变革很难设想,除非它采取灾难的形式。我们生活在一个不可能发生革命的时代,福克纳就用他出众的艺术来描绘一个正在死于衰老的社会以及我们在这个社会里感到的窒息。我喜爱他的艺术,但我不相信他的哲学:被挡住去路的未来仍是一种未来:"即使人的实在'前面'再也没有什么了,即使它把账都清了",人的实在的存在仍然取决于这"本身的提前"。譬如说吧,失去一切希望也不至于剥夺人类现实的各种可能性,这不过是"面对这种种可能性的一种存在方式"①。

一九三九年七月

---

① 海德格尔:《存在与时间》。

《局外人》的诠释[①]

加缪先生的《局外人》[②]一出版就大享鸿运，众口交誉说这是"停战"[③]以来最好的书。这部小说本身在当时的文学作品中间也是一名局外人。它来自分界线[④]的另一边，来自大海彼岸；在这个没有煤火取暖的寒冬，它对我们谈论阳光，而且不是把阳光当作异国情调，而是怀着对阳光享受过度因而产生厌倦的人的那种狎昵态度来谈论。它无意再一次亲手埋葬旧制度，也不想让我们对自己的耻辱生切肤之痛；我们在读这部小说的时候会想起从前也有一些作品企图仅因它们自身的价值而存在，不想证明什么道理。不过，与这一无所为而为的态度相对应的，是这部小说的含义不甚分明：这个人物在他母亲去世的第二天"就去游泳，就开始搞不正当的关系，就去看滑稽影片开怀大笑"，他"由于阳光"就杀死一个阿拉伯人，在被处死的前夕声称自己"过去曾是幸福的，现在仍是幸福的"，还希望在断头台四周有很多观众对他"报以仇恨的喊叫声"。应该怎样理解这个人才好呢？有人说："这是个傻蛋，是条

[①] 本文译自《处境种种》第一集。
[②] 中译本见《加缪中短篇小说集》，郭宏安译，外国文学出版社 1985 年版，原书出版于一九四二年。
[③] 一九四〇年六月，法国的贝当政府与德国媾和停战。
[④] 根据贝当政府与德国的和约，法国北部与西部归德国占领，南部为贝当政府管辖的"自由区"。巴黎在占领区内。

可怜虫";另一些人更有见地,说"这是个无辜者"。不过还需要弄清这一无辜的意义。

加缪先生在几个月后问世的《西绪福斯神话》①里为我们提供了他对自己的作品的确切评价:他的主人公不好不坏,既不道德也不伤风败俗。这些范畴对他都不适用:他属于一种特殊类型的人,作者名之曰"荒诞"。但是这个词在加缪笔下有两个大不相同的含义:荒诞既是一种事实状态,也是某些人对这一状态的清醒意识。一个人从根本上的荒诞性毫不留情地引出必然导致的结论,这个人便是荒诞的。这里发生与人们把跳摇摆舞的年轻人叫作"摇摆舞"一样的词义转移。荒诞作为事实状态,作为原始依据到底是什么东西呢?无非是人与世界的关系。最初的荒诞首先显示一种脱节现象:人对统一性的渴望与精神和自然不可克服的两元性相脱节;人对永生的憧憬与他的生命的有限性相脱节;人的本质是"关注",但他的努力全属徒劳,这又是脱节。死亡,真理与万汇不可消除的多元性,现实世界的不可理解性,偶然性:凡此种种都是荒诞的集中体现。老实说,这些主题并不新鲜,加缪先生也没有把它们照搬过来。从十七世纪起,某种地道法国式的干巴巴的、短浅的、静思默想的理性已把这些主题列举无遗:它们成为古典悲观主义的老生常谈。帕斯卡尔曾强调:"我们好生想想,便能感到我们作为人的软弱、必有一死和如此可怜的状况乃是天生的不幸。"他不是给理性划定了它的位置吗?他一定会毫无保留地赞同加缪这句话:"世界既不(完全)是合理的,也不至于如此不合理。"他不是对我们指出"习惯"和"娱乐"为人们掩盖了"他们的虚无、无依

---

① 本文有郭宏安的中译文,收入《文艺理论译丛》第三集,中国社会科学院外国文学研究所《文艺理论译丛》编辑委员会编,中国文联出版公司1985年版,另有杜小真的译本《西西弗的神话》,三联书店出版。

无靠、不足、无能和空虚"吗?加缪先生以《西绪福斯神话》的冷峭风格及其论说文的题材,已跻身于法国道德家的伟大传统之中,安德勒①称这些道德家为尼采的先驱是有道理的。至于加缪先生对于我们的理性的能力所及范围表示的怀疑,则与时代更近的法国认识论传统一脉相承。人们只要想到科学唯名论、庞加莱②、迪昂③、迈耶松④,就能更好地理解我们这位作者对于现代科学的责难:"……你们跟我谈到一个看不见的行星般的系统,其中电子环绕一个核运动。你们用一种形象对我解释这个世界。我于是承认你们达到了诗的高度……"⑤几乎同时,另一位作者援引同样的依据写下这段话:"(物理学)不加区分地使用机械、力学乃至心理学模式,好像它已不再有本体论的抱负,对机械论或动力论的经典性的二律背反无动于衷,而这些二律背反却假定一种自在的本性。"⑥加缪先生不无卖弄地引证雅斯贝斯⑦、海德格尔、克尔恺郭尔⑧,虽说他似乎并不每次都对他们理解得很透。但是他真正的导师另有其人:他的推理方式,他的思想的明晰性,他作为论说文作家的文体以及某种类型的在阳光照耀下井井有条、郑重其事的忧伤悲凉之情,这一切都预告一位古典主义者,一位地中海人。其

---

① 安德勒(1866—1933),法国学者,日耳曼学家,著有《尼采的生平与思想》(1920)等。
② 亨利·庞加莱(1854—1912),法国数学家,晚年关心科学哲学问题。
③ 彼埃尔·迪昂(1861—1916),法国物理学家,数学家,科学哲学家和科学史家。
④ 爱弥尔·迈耶松(1859—1933),波兰出生的法国化学家和科学哲学家。
⑤ 加缪:《西绪福斯神话》。
⑥ 梅洛-庞蒂(1908—1961):《行动的结构》,1942年版第1页。
⑦ 雅斯贝斯(1883—1969),德国哲学家,现代存在主义学说的奠基人。
⑧ 克尔恺郭尔(1813—1855),丹麦出生的著名宗教哲学家,被认为是存在主义的先驱。

至他的方法("唯有事实和抒情之间的平衡才能使我们同时得到感动和明晰。"①)也使人想起帕斯卡尔和卢梭古老的"情绪几何学",也联想到例如莫拉斯②,这另一位地中海人,虽说他与后者在许多方面的区别大于与一位德国现象学家或丹麦存在主义者的区别。

但是加缪先生想必乐于听任我们这么说。他以为他的独特之处在于把自己的思想发挥到极点:确实如此,他的志向不是收集悲观主义的格言。如果人们把人和世界分开来看,荒诞既不在人身上,也不在世界上;然而,因为人的本质特性是他"存在于世界上",荒诞到头来就与人的状况结为一体。所以荒诞首先不是某一简单概念的对象:是一种令人黯然神伤的顿悟作用向人披露了荒诞。"起床,电车,四小时办公室或工厂里的工作,吃饭,电车。四小时的工作,吃饭,睡觉,星期一二三四五六,总是一个节奏……"③然后突然间"布景倒塌了",我们达到一种不抱任何希望的清醒感。这个时候,如果我们能拒绝宗教或者人生哲学的欺骗性援助,我们就掌握了几项明显事实:世界是一片混乱,一种"从混沌产生的绝妙的一体同仁";——既然人必有一死,所以没有明天。"在一个突然被剥夺了幻觉和光明的宇宙中,人就感到自己是个局外人。这种放逐无可挽救,因为人被剥夺了对故乡的回忆和对乐土的希望。"④因为人确实不就是世界:"假如我是树中的一棵树……这人生可能会有一种意义,或者更确切地说,这个问题可能没有意义,因为这样的话我就成了这个世界的一部分。

---

① 加缪:《西绪福斯神话》。
② 莫拉斯(1868—1952),法国作家。
③④ 加缪:《西绪福斯神话》。

我就成了这个世界,而现在我却以我的全部意识来和这个世界相对立……正是这个如此可笑的理性使我和全部创造相对立。"①我们这部小说的标题已在此得到部分说明:局外人就是面对着世界的人;加缪先生满可以把乔治·吉辛②一本书的标题《生于流放中》移做自己的书名。局外人,这也是人中间的人。"人们会把自己……以前爱过的女人当作陌生人。"③——最后,我自己对我自己而言也是局外人,即自然的人对于精神而言是局外人:"某些时候在镜子里朝我们走来的陌生人。"

不仅如此:对于荒诞也有一种激情。荒诞的人不会去自杀:他要活下去,但不放弃自己的任何信念,他没有明天,不抱希望,不存幻想,也不逆来顺受。荒诞的人在反抗中确立自身。他满怀激情注视着死亡,死亡的眩惑使他得到解脱:他体验到死囚的奇妙的不负责任感。一切都是允许的,既然上帝不存在而人正在死去。一切经验都是等值的,需要做的仅是取得尽可能多的经验。"现时与一连串相互递嬗的现时面对一个始终觉醒的灵魂,这就是荒诞的人的理想。"④面对这一"数量伦理学",一切价值都倒塌了;荒诞的人被抛到这个世界上,他反抗,他不负责任,用不着"作任何辩解"。他是无邪的,如毛姆谈到的那些原始人种一样无邪。后来牧师来到他们中间,教会他们区分善与恶,允许做的事情和禁止做的事情:对于荒诞的人,一切都是允许的。他像"永远生活在现时,有时微笑有时漠不关心"的梅什金公爵⑤一样无邪。他的无邪包括这个词的全部含义,你说他是"白痴"也可以。现在我们就能

---

① 加缪:《西绪福斯神话》。
② 乔治·吉辛(1857—1903),英国小说家,散文家。
③④ 加缪:《西绪福斯神话》。
⑤ 梅什金公爵,陀思妥耶夫斯基的小说《白痴》中的主人公。

充分理解加缪这部小说的标题了。他要描绘的那个局外人是这样一个爱捅娄子的天真无邪者,他之所以引起社会的公愤正是因为他不遵守游戏规则。他生活在与他不相干的人们中间,对于他们他同样置身局外。正因为这一点,有些人才爱他。如他的情妇玛丽喜欢他是"因为他古怪";另一些人由于这一点而讨厌他,如法庭上的旁听者,他突然感到他们的仇恨向他袭来。我们自己,当我们打开这本书的时候也还不习惯荒诞感,我们徒然设法根据我们习惯的标准去评判他,对于我们他也是一个局外人。

你打开书本后读到这一段:"我想好歹又过了一个星期天,妈妈已经安葬了,我又该上班了,总之,没有任何变化",你会感到一阵反感,其原因正在于此。这一效果是有意追求的:这是你与荒诞初次相遇的结果。但是你想必希望,只要继续读下去,你的不安就会消失,一切都会逐渐明朗,有理可循,得到解释。然而你失望了:《局外人》不是一本提供解释的书,因为荒诞的人不作解释,他只是描写。这也不是一本提供证明的书。加缪先生仅作提示,他无心去证实本质上无法证实的东西。《西绪福斯神话》将告诉我们应该以什么方式看待作者的这部小说。我们果真在《西绪福斯神话》里找到荒诞小说的理论。虽然人的状况的荒诞性是荒诞小说的唯一主题,它却不是一种宣传主张的小说,它并非产生于一种"心满意足"、有意出示证明文件的思想;相反,它是一种"受局限的、必有一死的、反抗的"思想的产物。这种小说本身就证明了有推理能力的理性毫无用处:"他们[伟大的小说家]选择了用形象而不是用推理来写作,这种选择恰恰揭示了他们的某个共同思想,即深信一切解释原则统归无用,坚信可感知的表象传递的教育信息。"[1]所以,光是用小说形式发布信息这一事实足以显示加缪

---

[1] 加缪:《西绪福斯神话》。

先生既谦卑又骄傲。不是逆来顺受,而是既承认人的思想的局限又要反抗。诚然,他以为有必要用哲学语言翻译他用小说形式表达的信息,这个译本就是《西绪福斯神话》,而且我们将在下文看到应该怎样看待这个复制品。但是,无论如何,这个译本的存在无损于小说的无所为而为性质。荒诞的创造者丢失了一切幻想,甚至不幻想自己的作品是必要的。相反他要求我们无时无刻不想到他的作品纯属偶然。他希望人们能在作品上写下一行题词:"本可不作",就像纪德愿意人们在《伪币制造者》结尾写下"本可继续"一样。这部作品本来可以不存在:如同这块石头,这条河流,这张脸;这不过是呈现在眼前的现时,如同世界上所有的现时一样。艺术家们乐意声称自己的作品在主观上有必要性,他们常说:"我不能不写,我必须写出来才能得到解脱。"可是《局外人》甚至没有这种主观必要性。我们在这部作品里重遇经过古典主义阳光筛选的一个超现实恐怖主义主题:艺术品不过是生命中撕下来的一页。这部小说确实表达了这一想法,但它本可以不去表达。何况一切都是等价的,写《群魔》与喝一杯奶油咖啡的意义相同。因此加缪先生与那些"把生命奉献给艺术"的作家不同,他不要求读者关注他的作品。《局外人》是他生命的一页。因为最荒诞的生命应该是最贫瘠的,他的小说愿意达到一种高妙的贫瘠性。艺术是无益的豪情。我们且莫惊慌:在加缪先生的悖论底下我找到康德关于美"没有明确目的却有符合目的性"的某些言之成理的见解。不管怎么说,《局外人》已摆在那里,它从一个人的生命中撕下来,没有得到辩解,也无从辩解,不能生育,它只是一个瞬间,已被作者抛弃,因为作者已去追逐别的现时。我们应该这样看待这部作品:把它当作两个人,作者和读者,在荒诞中,在理性达不到的地方突然相视莫逆。

以上分析大致上指明了我们应以何种方式看待《局外人》的主人公。如果加缪先生本想写一部小说来宣传一种观点,他不难表现这样一名公务员,此人在家庭里唯我独尊,后来突然直觉到人生的荒诞,一度挣扎,最终决心接受他的生存的根本上的荒诞性,但照常活下去。那样的话,读者会与人物同时,并且出于同样的理由,信服作者的观点。或者换一种办法,他本可以为我们描述他在《西绪福斯神话》中列举的并为他所偏爱的荒诞的圣徒:唐璜、演员、征服者、创造者中的某一位。他却没有这样做。甚至对于熟悉荒诞理论的读者来说,《局外人》的主人公默尔索仍然不易捉摸。当然,我们确信他是荒诞的,而且知道他的性格的主要特征是毫不容情的清醒。此外,在不止一处,他被作者用来集中图解《西绪福斯神话》里提出的论点。譬如加缪先生在后一本书里写道:"男人更多地不是通过他说的话,而是他闭口不语的事情体现他的丈夫气概。"默尔索便是这种雄健的沉默,这种拒绝说空话的态度的典范:"问他是否注意到我是个缄默孤僻的人,他只承认我不说废话。"正好,上面两行,同一位对被告有利的证人宣称默尔索"是个男子汉"。"问他这是什么意思,他说谁都知道那是什么意思。"加缪先生还在《西绪福斯神话》里长篇大论阐述爱情问题:"我们只是在参照一种来自书本和传说的一种集体的看待事物的方式时,才把那种把我们与某些人联系在一起的东西叫作爱情。"相应地,我们在《局外人》中读到:"她想知道我是否爱她。我说我已经说过一次了,这种话毫无意义。"从这个角度来看,法庭里和读者头脑中围绕"默尔索是否爱过他的母亲?"这个问题展开的辩论是双重荒诞的。首先,律师说得好:"说来说去,他被控埋了母亲还是被控杀了人?"更主要的是"爱"这个词没有意思。默尔索把母亲送进养老院,必定是因为他没有钱,也因为他们"彼此无话可说"。

他不经常去探望她,想必是"因为来看她就得占用星期天,还不算赶汽车、买车票、坐两小时的车所费的力气"。但是这一切又意味着什么呢?他不是只顾眼前,只听从自己眼前的情绪吗?人们称之为感情的东西不过是由不连贯的印象组成的抽象整体和它们表示的意义。我并非念念不忘我所爱的人们,但是我声称即便我不想着他们的时候我也爱着他们——甚至当我并不在片刻间感到真正激动的情况下,我也会以一种抽象的感情的名义损害我平静的心境。默尔索的思想和行动与众不同:他不想知道这些持续的、统统一样的感情;对他来说爱情不存在,男女私情也不存在。只有眼前的、具体的东西才有价值。他想去看望母亲便去看她,如此而已。只要他有愿望,这个愿望就会促使他去赶汽车,既然另一个具体的愿望会使这个懒人拔腿飞跑,跳上一辆正在行驶的卡车。但是他始终用温情的、孩子气的"妈妈"一词来称呼他母亲,也从不放过理解她、设身处地为她着想的机会。"关于爱情,我只知道那种欲望、温情和智力的混合,这种混合把我同另一个人联系在一起。"于是我们看到,不应忽视默尔索性格中理论性的方面。因此他的许多经历之所以发生主要是借以强调根本的荒诞性的这一或那一面貌。例如我们已经见到《西绪福斯神话》赞扬"清晨,监狱的门在死刑犯面前打开时,它的神圣的不受约束性"。加缪先生正是为了让我们享受这个黎明和这个神圣的不受约束性才把他的主人公判了死刑。他借用他的口说:"我当时居然没有看出执行死刑是件最最重要的事,总之,是真正使一个人感兴趣的唯一的一件事!"类似的例子和引文举不胜举。然而这个清醒、冷漠、沉默不语的人并非完全是出于需要才设计出来的。性格一旦被勾勒出来,无疑就会自动完成,而人物想必也有他自身的重量。尽管如此,我们总觉得他的荒诞不是经过努力达到的,而是与生俱来的:

他本来就是这个样子。他要到书的最后一页才豁然领悟,但是在这以前他一直按照加缪先生的标准活着。如果说存在一种荒诞的圣宠,那么应该说他是得到圣宠的。他好像不受《西绪福斯神话》里提出的任何问题的困扰;我们也没有看到他在被判死刑之前有过什么反抗。他是幸福的,他无忧无虑地打发时光,他的幸福似乎甚至不带加缪先生在他的论著中多次提到的隐痛,这一隐痛来自人们念及死亡就会感到的眩晕。他的冷漠态度也往往像是懒散,如那个星期天他因为懒惰才待在家里,自认"有点腻味"。所以,甚至用荒诞的目光也看不穿这个人物。他不是荒诞的唐璜或堂吉诃德,我们倒是可以相信他是桑丘·潘沙①。他在那里,他存在着,我们既不能完全理解他,也不能完全评判他;反正他活着,他作为小说人物的厚度足以使他在我们眼里站得住脚。

然而不应该把《局外人》看作一部纯粹无所为而为的作品。我们说过,加缪先生区分荒诞的感觉和荒诞的概念。他曾写道:"像伟大的作品一样,深刻的感情总是包含着比它有意识表达的更多的意义……伟大的感情到处都带着自己的宇宙,辉煌的或悲惨的宇宙。"②下文不远他又补充说:"然而荒诞感并不就是荒诞的概念。荒诞感确立荒诞的概念,如此而已。前者不能概括为后者……"我们可以说《西绪福斯神话》旨在提供这个概念,而《局外人》企图启发我们产生这个感觉。两部作品的发表次序似乎证实了这个假设:先发表《局外人》,不容分说把我们投入荒诞的"氛围";论著后出版,照亮了这片景色。荒诞即是脱节,差距。《局外人》因此是一部关于差距、脱节、置身异域他乡之感的小说。该书

---

① 桑丘·潘沙,堂吉诃德的随从,生性懒散。
② 加缪:《西绪福斯神话》。

的巧妙结构由此脱胎:一方面是切身经历的日常生活平淡无奇的细流,另一方面则是由人的理性和言辞重新组合这一现实生活,以便给人教益。于是产生荒诞的感觉,即我们无法用我们的观念和语汇去思考世上的事件。默尔索埋葬她的母亲,搞上一个情妇,犯下一桩罪。在他出庭受审时这些不同的事实将由召集到一起的证人来叙述,由律师加以解释;默尔索的印象却是人们在谈论另一个人。这一切安排是为了导致玛丽突然爆发。她在证人席上依照人类的法则作了叙述之后,忽然大哭起来,说"情况不是这样,还有别的,刚才的话不是她心里想的,是人家逼她说的"。从《伪币制造者》起,这一镜中呈像手法已被广泛采用。加缪先生的独特之处不在于此。但是他应该解决的问题迫使他采用一种新颖的形式:为了能使我们感到律师的结论和凶杀的实际情况之间的差距,为了使我们在掩卷时产生司法是荒诞的这一印象,感到司法永远不能理解甚至不能达到它企图惩罚的事实,我们必须首先与现实接触,或者与现实的某一情况接触。《局外人》的第一部完全可以如最近出版的一本书一样,题作《译自沉默》。这里我们触及当代许多作家共同的病症,我最初是在儒勒·勒那尔那里发现这一病症的征兆的①。我称之为"沉默迷恋症"。波朗②先生必定会认为这一现象乃是文学恐怖主义的一种效应。这一效应表现为成千种方式,从超现实主义者的自动写作直到贝尔纳有名的"沉默剧"。这是因为,如同海德格尔说的那样,沉默乃是语言的真正形态,只有能说话的人才闭口不语。加缪先生在《西绪福斯神话》中说话很多,甚至有点饶舌。但是他也告诉我们他喜爱沉默。他引用了

---

① 参看收入本书的《被捆绑的人》。儒勒·勒那尔(1864—1910),法国作家。
② 冉·波朗(1884—1968),法国作家,文艺理论家。

克尔恺郭尔的说法:"最可靠的缄默不是不说话,而是说话"①。他自己补充说:"男人更多地不是通过他说的话,而是他闭口不语的事情体现他的丈夫气概。"所以,他在《局外人》中打算闭口不语。但是怎样才能用语言做到闭口不语呢？怎样才能用概念来表示现时不可思议、杂乱无章的连续出现呢？这一难题要求使用一种新的技巧。

这是怎样一种技巧呢？有人对我说过:"这是用海明威的风格写卡夫卡的内容。"我得供认我没有在加缪先生那里找到卡夫卡。加缪先生的见解都是脚踏实地的。卡夫卡是以不可能达到的超验性为题材的小说家:宇宙对他来说充满我们不能理解的符号;布景有它的背面。相反,对于加缪先生,人类的悲剧根本不存在任何超验性:"我不知道这个世界是否有一个超过我理解能力的意义。但是我知道我不了解这个意义,而且此刻我不可能了解它。一个存在于我的状况之外的意义对我又有什么意义呢？我只能用人的方式来理解。我能理解的无非是我摸到的,对我有阻力的东西。"所以对他来说问题不在于怎样遣词造句,以便让人揣度一种非人性的、不能理解的秩序的存在:非人性的东西,直截了当就是混乱,就是机械性。他的作品里没有任何暧昧不清、令人不安的东西,没有任何暗示:《局外人》给我们提供的是一派阳光普照的景色。如果说这些景色令人产生陌生感,那只是因为它们数量太大,而且它们彼此之间又没有联系。晴朗的早晨和黄昏,奇热难熬的中午:这是他偏爱的时刻;阿尔及尔永驻的夏天:这是他的季节。在他的世界里没有黑夜的位置。如果他有时讲到黑夜,用的是这

---

① 也可参看勃里斯·帕兰的语言理论及其对沉默的看法。——作者原注

种口气:"我醒来的时候,发现满天星斗照在我的脸上。田野上的声音一直传到我的耳畔。夜的气味,土地的气味,海盐的气味,使我的两鬓感到清凉。这沉睡的夏夜奇妙安静,像潮水一般浸透我的全身。"写下这几行字的人与卡夫卡的距离远到不可能再远。他在混乱之中心安理得;大自然固执的盲目性想必叫他恼火,但也叫他放心,它的不合理性只是反面:荒诞的人是人文主义学者,他只看到这个世界好的一面。

把加缪先生与海明威相比更加贴切。这两家的风格有明显的亲缘关系。两位都爱用同样的短句:每个人都拒绝利用前面的句子造成的飞腾之势,每句话都重新开始。每句话都像是对一个姿态、一个物件摄下的照片。每个新的姿态和新的物件都有一个新的句子与之对应。然而这样说还不能使我满意。存在一种"美国式"的叙述技巧无疑对加缪先生有所帮助,但是我怀疑这种技巧在严格意义上影响了加缪先生。《死于下午》不是小说,但是海明威在这篇作品里保留了这种断断续续的叙述方式,每句话都像憋足了气才从虚无中诞生:他文如其人。我们已经知道加缪先生还有另一种风格,一种典雅的风格。但是,就在《局外人》里,他有时也提高调门;句子于是更长,更有连贯性:"在已经轻松的空气中飘散着卖报人的吆喝声,滞留在街头公园里的鸟雀的叫声,卖夹心面包的小贩的喊叫声,电车在城里高处转弯时的呻吟声,港口上方黑夜降临前空中的嘈杂声,这一切又在我心中画出了一条我在入狱前非常熟悉的,在城里随意乱跑时的路线。"透过默尔索气喘吁吁的叙述,我隐约看到一种更为宽广的带诗意的散文,正是这一散文支撑着默尔索的叙述,它应该便是加缪先生本人的表达方式。如果说《局外人》明显地带有美国式技巧的痕迹,那是作者存心借用的,加缪先生在为他提供的各种工具中间选择了他认为最适用于其目的的那一种。我怀疑他在以后的作品里还会使用同一工具。

我们只要进一步审视叙述的脉络,便能更好地了解他使用的手段。加缪写道:"人也散发出非人的东西。在某些清醒的时刻,他们的举动的机械面貌,他们的没有意义的矫揉造作使他们周围的一切变得愚蠢。"需要首先表达的正是这一点:《局外人》应该突然把我们带入"面对人的非人性而产生的不自在状态"。不过,什么样的特殊机遇才能引起我们身上这种不自在感觉呢?《西绪福斯神话》举了一个例子。"一个人在玻璃隔墙后面打电话,人们听不见他说话,但看得见他的无意义的手势:于是人们就想他为什么活着。"这下我们恍然大悟,甚至看破了机关,因为这个例子暴露了作者的某种成见。你听不见打电话的人在说什么,但见他指手画脚。其实他的手势仅是相对荒诞的:这是因为它属于一个不完整的线路。你只要推开门,把耳朵贴到电话听筒上去,线路马上接通,人的活动又恢复了意义。所以,为了做到诚实无欺,我们应该说只存在相对的荒诞,而且这些相对的荒诞现象是相对于"绝对的合理现象"而言的。不过这里需要的不是诚实,而是艺术;加缪先生于是找到一个现成的手法:他将在他谈到的人物与读者之间设立一道玻璃屏障。还有比处在一扇玻璃后面的人更荒诞的吗?玻璃好像让一切都畅行无阻,只挡住一件东西:人的动作的意义。剩下要做的是选择合用的玻璃:这将是局外人的意识。此人的意识确实是透明的,我们看到这个意识看到的一切。不过人们在建造它时赋予它一种特性,使它明于物而昧于意义:

"从这时起,一切都进行得很快。那四个人走向棺材,把一条毯子蒙在上面。神甫、唱诗童子、院长和我,一齐走出去。门口,有一位太太,我不认识。'默尔索先生',院长介绍说。我没听见这位太太的姓名,只知道她是护士代表。她没有一丝笑容,向我低了低瘦骨嶙峋的长脸。然后,我们站成一排,让棺材过去。"

有人在玻璃后面跳舞。一个人的意识介于他们与读者之间;这个意识几乎是虚空,它是一种纯粹的透明性,一种记录一切事实的纯粹被动性。这就是要下的花招:正因为意识是被动的,它仅仅记录事实,读者没有发觉在他和他看到的人物之间有这一道屏障。不过以这种方式做的叙述需要假定什么前提呢?总之,人们把一个富有旋律的组合变成无变化的诸项因素的简单相加;人们声称先后相继的动作与作为总体的行为是完全一致的。我们在这里遇上的正是分析法的公式,它声称任何现实都可以还原为个别因素的总和。分析方法既是科学的工具,也是幽默的手法。假若我想描写一场橄榄球赛,并且这样写:"我看见一些穿短裤的成年人为了让一个皮做的球通过两根木桩而大打出手,滚翻在地",我把我看到的一切的总和都说出来了,但是我故意不提这一切的意义:我来了一下幽默。加缪先生的叙述是分析性的,也是幽默的。和任何别的艺术家一样,他说谎话,因为他声称要复原赤裸裸的经验,但却狡诈地滤掉所有有意义的联系,尽管这些联系也属于经验的组成部分。从前休谟①就是这样做的,他宣布在经验里只发现彼此孤立的印象。当今美国的新现实主义者们还在这样做,他们否定在现象之间除了外部联系还存在别的东西。当代哲学为反驳他们,已证明意义也是直接材料。不过讨论这个问题会扯得太远。

---

① 休谟(1711—1776),英国经验主义哲学家,历史学家,经济学家和作家。

我们只要指出荒诞的人的世界就是新现实主义者的分析性世界也就够了。文学上应用这一手法不乏成功之例：它见于《天真汉》和《小大人》①，也见于《格列佛游记》。因为十八世纪也有它自己的"局外人"，——一般说，这是些"善良的野人"，他们被移植到一个陌生的文明之中，感受这个文明的各种事实却未能把握其意义。这一错位追求的效果不正是在读者心里引起荒诞感吗？加缪先生似乎屡次想起这一点，尤其在他描述主人公思考自己坐牢的原因时。

正是出于这一分析手法，《局外人》采用了美国小说技巧。死亡守候在我们的道路的尽头，它使我们的未来烟消云散，人生"没有明天"，仅是彼此递嬗的现时。这无非是说，荒诞的人把分析精神用于时间概念。柏格森认为时间是一个不可分割的组合物，荒诞的人只看到一连串的瞬间。最终，要靠彼此不相通的瞬间的多元性来解释生命的多元性。我们这位作者从海明威那里借用的，是后者的句子的不连贯性，而这种不连贯性是模仿时间的不连贯性。现在我们好理解加缪先生的叙述特色了：每句话都是一个现时。不过这不是那种不确定的、有扩散性的、多少延伸到后面那个现时上去的现时。句子干净利落，没有瑕疵，自我封闭；它与下一句之间隔着一片虚无，犹如笛卡儿的瞬间与随后来临的瞬间彼此隔开。在每句话和下一句话之间世界死过去又复苏；句子一旦写出来，便是无中生有的创造物；《局外人》的一句话好比一座岛屿。我们从句子到句子，从虚无到虚无跳跃前进。加缪先生正是为了强调每一单句的孤立性才选用复合过去时来叙述。简单过去时用

---

① 《天真汉》和《小大人》都是伏尔泰的哲理小说。

于表示绵延的时间：Il se promena longtemps。① 这些词指向一个前过去时和一个未来时；句子的事实是动词，是有及物性和超越性的行动。Il s'est promené longtemps② 则掩盖了动词的动词性；动词被断裂成两截：在一头我们得到一个失去任何超越性，像一件物体一样被动的过去分词，另一头是动词"être"，但它在这里仅有助动词的意义，其作用是把过去分词和名词连接起来，把谓语与主语连接起来；动词的及物性消失了，句子凝固了；现在名词成了它的事实，它不再是连接过去和未来的桥梁，而是渺小、孤立、自给自足的实体。此外，如果人们用心尽可能把句子压缩为一个主句，句子的内在结构就获得一种完美的单纯性，它的凝聚力因而增强。它变成不可分割的时间原子。自然人们不会把各个句子组织起来：句子之间纯属并列关系；人们特别避免任何因果联系，因为这会在叙述中多少引入一些解释，从而在各个瞬间之间确立不同于纯粹递嬗关系的另一种秩序。作者写道："过了一会儿，她问我爱不爱她。我回答说这种话毫无意义，我好像不爱她。她好像很难过。可是在做饭的时候，她又无缘无故地笑了起来，笑得我又吻了她。就在这时，我们听见莱蒙屋里打起来了。"我们用异体字标出的其中两句话尽可能小心翼翼地用纯粹递嬗关系的外表掩盖一种因果联系。每当绝对必须在一句话里提示上一句话时，人们便使用"还有""但是""然后""正当此时……"等词，这些词不带任何意义，除非表示脱节、对抗或者纯粹的加法。这些时间单位的关系是外在的关系，犹如新现实主义在事物之间确立的关系；现实出现

---

① 法文：他散步了很长时间（简单过去时）。
② 法文：他散步了很长时间（重合过去时）。

了,但没有被领过来,它消失了,但没被摧毁,世界随着每一时间脉冲分崩离析然后重生。但是我们不要认为世界会自己产生自己:它有惰性。世界一旦进入活动,任何活动都倾向于用令人生畏的力量取代偶然性造成的令人安心的混乱状态。一位十九世纪的博物学家会这样写:"一座桥横跨在河上。"加缪先生拒绝这种人格化的做法。他会说:"河上有一座桥。"这么一来物就立即呈现它的被动性。物不过在那里而已,无任何特色可言:"……屋子里有四个穿黑衣服的人。……门口,有一位太太,我不认识。……门前有送葬的车……旁边站着葬礼司仪……"人们说勒那尔最终会写出:"母鸡下蛋"这样简洁的句子。加缪先生和当代许多作家会写成:"有一只母鸡,还有是它下蛋。"这是因为他们爱的是事物本身,不愿意用绵延的时间的洪流冲淡事物。"有一点水":这便是永恒的一个片断,它是被动的,莫测高深的,不相沟通的,熠熠发光的;如果人们能触摸这一片断的永恒,这该是多大的感官享受!对于荒诞的人来说,这是世界上唯一的财富。所以这位小说家不喜欢有条理的叙述,他偏爱无以为继、一鳞半爪的闪光,每一闪光都带给他一次快感,所以加缪先生在写作《局外人》时可以相信自己缄默不语:他的句子不属于言语的天地,它没有枝蔓,不向上下延伸,也没有内部结构;它满可以像瓦莱里的"风灵"一样被界定如下:

  无影也无踪,
  换内衣露胸,
  两件一刹那。①

---

① 卞之琳的译文。《世界文学》(1979 年第 10 期)。

它是由用一种静默的直觉体验到的时间十分精确地测定的。

在这种情况下,我们还能把加缪先生的小说作为一个整体来谈论吗?他的书里所有的句子彼此等值,就跟荒诞的人的所有经验都是等值的一样,每一个句子只为自身而存在,把其余句子都抛入虚无之中;于是,除了作者背离他的原则去制造诗意的鲜有场合,任何一个句子都不能突出显示在由其他句子组成的背景上。对话也被纳入叙述:对话本是做出解释、揭示意义的时刻;如果给予对话特殊地位,那就等于承认意义是存在的。加缪先生把对话刨平,简化,往往用非直接引语记录对话,不用特殊的印刷符号标明对话,以致人物口中的话好像一些与其他事件相似的事件,在一瞬间闪过随即消失,如一股热风,一个声音,一股气味。所以,当人们开始阅读这本书时,人们似乎面对的不是一部小说,而是一个单调的旋律,一首阿拉伯人用浓重鼻音唱出的歌曲。人们于是可以认为这本书与库特林纳①说过的那种曲调相似,它们"一去不复返",无缘无故戛然而止。但是,就在读者眼皮底下,这本书自动组织起来,显示支撑着它的结实的深层结构。没有一个细节是多余的,没有一个细节不在下文再次出现,成为辩论的材料;终卷时,我们明白这本书不可能用其他方式开头,也不可能有另一种结局:人们想让我们把世界看成是荒诞的,并且细心地抽掉了因果关系,在这个世界里最渺小的事件也有其重量;没有一个事件不帮助把主人公推向犯罪和死刑。《局外人》是一部古典主义作品,一部有条有理的关于荒诞、反抗荒诞的作品。我不知道这是否完全是作者的本意,我谈的是读者的看法。

这部干脆、利落,表面上杂乱无章实际上结构缜密,一旦人们

---

① 库特林纳(1858—1929),法国作家,戏剧家。

掌握了它的钥匙便变得如此富于"人性",不带秘密的作品,我们该把它归入哪一类呢?我们不能把它叫作记叙:记叙在记录的同时作出解释和进行协调,它用因果关系取代时间顺序。加缪先生称自己的作品为"小说"。然而小说要求绵延的时间,一种变化过程以及时间的不可逆性的明显存在。这部作品是一系列彼此递嬗的无活力的现时,在它下面却隐约可见一架机器精密的结构,我很犹豫是否能给它冠上小说的名称。要不它就与《查第格》和《老实人》①一样,是道德家的中篇小说,伴有委婉的讽刺和几幅嘲弄性肖像②。这样一种小说,尽管有德国存在主义者和美国小说家助阵,归根结底还是与伏尔泰的小说很接近。

一九四七年二月

---

① 《查第格》和《老实人》都是伏尔泰的哲理小说。
② 拉皮条的,预审推事和律师等人的肖像。——作者原注

被捆绑的人[1]

——关于儒勒·勒那尔的《日记》的札记

他创造了缄默文学。大家知道这一文学以后的遭遇。我们有过缄默戏剧,也有过消费巨量词句的超现实主义诗歌:词句编织的帷幕熊熊燃烧,在着火的帷幕后面隐约可见一个巨大的、沉默的存在:精神。今天布朗肖[2]努力制造一些古怪的精密机器——我们可以把它们叫作"无声手枪"——在这类机器里精心选定的词句相互抵消,好像答数应为零的复杂的代数运算。恐怖主义的精巧形式。不过儒勒·勒那尔不是恐怖主义者。他无意征服一种不落言筌的无人知晓的缄默;他的目的不是发明缄默。他以为自己已经拥有缄默了。缄默在他身上,缄默就是他。这是一件物。需要做的只是把缄默固定在纸上,用文字把它誊录下来。这是一种缄默的现实主义。

他的祖辈中有好几代人沉默寡言:他母亲用农民的简短句子说话,难得开口,但每句话都意味深长。他父亲是村里的怪人,与我的祖父属于同一类型。我祖父对婚约[3]大为失望,四十五年间

---

[1] 本文译自《处境种种》第一集。
[2] 莫里斯·布朗肖(1907—2003),法国作家,批评家。
[3] 缔婚双方用契约形式规定相互间的财产关系。

对我祖母没有说过三句话,而我祖母管他叫"我的寄宿生"。他在农民中间度过童年,这些农民每人都以自己特有的方式宣告语言无用。他写道:

> 农民回家以后,动作不比三趾树懒多。他喜欢黑暗,不仅是为了节省,也是出于爱好。他被灼伤的眼睛得到休息。

请看布洛老爹的肖像。他家新来一位女仆:

第一天,她问:

"今天我该煮点什么做您的点心?"

"土豆汤。"

第二天她问:

"我该为您煮点什么?"

"我说过了:土豆汤。"

于是她明白了,从此她每天主动给他做一份土豆汤。

勒那尔身上某种孤独的、节节疤疤的东西与布洛老爹有亲缘关系:一种真正的、为村民特有的厌世心理。如果他当乡下医生、调解法官或者某一农村的村长,他必定会完全适应他的职务;可能他还会得到幸福。但是这个沉默寡言者喜爱写作;他到巴黎来标新立异,他寻求伴侣以便向别人表现他的孤独;在他活动的圈子里,人们害怕他要求很高的沉默;他用写作表示沉默。

他曾想使自己的作品跻身当代鸿篇巨制之列,犹如他本人厕身沙龙里饶舌的宾客之间,从而赢得声誉。如果他活在今天,这一愿望会促使他去寻求一种语言自我毁灭的公式。在他那个时代还没有产生这种想法。

他认为简短的语句与缄默不语最为接近,而最缄默的句子是最节省的句子。他终生信奉风格便是力求简短。最简洁的表达方法通常也是最好的,这一点大概不错。不过需要声明:这是相对于人们表达的思想而言的。所以笛卡儿或普鲁斯特的某些长句其实很短,因为人们不可能用更少的字说出他们想说的意思。他却要求绝对简洁:在有一个意思之前,他先定下应该表达这个意思的字数。他关心的唯一问题,是雅奈①所谓的筐子问题,可以如下方式表述:"怎样在同一个筐子里装进尽可能多的砖头?"勒那尔自称对诗歌感到恶心,因为据他说,"一行诗,还是太长"。他在小说里感兴趣的是"风格的瑰宝"。当然在小说里最难找到这种东西,因为风格在小说里是隐去的。好在勒那尔不喜欢小说。

勒那尔的句子浑圆、充实,内部结构简无可简,犹如那种口腔兼做排泄孔道的低等、壮实的动物。他的句子不带从句,后者好像是脊椎骨或动脉,有时像是神经节。凡是不属主句的成分对他都显得可疑:这些都是废话,不起作用的限制,无意义的赘词,后悔话。他确实跟句法有仇:句法对于这个农民来说是游手好闲者的精致玩意儿。他把布洛老爹说的那种土里土气、民间常用的句子,那种单细胞结构的句子当作自己的句子。应由单词独家承担表达思想的细微差异和复杂性的使命。贫困的句子里有富裕的词。他不能不走到这一步上:单词比句子更接近沉默。理想的方案该是单词本身就构成一个句子。这样的话,言语和沉默就在这个词上汇合,就像时间和永恒在克尔恺郭尔的瞬间里汇合一样。实在找不到具备整个句子功能的单词,那么就在句子里放入尽可能少,但是含义尽可能丰富的单词吧。这些单词不应该局限于表达不带任何修饰的思想,而是应该通过它们的不同意义——词源学的、民间

---

① 保尔·雅奈(1823—1899),法国哲学家。

的和学术意义的组合,让人们看到思想的绰约风姿。

马莱伯①生逢今日该能大展宏图:
——教人们用词得当,便威力无穷。
然后把如水母一般疲软的所有其他词都扔到垃圾箱里去。

于是句子成了超饱和的缄默。一个句子从不与另一个句子相关联:用一句话可以表达的思想,为什么说成两句呢?我们触及问题的实质了:写整段文章或整本书的人,当他在纸上写下一句话时,他就被这句话打发到作为整体的言语上去。他没有凌驾在言语之上,他正在制造言语;我正在写的词包含着以前出现的词和我以后将写的词,而且由近及远,包含着所有的词;我需要全部言语才能理解言语的一个不完整的瞬间。故此,沉默只是作为一个词存在于言语内部,而我自己则置身于言语之中,置身于意义的交叉之中,每一个意义都不是完备的,都需要其他意义才能阐明自己。但是,如果我像勒那尔一样用陡峭的句子来思想,把全部想法限定在两块界石之内,在这种情况下每句话都与其余的话不相关联,单独一句话便是整个言语。我读这句话,我写下这句话,我看一眼就把这句话浓缩起来;在这句话的前后是一片虚无;我从缄默的观点出发辨认、理解这句话。句子本身虚悬在缄默之中,变成缄默,犹如布朗肖和巴塔叶②从非知识的观点,即从知识的彼岸观照知识,知识就变成非知识。因为言语不是在沉默的顶峰噼啪作响的声音,它是人类的总体事业。

---

① 马莱伯(1555—1628),法国诗人,曾大力提倡语言的纯洁性。
② 巴塔叶(1897—1962),法国作家。

不过有时勒那尔有趣地颠倒表述的次序:他的最初目标既是沉默,他寻找句子正是为了缄默不语,句子不过是一丁点转眼即逝的沉默,他是为了句子才去寻找思想的。

"一个想法,这有多虚妄:没有句子的话,我不如去睡觉。"

这是因为他天真地相信想法被限制在用来表述它的一个句子里。他认为位于两个句点之间的句子便是想法的天然形体。他从未想到一个想法可以表现为一章文字,一卷书,也可以——在布伦斯维克①谈到"批判思想"的意义上——是无法表述的,只代表用来考虑某些问题的一种方法,即一条言语法则。

勒那尔认为思想是一个浓缩一定数量经验的肯定格式。同样,句子对于许多作家来说是段落这个微型宇宙中的接合、过渡、滑动,是扭曲、转盘、桥梁或堡垒,对他来说则是一定数量的思想的浓缩。思想和句子,形体和灵魂以箴言或悖论的形式向他显示;例如:"做个好人会使我十分愉快。"这是因为他没有思想。他甘心情愿的、精心策划的、艺术性的沉默掩盖着一种天生的、无依无靠的沉默:他无话可说。他思想是为了更好地缄默不语,这就意味着他"废话连篇"。

因为,到头来,他对沉默的偏爱导致他喋喋不休。一百行是废话,五个词也嫌啰唆。只要喜欢句子甚于思想,人们说的便是废话。因为读者遇到句子,思想却隐匿不见了。勒那尔的《日记》是简洁的废话,他的全部作品都是点彩派画风——这种点彩派画作自有其修辞学,就像路易·盖兹·德·巴尔扎克②的由多种成分合成的巨型句子有一套修辞学一样。

---

① 布伦斯维克(1903—1955),匈牙利心理学家。
② 路易·盖兹·德·巴尔扎克(1595—1654),十七世纪法国散文家,文体讲究。

人们可能会惊讶勒那尔竟然无话可说。人们会问,既然只要描绘自己便能标新立异,为什么有些时代,有些人却没有任何信息可供发布。可能这个问题提得不恰当。根据勒那尔的看法,似乎人的本性与观照这个本性的内在眼睛一样都是固定的,只要这只眼睛习惯我们的黑暗,便能在其中发现几条新的真理。事实上,眼睛事先设想它看到的东西并加以清理,而且这只眼睛不是我们一上来就有的。必须发明看东西的方式;人们因此先验地、通过一项自由选择决定自己看到的东西。空虚的时代是选用已为别人发明的眼睛观看自身的时代。除了加工提炼别人的发现,这些时代什么事也做不成;因为带来眼睛的人同时带来了被看到的东西。整个十九世纪下半叶,法国人用伦敦的经验主义者的眼睛,穆勒①的眼睛和斯宾塞②的眼睛来观看自己。作家只有一个手段:观察;只有一个工具:分析。在福楼拜和龚古尔之后,人们已经可以觉察某种不自在。龚古尔在一八七〇年八月二十七日的日记中写道:

> 左拉到我家来吃午饭。他对我谈起他打算写的一系列小说,一部十卷史诗,一个家族的自然史和社会史……他对我说:在对感情的无穷小如同福楼拜在《包法利夫人》里尝试做过的那样进行分析的专家之后,在像你做过的那样对艺术的、造型的、神经质的东西进行分析之后,在这些珠宝作品,这些精雕细刻的卷帙之后,没有位置留给年轻人了;再也没有事可做了;再也不需要去构思、创造一个人物,一个形象了:人们只能通过著作的数量和创造的力量去对公众说话。

这场谈话必定相当滑稽。不过我们应该看它的实质。它证

---

① 约翰·斯图亚特·穆勒(1805—1873),英国哲学家、经济学家和逻辑学家。
② 斯宾塞(1820—1903),英国哲学家、社会学家。

明，早在一八七〇年，一位青年作家已经认为自己必须经营批发业务，因为零售商之间的竞争太激烈了。这也不错。可是以后怎么办呢？有人写出十卷本的史诗以后，剩下来还有什么事情可做呢？勒那尔正是在这个时候出场了。他位于从福楼拜经过龚古尔和左拉到莫泊桑的这个巨大的文学运动的尾端。所有的出口都关闭了，道路统统堵塞了。他怀着绝望的心情投入文学生涯，感到自己来得太晚，一切都有人说过了。他一门心思标新立异，同时又害怕达不到目的。他还没有选择一种新的观察方式，便到处寻找新的景色，但是纯属徒劳。今天我们发现所有的道路都是畅通的，认为一切有待我们去说出来，有时甚至面对在我们前面伸展的空地感到眩晕。对于我们来说，没有比这些被捆绑的人的抱怨更古怪的事情了：他们株守一片耕种了无数次的土壤，焦灼地寻找一小块处女地。然而这正是勒那尔的处境：他嘲笑左拉及其搜集资料的癖好，但是承认作家应该寻求真理。不过这个真理就是准确地照原样描绘向一个假设为不偏不倚的观察者显示的可感知的表象和心理表象。所以勒那尔和自然主义者一样认为现实就是经过实证主义科学组织、过滤、清理的表象，而他赞同的这个有名的"现实主义"无非是根据原样记录现象。不过，在这种情况下，人们还有什么可写呢？再也不必去分析重大的心理或社会典型了：对于典型的金融家、矿工、妓女，还有什么新的话可说呢？左拉已经走在前头了。对普遍感情的研究已经山穷水尽了。剩下的只是细部和个别性的东西。勒那尔的前辈因为胸怀大志，恰恰忽视了个别性。勒那尔一八八九年一月十七日写道：

卷首题词：我没有见到典型，只见到个别的人。学者专事一般化，艺术家做的是个别化。

这个提法似乎已开了纪德那几页有名的文章的先声,纪德号召写个别题材,把个别题材的各方面挖掘无遗。但是我以为勒那尔这样说毋宁是招认自己无能。对于勒那尔和他的同时代人,个人是他们的先辈留给他们的东西。证据是一涉及这些个别现实的本质,他们就拿不定主张。勒那尔诚然在一八八九年对杜布斯大为恼火,因为后者"有几套关于妇女的理论,又来了?难道提出关于妇女的理论没个够吗?"但是这不妨碍他在一八九四年劝告自己的儿子:方台克①,想当作家,只消研究一个女人,把这个女人研究透彻便能了解一般女人。

所以,达到典型性这一古老的梦想并未消失。只不过人们在抵达目的前将绕一个弯子:我们用心去刮擦个别性,个别性便碎为细屑,销声匿迹,在剥落的油漆下就会露出普遍性。

别的时刻,相反,勒那尔似乎拼命想使自己的观察具有普遍意义却又做不到。这是因为他几乎不知不觉地受到关于真理的一种多元性的、反目的论的、悲观主义的看法的影响。同一时代适逢实证主义瓦解,起步时无往不胜的科学开始在某些领域遇到困难,这种真理观便应运而生。例如他写道:"我们的前人认为性格、典型有连续性……我们却看到典型没有连续性,它有时平静,有时发作,既有为善的瞬间,也有作恶的片刻。"

绝对真理随着绝对科学的消亡而消亡。剩下的只是一些个别的科学和个别的真理。应该说这一多元论在勒那尔那里是很脆弱的,既然他同时承认决定论。真正的多元论只能建立在宇宙的部分不确定性和人的自由之上。但是勒那尔没有走得这么远。阿那托尔·法朗士同样不彻底,他于一八九一年(上文引用的勒那尔

---

① 方台克是勒那尔的儿子的小名。

的话写于1892年)在《文学生涯》里写道:"……据说有些人的脑子被隔成密封舱。每一间隔充满奇妙的液体,但无从渗入其他间隔。一位热情维护自己信念的唯理主义者对戴奥杜尔·里波①先生表示他对存在这样的头脑感到惊奇,实验哲学的大师莞尔一笑回答他说:'其实这是最平常的事情。相反,执意在一个人的头脑里确立统一性,这难道不是唯灵主义的观点?为什么你不愿意一个人有两重、三重、四重性呢?'"

这段文章因其愚蠢而弥足珍贵,因为它表明实验多元论与唯灵论的理性主义针锋相对。这一悲观主义思潮最终导致梅奇尼科夫②的《人性的不协调》。勒那尔希望做的正是对"人性的不协调"作一研究,这样他就可以为自己偏爱瞬间印象提供理论依据。他曾高呼:

　　写碎片,小的碎片,特别小的碎片。

我们于是通过另一条道路,即勒那尔夸张其词地称之为他的虚无主义的道路,被领回到我们的出发点:点彩画法和作为自给自足的艺术品的句子。事实上,如果人性首先是混乱和不协调,那么就不可能写长篇小说了。勒那尔不厌其烦地反复说长篇小说已经过时,因为它要求一个持续的发展过程。如果人不过是一系列不连贯的瞬间,那么还不如写短篇小说:

"用几篇越来越短的故事编一个集子,书名就叫《轧钢机》。"

把这种做法推向极致,我们就会重逢自在圆通的句子。有人说过,勒那尔最后会写出"母鸡下蛋"这样的句子。至此功德

---

① 戴奥杜尔·里波(1839—1916),法国哲学家,心理学家。
② 梅奇尼科夫(1845—1916),俄国动物学家、微生物学家,获一九〇八年诺贝尔医学奖。

圆满:在这个转瞬即逝的世界里,一切都不是真实的,唯有瞬间才是真实的,那么唯一可能的艺术形式就是记录。我在一个瞬间读到的句子被双重的虚无与其他句子隔开,它的内容是我正当印象飞逝时逮住的瞬息印象。所以勒那尔的全部心理学都是记录印象。他检查、分析自己,对自己的所作所为感到惊奇,但是这一切都是在半空中完成的。这也是自作自受:他记录自己一刹那的嫉妒心,他天真的或卑下的欲望,他为逗乐保姆而说的笑话;他没花什么代价就赢得残酷的名声。殊不知这正是他选择看到的东西,他愿意自己在自己眼里就是这个样子。因为说到底,他本是用情专一的丈夫,几乎没有外遇,也是好父亲和热衷名利的作家。而且他是出于美学上的考虑,而不是出于道德决心才作此选择的。也就是说他生活在克尔恺郭尔称之为"重复",海德格尔称之为"谋划"的层面上……对于把人生当作事业的人来说,这类自尊心的波动无关宏旨。何况在某种程度上任何人的一生都是一项事业。"愤世嫉俗"心理仅是文学家的发明。勒那尔因为存心对他自己的生活的组合性及其意图的连续性视而不见,他就蹉跎此生并且为我们留下他自身的不正确的形象:我们一时的脾气只有当我们注意它们时才有其重要性。我们不应该根据他的脾气来看待他或评判他,而是应该把他当作一个选择了注意自己的脾气的人。

再说,他从来没有花许多功夫去研究情欲和灵魂的活动。他在农村度过童年,保留了对动物和乡间事物的喜爱,他喜欢谈论、描写这些东西。不过就是在这一方面,他也生不逢时。前辈作家,如福楼拜、左拉、狄更斯们,已经对现实世界做过普查:他们需要为艺术开拓新的疆土,使文学语言变得灵活,以便它适应描写诸如机器、花园、厨房一类粗俗的事物。从这个观点来看,《情感教育》具有宣言书的价值。一切都被囊括进去；有了《小酒店》《萌芽》和《妇女乐园》，长篇小说便占领了酒馆、矿井和百货公司。这些作品是用大笔浓墨绘出的图画，更是一种分类归档的做法。轮到勒那尔那一代人来做的事情，只是在这个底子上工笔细描。这本可以成为一种新的艺术形式的出发点。果不其然，勒那尔与他的前辈背道而驰。前辈作家首先关心的是把每一件东西放在恰当的位置上，是列举厨房设施和花园里诸般花卉的名目，他们从叫出各种炊具的技术名称得到一种单纯的享受；勒那尔面对个别事物却产生从深处把握这一事物并进入其本质的要求。他不关心清点小酒店柜台上玻璃杯的数目和出售的各色酒的品种，他不把每一事物看作详尽的清单上的一个项目从而考察它与其他事物的关系；他也不屑描写"气氛"，几年以后巴雷斯①将开创这一风气。勒那尔看到的玻璃杯是与世界上其他事物切断联系的。杯子与一句话一样是孤独的、封闭的。勒那尔唯一的野心是做到能使他的句子更贴切、更准确、更深刻地表现玻璃杯的内在本质。从他的《日记》的头几页起，我们就看到他留心砥砺将要刺入物质的工具，如同下面这几条简短的札记所显示的那样："干柴捆的强烈气味"，或"冰面下水的搏动"。人们只能同情他为使事物出血而做的笨拙努力。这番努力是后来许多类似企图的滥觞。但是勒那尔恰巧受到他自己的现实主义的遏制：为了能与物灵犀相通，他必须首先摆脱泰纳的形而上学。必须让客体有一个黑暗的核心，必须让它不仅是可感知的纯粹表象或者一组感觉，而是这以外的别的东西。勒那尔预感到这一深藏不露的东西，并且在最小的石子里，在一张蜘蛛网或者一只蜻蜓身上寻找它，但是他怯生生的实证哲学不让他

---

① 巴雷斯(1862—1923)，法国作家，政治家。

找到它。如果人们想有朝一日发现事物的核心,人们首先必须发明它。奥第培蒂①谈到牛奶"秘密的乌黑"时,他为我们提供了有关牛奶的情况。但是对于勒那尔来说,牛奶不可救药地是白色的,因为它只是它显示的那个样子。他描绘的形象的重要特点渊源于此。诚然这些形象首先是一种造短句的手段。当他写道:"这位才子是蠢笨如鹅的鹰",人们立即看到鹰和鹅这两个词起到的节省效果。对于勒那尔,形象的诸多功能中的一项是概括思想。于是这种深奥的文风,这种阿雷讷②所谓的"美术字体",便与农民的神话式及谚语式谈吐相汇合;他的每句话都是一则袖珍寓言。不过这还不是问题的要害。勒那尔创造的形象是重组事物的羞怯的努力,可是每次重组终归失败。他当然想深入现实世界的内部。但是根据泰纳的形而上学,现实世界首先是供人观察的。这是那个时代的智慧所在,是经验主义的文学翻版。于是我们这位不幸的人便尽可能地观察。一月十七日他谈到水在冰面下的搏动;五月十三日他谈到铃兰。他不会想到在冬天谈论花卉,夏天谈论冰块的。可是今天尽人皆知,人们不可能通过消极地观察现实而深入现实的本质:最优秀的诗人不是心不在焉就是目眩神迷;总之他不是观察家。此外,勒那尔枉为虚无主义和悲观主义的信徒:他乖乖地相信科学世界;他甚至确信科学世界和他观察到的世界是同一个世界。他知道冲击他耳朵的声音是空气的颤动;刺激他眼睛的颜色是以太的颤动。所以他什么也不会找到:他的世界在他为之设立的哲学和科学框架里窒息。观察向他展示世界平淡无奇的大致轮廓;他看到的世界是普通人的世界。至于他看不到的东西,

---

① 奥第培蒂(1899—1966),法国作家。
② 阿雷讷(1843—1896),法国乡土文学作家,用普罗旺斯语写诗。

他让科学代劳。总而言之,他与之打交道的现实世界早已由见物不见精神的常识安排妥帖了。所以他的大部分笔记都由两个句子成分组成,第一个成分扎实、精确、有规定性,能把事物按其对常识显现的样子照样重现;第二个成分由"好像"一词与前者相连,构成确切意义上的形象。但是正因为所有的知识都已汇总在第一个句子成分中,第二成分就不能提供任何新的内容;正因为事物已被组成,形象不能为我们揭示该事物的结构。例如这一句:"一只蜘蛛在一条看不见的线上滑行,好像它在空气中游泳。"

人们首先说出动物的名称,然后用精确的词汇描写它的动作,甚至越过表象去假定人们看不到的东西,因为过去的经验和专家们的著作都告诉我们蜘蛛是拴在一根细线上散步的。所以没有比这第一个句子成分更令人安心、更实在的话了。第二成分则相反,它用"游泳"这个词表现空气好像对蜘蛛施加的异乎寻常的阻力,这一阻力不同于比如说空气对于飞鸟和苍蝇的阻力。不过后一成分产生的效果正好被前一成分抵消。既然人们让我们知道蜘蛛在一条线的尽头滑行,既然人们向我们透露了这条我们看不见的线的存在,既然人们要我们相信这便是现实、真实,形象就虚悬在空中,无依无靠,在我们还不知道这个形象之前,它已经被拆穿,被当作对表象的一种神话式摹写方式,要不然就被当作一种纯粹的非现实,总之是作者的幻想。就这样人们在句子里引入一个强拍、一个弱拍,因为第一成分牢固地锲入作者认真对待的社会和科学世界之中,而第二成分却散为烟云。这一僵化做法威胁着勒那尔的全部形象,把它们引向滑稽和温情,使每一个形象都成为一种逃避行为,以便逃离令人生厌的、太熟悉的现实世界,躲进一个纯属想象的世界,而这个臆想的天地丝毫无助于理解所谓的现实。他在一八九二年写道:

用不存在的法则取代现存的法则。

这正是他在每一个比喻里做的事情,既然他把真正的法则和科学解释放在一边,把他自己发明的法则放在另一边。他将记下"晕倒,即在自由流通的空气中淹死",他将认为圣保尔-鲁①的一句话"妙不可言":"飞鸟往返林中,像树木在交谈";他最终写下这句话:"灌木丛似在阳光下酣醉,若感不适而晃动,呕吐山楂花,白色的泡沫。"这句话实在糟透了,而且毫无意义,因为形象是借助自身的重力展开的。我们注意"似"这个词,它是用来让读者也让勒那尔本人放心,提醒他们说他们将进入纯粹幻想的领域,而灌木丛是不会呕吐的。我们也注意现实世界与想象世界笨拙的并列方式:"山楂花,白色的泡沫。"勒那尔把这片似烟如雾的花比作泡沫,但是他先说出花的名字,使它归属于某科、某目、某界。这么一来他就取消了形象,使形象失去真实性。他心目中的诗意其实恰巧是与之相反的东西;只有当人们不承认对于现实世界的科学解释具有任何优先价值,而是确认各种解释体系之间绝对平等时,才能产生诗意。然而,人们猜到在这一糟透了的形象的底子上好像有对于某种自然的直接领悟。阳光曝晒下扑满尘土、涨满发黏的汁液的灌木丛的存在中确实有某种令人作呕的东西。这些被晒热了的植物已经变成汤药了,然而盛夏所有的白色尘埃都凝聚在它们身上。今天一位弗朗西斯·蓬热②一定会出色地表达这种感受。相反,勒那尔的努力却流产了,在他还没有弄清自己想做的事情之前就流产了,因为他的努力在根子上已经败坏了。本来应该

---

① 圣保尔-鲁(1861—1940),法国诗人,师事马拉美。
② 蓬热(1899—1988),法国诗人,致力于描写物的自主存在,萨特推崇他为存在主义诗人。

迷失方向，单人独骑接近客体。但是勒那尔从不迷失方向。请看他怎样追求红绶带，当人家终于授予他红绶带时他怎样感激涕零：他偶尔也逃向想象世界，但是这个人必须在科学的保护下带着全套社会机构上路。如果他能像兰波①那样拒绝逃避，如果他直接与所谓的"现实"搏斗，如果他能挣脱这个现实的资产阶级及科学主义的框架，他可能会达到普鲁斯特的直接性或者《巴黎的农民》②的超现实性，他可能会猜到里尔克③或者霍夫曼斯塔尔④在事物背后寻找的那个"实质"。但是他甚至不知道自己在寻找什么；如果说他是现代文学的一个源头，那是因为他模糊地预感到有一个他禁止自己进入的领域。

这也是因为勒那尔从来没有单独生活。他属于一个"精英"阶层；他自以为是一个艺术家。艺术家这个概念来自龚古尔兄弟，带有这对兄弟特有的愚蠢、庸俗却又自命不凡的标记。伟大时代有过受命运诅咒的诗人，经过为艺术而艺术运动以后，剩下来的就只有艺术家这个概念了。压在勒那尔和他的朋友们头顶上的，不过是一个洁白的、资产阶级化的、舒适的诅咒：不再是孤独的魔法师的诅咒，而是一种出类拔萃的标记。如果你的"脑瓜"特别酥脆，神经分布如花边图案，你就是被诅咒的。事实上，这个"艺术家"概念不仅是一个伟大的宗教神话——关于诗人vates⑤的神话——的孑遗，它主要是如第三共和国的精英那样的小型资产阶级社会借以把握自己并认出自己的三棱镜，这个

---

① 兰波(1854—1891)，法国象征派诗人。
② 《巴黎的农民》，阿拉贡的早期小说。
③ 里尔克(1875—1926)，德裔奥地利作家。
④ 霍夫曼斯塔尔(1874—1929)，奥地利诗人，戏剧家。
⑤ 拉丁文：诗人。

社会生活优裕,有教养,而且从事写作。今天这个概念可能令人纳罕:罗曼①或者马尔罗想必会同意别人说他们是艺术家,既然说到底大家公认写作是一种艺术。但是他们本人似乎不从这个角度看待自己。今天,特别是一九一四年战争以后,分工日益发展。当代作家首先关心的是向读者展示人的状况的完整形象。这样做的同时,他就介入②了。今天人们多少有点蔑视一本不是介入行为的书。至于美,它是附加的,如果有可能办到的话。然而儒勒·勒那尔首先关注的是美和艺术享受。一八九五年的作家既非预言家,也不是被诅咒的人,更不是战士:他是参透了某种奥秘的人。他之所以与众不同,更多地不是由于他做的事情,而是由于他在做这些事情时感到的乐趣。这一审美快感是他"纤细"且极度紧张的神经的果实,使他成为与众不同的人。因为一位老提琴家声称自己感到的艺术快乐强于他感受到的,勒那尔便大动肝火:

> 比较音乐与文学。这些人想使我们相信他们的激动比我们的更完满……我很难相信这个半死不活的小老头在艺术享受方面超过维克多·雨果或拉马丁,而这两位是不喜欢音乐的。

这样一来勒那尔就被完全捆绑起来了,这是因为,尽管他做过有气无力的申辩,他毕竟是个现实主义者。而现实主义者的特点是他不行动。他只是静观,既然他要如原样描绘现实,就是说根据现实向一个不偏不倚的证人显示的样子描绘现实。他必须严守中立,这是他作为书记员的职责所在。他没有,他也从来不应该"参

---

① 儒勒·罗曼(1885—1972),法国作家。
② 关于萨特的"介入"理论,详见收入本书的《什么是文学?》。

与其间"。他在各党派、各阶级的上空翱翔,从而确定自己作为资产者的身份,因为资产者的特点是否认资产阶级的存在。他的静观属于一种特殊类型:这是一种伴随着审美激动的直觉享受。然而,因为现实主义者是悲观的,他在世界上只看见混乱和丑恶,他的使命就是把现实的物体照原样搬到一些能因其形式而给他审美享受的句子里去。现实主义者是在写作时,而不是在观看时找到乐趣的,而他写下的句子能否使他产生快感,便是评价这个句子的标记。所以这种虚无主义的现实主义把勒那尔引向完全从形式出发去理解美的观点,就像它以前把福楼拜引向同一观点一样。物质是黏糊糊的、不起眼的,但是只要遇到用豪华的外表装点这一贫困现象的句子,敏感的精英分子便会产生共鸣。需要做的是给现实穿衣打扮。福楼拜花哨、雄辩的句子于是变成勒那尔短小的、瞬间性的沉默。但是这一沉默同样有化为金石的野心。于是我们再一次回到我们的出发点:对勒那尔来说,一个漂亮句子是可以刻在石碑上的句子。美,这是思想的节省,是虚悬在大自然的伟大沉默之中的一个石头或青铜的微小沉默。

他沉默不语,他没有做过什么。他的事业是毁灭自己。他的家庭、他的时代和环境,他专事心理分析的成见以及他的婚姻把他绳捆索绑还堵住他的嘴,他的《日记》使他失去繁殖能力,他只能在梦想中一显身手。他创造的形象应该首先像利爪一样刺入现实世界,却很快变成游离在事物边缘的瞬息幻想。但是他太害怕失去立足点,不会想到在世界彼岸建设一个属于他自己的天地。他很快回到各种物体、他的友人和他的勋章那儿去,而他最执着的梦想——因为它们最安全——限于再三流连于一个平庸的、无伤大雅的通奸场面,虽说他难得有勇气真的去做。同样地,他的《日记》本应体现清醒的严厉精神,却很快变成一个幽暗、温暖的角落,让他蹲在那里可耻地与自己同谋。这是勒比克先生一家人①可怕的沉默的补偿品。他在这本日记里解开扣子——这一点一开始看不出来,因为他用的是衣冠楚楚的文体。他把自己的生命弄得奄奄一息,穷途末路的现实主义选中了他以便和他一起死去。然而,由于这个拼命毁灭自己的努力,由于他执拗地把福楼拜堂皇的和谐复合句拆成碎片,还是由于他越过经验主义的抽象表象总是预感到个别的具体性却又始终把握不到?——然而这个垂死的人却是某种威胁着"世纪末"作家的灾难的佐证。这些作家直接地或间接地成为当代文学的起源。

一九四五年

---

① 勒那尔的自传性小说《胡萝卜须》中描写姓勒比克的一家人。

什么是文学?[①]

一个年轻的笨蛋写道:"既然你想介入,你为什么不去加入共产党?"一位经常介入,更经常脱身,但又忘了这回事的大作家对我说:"最坏的艺术家是介入程度最深的:请看苏联画家便知分晓。"一位老批评家悄悄地抱怨:"你想杀害文学;你的杂志肆无忌惮地表示对文学的蔑视。"一个见识浅薄的人称我专横独行,这对他来说显然是最厉害的辱骂;一位作者好不容易从一次大战活到另一次大战,他的名字有时还能在老人心中唤起惆怅的回忆,他责怪我不关心千秋万载的令名:谢天谢地,他认识许多正人君子以此为主要希望。一个蹩脚美国记者认为,我错在从来不读柏格森、弗洛伊德;至于那位不介入世务的福楼拜,似乎他成了我的心病,狡狯之徒眨巴眼睛说:"还有诗歌呢?还有绘画呢?音乐呢?莫非你要它们也介入?"好斗之士问道:"指的是什么?是介入文学?这就是从前的社会主义现实主义,要不就是民粹主义的复兴,不过比从前更咄咄逼人。"

真是蠢话连篇!这是因为人们读得太快,囫囵吞枣,还没弄懂就作出判断。所以我们需要从头开始。这对任何人都不好玩,对

[①] 本文最初发表在一九四七年的《现代》杂志上,后来出单行本,并收入《处境种种》第二集。

你和对我一样。但是必须把钉子钉死。既然批评家们用文学的名义谴责我,却又从来不说他们心目中的文学是什么东西,对他们最好的回答是不带偏见地审查写作艺术。什么是写作?人们为什么写作?为谁?事实上,似乎谁也没有对自己提出这些问题。

一 什么是写作?

不,我们不想让绘画、雕塑和音乐"也介入",至少不以同样的方式介入。再说我们为什么要这样做呢?过去时代的一位作家发表了有关他自己的职业的见解时,难道有人立即要求他把这一见解应用于其他艺术吗?但是今天的漂亮做法是用音乐家或文学家的行话来"谈论绘画",或者用画家的行话来"谈论文学",好像归根结底只有一种艺术,像斯宾诺莎①的实体完整反映在它的任何一个属性里一样,艺术可以一视同仁用这种或那种语言来表达。人们无疑可以在任何艺术语汇的起源找到一个未经区分的选择,到后来环境、教育和与世界的接触才使这个选择取得各种特殊形式。同一个时代的艺术无疑是相互影响的,而且受到同样的社会因素的制约。但是若有人要表明某一文学理论因其不适用于音乐因而就是荒谬的,他们首先应该证明各种艺术是平行的。偏偏并不存在这种平行性。这里和其他地方一样,不仅是形式,还有质地也造成差别;用颜色和声音工作是一回事,用文字来表达是另一回事。音符、色彩、形式不是符号,它们不引向它们自身之外的东西。当然,绝对不可能把它们严格还原为它们自身,比如纯粹声音的观念乃是抽象的结果:梅洛-庞蒂在《感知的现象学》里已指出,最洗

---

① 斯宾诺莎(1632—1677),荷兰哲学家。

练的品质或感觉也没有不带意义的,但是附在它们身上的那个小小的意义,不管是轻盈的快乐还是淡淡的哀愁,都是它们内在的,或者像一片热雾在它们周围颤动;这个意义就是颜色或者声音。谁能把苹果绿色从它带酸味的快乐中区别出来呢?"苹果绿色带酸味的快乐"这种说法本身是不是已经显得啰唆?有绿色,有红色,如此而已;它们都是物,它们由于它们自身而存在。当然人们可以约定俗成赋予它们以符号的价值。花卉语言就是这样被应用的。但是,如果我同意说白玫瑰对我表示的意义是"忠贞不渝",这是因为我已停止把它们看作玫瑰:我的目光穿过它们,指向它们之外的那个抽象的属性;我忘了它们,我不去注意它们似烟如雾的茂密盛开,也不理会它们滞留不散的甜香;我甚至没有感到它们。这就是说我没有像艺术家那样行事。对于艺术家来说,颜色、花束、匙子磕碰托盘的叮当声,都是最高程度上的物;他停下来打量声音或形式的性质,他流连再三,满心喜悦;他要把这个颜色-客体搬到画布上去,他让它受到的唯一改变是把它变成想象的客体。所以他距离把颜色和声音看成一种语言[1]的人最远。这一适用于艺术创作诸要素的原理同样适用于各要素的组合:画家无意在画布上描下一些符号,他要创造[2]一件物;如果他把红色、黄色和绿色放在一起,这并不成为这些颜色的集合具有一个可以确定的意义,即它们指名道姓引向另一个客体的理由。这一颜色集合无疑也有一个灵魂附体;既然画家必须有动机,即便是隐蔽的动机,才去选用黄色而不是紫罗兰色,那么人们可以持论说这样创造出来的客体反映了画家最深藏不露的倾向。不过这些被创造的客体从来不像语言或面部表情那样表达他的愤怒、忧虑或快乐;它们倒是浸透了这些情绪;这些色彩本身已经具有某种类似意义的东西,画家的激动心情注入这些色彩后便变得模糊、不分明;谁也无法在色彩中把它们完全辨认出来。各各他①上空中那一道黄色的裂痕,丁托列托②选用它不是为了表示忧虑,也不是为了激起忧虑;它本身就是忧虑,同时也是黄色的天空。不是满布忧虑的天空,也不是带忧虑情绪的天空;它整个儿就是物化了的忧虑,它在变成天上一道黄色裂痕的同时又被万物特有的属性,它们的不容渗透性、它们的延伸性、盲目的恒久性、外在性以及它们与其他物保持的无穷联系所淹没、掩埋;也就是说它再也不能被辨认,它好像是一个巨大但又徒劳的努力,始终虚悬在天空和大地的半途,无从表达它们的本性禁止它们表达的内容。同样地,一个旋律的意义——如果人们在这里还能谈论意义——离开旋律本身也就荡然无存了。相反人们可以用多种方式完满地表达相同的观念。你尽可说这个旋律是欢乐的或阴郁的,不管你关于它说了些什么,它总是或过之或不及。这倒不是因为艺术家的感情更丰富,更多变化,而是因为他的感情虽然可能是他发明这个音乐主题的起因,但感情在与音符结合的同时改变了本质,产生渐变。一个痛苦的喊声是引起这个喊声的痛苦的符号。但是一曲痛苦的歌既是它本身,也是它本身以外别的东西。或者用存在主义的语汇来说,这一痛苦不复是无定性的存在,它已取得本质③。但是你会说,假如画家画的是房屋呢?他是在画房屋,就是说他在画布上创造一所想象的房屋,而不是一个房屋的符号。这样出现的房屋保留了真实的房屋的全部暧昧性。作家可以引导你:如果他描写一所陋屋,他可以让你从中

---

① 各各他(Golgotha),耶稣受难之处,又名髑髅地。
② 丁托列托(1518—1594),威尼斯画家。萨特著有未完成的《丁托列托传》。
③ 存在主义哲学以人的存在与物的存在相对照。人没有事先规定的本质,他是自由的,通过一系列选择实现其本质。相反,物有既定的本质。参照下文,这句话的意思似乎是说:乐曲与画一样是物,所以已取得本质(定性)。

看到社会不公正的象征，激发你的想象。画家沉默不语：他为你展示一所陋屋，如此而已；你有自由爱在这里看到什么就是什么。这个阁楼绝对不会成为贫困的象征；为了成为象征，它必须是个符号，然而它却是物。笨画家寻找典型，他画典型的阿拉伯人、儿童、妇女；好画家知道现实世界里和画布上都不存在典型的阿拉伯人或典型的无产者；他为你提供一个工人——某一个工人。关于一个工人我们能想到什么呢？想到无数相互矛盾的事情。所有的思想，所有的感情都在那里，浑然一体黏合在画布上；由你去进行选择。有几位灵魂高尚的艺术家偶尔想感动我们；他们画了在雪地上排长队等待雇主的工人，失业者消瘦的脸，还有战场。但是他们并不比画《浪子》的格勒兹①更打动我们。《格尔尼卡的屠杀》②诚然是杰作，但是有人相信它曾为西班牙共和国的事业赢得哪怕只是一个人的支持吗？然而确实有某种东西被说出来了，人们不可能完全听到这个东西，因为需要无量数的词才能表达它。毕加索画的细高个子意大利喜剧丑角老有一种暧昧、永恒的神情，他们身上附着一个猜不透的意思，而这个意思是与他们瘦削、前倾的身材和他们穿的洗褪了颜色的紧身百衲衣分不开的；他们是一种化成血肉之躯的激情，肉体像吸墨纸吸收墨水一样吸收这一激情，使它变得无法辨认，迷失方向，成为某种对它自己也是陌生的东西被肢解在宇宙四隅却又无处不在。我不怀疑仁慈或者愤怒可以产生别的客体，但是这两种感情同样会陷入它们产生的客体之中不能自拔，它们将失去自己的名称，只剩下一些幽魂附体的物。人们不可能画出意义，人们不可能把意义谱成音乐；既然如此，谁还敢要求

---

① 格勒兹（1725—1805），法国风俗画家。
② 毕加索的名画。格尔尼卡是西班牙北部一小城，一九三七年西班牙内战期间惨遭支持佛朗哥的德国空军的轰炸。

画家和音乐家也介入呢？

　　相反，作家是与意义打交道的。还需要区分：散文是符号的王国，而诗歌却是站在绘画、雕塑、音乐这一边的。人们指责我厌恶诗歌：证据是《现代》杂志很少发表诗作。其实相反，这正是我们喜爱诗歌的证据。谓予不信，只要看一下当代诗歌作品就能明白。于是批评家们得意扬扬地说："至少，你甚至不能想象让诗歌也介入。"确实如此。但是我为什么要让诗歌也介入呢？难道因为诗歌与散文都使用文字？可是诗歌使用文字的方式与散文不同；甚至诗歌根本不是使用文字；我想倒不如说它为文字服务。诗人是拒绝利用语言的人。因为寻求真理是在被当作某种工具的语言内部并且通过这个工具完成的，所以不应该想象诗人们以发现并阐述真理为目的。他们也不会想到去给世界命名，事实上他们没有叫出任何东西的名字，因为命名永远意味着名字为被命名的客体作出牺牲，或者用黑格尔的说法，名字面对有本质性的物显示了自身的非本质性。诗人们不说话；他们也不是闭口不语：这是另一个问题。人们说诗人们想通过匪夷所思的组合摧毁语言，这样说是错的；因为如果诗人们果真这样做，他们必定事先已经被投入功利语言的天地，企图通过一些奇特的、小巧的词组，如把"马"和"黄油"组合成"黄油马"[3]，从这一天地中取出他们需要的词。且不说这项事业要求无限长的时间，我们也不能设想人们可以同时既处在功利计划的层面上，把词看成一些工具，同时又冥思苦想怎样除掉词的工具性。事实上，诗人一了百了地从语言–工具脱身而出；他一劳永逸地选择了诗的态度，即把词看作物，而不是符号。因为符号具有模棱两可性，人们既可以自由自在地像穿过玻璃一样穿过它去追逐它所指的物，也可以把目光转向符号的事实，把它看作物，说话的人越过了词，他靠近物体；诗人没有达到词。对于前者，词是为他效劳的仆人；对于后者，词还没有被驯化。对于说话的人，词是有用的规定，是逐渐磨损的工具，一旦不能继续使用就该把它们扔掉；对于诗人，词是自然的物，它们像树木和青草一样在大地上自然地生长。

不过，即便诗流连于词，犹如画家之于色彩，音乐家之于音符，这并不意味着词对于诗人而言失去了任何意义；事实上只有意义才能赋予词以语言一致性；没有了意义，词就会变成声音或笔画，四处飘散。只不过意义也变成自然而然的东西了；它不再是人类的超越性始终瞄准但永远达不到的目的；它成了每个词的属性，类似脸部的表情，声音和色彩的或喜或忧的微小意思。意义浇铸在词里，被词的音响或外观吸收了，变厚、变质，它也成为物，与物一样不是被创造出来的，与物同寿；对于诗人来说，语言是外部世界的一种结构。说话的人位于语言内部，他受到词语的包围；词语是他的感官的延长，是他的螯，他的触角，他的眼镜；他从内部操纵词语，他像感知自己的身体一样感知它们，他被语言的实体包围，但他几乎意识不到这一影响遍及世界的语言实体的存在。诗人处在语言外部，他从反面看词语，好像他不是人类一分子，而是他向人类走去，首先遇到语言犹如路障挡在他面前似的。他不是首先通过事物的名称来认识物，而是首先与物有一种沉默的接触，然后转向对他来说本是另一种物的词语，触摸它们，试探它们，他在它们身上发现一种洁净的、小小的亮光，以及与大地、天空、水域和所有造物的特殊亲和力，他不屑把词语当作指示世界某一面貌的符号来使用，而是在词里头看到世界某一面貌的形象。他因其与柳树或榛树相像而选用的语言形象未必就是我们用来称呼这些客体的名词本身。由于诗人已经位于语言外部，词语对他来说就不是使他脱离自身，把他抛向万物中间的指示器。他把它们看作捕捉躲闪不定的现实的陷阱;总之,全部语言对于诗人来说是世界的镜子。于是乎,词的内部结构就产生重要的变化。词的发音,它的长度,它以开音节或闭音节结尾,它的视觉形态合在一起为诗人组成一张有血有肉的脸,这张脸与其说是表达意义,不如说它表现意义。反过来,由于意义被实现了,词的物质面貌就反映在意义上,于是意义作为语言实体的形象发挥作用。它也作为语言实体的符号起作用,因为它已失去了自己的优越地位,而且,既然词语与物一样不是被创造出来的东西,诗人不去决定究竟是物为词语而存在,还是词语为物而存在。于是在词与所指的物之间建立起一种双重的相互关系,彼此既神奇地相似,又是能指和所指关系。由于诗人不是利用词语,他不在同一词的各种含义之间进行选择,每一含义对他来说不具备独立的功能,而是好像一项物质属性委身与他,在他眼皮底下与其他含义融为一体。于是,只因为他采取了诗意的态度,他就在每个词身上实现了毕加索梦想的变化:毕加索曾想造出这样一种火柴盒,它整个儿就是一只蝙蝠,却又始终是火柴盒。佛罗伦萨是城市、花和女人①,它同时是城市-花,城市-女人和少女-花。于是乎出现这个奇怪的客体,它兼有河流的液态与黄金的浅黄褐色的柔情蜜意,并且不失体统地献出自身,通过袅袅不绝的哑音 e 无穷尽地扩展它扩满矜持的华贵风度。此外还要加上传记起到的狡诈作用。对我来说,佛罗伦萨也是某个女人,一个在我童年时代演无声片的美国女演员。关于她我什么都忘了,只记得她身材颀长如舞会上戴的长手套,总是面有倦色,身为有夫之妇总是守身如玉却又始终不被理解,只记得我当时爱着她,她名叫佛罗伦萨。因为词语使散文作家与自己分离,把他投向世界的中

---

① 佛罗伦萨在意大利语是"花城"的意思,也用作女名。

心,而对于诗人它却如同一面镜子映出他自身的形象。因此莱里斯[1]才同时着手去做两件事。一方面,他在《难词词典》中努力给某些词下一个诗的定义,就是说这一定义本身应是语言的声音外壳及其灵魂的相互关系的综合,另一方面他又在一部尚未问世的著作中,在几个对他来说特别富于感情色彩的词的指引下,去寻找逝去的时间。所以诗意的词是一个微型宇宙。本世纪初发生的语言危机是诗的危机。不管什么是促成这一危机的社会与历史因素,它表现为作家面对词严重丧失自己的个性。他不再知道如何使用词;用柏格森那句有名的话来说,他对词只认出一半。于是他怀着一种古怪的感情去接近词,结果却卓有成效。词不再属于他,它们不再就是他,但是这些陌生的镜子反映着天空、大地和他本人的生命;最后词变成物本身,或者说得更准确一些,变成物的黑色核心。当诗人把好几个这一类的微型宇宙连在一起的时候,他做的事情等于画家把颜色集合在画布上;人们以为他在造一个句子,但这仅仅是表象:其实他在创造一个客体。词—客体通过神奇的相亲或相斥关系组合起来,与色彩和声音一样,它们相互吸引,相互排斥,它们燃烧起来,于是它们的集合就组成真正的诗的单位,即句子—客体。常见的情况是,诗人先在头脑里产生句子的模式,词儿跟着就来了。不过这一模式与人们通常所谓的语言模式毫无共同之处:它不主持建造一个意义;倒不如说它与毕加索的创造计划相近:毕加索在拿起画笔之前,先在空间中设想好这个将变成一个江湖艺人或者意大利喜剧丑角的物。

    逃啊,逃到那里,我感到鸟已经醉了,
    而我的心啊听到水手的歌声。

---

 ① 莱里斯(1901—1990),法国作家。

这个"而"犹如磐石矗立在句子边缘,它并没有把下一句诗与上一句诗联结起来。它使这句诗染上某种审慎的色彩,带上一种浸润全句的矜持态度。同样地,有些诗篇一开头就是"于是"。这个连接词不再标志有待进行的某一操作:它渗入整段诗,赋予这段诗以一套组曲的绝对性质。对于诗人来说,句子有一种调性,一种滋味;诗人通过句子品尝责难、持重、分解等态度具有的辛辣味道,他注重的仅是这些味道本身;他把它们推向极致,使之成为句子的真实属性;句子整个儿成为责难,但又不是对任何具体东西的责难。我们在这里又遇到上文指出的存在于诗意的词及其意境之间的相互牵连关系:被选用的词的整体作为询问或限制色彩的意象行使其功能,反过来,询问则是被它限定的那个语言整体的意象。

如在下面这两句出色的诗里:

啊,四季! 啊,城堡!
谁的灵魂没有缺陷?

谁也没有受到询问;谁也没有提问:诗人不在其中。询问不要求回答,或者应该说它本身就是回答。那么这是否是假的询问?但是如果人们以为兰波想说:人人都有缺陷,这是荒唐的。勃勒东·德·圣保尔-鲁说过:"如果他想说这个意思,他会明说的。"但是他也不想说别的意思。他提出一个绝对的询问;他把一种询问性的存在赋予灵魂这个美丽的词。于是询问变成物,犹如丁托列托的焦虑变成黄色的天空。这不再是一种意义,而是一种实质;它是从外部被看到的。兰波正是邀请我们与他一起从外部去看它;它的古怪正在于我们为了观看它而把自己的位置放在人的状况的另一边,即上帝这一边。

如果情况真是这样,人们就不难理解,要求诗人介入委实愚不可及。在诗的根源上无疑可以找到激动、激情乃至——为什么不呢？——愤怒、社会义愤和政治仇恨。但是这些感情在诗歌里不是像在抨击文章或者自白书里那样得到表达的：散文作者在阐述感情的同时照亮了他的感情；诗人则相反，一旦他把自己的激情浇铸在诗篇里，他就再也不认识它们了：词语攫住感情，浸透了感情，并使感情变形；甚至在诗人眼中，词语也不表示感情。激动变成物，它现在具有物的不透光性；人们把它关闭在词汇里，而词汇模棱两可的属性使它也产生混淆。更重要的是，如同在各各他上空的黄色天空中有比单纯的焦虑更多的东西一样，在每句话里，每句诗里，总有更多的含义。词，句子-物与物一样无穷无尽，从各方面溢出引起它们的感情。正当人们把读者从人的状况中抽身出来，邀请他用上帝的目光从反面看待语言时，人们怎么能指望引起读者的义愤或政治热情呢？人们会说："你忘了抵抗运动的诗人。你忘了彼埃尔·埃玛纽尔①。"不！我正要拿他们做例子说明问题[4]。

  但是，诗人被禁止介入能否成为散文作者也不必介入的理由呢？两者之间有什么共同点呢？散文作者确实在写作，诗人也在写作。但是这两个写作行为的共同点仅是手画出字母的运动而已。在其余方面，两者的天地是彼此隔绝的，对于其中一位行之有效的东西对另一位不适用。散文在本质上是功利性的；我乐意把散文作者定义为一个使用词语的人。茹尔丹先生②要求仆人给他拿拖鞋时，希特勒向波兰宣战时，用的都是散文。作家是一个说话

---

① 彼埃尔·埃玛纽尔（1916—1984），法国诗人。他的作品体现了抵抗运动精神。
② 指莫里哀的喜剧《贵人迷》中的主人公，一个醉心于贵族生活的小市民，他十分惊讶地明白了，自己平时说话用的都是散文。

者:他指定、证明、命令、拒绝、质问、请求、辱骂、说服、暗示。即便他在说空话,他也不因此就变成诗人:这不过是一个散文作者在没话找话说。我们从反面看语言已经看够了,现在该从正面来看了。[5]

　　散文艺术以语言为对象,它的材料自然是可表达的:就是说词首先不是客体,而是客体的名称。首要的不是知道词本身是否讨人喜欢或招人厌恶,而是它们是否正确指示世界上某些东西或某一概念。所以常有这样的事情:我们掌握了别人用语言教会我们的某一想法,却记不起用来传达这一想法的任何一个词。散文首先是一种精神态度:借用瓦莱里的说法,当词像玻璃透过阳光一样透过我们的目光时,便有了散文。当人们遇到危险或困难时,人们会抄起随便什么工具。一待危险过去,人们甚至记不清用过的是锤子还是劈柴。况且人们根本不知道自己用过什么:当时需要的只是延长我们的身躯,设法使手够得着最高的树枝;这是第六个手指,第三条腿,总而言之是我们获得的一种纯粹功能。对语言亦复如此:它是我们的甲壳和触角,它保护我们不受别人的侵犯,并为我们提供有关别人的情况,它是我们的感官的延长。我们处在语言内部就像处在自己身体内部一样;我们在为抵达别的目的而超越语言的同时自发地感到它,就像我们感到自己的手和脚一样;当别人使用语言的时候,我们对它有感知,就像我们感知别人的四肢一样。有亲身体验到的词,也有邂逅相遇的词。不过在这两种情况下,事情都是在一项事业的过程中发生的,不管是我自己着手一项关涉别人的事业,还是别人进行一项关涉到我的事业。语言是行动的某一特殊瞬间,我们不能离开行动去理解它。有些失语症患者丧失了行动、理解形势和与异性保持正常关系的能力。在这种运用失能症内部,语言功能的毁坏仅是多项结构之中的一项最细腻的和最明显的结构的崩溃。如果散文从来不过是从事某一事业的特别合适的工具，如果只有诗人能不怀功利的目的审视词语，那么人们就有权首先向散文作者发问：你为什么目的写作？你投入了什么事业？为什么这项事业要求你写作？而且这个事业无论如何不会以单纯审视词语为目的。因为直觉是静默，而语言的目的是沟通。无疑语言也能把直觉的结果固定下来，但是在这种情况下匆匆涂在纸上的几个词就足够了：作者本人总会辨认出其中意思的。如果词为力求明晰而组成句子，那么必定有一个与直觉，甚至与语言本身无关的决定在里面起作用：决定向别人提供取得的结果。人们在任何场合都应该要求知道做出这一决定的理由。我们的饱学之士们太爱把常情常理抛在脑后，而常情常理反复告诫的也正是这一点。人们习惯向所有有志写作的年轻人提出这个原则性问题："你有什么话要说吗？"这话应该理解：有什么值得说的话要说吗？但是，如果不借助一种超验性的价值体系，又怎么理解什么话值得说呢？

再说，即便我们只考虑作为事业的次要结构的语言瞬间，纯文体学家的严重错误在于他们认为语言是一阵清风飘过事物的表面，它轻轻地触拂事物但不改变它们。他们错在认为说话的人不过是个证人，他用一句话来概括他与世无争的静观行为。殊不知说话就是行动：任何东西一旦被人叫出名字，它就不再是原来的东西了，它失去了自己的无邪性质。如果你对一个人道破他的行为，你就对他显示了他的行为，于是他看到他自己。由于你同时也向所有其他人道破了他的行为，他知道自己在看到自己的同时也被人看到；他不经意做的动作这一来就如庞然大物那样存在，为所有人而存在，它与客观精神相结合，它获得新的规模，它被回收了。这以后，他又怎么能照原来的方式行动呢？或者出于固执，他明知故犯，或者他放弃原来的行动。所以，我在说话时，正因为我计划改变某一情境，我才揭露这一情境；我向自己，也向其他人为了改变这一情境而揭露它；我触及它的核心；我刺穿它，我把它固定在众目睽睽之下；现在它归我摆布了，我每多说一个词，我就更进一步介入世界，同时我也进一步从这个世界冒出来，因为我在超越它，趋向未来。所以散文作者是选择了某种次要行动方式的人，他的行动方式可以称之为通过揭露而行动。所以我们完全有理由向他提出第二个问题：你要揭露世界的哪一个面貌？你想通过这个揭露带给世界什么变化？"介入"作家知道揭露就是变革，知道人们只有在计划引起变革时才能有所揭露。他放弃了不偏不倚地描绘社会和人的状况这一不可能的梦想。人是这样一种生灵，面对他任何生灵都不能保持不偏不倚的态度，甚至上帝也做不到。因为上帝如果存在，他也是如某些神秘主义者看到的那样，相对于人确定自身的处境。人也是这样一种生灵，他不能看到某一处境而不改变它，因为它的目光使对象凝固，毁灭它，或者雕琢它，或者如永恒做到的那样，把对象变成它自身①。人与世界面对爱情、仇恨、气恼、恐惧、欢乐、愤怒、赞赏、希望和绝望显示它们自身的真理。介入作家无疑可能是平庸的作家，他甚至可能意识到自己的平庸，但是就像人们不设想自己会大获成功就不会去写作一样，作家对于自己的作品的谦逊态度不应该导致他在构筑作品时不假定它理应取得最大的成功。他永远不应该对自己说："好吧，我勉强会有三千名读者"；而是应该说："假如人人都读我的书，又会发生什么情况呢？"他想起莫斯卡目送轿式马车载

---

① 马拉美的名句："如同最后永恒把他变成他自身"。(《爱伦·坡挽诗》)

着法布利斯和桑塞维利纳远去时说的那句话："万一爱情这个词在他们之间冒出来，我就完了。"他知道他是叫出那个还没有被命名或者不敢直言其名的东西的名字的人，他知道是他使爱情和仇恨这两个词在一些还没有决定自己的感情的人中间"冒出来"，同时爱情和仇恨也就在他们中间产生了。他知道，如同勃里斯-帕兰说的那样，词是"上了子弹的手枪"。如果他说话，他等于在射击。他可以沉默不语，但是既然他选择了射击，他就应该像个男子汉，瞄准目标，而不是像小孩那样闭上眼睛乱开枪，满足于听响声取乐。下文我们将试图确定什么可以是文学的目的。但是从现在起我们就可以下结论说，作家选择了揭露世界，特别是向其他人揭露人，以便其他人面对赤裸裸向他们呈现的客体负起他们的全部责任。法律是被假定为无人不知的，因为有一部法典，而且法律是写成文字的；承认了这一条以后，你想触犯法律悉听尊便，但是你知道自己承担的风险。同样，作家的职能是使得无人不知世界，无人能说世界与他无关。一旦他介入语言的天地，他就再也不能伪装他不会说话：如果你进入意义的天地，你再也无法从中脱身了；还是让词语自由自在地组织起来吧，它们将组合成句子，而每句话都包含整个语言，指向整个宇宙；沉默本身也是相对于词语确定自身的，就像音乐中的休止符从它周围那几组音符取得意义一样。这个沉默乃是语言的一个瞬间；沉默不是不会说话，而是拒绝说话，所以仍在说话。如果一个作家选择对世界的某一面貌沉默不语，或者借用一个真是把话说到点子上的成语来说，他把世界的某一面貌置于沉默之下，人们就有权利问他第三个问题：为什么你谈论这一点而不是那一点，而且——既然你说话的目的是改变——为什么你想改变这一点而不是那一点？

这一切丝毫不妨碍写作方式的存在。人们不是因为选择说出某些事情，而是因为选择用某种方式说出这些事情才成为作家的。而散文的价值当然在于它的风格。但是风格应该不被觉察。既然词语是透明的，目光穿过词语，那么在词语和目光之间塞进几道毛玻璃便是大谬不然。美在这里仅是一种柔和的、感觉不到的力量。在一幅画上美是最引人注目的东西，在一本书里它却隐藏起来，它像一个人的声音或一张脸的魅力，以情动人，它不强制，它在人们不知不觉中改变人们的意向，人们以为自己被论据说服了，其实只是受到人们看不见的一种魅力的吸引。弥撒的仪式不就是信仰，但是它引向信仰；词的和谐与美，句子的平衡在读者不知不觉中引导他的激情，像弥撒、音乐和舞蹈一样使激情井然有序；如果读者去审视词句本身，他就丢失了意义，只剩下令人生厌的为使句子均衡而花的心思。在散文里，审美喜悦只有当它是附加上去的时候才是纯粹的。提醒一些如此简单的见解委实有点难为情，不过今天人们似乎已经忘了这些看法。不这么提醒的话，人们岂非会说我们蓄意杀害文学，或者直截了当说介入对写作艺术有害？如果不是因为某种受到诗歌影响的散文搞乱了批评家们的见解，既然我们始终谈论的都是内容问题，他们怎么还会想到在形式问题上攻击我们呢？关于形式，事先没有什么可说的，而且我们什么也没有说：每人发明他自己的形式，容别人事后作出评判。题材推荐风格，此话不假，但是题材并不决定风格；没有一种题材是先验地位于文学艺术之外的。还有比攻击耶稣会更为介入，更令人生厌的写作目的吗？帕斯卡尔却写成了《致外省人书简》。总而言之，要紧的是知道人们想写什么：是蝴蝶还是犹太人的状况？一旦人们知道想写什么了，剩下的事情是决定怎样写。往往这两项选择合而为一，但在好的作者那里，从来都是先选择写什么，然后才考虑怎样写。我知道吉罗杜①说过:"唯一的事情是找到自己的风格,想法随后会来的。"但是他错了:想法没有随后产生。只要人们把题材看成永远开放的问题,看成一些请求和期待,人们就会理解,艺术不会在介入时失去任何东西;相反,就像物理学家向数学家提出新的问题,迫使他们创造新的符号体系一样,社会和形而上学日新月异的要求促使艺术家寻找新的语言和新的技巧。如果我们今天不再像十七世纪那样写作,那是因为拉辛和圣埃弗勒蒙②的语言不适合谈论火车头和无产阶级。这以后,语言纯洁主义者们可能会禁止我们写作有关火车头的内容。但是艺术从来不站在语言纯洁主义者们那一边。

既然这就是介入的原则,人们还有什么可以责难它的呢?更重要的是,人们对它提出过什么责难?我觉得我的论敌们缺乏热忱,他们的文章无非是由他们心目中的惊世骇俗之举引起的一声长叹,拖拖拉拉填满报上两到三栏。我很想知道他们用什么名义,根据什么样的文学观点谴责我:可是他们不说出来,他们自己也不清楚。最彻底的做法应该是引用陈旧的为艺术而艺术的理论来支持他们的判决。但是他们中没有人能够接受这个理论。它也碍手碍脚。大家知道,纯艺术和空虚的艺术是一回事,美学纯洁主义不过是上个世纪的资产者们漂亮的防卫措施,他们宁可被人指责为缺乏文艺修养,也不愿意被说成是剥削者。所以,他们自己也承认作家必须谈论什么事情。可谈论什么呢?我相信,要不是费尔南德斯在第一次世界大战后为他们找到了信息这个概念,他们将陷于极大的困境。他们说,今天作家无论如何不能关心现世的事务;

---

① 吉罗杜(1882—1944),法国作家。
② 圣埃弗勒蒙(1615—1703),法国伦理学家、批评家。

他也不应该把毫无意义的词排列在纸上或者唯一追求句子和形象的美:他的职责在于向读者传递信息。信息到底是什么东西呢?

必须指出,大部分批评家是一些不太走运的人,他们在濒临绝望之际找到了一个小小的、安静的公墓看守人职位。上帝知道,如果说公墓是宁静的,最惬意的公墓莫过于图书室,死者都在那里;他们唯一做过的事情是写作,他们早就洗涤了生的罪孽,何况关于他们的一生,人们只是通过别的死人写的有关他们的书才有所了解。兰波死了;帕台纳·贝里松和伊萨贝尔·兰波①也死了;碍事的人都消失了,只剩下沿着贴墙的搁板,像骨灰存放处的骨灰盒一样码放得整整齐齐的小棺材。批评家活得不顺心,他的妻子不赏识他的才能,他的儿子们以怨报德,每到月底家里就缺钱。但是他总可以步入书房,从搁板上抽下一本书,打开它。从书中轻轻散逸出一股地窖气味,于是一项奇特的操作就开始了,批评家决定名之曰阅读。从某一方面来看,这是一种占有:人们把自己的身躯借给死者,让他们夺舍还魂。从另一方面来看,这是与另一个世界接触。书确实不是一个客体,也不是一个行为,甚至不是一个思想。它由一名死者写成,讲述死去的事情,在这块土地上没有它的位置,它谈论的事情无一与我们直接有关;没人理睬它的时候,书就收缩、倒塌,只剩下发霉的纸上的油墨渍,而当批评家使墨渍复活,当他把墨渍化为字母和词的时候,墨渍就对他谈论他并不怀有的激情,没有对象的怒火,以及死去的恐惧和希望。整整一个没有具体形式的世界环绕着他,在那个世界里人的情感因为不再触及实际,便升格为模范情感,说白了便是取得价值的地位。所以他相信自己在与一个可以理解的世界交流,那个世界好像是他日常烦恼

---

① 帕台纳·贝里松和伊萨贝尔·兰波即象征派诗人兰波的妹夫和妹妹。

的真相及其存在理由。他认为自然模仿艺术，就像对于柏拉图来说，可感知的世界模仿原型世界一样。当他阅读的时候，他的日常生活变成一个表象。他脾气暴躁的妻子是个表象，他的驼背儿子也是表象；这些表象终将得救，因为色诺芬①创造了桑蒂普②的肖像，莎士比亚描绘了理查三世③。若逢当代作家知趣地死去，批评家的高兴无异过节：他们的书原先太露骨，太逼真，太给人以压迫感，现在都走到另一边去了，它们越来越不触及实际，相应地变得越来越美；在净界稍作逗留之后，它们就飞升到新价值的明白易懂的天庭去栖身。贝高特、斯万、齐格非、贝拉和泰斯特先生④：这些名字不久前都完成了这一变化。人们正在等待纳塔那埃尔和梅纳尔克⑤。至于那些不知趣偏要活下去的作家，人们只要求他们别乱动，并且努力做到从现在起就与他们将要成为的死人相像。瓦莱里把这个问题处理得很好，他二十五年以来发表的都是遗作。所以他才能像几位例外的圣徒一样，活着的时候就被封为圣人。但是马尔罗惊世骇俗。我们的批评家们都是纯洁派：他们不愿意与现实世界打任何交道，除非是为了饮食。而且，既然是人总得与同类交往，他们选择了与死者交往。他们只为已经归档的事务，已经结束的争吵和人们已经知道结局的故事激动。他们绝不就不确定的结局打赌。由于历史已经代他们做出决定，由于曾经引起他们所读的书的作者们的恐怖或愤怒的对象已经消失，由于两个世纪以后当初的浴血纷争显得纯属无谓，他们就可以陶醉于结构均

---

① 色诺芬（公元前431—前354），古希腊历史学家。
② 桑蒂普是苏格拉底的妻子，色诺芬说她脾气暴躁。
③ 理查三世是驼背。
④ 贝高特、斯万是普鲁斯特《追忆逝水年华》中的人物；齐格非、贝拉是吉罗杜作品中的人物；泰斯特先生是瓦莱里笔下的人物。
⑤ 梅纳尔克，纪德的《人间食粮》中的人物。

衡的复合句,而且对他们来说,似乎全部文学只是一个庞大的同语反复,似乎每个新的散文作者都发明了一种新的说废话的方式。谈论原型和"人性",或者说废话?我们的批评家们的各种见解就在这两种想法之间摇摆不定。当然这两种想法都是错的:大作家们想的是破坏、建设、证明。但是我们不注意他们提供的、证据,因为对于他们企图证明的事情我们毫不关心。他们揭露的弊端与我们的时代无关;另一些使我们义愤填膺的弊端,他们却根本想不到;历史推翻了他们的某些预言,而那些日后证实了的预言则因为它们变成事实是那么久以前的事情,我们忘了这曾是他们的真知灼见;他们有些思想已完全死去,另一些思想则为全人类接受,以致被我们看作老生常谈。于是这些作家最出色的论据已失去时效,我们今天欣赏的只是推理的条理分明和严密性;他们煞费苦心的经营在我们眼里只是一个装饰品,一个为展开主题而构造的漂亮建筑物,与另一些建筑物,如巴赫的赋格曲和阿尔汉布拉宫①的阿拉伯装饰图案一样没有实际用途。

在这类情绪几何学中,当几何学说服不了人的时候,激情还能打动人。或者不如说表现激情还能打动人。种种想法随着岁月的推移莫不走味变质,但是它们仍是一个曾有血肉之躯的活人的小小的执拗劲头。理性的理由萎靡不振,但是我们在它们背后看到心灵的理由、德性、恶行以及人们与生俱来的巨大痛苦。萨德②费尽心机争取我们的同情,然而他连引起公愤都很勉强:他不过是一枚珠贝,一个患着美丽的疾病的灵魂。《论戏剧的书简》不再使任何人不上剧院,但是我们觉得卢梭憎恶戏剧艺术倒是很有意思的。

---

① 阿尔汉布拉宫,阿拉伯文原意为红宫,指西班牙格林纳达的摩尔人王国的宫殿和城堡,以装饰华丽著称。
② 萨德侯爵(1740—1814)所著小说的主人公都有变态性心理。

如果我们对精神分析学说略知一二，我们的乐趣便完美无缺了：我们将用俄狄浦斯情结来解释《民约论》，用自卑情绪来解释《法意》；就是说我们将充分享受公认的活狗相对于死狮而言的优越性。当一本书展示的令人心醉的思想仅有理性的外表，一遇到我们的目光就溶化，变成只不过是心脏的搏动的时候，当人们从书里引出的教训与作者想给的教训完全不同时，人们就把这本书叫作一个信息。法国革命之父卢梭与种族主义之父戈比诺①这两位都向我们发出信息。批评家怀着同等的同情心看待他们。如果他们两位都还活着，我们就得做出抉择，拥护一位，反对另一位，爱一位，恨另一位。不过使他们两位接近的，首先是他们犯下同一个意味深长、妙不可言的错误：他们都死了。

所以人们应该劝告当代作家发布信息，就是说有意把他们的作品限于灵魂的无意流露。我说"无意"，因为死者，从蒙田到兰波，无不完整地描绘了他们自己，但是他们并未先存此心，他们只是附加做到这一点；他们出于无心送给我们的附加成分应该成为活着的作家们首要的、公开承认的目的。人们不要求他们为我们提供不加修饰的忏悔录，也不要求他们效法浪漫派的感情泛滥。但是，既然我们拆穿了夏多布里昂或卢梭的诡计，在他们扮演社会角色的时候冷不防进入他们的私生活，在他们最具普遍性的论断中找出他们的个人动机，从而得到乐趣，我们就要求新来的人有意识地为我们提供同一乐趣。他们尽可推理，肯定，否定，反驳，证明，但是他们维护的事业应该只是他们的言辞的表面目的：深层的目的是把自己和盘托出但又做得好像没有这回事。他们必须先解除自己的推理的武装，就像时间解除了古典作家的推理的武装一

---

① 戈比诺伯爵(1816—1882)，法国外交家、作家。

样;他们还应该把自己的推论用于谁也不感兴趣的题材或者用于大而化之,事先就使读者信服的普遍真理。至于他们的想法,他们必须使之貌似深刻,其实空洞无物,而且用这样一种方式来表达,以便他们明显地可以用不幸的童年、阶级仇恨或者乱伦关系来解释。他们千万别真的去思想:思想隐蔽了人,但是我们只对人感兴趣。放声大哭是不美的:它伤害别人。好的推理也伤害人,斯丹达尔早就看到这一点。若有一种掩盖着一场痛哭的推理,这就正中下怀了。推理除掉了哭泣中不恭敬的成分,而哭泣则在暴露其感情根源的时候除掉了推理中咄咄逼人的成分。我们既非过分感动,又非完全信服,于是可以安全地享受众所周知能从欣赏艺术品得到的有节制的快感。这便是"真正"的、"纯粹"的文学:一种呈现为客观形式的主观性,一种经过古怪的安排后变得与沉默相等的言词,一个对自身有争议的思想,一种理性,但它仅是疯狂戴上的面具,一种永恒,但它暗示自己仅是历史的一个瞬间,一种历史瞬间,但它通过它揭露的底蕴,突然指向永恒的人,一种永久的教训,但它与教训者本人的明确意志相左。

归根结底,所谓信息是一个变成客体的灵魂。一个灵魂,人们拿灵魂做什么用呢?人们隔着一段距离恭恭敬敬地瞻望它。除非另有强烈的动机,人们没有向公众显示自己灵魂的习惯。但是,约定俗成允许几个人有保留地把自己的灵魂投入商业领域,而且所有成年人都能得到它。今天对许多人来说,精神产品就是这样一种花不了几个钱就能买到的游魂:既有好心肠的老蒙田的游魂,也有亲爱的拉封丹的游魂,还有让-雅克的,让-保尔的,以及妙不可言的热拉尔①的。人们把使这些游魂变得不

---

① 热拉尔·德·奈瓦尔(1808—1855),法国作家。

能加害于人的全套加工过程叫作文学艺术。它们经过鞣制、提炼和化学处理,就能为买主提供机会,以便他们从整个儿向外发展的一生中抽出片刻来培育自己的主观世界。使用本品绝对安全:既然《随笔集》的作者①在波尔多发生瘟疫时惊恐万状,谁又会拿他的怀疑主义当真呢?既然让-雅克把亲生子女送进济贫所,谁又会对卢梭的人道主义认真呢?更不要说《西尔薇》奇特的启示了,既然热拉尔·奈瓦尔是疯子。职业批评家至多不过在死去的作家之间建立地狱里的对话,告诉我们法国思想是帕斯卡尔与蒙田之间的永恒交谈②。他这么做不是要搞活帕斯卡尔和蒙田,而是把马尔罗和纪德弄死。最后,当生活和作品的内在矛盾使两者都不能被利用,当莫测高深的信息教给我们下列基本原理:"人不善也不恶","人生多坎坷","天才是长期的忍耐",等等,到这个时候,这套化生为死的烹饪术的最终目的便达到了,而读者掩卷时就可以怀着宁静的心境喊道:"这一切不过是文学。"③

但是,既然对我们来说一篇作品是一项事业,既然作家在死去以前是活着的,既然我们认为应该努力在我们的书里证明自己有理,既然,即便未来的岁月会判断我们是错了,这也不能成为事先就说我们错了的理由,既然我们主张作家应该把整个身心投入他的作品,不是使自己处于一种腐败的被动状态,陈列自己的恶习、不幸和弱点,而是把自己当作一个坚毅的意志,一种选择,当作生存这项总体事业——我们每个人都是这项事业——那么,我们就应该从头捡起这个问题,并且我们也应该自问:人们为什么写作?

---

① 指蒙田。
② 这里指的是莫里亚克的见解。
③ 兰波的名句。

注释＊

〔1〕 至少,一般如此。克利①的伟大和谬误都在于他企图做到使绘画既是符号,又是客体。

〔2〕 我说的是"创造",不是"模仿",这就足以使沙尔·埃斯吉纳先生的全部做作变得纯属无谓。他显然丝毫没有领会我的意思,一味与影子大打出手。

〔3〕 这是巴塔叶在《内心经验》中举的例子。

〔4〕 如果人们想了解对于语言的这种态度的起源,我愿在此作简要的提示。

从起源上看,诗歌创造人的神话,而散文家描出人的肖像。事实上,人的行为听命于需要并受到功利性目的的敦促,它在某种意义上是一种手段。它本身不被觉察,重要的是它产生的结果:当我为了抓住笔杆而伸出时,我对自己的动作仅有游移的、昏暗的意识:我看到的是笔杆;所以人被他的目的异化了。诗歌把关系颠倒过来:世界与物转入非本质状态,成为行为的借口,而行为变成它自身的目的。花瓶待在那里是为了让少女用优雅的姿势往里插满鲜花,特洛亚战争之所以发生是为了赫克托耳与阿喀琉斯能奋勇决战。行动与其目的分离,目的淡化,于是行动变成壮举或舞蹈。然而,不管诗人对事业的成功与否多么冷淡,在十九世纪以前他与社会整体是协调的;他使用语言不是为了与散文追逐同一目的,但是他与散文作者一样信任语言。

资产阶级社会形成之后,诗人与散文作者结成联盟,宣布人们在这个社会里无法生活。对于诗人来说,要做的事情始终是创造人的神话,但是他从白魔法转入黑魔法②。人始终被看作绝对目的,但是由于他的事业成功,他就陷入功利主义的集体之中。从此不再是成功,而是失败成为他的行为的背

＊ 萨特原注。
① 保尔·克利(1879—1940),德国画家。
② 古代亚历山大里亚的哲学家们把魔法分成两种,行善的为白魔法,作恶的为黑魔法。

景，使得他能够转入神话。唯有失败犹如一道屏障阻断人的谋划的无穷尽的系列，使人回归他自己，恢复他的纯洁性。世界仍是非本质性的，但是现在世界是作为失败的借口而存在。物的目的性在于阻断人的通路，把人打发回他自己那里去。何况需要做的不是专横地把失败和破坏引入世界的进程，而是让眼睛只看到失败和破坏。人的事业有两个方面：它同时是成功和失败。辩证法模式用来思考人的事业是不敷应用的：需要进一步放宽我们的词汇和我们的理性框架。有一天我将试图描绘历史这个古怪的事实，它既不是客观的，又不完全是主观的；辩证法在历史里受到某种反辩证法的争议、侵入和腐蚀，然而这种反辩证法本身仍是辩证的。不过这是哲学家的事情：通常人们不去考察伊阿诺斯①的两面：行动家看到其中一面，诗人看到另一面。当工具被毁坏，丧失其功用，计划受挫，努力落空时，世界就呈现一种清新面貌，既稚气又可怕，没有支撑点，也没有道路。此时的世界具有最高限度的真实性，因为它压垮了人。而且，就像行动总会产生普遍性一样，失败使物恢复其个别性。但是，通过一种意料之中的逆转作用，被看作最终目的的失败同时既对这个世界有所争议又占有这个世界。有所争议，因为人比压垮他的东西更有价值；不是像工程师或船长那样因为物"缺少真实性"才对物有所争议，而是相反，通过他作为战败者的存在，对物的过分真实性有所不满；他是世界的悔恨。也是占有，因为世界一旦不再是取得成功的工具，就变成失败的工具。于是世界就具有一种不分明的目的性，它的敌对系数就发挥作用，它越与人敌对就越富人性。失败本身转化成得救。并非失败使我们抵达某个彼岸世界，而是它自动地倾覆、变化。比如诗的语言在散文的废墟上诞生。如果语言确实是一种背叛，如果真的不可能相互沟通，那么每个词都会自己恢复自己的个别性，成为我们的失败的工具，而且包含着不可传达的内容。这倒不是说另有别的东西有待传达；但是用散文来传达既然已告失败，词的意义本身就成为纯粹不可传达的东西。于是沟通的失败变成对不可传达的内容的

---

① 伊阿诺斯，罗马神话中守卫门户的两面神，长着两张方向相反的脸，既可瞻前也可顾后。

暗示；而利用这些词的计划受到挫折，就让位于对语言的一种非功利性的纯粹直觉。我们又回到我们在本书第 16 页①企图作出的描写，不过现在问题被置于一个更普遍的前景之下，即赋予失败以绝对价值的前景：我以为这是当代诗歌的本原态度。也需要指出，这一选择在集体内部赋予诗人一项很明确的功能；在一个结合程度很深的社会或宗教社会里，失败被国家掩盖起来或者被宗教消弭；在一个结合程度不深而且是世俗性的社会，如我们的民主国家里，诗歌起到消弭失败的作用。

诗歌是输家反而成了赢家。为了能赢，真正的诗人选择了输，至死无悔。我重复说，这里指的是当代诗歌。历史上有过别的形式的诗歌。本文的主题不是阐明这些诗歌与我们的诗歌的联系。如果人们非要谈论诗人的介入不可，那就应该说，诗人是承诺赌输的人，这才是他的厄运的深层含义。他一贯声称自己遭逢厄运，蒙受诅咒，并把这一切归咎于外力的干涉，其实这却是他最深层的选择，是他的诗歌的源泉而不是结果。他确信人的事业完全失败，并且安排自己在自己的生活中失败，以便用他的个别失败为人类的普遍失败做证，因此他有所争议——我们将看到这一点——而散文作者也是这么做的。但是散文的争议是以一个更大的成功的名义作出的，而诗歌的争议用的是任何胜利都包含的隐蔽的失败的名义。

〔5〕 不言而喻，在任何诗歌里都有某种形式的散文，即成功因素；相应的，最枯燥的散文也必定包含少许诗意，即某种形式的失败：任何散文家，即便是头脑最清醒的，也不能让人完全明白他想说的意思；他不是说过头，就是没说够，每句话都是打赌，都承担了风险；人们越是反复探索，词就越显得古怪；瓦莱里曾经指出，谁也不能彻底理解一个词。每个词无不同时在其明确的社会意义上与某些朦胧的联想意义上被使用，我几乎想说因其面貌而被使用。读者对此也有感受。于是我们不再处于协力沟通思想的层面上，而是位于顿悟与偶然性的层面上；散文的沉默带有诗意，因为它们标志着散文的界限，我为了把问题说清楚才考察了纯诗和纯散文这两个极端例子。不能因此

---

① 这是原版的页码，译文见本书第 98 页。

就得出结论,说人们可以通过一系列不间断的中间形式从诗过渡到散文。如果散文作者过分宠爱词句,散文就失去其魅力,我们就坠入一篇胡话之中。如果诗人去叙述,解释或者教诲,诗就变成散文化的,他就输了。这里指的是复杂的、不纯的,但是界限分明的结构。

二　为什么写作?

各有各的理由:对于这个人来说,艺术是一种逃避;对于那个人来说,是一种征服手段。但是人们可以以隐居、以发疯、以死亡作为逃避方式;人们可以用武器从事征服。为什么偏偏要写作,要通过写作来达到逃避和征服的目的呢?这是因为在作者的各种意图背后还隐藏着一个更深的、更直接的、为大家共有的抉择。我们将试图弄清这个抉择,而且我们将看到,是不是正因为作家们选择了写作,所以我们就有理由要求他们介入。

我们的每一种感觉都伴随着意识活动,即意识到人的实在①是"起揭示作用的",就是说由于人的实在,才"有"〔万物的〕存在,或者说人是万物借以显示自己的手段;由于我们存在于世界之上,于是便产生了繁复的关系,是我们使这一棵树与这一角天空发生关联;多亏我们,这颗灭寂了几千年的星,这一弯新月和这条阴沉的河流得以在一个统一的风景中显示出来;是我们的汽车和我们的飞机的速度把地球的庞大体积组织起来;我们每有所举动,世界便披示出一种新的面貌。不过,如果说我们知道我们是存在的侦查者,我们也知道我们并非存在的生产者。这个风景,如果我们弃之不顾,它就失去见证者,停滞在永恒的默默无闻状态之中。至

---

① "人的实在"(réalité humain。),是萨特常用的哲学术语,即德国存在主义哲学家海德格尔的"实有"(Dasein)。

少它将停滞在那里;没有那么疯狂的人会相信它将要消失。将要消失的是我们自己,而大地将停留在麻痹状态中直到有另一个意识来唤醒它。因此,我们一面在内心深处确信自己"起揭示作用",另一面又确信自己对于被揭示的东西而言不是主要的。

艺术创作的主要动机之一当然在于我们需要感到自己对于世界而言是主要的。我揭示了田野或海洋的这一面貌,或者这一脸部表情,如果我把它们固定在画布上或文字里,把它们之间的关系变得紧凑,在原先没有秩序的地方引进秩序,并把精神的统一性强加给事物的多样性,于是我就意识到自己产生了它们,就是说我感到自己对于我的创造物而言是主要的。但是这么一来我们就把握不住被创造的对象:我们不可能同时既揭示又生产。对于创造活动而言,创造物就不是主要的了。首先,即便被创造的对象在别人看来已经定型了,对于我们自己它却总是处于未决状态:我们任何时候都可以改变这条线,这块颜色,这个词;因此它永远不能强使我们接受它。有个学画的人问他的老师:"我什么时候才能认为我的画已经完工了?"老师回答说:"什么时候你可以用惊讶的目光看你自己的画,并且对自己说:'难道这是我画出来的!'这个时候才算完工。"

这等于说:永无完工之日。因为这样就等于用另一个人的眼睛来看自己的作品,等于揭示自己创造的东西。但是,不言而喻,我们越多意识到自己的生产性活动,我们就越少意识到被生产出来的物体。当我们生产一件陶器或者一座房架的时候,我们遵循传统的标准并且使用其用途早已规范化的工具,这个时候,是海德格尔有名的"人家"通过我们的手在工作。在这种场合,我们可以对〔劳动的〕结果相当淡漠,以至于它在我们眼里能保存它的客观性。但是,如果我们自己决定生产规则、衡量尺度和标准,如果我们的创造冲动来自我们内心最深处,那么我们在我们自己的作品中所能找到的永远只是我们自己,是我们自己发明了我们据以判断作品的规则;我们在作品里认出来的是我们自己的历史,我们的爱情和我们的欢乐;即使我们只是看着我们的作品,再也不去碰它,我们也永远不能从它那里收到这份欢乐和这个爱情:是我们自己把欢乐和爱情放在作品里面的;我们在画布上或者在纸上取得的效果对我们来说永远不会是客观的;我们太了解〔取得它们的〕方式了,而它们不过是这些方式产生的效果而已。这些方式始终是一种主观想出来的东西:它们便是我们自己,是我们的灵感和我们的狡黠,甚至当我们试图去知觉我们的作品的时候,我们仍在创造它,我们仍在心里重温产生这个作品的各项操作,而作品的每一方面对我们来说都好像是一个结果。因此,在知觉过程中,客体居于主要地位而主体不是主要的;主体在创造中寻求并且得到主要地位,不过这一来客体却变成非主要的了。

  这一辩证关系在任何地方都没有比在写作艺术里表现得更为明显。因为文学对象是一只奇怪的陀螺,它只存在于运动之中。为了使这个辩证关系能够出现,就需要有一个人们称之为阅读的具体行为,而且这个辩证关系延续的时间相应于阅读延续的时间。除此之外,只剩下白纸上的黑字。鞋匠可以穿上他自己刚做得的鞋,如果这双鞋的尺码适合他的脚,建筑师可以住在他自己建造的房子里。然而作家却不能阅读他自己写下的东西。这是因为,阅读过程是一个预测和期待的过程。人们预测他们正在读的那句话的结尾,预测下一句话和下一页;人们期待它们证实或推翻自己的预测,组成阅读过程的是一系列假设、一系列梦想和紧跟在梦想之后的觉醒,以及一系列希望和失望;读者总是走在他正在读的那句话的前头,他们面临一个仅仅是可能产生的未来,随着他们的阅读逐步深入,这个未来部分得到确立,部分则沦为虚妄,正是这个逐页后退的未来形成文学对象的变幻的地平线。没有期待,没有未来,没有无知状态,就不会有客观性。然而写作行动包含一个隐藏的准阅读过程,正是这个准阅读过程使真正的阅读成为不可能的。当一个又一个的词奔凑到他笔尖底下的时候,作者当然看到这些词,但是他并非用与读者一样的眼光看到这些词,既然他在还没有写下来之前就预先知道它们了;词儿待在那里,等待有人去阅读它们,读者的眼光在拂及它们的时候就把它唤醒,但是作者的眼光和职能却在于检查写下来的符号;总而言之,这纯粹是一项调节性的使命,在这里视觉除了发现手犯下的小差错之外,不会告诉我们别的东西。作家既不预测也不臆断:他在作谋划。经常有这样的情况:他在等待自己,或者如同人们常说的那样,他在等待灵感。但是人们等待自己和人们等待别人是不一样的;如果说作家还在犹豫,他却知道未来尚未定局,是他自己将去创造这个未来;如果他还不知道他的主人公将会遇到什么事情,那不过是说,他还没有想到这一层,他还没有作任何决定;对他来说,未来是一页白纸,而对于读者来说,未来则是结局以前那二百页印满了字的书。因此,作家到处遇到的只有他的知识,他的意志,他的谋划,总而言之他只遇到他自己;他能触及的始终只是他自己的主观性,他够不着自己创造的对象,他不是为他自己创造这个对象的。假如他重读自己的作品,那也为时已晚了;在他自己眼中,他写下的句子永远不能完全成为一件东西。他走到主观性的边缘但是没有超过这个边缘,他估量一句妙语、一条格言、一个恰到好处的形容词的效果;但却是这句妙语、这条格言、这个形容词在别人身上产生的效果;他可以对它们做出估价,但是不能感受他们。普鲁斯特从未发现沙吕斯①在搞同性恋,既然他在动笔写书之前就决定沙吕

---

① 沙吕斯,普鲁斯特的长篇小说《追忆逝水年华》中的人物。

斯有此癖好。如果说有朝一日作品对于作者本人也具有某种客观性的外表,那是因为岁月流逝,作者已忘掉自己的作品,他不再进入作品内部,而且很可能不再有能力写出这部作品。卢梭晚年重读《民约论》的时候,遇到的就是这种情况。

因此,没有为自己写作这一回事:如果有人这样做,他必将遭到最惨痛的失败;人们在把自己的情感倾泻到纸上去的时候,充其量只不过使这些情感得到一种软弱无力的延伸而已。创作行为只不过是〔一部作品的生产过程中〕一个不完备的、抽象的瞬间;如果世上只有作者一个人,他尽可以爱写多少就写多少,但是作品作为对象,永远不会问世,于是作者必定会搁笔或陷于绝望。但是在写作行动里包含着阅读行动,后者与前者辩证地相互依存,这两个相关联的行为需要两个不同的施动者。精神产品这个既是具体的又是想象出来的客体只有在作者和读者的联合努力之下才能出现。只有为了别人,才有艺术;只有通过别人,才有艺术。

阅读确实好像是知觉和创造的综合[1];阅读既确定主体的主要性,又确定客体的主要性;客体是主要的,因为它不折不扣具有超越性,因为它把它自身的结构强加于人,因为人们应该期待它、观察它;但是主体也是主要的,因为它不仅是为揭示客体(即使世间有某一客体)所必需的,而且是为这一客体绝对地是它那个样子(即为生产这个客体)所必需的。简单地说,读者意识到自己既在揭示又在创造,在创造过程中进行揭示,在揭示过程中进行创造。确实不应该认为阅读是一项机械性的行动,认为它像照相底版感光那样受符号的感应。如果读者分心、疲乏、愚笨、漫不经心,他就会漏掉书里的大部分关系,他就不能使对象"着"起来(就像我们说火"着"了或"没着"那样);他只是从暗处拉出一些文句来,这些文句好像是随随便便出现的。如果读者处于自身最佳状态，他将越过字句而获得一个综合形式："主题""题材"或者"意义"，而组成这个形式的每一句话，将只不过是一种局部性的职能。所以，从一开始起，意义就没有被包含在字句里面，因为，恰恰相反，正是意义使我们得以理解每个词的含义；而文学客体虽然通过语言才得以实现，它却从来也不是在语言里面被给予的；相反，就其本性而言，它是沉默和对于语言的争议。因此，排列在一本书里的十万个词尽可以逐个被人读过去，而作品的意义却没有从中涌现出来；意义不是字句的总和，它是后者的有机整体①。如果读者不是一下子就在几乎没有向导的情况下达到这个沉默的高度，那么他就什么事情也没有做到。总之，如果他不是自己发明出这个沉默，如果他不是把他唤醒的字句纳入这个沉默里面，他就什么事情也没有做成。倘若有人对我说，应该把这一行动叫作重新发明或发现，我要回答说：首先，这样一种重新发明将是与第一次发明同样崭新、同样独特的行为。其次，尤其重要的是，既然一个客体此前从未存在，那就谈不上重新发明它或发现它。因为如果说我在上文说到的沉默确实是作者瞄准的目标，至少作者对之还从来没有经验；他的沉默是主观的、先于语言的，这是没有字句的空白，是灵感的混沌一体的、只可意会的沉默，然后才由语言使之特殊化。与此不同，由读者产生的沉默却是一个客体。而且在这个客体内部还另有一些沉默：这就是作者没有明言的东西。我们在这里遇到的是如此特殊的意图，它们离开阅读使之出现的客体就不会有意义；然而偏偏是它们组成客体的密度，赋予客体以它独有的面

---

① 萨特在特定意义上使用"整体"（totalité）这个术语：有机整体作为整体起作用，它具有为构成整体的各个部分所没有的属性。

貌。说它们没有被表达出来还嫌不够：它们正是不能表达的。正因为如此，人们不能在阅读过程的某一确定的瞬间找到它们；它们既无所不在，又无处藏身：《大个子摩纳》①的奇妙性质，《阿尔芒斯》②的雄伟风格，卡夫卡神话的写实和真实程度，这一切都从来不是现成给予的；必须由读者自己在不断超越写出来的东西的过程中去发明这一切。当然作者在引导他；但是作者只是引导他而已，作者设置的路标之间都是虚空，读者必须自己抵达这些路标，他必须超过它们。一句话，阅读是引导下的创作。一方面，文学客体确实在读者的主观之外没有别的实体：拉斯柯尔尼科夫③的期待，这是我的期待，是我把我的期待赋予了他；如果没有读者的这种迫切的心情，那么剩下的只是〔白纸上〕一堆软弱无力的符号；拉斯柯尔尼科夫对于审讯他的法官的仇恨，这是我的仇恨，是符号引起并且接收了我的仇恨，而且法官本人，如果没有我通过拉斯柯尔尼科夫对他怀有的仇恨，他也不会存在；是我的仇恨使他具有生命，成为血肉之躯。但是，另一方面，字句好比是设下的圈套，它们激起我们的感情然后再把我们的感情向我们反射过来；每个词是一条超越的道路，它知道我们的情感，叫出它们的名字，把它们派给一个想象人物，后者为了我们去体验这些情感，他除了这些借来的情欲之外没有别的实体；他为它们提供对象、前景和一条地平线。因此，对于读者来说，一切都要从头做起，一切又都已安排就绪；作品只在与他的能力相应的程度上存在；当他在阅读和创造的时候，他知道自己

---

① 《大个子摩纳》，法国作家阿兰·富尼埃（1886—1914）的小说，用梦幻般的笔触写少年人的恋爱和历险故事。
② 《阿尔芒斯》，斯丹达尔的小说。
③ 拉斯柯尔尼科夫，陀思妥耶夫斯基的小说《罪与罚》的主人公。

可以在阅读中越走越远,在创造中越走越深;出于这个原因,作品对他来说就显得与物一样无穷尽,一样不透光。这一绝对生产产生的属性从我们的主观性中衍生出来之后,随即在我们眼皮底下凝固成不透风雨的客观性,我们很想把这一绝对生产比作康德用来称呼神的理性的"唯理直觉"。

既然创造只能在阅读中得到完成,既然艺术家必须委托另一个人来完成他开始做的事情,既然他只有通过读者的意识才能体会到他对于自己的作品而言是最主要的,因此任何文学作品都是一项召唤。写作,这是为了召唤读者以便读者把我借助语言着手进行的揭示转化为客观存在。如果有人问作家向什么发出召唤,回答很简单。由于我们永远不能在书里找到能使审美对象出现的充分理由,找到的只是为产生审美对象而发生的吁请,由于在作者的精神里也找不出这个充分理由,由于作者不能摆脱自己的主观性,而他的主观性也不能用来说明转化为客观存在的过程,所以艺术品的出现是一个崭新的事件,它不能用先此存在的材料来解释。既然这一引导下的创作是个绝对的开端,因此它是由读者的自由来实施的,这里是就这个自由的最纯粹的意义而言。因此作家向读者的自由发出召唤,让它来协同产生作品。人们想必会说所有的工具都诉诸我们的自由,因为它们都是某一可能的行动的工具,因此艺术品在这一点上并无特殊之处。诚然工具是一项动作的凝固的草图。但是它们留在假设命令级别:我可以用一把锤子来钉木箱或者殴打我的邻居。只要我把它看作它自己,它就不是对我的自由发出的一项召唤,它没有把我放在与我的自由面对面的地位,倒不如说它用它排好的一系列传统行为来代替自由发明的手段,从而达到为我的自由服务的目的。书却不为我的自由服务:它需要我的自由。

人们确实不能通过强制、眩惑或者恳求来诉诸一个作为自由而言自由。为了能诉诸自由,只有一个方法:首先承认它,然后对它表示信任;最后用它自己的名义,也就是说用人们给予它的信任的名义,要求它完成一件行为。因此书与工具不一样,它不是为某一目的提供的手段,它是作为目的被提供给读者的自由。我以为康德的说法"没有明确目的而却有符合目的性"①,用在艺术品身上是完全不适合的。这一说法指的是审美对象只在表面上具有符合目的性,它只限于引起想象力的自由的、有规则的游戏。这样说就忘了观赏者的想象不仅有调节功能,还有构成功能;它并非在做游戏,它只是被吁请越过艺术家留下的痕迹,重组美的客体。想象与精神的其他功能一样不能享用它自身;它总是在外面活动,总是投入某一业举之中。如果某一客体呈现如此井然的秩序,以致我们即便在不能为它指定明确目的的时候也禁不住要为它假定一个目的,这个时候就会有"没有明确目的的符合目的性"。人们如果用这种方式给美下定义,人们就会——这正是康德的目的——把自然美与艺术美等同起来。拿花来打比方,既然一朵花呈现如此多的对称关系,如此和谐的色调和如此有规律的曲线,人们不由得要为所有这些属性寻找一种符合目的性的解释,会认为所有这些属性都是为某一未被知晓的目的而安排的。然而错误正在这里:自然美在任何方面都不能与艺术美相比较。我们同意康德的说法:艺术品没有目的。但这是因为艺术品本身便是一个目的。康德的公式没有说明在每幅画、每座雕像、每本书里面回荡的那个召唤。康德认为艺术

---

① 康德认为"美没有明确目的而却有符合目的性",参见朱光潜著《西方美学史》下卷第十二章。

品首先在事实上存在,然后它被看到。其实不然,艺术品只是当人们看着它的时候才存在,它首先是纯粹的召唤,是纯粹的存在要求。它不是一个有明显存在和不确定的目的的工具:它是作为一项有待完成的任务提出来的,它一上来就处于绝对命令级别。你完全有自由把这本书摆在桌子上不去理睬它。但是一旦你打开它,你就对它负有责任。因为自由不是在对主观性的自由运行的享用中,而是在为一项命令所要求的创造性行为中被感知的。这一绝对目的,这一超越性的然而又是为自由所同意的、被自由视作己出的命令,这便是人们称之为价值的那个东西。艺术品是价值,因为它是召唤。

如果我向我的读者发出召唤,要他把我开了个头的业举很好地进行下去,那么不言而喻的是我把他看作纯粹的自由,纯粹的创造力量,不受制约的活动;我怎么也不能诉诸他的消极性,就是说我怎么也不能试图影响他,一上来就把恐惧、欲望或者愤怒等情感传达给他。当然有些作者一门心思想引起这类情感,因为这类情感是可以预见、可以控制的,也因为他们掌握了屡试不爽的手段,有把握引起这类情感。但是,同样真实的是,人们因为这一点而责备他们,如同人们从古时候起就因为欧里庇得斯让孩童登上舞台而责备他那样。在激情里面,自由是被异化的;自由一旦贸然投入局部性的业举,它就看不到自己的任务:产生一个绝对目的。于是书就成为维持仇恨或欲望的一种手段,如此而已。作家不应当去寻求打动人,否则他就与他自己发生矛盾;如果他有所要求,那么他就必须只是提出有待完成的任务。从这里就产生〔艺术品的〕这一纯粹提供性质,这一性质对于艺术品来说是主要的:读者应该保持一定的审美距离。正是这一点,被戈蒂耶愚蠢地拿来与"为艺术而艺术"混为一谈,又被巴那斯派拿来与艺术家的不动感情相混淆。其实这里遇到的只是一种谨慎措施而已,热内①比较确切地把它叫作作者对于读者的礼貌。人们是用感情来重新创造审美对象的;如果审美对象是动人的,它只能通过我们的眼泪显现它自己;如果它是好笑的,它将得到笑声的承认。不过这些感情属于一个特殊类别:它们源于自由,它们是借来的。甚至我给予故事的信任也莫不是自愿同意的。这是一个基督教意义上的激情,即一种毅然决然地把自己置于被动地位的自由,而这样做的目的是为了通过这一牺牲取得某种超越性效果。读者心甘情愿地相信,他越来越轻信,而这一轻信,尽管它最终要像一场梦那样包笼读者,它却每时每刻都伴随着〔读者的〕自由意识,即〔读者〕意识到自己是自由的。人们有时想为作者提出一个两难推理:"要么人家相信你的故事,而这是不能容忍的;要么人家一点也不信,而这是可笑的。"但是这个论据是荒谬的,因为审美意识的特点正在于它是通过介入、通过盟誓而形成的信任,是通过对自身和对作者的忠诚而延续下去的信任,是就表示信任而作出的不断更新的选择。我每时每刻都可以醒过来,我知道这一点;但是我不愿意这样做;阅读是一场自由的梦。结果是这样:所有以这个想象的信任为背景而搬演的感情都好像是我的自由的个别转调形式;这些感情不但不吞没或掩盖我的自由,它们反而是我的自由为向自身显现而选择的各种方式。我已经说过,如果不是我对他怀有掺和着反感和友谊的感情,如果不是这个混合的感情使他获得生命,拉斯柯尔尼科夫将只是一个幽灵。但是,出于作为想象客体的特性的一种逆转过程,并非他的行为引起我的愤怒或敬意,相反是我的敬意或我

---

① 热内,法国当代作家。萨特为他的作品集写了长达570多页的序言,《圣热内,演员和殉道者》。

的愤怒赋予他的行为以坚定性和客观性。因此读者的感情从来不受对象的控制。由于没有一种外在现实能够制约读者的感情,后者就以自由为永恒的根源,也就是说它们都是豪迈的——因为我把一种以自由为根源和目的的感情叫作豪迈的感情。因此阅读是豪情的一种运用;作家要求于读者的不是让他去应用一种抽象的自由,而是让他把整个身心都奉献出来,带着他的情欲,他的成见,他的同情心,他的性欲禀赋,以及他的价值体系。不过这个人是满怀豪情奉献出他自己的,自由贯穿他的全身,从而改变他的感情里面最黑暗的成分。由于主动性为了更好地创造对象而把自己变成被动的,相应地被动性就变成行动,读书的人就上升到最高的高度。所以人们会看到一些出名铁石心肠的人在读到臆想出来的不幸遭遇的时候会掉下眼泪;他们在这个瞬间已变成他们本来会成为的那种人——如果他们不是把毕生精力都用来对自己掩盖他们的自由的话。

因此,作家为诉诸读者的自由而写作,他只有得到这个自由才能使他的作品存在。但是他不能局限于此,他还要求读者们把他给予他们的信任再归还给他,要求他们承认他的创造自由,要求他们通过一项对称的、方向相反的召唤来吁请他的自由。这里确实出现了阅读过程中的另一个辩证矛盾:我们越是感到我们自己的自由,我们就越承认别人的自由;别人要求于我们越多,我们要求于他们的就越多。

当我欣赏一处风景的时候,我很明白不是我创造出这处风景来的,但是我也知道,如果没有我,树木、绿叶、土地、芳草之间在我眼前建立起来的关系就完全不能存在。对于我在色调的配合、在风中的物体的形状和运动的和谐之中发现的表面上的符合目的性,我很清楚我不能说明它的理由。然而这一表面上的符合目性是存在的,而且归根结底,只有当存在已经在那儿的时候,我才能使它有;不过,即使我相信上帝,我也不能在神的普遍关注与我观瞻的特殊景色之间确立任何过渡关系,除非是一种纯粹字面上的过渡关系:如果有人说上帝为使我喜悦而创造风景,或者说上帝把我造成这个样子,使得我能在风景中感到喜悦,那就是把问题当作答案了。这个蓝色和这个绿色的和谐配合是否有意安排的?我又怎么能知道这一点呢?神明无所不在这一观念并不能保证在每件个别事情上都体现这个神明的意图;特别是在上面举的例子里,既然草的绿色可以用生理规律、特殊恒量和地缘决定论来解释,而水的蓝色的原因在于溪流的深度、土地的性质以及水流的速度。如果说色调的配合是有意安排的,那也只能是附带出现的。那是两个因果系列的汇合,也就是说,初看是一种偶然情况。这一符合目的性充其量也不过是盖然性的。我们确立的各种关系都是些假设;没有一个目的是以一项命令的方式对我们提出来的,既然没有一个目的显示自己是被一个造物者故意安排的。由此可见,我们的自由从未被自然美召唤。或者更确切地说,在树叶、形状和运动组成的整体之中有一个表面上的秩序,即有一个召唤的幻觉。这个召唤的幻觉好像在呼请我们的自由,它一遇到我们的目光就立即消失。我们刚开始用目光浏览这一秩序,召唤就消失了:孤零零的只剩下我们自己,全看我们愿意不愿意把这个颜色和另一个颜色或第三种颜色联结起来,让树和水或者树和天空之间,或者树、水、天空三者之间发生联系。我的自由任性行事;我越是确立新的关系,我就越是远离那个对我发出呼请的幻想的客观性;我对着由物潦潦草草勾出来的某些图案大发遐想,自然的现实只不过是我进行遐想的凭据。或者有这样的情况:既然没有什么人向我提供这个曾在一刹那间被知觉的秩序关系,因而这个秩序关系不是真实的,由于我对于这一点深感遗憾,我就把我的遐想固定下来,我就把它搬到画布上,把它写成文字。这样,我就在出现在自然景色之中的没有明确目的的符合目的性和其他人的目光中间充当媒介;我向其他人转达这个"没有明确目的的符合目的性";由于这个转达,后者就变成人世间的东西;艺术在这里是一种奉献仪式,而且奉献本身就引起一种变化。这里发生的情况,类似从母系亲属继承职衔和权力,在这一制度中母亲不拥有姓氏,但在舅甥之间成为不可缺少的中间人。既然我在中途逮住这个幻觉,既然我把它递给其他人,既然为了他们我已把它整理就绪,并且重新思考过,他们就可以放心察看它了,它已变成有意安排的了;至于我本人,当然我停留在主观和客观的边缘上,怎么也不能对我转达的客观秩序出神凝思。

  相反,读者却是在安全情况下前进的。不管他走得有多远,作者总是走在他前面。不管他在书的各个部分——章节和字句——之间确立什么比较关系,他总有一个保证:这些比较关系都是有意安排的。他甚至可以如笛卡儿所说的那样佯认在好像没有任何关系的各部分之间存在一种秘密的秩序;创造者在这条路上已是走在他前头,而最美的杂乱是艺术的效果,也就是说仍然是秩序。阅读是归纳、〔为原文〕增补文字和推论。这些活动以作者的意志为依据,就像人们曾经长期以为科学归纳的依据在于神的意志一样。有一股柔和的力量伴随着我们,从第一页到最后一页支撑着我们。这并不等于说我们轻易就能辨认艺术家的意图:我们说过,艺术家的意图是猜测的对象,而且这里还有读者的经验在起作用;不过这些猜测都受到一个巨大的信任的支撑,即我们相信书里面的美绝非邂逅相逢的效果。自然界的树木和天空出于偶然而处于和谐状态;相反如果在小说里主人公处在这座塔里头,这所监狱里头,如果他们在这座花园里散步,那么这里发生的情况既是重建一系列独立的因果关系(由于一连串心理和社会变故,人物正处于某种情绪之中;另一方面,他要到某一特定地点,而城区的布局迫使他穿过某一个公园),又是表达更深一层的符合目的性,因为公园之所以存在只是为了与某一情绪相协调,为了用物来表现这个情绪或者为了通过鲜明的对比来突出它;而情绪本身是在与景物的联系中产生的。在这里,符合因果性是表面现象,我们可以称之为"没有明确原因的符合因果性",而符合目的性倒是深刻的现实。不过,如果说我可以这样放心地把目的范畴置于因果范畴底下,那是因为我在打开书本的时候就肯定对象以人的自由为源泉。如果我应该怀疑艺术家是出于激情或在激情中写作的,那么我的信任就立即烟消云散了,因为就是用目的范畴来支撑因果范畴也无济于事;在这种场合目的范畴也会受到另一种心理上的符合因果性的支持,最终艺术品就回到决定论的锁链里去。当我阅读的时候,当然我不否认,作者可以是满怀激情的,他甚至可以在激情冲动下构思他的作品的雏形。不过他既然决定写作,他就必定要对他的感情保持一段距离;简单说,他已把他的情感变成自由的情感,就像我在读他的作品的时候把我自己的情感变成自由的情感那样,也就是说作者处于豪迈的姿态。因此,阅读是作者的豪情与读者的豪情缔结的一项协定;每一方都信任另一方,每一方都把自己托付给另一方,在同等程度上要求对方和要求自己。因为这种信任本身就是豪情,谁也不能迫使作者相信他的读者将会运用自己的自由;谁也不能迫使读者相信作者已经运用了自己的自由。这是他们双方作出的自由决定。于是就产生一种辩证的往复关系;当我阅读的时候,我有所要求;如果我的要求得到满足,我已读到的东西就使我对作者要求得更多,这就是说,要求作者对我的自由提出更多的要求。相反,作者要求的是我把我的要求提高到最大限度。就这样,我的自由在显示自身的同时揭示了别人的自由。

至于审美对象是一种"现实主义(或所谓如此的)艺术或一种形式主义"艺术的产品,这一点关系不大。不管怎么说,自然关系总被颠倒过来了:塞尚①的油画近景里的这棵树首先是作为一系列因果关系的结果出现的。但是符合因果性是一种幻觉,这一符合因果性,只要我们看着这幅画,它无疑是作为一项建议而存在的。但是它在深部受到一种符合目的性的支撑:如果这棵树是这样安排的,那是因为画面其余部分要求人们把这个形状和这些颜色安排在近景。就这样,穿过现象的符合因果性,我们的目光达到作为客体的深部结构的符合目的性,而且穿过这一符合目的性,我们的目光达到作为客体的源泉及其原始基础的人的自由。弗美尔②的现实主义发展到如此地步,以致人们乍一看会把他的作品当作照片。但是,他用的颜料是华丽的,他画的低矮的砖墙带有粉红色的柔软的光华,他笔下的一枝忍冬呈厚重的蓝色,幽暗的门厅涂着上光油,人物脸部橙色的皮肉如石质圣水盆一样光滑,如果人们察看到这一切,人们会从自己体验到的愉快中突然感到,符合目的性与其说存在于形状和色彩之中,不如说存在于他们自己的物质想象之中;在这里,物的形状的存在理由是它们的实体本身和它们的原质;这位画家可能使我们最接近绝对的创造,因为我们在物质的被动状态本身中也遇到人的深不可测的自由。

---

① 塞尚(1839—1906),法国画家。
② 弗美尔(1632—1675),荷兰画家,擅长风景和内景。西蒙娜·德·波伏瓦在她的回忆录《时势的力量》中,记述一九四六年底萨特在荷兰看到这位画家的原作,大受启发,从而给艺术下了个定义:艺术是"由一个自由来重新把握世界"。见该书第132页,加利马出版社,1963年版。

然而，作品决不局限于画成的、雕成的或讲述出来的客体；如同人们只能在世界的背景上知觉事物一样，艺术表现的对象也是在宇宙的背景上显现的。作为法布利斯的历险的背景，是一八二〇年的意大利、奥地利和法国，布拉奈斯神甫①观测的满天星斗的夜空，最后还有整个地球。如果画家画给我们看一角田野或者一瓶花，他的画幅是开向整个世界的窗户；这条隐没在两边的麦田中间的红色小道，我们沿着它走得比梵高画出来的部分要远得多，我们一直走到另一些麦田之间，另一朵云彩底下，直到投入大海的一条河流；我们把深沉的大地一直延伸到无穷远，是这个大地支撑着田野与符合目的性的存在。结果是，创造活动通过它产生或重现的有限几个对象，实际上却以完整地重新把握世界作为它努力的目标。每幅画，每本书都是对存在的整体的一种挽回，它们都把这一整体提供给观众的自由。因为这是艺术的最终目的：在依照其本来面目把这个世界展示给人家看的时候挽回这个世界，但是要做得好像世界的根源便是人的自由。然而，由于作者创造的东西只有在观众眼里才能取得客观的现实性，因此这一挽回过程是通过观赏活动这一仪式——特别是通过阅读仪式——得到认可的。现在我们能够更好地回答我们刚才提出的问题了：作家做出的选择是召唤其他人的自由；他们各有要求，通过这些要求在双方引起的牵连，他们就把存在的整体归还给人，并用人性去包笼世界。

　　如果我们愿意更进一步，我们就必须提醒自己，作家和所有其他艺术家一样企图给予他的读者们一种人们习惯称之为审美快感的感情，至于我，我宁可把它叫作审美喜悦；这一感情一旦

---

　　① 布拉奈斯神甫，《巴马修道院》中的人物。

出现，便是作品成功的标志。因此应该根据上文阐述的看法去审察这一感情。创造者因其在创造，他确实得到这一喜悦，而这一喜悦是与观赏者的审美意识融为一体的，即就我们研究的问题而言，是与读者的审美意识融为一体的。这是一个复杂的感情，其结构相互制约，不可分离。首先它与对于一种超越性的、绝对的自由的辨认融为一体，这一超越性的、绝对的自由在一个瞬间止住了目的—手段和手段—目的〔2〕循环不已地形成的功利主义瀑布，也就是说，审美意识首先是与对于一项召唤，或者换一种说法，对于一项价值的辨认融为一体的。而我对于这项价值产生的位置意识①必然伴随着对于我的自由的非位置意识②，既然自由是通过一种超越性的要求显示自身的。自由辨认出自身便是喜悦，但是非正题意识的这一结构包含着另一结构：既然阅读是创造，那么我的自由不仅作为纯粹的自主，而且作为创造活动向自己显现，就是说它不限于为自己制定法则，并且作为对象的构成部分把握它自己。在这一层次上便出现地道的审美现象，即出现一种创造，在这里被创造的对象被作为客体给予它的创造者。只有在这唯一的场合创造者才享受到他创造的客体。享受这个词用在对于被读到的作品的位置意识上足以说明我们遇到的是审美喜悦的一个主要结构。这一位置性的享受伴随着一种非位置意识，即意识到自己对于作为主要的东西被把握的一个客体而言是主要的；我把审美意识的这一方面叫作安全感；是这种安全感给最强烈

---

① 萨特曾师事的德国哲学家胡塞尔认为，任何意识都是对于某物的意识，任何意识都不是一个超越的对象所占的位置。如我们意识到一张桌子，桌子本身并不在意识里面，它在空间里面。因此意识乃是对世界的"位置意识"（conscience positionnelle）。

② 意识本身不占位置，因此对于意识的意识，即"前反省意识"，乃是"非位置意识"。

的审美情感打上至高无上的静穆标记,它的根源在于确认主观性与客观性之间有严格的和谐。另一方面,由于审美对象正是通过想象物的媒介力求达到的世界,审美喜悦就伴随这样一种位置意识,即意识到世界是一个价值,也就是说世界是向人的自由提出的一项任务。我把这一点称之为人的谋划的审美变更,因为通常情况下世界是作为我们的境遇的地平线,作为把我们和我们自己隔开的无穷尽的距离,作为与项的综合整体,作为阻碍和器具①的未经区分的群体出现的——但是从来不是作为诉诸我们的自由的一个要求出现的。因此审美喜悦在这个阶段就来自我产生的这样一种意识,即我意识到自己在挽回并内化那个地地道道是非我的东西,既然我把与项变成命令,把事实变成价值:世界是我的任务,也就是说我的自由的主要的和自愿同意的职能正在于通过一个不受限制的运动使世界这唯一和绝对的客体得到存在。再则,第三点,上述结构包含着人们的自由之间的一项协定,因为一方面阅读是对于作者的自由的满怀信心和要求苛刻的承认,而另一方面审美快感因其本身是以一种价值的形式被知觉的,它就包括对别人提出的一项绝对要求:要求任何人,就其是自由而言,在读同一部作品的时候产生同样的快感。就这样,全人类带着它最高限度的自由都在场了,全人类支撑着一个世界的存在,这个世界既是它的世界又是"外部"世界。在审美喜悦里,位置意识是对于世界整体的意象意识,这个世界同时既作为存在又作为应当存在,既作为完全属于我们自己的又作为完全异己的,而且它越是异己就越属于我们。非位置意识确实包笼人们的自由的和谐整体,在这里这一种

---

① 根据存在主义哲学,"自在"的存在(物)对于"自为"的存在(意识、人)来说,不是帮助后者完成他的"谋划"(projet),便是阻挠他。在第一种情况下,物是器具(ustensile),在第二种情况下,物是阻碍(obstacle)。

和谐整体既是一种普遍信任又是一项普遍要求的对象。

因此,写作既是揭示世界又是把世界当作任务提供给读者的豪情。写作是求助于别人的意识以便使自己被承认为对于存在的整体而言是主要的;写作就是通过其他人为媒介而体验这一主要性。但是,由于另一方面现实世界只是显示在行动中,由于人们只能在为了改变它而超越它的时候才感到自己置身于世界之中,小说家的天地就会缺乏厚度,如果人们不是在一个超越它的行动中去发现它的话。人们经常注意到这一点:一个故事中的一个物的存在密度并非来自人们对它所做的描述的次数和长度,而是来自它与不同人物的联系的复杂性;物越被人物摆弄,被拿起来又放下来,简括地说它越是被人物为达到他们自身的目的而超越,它就越显得真实。小说世界,即物和人的存在的整体,正是如此:为了使得这一世界具有最大密度,那就必须让读者借以发现它的这个揭示—创造过程也是想象当中的投入行动过程;换句话说,人们越对改变它感到兴味,它就越显得生动。现实主义的谬误在于它曾经相信,只要用心观察,现实就会展现出来,因此人们可以对现实作出公正的描绘。这又怎么可能呢,既然连知觉本身都是不公正的,既然只消人们叫出对象的名字,人们就改变了这个对象?再则,作家既然意欲自己对于世界而言是主要的,他又怎么能意欲自己对于这个世界包藏的种种非正义行为而言也是主要的呢?然而他却必定是这样的:只不过,如果说他同意做非正义行为的创造者,那只是在一个为消灭非正义行为而超越它们的过程中同意这么做罢了。至于正在阅读的我,如果我创造一个非正义的世界并维持它的存在,我就不能不使自己对之负责。而作者的全部艺术迫使我创造他揭示的东西,也就是说把我牵连进去。现在是我们俩承担着整个世界的责任。正因为这个世界由我们俩的自由合力支撑,因为作者企图通过我的媒介把这个世界归入人间，那么这个世界就必须真正以它自己的本来面目，以它最深部的原型状态出现，它就必须受到一个自由的贯穿与支持，而这个自由要以人的自由为目的。如果这个世界不真正是它应该成为的目的之城邦，至少它必须是通向这个目的之城邦的一个阶段，简单说，它必须是一个生成，人们必须始终把它不是当作压在我们身上的庞然大物来看待、介绍，而是从它是为通向这个目的之城邦而作的超越努力这个观点来看待、介绍它；不管作品描绘的人类有多恶毒、绝望，作品也必须有一种豪迈的神情。当然不是说这一豪情应该由旨在感化人的说教或由敦品励行的人物来体现，它甚至不应该是蓄意安排的，而且千真万确人们带着善良的感情是写不出好书来的。但是这个豪情应该是书的经纬，应该是人与物从中受型的原材料：不管写什么题材，一种必要的轻盈应该无所不在，提醒人们作品从来不是一个天生的已知数，而是一个要求、一个奉献。如果人们把这个世界连同它的非正义行为一起给了我，这不是为了让我冷漠地端详这些非正义行为，而是为了让我用自己的愤怒使它们活跃起来，让我去揭露它们，创造它们，让我连同它们作为非正义行为，即作为应被取缔的弊端的本性一块儿去揭露并创造它们。因此，作家的世界只有当读者予以审查，对之表示赞赏、愤怒的时候才能显示它的全部深度；而豪迈的爱便是宣誓要维持现状，豪迈的愤怒是宣誓要改变现状，赞赏则是宣誓要模仿现状；虽然文学是一回事，道德是另一回事，我们还是能在审美命令的深处觉察到道德命令。因为，既然写作者由于他不辞劳苦去从事写作，他就承认了他的读者们的自由，既然阅读者光凭他打开书本这一件事，他就承认了作家的自由，所以不管人们从哪个角度去看待艺术品，后者总是一个对于人们的自由表示信任的行为。既然读者们和作者一样之所以承认这个自由只是为了要求它显示自身,对作品就可以这样下定义:在世界要求人的自由的意义上,作品以想象方式介绍世界。由此,首先可以推导:没有黑色文学,因为不管人们用多么阴暗的颜色去描绘世界,人们描绘世界是为了一些自由的人能在它面前感到自己的自由。因此只有好的或坏的小说。坏小说是这样一种小说,它旨在阿谀奉承,献媚取宠;而好小说是一项要求,一个表示信任的行为。尤其因为,当作家在为实现个别的自由之间的协调而向它们介绍世界的时候,他只能从唯一的角度出发,即认为这是一个有待人们愈益用自己的自由去浸透的世界。不能设想,为作家引起的这一连串豪情是被用来核准一个非正义行为的;也不能设想,如果一部作品赞同、接受人奴役人的现象,或者只是不去谴责这一现象,读者在读这部作品的时候还会享用自己的自由。人们可以想象,一个美国黑人会写出一部好小说,即使整本书都流露出对白人的仇恨。这是因为,通过这个仇恨,作者要求得到的只是他的种族的自由。由于他吁请我也采取豪迈的态度,当我作为纯粹自由感知自己的时候,我就不能容忍人家把我与一个压迫人的种族等同起来。因此我在反对白种人,并在我是白种人的一员这意义上反对我自己的时候,我便向所有的自由发出号召,要求它们去争取有色人种的解放。然而任何时候也没有人会假设人们可以写出一部颂扬反犹太主义的好小说[3]。因为当我感知自己的自由是与所有其他人的自由不可分割地联系在一起的时候,人们不能要求我使用这个自由去赞同对他们其中某些人的奴役。因此,不管作家写的是随笔、抨击文章、讽刺作品还是小说,不管他只谈论个人的情感还是攻击社会制度,作家作为自由人诉诸另一些自由人,他只有一个题材:自由。

因此,任何奴役他的读者们的企图都威胁着作家的艺术本身。

对于一个铁匠来说,法西斯主义将要损害的是他作为一个人的生活,但不一定损害他的职业;对于一个作家,他的生活和职业都将受到损害,而且后者受到的损害更甚于前者。我见过一些作者,他们在战前衷心祝愿法西斯主义来临,然而正当纳粹使他们备享尊荣的时候,他们却写不出作品来了。我特别想到德里欧·拉罗舍尔:他弄错了,但他是诚恳的,他证明了这一点。他答应去领导一家有背景的杂志。头几个月他申斥、责备、教训他的同胞们。谁也不回答他:因为人们不再有回答的自由。他因此恼火,他不再感觉到自己的读者了,他显得更加恳切,但是没有任何一个信号证明他已被理解。既无仇恨,也无愤怒的信号:什么也没有。他不知所措,愈益不安,他辛酸地向德国人诉苦;他的文章曾经趾高气扬,现在变得满纸牢骚;最后他落到顿足捶胸的地步:仍旧没有回音,除非来自他蔑视的那帮卖身求荣的新闻记者那里。他提出辞呈,然后又收回去,继续发表议论,但是总像在沙漠里一样,没有人听他。最后他闭嘴了,是其他人的沉默堵住了他的嘴。他曾要求奴役其他人,但是在他疯狂的头脑里,他必定想象这一奴役是自愿接受的,仍是自由的;奴役果然来到了;他作为人对之满怀喜悦,但是作为作家他忍受不了。正是这个时候,另一些人——幸亏他们是大多数——才懂得写作的自由包含着公民的自由,人们不能为奴隶写作。散文艺术与民主制度休戚相关,只有在民主制度下散文才保有一个意义。当一方受到威胁的时候,另一方也不能幸免。用笔杆子来保卫它们还不够,有朝一日笔杆子被迫搁置,那个时候作家就有必要拿起武器。因此,不管你是以什么方式来到文学界的,不管你曾经宣扬过什么观点,文学把你投入战斗;写作,这是某种要求自由的方式;一旦你开始写作,不管你愿意不愿意,你已经介入了。

介入什么？人们会问。保卫自由，这么说未免太匆促。作家是否守卫理想价值，如班达的神职人员在背叛以前所做的那样①，或者需要在政治和社会斗争中明确表态，从而保护具体的、日常生活中的自由？这个问题与另一个问题相连。后者表面上很简单，但是人们却从未对自己提出过："人们为谁写作？"

注释

〔1〕 在不同程度上，观赏者对其他艺术品（绘画、交响乐、雕像等等）的态度亦复如此。

〔2〕 在实际生活中，每个手段都有可能被看作目的，只要人们去寻求这一手段，而每个目的都显示为达到另一个目的的手段。

〔3〕 这一见解曾引起人们的激烈争议。我要求人家只消对我举出一部蓄意为压迫服务的好小说，一部反对犹太人、黑人、工人和殖民地人民的好小说。人家会说："如果没有这样的小说，这不等于说人们不会有一天写出一部来。"不过这样一来你得承认你是个抽象理论家。是你，不是我。因为你用你对艺术的抽象看法的名义肯定一件从未发生过的事实的可能性，而我仅限于对一个被承认的事实提供一种解释。

三　为谁写作？

乍一看，这不成问题，人们为所有的读者写作；而且我们确实看到作家提出的要求在原则上是面向所有人的。但是上面描述的是理想状况。事实上作家知道他是面对一些陷于泥淖、被掩盖、不

---

① 班达(1867—1956)，法国作家。他在《神职人员的叛变》(1927)一书中，把作家比作神职人员，认为他们的使命在于为抽象的正义服务，而现代知识分子介入政治和社会斗争，投靠世俗或精神权力，这样做就背叛了他们应该守卫的理想价值。

能支配的自由说话的；他本人的自由也不是那么纯净，他必须清洗它；他为了清洗它而写作。忙不迭地谈论永恒价值诚然容易，却也危险：永恒价值是干瘪的。自由本身，如果人们考察其永恒的形式，也像一根干枯的树枝：因为它和大海一样潮涨潮落周而复始，它无非是人们持续不断地借以自我挣脱、自我解放的运动。没有现成的自由；必须克服情欲、种族、阶级、民族的羁绊去争得自由，而且在争得自由的同时征服其他人。但是，在这种情况下，重要的是有待铲除的障碍和有待克服的阻力的特殊面貌，是这一特殊面貌在每一场合把自身的形象赋予自由。如果作家如班达要求的那样选择说废话，他可以用漂亮的和谐复合句谈论这个同时为国家社会主义、斯大林共产主义和资本主义民主国家所要求的永恒自由。他这样做不会使任何人为难，他将不对任何人说话：人们事先就把他需要的一切都给他了。但这是一个抽象的梦，不管他愿意不愿意，即使他在觊觎永恒的桂冠，作家也在对他的同时代人、他的同胞、他的同种族、同阶级的兄弟们说话。实际上，人们没有充分注意到，一件精神产品自然而然是暗示性的。即便作者旨在完整无遗地表现对象，他永远不可能说出一切，他知道的总比他说的多。这是因为语言是省略。如果我想让我身旁的人注意一只马蜂已经飞进窗内，我不必长篇大论。"当心！"或者"瞧！"——一个词，一个手势就够了——他一看见马蜂，一切都明白了。假定有一张唱片不加评论反复播放普洛万或者昂古莱姆一对夫妻的日常谈话，我们根本听不懂他们在说什么：因为缺少语境，即共同的回忆和共同的感知，这对夫妇的处境及他们的谋划，总之缺少对话的每一方知道的向对方显示的那个世界。阅读亦然：同一时代或同一集体的人经历了同样的事件，向自己提出或回避同样的问题，嘴里有同样的回味，所以他们之间形成同谋关系，而且他们之间还横躺着同一些尸体。所以用不着写那么多：只要一些关键性的字眼就够了。如果我向美国公众讲述德国占领时期的情况，我就得做许多分析，还得特别小心谨慎；我将白白花掉二十页篇幅来消除一些先入之见、偏见和无稽之谈；然后我要步步为营，要在美国历史中寻找一些能帮助他们理解我们历史的形象和象征，我还要始终想到我们作为老年人的悲观主义和他们作为儿童的乐观主义之间的差别。如果我为法国人写同一题材的文章，我们就是在自己人中间了：比如说，只要说"一个德国军乐队在公园的凉亭里演奏"，一切尽在不言中了：一个寒意料峭的春天，外省一座公园里，几个剃光脑袋的人使劲吹着铜管乐器，一些佯装不闻不见的行人加快脚步走过，两三个紧绷着脸的听众伫立树下，听这首对法国毫无用处的晨曲在天空中消失，我们的耻辱、忧愁、愤怒和骄傲也都包含在这个场面中了。因此，我与之说话的读者既非小大人和天真汉，也不是上帝。他不像善良的野蛮人那样蒙昧无知，以致需要从原则出发解释一切，他不是才智之士，也不是一片空白。他也不像天使或上帝那样全知全能，我向他揭示宇宙的某些面貌，我利用他知道的事情试图把他还不知道的事情告诉他。读者位于完全无知与无所不知之间，他有一定的知识，这些知识随时都在变化，足以向他显示他的历史性。这确实不是一个瞬间意识，一个超越时间的对自由的纯粹肯定，而且读者也不是在历史的上空翱翔：他置身其间，作者们同样也有历史性；唯其如此，他们中有些人就希望逃脱历史，跃入永恒。在这些投入同一段历史并且同样致力于创造这一历史的人中间，通过书籍的媒介建立起一种历史接触。写作和阅读是同一历史事实的两个方面，而作家怂恿我们去争取的那个自由并非以纯粹抽象的方式意识到自己是自由的。确切说这个自由没有定性，它是在一个历史处境中争取到的；每本书从一个特殊的异化出发建议一种具体的解放途径，所以每本书都在暗中求助于某些典章制度和习俗、某些压迫和冲突形式，求助于当时的智慧和疯狂、持久的激情和一时的固执，求助于迷信和良知的最新成果、明显不过的事实和愚昧无知的表现，求助于科学使之流行，并由人们应用于各个领域的特殊推理方法，求助于希望和恐惧，求助于感性、想象乃至感知的习惯。总之，求助于习俗和现成的价值、作者与读者共有的整个世界。作者使之活跃起来并把他自己的自由注入其中的正是这个熟悉的世界，医生应该从这个熟悉的世界出发做手术，使它得到具体的解放：这个世界便是异化、处境、历史，我应该把它接过来，承担起来，应该为了我也为了别人改变它或保存它。因为，如果说自由的直接面貌是否定性，众所周知这里指的不是抽象的表示否决的力量，而是一种具体的否定性，它身上包含着它否定的东西，它整个儿染上后者的色彩。既然作者与读者的自由通过一个世界彼此寻找，相互影响，我们既可以说作者对世界某一面貌的选择确定了他选中的读者，也可以说他在选择读者的同时决定了他的题材。所以所有精神产品本身都包含着它们选中的读者的形象。我可以根据《地粮》画出纳塔那埃尔的肖像：人们吁请他从中解脱的那个异化，我知道这指的是家庭，他拥有的或将通过继承得到的不动产，功利主义的谋划，一种学到的伦理道德和一种狭隘的有神论；我也看到他有文化、有闲暇，因为如把梅纳尔克作为榜样介绍给当小工的、失业者和美国黑人，这就荒唐了；我还知道他不受到任何外部危险的威胁，不愁吃喝，不担心打仗，不怕来自一个阶级或一个种族的压迫；他遇到的唯一危险是成为他所属阶级的牺牲品。所以这是个白人，亚里安人，有钱人，资产阶级名门望族的继承人，他生活在一个相对稳定、依然安逸的时代，当时有产阶级的意识形态刚刚开始衰落：这正是罗杰·马丁·

杜加尔日后向我们介绍的那位达尼埃尔·德·丰塔南安德烈·纪德的热情仰慕者①。

举个更近的例子，《海的沉默》是一位早期抵抗运动成员的作品，其写作意图我们是很清楚的。给人强烈印象的是这部作品在纽约、伦敦，有时甚至在阿尔及尔的法国流亡者圈子中遇到的只是敌意，人们甚而指责作者有意通敌。这是因为维尔高尔不是以这一批读者为对象的。相反，在沦陷区，没有人怀疑作者的意图及作品的效力：他是为我们写作的。我确实不认为，人们如果说他笔下的德国人是真实的，法国老人和法国少女也是真实的，就能为维尔高尔辩护。凯斯特勒②关于这个问题写过出色的文章：这两个法国人的沉默并不具有心理上的真实性；这一沉默甚至略嫌过时：它使人想起另一次占领时期莫泊桑笔下的爱国农民执拗的沉默不语，那另一次占领时期有过另一些希望，另一些忧虑，另外的风俗习惯。至于那个德国军官，他的形象不乏生气，但是，不言而喻，因为维尔高尔拒绝与占领军有任何接触，他是通过组合这一人物的各种可能因素"凭记忆"把他画出来的。所以人们不是由于这些形象的真实性才应该偏爱它们甚于盎格鲁-撒克逊人的宣传每天制造的形象。但是对于法国本土的法国人来说，维尔高尔的小说在一九四一年是最有效的。当敌人与你之间隔着一道火的屏障时，你必定笼统地把他看作恶的化身：任何战争都是一种善恶二元论。所以英国报纸不浪费时间在德国军队中区别良莠是可以理解的。但是，与此相反，被战败、被占领的民众与战胜者混杂在一起，

---

① 罗杰·马丁·杜加尔(1881—1958)的《蒂波一家》的主人公之一，达尼埃尔·德·丰塔南在火车上看到一位旅客在读纪德的《地粮》，跃入他眼帘的字句带给他巨大的启示。

② 凯斯特勒(1905—1983)，用英语写作的匈牙利作家。

由于适应了环境,也由于受到巧妙的宣传的影响,却重新学会把敌人看作人,有好有坏,亦好亦坏。如有一部作品在一九四一年把德国兵写成吃人的恶魔,那就会使这些读者感到好笑,因而达不到预期的目的。从一九四二年年底起,《海的沉默》失去效力:因为战争在我们的国土上重新开始;一方面是秘密宣传、破坏活动、颠覆火车、暗杀;另一方面则是宵禁、集中营、监禁、酷刑和处决人质。一道无形的火的屏障重又隔开法国人和德国人;我们不想知道挖掉我们友人的眼睛、拔掉他们的指甲的那些德国人是纳粹主义的帮凶还是牺牲品;面对他们,保持一种高傲的沉默已经不够了,何况他们也不容忍我们这样做:到了战争的这个转折关头,你不是和他们站在一起,就是反对他们;在轰炸、屠杀、村庄烧成焦土、平民关进集中营的环境里,维尔高尔的小说像是一阕牧歌,它已失去了它的读者群。它的读者是一九四一年的法国人,他因战败感到屈辱,但是占领者被教会的那种彬彬有礼的举止又使他惊讶,他真心渴望和平,被布尔什维克主义的幽灵吓破了胆,又被贝当的言辞搅得晕头转向。对于这个读者,把德国人描写成嗜血成性的暴徒是白费心思,相反倒是应该对他承认,德国人也可以是有礼貌的,甚至是和蔼可亲的。而且,既然他已惊奇地发现他们中大部分人是"和我们一样的人",就应该向他说明,即使如此,跟他们亲如手足也是不可能的,这些外国兵越是显得可亲,就越加不幸和无济于事,人们必须与一种有害的制度和一种有害的意识形态斗争,即使我们觉得把这一制度和这一意识形态带给我们的人不是坏人。总之,因为人们是在向一大群消极被动的人说话,因为当时很少有重要的抵抗组织,而且这些组织在吸收成员时非常慎重,人们可以要求居民采取的唯一抵抗形式是沉默、轻蔑,是被迫的,而且让人感到是被迫的服从。维尔高尔的小说就这样确定了自己的读者群;

在确定读者群的同时,它也确定了自身:它的立意是抵消蒙托瓦会晤①对一九四一年法国资产阶级的思想产生的影响。战败后一年半,这部小说还是活生生的、辛辣的、有效的。半个世纪以后它不再能激起任何人的热情。不了解情况的读者会把它当作关于一九三九年战争的令人愉快但略带忧伤的故事来阅读。香蕉似乎是刚摘下来的时候味道更好:精神产品亦然,应该就地消费。

对于任何用精神产品为之创作的公众来解释这一精神产品的尝试,人们禁不住要指责它虽说巧妙但是徒劳,而且不直截了当。把作者本身的状况作为决定因素不是更简单、更直接、更严谨的做法吗?坚持泰纳的"环境"概念不是很合适吗?我回答说,用环境来解释确实有决定性:环境产生作家;正因为这一点我才不相信这种说法。相反,公众召唤作家,就是说公众向作家的自由提出疑问。环境是一股 vis at ergo②,公众则相反,是一个期待,一个有待填补的真空,一个在本义和转义上的愿望。总之,公众是另一个人。我绝不反对用人的处境来解释作品,我一向把写作计划看成对某种人类的和整体的处境的自由超越。而且在这一方面,写作计划和其他事业没有差别。埃吉昂勃勒[1]在一篇极为机智但略嫌肤浅的文章中写道:"我正打算修订我那本小词典时,偶然读到让-保尔·萨特的三行字:'对于我们来说,作家确实既不是供奉女灶神的贞女,也不是爱丽儿③。不管他在做什么,他总是参与其事了,在他最偏僻的隐居之地他也被打上印记,牵连在内。'他参与其事,介入其中。我差不多认出布莱兹·帕斯卡尔那句话:'我们都卷进去了。'但是这样一来我也看到介入失去任何价值,突然被缩小成最平常的事情,变成王子与奴隶的关系,变成人的状况。"

---

① 一九四〇年十月二十二日,贝当与希特勒在法国的蒙托瓦镇会晤。
② 拉丁文:从后面来的力量。
③ 爱丽儿:莎士比亚戏剧《暴风雨》中的空气的精灵。

别的我就不说了。不过埃吉昂勃勒假装糊涂。如果说每个人都卷进去了,这不等于说他自己充分意识到这件事:大部分人把时间耗费在向自己掩饰这一介入上。不是说他们非得努力在谎言、人造的天堂和幻想生活中寻求逃避;他们只消承担后果而讳言手段,拒绝与同类团结一致,躲进严肃精神①从死亡的角度看待生命从而夺走它的任何价值,同时又在平淡无奇的日常生活中躲避死亡,消除死亡恐惧;如果他们属于剥削阶级,他们只消确信人们可以因其情操的高尚摆脱自身的阶级,如果他们属于被压迫者,他们只消声称人们只要喜爱内心生活,即便戴着镣铐也仍是自由的,于是便能对自己隐瞒自己与压迫者的同谋关系。作家和其他人一样,所有这些做法他都可以使用。有这样的作家,而且他们是大多数,为只求安稳睡大觉的读者提供了一整套策略。我想说,当一个作家努力以最清醒、最完整的方式意识到自己卷进去了,也就是说当他为自己,也为其他人把介入从自发、直接的阶段推向反思阶段时,他便是介入作家。作家是最出色的中介人,他的介入就是起中介作用。只不过,如果人们有理由要求从作家的状况出发来解释其作品,同时应该记住他的状况不仅是一般人的状况,而且也是一个作家的状况。他可能是犹太人、捷克人,出身农民家庭,但这是一位犹太作家,一位农村出身的捷克作家。我在另一篇文章里试图为犹太人的状况下定义时,我只找到这样的话:"犹太人是这样一种人,他被其他人看成贪得无厌,必须根据别人为他造成的处境来选择自己。"这是因为我们身上有些品性完全来自别人的评价。就作家而言,情况比较复杂,因为谁也没有被迫选择自己成为作

---

① 严肃精神(l'esprit de sérieux)是萨特常用的哲学术语。他认为严肃精神与"焦虑"相对,具有严肃精神的人从世界的压力出发来理解行动的价值,而不是从自由赋予世界的意义这个出发点来理解和把握行动。见《存在与虚无》。

家。所以一开始存在着自由:首先由于我有自由的写作计划,我才成为作者。但是紧跟着出现这一情况:我变成一个被别人看成是作家的人,即一个应该满足某种要求,并且不管他本人是否愿意已被授予某种社会职能的人。不管他想干什么,他必须根据别人对他的看法行事。他可能愿意改变在一个特定社会里人们赋予文人的角色,但是为了改变事实他必须首先进入这个角色。所以读者就带着他们的习俗、他们的世界观、他们对社会和社会内部的文学的看法出面干预了;他们包围作家、围攻作家,他们的强烈或狡狯的要求,他们的拒绝和逃避便是人们借以写成一部作品的实际材料。试以伟大的黑人作家理查·赖特①为例。假如我们只看他作为人的状况,即从美国南方移居北方的"尼格鲁"的状况,我们马上就会明白他只能描写黑人或从黑人眼里看出来的白人。当南方百分之九十的黑人实际上被剥夺了选举权时,难道人们能够认为,哪怕只是一会儿,他会同意把自己的生命用于冥想真、美和永恒的善?假如有人在这里谈论神职人员的背叛,我要回答说被压迫者中间没有神职人员。神职人员必定是压迫阶级或种族的食客。假如一位美国黑人发现自己的使命是当作家,他同时也发现了自己的题材,他是从外部看白人的人,他从外部吸收了白人的文化;他的每一部书都将表明黑色人种在美国社会内部的异化。他不是客观地、用现实主义手法去写,而是满怀激情,把他的读者也牵连进去。但是这番观察仍未决定他的作品的性质:他可以写论战性小册子,创作布鲁斯舞曲,或者充当南方黑人的耶利米②。如果我们想作进一步探讨,就要去看他的读者群。理查·赖特为谁写作呢?

---

① 理查·赖特(1908—1960),美国黑人作家。下文提到的《黑孩子》是他的自传。
② 耶利米是《圣经》中的犹太先知。

肯定不是为普遍的人。普遍的人这个概念的一项基本特征是他不介入任何一个特定时代，路易斯安那的黑人的命运并不比斯巴达克思时代罗马奴隶的命运更能打动他。普遍的人不会去想普遍价值以外的东西，他是对人的不受时效限制的权利的纯粹和抽象的肯定。但是赖特也不可能为弗吉尼亚州或卡罗利纳州的白人种族主义者写作，他们早有先入之见，而且不会打开他写的书。他也不是为河汉地区目不识丁的黑人农民写作的。如果说欧洲欢迎他的作品令他高兴，明显的事实却是，他在写这些作品时没有首先想到欧洲读者。欧洲是那么遥远，它的愤慨不起作用，也是虚假的。对于奴役了印度、印度支那、黑非洲的民族，人们不能期望太高。上面这些考察足以使我们确定他的读者：他为北方有文化教养的黑人和心地善良的美国白人（知识分子，左派民主党人、激进党人、产业工会联合会会员）写作。

这倒不是因为他没有通过这些读者来瞄准所有的人，但是他通过他们瞄准所有的人，犹如永恒的自由在他追求的具体的历史解放的地平线上隐约可见，犹如人类的普遍性在他的读者群组成的具体的历史集团中显现。不识字的黑人和南方种植园主在他真正的读者周围代表一个抽象可能性的空白地带；说到底，文盲可以学会读书识字；《黑孩子》可能落到对黑人怀有最固执的敌意的人手里，使他恍然大悟。这不过意味着人的任何计划都超越其实际上的界限，由近及远向无垠扩展。需要指出的是在这个实际上的读者群内部存在明显的裂缝。对于赖特来说，黑人读者代表主体性。他与他们有相同的童年，相同的困难，相同的情绪；他不必细说，他们心里就明白了。在他努力弄清自身处境的同时，他也使他们弄清他们的处境。他们只顾眼前，得过且过地活着，他们忍受生活的艰辛却找不到词儿来表达自己的痛苦，赖特把这一切变成间接材料，为之命名，并指给他们看：他就是他们的意识，他从眼前的直接事实上升到对自身状况进行反思的运动，也是他所属的整个种族的运动。但是，不管白人读者有多么善良，他们对于一位黑人作家来说总是代表另一种人。他们没有经历过他经历的一切，他们只有通过极大的努力，依靠一些随时可能欺骗他们的类比法，才可能理解黑人的状况。另一方面，赖特也不完全了解他们：他只是从外部设想他们傲慢的安全感和全体亚里安白人共有的那种镇定的对世界的信念，即他们认为世界是白色的，他们是世界的主人。他在白纸上写下的黑字的背景对于白人的意义与对于黑人的不同：他只能估摸着选用词语，因为他不知道这些词语在陌生的意识中会引起什么反响。而且，当赖特对白人说话时，他的目标本身也改变了：他需要把他们也牵连进去，让他们衡量自己的责任，必须激起他们的愤慨，使他们感到羞耻。所以赖特的每一本书里都包含着波德莱尔①所谓的"同时双重要求"，每个词指向两个背景；两种力量同时施加在每一句句子上，赋予他的叙述以无与伦比的张力。如果他只对白人说话，他可能会更啰唆，更带说教性，辱骂也会更厉害；如果只以黑人为对象，行文会更省略，更心照不宣，哀伤情调更重。在第一种情况下，他的作品就会接近讽刺；在第二种情况下，就会类似预言者的悲歌：耶利米只说给犹太人听。但是赖特为分裂成两部分的读者群写作，他做到了既维持又超越这个分裂。他把这个分裂变成创作一种艺术品的理由。

作家专事消费，不事生产，即使他决定用笔为团体利益服务时，情况亦是如此。他的作品仍是无偿的，因此其价值是无法估量

---

① 波德莱尔(1826—1867)，法国诗人、作家，《恶之花》的作者。

的;作品的商品价值是武断地确定的。有的时代人们发给作家一份年金,另一些时代作家按他的书籍销售价格的一定百分比提取报酬。但是,如同旧制度下诗篇和国王赏赐的年金之间没有公用的尺度一样,当今社会里精神产品与其根据百分比得到的报酬之间也没有一致的衡量标准。实际上,人们不是付给作家报酬:人们只是养活他,根据不同时代的情况或好或坏罢了。事情不可能是另一种样子,因为作家的活动是无用的:它完全无用,而让社会意识到它自身有时甚至是有害的。因为有用的定义是在一个业已建成的社会的框架内,相对于各种制度、价值和业已规定的目标而确立的。如果社会看见自身,尤其是如果社会看见自己被看见了,这一事实就引起对既定的价值和制度的争议:作家向社会展示它的形象,他命令社会承担这个形象或者改变自身。不管怎样,社会起了变化;它失去了因无知而得到的平衡;它在羞愧和厚颜无耻之间摇摆不定,它实行自欺①;作家于是使社会产生一种负疚心理,因此他与维持平衡的保守力量永远处于对抗之中,他的目的就是要打破平衡。因为从直接到中介的过渡只有通过否定直接才能完成,这个过渡是一种持续不断的革命。只有统治阶级有财力酬劳这种既非生产性的,又如此危险的活动,而他们这样做既是出于策略,也是出于误会。对大多数人是误会:统治阶级的精英分子已从物质烦恼中解脱出来,他们得到充分的自由,渴望对自身进行反思;他们想恢复自我,就委托艺术家向他们展示自己的形象,殊不知这以后他们必须担当这个形象。对某些人是策略,他们认出了危险,就给艺术家颁发年金以便控制他的毁灭力量,所以艺术家是

---

① 自欺(la mauvaise foi)是萨特哲学中的重要概念。他认为自欺是一种辩解行为,是意识将否定引向内部的结果,是意识对自己的谎言。见《存在与虚无》。

统治阶级的"精英分子"的食客。但是就其功能而言,他与养活他的那些人的利益背道而驰。[2]

这便是规定了作家的状况的原始冲突。有时冲突很明显。人们至今还在谈论那些曾为《费加罗的婚礼》出力捧场的朝臣,虽然这部戏敲响了那个制度的丧钟。另一些时候,冲突是隐蔽的,但它始终存在。因为说出名字就是揭示,而揭示就是改变。由于这一危及既得利益的争议活动可能为改变现有制度效其微薄之力,也由于,另一方面,被压迫阶级既无闲暇也无兴趣读书,这一冲突的客观面貌就表现为保守势力——即作家的真正读者,与进步势力——即作家的潜在读者之间的对抗。在一个没有阶级,并以不断革命为内部结构的社会里,作家可以是大家的中介人,他的原则性争议可以先于或者伴随事实上的变化。我以为这便是人们应该赋予自我批评概念的深层含义。作家的真正读者群的范围若能扩大到他潜在的读者群的边缘,这就会在他的意识里调和敌对的倾向,于是文学获得彻底解放,将代表作为建设过程中一个必要瞬间的否定性。但是据我所知,这一类型的社会目前还不存在,而且人们可以怀疑它是否可能存在。所以冲突仍然存在,它就是我称之为作家及其负疚的良心的种种灾难的根源。

当潜在的读者群实际上根本不存在,当作家不是处于特权阶级的外部而是被吸收进去时,这一冲突就简化到极点。在这种情况下文学便与统治者的意识形态相一致,沉思冥想①在这个阶级内部进行,争议只涉及细枝末节,而且是根据一些无可争议的原则作出的。例如欧洲在十二世纪左右便出现这种情况:教士专门为

---

① 原文为 méditation,疑为 médiation(中介)之误。上文讲作家在一定条件下"可以是大家的中介人(médiateur)"。

教士们写作。但是教士可以有平静的心境,因为精神权力与世俗权力是分离的。基督教革命导致精神性,亦即精神的统治,这一精神作为否定性、争议和超越、不断的建设,既不受自然,也不受由若干自由组成的反自然的城邦的支配。但是这个超越客体的万能权力必定先得如同一个客体那样被人遇到,这一对自然的不断否定必然首先作为自然显现出来,这一不断创造各种意识形态又把它们逐一遗弃在路上的能力一开始必定体现为一种特殊的意识形态。在公元头几个世纪,精神被基督教囚禁,或者不妨说基督教就是异化了的精神本身。这是变成客体的精神。我们于是可以理解,这一精神不是作为所有人的不断重新开始的共同事业出现,而是首先作为某些人的专长显现出来。中世纪社会有精神需要,为了满足这些精神需要,它建立一个专家团体,其成员由专家们自行遴选。

我们今天把阅读和写作看成是人的权利,同时也是人与别人相沟通的手段,它几乎与口语一样自然、自发,所以最缺乏文化知识的农民也是一名潜在的读者。在教士们的时代,阅读和写作却是只有专业人员才能掌握的技巧。这些技巧不是用于锻炼人的思想,它们的目的不在使人们接受后世称之为"人文科学"的那种广泛、朦胧的人文主义;它们仅仅是保存和传递基督教思想的手段。会读书就是拥有得到关于《圣经》及有关《圣经》的无数注释的知识的必要工具,会写作就是会注释《圣经》。其他人不想掌握这种专门知识,就像今天我们如果有别的职业,就不渴望掌握木匠或文献专家的技能一样。贵族们把产生和保卫精神生活这种事完全托付给教士了。他们单靠自己就没有能力如同今天的读者所做的那样控制住作家;如果没有人帮助他们,他们也不会区分异端邪说与正统信仰。只有当教皇求助于世俗权力时,他们的情绪才激动起来。于是他们就抢劫、焚烧一切。但是这仅仅是因为他们信赖教皇,也因为他们从不放过一个抢劫的机会。诚然,意识形态最终是留给贵族与百姓使用的,但是人们可以通过布道,以口头方式传达给他们,而且教会很早就应用一种比文学更简便的语言,即图像。修道院和大教堂里的雕像、彩绘玻璃窗、绘画和镶嵌画都在讲述上帝和圣徒的故事。在这一宏大的图解信仰工程之外,教士还撰写编年史、哲学著作、评论和诗歌;他是写给他的同行们看的,而且作品受他的上级的监督。他不必关心自己的作品会在群众中产生什么影响,因为他事先就能肯定群众对它们一无所知;他也不会想使某个掠夺成性或叛逆不忠的领主感到内疚:暴力是不识字的。所以他既不需要反映世俗社会的形象,也不需要表态,同样不需要通过持续的努力把精神从历史经验中清理出来。但是,反过来,由于作家是教会的成员,由于教会是一个以抵制变革来证明其尊严的巨大的精神团体,由于历史与世俗生活合而为一,而精神生活却与世俗生活截然分开,由于神职人员的目标就是要维持这一区别,即维持自己作为专家团体面向尘世的地位,此外还由于经济生活呈割据状态,交通手段匮乏而且缓慢,以致一个省里发生的事情根本不会波及邻省,修道院里的人可以像《阿卡奈人》①的主人公一样,在国家遭受战乱的时候安享个人的和平,由于这一切,作家的使命就是专事静观永恒,从而证明自身的独立性;他不停地断言永恒是存在的,而且用他本人专以注视永恒为业这一事实来证明永恒的存在。在这个意义上他倒是实现了班达的理想,但是我们且看这个理想得以实现的条件:精神性和文学必须受到异化,一个特殊的意识形态大获全胜,多元化的封建制度使教士有可能与世隔绝,绝

---

① 《阿卡奈人》是古希腊喜剧作家阿里斯托芬的名剧。

大多数民众都是文盲,作家以其他作家形成的团体为唯一读者群。不能设想,人们可以同时行使自己的思想自由,为一个超出专家团体的狭隘范围的读者群写作,却又局限于以永恒价值和先验思想为写作内容。中世纪教士的心安理得是以文学的死亡为代价的。

然而,为了使作家们保持这种美好的心境,不一定非要让他们的读者群缩小成一个专业人员团体不可。只要作家们沉浸在特权阶级的意识形态中,被它彻底渗透,以致他们不能再有别的思想,这也就够了。然而,在这一情况下,他们的职能变了:人们不再要求他们充当教义的守护者,而是只要求他们不去诽谤教义。我以为,十七世纪的法国可以选作作家依附现有意识形态的第二种例子。

在那个时代,作家及其读者的世俗化过程日趋完成。文字作品的扩张力量及其宏伟的性质,以及任何精神产品包含的对自由的召唤,必定是这一世俗化过程的起因。但是外部情况,诸如教育的发展,教会权力的衰落,专为世俗权力服务的新思想的诞生,也起到推动作用。然而世俗化不等于普遍化。作家的读者群仍是极其有限的。人们笼统称之为社会,然而这个名词指的是一部分宫廷显贵、教士、法官和有钱的资产者。作为个人而言,读者名曰"君子",他执行某种审查职能,人们称之为鉴赏力。总而言之,读者既是上层阶级的一分子,又是一名专家。如果说他批评作家,那是因为他自己也会写作。高乃依、帕斯卡尔、笛卡儿的读者是塞维涅夫人①、梅雷骑士②、格里涅昂夫人③、朗布绮夫人④、圣埃弗勒蒙。今天的读者群相对作家而言处于被动地位:他们期待作家把

---

① 塞维涅夫人(1626—1696),十七世纪法国的书简作家。
② 梅雷骑士(1607—1684),十七世纪法国作家、伦理学家。
③ 格里涅昂夫人(1646—1705),塞维涅夫人的女儿。
④ 朗布绮夫人(1588—1655)的客厅是当时最负盛名的文学沙龙。

一些想法或一种新的艺术形式灌输给他们,他们是那群惰性十足的人,思想将在他们中间自动形成。他们的控制手段是间接的、消极的;很难说他们明确表态了;他们只是买或不买书;作者与读者的关系类似男性与女性的关系:因为阅读已变成一种简便的了解情况的方式,而写作是一种很普遍的传达方式。在十七世纪,会写就意味着能够写得好。这倒不是因为上帝把写作才能平均分配给所有人,而是因为那时候的读者严格说来虽然不再与作家等同,但仍是潜在的作家。读者属于寄生的精英集团,对于他来说写作艺术如果不是一门职业,至少是他的优越性的标志。人们阅读是因为人们能够写作;只要运气稍为好一点,人们本可以写出他们读到的文字。这样的读者是积极的:人们确实把精神产品交给他们审查;读者根据一个价值体系进行审查,他本人也出力维持这个价值体系。那个时代甚至不可能想象发生类似浪漫主义运动的革命,因为这种革命必须得到摇摆不定的群众的赞助,作家向他们揭示一些他们不知道的想法和感情,使他们惊奇,使他们骚动不安,使他们突然活跃起来,而且他们因为缺乏坚定的信念,不断要求作家强行给他们灌输思想和感情,使他们充实起来。在十七世纪,信念都是坚定不移的:宗教思想与世俗权力本身产生的政治思想重合,谁也不怀疑上帝的存在和神授的君权。那个"社会"有自己的语言,自己的风尚和礼仪,它要在它读的书里找到这一切,也想从中找到自己的时间观念。由于他们坚持不懈思考的两个历史事实——原罪和赎罪属于一个遥远的过去,由于掌握政治权的大家族正是从这遥远的过去得到自豪感和他们享有特权的证据;由于未来不可能带来任何新的东西,因为上帝的制作尽善尽美,无须改动,也因为尘世的两大势力——教会和君主政体——渴望永久不变,所以时间的积极因素便是过去,过去本身就是永恒的一种减弱了的表现；现在是持续不断的罪恶，只有当它尽可能好地反映过去时代的形象时，它才能得到宽恕；凡是思想必须证明自己历史悠久才能被人接受；凡是艺术品必须脱胎于古代典范才能取悦于人。我们还能找到一些作家专门充当这一意识形态的守护者。另有一些地位显要的教士，他们除了捍卫教义不关心别的事情。此外还要加上世俗权力的"看家狗"，即那些为建立和维护绝对王权的意识形态费尽心机的史官、宫廷诗人、法学家和哲学家。但是在他们身边我们看到出现第三种类型的作家。他们是地道的世俗作家，他们中大部分人接受当代的宗教和政治思想，但不认为自己有义务证明它或维护它。他们不写这方面的东西，他们默默地采纳了这种宗教和政治思想；对于他们，这一切无非是我们上文称之为背景，即为作家和读者共有的先决条件而已，这些条件为使后者理解前者所写的东西是必不可少的。这些作家一般说属于资产阶级；他们受贵族的供养；由于他们只消费不生产，由于贵族同样也不事生产，而是依赖别人的劳动为生，这些作家就成了一个寄生阶级的寄生者。他们不再过团体生活，但是在这个高度一体化的社会里他们组成一个默契的行会，而且为了使他们经常想到他们源于一个团体以及他们从前的教士身份，王权选中他们中某些人，由这些人组成一个象征性的团体：学士院。作家们由国王供养，他们的作品供精英分子阅读，他们唯一关心的是满足这些为数有限的读者的要求。他们与十二世纪的教士一样心安理得，或者差不多；在那个时代不可能提到一个区别于真正读者群的潜在读者群。拉布吕耶尔[1]有时也谈到农民，但他不是谈给农民听的。他指出农民的苦难，但不是为了从中引出反对他接受的那个意识形态的论据，而

---

[1] 拉布吕耶尔（1645—1696），法国作家，《品格论》的作者。

是以那个意识形态的名义指出：农民的苦难对于开明的君主和好心的基督徒来说是一种耻辱。所以他们高踞于大众之上谈论大众，他们甚至不能想象一篇文字可以帮助大众觉醒。再说清一色的读者群排除了作家内心的任何矛盾，作家不是在真正的，然而可恶的读者群和潜在的、理想的但是可望而不可即的读者群之间身首异处；他们没有对自己在世界上应该扮演的角色提出疑问，因为作家只有在他的使命没有被明确规定，有待他去发明或重新发明的时代，才会对自己的使命产生疑问。也就是说，在那些时代，他在精英阶层的读者之外瞥见一个尚未形成的可能的读者群，他可以选择去争取或者不去争取他们，而在他有条件达到这个读者群的情况下，他应该自己决定他与他们的关系。十七世纪作家有明确的职责，因为他们为一个有教养的、严格限定的、积极的读者群写作，后者对他们实施经常性的监督；他们不为人民所知，以向养活他们的精英集团反映其形象为职业。但是有好几种反映形象的方式：某些肖像本身就是争议，因为它们是由拒绝与他的模特儿合谋的画家不带激情地从外部画出来的。只不过，若要一个作家想到给真正的读者画一幅引起争议的肖像，他必须意识到自己与读者之间存在矛盾，就是说他必须从外部向他的读者走来，怀着惊讶的心情观察他们，感到陌生意识（少数民族、被压迫阶级等等）的惊讶的目光沉重地压在由他和读者们组成的那个小社会上。但是，既然十七世纪不存在潜在的读者，既然艺术家不加批判地接受精英集团的意识形态，他就成了读者的同谋；没有陌生的目光来扰乱他的游戏。散文作家乃至诗人都不会遭到诅咒。他们不需要在每写一部作品时都得决定文学的意义和价值，因为传统已经规定了这个意义和这个价值；他们被紧密结合进一个等级社会，不知道独特性带来的骄傲和焦虑。总之，他们是古典主义作家。古典主义产生于这种时代：一个社会已取得相对稳定的形态，社会对自身永世长存的神话深信不疑，就是说社会对现在与永恒，历史性与传统主义混淆不分，各阶级的等级极其分明，潜在的读者群永远不会超出真正读者群的范围，每个读者对于作家而言既是够格的批评家又是审查官，宗教与政治意识形态如此强大，禁条如此严厉，以致绝不可能为思想发现新的天地，而只能赋予精英集团认可的老生常谈以某种程式，以便阅读——我们已看到，阅读是作家与读者之间的具体联系——成为与互致敬意类似的辨认仪式，即用礼仪性的方式肯定作者与读者属于同一个世界，对一切问题持相同见解。所以每个精神产品都同时是礼貌行为，而文体就是作者向读者表示的最高敬意。至于读者，他从不因在不同的书里遇到相同的思想而感到厌倦，因为这些思想是他自己的思想，因为他一点不想获得别的想法，只希望人们把他已有的思想辉煌地表述出来。于是作者向读者展示的形象必定是抽象的、有同谋色彩的；作家对一个寄生阶级说话，他不会去表现劳动者，一般说也不会去表现人与外部自然的关系。由于，另一方面，有专家团体在教会和君主政体监督之下致力于维护宗教和世俗的意识形态，作家甚至想不到经济、宗教、形而上学和政治因素在人的构成中的重要性；由于他生活在其中的社会对现在与永恒混淆不分，他甚至不能想象他所谓的人性能发生最微小的变化；他设想历史是一连串偶然事件，触及永恒的人的表面，但不会使他在深层发生变化。如果需要他给历史的延续指定一个意义，他会从中看到一个永无休止的重复过程，从前发生的事件可以而且应该为当代人提供借鉴，同时也看到一个轻微的退化过程，因为历史上的重要事件早已成为过去，因为古希腊罗马的文学已尽善尽美，古代作品的典范对他来说是不可企及的。因此在这一切方面，作家与其读者再次完全一致。读者们把劳动看作一种厄运,只因为他们享有特权,他们感受不到自己在历史中和世界上的处境,他们唯一关心的是信仰,尊重君主、情欲、战争、死亡和礼节。总之,古典主义作品中的人物只有纯粹心理学属性,因为它们的读者只意识到自己的心理活动。还必须明白,这一心理学本身是传统主义的:它既不去费心发现有关人的内心的深刻的新的真理,也无意建立什么假设:只有在不稳定的社会里,当读者分成好几个上下相叠的阶层时,作家无所适从,心怀不满,才会给自己的焦虑找出一些解释理由。十七世纪的心理学纯粹是描述性的:它更多地不是以作者的亲身感受为依据,而是精英集团对自身的想法的美学表现。拉罗什富科①的箴言的形式和内容来自沙龙里的消遣活动;耶稣会士的决疑论,风雅女士的礼数,问答猜谜游戏,尼科尔②的伦理学,教会对情欲问题的观点,这一切是另外一百部著作的渊源所在;演员们则从古代心理学和上层资产阶级的普通常识中汲取灵感。那个社会满怀喜悦地在文学作品里映照自身,因为它在其中认出它对自己的想法;它不要求作家反映它实际上的样子,而是它自以为是的那个样子。当然人们可以略作讽刺,但那是整个精英集团借助抨击性文章和喜剧,以道德的名义,为它的健康所进行的必要的清洗和打扫工作;人们从来不是从统治阶级外部的观点来嘲弄可笑的侯爵、爱打官司的人或风雅女士;被嘲弄的总是那些不为一个文明社会同化、自外于集体生活的怪人。人们之所以嘲笑那个恨世者③,是因为他不懂礼貌;之

---

① 拉罗什富科(1613—1680),法国伦理学家,其名著为《箴言录》。
② 尼科尔(1625—1695),十七世纪法国神学家,伦理学家,属冉森派。
③ 指莫里哀的喜剧《恨世者》的主人公阿尔赛斯特。

所以揶揄卡多丝和玛德隆①,是因为她们的礼节太烦琐。菲拉曼特②不符合人们对于妇女的固有想法,醉心于贵族的小市民③在有钱的资产者眼里是可憎的,因为后者在谦逊中不失骄傲,他们知道自己的地位既伟大又卑贱,同时他在贵族眼里也是可憎的,因为他想强行挤入贵族的行列。这一讽刺是内部的,不妨说是生理学的,与博马舍、保尔-路易·库里埃④、儒勒·瓦莱斯⑤、塞林纳的伟大讽刺毫无共同之处。这一讽刺虽然勇气不足,但更能伤人,因为它体现了集体对弱者、病人、不适应者的镇压行为;这是一伙顽童面对他们作弄的对象的笨拙举动发出的冷酷笑声。

这一时期的作家出身于资产阶级,保留了资产阶级的风俗习惯,他在家里更像奥隆特⑥和克利查尔⑦,不像一七八〇或一八三〇年他那些杰出的、奋发有为的同行,他被权贵的社会圈子接纳,得到他们的年金供奉。对于他出身的阶级而言他被稍稍拔高了,但他却深信才能不能代替血统的高贵,老老实实听从神甫的训诫,对王权毕恭毕敬,庆幸自己能在以教会和君主政体为两大支柱的宏伟大厦中占据一个不足道的位置,位于商人和学者之上的某处,但低于贵族和教士。作家心安理得地从事他的职业,他深信自己出生太晚,一切都被前人说过了,他只需以讨人喜欢的方式重说一遍就行了;他把期待中的荣誉看成是世袭头衔的褪色的图像,如果说他指望这一荣誉将是永久的,那是因为他根本不能想象他的读者

---

① 卡多丝和玛德隆,两者都是莫里哀的喜剧《可笑的女才子》的主人公。
② 菲拉曼特,莫里哀的喜剧《女博士》中的人物。
③ 指莫里哀的喜剧《贵人迷》(又译《醉心贵族的小市民》)中的主人公茹尔丹。
④ 保尔-路易·库里埃(1772—1825),法国作家。
⑤ 儒勒·瓦莱斯(1832—1885),法国作家、记者。
⑥ 奥隆特,莫里哀的喜剧《恨世者》中的人物。
⑦ 克利查尔,莫里哀的喜剧《女博士》中的人物,一个忠厚老实的小市民。

们的社会可能被社会变革搅乱；所以在他看来王室传之万世就是他自己的名声永世长存的保证。

可是，几乎不由作家做主，他谦逊地向读者展示的那面镜子却是一面魔镜：它眩惑读者，使他们受到牵累。即使作家做了一切努力以便向读者显示谄媚的、与他们同谋的、主体性大于客体性、内部性大于外部性的形象，这个形象仍是一件艺术品，即它是以作者的自由为依据向读者的自由发出的召唤。既然这一形象是美的，它就是冰冷的，审美距离使它不容狎玩。人们不可能对之满意，不可能从中得到令人舒适的温暖和一种悄悄给予的宽容；虽然这一形象是由那个时代的老生常谈和那些悄悄说出来的像脐带一样联结着当代人的可心话构成的，它仍是被某一自由支撑着，从而获得另一种类型的客体性。精英集团在镜子里看到的确实是他们自己：但这是当他们对自身毫不容情时才能看到的自身形象。这一形象没有在外人的目光的注视下凝聚成客体，因为无论农民还是工匠都还不是相对于这个形象而言的外人，而作为十七世纪艺术的特点的反思行为纯系一个内部过程。只不过这一行为把每个人为看清自身而做的努力推向极致，它是一个永久不断的"我思故我在"。当然这一反思行为不对游手好闲、压迫和寄生现象提出疑问，这是因为统治阶级的这些面貌只向位于这一阶级外部的观察者显示；所以作家向统治阶级反映的形象纯属心理性的。但是自发行为进入反思状态时就丧失其无辜性及其因无中介时得到的原谅①：现在必须承担这些行为的责任，或者改变它们。作家向读者展示的确实是一个礼貌和礼仪的世界，但是既然作家邀请读者

---

① 原文：l'excuse de l'immédiateté，或可译作"因直接性而得到的原谅"。意思似乎是说：读者需要有作家做中介人才能认识自身。在没有中介人的情况下，他不认识自身是可以原谅的，他的行为都是无辜的，不必承担责任。

去认识这个世界,并且在这个世界中认出自身,读者此时已经脱离这个世界了。在这个意义上,拉辛谈到《费德尔》①时说的话是对的:"让人们在该剧中看到情欲,只是为了指出作为情欲根源的全部混乱所在。"当然人们不应理解为他专以引起对爱情的恐惧为目的。但是描写情欲这件事本身已是超越情欲,已是摆脱了情欲。所以,同一时期的哲学家们企图通过认识来医治情欲,这绝非偶然。由于人们通常给自由面对情欲进行反思的做法冠以道德的美名,必须承认十七世纪的艺术是极富教诲性的。这倒不是因为十七世纪的艺术不隐讳自己以提倡德行为目的,也不是因为它中了善良愿望的毒——善良愿望产生低劣的文学——而是因为,仅仅由于它默默地向读者展现他的形象,他就使读者不能忍受这个形象。说它是教诲性的,这既是一个定义,也是一个限制。它仅仅是教诲性的而已;如果说它建议人超越心理领域而趋向道德领域,这是因为它认为宗教的、形而上学的、政治的和社会的问题都已解决了;但是它的行动仍是"符合天主教教义的"。由于它把普遍的人与掌握权力的个别的人混为一谈,它就不会效忠于任何一类具体的被压迫者的解放事业;然而作家虽然为压迫阶级所同化,却绝对不与它同谋;他的作品毋庸置疑是解放性的,因为作品起到的作用是在这个阶级内部把人从他自身解放出来。

  至此为止,我们考察了作家潜在的读者群根本不存在或者几乎不存在的情况。在这一情况下,没有任何冲突使他真正的读者群产生分裂。我们看到作家于是可以心安理得地接受流行的意识形态,并在这一意识形态的内部向自由发出召唤。假如潜在的读

---

① 《费德尔》,拉辛的名剧,参见收入本书的《布莱希特与古典主义戏剧家》一文中的脚注。

者群突然出现,或者假如真正的读者群分裂成敌对的派别,那么一切都变了。我们现在需要考察,当环境促使作家拒绝接受统治阶级的意识形态时,文学会出现什么情况。

十八世纪为法国作家提供了历史上唯一的机会,也是他们随即失去的天堂。作家们的社会条件没有改变:他们几乎一无例外出身于资产阶级,权贵们赐予他们的恩宠使他们脱离自己的阶级。他们的真正读者群的圈子明显地扩大了,因为资产阶级已开始读书,但是"下等"阶级始终不知道他们的存在。如果说作家们比拉布吕耶尔和费讷隆①更为经常地谈论起下等阶级,他们却不是说给下等阶级听的,甚至脑子里根本没有这个想法。然而一场大动荡把他们的读者群分裂成两部分;现在他们必须满足相互矛盾的要求,他们的处境一开始就以紧张为特点。这一紧张状态以一种很特殊的形式表现出来。统治阶级确实对自己的意识形态失去信心。它处于守势;它试图在某种程度上推迟新思想的传播,但是它自己也不能做到不受新思想的影响。它明白它的宗教和政治原则是确保它的权力的最佳工具,但是正因为它把这些原则只看成是工具,它已不再完全相信它们;务实的真理取代了启示真理。虽然审查制度和禁条更加彰明较著,它们其实掩盖着一种隐秘的软弱和一种源于绝望的犬儒主义。不再有教士;教会文学成为一种不生效果的护教论,成了一只攥紧的拳头,却又抓不住从拳头缝里溜走的教义。教会文学反对自由,它企图打动人们的崇敬心、恐惧心并诱之以利,由于它不再是向自由人发出的自由的召唤,它就不再是文学。迷途的精英人物转向真正的作家,要求他做到不可能的事情:作家可以对他们毫不容情,如果作家执意要这样做,但是他

---

① 费讷隆(1651—1715),法国作家、高级神职人员。曾任太子太傅。

们要求作家至少为一个正在衰落的意识形态带来一点自由,要求他与读者的理性对话,说服读者的理性,使它接受一些由于时间的推移已变得不合理的教义,总之他们要求作家充当宣传家,同时又不失其为作家。但是他们输定了:既然他们的原则不再是直接的、未经表述的明显事实,既然他们需要把这些原则推荐给作家以使他为之辩护,既然现在要做的不再是拯救这些原则本身,而是维持秩序,那么,恰好是他们为恢复这些原则而做的努力说明他们已不相信这些原则的可靠性。作家既然赞同巩固这一岌岌可危的意识形态,那么至少他是赞同这一意识形态。作家现在是自愿接受一些过去曾统治人们的思想却未被人们发现的原则,这一事实使他从这些原则中解脱出来;他已经超越了这些原则,不由自主地脱颖而出,进入孤独和自由的境界。另一方面,资产阶级已组成马克思主义术语所谓的"上升阶级",他们同时渴望摆脱人们强加给他们的意识形态,并且建立自己特有的意识形态。不过这个不久将要求参与国家大事的上升阶级受到的只是政治压迫。面对一个破了产的贵族阶级,资产阶级正在不声不响地取得经济优势;它已经拥有金钱、文化和闲暇。于是,破天荒第一次,一个被压迫阶级作为真正的读者群向作家显现。当时的局势更加有利:因为这个正在觉醒的、读书并且努力思考的阶级还没有建成有组织的、像中世纪教会产生意识形态那样也产生自己的意识形态的革命政党。作家还没有遇到他后来遇到的情况,即夹在一个衰落阶级正在消亡的意识形态和上升阶级严峻的意识形态之间动弹不得。资产阶级渴望获得知识;它隐约感到自己的思想是被异化的,它希望意识到它自身。当然人们可以在资产阶级内部发现一些组织的迹象,诸如唯物主义社团、思想社团与共济会。但是这些组织主要是研究性的协会,与其说它们创造思想,不如说它们在期待思想。当然人们也看到当时流传一种自发的民间写作形式:秘密的匿名传单。但是这一业余作者的文学与其说在与专业作家竞争,不如说它把集体的不甚分明的愿望告诉专业作家,从而刺激他们,鼓励他们。所以,面对一个勉强维持其地位、始终在宫廷和社会上层吸收其成员的半专家式的读者群,资产阶级提供了大众读者的雏形:相对于文学而言,资产阶级处于相对被动状态,因为它不实践任何一种写作形式,因为它对于风格和文学体裁没有先入之见,因为它期待从作家的天才得到一切,兼有形式和内容。

十八世纪作家受到两方面的吁请,他夹在敌对的两派读者之间,好像是他们的冲突的评判者。他不再是教士,不再由统治阶级单独供养。统治阶级确实仍发给他年金,但是资产阶级买他的书,他从两边领钱。他的父亲是资产者,他的儿子也将是资产者。人们很容易认为他是一个天分较高的资产者,虽然与其他人一样受到压迫,但在历史环境的压力下终于认识了自己的状况,简单说他是一面内部的镜子,整个资产阶级通过这面镜子意识到自身以及自己的要求。不过这是一种肤浅的看法。有一点人们说得不够多:一个阶级只有当它同时从内部和从外部看到自己,换言之,只有当它得到外部帮助时,才能获得阶级意识。而知识分子,这些永远脱离本阶级位置的人,起的正是这一作用。十八世纪作家的主要特征便是主观上的越位之思和客观上的越位事实。虽然作家还想到他与资产阶级的联系,权贵们对他的宠信已使他脱离资产者的圈子:他不再感到自己与当律师的表兄和当乡村教士的兄弟有具体的休戚相关之处,因为作家享有的特权他们都没有。他的举止乃至他的文体的优雅之处都是模仿宫廷气派和贵族风度。荣誉乃是他最大的愿望和他功成名就的标志,现在变成一个游移不定的、模糊不清的概念:他心头升起一种新生的荣誉观念,即作家的真正奖赏是一个默默无闻的布尔日医生或者一个无案可办的兰斯律师在贪婪地、几乎是偷偷地读他的书。但是这一他不甚了解的读者群对他的朦胧的感激之情,只在一半程度上打动作家,因为他从前辈那里继承了一种传统的名望观念。根据这种观念,唯有君主才能使一个作家的天才得到普遍承认。作家成名的明显标志,是叶卡捷琳娜①或者弗雷德里希②邀请他同桌进餐。君王给他的赏赐和官衔不同于我们共和国颁发的奖金和勋章:这些赏赐和官衔没有后者那种官方的非个人性,它们保留着人与人之间的准封建性依附关系。更何况,作为生产者社会里永恒的消费者,作为寄生阶级的寄生者,作家像寄生虫一样对待金钱。他不挣钱,因为他的劳动与他的报酬之间没有共同的衡量尺度;他只是花钱。所以,即使他贫穷,他也在奢侈中生活。对他来说一切都是奢侈品,尤其是他的作品。然而,甚至在国王的寝宫里,作家仍旧保留一股粗野劲头和浓重的俗气。狄德罗有一次谈论哲学到了兴头上,居然使劲去拧俄国女皇的大腿。不过,如果他做得太过分,人们自有法子叫他觉得自己不过是个村夫俗子:伏尔泰挨过棍棒毒打,被关进巴士底狱,逃到伦敦,后来又遇到普鲁士国王的傲慢无礼的对待,他的一生不断受到颂扬,也不断蒙受屈辱。作家有时会得到某位侯爵夫人一时的殷切关照,但是他娶了侯爵夫人的女仆,要不就是泥瓦匠的女儿。所以作家的意识与他的读者的意识一样,是撕裂成两部分的。但是他并不因此而痛苦;相反,他从这一先天的矛盾中获得自豪感:他认为他不与任何人串通,他可以选择自己的友人和敌人,他只要拿起笔杆子就能摆脱环境、民族和阶级的制约。他展

---

① 指俄国女皇叶卡捷琳娜二世(1729—1796)。
② 指普鲁士国王弗雷德里希二世(1712—1786)。

翅高飞,翱翔于尘世之上,他就是纯粹的思想和目光。他选择写作是为了要求脱离自己所属的阶级,他承担这一行动的后果,并且把它变为一种孤独处境;他从外部,用资产者的眼光审视贵族,也从外部,用贵族的眼光审视资产者,同时他又与两者保持足够的同谋关系,以便他同样可以从内部理解他们。于是文学此前只在一个一体化社会中起保存和净化作用,现在却在作家身上并通过作家意识到自身的独立性。文学遇上这千载难逢的良机,处于一些纷乱的愿望和一个业已崩溃的意识形态之间,犹如作家位于资产阶级为一方与宫廷和教会为另一方之间,它突然声明自己的独立性:它不再反映那个集体的老生常谈,而是与精神融为一体,即与创造思想并批判思想的那个永久的权力融为一体。当然文学重新把握自身的这一行动是抽象的,几乎是纯粹形式的,因为文学作品不是任何一个阶级的具体表现;更有甚者,因为作家一开始就拒绝与他出身的阶层和接纳他的那个阶层有任何密切联系,文学就与否定性,即与怀疑、拒绝、批判、争议相混同。但是,这样一来,文学就与教会的僵化了的精神性相对抗,结果就为一种新的、正在运动中的精神性确立了权利,这一新的精神性不再与任何一种意识形态相混同,它作为永恒超越一切既成事实的力量显示自身。当文学托庇于笃信天主教的君主国家的大厦里,专事模仿一些绝妙的范例时,它不怎么为关心真理而伤脑筋,因为真理只是养活它的那个意识形态的一种很粗俗、很具体的品性:是真实的存在,或者只是存在而已,这对教会的教义来说是一回事,人们不可能在这个体系之外构思真理。但是现在精神性变成这一抽象的运动,它穿过所有各种意识形态向前进,把它们像空贝壳一样逐一扔在路上,于是轮到真理也从各种具体的、特殊的哲学中解脱出来,它显示了自身的抽象独立性,它变成调节文学的思想,变成批判运动的长期目标。

精神性、文学、真理,这三个概念在意识觉醒这一抽象的否定性运动中紧密相连;它们以分析为工具,即运用否定的、批判的方法永无休止地把具体材料分解成抽象成分,把历史的产品分解成普遍观念的组合形式。一个年轻人选择写作是为了摆脱他遭受的压迫和使他感到羞耻的某种利害相关的联系;他刚写下头几句话,就自以为摆脱了一切社会圈子和一切阶级,就以为只要他对自己的历史处境有了反思的、批判的认识,他就能使这个历史处境爆炸碎裂。资产者和贵族彼此混战,他们由于各自的偏见而被囚禁在一个特殊的时代里,而那位青年作家一拿起笔就发现自己成为不受时间与地点限制的意识,总之成为普遍的人。而使他得到解放的文学是一种抽象的职能,是人性的一种先验的权力;文学是这样一种运动,通过它,人得以每时每刻从历史中解放出来;总之文学就是行使自由。在十七世纪,人们选择写作便是从事一门特定的职业,这门职业有它的收入,它的规则和惯例,以及它在各种职业的排列等级中的明确地位。到十八世纪,模子统统打碎,一切都得从头做起,精神产品不是按照一定的标准或好或坏地制作出来,而是每一精神产品都是特殊的发明,好比是作者对文学的性质、价值和意义作出的决定;每一精神产品都带来自己的规则和它愿意接受的评判原则;每一精神产品都宣称它使整个文学介入,并且为之开辟了新的道路。那个时代最拙劣的作品是最依附传统的作品。这一事实绝非偶然:悲剧与史诗是一个一体化社会结出的美味果实;在一个分裂的集体里,它们只能作为前一时代的孑遗和模仿品而存在。

　　十八世纪作家在作品中坚持不懈地追求的,是运用一种反历史的理性来与历史对抗的权利。在这个意义上,他做的仅是揭示了抽象文学的基本要求。他根本无意让读者对他们所属的阶级产生更明确的意识:恰恰相反,他向资产阶级读者群再三呼吁,是为了敦促他们忘掉自己的屈辱、偏见和恐惧;而他向贵族读者发出召唤,是为了恳求他们抛弃门第的优越感和各种特权。由于作家把自己变成普遍的人,他只能有普遍的读者,而他向他的同时代人的自由提出的要求,是割断他们的历史联系以便与他共登普遍性的境界。他用抽象的自由对抗具体的压迫,用理性对抗历史,而他在这样做的时候却与历史发展的方向不谋而合。这个奇迹是怎样产生的呢?这首先是因为,资产阶级采用了它特有的,并将在一八三〇年和一八四八年故技重演的策略,即在夺取政权的前夕,与那些还不能提出政权要求的被压迫阶级联合一致。因为能够把如此不同的社会集团团结起来的联系只能是非常笼统和抽象的,资产阶级想得更多的不是对自身产生明确的意识——它若这样做就会把自己摆在与手工业者及农民对立的地位——而是让别人确认它领导反对派的权力,因为它比别人处在更有利的地位,能使业已形成的权力了解普遍人性的一切要求。另一方面,正在酝酿的革命是政治性的;当时没有革命的意识形态,没有有组织的政党,资产阶级只要求有人给它指点迷津,有人为它尽快地肃清几个世纪以来愚弄它,使它异化的那个意识形态;至于取代那个意识形态,以后再做也不迟。目前它渴望舆论自由,把取得这一自由当作通向政治权力的一个步骤。故此作家在为他自己并作为作家要求思想自由及表达思想的自由的同时,他必定在为资产阶级的利益服务。人们不要求他做得更多,他也不可能做得更多;在别的时代,我们将看到作家可能在要求写作自由时心里并不踏实,他可能意识到被压迫阶级渴望的是这一自由之外的别的东西。那个时候,思想自由看来可能像是一项特权,在一些人眼中会是一种压迫手段,于是作家的处境可能极其尴尬。但是在法国大革命前夕作家遇到异乎寻常的良机,他只要捍卫自己的职业就能同时为上升阶级的愿望充当向导。

作家知道这一点。他把自己看成向导和精神领袖,并承担风险。由于掌权的精英集团越来越喜怒无常,今天对作家宠信有加,第二天就会把他投入巴士底狱,所以作家不复如他的先辈那样过着太平日子,其实平庸却自命不凡。他的一生既光荣又坎坷,有时上升到阳光灿烂的峰顶,有时一落千丈:这是冒险家的生涯。有一天晚上,我读到布莱兹·桑德拉①写在《朗姆酒》卷首的话"献给今天对文学感到腻烦的青年,以便向他们证明小说也可以是一种行动",我随即想到我们委实可悲,也罪责难逃,因为我们现在需要证明在十八世纪本是不言而喻的事情。在那个时代精神产品是双重意义上的行动,因为它产生的思想将成为社会大动荡的根源,也因为它把作者本人置于危险的境地。而这一行动,不管这里涉及的书是什么样的,总可以作如下界定:它具有解放性。当然,十七世纪的文学也有解放职能,但是这一职能是隐蔽的、含而不露的。到了百科全书派学者的时代,需要做的不再是向正人君子毫不容情地反映他们的情欲,从而使他们摆脱情欲,而是借助笔杆子促进一般意义上的人的解放。不管作家本人的意愿如何,他向他的资产阶级读者发出的召唤总是鼓动他们起来造反;他同时向统治阶级发出的召唤,是吁请他们保持清醒,对自己作批判反省,放弃他们的特权。卢梭当年的处境类似同时为白人和有教养的黑人写作的理查·赖特:他在贵族面前做证,同时敦促他的平民兄弟们意识到自身。他的作品以及狄德罗和孔多尔赛②的作品不仅在多

---

① 布莱兹·桑德拉(1887—1961),法国作家,《朗姆酒》(1930)是他的报告文学作品。

② 孔多尔赛(1743—1794),法国数学家、哲学家、政治家。

年以前就为攻占巴士底狱做好准备,也为八月四日①之夜做好准备。

由于作家自以为割断了他与自己出身的阶级的联系,由于他从普遍人性的高度对读者讲话,他就认为他之所以向读者发出召唤以及他之所以分担他们的苦难,纯属慷慨豪情的驱使,写作就是给予。作家正是通过这一点承担了并且挽救了他作为一个勤劳的社会的寄生者的境遇中令人难堪之处,也正是通过这一点他意识到这一绝对自由,这一形成文学创作的特性的无偿性。但是,虽然他老想着普遍的人和人性的抽象权利,我们不应认为他扮演了班达描写的那种文人角色。既然作家的处境本质上是批判性的,那么他必须有什么东西供他批判才行;首先成为他的批判对象的,是典章制度、迷信、传统和一个传统政府的各项措施。换言之,因为支撑十八世纪意识形态大厦的墙垣出现裂缝,行将倒塌,作家看到时间的一个新的面貌——现在的全部纯洁性。而在过去的世纪里,人们把现在或者看成永恒的可感知的形象表现,或者当作古代的式微。对于未来,作家只有一个模糊的概念,但是他知道他正在经历的、即将消逝的这一时刻是独一无二的,是属于他的,而且与古代最辉煌的时刻不相上下,因为古代最辉煌的时刻也和此时此刻一样,一开始也是现在:他知道此时此刻便是他的机遇,他绝不能坐失良机;所以他考虑更多的不是把他应该进行的战斗当作未来社会的准备工作,而是当作近期的、立刻见效的事业。应该揭发的是这一具体制度,而且刻不容缓,应该立即破除的是这一迷信,应该纠正的是这一个别的不公正现象。由于他对现在满怀激情,

---

① 一七八九年八月四日,国民议会通过决议,废除教会的什一税和贵族阶级的特权。

他不至于陷入理想主义，他不局限于沉思默想自由或平等的永恒观念。自从宗教改革以来，作家们首次干预公众生活，抗议某一极不公正的法令，要求重新审理某一案件。总之，他们决定让精神走上大街、集市、商场和法庭，不但不应背离尘世，而是相反，应该不断返回尘世，并在每一特殊情况下超越尘世。

因此，作家的读者群阵容的混乱和欧洲良知的危机，赋予了作家一种新的职能。他把文学看作豪情的持续表现。他仍接受同行们严密的监督，但他在自己下面隐约看到一种尚未成形的，然而是热情的期待，一种更加女性化、更为浑成的渴望，这一期待和这一渴望使他得以摆脱同行们的审查；他不再体现精神性，他的事业与那个垂死待毙的意识形态的事业分道扬镳；他的书是向读者们的自由发出的自由的召唤。

作家们曾全心全意呼唤资产阶级的政治胜利，而这个胜利一旦实现，却彻底动摇了作家们的地位，甚至使文学的本质也成为疑问，好像他们出了那么大的力气只是为了更有把握地促成自己的消亡。他们把文学事业与政治民主等同起来时，无疑是在帮助资产阶级夺取政权，但是与此同时，假如资产阶级取得胜利，作家们就可能看到他们追求的目标，即他们的作品的永恒的、几乎是唯一的主题有消失的危险。总之，一旦文学自身的要求与被压迫的资产阶级的要求都得到实现，原来联系两者的那种奇妙的和谐关系就断绝了。只要还有几百万人因不能表达自己的感情而怒气冲冲，要求自由写作和审查一切的权利当然是合乎时宜的，但是一旦思想与宗教信仰自由和政治权利的平等已经取得，保卫文学就变成一种纯粹形式游戏，谁也不会对之产生兴味；因此需要找到别的东西。与此同时，作家失去了他们的特权地位。这一特权地位起源于他们的读者群一分为二,因而使他们有可能脚踩两只船。现在这分裂的两半黏合起来了;资产阶级吞并了或者差不多吞并了贵族阶级。作者们需要满足一个统一的读者群的要求。他们无望脱离他们出身的阶级。他们的父母是资产者,读他们的书、付给他们报酬的也是资产者,作家们必定依然是资产者,资产阶级像一座监狱,把他们囚禁起来。他们不胜怀念那个出于一时高兴而养活他们,并被他们毫无内疚地从内部加以破坏的疯狂的寄生阶级;他们觉得自己好像干了杀鸡取蛋的蠢事。资产阶级创立了新的压迫形式;然而资产阶级不是寄生阶级:它诚然占有了劳动工具,但是它十分勤勉地从事调节生产组织和产品分配工作。它不把文学作品看成一种无偿的、无私的创造,而是看作一种换取报酬的劳务。

这一勤劳的但不事生产的阶级有一个为自己辩护的神话,即**功利主义**:资产者总是以某种方式在生产者和消费者之间充当中间人,他是无所不能的中介;在手段和目的这一对不可分离的伴侣中,他选定赋予手段以头等重要性。目的仅被暗示,人们从来不正视它,不提起它;人生的目的与尊严在于在安排手段中消耗此生;不经中介就去努力制造一个绝对目的,这不是严肃的做法,这好像人们声称不需要教会帮助就能直接面对上帝。人们只相信这样一些事业,它们的目的只是由手段的无穷系列构成的不断后退的地平线。如果艺术品加入功利主义的圆舞圈,如果它要人们认真对待它,那么它必须从不受制约的目的的天空降临尘世,它必须接受使自己也变成有用的,即作为一种安排手段的手段介绍自己。特别是,因为资产者对自己还没有十足信心,因为他的权力不是建立在上帝的旨意之上,文学必须帮助他感到自己当资产者是出于神的恩宠。所以,文学在十八世纪曾是特权阶级良心不安的表现,到十九世纪却变成一个压迫阶级问心无愧的表现。如果作家能保留上个世纪曾使他走运并引以为荣的自由批判精神,那么他还能接受这一处境。但是他的读者群反对这么做:只要资产阶级还在与贵族的特权做斗争,它与起毁灭作用的否定性不难相处。现在资产阶级已取得政权,它转向建设,要求人们帮助它进行建设。在宗教意识形态内部,持不同见解仍是可以的,因为信徒把他的义务与信条交给上帝的意志来裁决,通过这一做法他在自己和上帝之间建立起具体的、封建性的由人及人的联系。虽然上帝尽善尽美,想不做到尽善尽美也办不到,求助于神的自由裁决这一做法却在基督教伦理学中引进一个无所为而为的因素,因此也在文学中引入些许自由:基督教的英雄永远是与天使角力的雅各,对神的意志持异议的圣徒,即使他提出异议只是为了能更驯服地顺从这个意志。但是资产阶级的伦理学并非源自上帝:它的普遍和抽象的规则是铭刻在事物上的;这些规则不是一个凌驾于一切之上,但却是亲切、有个人性质的意志的结果,它们倒是更像天经地义的物理定律。至少人们假定它们无须证明,因为凑近去看是不慎重的。正因为这些规则的起源不明,严肃的人不去审视它们。资产阶级艺术要么是手段,要么它就不存在;这一艺术禁止自己去触动原则,因为它害怕原则会倒塌[3],也不让自己过分深入探索人的内心,因为它害怕会找到混乱。它的读者群最怕的是才能,这一咄咄逼人而又使其拥有者异常欣喜的疯狂劲头,因为才能借助难以预料的词句发现事物令人不安的底蕴,又通过对自由的反复召唤搅乱了人心中更加令人不安的底蕴。较受欢迎的是娴熟的技巧:这是被束缚、转而反对自己的才能,是用和谐的、意料之中的言辞使人宽心的艺术,是用有教养的人的口吻向人指出世界与人都是平庸的、透明的,既没有惊奇,也没有威胁和趣味可言的艺术。

更有甚者:由于资产者只有通过别人的中介才能同自然力量

建立联系，由于物质的实在性是以制成品的形式向他显示的，由于资产者处于一个已经人性化了的、向他反映出他自身形象的茫茫世界的包围之中，由于他限于在事物的表面拾取别人置放在上面的意义，由于他的任务主要在于运用抽象的象征符号——词、数字、表格、图表——去决定他的雇佣劳动者们将用何种方式分配消费品，由于他的文化修养和职业促使他只是对思想进行思考，所以资产者确信宇宙可以还原为一个观念体系；他把努力、痛苦、需要、压迫、战争都溶化为观念：恶是不存在的，有的只是一种多元论；有些观念在自由状态下生存，应该把它们纳入这个体系之中。所以他把人类进步看成一场壮阔的同化运动：各种观念相互同化，各种思想亦然。这个巨大的消化过程完成之时，思想将得到统一，而社会也将完全一体化。这样一种乐观主义与作家对自己的艺术的看法截然不同。艺术家需要一种不能同化的材料，因为美不能分解为观点；即便他是散文家，即便他做的只是汇集一些符号，如果他对词的物质性及其非理性的阻力感觉迟钝，那么他的文笔决谈不上优美和遒劲。如果作家要在作品里建立一个世界并用一种永不枯竭的自由来支撑这个世界，那正是因为他把事物和思想两者截然分开；他的自由与事物之所以同质，是因为两者都是不可探测的。如果作家要使沙漠或原始森林与思想重新适应，他要做的不是把沙漠或森林变成沙漠或森林的观念，而是用存在的不确定的自发性去照亮这些存在物，让它们作为存在物带上它们的不透明性和敌对系数。因此艺术品不能还原为观念；首先因为艺术品是某一存在物即某一永远不能被完全纳入思考范围的东西的生产或再生产；其次因为这一存在物被一种存在，即被一种自由完全渗透，这一自由决定着思想的价值乃至其命运。所以艺术家一贯对恶有独特的理解，他认为恶不是某一观念的暂时的、可以医治的孤立状态，而是世界与人不能还原为思想这一特性。

资产者否定社会阶级的存在，特别否定资产阶级的存在，人们正是根据这一点辨别资产者。贵族企图指挥别人，是因为他属于一个社会等级。资产者的权势和统治别人的权力建立在他完美的成熟状态之上，而他之所以臻于成熟是因为他几个世纪以来占有着这个世界的财富。何况他只承认业主和被占有的东西之间有综合关系；至于其他，他用分析方法证明所有人都是相似的，因为他们都是各种社会化合物的不变的元素，也因为他们中的每一个，不管他的社会地位如何，都完整地拥有人性。这么一来，种种不平等现象都好像是意外的、短暂的事故，无损于社会原子的永恒属性。没有无产阶级，即不存在每个工人都是其短暂形态的综合阶级；有的只是无产者，他们每个人都囿于自身的人性，不是由于内在的休戚与共关系，而只是被相似性的外部联系结合在一起。资产者在被他的分析性宣传所迷惑和分离的个别人之间，只看到心理联系。这一点很好理解：由于资产者不是直接控制事物，由于他主要是对人做工作，对他来说唯一重要的是取悦于人或恐吓人；礼仪、纪律与礼貌支配着他的行为，他把他的同类看作木偶，他之所以想对他们的感情和性格有所了解，那是因为每种情欲对他说来都像操纵木偶的绳索。雄心勃勃但家境贫寒的资产者的必备书是一部"登龙术"，富有的资产者的每日必读书是一部"治人之术"。因此资产阶级把作家看成一种专家；假如作家竟然会思考社会秩序，他就会使资产阶级感到厌烦，产生恐惧，因为资产阶级要求于作家的只是让他们分享作家对人的内心世界的实际经验。这一来，文学就与在十七世纪一样，还原成心理学了。当年高乃依、帕斯卡尔、沃夫纳格①的心理学还是对自由的一种起净化作用的呼唤，但是今天

---

① 沃夫纳格(1715—1747)，法国伦理学家。

商人不信任他的顾客的自由,省长对区长的自由也怀有戒心。他们只希望人们为他们提供万无一失的迷惑人和统治人的良策。人必须是有把握略施小计就可以控制的,总之人心的法则必须是精确的、没有例外的。资产阶级的领袖人物不相信人的自由犹如科学家不相信奇迹。由于资产者的道德是功利主义的,他的心理的主要动力便是利益。对于作家来说,不再需要他把作品当作一种召唤诉诸一些绝对的自由,而只需要他向读者阐述心理规律,这些规律对他和他的读者同样起作用。

理想主义、心理主义、决定论、功利主义、严肃精神:这些便是资产阶级作家应该向读者反映的东西。人们不要求他重现世界的奇特性和不透明性,而是把世界融化成便于消化的、基本的、主观的印象,也不要求他在自己的自由的最深处同样找到人心最隐秘的活动,而是要求他把自己的"经验"与读者的经验相对照。他的作品同时既是资产者的财产清单,也是以确立精英集团的权利、指出现行典章制度的明智为不变宗旨的心理鉴定书,文明礼貌的教科书。结论早已事先做出;人们事先规定探索允许达到什么深度,心理动力都经过一番筛洗,就连风格也是符合规矩的。读者不必顾虑担惊受怕,他可以闭着眼睛买书。但是文学却被杀害了。从爱弥尔·奥吉埃①开始,经过小仲马、帕耶隆②、奥奈③、布尔热④、波尔多⑤,直到马赛尔·普雷沃⑥和爱德蒙·雅卢⑦,确实出了一

---

① 爱弥尔·奥吉埃(1820—1889),法国剧作家。
② 帕耶隆(1834—1899),法国作家。
③ 奥奈(1848—1918),法国小说家,剧作家。
④ 布尔热(1852—1935),法国作家。
⑤ 波尔多(1870—1963),法国小说家。
⑥ 马赛尔·普雷沃(1862—1941),法国小说家。
⑦ 爱德蒙·雅卢(1878—1949),法国小说家,批评家。

些照章办事的作家,我甚至不揣冒昧地说,他们信守协定,一丝不苟,他们写出拙劣的作品并非偶然:即便他们真有才能,也得深藏不露。

最优秀的作家拒绝合作。他们的拒绝挽救了文学,但是也确定了文学在此后五十年间的特征。从一八四八年起直到一九一四年的大战,作家的读者群的彻底统一促使作家在原则上为反对所有读者而写作。他仍出售他的产品,但是他蔑视购买产品的顾客,尽力违背他们的愿望。有名不如无名,艺术家生前的成功只能用误会来解释:这些都是不言而喻的事情。万一发表的作品不足以惊世骇俗,作家就加上一篇序言,索性漫骂。作家与读者之间这一根本的冲突是文学史上没有先例的现象。在十七世纪,文学家与读者的配合异常和谐;十八世纪,作者有两个同样真实的读者群,他可以随意依靠其中的一个或另一个;浪漫主义运动起初是为避免公开斗争而做的徒劳的努力,它企图恢复读者群的两元性,借重贵族来与资产阶级抗衡。但是一八五〇年以后再也没有办法掩饰资产阶级意识形态与文学本身的要求之间的深刻矛盾了,同一时期,在社会深层一个潜在的读者群已露端倪,他们已在期待作家向他们显示他们的形象;这是因为义务教育事业已取得进展,不久以后第三共和国将规定所有人都有读书和写作的权利。那么作家该怎么做呢?他将选择站在群众一边反对精英集团呢,还是将企图重建对他有利的双重读者群?

初看起来,作家似乎选择了后一种做法,从一八三〇到一八四八年,一个巨大的思想运动搅乱了资产阶级的边缘地带:借了这一运动的光,某些作家发现他们有一个潜在的读者群。他们名之曰"人民",用神秘的圣宠把它装扮起来:人民将使世界得救。但是,虽然他们爱这个读者群,他们对它却不甚了解,尤其是他们并非出身其中。乔治·桑是杜德望男爵夫人,雨果是第一帝国一位将军的儿子。米什莱①虽然是一个印刷厂主的儿子,他离里昂的丝织工和里尔的织布工还是很远。当这些作家信奉社会主义时,他们的社会主义是资产阶级理想主义的一项副产品。更为重要的是,人民只是他们某些作品的题材,而不是他们选定的读者。雨果的运气实属罕见,他无疑打入社会各个阶层;他是我国极少数的真正受到民众欢迎的作家之一,可能是唯一的一位。但是其他作家招来资产阶级的敌视,却未能赢得一个工人读者群作为补偿。谓予不信,只要比较资产阶级大学对米什莱与泰纳或勒南的重视程度就足够了。米什莱是真正的天才,第一流的散文家,泰纳不过是一名村学究,而勒南的"漂亮文体"为卑劣和丑陋提供了各种理想的范例。资产阶级让米什莱在炼狱中受煎熬,他却不能从另一方面得到补偿:他热爱的"人民"曾经在一个时期读他的作品,后来马克思主义大获全胜,他就被遗忘了。总之,这些作家中的大多数都是一场不成功的革命中的失败者;他们把自己的名声和命运寄托在这场革命上。除了雨果,他们中谁也未能对文学真正产生深刻的影响。

  其他人,所有其他人,面对降低自己的阶级地位的前景统统畏缩不前,这一降格会使他们像脖子上吊着一块大石头似的直往下沉。他们不乏为自己辩解的理由:现在为时尚早,他们与无产阶级之间没有任何真实的联系,这个被压迫阶级不可能吸收他们,它不知道自己需要他们。他们保卫无产阶级的决心是抽象的:不管他们有多大诚意,充其量他们不过是"关心"某些不幸,他们是用头脑去理解这些不幸,而不是在心里感受到的。他们一方面脱离了

---

① 米什莱(1789—1874),法国历史学家。

出身的阶级,另一方面又念念不忘他们不得不放弃的富足生活,他们于是有可能在无产阶级之外形成一个"冒牌无产阶级",既见疑于工人,又遭资产者的羞辱,他们的要求与其说是受到豪情的驱使,不如说是出于牢骚和怨恨,而且他们结果会既反对资产者,又反对工人[4]。此外,文学在十八世纪要求的必不可少的自由与公民要求得到的政治自由不能区别,作家只要探索他的艺术的带随意性的本质,并且成为这一艺术在形式上的要求的代言人,他就是革命的:当正在酝酿中的革命是资产阶级革命时,文学自然是革命的,因为它在首次发现自身时发现了自己与政治民主的联系。但是论说家、小说家和诗人日后将要保卫的形式自由与无产阶级的深切要求毫无共同之处。无产阶级想的不是要求政治自由,他们毕竟还享有政治自由,虽说这是一个骗局[5];无产阶级目前也用不着思想自由;他们要求的东西与这些抽象的自由大不相同:他们希望改善自己的物质境遇,同时更为深切地,也更为朦胧地希望结束人剥削人的现象。我们将在下文看到这些要求与被设想为具体的历史现象的写作艺术的要求是一致的。把写作艺术设想为具体的历史现象,即是把它看作一个人在同意使自己历史化时,向他同时代所有的人发出的有关完整的人的个别的、注明时间的呼唤。但是,到十九世纪文学刚从宗教意识形态中解脱出来,拒绝为资产阶级意识形态服务。文学自以为在原则上是独立于任何意识形态的,因此它保留了它那种纯粹否定性的抽象面貌。它还不明白它自己就是意识形态;它声嘶力竭地表明自己的自主性,其实谁也没有否认它这一条。这一切等于说,文学宣称它不偏爱任何题材,而是可以平等对待一切材料:无疑人们可以写工人的状况写得很好,但是选择这个题材取决于环境,全赖艺术家本人的自由决定;换一天人们可以去讲外省一个女市民,另一天还可以谈论迦太基的雇佣兵①。不时会有福楼拜这样的作家出来肯定内容与形式的一致性,但是他并不从中引出实际结论。与他同时代的人一样,他仍然相信温克尔曼②们和莱辛们早在一个世纪以前给美下的定义,这一定义总是以一种方式或另一种方式把美解释为寓多样性于统一性之中。需要做的是捕捉千姿百态的光泽,然后通过风格使之严格地统一起来。龚古尔兄弟的"艺术家风格"无非如此:这是一种从形式上着手,旨在统一和美化所有素材的方法,连最美的素材也要加以美化。这样做的话,人们怎么还能想象在下层阶级的要求和写作艺术的原则之间存在内部联系呢?好像只有普鲁东猜出这一点。当然也有马克思,但是他们不是文学家。文学全神贯注于发现自己的自主性,它把本身当作对象。文学进入反思阶段;它在试验它的方法,打破旧的框框,企图用实验手段确定它自身的规律,锤炼新的技巧。它悄悄地向现代形式的正剧与小说,向自由诗和语言批评演进。假如文学想表现某一特殊内容,它就必须从对自身的冥想中挣脱出来,并从这一内容的性质引出其美学规范。同时,作家假如选择为潜在的读者群写作,他们就必须使自己的艺术适应于启迪思想的任务,也就是说应该根据外部要求,而不是艺术自身的本质来规定艺术;有些叙述、诗歌乃至推理形式也必须被放弃,只因为它们不能为缺乏文化修养的读者们所接受。这样一来,文学似乎有重新被异化的危险。所以作家真心实意地拒绝使文学服从某一读者群或某一特定题材。但是他没有发现正在奋力兴起的那个具体革命与他从事的抽象游戏背道而驰。这一次,群

---

① 这里指的是福楼拜的小说《包法利夫人》和《萨朗波》。
② 温克尔曼(1717—1768),德国文艺理论家,考古学家。

众旨在夺取政权,但是因为群众没有文化修养也没有闲暇,而任何一种自以为是的文学革命都致力于雕琢技巧,结果群众根本读不懂在这一文学革命感召下产生的作品,于是文学革命正好符合社会保守主义的利益。

所以还得回到资产阶级读者身边去。作家吹嘘自己斩断了与资产阶级读者的一切联系,但是,由于他拒绝降低自己的阶级地位,他的决裂只能是象征性的:他不间断地表演这一决裂,他通过自己的服饰、饮食、家具、有意养成的生活习惯让别人看到这一决裂,不过事实上他并没有做到。这是因为资产阶级读他的书,只有资产阶级在养活他,能够给予他荣耀。他徒然佯作与资产阶级保持距离以便能从整体上观察它:如果他要评判资产阶级,他首先必须从资产阶级内部走出来,而要从中走出来只有一个办法,即体验另一个阶级的利益及生活方式。由于作家下不了这个决心,他就生活在矛盾与自欺之中,因为他既知道,又不愿意知道他是为谁写作的。与其承认自己偷偷选定了什么样的读者群,他更乐意谈论自己的孤独,他发明一种理论,说人们仅为自己或为上帝写作,他把写作变成一种形而上的工作,一种祈祷,一种反省,总之什么都是,除了不是一种沟通方式。他经常把自己比作一个着魔的人,因为,虽然他在内心需要的驱使下吐出文字,至少他不是给出这些文字的。但是这并不妨碍他精心修改他写的东西。另一方面,他对资产阶级毫无恶意,甚至不怀疑它的统治权。恰恰相反,福楼拜公开承认资产阶级的统治权。巴黎公社曾吓得他魂不附体,他在公社失败以后写的信里充满对工人的卑劣的辱骂[6]。由于艺术家陷在自己所属的阶层里,不能从外部对它进行评判,由于他的各项拒绝只是一些不产生实际效果的心态,他甚至看不到资产阶级是压迫阶级;事实上他根本不把资产阶级当作一个阶级,而是看成一个自然的种类,如果他试着去描写它,他使用的也是严格的心理学术语。所以资产阶级作家与受诅咒的作家是在同一个层面上活动;两者之间唯一的差别是前者在搞白色心理学,后者搞的是黑色心理学。例如,当福楼拜宣布他"把所有思想卑下的人都叫作资产者"时,他是在用心理学和理想主义的术语给资产者下定义,即他仍旧参照了他声称摒弃的意识形态。这么一来他就为资产阶级效了大劳:他把有可能转向无产阶级的反抗者、不适应者统统领回羊圈,让他们相信人们只要简简单单接受一种内心纪律就能剥离自己身上那个资产者;只要他们在私底下练习高尚地思想,他们便能继续问心无愧地享受他们的财产和特权;他们依然住着符合资产者水准的房子,享受以资产者方式得到的收入,光顾资产者的沙龙,但是这一切仅是外表,由于他们感情高尚,他们已经上升到他们的族类之上。与此同时,作家教给同行们一个诀窍,使他们在任何情况下都心安理得:因为慷慨大度最好的运用方式是从事艺术活动。

艺术家的孤独双重地掺了假:这一孤独不仅掩饰与公众的真实联系,而且重建了由专家组成的读者群。既然人们让资产者去管理人和财产,精神权力就与世俗权力再次分离,人们看到某种神职人员集团再生转世。斯丹达尔的读者是巴尔扎克,而波德莱尔的读者是巴尔贝·德·奥尔维利①,至于波德莱尔本人又是爱伦·坡的读者。文学沙龙变得多少有点像头衔、身份相同的人的聚会,人们在沙龙里怀着无限的敬意低声"谈论文学",人们讨论音乐家从音乐中得到的审美享受是否大于作家从他的书中得到的;随着艺术离生活越来越远,它再次变成神圣的。圣徒们之间甚至形成一种灵犀相通的关系:越过时间的长河,人们可以向塞万提斯、拉伯雷、但丁伸出手去,人们加入这个

---

① 巴尔贝·德·奥尔维利(1808—1889),法国作家。

僧侣社团；神职人员集团不再是一个具体的，不妨说是地域性的组织，而是变成在时间上连续的机构，变成这样一个俱乐部，其成员都是死人，除了一位，最后出生的那一位，还在世界上代表其他人，并且用他一个人概括了整个团体。这些新的信徒在过去找到他们的圣徒，也有他们的未来生活。世俗权力和精神权力的分离引起荣誉观念的深刻变化：在拉辛的时代，荣誉更多地不是怀才不遇的作家对社会的报复，而是在一个不变的社会中取得的成功的自然延伸。在十九世纪，荣誉起到一个超补偿机制的作用。"我将在一八八〇年被人理解"，"我将在上诉法庭打赢官司"，这些名言证明作家没有放弃在一个一体化集体的范围内从事直接、普遍行动的希望。但是因为这个行动现在不可能，人们就把安慰自己的神话投射到一个不确定的未来，相信到那个时候作家与其读者将达成和解。何况这一切很不明确：这些荣誉爱好者中没有一个人想过他将在什么样的社会中得到奖励；他只是乐于幻想自己的侄孙那一辈人因为生得晚，生在一个更老的社会里，他们的内心世界便能得到改善。波德莱尔就是这样想的。他毫不在乎自相矛盾，经常用自己身后将享大名的想法来包扎他的骄傲受到的创伤，虽然他认为社会进入颓废时期，将以人类的消失而告终。

对于现在，作家求助于由专家组成的读者群；对于过去，他与伟大的死者们缔结了神秘的协定；对于未来，他利用荣誉的神话。他没有忽略任何做法以便象征性地脱离他所属的阶级。他虚悬在半空，与自己生活的世纪格格不入，备受诅咒。所有这些喜剧只有一个目的：把作家纳入一个犹如旧制度下贵族阶级形象的象征社会。精神分析学说熟悉这类认同过程，而艺术家的思想为它提供了许多实例。病人需要钥匙才能从精神病院逃出来，久而久之他相信自己就是这把钥匙。艺术家需要大人物的恩宠才能脱离自己所属的阶级而升格，最终他相信自己就是整个贵族阶级的体现。由于贵族阶级以寄生为特征，作家就选择炫耀寄生现象作为生活方式。他将成为纯粹消费的殉道者。我们已经说过，他不以为使用资产阶级的财富有什么不合适，但是使用的条件是浪费，就是说把这些财富变成非生产性的、无用的物品；不妨说他焚毁这些财富，因为火使一切变得纯洁。另一方面，由于他不是始终腰缠万贯，可他又得活下去，他就为自己设计一种奇特的生活，既挥霍又勤劳；他既不能发疯似的花钱，就貌似缺乏远虑，实际上却是经过精心计算后摆一次阔，借以象征性地满足挥霍的需要。在艺术之外，他只找到三件事情是高尚的。首先是爱情，因为这是一项无用的激情，也因为如同尼采说的那样，女人是最危险的游戏。其次是旅行，因为旅行者是个永久的见证人，他从一个社会到另一个社会，从不在任何一个社会中久留，也因为旅行者是一个勤劳的集体中外来的消费者，他最完美地体现了寄生现象。有时战争也算，因为战争无限制地消耗人和财富。

贵族和武士社会轻视各种谋生的职业，作家亦然：他自己毫无用处还不够，与旧制度下的朝臣一样，他但愿能把有用的劳动踩在脚底下、砸烂、焚烧、破坏，但愿能模仿为追逐猎物而率领队伍在成熟的麦田中踏出一条路的贵族气派。他培养自己的毁灭冲动，波德莱尔在《玻璃匠》①里讲到这种冲动。这以后不久，他将偏爱制作上有缺陷的、做坏了的，或者不堪继续使用、一半已

---

① 波德莱尔的散文诗《玻璃匠》写一名无赖为了取乐，使一个玻璃匠滑了一跤，背在背上的玻璃统统摔破。

经重返自然的器具,因为这些器具好比是对器具的实用性的讽刺。他把自己的生命看作专事毁灭的工具也不为罕见,至少他拿生命来冒险,而且存心输掉:烧酒、毒品,一切手段都用上了。无用的极致,当然就是美。从"为艺术而艺术"经过现实主义和巴那斯派直到象征主义,所有的流派在一点上达成一致,即艺术是纯消费的最高形式。艺术不传授任何内容,不反映任何意识形态,它尤其禁止自己带有道德性:在纪德发表这一主张之前,福楼拜、戈蒂耶、龚古尔兄弟、勒那尔、莫泊桑早就用各自的方式说过"人们带着善良的感情就会创作出低劣的文学"。对于一些人来说,文学是推向极致的主体性,是一堆篝火,他们的痛苦和恶癖的黑色葡萄藤在这堆火中扭曲;他们躺卧在世界的底层像枕在牢房里。但是由于他们的不满足揭示了"彼岸"世界,他们就超越这个世界,把它化为乌有。他们想必觉得自己的心灵相当奇特,以致他们描出的心灵图画决意不呈生机。另一些人自命为他们所处时代的公正的证人。但是他们不为任何人做证;他们把证词和证人都提升到绝对高度;他们向空荡荡的天宇展示他们四周的社会的画面。世界上的事件受到迷惑,挪了位置,被统一起来,落入某种艺术家风格的陷阱,便成为中性的,而且不妨说被放在两个括号中间了;现实主义只是"存而不论"。不可能实现的真理就此与不带人间烟火气、"像一个石头的梦一样美丽"的美相汇合。作者只要他在写,读者只要他在读,都不再是这个世界的人;他们已变成纯目光;他们从外部观察人,他们力图用上帝的观点,或者如果人们喜欢另一种说法,用绝对真空的观点去看人。但是,不管怎么说,我还能在最纯粹的抒情作者对他自己的特性的描述中认出我自己;再则,既然实验小说模仿科学,那么它不是也可以在社会上有所应用吗?因为惧怕他们的作品为人听用,走极端的作家就希望作品甚至不能帮助读者了解自己的内心,他们干脆拒绝传达自己的经验。极而言之,只有完全不带人间烟火气的作品才是完全无所为而为的。朝这个方向走到头,便有可能产生一种绝对创作,它集奢侈和靡费的精华于一身,在这个世界上毫无用处,因为它不属于这个世界,也因为它不提示这个世界上的任何东西:想象力被设想成一种不受任何制约的否定现实的能力,艺术品则是建立在世界的崩塌之上。于是就有了戴才生特①的激烈的人工主义,有了各种感官的有系统的错轨②,最后还有齐心协力毁灭语言。也有沉默:马拉美的作品冰一样的沉默,或者泰斯特先生③的沉默,对于他来说思想和感情的任何沟通都是不洁净的。

这一漂亮却饱含杀机的文学的顶峰尖端,便是虚无。虚无既是它的尖端,又是它的深层本质:新的精神权力没有丝毫积极性,它只是对世俗权力的纯粹否定;在中世纪,世俗权力相对精神权力而言不是主要的;到十九世纪事情颠倒过来了,世俗权力居于首位,精神权力是不占主要地位的寄生者,它蚕食世俗权力,企图毁灭它。精神权力需要否定世界或者把世界消费掉。福楼拜写作是为了摆脱人和物。他的句子围住客体,抓住它,使它动弹不得,然后砸断它的脊梁,然后句子封闭合拢,在变成石头的同时把被关在里面的客体也化成石头。福楼拜的句子既聋又瞎,没有血脉,没有一丝生气;一片深沉的寂静把它与下一句隔开;它掉进虚空,永劫不返,带着它的猎获物一起下坠。任何

---

① 戴才生特,法国作家于斯曼(1848—1907)的小说《逆向》(1884)的主人公,一个颓废的唯美主义者。
② 这是象征派诗人兰波的主张。
③ 泰斯特,瓦莱里的作品《泰斯特先生》的主人公,冷静的理性的化身。

现实一经描写,便从清单上勾销:人们转向下一项。现实主义无非是这场阴郁沉闷的狩猎。首先需要做到的是使自己放心,凡是现实主义经过之处,寸草不生。自然主义小说的决定论压垮生命,用单向的机制取代人的行动。自然主义小说只有一个题材:一个人,一项事业,一个家族,一个社会缓慢的解体过程;必须回到零,人们先是在自然处于富于生机的不平衡状态时把握自然,然后人们取消这一不平衡,通过在场的各种力量的抵消,人们回到一种带来死亡的平衡状态。自然主义小说偶尔也让我们看到一个野心家如何成功,不过这仅是外表:漂亮朋友①攻克的不是资产阶级的堡垒,他是一个浮沉子,他升到水面上只是证明一个社会崩溃了。当象征主义发现美与死之间存在着密切联系时,它只不过使半个世纪以来全部文学的主题变得明朗化而已。过去是美的,因为过去的不再存在;垂死的少女,凋谢的花朵,一切侵蚀,所有废墟都是美的;消费行为,慢慢扩展的疾病,吞噬一切的爱情,杀害生命的艺术,都是尊严的最高表现;死亡无处不在,它在我们前面,也在我们后面,甚至阳光和大地上芬芳馥郁的气息中也无不有它的踪迹。巴雷斯的艺术是对死亡的默想:一件东西只有当它是"可消费的",就是说在被人们享用时就死去的情况下,才是美的。瞬间是特别适合于这类王公大人游戏的时间结构。因为它转瞬即逝,也因为它本身是永恒的形象,瞬间便是对人的时间,即劳动与历史的三维时间的否定。经历许多时间才建设起来的东西,毁掉它只需片刻。从这个观点去看纪德的作品,人们就不能不在其中看到一种专为作家——消费者制定的伦理学。纪德的无所为而为的行动无非是一个世

---

① 指莫泊桑的小说《漂亮朋友》中的主人公杜·洛阿。

纪以来的资产阶级喜剧的结穴和作者-贵族的指令。给人很深印象的是，无所为而为的行动的实例都来自消费：菲洛克忒忒斯送出他的弓；百万富翁挥霍他的钞票；贝尔纳偷窃；拉夫卡第欧杀人；梅纳尔克出售他的家具①这一毁灭运动将走向极端。勃勒东②写道："最简单的超现实主义行动便是拿着手枪上街，朝人群乱开枪，能支持多久就支持多久。"这便是一个长期的辩证运动的终端：文学在十八世纪是否定性；在资产阶级统治下文学转入绝对的、实体化的否定状态，它变成一个五彩缤纷、光辉夺目的毁灭过程。勃勒东还写过："超现实主义没有必要重视……不以毁灭存在，把它转化成绚烂、盲目的内心世界为目的的一切，这一内心世界既不是冰的灵魂，也不是火的精神。"到头来文学可做的事情只剩下否定自身了。这正是文学以超现实主义的名义所做的：人们写了七十年是为了把世界消费掉；一九一八年以后人们写作是为了把文学消费掉；人们挥霍文学传统，浪费词语，把词语抛掷出去，让它们相互碰撞，直至爆裂。文学作为绝对否定，正在变成反文学；它从未比现在更像文学：至此大功告成。

与此同时，作家为了模仿血统贵族轻佻、挥霍的习性，便以明确自己不负责任为最大要务。他首先提出天才赋予的权利，这可以取代专制王权的神授权利。既然美是推向极致的奢侈，既然美是用寒冷的火焰照亮、消耗一切的火堆，既然美用一切形式的损耗与毁灭，特别用痛苦和死亡来养活自身，那么艺术家既为美的祭司，就有权利以美的名义要求，并在需要时引起他的邻

---

① 贝尔纳、拉夫卡第欧、梅纳尔克都是纪德作品中的人物。
② 勃勒东(1896—1966)，法国诗人、评论家，超现实主义的主要创导者之一。

人们的不幸。至于他自己,他早就烧着了,烧成灰了;他需要别的牺牲品以便保持火焰不灭。特别需要女人;女人使艺术家尝尽痛苦,他也轻饶不了女人;他希望能把不幸带给周围的一切。假如他没有本事引起灾祸,他就满足于接受供奉。男女崇拜者们围着他转,以便他能在他们心里引起火灾,或者不用感激、不知悔恨地花掉他们的钱财。莫里斯·萨克斯说他的外祖父对阿那托尔·法朗士崇拜得五体投地,花了一大笔钱为萨伊德别墅购置家具。他死后,法朗士念出这句有名的悼词:"呜呼哀哉!斯人善于添置家具。"作家取走资产者的钱财便是行使他的神职,因为他把一部分财富化为乌有了。他在这样做的同时,也就使自己凌驾于所有责任之上:他该对谁负责?以什么名义?如果他的作品以建设为目的,那么人们可以要求他汇报成绩。但是既然他是纯毁灭,他就不受审判。所有这一切在上一世纪末仍相当混乱、矛盾。但是,到了超现实主义时期,文学就将以挑起谋杀为己任,人们将看到作家通过一连串貌似悖谬其实合乎逻辑的推理,明确提出他不负任何责任的原则。说实话他没有清清楚楚地摆出理由,他只是躲进自动写作的林莽之中。但是动机很明显:一个纯粹从事消费的寄生贵族阶级以不断焚烧一个勤劳的、专事生产的社会的财富为其职能,这样一个阶级不受它动手毁灭的那个集体的审判。由于这一系统性的毁灭绝不会走得比丑闻更远,所以实际上这等于说作家以制造丑闻为首要义务,以不承担后果为永不失效的权利。

  资产阶级听之任之;它对这些冒失举动报之一笑。它不在乎作家蔑视它;这一轻蔑不会走得很远,既然它是作家唯一的读者群;作家只对资产阶级谈论他的轻蔑,这是他对资产阶级推心置腹的话题,这在某种程度上成了他们之间的联系。即使作家拥有大众读者,他向大众阐述资产者如何以卑劣的方式思想,难道就能激发大众的不满吗?一种绝对消费学说毫无可能迷惑劳动阶级。再说资产阶级心里明白,作家暗中是站在它这一边的:作家需要它才能使他的反对派美学和他的怨恨言之成理;作家从它那里取得他消费的财富;他希望维持现存社会秩序以便感到自己与之总是格格不入:简言之,作家是反抗者,不是革命者。对于反抗者,资产阶级自有办法应付。在某种意义上,它还是反抗者的同谋:把否定力量约束在一种虚妄的唯美主义里,一种没有结果的反抗行动里,岂不更好?这些力量一旦获得自由,便会用于为被压迫阶级服务。再则,资产阶级读者对于作家所谓的作品的无所为而为性有他们自己的理解方式:对于作家来说,无所为而为是精神性的本质,是他与世俗权力英勇决裂的表示;对于资产阶级读者来说,一部无所为而为的作品根本上是无害的,这是一项消遣;他们无疑更喜爱波尔多和布尔热的文学,但是他们觉得有那么一些无用的书能把精神从严肃事务上引开,让它得到休息以便恢复元气,倒也不是坏事。所以,即使在承认艺术品不能有任何用途的时候,资产阶级读者群仍有办法利用它。作家的成功建立在这一误会之上:由于他对自己怀才不遇感到高兴,那么读者们对他产生误会也是正常的事情。既然文学在作家手里变成这一抽象的否定,把自身作为养料,那么作家应该期待读者对他最激烈的詈骂付之一笑,说道"这不过是文学罢了";既然文学是对于严肃精神的纯粹否定,作家应该觉得读者出于原则拒绝认真对待他本是件好事。最后,读者即使视之为丑闻,虽说他们不甚了然,他们也在当代最"虚无主义"的作品里找到自己的身影。这是因为即使作家竭力对自己掩盖他的读者所在,他也永远不能摆脱读者无孔不入的影响。作家是感到羞愧的资产者,他为资产者而写作,但不对自己承认这一事实,他满可以发表最荒诞不经的想法:想法往往只是在精神的表面形成的气泡。但是他的技巧出卖了他,因为他没有用同样的热心去监视他的技巧，技巧表达一种更深层的、更真实的选择，一种隐晦的形而上学，以及与当代社会的一种真实关系。不管作家选择的题材有多么玩世不恭，有多么苦涩，十九世纪的小说技巧向法国读者提供了资产阶级令人放心的形象。说实话，我们的作者们只是继承了这一技巧，但是他们使之臻于完善。这一技巧肇始于中世纪末期，当时小说家第一次对自身进行反思，从而意识到自己的艺术。最初小说家讲故事时自己不介入故事，他也不去思考自己的职能，因为故事的题材几乎都来自民间传说，或者总是集体编造的，小说家做的只是把题材化为作品；他加工的材料的社会性以及这一材料在他动手加工之前早就存在这一事实，赋予小说家中间人的角色，并且足以证明他是有用的：他是知道最美丽的故事的人，他不是口头讲述故事，而是把它们写下来；他很少创造，他精心雕琢，他是想象的事物的历史学家。但是当他开始自己编造他发表的虚构故事时，他就看见了自己：他同时发现了自己几乎是有罪的孤独，以及文学创作无从辩解的无所为而为性和主体性。为了对大家，也对自己掩盖这一切，也为了确立他的写作权利，他企图赋予他的创造以真实的外表。集体想象的故事的特点是它们有一种几乎近似物质的不透明性。作家做不到这一点，但是至少他假装他说的故事不是他想出来的，他力求人们相信这是些回忆。为此目的，他在作品中用一个口头传说的叙述者来代表他自己，同时他在作品中引进一个虚构的听众群以代表他真正的读者群。这就像《十日谈》里的人物，他们为躲避瘟疫而暂时生活在一起，这使他们的处境与神职人员出奇地接近，他们轮流充当讲故事者、听众和批评家。先有客观的和形而上学的现实主义时期，那时候讲故事用的词语被当作这些词语所指的东西本身，而故事的实体是宇宙本身。接踵而来的是文学理想主义时期，到这个时期，词只在一个人的嘴里或笔下才得到存在，它的本质规定它引向一个说话者，它的作用是证明他在场;到这个时期故事的实体是主体性,主体性感知并思考宇宙,小说家不是让读者与客体直接接触,他意识到自己的中介者角色,借助一个虚构的叙述者体现中介作用。从此以后,人们提供给读者的故事的主要特征是它已被思考过,即它已经归档、整理、去掉了累赘、变得一清二楚,或者不如说它只以人们事后对它形成的想法的形式交付给读者。所以,史诗因其起源于集体,惯用现在时叙述,而小说几乎都用过去时。从卜伽丘到塞万提斯,然后到十七和十八世纪法国小说,技巧趋向复杂,新花样层出不穷,因为小说在发展过程中收容了讽刺、寓言、肖像[7]等体裁,把它们化为己有:小说家在第一章露面,他预告内容,他向读者打招呼,告诫他们,向他们保证,他的故事全是真的;我把这叫作初度主体性然后,叙述进行过程中,次要人物登场,第一个叙述者与他们相逢,他们打断故事情节,以便讲述他们自己的不幸遭遇:这些人都是二度主体性,初度主体性支撑着它们,使它们复原:所以有些故事是在第二阶段再次思考并理智化的[8]。事态从来不会使读者措手不及:如果说在事件发生的那一瞬间叙述者曾感到惊奇,他并不向读者传达他的惊奇;他只是把事件告诉读者而已。至于小说家,由于他坚信词语只有被说出来时才有真实性,由于他生活的文明世纪里还存在一种谈话艺术,他就把一些交谈者引入书中,以便证明书里的词语是有用的,但是,由于他用词语来表现一些以说话为职能的人,他就不能逃脱怪圈[9]。十九世纪的作者诚然致力于叙述事件,他们企图在部分程度上重视事件的新鲜感和暴力,但是他们中大部分人袭用了与资产阶级理想主义完全合拍的理想主义技巧。如巴尔贝·多尔维利与弗罗芒丹①那样大异其趣的作者同样经常使用这一技巧。以《多

---

① 弗罗芒丹(1820—1876),法国画家、作家。下面提到的《多米尼克》(1863)是他的小说。

米尼克》为例,人们在这本书里找到一个初度主体性,它支撑着叙述故事的二度主体性。这一手法在莫泊桑那里最为明显。他的短篇小说的结构几乎一成不变:首先介绍故事的听众,这通常是晚饭后聚集在客厅里的社交界才智之士。夜色深沉,笼罩一切,人们的疲劳消失了,情欲熄灭了。被压迫者和反抗者统统入睡;世界已被埋葬,故事于是抬头了。一片虚无之中浮现一个光明的气泡,这群精英分子没有就寝,他们正在其中忙着举行仪式。如果说他们之间有爱、有恨,人们并不告诉我们,何况欲望和怒意此时已经平息:这群男女忙于保存他们的文化和行为方式,忙于通过种种礼貌规矩来相互辨认。他们体现了秩序最精美的成分:静谧的夜晚,情欲沉默不语,一切因素都凑齐了,象征上世纪末地位稳定的资产阶级,这一阶级认为将来什么也不会发生,相信资本主义体系是永恒的。这当口,叙述者上场了:此人有一把年纪,他"阅历甚广,读过许多书,记住许多事情",他是积累人生经验的专业人员,是医生、军人、艺术家或唐璜。他处于生命中一个特定阶段,在这一阶段,如果相信一种既令人起敬又迎合人意的神话,据说人已摆脱了情欲,能用清醒和宽容的态度回顾他过去的情欲,他的心与夜色一样安静;他讲的故事对他已属过去;如果说这个故事曾经使他痛苦,他已用痛苦酿成蜜,他回过头来审视故事体现的真理,即其 Sub specie æternitatis[①]。确实有过骚乱,但是骚乱早就告终:当事人都死了,要不就结婚成家或得到安慰。所以历险故事不过是一个简短的、业已终结的混乱状态。它被从经验和智慧的观点讲述,被从秩序的观点听取。秩序胜利了,秩序无处不在,它注视一个过去的、已被取消的混乱状态,犹如夏日的一潭死水保存着对于水面上曾经形成的涟漪的回忆。再说,难道真的有过骚乱吗?提起一个

[①] 拉丁文:永恒形式。

突然发生的变故会吓坏这些聚在一起的资产者。无论是那位将军还是那位医生都不会和盘托出他们的回忆的原始状态：回忆变成经验，他们从中提炼出精华，他们一开始发言就提醒我们说，他们讲的故事包含一个道德教训。所以故事是解释性的：它的目的在于从一个范例引出一条心理法则。一条法则，或者借用黑格尔的说法，变化的安静的形象。而变化本身，即逸事的个人面貌，难道不是一种表象吗？人们越是解释后果，就越把整个后果还原成整个原因，把出乎意料的还原成期待之中的，把新的还原成旧的。叙述者对于人间事件动的手术相当于，按照迈耶松的说法，十九世纪的科学家对科学事实动的手术。他把多样还原成单一。如果说，他不时出于狡狯，愿意让他的故事保留一丁点儿令人不安的气氛，他就精心确定变化的不可还原性的适宜程度，就像在那些神怪小说里，作者想让人在不能解释的事件背后猜到一种能把合理性带回宇宙的因果关系。所以，对于出身于这个稳定社会的小说家而言，变化如同对于巴门尼德斯[1]一样是不存在的，犹如恶对于克洛岱尔[2]是不存在的。何况，即便变化是存在的，它也不过是在一个不适应环境的灵魂中发生的个人骚乱而已。需要做的不是在一个处于运动过程中的系统——社会，宇宙——里研究子系统的相对运动，而是以绝对静止的观点去考察某一相对孤立的子系统的绝对运动；也就是说人们掌握了确立这一运动的绝对标志，因此人们认识了它的绝对真理。在一个秩序井然、正在沉思默想自身的永恒性并举行仪式庆贺这一永恒性的社会里，有一个人提起过去的一桩混乱事件，使这一混乱闪烁光芒，用过时的优雅装束把它打扮起

---

[1] 巴门尼德斯（约公元前544—前450），古希腊哲学家。
[2] 克洛岱尔(1868—1965)，法国诗人，戏剧家。

来,而正当它就要令人不安时,那个人的魔棍轻轻一挥,顿时使它消失,被原因和法则的永恒等级关系取代。人们在这位魔法师身上认出我们上文提到的那位从高空俯瞰一切的贵族[10]。这位魔法师由于理解历史和生命便不受这两者的羁绊,他由于自己的知识和阅历高高地凌驾于他的听众们之上。

我们之所以着重阐述莫泊桑的叙述手法,那是因为这一手法成为他的同辈、直接前辈和以后几代小说家的基本技巧。内在叙述者始终在场。他可以缩小成一个抽象存在,甚至他往往没有被明确指出,但是,无论如何,我们总是通过他的主体性来看待事件的。即便他根本不露面,这也不是因为人们如同取消一根无用的发条一样把他取消了,而是因为他已变成作者的第二个人格。作者面对一页白纸,看到自己的想象化成阅历,他不是以自己的名义写作,而是在记录一个成熟的、老成持重者的口述,这个人曾是他讲述的情况的见证人。举例说,都德明显地完全处于沙龙里讲故事人的精神状态的控制之下,因而他的文体带有伴随社交谈话的习惯动作和那种可爱的随便口吻。在沙龙里讲故事的人惯于感叹,嘲讽,询问听众,跟听众打招呼:"啊!达达兰该有多么失望啊!您知道这是为什么?我敢打赌,您怎么也猜不到……"①现实主义作家虽然想当他们时代的客观的历史学家,连他们也采用了这一方法的抽象模式,即认为所有小说有一个共同的中心,共同的脉络,这一中心和脉络不是小说家的个人的和历史的主体性,而是有阅历的人的理想的、普遍的主体性。首先,叙述使用过去时:既是礼仪性的过去时,以便在事件与读者之间设置距离,也是主观的

---

① 见都德的《达拉斯贡城的达达兰》。

过去时,相当于讲故事人的记忆,也是社会性过去时,因为逸事不属于正在形成、没有结论的历史,而是属于已经完成的历史。据雅奈说,回忆与以梦游方式重现过去有别,后者复制事件的延续过程,而前者具有无限的可压缩性,根据情况需要,它可以用一句话,也可以用一本书来叙述。如果雅奈这一说法属实,那么我们可以说,这一类型的小说突然压缩时间,然后又把时间抻长,它们正是确切意义上的回忆。叙述者一会儿着重描写一个决定性的瞬间,一会儿跳过好几年:"三年过去了,三年沉闷、痛苦的岁月……"他不禁止自己用人物的未来说明他们的现在:"他们没有想到这一短促的相遇会产生悲惨的后果",而且从他的观点来看,他这样做并没有错,因为这个现在和这个未来都已过去,因为记忆的时间已失去不可逆性,人们可以从后向前回溯,也可以从前向后求索。何况他交给我们的回忆已经过加工、重新思考和评价,这些回忆为我们提供一个能被直接消化的教训:感情和行为往往被作为心灵法则的典范介绍给读者:"达尼埃尔与所有年轻人一样……""梅尔西埃有坐办公室的人常有的怪癖……"由于这些法则不能先验地推导出来,不能由直觉把握,也不能建立在科学实验的结果上因而可以普遍地重现,它们就把读者引向从一个人动乱不安的生活的种种遭遇中归纳出这些规则的那个主体性。在这个意义上我们可以说,第三共和国时代的大部分法国小说都自命出自五十多岁的作家的手笔,并且以此为荣,而这与小说真正作者的年龄无关,甚至作者的年龄越年轻,他越向往这一荣誉。

在这跨越好几代人的时期,逸事被从绝对的观点,即秩序的观点叙述;它是一个静止系统中的局部变化;作者和读者都不冒风险,不必担心任何意外:事情已过去,归档,被理解。这一时期的资产阶级法国是一个稳定社会,它还没有意识到正在威胁它的危险,它掌握着一种道德、一个价值序列和一个解释体系可以把它的局部变化纳入整体之中,它确信自己位于历史性的另一端,将来再也不会发生什么重要的事情;这个国家的每一寸土地都得到耕种,它被古老的围墙分隔成犹如棋盘上的格子,它的工业生产方法凝固不变,它躺在大革命的光荣业绩上昏昏欲睡,在这样一个国家里不可能设想有别的小说技巧;人们企图移植的新方法只能引起好奇心而已,要不然就如同昙花一现:无论作者、读者,还是这一集团的结构及其神话都不要求新的小说手法[11]。

所以,文学通常在社会内部起着纳入总体之内的战斗作用,十九世纪末的资产阶级社会却展示了史无前例的景观:一个勤劳的集体团结在生产的大旗的周围,从这个集体产生的文学却不去反映它,从不对它谈论它感兴趣的事情,采取与它的意识形态相反的立场,把美与不事生产相等同,拒绝把自己纳入整体之中,甚至不希望有读者。然而,这一文学在它从事反抗的同时,仍旧以其最深层的结构,甚至以其"风格"反映着统治阶级。

我们不应该责备这一时期的作者,他们尽了最大努力,而且他们中间有几位属于我们最伟大、最纯粹的作家的行列。其次,由于人的每一行为都为我们揭示了世界的一个面貌,这些作者的态度也使我们得到丰富充实——虽然这并非他们的本意——因为他们向我们揭示了无所为而为性是世界的无数面貌中的一个,也是人类活动可能的目标之一。由于这些作者都是艺术家,他们的作品包含着对读者的自由的绝望的召唤,尽管他们假装蔑视这个读者。他们的作品把争议推向极致,直到对自身提出争议;这些作品让我们越过对词语的残杀,隐约看到一个黑色的沉默,也让我们越过严肃精神,看到等值关系的空荡荡、赤裸裸的天宇;它们邀请我们通过毁灭所有神话和所有价值原则进入虚无;它们让我们在人身上不复看到与神的超越性的亲密关系,而是看到与乌有的密切、隐秘的联系。这便是少年时代的文学。人在这个年龄仍受父母的供养,他没有用处,也不负责任,他挥霍家里的钱财,评判他的父亲,目睹曾保护他的童年的那个严肃世界的崩溃。卡约瓦说得好,节日是一种否定性时刻,在这个时刻社会集体消费它积累起来的财富。践踏它的道德法则,为图痛快而花钱,为图痛快而破坏。如果人们记起这个说法,人们就会看到,十九世纪文学是在一个对储蓄持有神秘信仰的勤劳社会的边缘举办的盛大、豪华的葬礼,它邀请人们在光辉灿烂的不道德言行中,在情欲中燃烧,至死为止。当我说到十九世纪文学在亲托洛茨基的超现实主义文学运动中得到迟来的完成并且以此告终时,人们就能更好地理解它在一个过于封闭的社会中承担的职能:这是一个安全阀。说到底,从永恒的节日到不断革命,这中间的距离并不大。

然而十九世纪对于作家来说却是过失和衰落的时代。如果作家接受降低阶级地位,并且赋予他的艺术以一个内容,那么他本可以用别的手段,在另一个层面上继续他的前辈们的事业。他本可以出力使文学从抽象否定性过渡到具体的建设性;在为文学保留十八世纪为它争得的,而且现在再也不能从它那里夺走的自主性的同时,他本可以重新使文学纳入社会整体,通过说明和支持无产阶级的要求,他本可以深化写作艺术的本质并且懂得,不仅思想的形式自由与政治民主是重合的,选择人作为永久思考主题的物质义务与社会民主也是重合的;他的风格本可以重新得到某种内在张力,因为他本应该对一个分裂成两部分的读者群说话。他面对资产者做证,在指出他们的不公正的同时力图唤醒工人阶级的意识,这样他的作品就能反映整个世界;他本可以学会区分豪情与挥霍,豪情是艺术的本源与对读者的不受制约的召唤,而挥霍却是豪情的漫画形式;他本可以放弃用分析方法和心理学方法解释"人性",转而用综合方法评价各种状况。这样做当然很难,可能办不到;但是他做得很笨。他不应该为摆脱任何阶级决定性而徒劳地故作高傲,也不应该去"关心"无产者,而是相反,应该把自己看作不见容于本阶级的资产者,由于共同利益与被压迫大众结成一体。他发现的表现手段的华美不应该使我们因此忘记他背叛了文学。但是他负有更大的责任:如果作者们能在被压迫阶级中找到读者,那么他们的观点的分歧以及他们的作品的多元化本可以有助于在群众中产生人们用一个很漂亮的说法称之为思想运动的东西,即一种开放的、矛盾的、辩证的意识形态。马克思主义当然还会取得胜利的,但是它在这种情况下就会染上成千上百种色彩,它就不得不吸收敌对的学说,消化它们,使自己仍旧处于开放状态。我们知道实际上发生的事情:没有一百种革命的意识形态,只有两种;一八七〇年以前普鲁东分子在工人国际中占多数地位,巴黎公社失败后他们一蹶不振,马克思主义于是战胜了自己的对手。可是它之所以取得胜利不是由于在扬弃过程中有所保存的黑格尔的否定性的力量,而是因为外部力量直截了当地取消了矛盾的另一方。马克思主义因胜之不武而付出的代价难以估量:由于不存在对立面,它失去了生命力。假如它是最强的一方,永远受到攻击并且为了战胜对手而永远改变自身,并夺过对手的武器据为己有,它本可以与精神等同起来;现在它是孤家寡人,变成了教会,同时一些贵族作家却在离它千万里远的地方自命为一种抽象的精神性的守卫者。

人们相信我知道以上分析的全部片面性和所有可争议之处吗?例外很多,我都知道:但是,为了说明这些例外,就需要写一大本书:我只能应付最紧急的情况。尤其应该理解我是在什么精神支配下从事这项工作的:如果人们把它看作某种用社会学方法进行解释的努力,甚至是肤浅的努力,那么这项工作就失去任何意义了。对于斯宾诺莎来说,一段围绕自己的一端旋转的直线的概念是抽象的和虚假的,如果人们在考察这个概念时排除了圆周这个综合的、具体的、完成了的概念,因为正是圆周的概念包含了、补充了前一个概念,使之成为有用的概念。同样地,上面这些看法仍然带有武断性,如果人们不把它们放在一件艺术品,即对一个自由发出的自由的和不受制约的召唤的前景下来考察。人们不可能在没有读者和没有神话的情况下写作——不可能没有某一由历史情况造成的读者群,也不可能没有某一关于文学的神话,这一神话在很大程度上取决于这一读者群的需求。总之,作者与所有其他人一样,位于处境之中。但是他的作品与人的任何计划一样,同时既关闭这一处境,又使它明确化并且超越了它:作品甚至解释处境并使之得以成立,犹如圆周的概念解释一段旋转的直线的概念并使之得以成立。自由的本质性的和必然的特点是它位于处境之中,描写处境不可能损害自由。冉森派的意识形态,三一律与法语诗律学都不是艺术,相对艺术而言它们纯属虚无,因为它们在任何情况下都不能通过简单的组合产生一部好的悲剧,一场好戏乃至一句好诗。但是拉辛的艺术却应该从它们出发,依照有些人相当愚蠢的说法,拉辛的艺术向它们屈从,从中接受必要的束缚和制约;其实相反,拉辛的艺术对冉森派意识形态、三一律和法语诗律学进行了再创造,它赋予剧本的分幕、诗句中间的停顿、韵脚和王家港[①]

[①] 王家港(音译"保尔-罗亚尔")修道院是十七世纪法国天主教非正统的冉森派的大本营。拉辛青年时代曾在该修道院求学。

的道德标准以一种全新的为拉辛独有的功能，以致人们无法辨明，究竟是拉辛把他的题材注入时代强加给他的模子呢，还是他真的选择了这一技巧，因为他的题材要求如此。为了理解费德尔不可能是什么样子，只需要读和听就行了，就是说只需要把自己变成纯粹自由，并且豪迈地把自己的信任给予另一个豪情就行了。我们选择的例子仅用于确定作家的自由在不同时代的处境，通过对作家提出的需求的界限来说明作家的召唤的界限，通过读者对作家的作用的想法来说明作家发明的对于文学的想法的必然局限。如果说，文学的本质确实是自由发现了自身并且愿意自己完全变成对其他人的自由发出的召唤，那么同样确实的是，各种压迫形式在向人们掩盖他们是自由的这一事实的同时，也为作家们掩盖了这一本质的全部或一部分。所以作者们对自己的职业的看法必定是经过阉割的，这些看法必定包含某些真理，但是如果人们就此止步不前，这部分的、孤立的真理就会变成谬误。再则，社会运动能使我们理解文学观念的种种变动，虽然每一部具体作品都以某种方式超越了人们对艺术可能持有的各种看法，因为艺术在某种意义上总是不受制约的，它产生自虚无，它擎住世界，把它高悬在虚无之中。此外，由于我们的描述使我们得以隐约看到文学观念的某种辩证法，我们就可以——虽说我们毫无写一部文学史的意思——再现这一辩证法在前几个世纪的运动过程，以便在这一运动的尽头，即便只是作为理想，发现文学作品的纯粹本质，同时发现文学作品要求的读者类型，也就是社会类型。

　　我说，一个特定时代的文学当它未能明确意识到自身的自主性，当它屈服于世俗权力或某一意识形态，总之当它把自己看作手段而不是不受制约的目的时，这个时代的文学就是被异化的。在这种情况下，作品就其个别性而言，无疑超越了这一奴役，每一作品无疑包含一个不受制约的要求,但是这一切仅是潜在的。我认为,一种文学当它还没有完满地认识到自己的本质,当它只是提出它的形式自主的原则,而将作品的题材视为无关紧要时,这一文学便是抽象的。从这个观点来看,十七世纪提供了一种具体的、被异化的文学的形象。说它是具体的,因为内容与形式混为一体:人们学会写作只是为了写作有关上帝的事情;书是世界的镜子,而世界是上帝创造的;书是位于一个主要创造边缘的非主要创造。它是赞颂、棕榈树枝、供品、纯粹的反射。这样一来,文学就沦于异化。就是说,由于它总是体现着社会组织的反思性,它仍处于未经反思的反思性状态:它使天主教世界间接化,但是对于神职人员来说,它仍是直接的;它回收了世界,但在这样做的同时失落了自身。但是,由于反思观念必定需要对自身进行反思,否则它就会与整个被反思的世界一起化为乌有,我们后来研究的三个例子说明了文学被它自身回收的运动,即文学从无须中介的、未被反思的反思状态过渡到反思的中介状态。它起初是具体的和被异化的,后来通过否定性解放自己,进入抽象阶段;更确切地说,它在十八世纪变成抽象的否定性,然后到十九世纪末和二十世纪初变成绝对否定。到这一演变过程的末端,文学切断了它与社会的全部联系;它甚至不再有读者群。波朗写道:"众所周知,今天有两种文学:不堪卒读的低劣文学(读的人很多)和没有人读的优秀文学。"但是这件事本身就是一项进步:这种高傲的孤立到了尽头,这种轻蔑地拒绝任何实效的态度到了底,文学就自己毁灭自己。首先有这句可怕的话:"这不过是文学而已"[1],然后有波朗称之为恐怖主义的文学现象,这一现象差不多与文学的寄生性和无所为而为性的观念同

---

[1] 兰波的名言。

时诞生,好比是这个观念的反题,它在十九世纪发育成长,与这个观念缔结了成千上百次非理性的婚姻,最后在第一次世界大战前爆发。与其称之为恐怖主义,不如称之为恐怖情结,因为这是一个蛇结,人们可以从中看到:1)对于作为符号而言的符号的一种强烈反感,以致作者在任何情况下喜爱所指的事物甚于名词,喜爱行动甚于言语,喜爱被当作客体看待的词甚于起表意作用的词,也就是说,归根结底他喜爱诗歌甚于散文,自发的混乱甚于安排好的结构;2)把文学当作与其他形式并列的表达生命的形式的一种努力,不再为文学而牺牲生命;3)作家的一种道德意识危机,即寄生主义在痛苦中崩溃。所以,虽然文学从未考虑放弃自己的形式自主,它变成对形式主义的否定,并且提出了它的本质性内容到底是什么的问题。今天我们已经越过了恐怖主义阶段,我们可以借助恐怖主义提供的经验和上面的分析来确定一种具体的和自由的文学的主要特征。

我们已经说过,作家原则上是对所有人说话的。但是我们随即指出,只有一小部分人读他的作品。理想的读者群与真正的读者群之间存在差距,由此产生抽象普遍性的观念。就是说,作者认定他现在拥有的一小撮读者将在无穷尽的未来时间内不断重复出现。文学荣誉与尼采的永恒回归极其相似:这是与历史斗争。对于文学和对于尼采一样,借助无穷的时间,人们补偿在空间上的失败(对十七世纪作者而言,正人君子世世代代重复出现;对于十九世纪作者而言,作家与读者的俱乐部在无穷的时间里发展成员)。但是,由于把真正的和现时的读者群投向未来必定产生的效果——至少作家的想法是如此——是把大部分人排斥在外,此外,也由于想象尚未出生的无数读者的存在等于用只是可能有的读者来扩充实在的读者群,作家为了荣誉而追求的那种普遍性便是部分的、抽象的。由于对读者的选择在一定程度上制约着对题材的选择,以荣誉为目的和调节观念的文学自身也应该是抽象的。至于具体的普遍性,相反,它指的是生活在某一社会的所有人的整体。假如作家的读者群真能扩展到拥抱这个整体,结果并不意味着作家必定要把作品的声望局限于现在,但是他需要用一段具体的、有限的时间与抽象的永恒,这个不可能实现的、空洞的绝对梦想相对抗。他通过选择自己的主题来决定这一具体的有限的时间的延续期限,而这一期限不但不会把他从历史中强行拉出来,只能确定他在社会时间中的处境。人的任何计划都由于它遵循的准则而划定某一未来:如果我动手去播种,我就需要等待一年的时间;如果我结婚,此举就使我的整个生活突然展示在我面前;如果我投身政治活动,我就抵押了我直到死后的未来。作品亦同此理。希望得到不朽的桂冠固然是高雅的想法,但是从今天起,人们在这一不朽的荣誉下面发现一些比较谦逊、更加具体的念头:敌人诱使法国人与他们合作,而《海的沉默》则想使法国人拒绝合作。因此,这部小说的时效及其实际存在的读者群不可能超过德国占领时期。只要美国还存在黑人问题,理查·赖特的书就是有生命力的。所以问题不在于要求作家放弃身后的影响,恰恰相反,是作家决定自己身后的影响;只要他在起作用,他就名垂后世。这以后,他只拥有名誉头衔,他就退休。今天,因为他想不受历史的限制,作家刚刚死去,就只剩下名誉头衔了,有的甚至在生前就有名无实。

所以具体的读者群将是一个巨大的、阴性的问题,是整个社会的期待,作家需要接收、满足这个期待。但是,为了能做到这一点,这个读者群必须能自由地提出要求,而作者必须能自由地回答。这意味着,在任何情况下某一集团或某一阶级的问题都不应该掩盖其他阶层的问题,否则我们将再次陷入抽象。简单说,行动中的文学只有在无阶级的社会里才能与自身的本质完全等同。只有在无阶级的社会里,作家才能发现他的主题和他的读者群没有任何区别。因为文学的主题始终是处在世界之中的人。只不过,只要潜在的读者群仍像阴沉的海水围绕真正的读者群那个光明的小海滩,作家就有把人的利益与关注和一小部分处境比较优越的人的利益与关注相混淆的危险。但是,如果读者群与具体的普遍性相等同,那么作家就真的需要以人的整体为写作内容。不是为了一个没有确定年代的读者写作有关所有时代的抽象人的内容,而是为了他的同时代人写作有关他的时代的整个人的内容。这样一来,由抒情的主观性和客观的证词形成的文学二律背反就被超越了。作家和他的读者们投入同一场历险,他与读者们一样位于一个没有内部沟壑的集体之中,他在谈论读者的同时也就谈论了他自己,而在谈论他自己的同时也就谈论了读者。由于不再有任何贵族的骄傲驱使他否认自己位于处境之中,他就不再企图在他的时代之上翱翔以便在永恒面前提供有关这一时代的证词;但是,由于他的处境将是普遍的,他就将表达所有人的希望和愤怒,从而也完整地表达了他自己。就是说他不像中世纪的神职人员那样把自己表达为形而上的创造物,也不像我们的古典主义作家那样把自己表达为心理动物,甚至也不表达为社会实体,而是表达为从世界涌向虚空的整体,这一整体本身在人的状况的不可分割的统一性中包含着所有这些结构;到那个时候,文学就真正取得完全意义上的人类学性质。在这样一个社会里,人们自然不可能找到哪怕只是从远处提醒精神权力和世俗权力相分离的东西。我们已经看到,这一分离必定与人的异化,因而也与文学的异化相对应:我们的分析表明,精神权力与世俗权力相分离总是趋向于用一个由专家，至少也由开明的爱好者组成的读者群来与彼此没有区别的群众相对抗；一名神职人员不管他信奉善、神的完美、美或者真，他总是站在压迫者这一边的。由他自己去选择，是当走狗还是当小丑。班达先生选择了宫廷丑角的人头杖，马赛尔先生选择了狗窝；这是他们的权利。但是，如果文学有一天应该能够享有自己的本质，到那个时候作家就没有阶级，没有由身份相等的人组成的团体，没有沙龙，没有过多的荣誉，也没有耻辱，他将被投入世界，投入人们中间；到那个时候连神职人员这个概念本身也将是难以设想的了。何况精神权力总要以某一意识形态为依据，而意识形态在形成过程中便是自由，当它已经形成时便是压迫：作家一旦充分意识到他自己，就不再成为任何精神英雄的保存者。他就不会像他的前辈那样经历一种离心运动，这种离心运动把他的前辈们的目光从世界上引开，转而注视既定价值的天空：他将知道，他的事情不是崇拜精神性，而是从事精神化。精神化就是重新把握。除了这个具体的、多彩多姿的世界，还有什么有待精神化，有待重新把握的呢？这个世界有它的笨重性、不透明性、它的一般性区域和众多逸事，还有这一不可战胜的恶；恶在啃啮这个世界，但从来不能消灭它。作家照原样重新把握这个世界，保留它未经加工的样子，让它流着汗，散发恶臭，呈现它的日常面貌，就这样，作家以一个自由为依据，把世界介绍给另一些自由。在这个无阶级的社会里，文学将成为自身在场的世界，虚悬在一个自由的行动里并把自身提供给所有人去自由评判的世界，文学将参与一个无阶级社会对自身的反思；通过书籍，这个社会的成员可以随时进行总结，看到自己并且看到自己的处境。但是，由于肖像对模特儿产生影响，由于简单的介绍已是变化的开端，由于艺术品就其提出的要求的总体而言不是对现在的简单描述,而是以一个未来的名义对这个现在的评判,最后,由于任何一本书都包含着一项召唤,这一自身的在场已经是对自身的超越。世界不是以简单的消费的名义,而是以居住在世界上的人的希望和痛苦的名义受到争议。所以具体的文学将是否定性与计划的综合,在这里否定性是挣脱既定事实的力量,计划则是一种未来秩序的草图;具体的文学将是节日,将是焚烧一切被它反映的形象的火镜,将是豪情,即自由的发明,即赠予。但是,如果具体的文学应该能够结合自由的这两个相互补充的面貌,那么单是给予作家说出一切的自由还不够:作家必须为一个享有改变一切的自由的读者群而写作,这就意味着,除了取消任何独裁,还要永远更新干部,还要在秩序一有凝固倾向时就推翻秩序。总之,文学就其本质而言是一个处于不断革命中的社会的主体性。在这样一个社会里文学将超越语言和行动的二律背反。当然,在任何情况下,文学都不会被视为一种行动:说作者以读者为行动对象是不对的,作者只是对读者的自由发出召唤,为了作家的作品能产生效果,读者必须通过一项不受制约的决定把作品算在自己的账上。但是在一个不断重新把握自己、评判自己并且不断变化的集体里,书面作品可以是行动的一个主要条件,即意识反思自身的瞬间。

所以,在一个无阶级、无独裁、无稳定性的社会里,文学将完成它产生自身意识的过程:它将懂得,形式与内容,读者与题材都是一致的,说的形式自由和做的物质自由是互为补充的,人们应该利用其中的一项去要求另一项;它将懂得,当它最深刻地表达了集体要求时,它就最好地体现了主体性,反之亦然;它将懂得它的职能是向具体的普遍性表达具体的普遍性,它的目的是呼唤人们的自由,以便他们实现并维持人的自由的统治。当然,这是一种乌托邦:我们可以设想这个社会,但没有实现这个社会的实际手段。但是它毕竟让我们隐约看到,文学观念在什么条件下能得到最完整、最纯粹的体现。当然这些条件今天还不具备,而我们必须在今天写作。但是,如果文学的辩证法已发展到让我们隐约看到散文和书面作品的本质的地步,可能我们现在就可以试着回答对我们来说是唯一最迫切的问题:什么是一九四七年作家的处境,他有怎样的读者群,怎样的神话,他可能、愿意、应该写作什么?

注释

〔1〕 埃吉昂勃勒:《为某件事而死的作家们有福了》,一九四七年一月二十四日《战斗报》。

〔2〕 今天作家的读者群扩大了,有时一本书能印十万册。售出十万册书就等于有四十万读者,即法国人口的百分之一。

〔3〕 陀思妥耶夫斯基有句名言:"假如上帝不存在,那么就可以为所欲为了。"这是个可怕的启示,资产阶级在其统治的一百五十年间竭力为自己掩盖这一点。

〔4〕 这有点像儒勒·瓦莱斯的情况,虽说在他身上一种天生的豪情与痛苦做了不断的斗争。

〔5〕 我不是不知道工人比资产者更加出力为保卫政治民主而反对路易-拿破仑·波拿巴,不过这是因为工人以为可以通过政治民主实现结构改革。

〔6〕 人们经常责备我对福楼拜不公正,以致我忍不住要以引用下面那些话为乐。每句引文都出自他的《通信集》:

"一方面是新天主教主义,另一方面是社会主义,这两者使法国直冒傻气。一切都在无玷受孕和工人的饭盒之间活动。"(1868)

"最灵的药方是取消普选制,人类精神的耻辱。"(1871年9月8日)

"我一个人抵得上克鲁瓦赛的二十个选民……"(1871)

"我一点不恨公社社员,原因是我不会去恨疯狗。"(克鲁瓦赛,1871年星期四)

"我相信人群,畜群,总是可恨的。只有少数才智之士才是重要的,他们总是同一些人,依次传递火把。"(克鲁瓦赛,1871年9月8日)

"至于正在发出临死前的喘息声的公社,这是中世纪的最后一次表现。"

"我憎恨民主(至少是人们在法国理解的那种民主),民主即为崇尚恩惠而贬损正义,即否定权利,总之即反对人与人之间的关系准则。"

"公社为杀人凶手恢复名誉……"

"人民是永恒的矿工,他们永远站在最后一排,既然他们是数量、总量、无限量。"

"许多农民学会识字以后不再相信本堂神甫的话,这无关紧要,但是无比重要的是许多像勒南或利特雷①那样的人能够活下来并且说话有人听从!现在我们能否得救全靠一种合法的贵族,我指的是一个由数字以外的别的东西组成的多数。"(1871)

"您以为,如果法国不是像现在这样总而言之被大群人统治,而是由名流才子掌权,我们能落到今天的地步吗?如果人们不去启迪下层阶级,而是向上层阶级传授知识,这该有多好……"(克鲁瓦赛,1870年8月3日星期三)

〔7〕 例如,在《瘸腿魔鬼》里,勒萨日把拉布吕耶尔的性格和拉罗什富科的箴言加以小说化,即用一根情节的细线把它们串联起来。

〔8〕 书信体小说只是我刚才指出的手法的一种变体而已。书信是关于某一事件的主观叙述;它指向写信的那个人,此人兼任参与其事者和做证人的主体性。至于事件本身,虽然它是不久前发生的,已经被再次思考并得到解释;书信总是假设在事实(它属于最近的过去)与事实的叙述之间存在差距,叙述是事后,在闲暇时做的。

---

① 利特雷(1801—1881),法国语言学家、哲学家、政治家,有名的《利特雷词典》的编纂者。

〔9〕 这与企图用绘画毁灭绘画的超现实主义者们的怪圈相反；这里人们想让文学向文学颁发它的信用证书。

〔10〕 当莫泊桑写作《奥尔拉》的时候，即当他谈到正在威胁他的精神病时，语调就变了。终于，某件事情，某件可怕的事情即将发生。这个人心烦意乱，不知所措；他再也不明白了，他想让读者也感受他的恐怖。但是积重难返：由于缺少一种与疯狂、死亡和历史相适应的技巧，他做不到打动读者。

〔11〕 在这些手法里，我首先举出奇怪的求助于戏剧风格的做法，上个世纪末及本世纪初在吉普、拉维丹、阿贝尔·海尔芒的作品里常见这种做法。小说用对话写成；人物的姿态和行动用斜体字或放在括号里表示。目的显然是使读者能与情节发展同步，就像观众在剧场里看戏那样。这一手法肯定表明戏剧艺术在本世纪第一个十年的文明社会里占优势地位；它企图以自己的方式摆脱初度主体性的神话。但是人们后来永远放弃这一做法，这一事实足以说明它未能解决问题。首先，乞灵于一种相邻艺术的做法是衰弱的标志：这证明人们在自己从事的那门艺术的领域内本事不济。其次，作者即使这样做了，他仍然进入人物的意识，并把读者一起带进去。他只不过用括号或用斜体字，用人们通常借以揭示舞台表演的文体和印刷手段来披露这些意识的深层内容。事实上，这是一项短命的努力，做出这项努力的作者们隐约感到人们可以用现在时写作从而革新小说。但是他们不明白，如果人们不是首先放弃解释性态度，这种革新是不可能的。

较为认真的是把施尼茨勒①的内心独白引进法国的努力（我不在这里谈论乔伊斯的内心独白，后者依据完全不同的形而上学原则）。我知道拉尔博②自称私淑乔伊斯，但是我认为他主要取法《月桂树被砍掉了》③和《艾尔丝小姐》，大体说，这些努力旨在把初度主体性的假设推向极致，通过把理想

---

① 施尼茨勒（1862—1931），奥地利作家、戏剧家。下面提到的《艾尔丝小姐》（1924）是他的作品。
② 拉尔博（1881—1957），法国作家。
③ 《月桂树被砍掉了》（1887）是法国作家杜雅尔丹（1861—1949）的小说。这部小说在文学史上最早运用意识流技巧。

主义绝对化而进入现实主义。

人们不经中介让读者看到的真实不再是事物本身，不再是树或烟灰缸，而是看到事物的那个意识；"真实的东西"不过是一种表象，但是表象变成一种绝对真实，因为人们是把它作为直接材料交给我们的。这一手法的缺点在于它把我们禁锢在一个个别主体性内，因此单子间世界就付阙如；另一个缺点是它在对事件和行动的感知中把两者都淡化了。然而事实和行动的共同特点，是它们不受主观表象的限制：主观表象把握的是事实和行动的结果，而不是其活生生的运动。最后，人们不要一些花招是不可能把意识流还原成一连串词句，即使是被歪曲的词句的。如果词是作为中介项给出的，这一中介项能指一个就其本质而言对言语有超越性的真实，那就万事大吉：词便被遗忘，便把意识卸给客体了。如果词把自己当作心理真实，如果作者在写作时声称要给予我们一种模棱两可的真实，这一真实就其客观本质而言是符号，因为它指向外部，就其形式本质而言却是物，即直接心理材料，那么人们就可以责备作者没有拿定主意，责备他无视这一可用如下方式表述的修辞学法则：文学使用符号，人们必须使用的仅仅是符号；如果人们想表示的一个词是真实，那么就必须用别的词把这一真实交给读者。人们还可以责备作者忘了心理生活的最大财富是沉默不语的。我们知道内心独白的命运：它是变成修辞方法，即作为沉默也作为言语的内心生活的诗意移植，到今天又变成小说家采用的若干手法中的一种手法。一方面它太理想主义了，所以不可能是真的，另一方面它又太现实主义了，所以不可能是完整的，它是主观主义技巧的观止；今天的文学在它身上并且通过它意识到自身；就是说今天的文学是内心独白技巧的双重超越，既趋向客观性也趋向修辞学。但是必须历史情况发生变化才能做到这一点。

自然，小说家今天仍用过去时写作，人们不是通过改变动词的时间，而是通过打乱叙述技巧，才能使读者成为历史的同时代人。

四　一九四七年作家的处境

我讲的是法国作家。唯有法国作家仍是资产者，唯有他必须凑合着使用一种被一百五十年的资产阶级统治砸碎、普及、变得灵活、塞满"资产者作风"的语言,每一"资产者作风"都像是一声舒服、懒散的叹息。美国作家在写书以前往往干过体力营生,写完书他又重操旧业;在写作两部小说的间隙,他发现自己的使命在牧场,在车间,在城市里的大街上,他不把文学看作是宣告自己的孤独的手段,而是把它当作逃脱孤独的机会;出于一种荒谬的、摆脱自己的恐惧和愤懑的需要,他盲目地写作,有点像中西部的农妇给纽约电台的播音员写信吐露衷曲;他想得更多的不是荣耀,而是友爱,他独辟蹊径不是为了反对传统,而是因为没有传统可以遵循,而他最大胆的手法从某些方面来看其实是天真幼稚的。在他眼中世界是崭新的,一切有待于被说出来,在他之前谁也没有谈论过天空和收获。他很少在纽约露面,他即便到那儿去也是行色匆匆,要不然就像斯坦贝克①那样把自己关在屋子里三个月,专门写作,然后一年之内不再动笔;这一年他将在公路上、工地上或者酒吧里度过;他当然也参加"同业公会"或者什么协会,可这仅仅是为了维护他的物质利益:他与其他作家没有休戚与共的关系,北美大陆纵横两个方向的距离往往把他和别人隔开[1];他绝对不会想到什么由相同身份或神职人员组成的团体;有一个时期人们祝贺他。然后人们不再关心他的行踪,最后人们把他忘了;他带着一本新书重新露面,然后再次潜入水底[2]:如此这般,他经历二十次短暂的荣耀后继之以二十次销声匿迹,永远在工人世界和他的中产阶级读者之间游移不定。他在工人世界中寻找历险,而他的读者们(我不敢说他们是资产者,我怀疑美国是否存在一个资产阶级)也是如此狠心、粗野、年轻、不知顾忌,明天就会与他一样潜入底层。在

---

① 斯坦贝克(1902—1968),美国小说家,著有《愤怒的葡萄》(1939)等。

英国，知识分子与集体的结合程度不如法国；他们形成一个古怪的，脾气不好的阶层，与其余的居民接触不多。这是因为，首先他们没有我们的运气：由于我们遥远的祖先——我们是他们的不肖子孙——发动了大革命，统治阶级在一个半世纪之后对我们还有点惧怕（剩下很少了），这就给了我们面子；统治阶级避免得罪我们；我们的伦敦同行没有这些光荣的回忆，他们谁也吓唬不了，人们以为他们完全不会伤人；再说俱乐部生活对于传播他们的影响而言，不如沙龙生活对传播我们的影响有利；有身份的英国人交谈时谈论生意、政治、女人或者赛马，从来不谈文学，而法国主妇把读书当作一项高雅的消遣，她们接待宾客，促成政治家、金融家、将军和文人相互接近。英国作家本系事出无奈，索性乐意为之，于是一味强调他们独特的习俗，努力把社会结构强加给他们的孤独处境当作他们的自由选择来要求。在意大利，资产阶级从来不起多大作用，又被法西斯主义和战败搞得伤尽元气。在那个国家作家勤奋工作，得到的报酬甚为微薄，他住在年久失修的宫殿里，房间太大，太有气派，以致人们冬天无法取暖，也配不上合适的家具，他使用的语言又是一种王公大人的语言，华丽有余，灵活不足。意大利作家的状况与法国作家的确相去甚远。

所以我们是世界上最资产阶级化的作家。我们住得舒适，穿得整齐，吃得可能差一点；不过这一点本身也说明问题：与各自的收入相比，资产者的饮食开支低于工人，在住房与服装上花的钱又多于工人。何况所有法国作家都浸透了资产阶级文化：在法国，中学毕业会考及格证书就是资产者资格证书，一个人没有通过中学毕业会考就计划从事写作是不能接受的。在别的国家，一些眼睛发呆的人着了魔似的骚动不安，他们完全听从一个从后面攫住他们的念头的摆布，永远不敢正视这个念头；到了他们做过一切尝试之后，便努力把他们的强迫意念倾泻在纸上，让它和墨水一起干掉。可是我们在写第一部小说之前已经与文学打过交道，我们觉得文学在文明社会生长与树木在花园里生长是同样自然的事情；因为我们太爱拉辛和魏尔兰，我们才在十四岁上，在晚自习时或者在中学的大院子里，发现自己的使命是当作家；在我们动手撰写草稿——这个乏味的、运气未卜的、被我们全身的分泌物弄得黏黏糊糊的怪物——之前，我们已经饱览了现存的文学作品，我们天真地以为，我们未来的作品从我们的脑子里诞生时必定达到其他人的作品所处的完善状态，它将带着集体表示感谢的印记，带着来自几个世纪的认可的辉煌标记，总之它堪与国家财富相比。对于我们来说，一首诗的最后变化，它在进入永恒之前的最后化妆，是它在豪华的插图本诗集发表之后，最终用小号铅字印在一本绿脊硬皮书里①，散发一种白色的锯末和油墨的气味——这对我们来说便是缪斯本身的异香——并且深深打动未来的资产阶级耽于幻想、手指上沾着墨水迹的子弟。勃勒东曾想放一把火烧掉文学，他本人也是在课堂上，当老师对他朗诵马拉美的诗篇时，受到第一次文学冲击的。总而言之，长期以来我们一直以为，我们的作品的最后归宿是为一九八○年的法文释义提供课文。然后，我们发表第一本书刚到五年，我们便能与所有同行握手为礼。中央集权制度把我们大家都集合在巴黎；运气好的话，一位匆忙的美国人可以在二十四小时内见到我们全体，了解我们大家对国际联合救援管理局②、联合国、联合国教科文组织、密勒事件和原子弹的看法；一个训练有素的骑自行车人可以在二十四小时内把一份宣言、一份请

---

① 指专收经典作家作品的七星文库本作家全集。
② 一九四三年建立的国际组织，一九四七年停止活动。

愿书或抗议书从阿拉贡到莫里亚克,从维尔高尔到科克多传递一圈,顺便在蒙马特尔找到勃勒东,在讷依碰上格诺,在枫丹白露遇见比利。① 这些文件的内容或是赞同或是反对把特里亚斯特交还给铁托,吞并萨尔地区或在未来战争中使用 V3 无人驾驶飞机。鉴于顾虑和良心问题是我们的职业义务的一部分,我们通过在这些文件上签字表明自己的入世态度。用不着骑自行车,一句流言蜚语在二十四小时内可以传遍我们这个集团,然后放大若干倍回到最初说出这句话的人耳边。在几家咖啡馆,在七星文库主办的音乐会上,也在某些纯属文学界的活动场合,在英国大使馆,人们见到我们全体在场,至少所差无几。我们中的某一位不时由于劳累过度,宣布他要到乡下去休息。于是我们大家都去看望他,我们向他指出,他这样做再好不过了,人们待在巴黎是无法写作的,我们羡慕他,祝他称心如意;我们自己留在城里是为了照料老母,要不就是年轻的情妇,或者一件急事不容我们脱身。我们这位同行就带着《星期六晚报》的记者一起下乡。记者们摄下他的乡村幽居的照片,他感到腻烦,又回到巴黎。他说:"到头来,只有在巴黎才能过上舒心日子。"外省作家如果出身不寒微,必定到巴黎来创作乡土文学;北非文学有资格的代表也在巴黎抒发对阿尔及尔的怀念。我们的道路已经事先划定,对于芝加哥的爱尔兰人则不然。后者苦于一个甩脱不开的念头的纠缠,突然决定把写作当作最后的解救法门,他需要用文字来处理的新生活是令人生畏的东西,与别的事物毫无可比较的共同点,这是一大块深色的大理石料,他将花费很长时间才能把它加工成毛坯。可是我们从少年时代起就熟知伟大的生命令人难忘的、给人教益的特点;我们上四年级时就知

---

① 科克多(1889—1963),格诺(1903—1976),比利,均为法国作家。

道,假如父亲不赞成我们的志向,我们应该怎样回答固执的父母,多长时间是天才作者不为人知的合理期限,到什么年龄荣耀就会正常地降临到头上,他应该有多少个女人和多少次不幸的爱情,他是否适宜介入政治,什么时候介入最合适,一切都已写在书里,只要照本宣科就行了。早在本世纪初,罗曼·罗兰就在《约翰·克利斯朵夫》里证明,通过组合几位有名的音乐家的行为举止,人们可以得出一个相当可信的人物形象。但是人们也可以做出不同的概算:如兰波一样开始生活,如歌德一样在三十岁左右重过循规蹈矩的日子,如左拉一样在五十岁时投身公共论战。这以后,你可以选择奈瓦尔、拜伦或者雪莱的死法。① 当然我们不需要在同样猛烈的程度上实现每一情节,只消指示踪迹,犹如高明的裁缝指示流行款色但不亦步亦趋。我知道我们中有好几位,而且不是默默无闻之辈,就是这样做的,他们留心赋予他们的生活一种既是典型的,又是值得效法的派头,以便他们的天才万一在作品里被人怀疑,至少在他们生活习惯里彰明较著。多亏这些范例,这些诀窍,我们从孩提时代起就把作家的职业看得极其光彩,但是不感惊奇,在这一行里得到晋升一半凭实绩,一半靠资格。我们就是这个样子。我们想当什么都可以:圣徒、英雄、神秘主义者、冒险家、巫师、天使、魔法师、刽子手、受害者、卜测水源者②,等等。但是首先是资产者:我们承认这一点不必害臊,我们之间的区别仅在于彼此以不同方式承担这一共同处境。

如果人们果真有意描绘当代文学的全景,区分三代作家该是适宜的做法。第一代作家在一九一四年战争前已开始创作。今天

---

① 奈瓦尔因穷愁潦倒,在巴黎一条小巷的栅栏上自缢而死。拜伦参加希腊独立运动,在希腊病死。雪莱在意大利溺海而死。
② 据说这种人能用棍棒或挂钟测出地下水源的位置。

他们已经功成名就,他们将要写的书即便是杰作,也不能增添他们的荣耀;但是他们还活着,他们思考、判断,他们的在场决定着某些虽非主流,但是毕竟有其影响的文学潮流。总的说,我以为他们在他们自己身上,并通过他们的作品,大致上实现了文学与资产阶级读者群的和解。首先必须指出,他们中大部分人的主要收入并非来自出售作品。纪德和莫里亚克有地产,普鲁斯特吃利息,莫洛亚出身工厂主的家庭;另一些人通过自由职业走向文学:杜阿曼①当过医生,罗曼教过书,克洛岱尔与吉罗杜是外交官。这是因为,在他们开始写作的时代,除非以劣质多产取胜,文学是养不活作家的:在第三共和国治下,文学与政治一样不是正业,即便它最终变成从事文学的人的主要工作。所以文学家大体上与政治家来自同一个社会圈子,饶勒斯与贝玑②从同一所学校毕业,布鲁姆③与普鲁斯特为同样的刊物撰稿。巴雷斯同时发起文学运动和竞选运动。于是作家再也不能把自己看成纯消费者;他领导生产或者主持财富分配,要不他就是公务员,需要对国家尽职。总而言之,通过他自身不小的一部分,作家已与资产阶级结合;他的行为、职业联系、义务与关注都是资产者的;他出售、购买、下命令、服从,他进入礼貌和礼节的魔圈。这个时代有些作家的吝啬出了名,然而他们却在作品里号召人家挥霍浪费。我不知道他们这一名声是否属实,至少这证明这些作家懂得金钱的价值:我们在上文指出的作者与其读者群的分裂现象,现在出现在作者的内心里。象征主义运动之后二十年,作者依然意识到艺术的绝对无所为而为性,但是他

---

① 杜阿曼(1884—1966),法国小说家。
② 饶勒斯(1859—1914),法国社会主义运动的领导人之一。贝玑(1873—1914),法国诗人,哲学家。
③ 布鲁姆(1872—1950),法国第一个社会党总理。

同时已进入手段—目的与目的—手段的功利主义圈子。他既是生产者又是破坏者。他在严肃精神与争议及狂欢精神之间平分秋色;当他待在居凡维尔、弗隆特纳克与埃尔博夫①时,当他在白宫代表法国时②,他必须遵循严肃精神,当他面对一页白纸坐下来时,他又受到争议及狂欢精神的支配。他既不能毫无保留地赞同资产阶级意识形态,也不能毫不留情地谴责他出身的阶级。在这一困境中帮了他大忙的,是资产阶级本身已发生变化:它不再是那个唯独关心储蓄和占有财富的残忍的上升阶级。发了家的农民和发财致富的小店主们的子孙生下来就是有钱人;他们学会了挥霍的艺术;功利主义意识形态丝毫没有消失,只是退入暗处;一百年不间断的统治已形成一些传统;资产者在宽敞的外省老屋,在购自一名破产贵族的城堡中度过的童年获得一种深沉的诗意;心满意足的"有产者"不如以前那样经常运用分析精神;现在轮到他们要求综合精神确立他们的统治权了:在业主和他占有的东西之间建立起一种综合的,因而也是诗意的联系。巴雷斯曾指出,资产者与他的财富融为一体;如果他住在外省自己的庄园里,地貌的微微起伏,白杨树银色的颤动,土壤神秘的、缓慢的孕育过程,天空迅速的、变幻莫测的躁动,某种来自所有这一切的东西进入他的体内:他在把世界据为己有的同时,也占有了世界的深度;他的灵魂从此也有下层土、矿藏、金矿、矿脉和地下贮油层。于是归顺资产阶级的作家的前途已经划定:为了拯救自己,他将要从深部拯救资产阶级。诚然他不会为功利主义意识形态效力,他甚至将严厉地批判这一意识形态,但是他将在资产者灵魂的温馨的暖房里发现他为

---

① 莫洛亚家族在埃尔博夫经营毛纺厂。
② 吉罗杜曾于一九一六年受命出使美国。

心安理得地发挥他的艺术而需要的全部无所为而为性和全部精神性：他将不让自己和同行们独享他在十九世纪取得的象征性的贵族身份，而是由整个资产阶级均沾其惠。

　　一八五〇年左右，一位美国作家在小说里写到一位老上校坐在密西西比河上一条涡轮叶片船上，环顾四周的乘客，霎时间动了了解他们的灵魂最隐蔽的皱褶的念头。他随即驱走这个想法，对自己说——或者大意如此："人太深入自己内心不是好事。"这是最初几代资产者的反应。一九〇〇年前后在法国，事情颠倒过来了：大家认为只要人们探索人心到足够的深度，必能找到上帝留下的印记。埃斯托涅①谈论秘密生活：邮务员、铁匠师傅、工程师、国库主计官在夜阑人静时莫不有自己孤独的寻欢作乐方式，吞噬一切的情欲附在他们身上，瑰丽的烈火在他们体内燃烧；在这位作家和其他一百位作家之后，我们将学会从集邮和集币爱好中看出对彼岸世界的全部怀念，以及全部波德莱尔式的不满足感。因为，我要请教，假如人们不是对人间的友谊，对追逐女人和权力感到厌倦，人们又怎么会花费时间和金钱去收罗纪念章呢？再说还有比邮票收藏更无所为而为的东西吗？不是人人都能当上达·芬奇或者米开朗琪罗的；但是贴在一本邮册的粉红色硬纸板上的无用的邮票动人地表达了对全体九位缪斯的敬意，这便是毁灭性消费的本质。另一些人在资产者的爱情中看到向上帝发出的绝望的呼唤：难道还有比通奸更无私，更令人心碎的事情吗？而人们性交之后嘴里老有一股苦涩味道，这难道不就是否定性本身，不就是对所有享乐的异议吗？还有人走得更远：他们不仅在资产者的弱点里，而且在他们的德行

---

① 埃斯托涅（1862—1942），法国作家，以描写人物性格著名。

里发现一星半点神奇的疯狂。在一名主妇的受压迫、无希望的一生里,人们为我们揭示如此荒谬、如此高傲的固执劲头,超现实主义者的全部古怪行径与之相比都显得合情合理。有一位青年作家受过这些大师们的影响,但与他们不属同一代人,从他的行为来判断,他后来已改道易辙。有一天他对我说:"有什么打赌比夫妻之间誓志忠贞不渝更失去理智吗?这岂非冒犯魔鬼乃至上帝?请您告诉我有什么亵渎行为比这更疯狂,更壮丽。"我们看出这一招的诡谲:他要在伟大的毁灭者们自己的地界上打败他们。你举出唐璜,我就用奥尔贡①来回敬你:与引诱一千零一个女子相比,抚养一家子人体现了更大的豪迈精神,更多的玩世不恭和更深的绝望。你提出兰波,我就用克利查尔来招架:确认人们看见的椅子是一把椅子,比起所有感官有系统的脱轨②更加骄傲、更接近魔鬼的作为。毋庸置疑,呈现于我们的感知的那把椅子可能仅仅是一把椅子而已:为了确定它是椅子,就必须跃入无垠,并假定无数次彼此符合的复现表象。夫妻之间立誓忠贞不渝当然使空白的未来受到约束,诡辩在于人们把人面对时间为确保平静生活而做出的这些必要的,不妨说是自然的归纳说成是最大胆的挑战和最绝望的异议。无论如何,我谈到的这些作家是以这种方式建立他们的声誉的。他们对新的一代人说话,向他们解释生产与消费之间,建设与毁灭之间存在严格的等值关系;他们证明秩序是持久的狂欢活动,而混乱则是最令人生厌的单调乏味;他们发现了日常生活的诗意,使德行变得吸引人,甚至令人不安,他们大笔挥写的资产阶级史诗充满神秘的、

---

① 奥尔贡,莫里哀喜剧《伪君子》中的人物。
② "所有感官有系统的脱轨"是兰波的诗学原则。

扰乱人心的微笑。这正是他们的读者要求于他们的：当人们出于利害关系而待人正直，由于胆小才敦品厉行，由于习惯使然而保持忠诚时，听到有人对他们说，他们的胆大妄为其实胜过引诱女人的专家和拦路抢劫的强盗，这对他们是很愉快的。约在一九二四年我认识一个良家出身，酷爱文学，特别对当代作家入了迷的年轻人。人们对疯疯癫癫的行径不以为忤时，他也着实疯癫了一时，当酒吧间被认为是充满诗意的场所时，他成了酒吧间的常客，他还带着情妇招摇过市。然后，他父亲一死，他就很有头脑地接管了他家开办的工厂，改邪归正。后来他娶了一名女继承人，他不欺骗她，除了在旅行时偷偷结下几桩露水姻缘，总之他成了最忠实的丈夫。临结婚时，他从他读过的书里找到可以为他的生活辩解的公式。有一次他写信告诉我："行事应与众人相同，为人应独标高格。"这句简单的话意味深长。人们猜得出，我把这句话看做最卑劣龌龊的想头，也是所有自欺者开脱自己的遁词。但我也以为这句话相当精确地概括了我们的作家们向读者推销的道德观。通过这个公式他们首先为自己找到辩解：行事应与众同，即应该按照规矩出售埃尔博夫的呢绒或者波尔多的葡萄酒①，娶一个嫁资丰厚的妻子，经常拜访父母、岳父母以及岳父母的朋友；为人应独标高格，即应该借助漂亮的，既恭敬又带破坏性的文学作品拯救自己的灵魂和家里人的灵魂。我把这类作品的整体叫作托词文学。这一文学迅速取代了受雇用的作家们创造的文学。早在第一次大战前，统治阶级已需要托词甚于阿谀奉承。富尼埃作品的神奇气氛便是一种托词：由此衍生出一整套资产者的缥缈仙境；在每一场合都需要，通过近

---

① 莫里亚克家族在波尔多拥有葡萄园。

似法,把每一个读者一直领到最地道的资产者灵魂最隐蔽的一点上,在那一点上一切梦想汇合交流,融化成对不可能事物的一种绝望的渴求,在那一点上最平庸的日常生活中的一切事件都被当作象征来体验,真实被想象吞噬,整个人变成神妙的不在场。人们有时奇怪阿尔朗①既是《异国他乡》的作者,也写了《秩序》;其实不足为怪;前一本书的主人公如此高尚的不满足感,只有当人们在一个严格秩序的内部产生这种感受时才有意义;需要做的绝不是反抗婚姻、职业、社会纪律,而是巧妙地借助一种怀念之情来超越它们,而这种怀念情绪是什么东西也不能使之满足的,因为它实际上不渴望任何东西。所以秩序之所以存在是为了人们去超越它,但是它必须存在;于是秩序就得到辩解并且牢固地重新建立起来:显然,与其用武器推翻秩序,不如用似梦若幻的忧郁情调对秩序表示异议。对于纪德的不安和莫里亚克的罪孽我也这么看:前者后来变成惶恐,后者变成没有上帝的场所。要求做到的始终是把日常生活放在括号里面,细心地过日子,但是避免弄脏手指;要求做到的始终是证明人比他过的生活更有价值,爱情的实质远远大于其在人们眼中的表现,资产者实际上比人们心目中的资产者形象要丰富得多。当然在最伟大的作家那里,除此之外还有别的东西。在纪德、克洛岱尔、普鲁斯特的作品里可以找到一种人生经验,上千条途径。但是我无意绘出一个时代的全貌:我想做的是阐明一种气候,孤立一种神话[3]。

第二代作家在一九一八年以后成人:当然这是一个粗略的划分,因为把科克多划归第二代较为合适,虽然他在战前已开始活

---

① 阿尔朗(1899—1986),法国作家。

动,反之马赛尔·阿尔朗发表第一本书,据我所知,不早于停战协定签字日期,而他却与我们上面谈到的作家肯定有亲缘关系。我们花了三十年才了解其真正原因的这一战争的明显的荒谬性导致否定性的回归。关于蒂博代①恰到好处地称之为"减压"时期的这个历史时期,我不打算着重谈论。这是一场焰火。今天焰火熄灭了,人们关于这个时期写过那么多文章,似乎了解了它的一切。仅需指出,其中最光辉夺目的火箭,即超现实主义,与作家-消费者的毁灭性传统重新接上关系。这些爱吵闹的年轻资产者之所以想毁灭文化,是因为人们给了他们文化。他们的主要敌人仍是海涅的庸人,莫尼埃的普律多姆②,福楼拜的资产者,总之是他们的爸爸。但是前几年发生的暴力事件把他们推向激进主义。他们的前辈局限于通过消费来反对资产阶级的功利主义意识形态,他们则把追求功利进一步等同于人的计划,即等同于意识到的、受意志控制的生活。意识是资产阶级的,自我是资产者:否定性应该首先对本性行使,这个本性如同帕斯卡尔说的那样,无非是最早养成的习惯。需要首先消灭生命的有意识活动与无意识活动,睡梦状态与清醒状态之间约定俗成的区别。这就意味着人们解散主体性。主观确实在如下情况中出现,即我们承认当我们的思想、情感、意志向我们显示时,它们是来自我们自身的,我们断定它们属于我们是肯定的,同时又断定外部世界以它们为准则仅是可能的。斯多葛学派的道德建立在这一谦卑的信念上,而超现实主义者仇视这一信念。它为我们划定了界限,又要求我们承担责任,两者都使超现实主义者不悦。他于是动用一切手段来逃脱自我意识,因此也逃

---

① 蒂博代(1874—1936),法国批评家。
② 普律多姆是法国作家兼画家亨利·莫尼埃(1799—1877)创造的小市民典型,平庸而自负,好用教训人的口吻说些蠢话。

脱对他在世界上的处境的意识。他采纳了精神分析学说，因为这一学说认为有一些根源别有所在的寄生赘疣侵占了意识；他拒绝关于劳动的"资产者观念"，因为劳动包含着推测、假设和计划，即不断求助于主观；自动写作首先是主体性的毁灭：当我们尝试自动写作时，血液似乎凝结成块，使我们不时抽搐，全身撕裂，但是我们不知道这些凝块从何而来，当它们在客体的世界中取得位置以前我们不认识它们，而一旦它们在客体的世界就位，我们就得用陌生的眼睛去感知它们。所以，自动写作并非如人们常说的那样用无意识的主体性取代意识，而是把主体当作位于一个客观世界内部的不可靠的伪装物。但是超现实主义者的第二个步骤是摧毁客体性。他要用任何炸药都不足以产生的能量使世界炸裂。然而，另一方面，由于真实摧毁存在物的整体是不可能的，因此这样做只会使这一整体从一种真实状态转入另一种真实状态，人们就致力于分解个别的客体，即在这些客体—证人上取消客体性结构本身。由于现有的真实存在物的本质已经定型，不容改变，显然不能对它们动这个手术。所以人们就去生产一些想象的客体，在构造上赋予它们某种特点，使它们的客体性能自行取消。杜尚①的假糖块体现了这一手法的原始模式。这些糖块用大理石雕成，会突然显示出乎意料的重量。在他掂量这些糖块的那个似有灵光降临的瞬间，参观者必定感到糖的客观本质自行毁灭；必须让参观者产生这种整个身心的失望感，这种不安感，这种好比由魔术造成的岌岌可危的感觉，例如人们看到匙子突然在茶杯里融化，糖块（与杜尚制作的伪装物相反）浮上水面漂动起来。借助这种直觉，人们希望整个世界将呈现为如同一个根本的矛盾。超现实主义绘画和雕塑

---

① 杜尚（1887—1968），法国画家。

的目的无非是大量增加这类局部的和想象的爆炸现象,这类现象如同水槽的泄水孔,整个世界都从这里流失。达利①的偏执狂批判方法则是这一手法的完善和复杂化;最终,达利的方法也把自己当作旨在"有助于使真实世界完全丧失信誉"的一项努力。

　　文学致力于使语言经历相同的命运,通过词语的相互撞击来摧毁语言。如同糖引向大理石,大理石又引向糖,而柔软的表②因其柔软性对自身提出异议一样,客体自行毁灭,突然引向主体,既然人们把真实贬得一钱不值,乐意把"客观世界的形象本身看成不可靠的、过渡性的",并使"这些形象服务于我们的精神的真实"。但是主体性紧跟着也崩溃了,露出藏在它背后的一个神秘的客体性。如此这般,却没有一项东西真正开始毁灭。恰恰相反:通过用睡梦和自动写作来象征性地取消自我,用生产渐趋消失的客体性来象征性地取消客体,用产生怪诞不经的意义来象征性地取消语言,用绘画来毁灭绘画,用文学来取消文学,超现实主义实行一项古怪的事业,即用过度丰盈的存在来实现虚无。超现实主义总是在创造过程中进行毁灭,就是说他创作一些画加在已有的画上,创作一些书加在已出版的书上。由此产生超现实主义作品的两重性:每一作品可以被认为以野蛮的、瑰奇的方式发明了一种形式,一个不为人知的存在,一句闻所未闻的话,并且因此,作为发明而言,变成对文化的自愿的贡献;然而,由于每一作品都是一个毁灭全部真实存在并与之同归于尽的计划,虚无就在它的表面闪闪发光,这一虚无仅是对立面无休止的闪烁而已。至于超现实主义者想在主体性的废墟上达到的精神,这个除非积累自行摧毁的

---

① 达利(1904—1989),西班牙画家,超现实主义大师。
② 达利的一幅名画中画了一块面饼一样柔软的表。

客体不可能以别的方式看到的精神,它也在闪闪发光,在物的凝固的相互抵消中闪烁。它既不是黑格尔的否定性,也不是实体化的否定性,甚至不是虚无,虽然它接近虚无:倒不如把它叫作不可能性,或者也不妨叫作想象之点,在这一个点上睡梦与清醒,真实与虚构,客观与主观混淆不清。是混淆而非综合,因为综合应显示为一种用关节相连接的、控制并治理其内部矛盾的存在。然而超现实主义者们不希望出现这个仍然需要他们对之提出异议的新事物。超现实主义只想把自身维持在由寻找不可能实现的直觉而引起的恼人的紧张状态中,兰波至少想在湖水中看到客厅。超现实主义愿意永久处于即将同时看到湖水和客厅的境地:万一他果真遇见湖水和客厅了,他却会倒了胃口,要不然就感到害怕,于是他就关紧门窗去睡觉。结果是,他画了许多画,涂黑了许多纸张,但是从来没有真心毁灭什么东西。何况勃勒东在一九二五年也承认这一点,他写道:"超现实主义革命的直接现实与其在于多少改变一些事物的物质和表面秩序,不如说是创造一种精神运动。"毁灭世界成为一项主观事业的目标,这一事业极其类似人们一直称之为哲学转换的花样。这个世界被不断地毁灭,其实人们没有触动它的一颗麦粒或沙子,损伤一根鸟羽,它不过是被放进括号里罢了。有一点人们没有给予足够注意,即超现实主义作品,绘画和诗—客体,都是公元前三世纪的怀疑主义者用以辩解他们永久的"存而不论"的那些格言的具体实现。这以后,卡涅阿德斯①和斐洛②确信不致由于失之谨慎的赞同而连累自己,就可以与众人一样生活了。超现实主义者亦然:一旦世界被毁灭,同时在毁灭中被

---

① 卡涅阿德斯(约公元前215—前129),希腊新学院派哲学家。
② 斐洛(约公元前13—公元54),古希腊哲学家。

奇迹般地保存下来，超现实主义者们就可以毫无愧作地放任他们对世界的无比柔情。这个世界，这个日常生活中的，带着它的树木、房屋、女人、贝壳和花卉，但是无法摆脱不可能和虚无的困扰的世界，便是所谓的超现实主义的奇妙之处。这使我不由得想起上一代归顺资产阶级的作家们采用的另一种加括号的做法，他们摧毁资产者生活，同时又把资产者生活连带它的全部细微之处统统保存下来。超现实主义的奇妙不就是《大个子摩纳》的奇妙吗？所不同的是超现实主义把这个奇妙极端化了。诚然，在这里激情是真诚的，对于资产阶级的仇恨和厌恶同样出自内心；但是处境没有改变：必须拯救自己但不砸烂家具——或者通过象征性的砸烂——洗清自身的原始污垢但不放弃自己的地位带来的一切好处。

　　事情的实质在于，这一次也和以前一样，需要为自己找到栖身的鹰巢。超现实主义者们比他们的父辈更有野心，他们指望通过他们从事的彻底的、形而上的毁灭赋予自己超过寄生的贵族阶级千百倍的尊严。他们想做的不再是脱离资产阶级，而是纵身一跃脱离人的状况。这些富裕家庭的子弟想挥霍掉的不是祖产，而是世界。他们不得已才回到寄生生活，大家似有默契，一齐抛弃职业和学业，但是他们绝不满足于只做资产阶级的寄生者：他们志在做全人类的寄生者。这一脱离出身阶级的努力虽然是形而上的，但是显然它趋向拔高，而且超现实主义者们的关注所在严格禁止他们在工人阶级中间找到读者群。勒勃东有一次写道："马克思说过要改变世界，兰波说过要改变生活。这两个口号对我们来说是一回事。"这句话足以暴露资产阶级知识分子的原形。因为问题在于知道哪一种改变应该走在前头。对于马克思主义活动家来说，毫无疑问唯有社会的改变才能引起感情和思想的变革。如果勃勒东认为可以在革命活动的边缘并与革命活动平行地从事他的内心试验，他注定要失败；因为这等于说戴着镣铐的人也可以获得精神解放，至少对于某些人是可以的，因此革命就变得不那么紧迫了。而这样做便是背叛：革命者一贯指责埃比克泰德①的，波利采②昨天指责柏格森的，正是这一背叛。假如人们坚持认为，勃勒东这句话的用意是宣告社会状况和内心生活的逐步和同步的变化，那么我要引用另一段话来回答："一切促使人们相信，精神上存在某一个点，从那个点出发，生与死，真实与想象，过去与未来，可以传达的与不可传达的，高与低，不再作为相互矛盾的东西被感知……超现实主义活动的动机就是希望确定这一个点，舍此寻求别的动机纯属徒劳。"这不就是宣布超现实主义与工人读者群分道扬镳的程度远远大于与资产阶级读者群的分离？因为投身斗争的无产阶级为了它的事业的顺利进展，每时每刻都需要区分过去与未来，真实与想象，生与死。勃勒东列举这些对立概念绝非偶然：这些都属于行动的范畴；革命行动比起其他行动更需要这些范畴。而超现实主义，如同它把对功利的否定极端化，把这一否定变成拒绝计划和有意识的生命活动一样，它也把文学古老的对于无所为而为性的要求极端化，把它变成通过摧毁行动的各种范畴而拒绝行动。存在一种超现实主义的寂静主义。寂静主义和不断的暴力：这是同一立场的互为补充的两方面。由于超现实主义者取消了自己协调从事某一事业的手段，他的活动局限于立即作出的冲动。我们于是重逢纪德以瞬间性和无所为而为的行动为特点的道德观，不过这一道德观在超现实主义那里变得更加阴暗、更加笨

---

① 埃比克泰德(50—125 或 130)，希腊斯多葛派哲学家。
② 乔治·波利采(1903—1942)，原籍匈牙利的法国哲学家，信奉马克思主义。

重。这也不足为奇：任何寄生行为中都有寂静主义，而为浪费所偏爱的节奏正是瞬间。

然而超现实主义声称自己是革命的，它向共产党伸出手去。从王政复辟以来，这还是第一次有一个文学运动公开声明自己依仗某一有组织的革命运动。因为很清楚：这些作家都是年轻人，他们首先想毁灭各自的家庭，消灭当将军的舅舅，做本堂神甫的堂兄，犹如波德莱尔在一八四八年革命中看到焚毁奥比克将军①的住宅的机会；如果这些作家出身贫寒，他们也有某些情绪，诸如嫉妒、恐惧，需要清算，再说他们也反抗来自外部的强制：刚结束的战争连同它带来的书刊审查制度、兵役、税收、天蓝色房间、思想灌输；他们都反对教会，其激烈程度与孔布老爹②和战前的激进党人不相上下，同时对殖民主义与摩洛哥战争大为反感。这些愤怒和仇恨可以抽象地借助一种彻底的否定概念得到表达。自不待言，这一彻底否定概念不必有意把资产阶级作为否定的对象，也将引起对资产阶级的否定。由于青年时代是卓越的形而上年龄，如同奥古斯特·孔德③指出的那样，他们显然偏爱为自己的反抗选定这种形而上的和抽象的表现方式。不过这也是不损害世界一根毫毛的表现方式。他们确实也阵发性地加上一些暴力行动，但是这些分散的表现充其量只能起到惊世骇俗的效果而已。他们可以有的最大的奢望是组成类似三K党的惩戒性秘密组织。所以他们希望，在他们的精神试验之外，有别的人承担这一任务，用暴力手段实现具体的毁灭。总而言之他们想做一个理想社会的神职人员，以不断行施暴力为其世俗职能[4]。所以，在赞扬瓦谢与里戈

---

① 奥比克将军是波德莱尔的继父，与他关系很坏。
② 爱弥尔-孔布(1835—1921)，法国政治家，早年曾有志当神甫。
③ 孔德(1798—1857)，法国哲学家，实证主义的创始人。

的自杀为值得效法的行动之后，在把无目的的屠杀（"向人群开枪射击"）作为最简单的超现实主义行动之后，他们就求助于黄祸。他们看不到这些粗暴的、局部的毁灭行动与他们从事的诗意的毁灭过程之间的深刻矛盾。事实上，每有局部的毁灭发生，这总是为达到一个积极的、更普遍的目的而采取的一种手段。超现实主义停留在手段上，它把手段变成绝对目的。相反，它梦寐以求的整体消灭正因为是整体的，所以不能加害于任何人。这是一个位于历史之外的绝对，一种诗的虚构。亚洲人或革命者追求的目的可以为他们被迫采用的暴力手段辩解，而超现实主义的这一绝对却把这个目的也列为需要消灭的现实之一。另一方面，共产党受到资产阶级警察的迫害，在数量上又大大逊于法国社会党，除非在遥远的未来，它绝无夺取政权的希望。它刚建立，拿不准自己的策略，还处在否定阶段。它需要做的是争取群众，打入社会党的内部，把它可能从这个排斥它的集体中拉走的分子接纳到自己的队伍中去：它的智力武器是批判。所以它不反对把超现实主义看做暂时的盟友，并且准备当它不再需要这个盟友时就抛弃它；因为否定是超现实主义的本质，但仅是共产党的一个阶段。哪怕只是一瞬间的事，共产党只同意把自动写作、人工催眠和客观偶然这些超现实主义创作方法当作有助于资产阶级的分崩离析的手段去考虑它们。知识分子与被压迫阶级的利益一致曾是十八世纪作者的良机，现在似乎再次出现这一机会。其实这仅是表面现象。误会的深刻根源在于超现实主义者对无产阶级专政漠不关心，他们把作为纯粹暴力的革命看作绝对目的，而共产主义却以夺取政权为目的，并且用这个目的来为它将采取的流血行动辩解。其次，超现实主义与无产阶级的联系是间接的、抽象的。一个作家的力量在于他的作品引起愤怒、热情和沉思，从而对读者直接产生影响。狄德罗、卢梭、伏尔泰一贯与资产阶级保持联系,因为资产阶级读他们的作品。但是超现实主义作家们在无产阶级中间没有任何读者:他们勉强从外部与党,或者不如说与党的知识分子有所联系。他们的读者群在别处,在有教养的资产者那一边,而且共产党不是不了解这个情况,它不过利用他们在统治集团中制造混乱罢了。所以他们的革命宣言纯粹是理论性的,因为这些宣言丝毫没有改变他们的态度,没有为他们赢得一名读者,也没有在工人中间得到任何反响;他们仍然是他们辱骂的那个阶级的寄生者,他们的反抗仍然位于革命之外。勃勒东本人最终也承认这一点,并且恢复了他作为神职人员的独立性。他在给纳维尔的信中写道:"我们中间没有一个人不希望政权从资产阶级手中转移到无产阶级手中,在等待这个转移发生的时候,我们认为,继续进行内心生活试验仍是必要的,而且进行试验当然不受外来监督,马克思主义的监督也不能接受……这两个问题本质上是分开的。"

当苏维埃俄国转入建设性的组织阶段,因此法国共产党也进入这一阶段时,对抗就变得明显了:本质上仍是否定的超现实主义将离之而去。勃勒东将接近托洛茨基分子,正因为后者此时受到迫害,处于少数,还停留在批判的否定阶段。于是将轮到托洛茨基分子利用超现实主义作为分解的工具:托洛茨基给勃勒东的一封信不允许我们对这一点有任何怀疑。如果第四国际也有可能转入建设性阶段,显然超现实主义也会与它决裂。

所以资产阶级作家接近无产阶级的首次尝试仍是空想的、抽象的,因为资产阶级作家寻找的不是一个读者群,而是一个盟友,因为他维持并且加强了世俗权力与精神权力的分工,也因为他没有走出神职人员集团的界限。超现实主义与共产党缔结的原则协定没有超越形式主义;使两者联合起来的是否定性的形式概念。

事实上共产党的否定性是暂时的，这是它改组社会的伟大事业中一个必要的历史瞬间；然而超现实主义的否定性，不管怎么说，却是置身于历史之外的：它同时既在瞬间中又在永恒中，它是生活和艺术的绝对目的。勃勒东曾在某一篇文章中肯定正在与其野兽作斗争的精神和正在与资本主义作斗争的无产阶级间的同一性，至少他肯定两者之间存在互为象征的平行关系，这等于确认无产阶级的"神圣使命"，但是，这个阶级虽被设想成一群专事杀伐的天使，共产党却如一堵围墙把它与一切超现实主义的言行都隔开。这个阶级实际上对于超现实主义作家们只是一个准宗教性的神话，它使他们心安理得，其作用类似一八四八年的人民神话对满怀善良愿望的作家们所起的作用。超现实主义运动的独特之处在于它企图同时占有一切：脱离自己出身的阶级往上升，寄生生活，贵族行径，消费上的形而上学，与革命力量结盟。这一企图的历史证明它注定要失败的。但是，在这以前五十年，甚至不能想象有这样的运动产生：那个时候资产阶级作家唯一可能与工人阶级发生的关系是为后者写作有关后者的作品。人们之所以有可能设想——即便只是动一下念头而已——在知识贵族和被压迫阶级之间订立临时协定，那是因为出现了一个新的因素：党作为中产阶级与无产阶级的中介。

我同意说，超现实主义带着它作为文学宗派、精神团体、教会和秘密结社[5]的含糊不清的面貌，仅是战后各项产品中的一项。还需要谈论莫朗①、德里欧·拉罗歇尔以及其他许多人。但是，如果说我们认为勃勒东、贝莱和戴斯诺斯的作品最具代表性，那是因为所有其他人的作品都隐含同样的特征。莫朗是典型的消费者、

---

① 莫朗（1888—1976），法国作家。

旅行家、过客。他袭用蒙田的怀疑主义老办法,使各种民族传统相互接触从而相互抵消;他把不同民族传统像螃蟹一样扔进同一个篮子,然后,不加评论,让它们自相残杀;他要做的是达到某一伽玛(gamma)点,这一伽玛点与超现实主义者的伽玛点颇为接近,从这一点出发一切风俗、语言、利益的差别统统消灭,融为一体。速度在这里起到偏执狂批评方法的作用。《风流欧洲》用铁路取消不同国家的差别,《只有地球》用飞机取消大陆之间的差别,莫朗让亚洲人在伦敦漫步,让美国人游历叙利亚,土耳其人访问挪威;如同孟德斯鸠让我们借用波斯人的眼睛一样,莫朗让我们用这些人的眼睛看待我们自己的习俗,用这个手段使我们的习俗失去任何存在理由可谓屡试不爽。但是,他同时设法使这些访问者失去他们原始的纯朴性,使他们完全背叛自己的习俗却没有完全接受我们的习俗。在他们的变化过程的这一特殊瞬间,每个人都是一个战场,异域情调和我们的唯理主义的机械主义在那里厮杀,同归于尽。莫朗的书里塞满假珠宝、玻璃珠子和漂亮的外国名字,但是它们敲响了异国情调的丧钟。他的书成为某一种类别的文学的滥觞,这种文学以消灭地方色彩为务,或者它让我们看到,我们在孩提时代不胜向往的远方城市对于本地居民的眼睛和心灵来说,与圣拉萨尔车站和埃菲尔铁塔对我们的眼睛和心灵一样是太熟悉了,太平淡无奇了,或者它让我们在前几个世纪的旅行家们带着巨大的敬意描绘的仪式背后瞥见喜剧、弄虚作假和丧失信仰,要不它就让我们在东方或非洲磨损了的异域风光底下发现资本主义的机械主义和唯理主义的普遍性。最后只剩下世界,到处相似、单调乏味的世界。一九三八年夏季的一天,在摩加多尔与萨菲之间①,我

---

① 摩加多尔、萨菲均系摩洛哥地名。

尤为强烈地感受到这一手法的深刻意义。当时我坐在长途公共汽车上超过一个戴面纱、骑自行车的穆斯林妇女。骑自行车的女伊斯兰教徒,这就是超现实主义者或者莫朗都能认可的一个自行摧毁的客体。路人想象这个戴面纱的女人在妻妾群居的内室里做着悠长的白日梦打发岁月,然而自行车精确的机械装置驳斥这种想象;可是同时,在她描浓的眉毛之间,在她狭小的前额后面还残留一些魔幻的、肉感的黑暗,这又驳斥了机械主义,让人们在资本主义的统一化背后预感到虽被束缚、已经战败,但仍然尖刻、富有魅力的另一个世界。虚幻的异国情调,超现实主义的不可能实现的事物,资产者的不满足感:在这三种情况下,真实都倒塌了,人们努力在真实背后维持矛盾性的令人恼火的张力。就这些旅行者作家而言,诡计很明显:他们取消异国情调,因为一个人相对于某人而言总带点异国情调,而他们不愿意有异国情调,他们摧毁传统和历史以便逃脱他们的历史处境,他们想忘掉。最清醒的意识总是嫁接在某处的,他们要通过抽象的国际主义完成虚构的解放,通过普遍主义实现一种飞越一切的贵族政治。

德里欧与莫朗一样,有时使用异国情调自行毁灭法;在他的一部小说中,阿尔汉布拉宫变成单调的天空下一所干巴巴的外省公园。但是,通过客体与爱情的文学毁灭,通过二十年的疯狂和苦涩,他追求的是自身的毁灭:他曾是空的手提箱,吸鸦片者,而最后,面对死亡产生的眩晕吸引他投入国家社会主义。他的自传性小说《吉尔》既肮脏又华丽,清楚地表明他本是超现实主义者同室操戈的兄弟。他的纳粹主义同样不过是对宇宙大灾难的渴望,临到实用时,与勃勒东的共产主义同样失效。他们两位都是神职人员,他们都怀着无邪、无私的动机与世俗权力结盟。只不过超现实主义者的体格更壮实:他们的毁灭神话掩盖着巨大的、壮观的食欲;他们想毁灭一切,除了他们自己,所以他们如此厌恶疾病、恶癖和毒品。阴郁的德里欧比他们更加表里如一,他曾冥想自己的死亡:他之所以仇恨祖国和人类,是因为他仇恨自己。他们大家都出发去寻找绝对,由于他们从各方面受到相对性的侵入,他们就把绝对与不可能等同起来。他们大家都在两个角色中间犹豫不决:新世界的宣告者的角色和旧世界的清算者的角色。但是,由于在战后的欧洲觉察颓废的信号比发现复兴的迹象更为容易,他们大家都选择了清算。为了使良心得到平静,他们重又抬出赫拉克利特①关于生命诞生与死亡的古老神话。他们大家都念念不忘这个想象的伽玛点,在一个运动着的世界中,唯有这一点静止不动,唯有在这一点上毁灭,因其是充分的、不允许抱任何希望的毁灭,与绝对建设完全等同。他们大家都在暴力面前感到眩惑,不管这暴力来自哪一方面;他们想通过暴力把人从人的状况中解放出来。所以他们就与极端政党接近,一厢情愿地认定它们有毁灭世界的意图。他们大家都受骗了:革命没有完成,纳粹主义被打败了。他们生活在一个舒适的、挥霍的时代,在那个时代绝望也是一种奢侈。他们谴责自己的国家,因为它还在炫耀战胜国的傲气,他们揭露战争,因为他们相信有很长的和平时期。他们大家都是一九四〇年的灾难的受害者:这是因为行动的时刻来临时,他们中任何人都没有准备好。有的人沉默不语,另一些人流亡国外;从国外回来的人生活在我们中间也如同在流亡。在太平富庶的岁月他们曾预言灾难,在动乱饥馑的年代他们无话可说了[6]。

回头的浪子在父亲家里比在山间小径和沙漠的通道上找到更

---

① 赫拉克利特(约公元前540—约前480),古希腊哲学家。

多的意外情况和疯狂,伟大的男高音歌手高唱绝望,浪荡子弟因时间未到还没有回归羊圈:在这三种人之外,一种不事张扬的人道主义臻于繁荣。普雷沃、彼埃尔、博斯特、尚松、阿弗林、博克莱尔的年龄与勃勒东和德里欧不相上下。他们的生涯的开端很有光彩:科波上演博斯特的剧本《笨蛋》时,后者还在念中学;普雷沃在高等师范学院求学时已经出名。但是正当他们的声誉如日初升时,他们仍旧很谦虚;他们没有兴趣扮演资本主义的爱丽尔,不想受到诅咒,也无意做预言者。有人问起普雷沃他为何写作,他回答说:"为了挣钱糊口。"在那个时代,这句话曾引起我的反感,因为我的头脑里还残留着十九世纪伟大的文学神话的片片断断。再说他本来也是错的:人们写作不是为了挣钱糊口。我把这看作轻松的犬儒主义,但是这实际上是一种结结实实地、清醒地,必要时甚至令人不悦地进行思考的意志。这些作者与魔鬼主义和天使主义对抗,他们既不愿做圣徒,也不想当野兽,只想做人。从浪漫主义以来,他们可能是不把自己当作专事消费的贵族的第一批作家,而是当作在家里工作的劳动者,类似书籍装帧工和花边女工。他们之所以把文学看作一门手艺,倒不是为了可以方便地把商品卖给出价最高的顾客,而是相反,为了把自己重新纳入一个勤劳的社会,既不感骄傲,也不怀屈辱。手艺是需要学习的,而从事这门手艺的人无权蔑视他的主顾:因此他们也与读者群达成和解。他们很诚实,不以天才自居,不要求天才的权利,他们更信任劳动,而不是灵感。他们可能缺乏那种对自己的命运之星的荒谬信心,那种成为伟大人物特征的盲目的、不公正的骄傲[7]。他们大家都掌握了第三共和国传授给未来的公务员的那种扎实的、谋求私利的文化素养。所以他们后来几乎都变成国家公务员:参议院和国民议会的总务主任、教授、博物馆长等。但是因为他们中大部分人出身寒微,他们不关心用自己的知识去保卫资产阶级传统。他们从来没有如享受一笔历史财产那样享用这个文化,他们只把文化看成能使自己变成人的宝贵工具。何况他们奉阿兰为思想导师,而阿兰是厌恶历史的。他们与阿兰一样坚信道德问题在所有时代都是相同的,他们看到的社会只取其瞬间剖面。他们同样敌视心理学与历史科学,对社会上的不公正很敏感,但是太信奉笛卡儿主义以致不相信有阶级斗争,他们唯一想做的事情是从事他们作为人的职业,坚定不移地使用意志和理性来反对各种情欲和由情欲铸成的过错,反对各种神话。他们喜爱小人物,巴黎工人,手工业者,小市民,职员和大路上的行人,他们对叙述这些人的个别命运的关心有时促使他们与民粹主义调情。但是,与自然主义的这一孑遗不同,他们从不认为社会与心理的决定论组成这些人谦卑的一生的经纬线;另一方面他们也不同于社会主义现实主义,不把他们的主人公看作社会压迫的绝望无告的受害者。在每一场合,这些道德家都力求说明意志、耐心、努力能够起到的作用,他们把一时的软弱看成过失,把成功看成业绩。他们很少关心不寻常的命运,但是他们想让人们看到,即便在逆境中也可以做一个人。

今天他们中好几位已经去世,另一些人搁笔不写了,或者间隔好长时间才有作品问世。大体上我们可以说,这些在起飞时令人注目,在一九二七年前后可以组成一个"三十岁以下俱乐部"的作家无不半途而废。当然,其中有一部分属于个人事故,但是这一事实引人注意,要求得到更为普遍性的解释。这些作家确实不乏才能,也不缺灵感,而且从我们探讨的观点来看,他们应被视为先驱者:他们放弃了作家骄傲的孤独,爱自己的读者,没有企图为既得的特权辩护,不去默想死亡或不可能的事物,而是愿意给我们一些生活准则。他们肯定比超现实主义作家拥有多得多的读者。然而，如果我们要用一个名词来标志两次大战之间的主要文学倾向，我们想到的是超现实主义。他们怎么会失败呢？

我以为，不管这个看法显得多么怪诞，可以用他们选定的读者群来解释他们的失败。一九〇〇年左右，一个勤劳的、有自由思想的小资产阶级借着它在德雷弗斯事件中大获全胜的机会产生了自我赏识。这个阶级反教会，拥护共和政体，反对种族歧视，主张个人主义、唯理主义，追求进步。它对自己的各项制度感到自豪，它同意改变这些制度，但不同意推翻它们。它不蔑视无产阶级，但是它自觉与无产阶级极为接近，以致不可能意识到自己在压迫无产阶级。它的日子过得一般，有时不怎么顺当，但是它更加渴望的不是发财与不可企及的荣誉，而是在相当狭隘的范围内改善自己的生活。它最关心的是活着。活着，这对它意味着选择自己的职业，认真地、甚至带着激情从事这一职业，在工作中保持某种主动性，有效地控制它的政治代表，对国家大事自由地表态，以令人起敬的方式抚养子女。这一阶级信奉笛卡儿主义，因为它对地位突然上升怀有戒心，也因为与总希望幸福会如灾难一样突然降临到他们头上的浪漫主义者们不同，它想得更多的不是改变世界的进程，而是战胜自我。人们很恰当地把这个阶级叫作"中等阶级"。它教育自己的子女凡事不要过分，好了还想更好只能把事情搞坏。它赞同工人的要求，但以他们把要求严格限制在职业领域为条件。它没有历史，没有历史意识，因为它与大资产阶级不同，既无过去又无传统；也与工人阶级不同，不对未来怀有巨大的希望。由于它不相信上帝，但又需要严格的指令以便赋予它经受的节衣缩食之苦一个意义，它就把建立一种世俗道德作为它的精神关注之一。大学完全归这个中等阶级掌管；通过涂尔干、布伦斯维克和阿兰的笔杆子，大学在二十年内努力做成这件事，但没有成功。这些大学教授直接间接地是我们现在考察的这批作家的老师。这些出身小资产阶级的年轻人从小资产阶级教员那里受到教育,后来在巴黎大学或各大专院校攻读以便毕业后从事小资产阶级职业,当他们开始写作时,他们便回到他们出身的阶级。说得更确切一些,他们从来没有离开这个阶级。他们把小资产阶级的道德移植到长篇和短篇小说中,加以改善并把它转变成决疑论,这一道德的训条尽人皆知,但谁也没有找到它的原则。他们强调职业的美丽、风险及其严峻的伟大;他们不去歌唱疯狂的爱情,而是赞颂夫妇间的友情以及婚姻这一共同事业。他们把人道主义建立在职业、友谊、社会互助和体育的基础上。小资产阶级本来已有自己的政党,即激进社会党,有自己的互助组织,即人权同盟,有自己的秘密结社,即共济会,有自己的报纸《事业报》,现在又有了自己的作家甚至自己的文学周刊,那家周刊象征性地取名为《玛丽亚娜》①。尚松、博斯特、普雷沃和他们的友人为公务员、大中学教员、高级职员、医生等人组成的读者群写作。他们创作的是激进社会党文学。

然而激进主义是这次大战最大的受害者。早在一九一〇年,激进主义就实现了自己的纲领,此后三十年,它只凭业已取得的速度的惯性向前进。当它找到自己的作家时,它的全盛时期已经过去。今天它已彻底消失。行政人员的改革和政教分离一经完成,激进主义政治只可能变成一种机会主义,它必须有社会和平与国际和平为前提才能维持下去。二十五年间发生的两次大战以及阶级斗争的加剧超过了它的承受能力;不仅激进社会党抵挡不住,更重要的是激进思想本身成为形势变化的牺牲品。这些作家没有赶

---

① 玛丽亚娜本是第二帝国时期一个旨在推翻帝制的共和派秘密结社的名称,后来成为法兰西共和国的外号。

上第一次大战,也没有看到第二次大战来临,他们不愿相信人剥削人,而是打赌人们可以在资本主义社会内部诚实地、俭朴地生活,他们从中出生,后来变成他们的读者群的那个阶级剥夺了他们的历史感,却没有给他们一种形而上的绝对观念作为补偿,在所有的悲剧时代中尤富悲剧性的时代他们却没有悲剧意识,当死亡威胁整个欧洲时他们没有意识到死亡,当有史以来最厚颜无耻的使人类堕落的企图转眼间就要拿他们做目标时,他们却没有意识到恶。出于正直,他们局限于为我们叙述一些半庸的、无崇高可言的生活经历,而环境却在铸造异乎寻常的善与恶的命运;在诗歌复兴的前夜——诚然这一复兴与其说是真正的,不如说是表面上的——他们清醒的理智驱散了他们头脑中的自欺性,而这种自欺是诗歌的源泉之一,他们的道德在日常生活中可以支撑他们的心灵,在第一次世界大战中或许也可以支撑他们;但是面临巨灾大祸却不够用了。人在这种时代不是转向伊壁鸠鲁,就是投向斯多葛主义——可是这些作家既非斯多葛派,也不是伊壁鸠鲁主义者[8]——要不然就求助于非理性力量,而他们选择的却是不愿意看到比自己的理性所及更远的地方。就这样,历史夺走了他们的读者群犹如它夺走了激进党的选民。他们于是沉默不语,我想象他们之所以这样做是出于恶心,是由于他们不能使自己的明智与欧洲的疯狂相适应。作家这一行他们尽管干了二十年,由于当厄运降临时他们找不到话跟我们说,他们也就前功尽弃了。

还剩下第三代,即我们这一代。我们在战败以后或战争爆发前不久开始写作。我在讲到这一代作家以前,先得指出他们是在什么样的气候下出现的。首先要说文学气候。三类作家:回归资产阶级者,极端分子和激进分子如星罗棋布占满天空。

这些明星中的每一颗都以各自的方式对大地施加影响,而这些影响组合起来就在我们周围形成最古怪、最不合理性、最矛盾的文学观念。我称这个观念为客观概念,因为它属于那个时代的客观精神。我们在吸进时代空气的同时吸进这个观念。不管这些作家花了多大心血使彼此有所区别,他们的作品在读者的头脑里同存共处,相互传染。此外,虽然存在深刻、明显的差别,但也不乏相同的特征。首先令人注意的,是激进分子和极端分子一样不关心历史,虽然前者依托主张渐进的左翼,后者依托革命的左翼:前者处在克尔恺郭尔的"重复"的层面上,后者位于瞬间的层面,即永恒与无限小的现时的荒谬结合的层面上。在那个时代历史把我们压垮了,唯有回归资产阶级的作家的文学提供少许历史趣味和一星半点历史意识。不过,由于他们想为特权辩护,他们在社会的发展过程中只考虑过去对现在的作用。我们今天知道这些人拒绝历史都有其社会原因。超现实主义者是些神职人员,小资产阶级既无传统,也无未来,大资产阶级已完成征服阶段,现在只想保全成果。可是这些不同态度组合起来产生一种客观神话,按照这一神话文学应该选择永恒的题材,至少是与现实无关的题材。再则,我们的前辈只有一种小说技巧归他们驱使,即他们从十九世纪法国作家那里继承过来的技巧。可是我们已在上文看到,没有别的技巧比这一技巧更不利于对社会采取历史观点。

　　回归资产阶级的作家和激进派作家都使用传统技巧:后者这样做是因为他们是道德家、唯智论者,他们对一切都要究其原因,前者这样做是因为传统技巧能为他们的意图效力:由于它系统地否定变化,传统技巧能更好地显示资产者的德行的永久性;在虚妄的骚乱平息之后,传统技巧让人们在这后面隐约看到这个稳定、神秘的秩序,这个他们希望能在自己的作品中显露的静止不动的诗意;倚仗传统技巧,这些新埃利亚哲学家①们写作反对时间、反对变化的作品,他们让骚动者和革命者在其事业尚未开始时就看到它已成过去,从而使这些人灰心丧气。我们是在读他们的书时学会这一技巧的,最初它曾是我们唯一的表达手段。在我们开始写作的时候,有几个聪明人正在计算一个历史事件发生后多长时间才是它可以成为小说题材的"最佳时间"。五十年似乎太长:人们不复能进入题材。十年又不够:人们缺乏足够的时间距离。就这样,人们悄悄引导我们把文学看作不合时宜的考虑的王国。

这些互相敌对的团体之间也缔结联盟;激进主义者有时向回归资产阶级的作家靠拢:归根结底他们有共同的抱负,即与读者和解,诚实无欺地提供读者需要的东西。他们各自的主顾当然有明显差别,但是人们不断地从一方的主顾转变成另一方的主顾,而且回归资产阶级的作家的读者群的左翼构成激进派读者群的右翼。如果说激进派作家有时能和政治左翼结伴同行一段路,如果说,当激进社会党加入人民阵线时,他们大家决定都为《星期五》撰稿,反过来他们却从未与文学极左翼,即超现实主义者结盟。相反,尽管他们本人并不愿意,极端派作家却与回归资产阶级的作家有共同之点:两者都认为文学以某种只能揭示,不能言传的彼岸世界为对象、文学在本质上是用想象实现不能实现的事物。就诗而言,这一点尤其明显:当激进派作家姑且说把诗排斥于文学之外时,回归资产阶级的作家却让他们的小说浸透诗意。人们经常指出这一事实,当代文学史最重要的事实之一;人们却没有说明其原因。原因是,资产阶级作家有心证明,资产者的生活再平淡琐屑,也自有其

---

① 古希腊埃利亚学派的哲学家们主张存在的同一性与永恒性。

诗意的彼岸世界,这些作家把自己看成资产者的诗意的催化剂。与此同时,极端派作家把诗,即毁灭的不可设想的彼岸世界,与艺术活动的所有形式相等同。客观上,当我们开始写作时,这一趋向表现为混淆不同体裁和对小说本质缺乏认识;直到今天,还常有批评家责备一部散文作品缺乏诗意。

所有这些文学都宣扬某种主张,因为这些作者,虽然他们强烈申辩自己正好相反,根本无意捍卫任何意识形态,实际上都在这么做。极端分子和回归资产阶级的作家声称自己厌恶形而上学,但是他们反复宣布,人对他自身来说是太伟大了,通过他的存在的整整一个向度,人逃脱了心理和社会的决定性作用:我们将怎样称呼这类宣言呢?至于激进派作家,他们在宣称文学不是用善良的感情来创作的同时,却着重关心道德教训。这一切在客观精神中体现为文学观念的大幅度晃动:文学是纯粹的无所为而为——文学是教育;文学只有在它否定自身并从灰烬中复活再生时才得以存在,它是不可能实现的,不能言传的——文学是一门严峻的职业,它以特定的顾客群为对象,竭力使他们了解自己的需要并努力满足这些需要;文学是恐怖——文学是修辞学。随后批评家们上场,为了他们自己的方便,他们企图统一这些相互对立的观念:他们发明了我们在上文说到的信息概念。当然一切都是信息:纪德、尚松、勃勒东都载有某种信息,而这自然是他们本人不愿意说出来的,是批评家违反他们的意愿让他们透露的。于是产生一种新的理论加在上述各种理论之上:在这些精微的、自行毁灭的作品里,词不过是一名犹豫不决的向导,它在半路上停下来,让读者单独一人走完剩下的路,这些作品的真理远非语言所能表达,它位于浑成一体的沉默里,在这些作品里作家不由自主带给我们的才是最重要的。一部作品只有当它以某种方式脱离它的作者时才是美的。

如果作者本无此意,却在作品中描绘了自己,如果他的人物不受他的控制,把他们各自喜怒无常的变化强加给他,如果词语在他笔下保留某种独立性,那么他就创作了他的最佳作品。我们的批评家们的专栏文章中常见的这类话,布瓦洛若能读到必定会惊得目瞪口呆:"作者太清楚自己想说什么,他太清醒了,文思来得太快,行文无不如意,他没有被他的题材驾驭。"在这一点上,不幸英雄所见略同:对于回归资产阶级的作家,文学的本质是诗意,因此就是彼岸世界,而通过一种难以觉察的滑动,也就成了脱离作者控制的东西,即魔鬼的份额;对于超现实主义者,唯一有效的写作方式是自动写作;甚至激进派作家在阿兰之后也无不强调,一部作品在没有成为集体表现之前算不上完成,无不强调世世代代的读者把自己的想法加进作品之后,作品包含的东西比作者在构思时赋予它的内容要丰富不知道多少倍。这个想法倒是正确的,它突出读者在作品形成中的作用;不过当时它足以加深混淆。简单说,在这些矛盾启迪下诞生的客观神话假定任何足以传诸后世的作品都有其秘密。如果指的是制作上的秘密,那倒还说得过去:不是的,秘密始于技巧与意志结束之处,某种来自上天的东西反映在艺术品里,并如阳光在水流中折断一样在艺术品中折断。总之,从纯诗到自动写作,文学气候为柏拉图主义所笼罩。在这个失去了信仰的神秘主义时代,或者不如说在这个自欺的神秘主义时代,文学主流驱使作家面对作品放弃自己的权利,犹如政治主流驱使他面对党放弃自己的权利。据说弗拉·安吉利科①是跪着画画的:假如此说不虚,许多作家与他相似,而且走得比他更远:他们相信只要跪下

---

① 弗拉·安吉利科(约1400—1455),文艺复兴前期佛罗伦萨画派的著名画家,作品体现出虔诚的宗教信仰。

来写作,就能写得好。

我们还在中学教室里坐长板凳或在巴黎大学的阶梯教室听课时,彼岸世界浓密的阴影笼罩着文学。我们尝过不可能事物的苦涩的、令人失望的味道,也领略了纯粹性,不可能的纯洁性的滋味;我们先是觉得自己的愿望得不到满足,后来又自觉是消费的爱丽儿,我们曾经相信人们可以通过艺术挽救生命,然后,到下一个季度,又认为人们不能挽救任何东西,而艺术为我们的堕落做出清醒、绝望的总结,我们在恐怖主义与修辞学之间,在把文学当作殉道行为或是看作一种职业之间摇来摆去:假如有人有兴趣细读我们当时的作品,他必定会在其中找到这种种诱惑留下的如伤疤一般的痕迹,但是他必须舍得浪费时间才行;这一切今天离我们已经很远了。可是,由于作者是在写作时形成他对写作艺术的看法的,集体仍然生活在上一代人的文学观念里,而批评家总是晚了二十年才理解这些观念,特别高兴把它们用作评判当代作品的试金石。何况两次大战之间的文学本是强弩之末:乔治·巴塔叶对不可能的事物的诸般解释抵不上超现实主义最不经意的一句俏皮话,他关于花费的理论不过是过去的盛大庆典的微弱回响;字母派①是一种代用品,是对达达主义过分充沛的精力的呆板、认真的模仿,然而这些作者已失去兴致,人们感到他们很专心,急于求成;无论安德烈·多台尔还是马里尤斯·格鲁②都不及阿兰·富尼埃;许多以前的超现实主义者加入共产党,犹如一八八〇年左右许多前圣西门主义者进入大工业部门的董事会,无论科克多还是莫里亚克和格林③都没有挑战者;吉罗杜倒是有一百个人向他挑战,但都

---

① 字母派,法国现代诗歌流派,注重字母的音乐性,忽视思想内容。
② 安德烈·多台尔和马里尤斯·格鲁均系法国当代作家。
③ 格林(1900—1998),法国当代作家。

是平庸之辈;大部分激进派作家沉默不语。这是因为不仅在作者与读者之间产生差距——说到底,这也是承袭十九世纪的重要文学传统——而且在文学神话与历史现实之间也产生差距。

从一九三〇年起[9],在我们还没有发表第一本书之前,我们已经感受到这一差距。正是在这一时期,大部分法国人不胜惊愕地发现了自己的历史性,当然他们早在学校里学到人是在世界历史内部进行赌博,或者赌输,或者赌赢,但是他们没有把这条原理应用到自己身上:他们朦朦胧胧地认为,历史性只与死人有关。前人的生命史中最引人注意的,是他们的生活总是在某些重大历史事件的前夕展开,这些历史事件超过他们的预测,使他们的期待落空,打乱他们的计划,用新的光明照亮过去的岁月。这里有一种欺骗,一种不间断的偷天换日手法,好比大家都像查理·包法利在妻子死后发现她的情人们写给她的信,蓦然看到自己身后,整整二十年已经经历过的夫妇生活的幸福一下子崩塌了。在电气和飞机的世纪里,我们不认为这类惊奇的发现也会落到我们头上,我们不觉得自己处在任何事件的前夕,相反我们倒是带着模糊的骄傲情绪感到自己处在历史上最后一次大变故的翌日。即使我们偶尔对德国重新武装感到不安,我们以为自己已走上一条漫长、笔直的大路,我们深信自己的生活将由个人性的事件单独编织而成,将以科学发现和成功的改革作为前进路程上的标志。从一九三〇年起,世界危机、纳粹主义上台、中国的事变、西班牙战争擦亮了我们的眼睛;我们觉得脚下的土地即将塌陷,突然间,对于我们也一样,历史大戏法开始了:世界普享和平的最初八年,突然应该把它们看作两次大战之间的最后八年太平日子了;我们当初欢迎的每一项许诺,现在都应该看成是威胁了;我们活过的岁月这才露出它们的真面目:我们不加戒备,完全信赖生活中的每一天,殊不知每一天都秘密地、飞快地、貌似漫不经心其实毫不容情地把我们领向一场新的大战,我们的个人生活过去似乎取决于我们的努力,我们的德行与过失,我们运气的好坏与一小撮人的善意或恶意,现在我们觉得连它最小的细节也受到隐秘的集体力量的操纵,最琐碎的个人私事也反映着全世界的状态。于是我们突然觉得自己位于处境之中:我们的前辈特别喜爱飞越人生,这对我们变得不可能了,未来有一场集体的历险,这将是我们的历险,它日后将确定我们这一代人的年代,我们之中既有爱丽儿,也有凯列班①;某种东西在未来的阴影中等着我们,某种可能在我们毁灭之前的最后一刹那的灵光中为我们显示我们自身的东西;我们的动作和我们最亲密的劝告的秘密藏在我们前面,在我们的名字将与之联系的那场灾难之中。历史性涌回到我们身上;在我们接触的一切中,在我们呼吸的空气中,在我们阅读的书页中,在我们写下的书页中,甚至在爱情中,我们发现一种东西好像是历史的味道,即绝对与暂时的苦涩的、暧昧的混合。既然我们生活中的每一个瞬间就在我们享受它的时候被巧妙地夺走,既然我们怀着激情,把它当作一种绝对一样体验的每一现时都被暗中处死,既然我们觉得每一现时的意义都在它本身之外,是为了另一些尚未出生的人而准备的,而且每一现时以某种方式在它存在的同时已成过去,我们还用得着去耐心制造一些自行毁灭的客体吗?当以铁与火为手段的毁灭威胁一切,包括超现实主义在内的时候,让一切都留在原地不动的超现实主义毁灭又与我们有何相干呢?我记得米罗②画过一幅《绘画的毁灭》,但是燃烧弹可以一举毁灭绘画与《绘画的毁灭》。我们也想不到去赞美资产者美妙的德行;必须相信这些德行是永恒的,然后才能歌颂它们,但是我们是否知道明天法国资产阶级还能否存在? 当我们最关心的是想知道人们在战争中

---

① 凯列班是莎士比亚的喜剧《暴风雨》中女巫的儿子,他与爱丽儿相反,象征始终反抗既定秩序的原始力量。
② 米罗(1893—1983),西班牙画家,雕刻家。

能否保持人的尊严的时候,我们同样不会想到如激进派作家那样教授怎样在和平环境中做正直的人。历史的压力突然向我们揭示民族之间的相互依存关系——上海发生的一个事件对我们的命运也是一大打击——但是历史的压力同时也不由我们做主地把我们重新纳入民族集体之中:我们的前辈的旅行,他们豪华的游历以及周游世界的全副排场,过不了多久就得承认所有这些都是假象:他们走到哪里就把法国带到哪里,他们出门旅行是因为法国打赢了,因为法郎的汇率对他们有利,他们跟在法郎后面,与法郎一样在塞维利亚和巴勒莫畅通无阻,却较难进入苏黎世和阿姆斯特丹。① 对于我们来说,当我们长到作环球旅行的年龄时,经济上的自给自足政策已经扼杀了旅游小说,再说我们也没有心思去旅行:我们的前辈有一种邪恶的统一世界的癖好,他们感兴趣的是在各地找到资本主义的印记;我们不必费力就能找到一种更明显的统一性:遍地都是大炮。再说,不管我们去不去旅行,面对正在威胁我们国家的冲突,我们已经懂得自己不是世界公民,既然我们不能使自己成为瑞士人、瑞典人或葡萄牙人。我们的作品的命运也与处境危险的法国的命运连在一起;我们的前辈为度假的灵魂写作,轮到我们对读者说话时,假期已经结束;我们的读者群由与我们同类的人组成,他们与我们一样等待着战争和死亡。对于这些没有闲暇,不懈怠地关心着唯一一件事的读者,唯一合适的题材是写作有关他们的战争和他们的死亡的事情。我们被粗暴地重新纳入历史,被迫创作一种强调历史性的文学。

但是我以为,我们的处境的独特之处在于战争和占领在把我们推入一个熔解中的世界的同时,强使我们在相对性的内部重新

---

① 塞维利亚是西班牙城市,巴勒莫是意大利地名,苏黎世是瑞士地名,阿姆斯特丹为荷兰首都。

发现绝对。对于我们的前辈来说，游戏规则是要拯救所有的人，因为痛苦能赎罪，因为谁也不是故意作恶的，因为人心深不可测，也因为人人均沾神的恩宠：这就意味着文学——除了把牌搅乱的超现实主义极左派——趋向于建立某种道德相对主义。基督徒不再相信地狱；罪孽是上帝缺席的所在，性爱则是对上帝的爱走上了歧途。由于民主政体容忍一切见解，甚至容忍专以毁灭民主政体为务的见解，学校里教授的共和派人道主义就把宽容精神作为首要的品德：人们容忍一切，甚至别人的不宽容；在最愚蠢的想法和最卑劣的感情里都应该辨认出隐藏的真理。官方哲学家雷翁·布伦什维克终其一生都在吸收、统一、整合，他塑造了三代人的思想，对于他来说，恶与错误都是虚幻的假象，是分离、限制与终极性的结果；只要人们炸毁分隔各个体系与各个集体的障碍，恶与错误就会自行消灭。激进派则追随奥古斯特·孔德，他们也把进步看作秩序的发展：所以秩序已经以潜在形式，如同画谜中猎人的鸭舌帽那样待在那里了，需要做的只是发现它。他们把时间都用在这上头，这是他们的精神练习；他们以此为一切辩解，首先为他们自己找到辩解。马克思主义者至少承认压迫与资本帝国主义、阶级斗争与贫困的现实：但是我已在别处证明，唯物辩证法的功效是同时取消善与恶，只剩下历史过程，再说斯大林共产主义不以个人为重，它认为个人的痛苦乃至死亡只要有助于加快夺权时刻的来临，就没有不能得到补偿的。恶的概念被抛弃，落到几个善恶二元论者——反犹太主义者、法西斯主义者、右翼无政府主义者——手中，他们利用这一概念来为他们的牢骚、嫉妒和他们对历史的不理解辩护。这就足以贬损恶的概念的声誉了。对政治现实主义而言，和哲学理想主义一样，恶不值得认真看待。

人们教会我们认真看待恶：在酷刑成为家常便饭的时代，如果我们还能活下来,这既不是我们的过错,也没有功劳可言。夏多布里昂①、奥拉都尔②、索赛街③、杜勒④、达索⑤、奥斯维幸,一切都向我们证明,恶不是表面现象,从原因上认识恶并不能消除恶,恶并非如同一个模糊的观念与一个明确的观念对抗那样与善对抗,恶不是可以医治的情欲,可以克服的恐惧,可以原谅的一时迷惑,可以使之明白的愚昧无知的结果,恶无论如何不能如同莱布尼茨的阴影一般被绕开,被接管,被还原、同化为理想主义的人道主义:莱布尼茨说过,阴影对于发扬白日的光辉是必需的。马里丹⑥曾说过,撒旦是纯洁的。纯洁,也就是说没有混杂其他成分,毫不留情。我们学会认识这一可怕的、不能还原的纯洁性:它充分显示在刽子手与其牺牲者的紧密的、几乎是肉体的关系里。因为酷刑首先旨在使受刑对象堕落;不管牺牲者忍受了多大的痛苦,最终还是由他决定到什么时候痛苦变得无法忍受,非开口说话不可;酷刑的最大的嘲讽在于,受刑者一旦挺不下去,就得用他作为人的意志去否定他是人,把自己变成刽子手的同谋,自动跌入卑鄙的深渊。刽子手知道这一点,他在窥伺对方意志崩溃的时刻,这不仅因为他将得到他希望获得的情报,而且因为对方意志崩溃将再一次向他证明,他有理由使用酷刑,人是只配用鞭子抽打的动物;他就以这种方式消灭他的邻人的人性。由于反弹力,同时也消灭他自己身上的人性:

---

① 此处夏多布里昂指法国大西洋罗亚尔省的一个县城,二次世界大战期间德国占领军在此设有政治犯集中营,一九四一年十月,二十七名政治犯被作为人质处决。
② 奥拉都尔是法国上维也纳省的一座村庄。一九四四年德军屠杀了该村六百四十三名村民,其中有五百名妇孺。
③ 盖世太保在巴黎的总部设在索赛街。
④ 杜勒,法国考累兹省省会。一九四四年八月,德军在该地绞死九十名人质。
⑤ 达索,德国巴伐利亚州的城市,一九三三年至一九四五年设有纳粹集中营。
⑥ 马里丹(1882—1973),法国哲学家。

这个呻吟不已，浸透汗水，浑身血污不堪的人开口求饶，这个人如痴若狂，发出钟情女子的喘息声，同意交出自身听凭别人摆布，他不仅供出一切并且热心地一再加码，因为他意识到自己在作恶，这一意识如同拴在他脖子上的磐石带着他越沉越深，刽子手知道这个人的形象与他自己的形象是一致的，他在行刑的同时，也在同等程度拷打他自己；如果他本人想逃脱这一整体堕落，除非表明他盲目信仰如紧身褡一般束缚住我们卑劣的软弱行为的一种铁的秩序，他没有别的办法；简单说，他只有把人的命运交给非人性的力量去主宰。某个时刻总会来临，那时候行刑者与受刑者达成一致：对于行刑者，是因为他在单独一个受害者身上象征性地满足了他对全人类的仇恨，对于受刑者，是因为他只有把自己的过错推向极端才能承担这个错误，他只有同时憎恨所有人才能忍受他对自己的憎恨。后来刽子手可能被绞死；受害者如能逃脱一死，可能会被恢复名誉；但是谁能抹掉两个自由在毁灭人性的过程中这场息息相通的弥撒呢？我们知道，当我们正在吃饭、睡觉、做爱时，巴黎各处都在举行这种弥撒；我们听到整条街在惨叫，我们明白了，恶作为一种自由的、至高无上的意志的果实，与善一样是绝对的。可能会有这么一天，某个幸福的时代回顾过去，将在这些痛苦和这些耻辱中看到引向这个时代享有的和平的若干道路之一。但是我们不是位于已经形成的历史这一边；我说过，我们位于处境之中，以致我们经历的每一分钟对我们都是不可减缩的。因此尽管我们本不愿如此，我们还是作出这个将顶撞好心人的结论：恶不可能得到补偿。

但是另一方面，大部分抵抗者虽然也受严刑拷打，烈火烧灼，被挖去眼睛，折断骨骼，他们却没有开口；他们打破了恶的循环，为了他们，为了我们，也为了行刑者，重新肯定人性。他们这样做的时候没有见证，无人援助，不抱希望，甚至往往不怀信仰。对他们来说，需要做的不是相信人的尊严，而是要求人的尊严。一切无不使他们丧失勇气：他们周围的那么多的信号，这些俯视他们的脸，他们身上的痛苦，一切都使他们相信他们只是些虫豸，人不过是蟑螂和鼠妇的不可能实现的梦想，他们将和所有人一样，醒来时发现自己是虫蚁。而他们必须用自己受刑的皮肉，自己受迫害的已经背叛他们的思想，无中生有地，不为任何目的在绝对无偿中发明尊严的人：因为在人性内部可以区分出手段与目的，价值与偏爱，但是他们还处在创造世界的阶段，他们只需要独自决定世界上除了野兽之外是否还有别的东西。于是他们闭口不语，而人就从他们的沉默中诞生。我们知道这件事，我们知道，在每天的每一时刻，人在巴黎各处被毁灭和重新确立。这些毒刑拷打纠缠着我们的头脑，没有一个星期我们不自问："如果轮到我受刑，我会怎么样？"这个问题必定把我们带向我们自身与人性的边缘，使我们在人类否定自身的"无人区"与人类从中涌现并创造自身的沙漠之间摇摆不定。我们的上一辈人把他们的文化、智慧、风俗和谚语留给我们，他们建造了我们居住的房屋，在大路上树立他们的伟人的雕像，身体力行一些朴实的美德，总是待在温和地带；他们也犯错误，但从不降得那么低，以致不能在脚下发现比他们更有罪的人；他们也建功立业，但从不升得那么高，以致不能在头顶上看到比他们更有功的人；他们目光所及之处只遇到一些人；他们爱用的并且教给我们的俗话——"笨蛋总能找到更笨的人对他表示钦佩"，"人们总需要有一个比他们自己更渺小的人"——他们在悲痛时自我安慰的方法——不管自己遇到多大的不幸，他们总对自己说还有更大的不幸——一切都说明他们把人性看成一个自然的、无限大的环境，人们绝不能走出这个环境，也不能碰到它的边界；他们怀着平静的心境死去，从来没有探索过人的状况。由于这个原因，他们的作家为他们创造了一种平均处境文学。但是,当我们最好的友人假如被捕,就只能在卑劣和英雄主义之间,即在人的状况的两个极端之间进行选择,而在这两者之外什么都不复存在时,我们再也不能认为做有尊严的人是自然的事情。假如他们当了懦夫、叛徒,所有其他人都在他们头顶上;假如他们成为英雄,所有其他人都比他们矮一截。更常发生的是后一种情况,在这种情况下他们不再感到人性是一个无边无际的环境,而是他们身上一丝微弱的火苗,需要他们单独护持,这丝火苗全部蕴藏在他们用来与刽子手们对抗的沉默中;在他们周围只有非人性与无知无识的漫长的极地之夜,他们看不见这个黑夜,只是通过彻骨的寒冷猜到它的存在。我们的父辈总有见证人和榜样。对于这些受刑者,既无见证人也无榜样。圣埃克絮佩里[1]在执行一次危险使命时说过:我就是自己的见证人。对受刑者亦然:当一个人除了自身不能有别的见证人时,他就开始感到焦虑,感到被遗弃,开始流出渗血的汗水;他是在这个时候把苦酒喝干的,即他体验到他作为人的极限。当然我们远非人人都感受过这种焦虑,但是这种焦虑如同一个威胁,如同一项许诺,死死地纠缠我们,由于我们不把自己的作家职业看得很随便,这一眩惑还反映在我们的作品里:我们着手创造一种极限处境文学。我丝毫无意认为在这一点上我们高出前辈。相反,勃洛克-米歇尔是付出代价才取得发言权的,他在《现代》杂志上撰文说,人在重大关头需要表现的德行不如在细微场合需要的更多;我没有资格决定他是否有理,也无权裁决当冉森派是否比做耶稣会士更值得[2]。我宁可想,什么都需要一点,但是同一个人不能同时兼任二者。我们因此成了冉森派,因为时代把我们造成这样,也因为时代让我们触及我们的

---

[1] 圣埃克絮佩里(1900—1944),法国飞行员,小说家。
[2] 冉森派的道德极其严格,耶稣会士则以圆滑闻名。

极限,我还想说我们都是形而上作家。

我想我们中许多人会拒绝这个称谓,或者在接受时有所保留,但是这里有个误会:因为形而上学不是关于不能用实验证明的抽象概念的没有结果的争论,而是为了从内部完整地拥抱人的状况而作出的活生生的努力。形势迫使我们发现历史的压力犹如托里拆利①发现了空气压力,严峻的时代置我们于被遗弃的境地,从这个境地去看我们作为人的状况可以一直看到其极限,看到其荒谬性,看到弃绝知识的黑夜;我们的任务(可能我们的能力不足以承担这一任务,历史上不止一次有一个时代因缺乏才智之士而未能创造自己的艺术和哲学)是创造一种能使形而上的绝对与历史事实的相对性交汇、和解的文学。因为找不到更好的说法,我姑且名之为重大关头文学[10]。我们需要做的既不是遁入永恒,也不是在怪异的扎斯拉夫斯基先生在《真理报》上称之为:"历史过程"的东西面前放弃自己的权利。我们的时代向我们提出的问题仍将是我们自己的问题,这些问题属于另一种性质:人们怎样才能在历史中,通过历史并且为了历史而把自己造就成人?我们唯一的、不可还原的意识与我们的相对性是否可能结合,也就是说教条主义的人道主义与观相主义能否结合?道德与政治的关系如何?怎样承担违背我们深层的意愿,却是由我们的行为引起的客观后果?迫不得已时人们可以通过哲学思维抽象地探讨这些问题。我们要亲身体验这些问题,即用小说这一虚构的、具体的经验支撑我们的思想,但是我们在出发时掌握的小说技巧是我在上文分析过的那种技巧,它的目标与我们的意图截然相反。这一技巧专用于叙述一个稳定社会内部的个人生活中的事件,它能够记录、描写、解释一

---

① 托里拆利(1608—1647),意大利物理学家和数学家。

个静止的世界内部某一个别系统的屈曲、分割、退化及其缓慢的解体过程。可是从一九四〇年起我们就处于一场飓风的中心；如果我们要在飓风中辨别方向,我们突然发现自己需要应付一个更加复杂的问题,犹如二次方程比一次方程复杂。我们需要描写各个分系统与包含它们的那个总系统的关系,前者与后者都在运动中而且两者的运动相互制约。在战前法国小说的稳定世界中,作者位于代表绝对静止的伽玛点,他拥有规定他的人物的运动的固定标记。但是我们进入一个正在演变的体系之中：我们只能认识相对的运动；我们的前辈自以为置身历史之外,他们振翅一飞就上升到巅峰,居高临下地看透各项事件的真相,然而环境把我们再次淹没在我们的时代之中：既然我们位于时代内部,我们又怎么可能看到它的整体呢？既然我们在处境之中,我们唯一可能想到去写的小说是处境小说,既无内在叙述者,也无全知的见证人；简单说,如果我们想了解我们的时代,我们必须从牛顿力学转向广义相对论,让我们的书里充满半清醒、半蒙昧的意识,我们可能对其中的一些意识或另一些意识更具同情,但是任何一个意识对于事件和自身都不享有优先观点；我们必须介绍这样一些人,他们的实在将是其中每个人对所有人——也包括他自己——和所有人对每个人的评价的混乱、矛盾的交错组织,这些评价决不能从内部决定他们命运的变化来自他们的努力、他们的错误或者来自世界的进程；最后我们还必须到处留下怀疑、期待与未完成的段落,迫使读者自己去作各种假说,让他感到他对情节与人物的看法只能是许多看法中的一种,从不引导他,也不让他猜到我们的感情。

然而,另一方面,如同我刚才已指出的那样,因为我们日复一日体验着我们的历史性,这一历史性把它一开始似乎从我们那里夺走的绝对性归还给我们。如果说我们的计划、情欲、行为从业已形成的历史的观点来看是可以解释的并是相对的,它们在这种被遗弃状态中取得现时的不确定性,承担其风险,获得它们自身不容还原的密度。我们不是不知道将来会有一个时代,那时候的历史学家可以纵横浏览我们似发烧一般一分钟接着一分钟生活着的这段时间,他们可以用我们的未来——这对我们当时仅是一种可能性——说明我们的过去,借助我们的行动的结果来决定其价值,根据我们的成功来决定我们的意愿是否真诚;但是我们的时间的不可逆性只属于我们,我们必须在这不可逆的时间里摸索,要么得救,要么失落;事件如盗匪向我们突然袭来,我们必须面对不可理解的、不能忍受的事物履行我们做人的职责,在没有证据的情况下打赌、猜测,在没有把握的情况下动手去做,不抱希望地坚持下去;人们可以解释我们的时代,但这无损于它对于我们是不可解释的这一事实,人们不能为我们清除这一时代的苦涩味道,它只是对于我们才具有这种苦味,这种苦味将与我们一起消失。我们的前辈们的小说用过去时叙述事件,年代顺序让人们隐约看到普遍的逻辑关系和永恒真理;连最小的变化也已被理解,人们交给我们的是已经再次思考的生活经历。二百年后如有一位作者决定写一部关于一九四〇年战争的历史小说,这一技巧可能对他适用。但是就我们而言,虽说我们偶尔也会沉思我们未来的作品将是什么样子,我们确信任何一种艺术都不能真正成为我们的艺术,如果它不能表现事件的粗暴的新鲜感、它的模棱两可性和不可逆料性,如果它不能表现时间的流程,世界咄咄逼人的、瑰丽的不透明性和人的长期耐心;我们不愿读者们对于一个死亡的世界产生优越感从而沾沾自喜;我们倒是希望揪住他们的脖子:愿每个人物都是一个陷阱,愿读者掉进陷阱,被从一个意识扔进另一个意识,也从一个绝对世界被抛入另一个同样绝对的世界,愿读者因主人公对前途无把握而感到自己也无把握,因他们的不安而不安,无力应付他们的现时,屈服于他们的未来的重压,被他们的知觉和感情所包围犹如受到不可逾越的悬崖峭壁的围困,最后,愿读者感到主人公们的每一情绪变化,他们的思想的每一活动都包含着全人类,感到这些情绪变化和思想活动在它们所处的时间和地点,在历史内部,不管现时的真面目怎样永远被未来掩盖,都是不可挽回的向恶下降或是向善上升,而这种下降或上升是任何未来都不能对之提出异议的。正是这一点可以解释卡夫卡与美国小说家的作品在我们国家取得的成功。关于卡夫卡,人们把一切都说尽了:说他想描绘官僚阶层,疾病的进展,东欧犹太人的状况,对不可企及的超越性的追求,乃至当世界上缺少圣宠时描绘了圣宠的世界。这一切都是对的,我甚至会说他曾想描绘人的状况。但是我们特别敏感的是,我们在他的作品中认出历史和处于历史中的我们自己。他的作品总是写在审理过程中的案件,有朝一日审理突然结束而且结束得很坏,问案的法官们无人认识而且永远找不到,被告们为了解对他们提出的控告而作的努力纯属徒劳,他们耐心地建立起来的辩护体系有朝一日会反过来变成对他们不利的证据;他的作品写出这个荒谬的现时,人物认真地在这个现时中生活,然而理解它的钥匙却在别处。我们离开福楼拜和莫里亚克很远了:在卡夫卡的作品里至少有一种前所未有的手法被用于介绍一些受愚弄的命运,它们在根底上已遭破坏,然而经历其事者却仔细地、灵巧地、谦逊地生活着;这一手法也被用于表现表象的不可还原的真相。并且让人们越过这些表象预感到我们将永远不能认识的另一个真相,卡夫卡是无法模仿也不能重复的:应该做的是在他的书里吸取宝贵的鼓励,然后到别处去寻找。至于美国作家,他们不是用他们的残酷或悲观主义打动我们:我们在他们身上认出一些穷于应付环境的人,他们那个大陆太大了,他们在其中迷失方向犹如我们在历史上迷路,他们没有传统可以依赖,因陋就简地努力表现他们面对无法理解的事件产生的惊愕和被遗弃感。福克纳、海明威和多斯·帕索斯的成功不是追逐时髦的结果,至少不首先是:这是我们的文学的自卫反应。因其技巧和神话不再能帮助它应付历史处境,我们的文学感到自身受到威胁,为了能在新的局势下履行职责它就为自己嫁接一些外国技巧。就这样,正当我们与读者群相遇时,环境迫使我们与前辈们决裂:他们选择了文学理想主义,通过某一占有优先地位的主体性为我们展示事件;对于我们来说,历史相对主义先验地确定所有主体性的等值性[11],把活生生的事件的全部价值归还给事件,并在文学上通过绝对主观主义把我们领回独断的现实主义。他们不断在叙述中明显地提示或者暗示作者的存在,以为这样就能为讲故事这一疯狂的举动找到辩解,至少表面上找到辩解;我们则希望我们的书孤悬在空中,希望词语不是向后指向那个写出它们的人,而是被遗忘,没有伴侣,不被觉察,成为把读者输送给一个没有见证人的世界的滑梯,简单说我们希望我们的书以物、植物和事件的方式,而不是以人的产品的方式存在;我们想把上帝从我们的作品中赶走,犹如我们已经把上帝从世界上赶走。我以为我们将不再用形式,甚至也不用内容,而是用存在的密度来规定美[12]。

我已说明"回顾"文学如何体现作者们对于社会整体采取的一种飞越态度,选择从已经形成的历史的观点去作叙述的人如何设法否定他们的肉身,他们的历史性和时间的不可逆性。这一进入永恒的跳跃是我指出的作家与其读者群分离的结果。反过来,人们就不难理解我们作出的把绝对重新纳入历史的决定伴随着旨在使作者与读者达成和解的努力,即激进派作家与回归资产阶级的作家曾经做过的事情。当作家以为自己拥有朝向永恒的窗口时，他是出类拔萃的人，他不可能把自己享受的光明传递给在他脚底下蠕动的卑污的群氓。但是，如果他能想到人们办不到借助优美的感情脱离他们所属的阶级，任何地方都不存在享有特权的意识，文学也不是贵族资格证书，如果他明白了一个人若愿意被他的时代欺骗，最稳妥的办法是背对时代、自以为高踞时代之上，如果他明白了人们不是通过逃避时代来超越时代，而是在为了改变时代而承担时代的同时，即在越过它以便趋向最近的未来的同时超越时代，那么他就会为了所有人，与所有人一起写作，因为他企图用他个人的手段解决的问题也是所有人的问题。我们中间有人曾为秘密刊物撰稿，他们的文章便是诉诸整个社会的。我们事先没有准备，我们做得不是很出色：抵抗文学产生的好作品实在不多。但是这一经验使我们预感到具体普遍的文学可以是什么样子。

　　一般说，我们在这些匿名文章里只行使纯否定精神。面对着明显的压迫以及这一压迫为了支撑自身而日复一日铸造的各种神话，精神性便是拒绝。大多数情况下需要做的是批评一项政策，揭露某一专横措施，提醒人们警惕某个人或某一宣传。当我们颂扬一名被流放者或被处决者时，这个人之所以被流放或处决也是因为他曾有勇气拒绝。为了对抗人们不分昼夜向我们灌输的不明确的综合性概念，诸如欧洲、种族、犹太人和反布尔什维克十字军，我们必须唤醒古老的分析精神，因为只有它能粉碎这些概念。所以我们的作用有点像十八世纪作家曾经如此出色地起到的作用的谦卑的回响。但是，由于我们与狄德罗和伏尔泰不同，即便我们只想让压迫者们对压迫感到羞耻，除了通过文学虚构，我们不可能对他们说话，也由于我们从不与他们来往，我们没有这些作者有过的幻觉，不认为我们通过从事自己的职业就逃脱了我们作为被压迫者的状况；相反，我们是在压迫者的内部向我们是其中一员的那个被压迫的集体表现他们的愤怒和希望。假如我们的运气更好一些，有更多的德行和才能，更密切的团结和更多的训练，我们本可以写出被占领的法国的内心独白。不过，即使我们能做到这一步，我们也没有特别值得夸耀的功劳：民族阵线根据职业组织其成员，我们中间以自己的专长为抵抗运动工作的人不可能不知道，医生、工程师和铁路工人用他们的专长做了重要得多的工作。我们不难采取这一态度是因为它符合文学否定性的伟大传统，然而到了解放以后，无论如何，它很可能变成全面的否定，再次完成作家与其读者群的分离。我们曾颂扬一切毁灭形式：开小差、抗命、颠覆列车、放火烧掉成熟的作物、暗杀等等，因为我们处于战时。战争结束了：如果我们保持这一态度，我们就会与超现实主义团体以及所有把艺术当作一种经常的、彻底的消费形式的人相汇合。但是一九四五年不同于一九一八年。当凯旋的、餍足的法国自以为统治着欧洲时，呼唤洪水降临法国是漂亮的做法。洪水果真来临：还剩下什么有待摧毁？第一次大战以后的那场巨大的、形而上的消费运动是在欢乐中，在减压爆炸中进行的；今天战争在威胁我们，还有饥饿和独裁：我们仍处在超高压下。一九一八年是欢度佳节，人们可以用二十个世纪积累的文化和储蓄点燃一堆篝火。今天火不是自行熄灭就是点不着；喜庆日子的归来遥遥无期。在一个富足的压迫社会里，人们还可以把艺术看作最高的奢侈，因为奢侈似乎是文明的标记。但是今天奢侈已失去其神圣性：黑市把奢侈变成一种社会解体现象；奢侈的乐趣一半在于它是"众目睽睽的消费"，可现在它失去这一性质：人们关起门来消费，与别人隔绝，人们不再处于社会阶梯的顶端，而是在社会之外：纯消费艺术可望而不可即，它不再建立在锦衣美食带来的实实在在的快感之上，它勉强向几名享有特权者提供孤独的消遣，自慰的享乐以及惋惜生活的甜蜜一去不复返的机会。当整个欧洲首先以重建为当务之急时,当各国为增加出口而节衣缩食时,与教会一样善于适应各种形势,不管怎样总在设法救出自身的文学于是显示了它的另一面:写作不是生活,也不是从生活中挣脱出来以便在一个静止的世界里凝视柏拉图的本质和美的原型,同样不是如被利剑刺穿一样被一些陌生的、未被理解的、来自我们背后的词语撕裂;写作是从事一门职业。一门要求习艺过程、持久的劳作、敬业意识和责任心的职业。不是我们发现了从事这门职业应具的责任心,情况恰恰相反:一百年以来,作家一直梦想能在一种超越善恶的无邪状态,或者不妨说在犯错误以前的状态中委身于他的艺术。我们的职责和义务是社会前不久强加在我们背上的。应该相信社会认为我们相当可畏,既然它判处我们中曾与敌人合作的人死刑,却不去触动犯有同一罪行的企业家。今天人们说当初与其谈论大西洋墙还不如去建造它。这句话并不使我特别反感。当然,因为我们是些纯消费者,集体才对我们毫不容情;枪决一个作家不过是少了一张等饭吃的嘴,缺少一名最小的生产者对民族也意味着更大的损失[13]。我不说这样做是对的,相反,这种做法导致各种滥用权力现象,导致审查制度和迫害。但是我们应该为自己的职业包含某种危险而高兴:当我们在地下写作时,我们的风险微不足道,印刷者承担的风险要大得多;我经常对这种情况感到耻辱:至少这教会我们实行某种文字紧缩。当每个词都可能以一个人的生命为代价时,必须字斟句酌,人们不应该让大提琴一唱三叹:人们应付最紧急的需要,文字务求简短。一九一四年的战争加速了语言危机,我乐意说一九四〇年的战争对这一危机作出新的评价。但是应该希望,当我们重又在作品上署下自己的名字时,我们以自己的名义承担风险:说到底一名瓦匠可能遇到的危险比我们大得多。

在一个强调生产,把消费限制到最低必需程度的社会里,文学作品显然仍是无所为而为的。即使作家强调自己为之付出多少劳动,即使他满有道理指出,这一劳动就其本身而言调动了与一名工程师或医生的劳动相同的智力,他创造的客体仍旧不能等同于一种财富。这一无所为而为性非但不使我们难受,反而成为我们的骄傲;我们知道它便是自由的形象。艺术品是自由的,因为它是绝对目的,也因为它是作为一项绝对命令向观众提出的。所以,虽然艺术品本身不可能也不愿意变成生产,它却希望代表一个生产社会中的自由意识,即如同赫西奥德当年做过的那样,用自由的语汇把生产反映给生产者看。当然,需要做的不是重新连接令人生厌的劳动文学的断线。彼埃尔·昂普曾是这一文学最不祥的代表,他的作品读来催人入睡;但是由于这种性质的反射既是召唤又是超越,在让这个时代的人们看到他们的工作与时日的同时,也应该让他们彰明较著地看到他们的生产活动的原则、目的和内部结构。如果说否定性是自由的一个面貌,那么建设是它的另一个面貌。我们时代的悖论在于,建设性的自由从未如现在那样接近于产生对自身的意识,而同时,可能它也从未如现在那样被异化。劳动从未以比现在更大的威力表现它的生产能力,可是劳动的产品与意义从未更加彻底地被从劳动者身边夺走,homo faber[①] 从未比现在更明白他在创造历史,同时他从未比现在更感到自己在历史面前无能为力。我们的角色已经指定:就文学是否定性而言,文学将对劳动的异化提出异议;就它是创造和超越而言,它将把人表现为创造性行动,它将伴随人为超越自身的异化,趋向更好的处境而做的努力。如果有、做和存在真是人的实在的基本范畴,人们可以说消

[①] 拉丁文:工人。

费文学局限于研究存在与有的联系:感觉被当作享乐——这在哲学上是错的——而最会享乐的人就被看作是最充分地存在着的人;从《培养自我》经过《地粮》和《巴纳布思的日记》到《占有世界》,存在就是占有。起源于这一类感官享受的艺术品声称自己就是享受或许诺享受:这样就完成了循环。我们则相反,形势使我们在我们的历史处境的前景下看清存在与做的关系,人的存在就是他做的事情?就是他对自己做的事情?在劳动受到异化的当今社会里,情况仍旧如此吗?今天该做什么?选择什么目的?在一个以暴力为基础的社会里,目的与手段之间存在什么关系?关心这些问题的作品不可能首先以取悦为目的:它们使人恼怒、不安,它们把自身当作有待完成的任务向读者提出,它们让读者目击一些结局未定的经历。这类作品是痛苦与疑问的结果,不可能为读者带来享乐,而是带来痛苦与疑问。如果我们能够写出成功的作品,它们将不是消遣,而是强迫意念。它们不是让人"观看"世界,而是去改变它。这个磨损了的、饱经触摸、嗅闻的旧世界在改变中不会丧失什么,它只会赚到什么。从叔本华起,人们认为当人抑制了自己心中的权力意志之后,客体就能显示其全部尊严:客体向无所事事的消费者交出它们的秘密;只有在人们不需要用客体做些什么的时候,人们才能关于客体写些什么。上个世纪的枯燥乏味的描写是拒绝使用的表现:人们不去触动世界,人们只是用眼睛生吞活剥世界,作家与资产者意识形态相对抗,他选择一个有利时刻对我们谈论物,在这一时刻他与物之间的一切具体联系统统断绝,只剩下目光那一根细线,这一时刻物在目光的注视下慢慢解体,变成一束束被打开的美妙感觉。这是印象的时代:意大利、西班牙和东方的印象。文学家用心吸收这些景观,他在进食过程结束,消化过程开始的模棱两可的时刻为我们描写这些景观,在这一时刻主体性渗入客观事物,但是它的酸溶液还没有开始腐蚀客观事物,在这一时刻田野和树林仍是田野和树林,但已是心态。一个冰冷的、涂了漆的世界占据了资产阶级的书,这是一个为名胜地度假者而设的世界,它勉强还给我们一种不失体面的欢乐或者一种高雅的忧郁。我们从我们的窗口看到这一世界,我们不在世界里面。当小说家在这个世界里安顿几个农民时,这些农民与山峦空灵的阴影与溪流的银色涟漪很不协调;农民在用铲子翻动忙于工作的土地,人们却让我们看到这块土地穿着星期天的盛装。这些误入休息日的世界中的劳动者很像让·埃菲尔①画的法兰西学院院士;普吕沃在一幅漫画中引进这个院士的形象,让他说话表示道歉:"我走错了画面。"要不然就是人们把这些劳动者也变成物了——变成物和心态。

对于我们来说,做显示存在,每一姿态都在大地上绘出新的图案,每一技术,每一工具都有向世界敞开的意义;有多少种使用物的方式,物就有多少种面貌。我们不是与想占有世界的人们站在一起,而是与想改变世界的人们站在一起,世界只对改变世界的计划透露其存在的秘密。海德格尔说过,人们在使用锤子时便对锤子有了最深入的认识。当人们把钉子钉入墙壁时,便对钉子与墙壁有了最深入的认识。圣埃克絮佩里为我们开辟了道路,他指出飞机对于飞行员来说是一个感觉器官[14];当人们以时速六百公里飞越山脉时,在这全新的角度下山脉看来像缠成一团的蛇:挤紧的群山呈黝黑色,向天空伸出它们坚硬的、烧焦的峰顶,若有意破坏,若欲撞击;速度以缩地法捏拢、捏紧地球外壳上的皱褶;圣地亚哥跳到巴黎附近;从一万四千英尺的高空往下看,把圣安东尼奥拽

---

① 让·埃菲尔(1908—1982),法国幽默画家。

向纽约的隐蔽的引力像铁轨一样闪闪发光。在圣埃克絮佩里之后,在海明威之后,我们怎么还能想到去描写呢?我们必须把物投入行动之中:物存在的密度对于读者来说将用物与人保持的实用关系的繁复性来衡量。让走私贩子、海关关员和游击队员去翻山越岭,让飞行员飞越山岭[15],于是山岭就会从这两相关联的行动中突然涌现出来,从你的书里跳出来,犹如魔鬼跳出盒子。就这样,世界与人通过举动相互显示。我们可以谈论的所有举动都归结为一项,即创造历史的举动。这样我们就被领到必须抛弃存在①的文学而开创实践的文学的时刻。

作为在历史之中并作用于历史的行动,即作为历史相对性与道德的、形而上的绝对性的综合,实践向我们揭示这个既敌对又友好,既可怕又可笑的世界:这就是我们的题材。我不说是我们选择了这些清苦的道路,我们之中肯定有人孕育着一部迷人的、感伤的小说,但是这部小说永无出生之日。我们又有什么办法呢?要做的不是选择自己的时代,而是在时代中选择自己。

正在来临的生产文学不会使人们遗忘它的反题消费文学;它不应该存心超过消费文学,也许它永远不能与消费文学并驾齐驱;谁也不认为生产文学使我们达到终点并实现写作艺术的本质。也许生产文学不久就将消失:我们的下一代似乎犹豫不决,这一代人的许多小说是无精打采、心不在焉的节日,像德国占领时期的家庭舞会,年轻人在两次空袭警报之间播放战前的唱片,一边喝着埃洛省的葡萄酒一边跳舞。果真如此的话,这场革命就将落空。何况,即使实践文学能站住脚跟,它也会与存在文学一样成为明日黄花,于是人们又将回归存在文学;也可能未来几十年的历史将记录这

---

① 存在(exis),此处特指相对于行动而言的静止的存在方式。

两种文学的相互交替。这就意味着人们无法挽回地错过了另一场革命,一场无比重要的革命。说实在的,只有在社会主义集体中,当文学终于明白自己的本质,完成了实践与存在的综合,否定性与建设的综合以及做、有、存在三者的综合之后,文学才配得上整体文学的名字。在等待这一天到来的时候,我们且去耕种自己的园地,我们有事可做。

确实,承认文学是一种自由,用赠予取代花费,放弃我们的前辈们的贵族谎言,愿意通过我们的全部作品向集体的全体成员发出民主的召唤,这一切还不够。还需要知道谁读我们的书,当前的形势是否使我们为"具体的普遍性"写作的愿望沦为空想。如果我们的愿望能够实现,二十世纪作家将在被压迫阶级及其压迫者之间占据类似十八世纪作家在资产阶级与贵族阶级之间,理查·赖特在黑人与白人之间所占的位置:被压迫者与压迫者都是他的读者,他为被压迫者做证反对压迫者,他从内部和外部向压迫者提供其形象,他与被压迫者一起意识到压迫,他出力构成一个建设性的、革命的意识形态。可惜这些希望都不合时宜:在普鲁东和马克思时代可能做到的事情今天不可能做到。所以,我们还是重提开头提出的问题,不带成见地审查我们的读者群。从这个角度看问题,作家的处境从未如现在这样不合常情;它似乎由极为矛盾的特点组成。积极的一面,是热闹的外观,广阔的可能性,总的说来还是令人羡慕的生活水准,消极方面只有一条,即文学正在死去。不是说文学界缺少才子或者有志者,而是在当代社会里文学派不上用场。正当我们发现实践的重要性时,正当我们隐约可见一种整体文学会是什么样子的时候,我们的读者群却崩塌、消失了,我们的的确确再也不知道为谁写作。

乍看起来,过去时代的作家如果能见到我们,必定会羡慕我们的命运[16]。马尔罗有一天说:"我们从波德莱尔的痛苦得益。"我不认为他说得完全对,但是波德莱尔确实死时没有读者,而我们还没有证明自己的才能,甚至人们不知道我们是否有一天会证明自己的才能,我们的读者却已遍布全世界。想到这一点我们真该脸红,但是说到底这不是我们的过错:一切都是形势使然。先是战前的自给自足状态,然后是战争剥夺了本国读者群每年能读到的外国作品;今天人们补偿损失,加快速度:只在这一点上,出现了减压现象。国家参与其事:我曾在别处指出,战败国或破产国把文学当作出口产品。自从各个集体也插手以后,这个文学市场就扩大了,变得经常化了:通常使用的手段都用上了:倾销(如美国的"海外版"图书),保护主义(加拿大和东欧某些国家),国际协定,各国彼此用"文摘"侵占对方市场,如这个名称所指示的那样,这是一种经过消化①的读物,是文学乳糜。总之,文学与电影一样正在变成工业化的艺术。我们当然是受惠者:科克多、萨拉克鲁和阿努依②的剧本在世界各地上演;我可以举出许多作品出版后不到三个月即被译成六七种外文。然而,所有这一切仅是表面上的热闹:在纽约或特拉维夫可能有人读我们的书,但是纸张紧缺限制了我们的书在巴黎的印数。所以读者群分散的程度大于其增长的程度;可能在四五个外国有一万人,在本国有另外一万人读我们的书:两万读者,这在战前不过是小小的成功罢了。所以今天享有世界声誉的作家们的基础远没有我们仅在国内知名的前辈们牢靠。我知道以后不会缺少纸张。但是同时欧洲出版业进入危机:销售量一成不变。

---

① 英文"文摘"(Digest)原意为"消化"。
② 阿努依(1910—1987),法国当代剧作家。

就算我们在国外出了名,我们也不值得为之欢欣鼓舞,这一荣耀不会产生实际效果。今天更有效地把世界各国分开的,不是山与海的阻隔,而是经济与军事潜力的差别。一个想法可以从潜能高的国家下降到潜能低的国家,如从美国到法国,它不可能逆升。当然,现在有那么多报纸,那么多国际接触,美国人最后总会听到谈论人们正在欧洲宣扬的社会或文学理论,但是这些学说在上升过程中弄得精疲力竭:这些学说在潜能低的国家来势甚猛,当它们爬到顶峰就萎靡不振了:我们知道美国知识分子把欧洲的思想集成花束,嗅了一下就扔掉,因为花束在美国比在其他气候下更易凋谢;至于俄国,它干的是小偷小摸的勾当,它只要可以轻易转化成它自己的本质的东西。欧洲战败了,破产了,欧洲掌管不了自己的命运,因此它的思想不再能走出欧洲的范围;今天思想交流的唯一具体渠道只通过英国、法国、北欧诸国和意大利。

　　此事属实:我们出名的程度远远超过我们的书被人阅读的程度。虽然这甚至违背我们的本愿,我们也用新的手段,从新的切入角度触及旁人。诚然书籍仍是横扫和占领战场的重装备步兵。但是文学还拥有飞机和 Ⅵ、Ⅶ 飞弹,这类武器抵达远方,引起对方的不安,骚扰对方,但不奠定成败。这首先是报纸。一位作者为一万读者写作;人们交给他一家周刊的批评专栏;于是他将有三十万读者,即使他的文章毫无价值。然后是广播:我的剧本《隔离审讯》①虽被英国戏剧审查机构禁演,却由 B·B·C·播出四次。如果是在伦敦一家剧院演出该剧,姑且

---

① 此剧曾译为《禁闭》《密室》和《禁止旁听》,英文译名 No Exit 则应译为"没有出口"。

假定它取得成功,观众也不会超过两三万。B·B·C·的戏剧广播自动为我提供五十万听众。最后是电影:四百万法国人经常光顾电影院。如果我们想起保尔·苏戴在本世纪初责备纪德限制自己作品的印数,电影《田园交响曲》的成功会使我们看到,从那时候到现在世道有多大变化。

不过,专栏作家的三十万读者里最多只有几千人会有好奇心去买他的书,虽然他把自己才能中最优秀的成分都倾注在书里了;其他人记住他的名字是因为他们在报纸的第二版不下一百次见到这个名字,犹如他们在第十二版不下一百次见到一种净化药物的名称。去剧场看《隔离审讯》的英国人通过报纸和电台的评论对剧本已有所了解,他们是为了作出判断才上剧场的。而我的B·B·C·听众们在旋开收音机转钮的时候对剧本一无所知,甚至不知有我这个人:他们只想与平时一样收听星期四的戏剧广播;播音一结束,他们就把它忘了,犹如他们忘了前几次播音的内容。在电影院里首先吸引观众的是明星的名字,然后是导演,最后才是作家。纪德的名字是不久前破门闯入某些人的头脑中的,但是我有把握说,在这些人的头脑中他的名字与米歇尔·摩根①姣好的面容有趣地结合起来。影片确实能使文学作品多销售几千册,但是在这些新读者的心目中,文学作品不过是对影片的忠实程度不等的评论而已。作者触及的公众人数越多,他触动他们的程度就越浅,在他施加的影响里他就越来越认不出他自己,他的思想逃脱他的控制,变得僵化、庸俗化,一些感到厌倦、疲惫的人以更大的冷漠和怀疑精神接受这些思想,他们仍把文学看作一项消遣是因为

---

① 米歇尔·摩根(1920—2016),法国电影演员,在《田园交响曲》(1946)中饰女主角。

验或一个骗局:阶梯是假象,当他自以为在顶端时,其实他仍在地上,就是读上一百遍他写的文字,你也不能断定这些文字的真正重要性。当尼赞在《今晚报》负责对外政策评论时,他诚恳地努力证明我们唯一的得救希望在于签订法俄条约,秘密审判他的法官们听任他这么说,可是他们已经获悉里宾特洛普与莫洛托夫谈判的内容。如果他以为只消如死尸一般服从就能摆脱困境,他也弄错了。人们要求他机智、毒辣、清醒、有所发明。但是在人们要求他具备这些品质的同时,人们正因为这些品质而对他不满,因为它们本身便是犯罪的倾向:怎么能让批判精神得到施展呢?所以错误在他身上犹如虫子藏在果实里。他不能取悦读者,也不讨他的法官们和他自己的好。在众人眼里,甚至在他自己心目中,他不过是一个有罪的主体性,因在自身的浊水中反映科学而歪曲了科学。这一歪曲可以派上用场:由于读者们分不清哪些是来自作者的,哪些是"历史过程"强加给他的,必要时总可以否认他的见解是授权发表的。肯定的是,如果他在干这项工作时弄脏了手,由于他的任务是逐日表明共产党的政策,虽然政策早已变了,他的文章却是抹不掉的,于是当斯大林主义的对手们需要说明斯大林主义矛盾重重或者容易变卦时,他们就去引用这些文章;所以作家不仅假定有罪,他还承担了过去的全部过失,既然他的名字与党的错误连在一起,他并且是一切政治清洗的替罪羊。

然而,如果他学会管束自己的才能,当才能有把他拉到太远的地方去的危险时就拽一下绳子,那么他长期坚持下去也不是不可能的。不过他不应该玩世不恭,玩世不恭与善良愿望同为恶习。他应该懂得有所不知;他应该看到不该看的东西后就把它忘记到从来不去写它的程度,同时又要对它保持足够的记忆,以便将来避免再去看它;他应该实施批判直到能确定在哪一点上适合打住,就是说他应该超过这一点,以便将来能够不受超过这一点的诱惑,但人们不解用他们的"母语"对他们说话。提到一些作家的名字,人们总会想起一些固定的说法。既然我们的名声所届远远超过我们的书本,也就是说超过我们大大小小的实绩,那就不应该把人们给我们的一时厚遇看作具体的普遍性觉醒的信号,而是看作文学通货膨胀的迹象。

这倒不要紧:总的说只要我们保持警惕就行了,归根结底,文学是否会工业化取决于我们。但是另有更严重的事态:我们有读者,但无读者群[17]。在一七八〇年,唯有压迫阶级拥有意识形态和政治组织;资产阶级既无政党也无自身意识,作家批判君主政体与宗教的古老神话,向资产阶级介绍几个以否定为主要内容的基本概念,诸如自由、平等、人身保护,他以这种方式直接为资产阶级服务。在一八五〇年,面对产生了自我意识并拥有一个系统化意识形态的资产阶级,无产阶级尚未定型,对自身的认识仍处于蒙昧状态,它满腔悲愤但是回天乏术,第一国际仅接触到它的表面;当时一切有待动手去做,作家本可以直接对工人说话。我们看到,作家错过了这个机会。至少,即使这不是他的本意,甚至他本人根本不知道,作家在向资产阶级价值行使其否定性时曾为被压迫阶级的利益效劳。所以,在一七八〇年和一八五〇年这两种情况下,环境都允许作家在压迫者面前为被压迫者做证,并且帮助被压迫者产生自我意识;文学的本质于是与历史形势的要求相一致。但是今天一切都颠倒了:压迫阶级失去了它的意识形态,它的自我意识动摇了,它的界限不再区划分明,它敞开自己,它呼吁作家前来救援。被压迫阶级则受到一个政党的拘束,被一个严格的意识形态搞得举止生硬,它变成一个封闭性社会;人们不复能不通过中介就与它沟通。

资产阶级的命运是与欧洲霸权与殖民主义连在一起的。欧洲在不复能驾驭自己命运的同时,也失去其殖民地;现在的问题不再是为了罗马尼亚石油或巴格达铁路在小国之间进行战争;下一次冲突需要的工业装备是整个旧世界加在一起也无力供应的;两大世界强国——两者都不是资产阶级国家,都不是欧洲国家——争夺对世界的占有权;其中一个获胜,国家主义与国际官僚阶级就会统治全球;另一个赢了,抽象资本主义就会君临天下。人人都是公务员?人人都是雇员?资产阶级勉勉强强保持着幻想,以为它能选择自己将浇上什么酱汁后被吃掉。今天它知道自己只代表欧洲历史的一个瞬间,技术与工具发展的一个阶段,它从未达到世界规模。此外,它保留的对自身的本质与使命的感觉也变得模糊了:经济危机震撼它,损坏它,腐蚀它,造成裂缝,引起滑坡和内部崩塌;在某些国家,资产阶级如一幢徒具外观的大厦俨然屹立,一颗炸弹已把大厦内部炸碎;在另一些国家资产阶级的成员成批成群地沦为无产者;人们不再能用占有财富作为资产阶级的定义,因为它的财富一天比一天减少,也不能用政治权力做定义,因为几乎在世界各地它都与直接出身于无产阶级的新人分享权力;被压迫阶级产生自我意识之前以一种无定形的、黏糊糊的性状为其特征,现在轮到资产阶级呈现这种性状了。在法国,人们发现资产阶级在机器设备和大工业的组织方面落后五十年:由此形成我们的出生率危机,衰退的不容否认的信号。此外,黑市和德国占领使资产阶级百分之四十的财富转移到一个新生的资产阶级手里,后者的习俗、原则、目标都不同于老的资产阶级。欧洲资产阶级虽已破产,但仍具压迫性,它只顾眼前,全靠耍弄小手段维持统治:在意大利它制服了劳动者是因为它依靠了教会与贫困结成的同盟;在别处它使人家离不开它是因为它提供技术干部与行政人员;在另一处它采取分而治之的策略。尤其因为民族革命的时代已经告终,它才能保全其统治:革命政党无意推翻这具蛀空了的架子,它们甚至尽可能避免这具架子倒下来:只消出现第一道裂缝,马上会有外国出面干涉,还可能会引起世界大战,而俄国还没有准备好打世界大战。资产阶级受到各方面的关怀,美国、教会甚至苏联都给它注射兴奋剂,它听凭外交角逐变化不定的胜负结果的摆布,没有外国力量的帮助它既不能保持权力,也不能丢失权力。资产阶级是当代欧洲的病人,它的咽气过程可以延续很久。

它的意识形态一下子就垮了:资产阶级用劳动,也用一种缓慢的相互渗透作用来为它的产业辩解,这一渗透作用把被占有的东西的品性输入占有者的灵魂,因为在资产阶级心目中占有财富更是一种功绩,便是最精致的培养自我的方式。然而产业正在变成象征性的和集体性的,人们不再占有物,而是占有物的符号或者它们的符号的符号:"劳动—功绩"论与"享受—培养"论不攻自破。许多人因为仇恨托拉斯与抽象产业造成的不快心理,便转向法西斯主义。法西斯主义应召而至,它用经济统制取代托拉斯,然后它消灭了,经济统制却留下来了:资产者们什么也没有得到,如果说他们还在占有财富,现在他们的占有方式显得顽强,但是不带欢乐;由于厌倦,他们差一点就能把财富看成一种得不到辩解的事实:他们失去信仰。民主制度曾是他们的骄傲,但是遇上第一下打击它就崩溃了,所以他们现在对之没有多大信心。至于国家社会主义,正当他们要归顺它的时候,它也垮下来了。结果他们既不相信共和国,也不相信独裁政体,也不相信进步:当他们的阶级还在上升时,进步是好事,现在他们的阶级衰落了,进步与他们从此不相干;想到将由别的人、别的阶级来保障进步委实叫他们伤心。他们的劳动并不使他们与物质有比以前更多的接触,但是两次大战使他们发现疲劳、血、泪、暴力与恶。炸弹不仅摧毁了他们的工厂还震裂了他们的理想主义。功利主义是银行储户的哲学:当通货膨胀与破产的危险影响到储蓄时,功利主义便失去任何意义。海德格尔大致这样说过:"世界在出了毛病的器具的地平线上显示自身。"当你使用一件工具时,你是想引起一项变革,而这一变革本身乃是获得另一更重要的变革的手段,以此类推。因此你被卷入你看不到其两端的手段与目的的连锁运动之中,而且因为你专心致志于你的局部行动,你不可能去怀疑它的终极目的。一旦工具毁坏,行动停止,整个锁链就昭然若揭了。资产者亦然:他的工具出了毛病,他看到锁链,认识了他的目的的无所为而为性:只要他还在看不到这些目的的情况下相信这些目的,只要他还在离他最近的环节上埋头苦干,他就能从目的得到自身的辩解;现在他看清目的了,他发现自己得不到辩解;世界显示自身,他在世界中孤立无援的处境也显示出来了:于是产生焦虑[18],也产生羞耻感。甚至对于那些用资产阶级自己的原则来评判资产阶级的人,资产阶级也明显地有过三次背叛行为:在慕尼黑,在一九四〇年五月,在维希政府治下。当然,资产阶级后来醒悟过来了:许多早期维希分子从一九四二年起就投入抵抗运动,他们懂得自己应该用资产阶级民主的名义与纳粹主义斗争。共产党确实犹豫了一年多,教会确实一直犹豫到解放的时候。但是共产党与教会都有足够的力量、团结和纪律,能要求它们的信徒遵守命令忘掉过去的错误。资产阶级却什么也没有忘掉:它身上还带着它的一个儿子,它最引以为荣的那个儿子给它留下的创伤;资产阶级在判处贝当无期徒刑时,好像把自己也锁在牢房里了;它可以把保尔·沙克的话算在自己的账上:此人是军官、天主教徒、资产者,只因为他曾经盲目服从一位也是天主教徒和资产者的法国元帅①的命令,在一位也是天主教徒和资产者的将军②的政府治下就被送上资产者法庭;这套戏法把他弄得晕头转向,他在受审时不断嘀咕:"我不明白。"资产阶级四分五裂,没有前途,失去保证,得不到辩解,客观上变成病人,它在主观上进入良心负疚阶段。它的许多成员无所适从,在发怒与害怕这两种逃避行为之间游移不定;如果说他们的财产往往化为乌有,已无法保全,最优秀的成员至少仍在努力维护资产者的真正战利品;法律的普遍适用性,言论自由,人身保护法。是这些人组成我们的读者群。我们唯一的读者群。他们在读旧书时明白了文学的本质决定它站在民主自由这一边。他们转向文学,祈求文学带给他们生活与希望的理由,带给他们一个新的意识形态:从十八世纪以来,可能人们从未对作家有这么高的期望。

我们对他们无话可说。他们身不由己地属于一个压迫阶级。他们想必也是受害者,而且清白无辜,但他们仍是暴君并且有罪。我们可以做的全部事情是在我们的镜子里反映他们负疚的良心,是推进他们的原则的瓦解过程;我们的任务不会讨人喜欢:当他们的错误已变成压在他们头上的诅咒时,我们还要去责备他们的错误。我们自己也是资产者,我们亲身体验过资产者的焦虑,我们有过这种被撕裂的灵魂,但是,既然负疚的良心的特点是企图挣脱不幸状态,我们就不能安安稳稳地待在本阶级的内部,而且,由于我们不再可能通过赋予自己以贵族寄生阶级的外表,振翅一飞就脱离本阶级,我们就必须做它的掘墓人,即便我们有与它一起被埋葬的危险也义无反顾。

---

① 指贝当。
② 指戴高乐。

我们转向工人阶级,这个阶级今天对于作家可以如一七八〇年的资产阶级一样形成一个革命的读者群。它虽是潜在的读者群,却很有影响。一九四七年的工人有社会与职业教养,他阅读技术、工会与政治刊物,他已意识到自身与他在世界上的地位,他可以教给我们许多东西,他亲身经历我们时代的全部冒险:在莫斯科、在布达佩斯、在慕尼黑、在斯大林格勒,也在法国的游击队基地里;正当我们在写作艺术里发现了自由作为否定性和作为创造性的超越的双重面貌时,工人寻求在解放自身的同时把所有人从压迫中解放出来。就工人是被压迫者而言,文学作为否定性能反映他的愤怒的对象;就工人是生产者和革命者而言,他是一种实践文学的最好题材。我们与工人共有表示异议和从事建设的义务;正当我们发现自己的历史性的时候,工人要求创造历史的权利。我们还不熟悉工人的语言,他也不熟悉我们的语言;但是我们已经知道接近他的办法:我将在下文说明,必须征服"大众传播",而这并不困难。我们也知道工人在俄国与作家直接展开讨论,在那里出现一种新的读者与作者的关系,这既非被动的、女性的等待,也不是神职人员的专业性批评。我不相信无产阶级的"使命",也不以为它因其身份享有特殊圣宠:它由公正的和不公正的人组成,这些人可能误入歧途,而且人们经常愚弄他们。但是必须毫不犹豫地说,文学的命运与工人阶级的命运是连在一起的。

不幸的是,在我们国家里,一道铁幕把我们与这些我们应该与之说话的人隔开:我们对他们说的话他们一个字也听不见。无产阶级的大多数被唯一的政党紧紧箍住,它被一种宣传包围,与其他人隔绝,形成一个没有门窗的封闭社会。只有一条狭路通向无产阶级:共产党。作家加入共产党是否好事?如果作家出于公民的信念和对文学的恶心而加入共产党,这样很好,他作出了选择。但是他能否在变成共产党人的同时仍是作家？

共产党的政策向苏俄的政策看齐，因为只有在这个国家里才存在一种社会主义组织的雏形。但是，如果说俄国确实开始了社会革命，同样确实的是俄国没有完成这一革命。它工业落后，缺乏干部，民众未受过教育，这一切使它不得单独实现社会主义，更不能通过榜样的传染性把社会主义强加给别的国家；如果从莫斯科出发的革命运动能够扩展到其他国家，它就不会在扩大阵地的同时在俄国停止前进；事实上它被约束在苏联边境之内，凝固成一种防卫性的和保守性的民族主义，因为必须不惜一切代价保全既得成果。正当俄国成为工人阶级的麦加的时候，它发现自己在同等程度上既不能负起它的历史使命，又不能否认这一使命；它不得不收缩力量，致力于培养干部，赶上它在装备上的差距，借助一个以出了故障的革命为表现形式的专制政体维持自身。由于以俄国为依靠，为无产阶级掌权在做准备的欧洲各国共产党在任何地方都不够强大，不具进攻力量，俄国不得不利用它们做自己的防御体系的前哨。然而，由于欧洲各国共产党只有执行一项革命政策才能在群众中间为俄国效劳，也由于俄国从未放弃一旦形势有利就能领导欧洲无产阶级的希望，俄国就让欧洲各共产党保持红旗与信仰。就这样，世界革命的力量被挪用来维持一个处于冬眠状态的革命。虽然必须承认，只要共产党还真诚地相信通过暴动夺取政权的可能性——即便这是遥远的事情——只要对它来说要紧的仍是削弱资产阶级与打入社会党的内部，它曾对资本主义制度与机构行施否定性批判，而这一批判保留了自由的外观。一九三九年以前，一切都帮它的忙：论战文章、讽刺、黑色小说、超现实主义暴力、关于我们在殖民地推行的做法的确凿证词。一九四四年起，一切都变得严重了：欧洲的滑坡使形势变得简单。两大强国岿然不动：苏联和美国；它们彼此害怕。大家知道，由恐惧产生恼怒，而恼怒使人动手。然而苏联是两者中较弱的，二十年来它就是怕打仗，现在它刚打完这一仗，它还需要等待时机，重整军备，在内部加强专政，在外部得到盟友、附庸和阵地。

革命策略变成外交策略：必须让欧洲站在自己这一边。因此需要安抚资产阶级，对它讲一些寓言以便催它入睡，不惜一切代价阻止它因恐惧而投入盎格鲁-撒克逊人的怀抱。《人道报》当年可以这样写："任何一个资产者遇见一名工人都应该感到害怕。"这个时代可是过去很久了。共产党人在欧洲从未如今天那样强大，然而革命的机会从未如今天那样微弱：如果共产党计划在某地武力夺取政权，它的企图必将被扼杀在萌芽状态：盎格鲁-撒克逊人用不着使用武器也有一百种办法粉碎这一企图，而苏联也不会报以青睐的。万一暴动成功了，它也将在原地维持局面，不能扩充势力。如果，出于奇迹，它蔓延到别处，它就可能引起第三次世界大战。所以共产党人在本国准备的不是无产阶级执政，而是战争，仅仅是战争。苏联若战胜，就能把它的制度推广到欧洲，各国会如成熟的果子一般掉下来；它若打败，它与各国共产党就统统垮台。安抚资产阶级同时又不失去群众的信任，允许资产阶级实行统治同时又保留对它进攻的外表，占据一些指挥岗位同时又不受牵连：这就是共产党的策略。一九三九年与一九四〇年之间我们曾是一场处于腐烂过程中的战争的见证人和受害者，今天我们看到一个革命形势正在腐烂。

如果现在有人问我，作家为了跟上群众，是否应该为共产党效劳，我的回答是否定的；斯大林的共产主义政治与诚实地从事文学职业是不相容的：一个策划革命的政党不应该失去任何东西；然而共产党既有可能失去的东西，也有需要顾全的东西：由于共产党的目的不再是用武力建立无产阶级专政,而是保卫处于危险中的苏联,今天它就呈现模棱两可的面貌:就它的理论和它公开承认的目的而言它是革命的,就它使用的手段而言它却变成保守的,甚至它还没有掌权就采纳了早已掌权的人的思想方式、推理方法和各种花招。约瑟夫·德·迈斯特①与加罗蒂②先生之间有共同点,不过这一共同点并非才能。一般地说,只要浏览一篇共产党人的文章,就能从中随手摘出一百种保守手段:人们通过重复、恫吓、隐蔽的威胁、目中无人的肯定语气与神秘的暗示来使别人相信自己的说法。人们闪烁其词地提到一些证明,却从来不真的证明,只是表现自己毫无保留,深信不疑,以致这一信念一下子就凌驾在一切辩论之上,令人目眩神迷,最终变得带有传染性。人们从不回答对手,人们贬损他的信誉,说他是警察局的人,是情报部门派来的,要不就是法西斯分子。至于证据,人们从不出示,因为证据太可怕了,牵连到许多人。如果你坚持要得到证据,人们就叫你到此为止,凭他们所说的相信他们的指控:"不要强迫我们出示证据,你会受不了的。"简单说,共产党知识分子袭用根据一些秘密证据为德雷弗斯定罪的参谋本部的故技。当然他也回到反动分子的善恶二元论上来,只不过他依据别的原则划分世界。一名托洛茨基分子对于斯大林分子犹如一名犹太人对于莫拉斯,是恶的化身,来自他的一切必定都是坏的。反之,拥有某些头衔等于享有特殊圣宠。请比较迈斯特这句话:"已婚女子必定是贞洁的",与《行动报》一名记者的话:"共产党人是我们时代恒久的英雄。"我第一个承认共产党里有英雄好汉。可是你怎么说来着?已婚女子绝对没有意志薄弱的时候?"不会的,既然她在上帝面前缔结婚姻。"

---

① 德·迈斯特(1753—1821),法国作家、政治家,坚决反对法国大革命。
② 加罗蒂,当时是法共理论家。

那么只要加入共产党就能成为英雄了？"是的,既然共产党是英雄的党。"假如有人对你举出一个有时也犯错误的共产党人的名字呢？"那是因为他不是真正的共产党人。"

在十九世纪,作家需要交出许多抵押品,过着堪称楷模的生活,才能在资产者眼中洗刷写作的罪孽:因为文学在本质上是异端邪说。局面至今没有改变,所不同的是现在是共产党人,即无产阶级最有资格的代表,原则上视作家为可疑分子。即便他的品行无可指责,一名共产党知识分子身上也有原罪:他是自由地入党的;促使他做出这一决定的,是他阅读了《资本论》并进行思考,批判地审度了历史形势,是他有敏锐的正义感,豪迈的情操和喜爱团结一致:这一切都显示一种气味不正的独立性。他是出于一项自由选择入党的,所以它也可以出党[19]。他入党是因为他批判了他出身的那个阶级的政治,所以他也可能批判他皈依的那个阶级的代表们的政治。所以,他借以开始新生活的那个行动本身就包含着一个将终生压在他头上的诅咒。从他被接纳入党的那一时刻起,一个漫长的,如同卡夫卡描写过的审案过程就开始了。法官不露面,卷宗都是保密的,唯一的终审判决是定罪。不需要这些看不见的原告如法庭上习见的那样出示被告有罪的证据,而是需要被告证明自己无罪。由于共产党知识分子写下的一切都可能对他不利,而且他本人知道这一点,所以他的每一部作品都有一种模棱两可性,既是以共产党的名义发出的公开呼吁,又是为他自己准备的秘密辩护词。一切由读者从外部看来像是一连串斩钉截铁的肯定的东西,由法官们从内部看来却是为自我辩解而做的谦卑、笨拙的努力。党员知识分子对于我们显得最出类拔萃,最卓有成效的时候,也可能是他最有罪的时候。我们有时觉得(可能他自己也相信)他在党内的等级提高了,他已成为党的发言人,殊不知这是一个考是他应该与这一展望性批判划清界限,把它放进括号里,视它的成果为零;简单地说,他应该在任何时候都认为精神是有终极的,它到处都被神奇的边境,被浓雾围住,犹如原始人只能数到二十,被神秘地剥夺了继续往下数的能力;他应该随时准备在他自己和令人难堪的明显事实之间散布这一人造浓雾,而我们直呼其名为自欺。这还不够;他应该避免过多谈论信条;把信条暴露在光天化日之下是不妥当的;马克思的著作与天主教徒的圣经一样,对于没有忏悔神甫的指导就去接触它们的人是危险的;在每个支部里都有一名忏悔神甫;如有怀疑和顾虑,应该向他披露求教。也不要让小说里或舞台上出现太多的共产党人;假如这些共产党人有缺点,他们可能令人不快;假如他们十全十美,他们又令人生厌。斯大林主义的政治不希望在文学里看到自身的形象,因为它知道肖像已是异议。摆脱困境的办法是描绘"恒久的英雄"模糊的轮廓,让他在故事结束时出现以便引出故事的结论。或者到处暗示他的存在却不让他露面,如同都德笔下的阿尔莱城的姑娘。尽可能避免提到革命:这样做过时了。欧洲无产阶级与资产阶级一样不掌握自己的命运;历史在别处写成,必须使无产阶级逐渐习惯于放弃它的旧梦,悄悄地用战争的前景取代暴动的前景。即便作家符合所有这些指令,人们还是不爱他。这是一张白吃饭的嘴;他不用双手劳作。作家知道这一点,他因自卑情绪而痛苦,他几乎对自己的职业感到羞耻,所以他热心在工人面前弯腰不亚于一九〇〇年左右儒勒·勒迈特①见了将军就鞠躬。

与此同时,马克思主义学说原封未动,日趋枯萎:由于缺少内部争论,它退化成一种愚蠢的决定论。马克思、恩格斯、列宁说过

---

① 儒勒·勒迈特(1853—1914),法国作家。

一百次，用原因提供的解释应该让位于辩证过程，但是辩证法不能用教义问答公式来表达。人们到处传播一种初级的科学主义，人们用一系列线型因果关系的重叠来说明历史；法国共产主义的最后一位大才子波利采在战前不久曾被迫教导人们："大脑分泌思想"如同内分泌腺分泌激素；今天，当共产党知识分子想解释历史或人的行为时，他就向资产阶级意识形态借用一种建立在利益法则和机械论之上的决定论心理学。

可是另有更糟糕的：共产党的保守主义今天伴随着一种与之相抵触的机会主义。需要做的不仅是保卫苏联，还要照顾资产阶级。所以人们就讲起资产阶级的语言：家庭、祖国、宗教、道德；而且，由于人们没有因此放弃削弱资产阶级的打算，人们就企图变本加厉宣扬资产阶级原则以求在资产阶级自身的领域打败它。这一策略的结果是重叠两种相互矛盾的保守主义：唯物主义的烦琐哲学和基督教的道德主义。说实话，只要人们抛弃任何逻辑，从其中一种保守主义转向另一种倒也不难，因为两者要求同样的感伤态度；需要做的是紧紧抓住受到威胁的阵地，拒绝讨论，用愤怒来掩盖恐惧。但是，知识分子的定义偏偏规定他应该也使用逻辑。人们因此要求他要花招遮盖矛盾；他必须努力调和不能调和的东西，强行弥合相互排斥的思想，用漂亮文体的光可鉴人的漆层掩饰焊缝；此外还有一项不久前才交给他的任务：把法国的历史从资产阶级那里夺过来，把大费雷①，小巴拉②，圣樊尚·德·保尔③与笛卡儿统统拉过来。可怜的共产党知识分子：他们躲开他们出身阶级的意识形态，却在他们选择的阶级里重遇这一意识形态。这一次

---

① 费雷，英法百年战争中法国有名的爱国者。
② 巴拉，法国大革命时代的共和军士兵，英勇战死。
③ 圣樊尚·德·保尔(1576—1660)，法国神甫，慈善家。

可不能再发笑了；劳动，家庭，祖国：他们必须唱歌。我想象他们应该更想咬上几口；但是他们被套上锁链了；人们让他们对一些幽灵或者对几个仍是自由的，不代表什么的作家吠叫几声。

人们会给我举出几个卓越的作者的名字。当然啰，我承认他们有过才华。现在他们不再有才华，难道纯系偶然？我在上文已说明，艺术品作为绝对目的在本质上是与资产阶级功利主义对立的。难道人们相信艺术品可以迁就共产党的功利主义？在一个真正革命的政党里，艺术品会遇到有利于它的繁荣的氛围，因为人的解放与无阶级社会的来临与艺术品一样是绝对目的，是不受制约的要求，而艺术品可以在自身的要求中反映这些要求；但是今天共产党加入了手段的地狱圆舞，它必须攻占并且守住一些关键阵地，即为获得手段所需的手段。当目的远离时，当一望无际的手段如鼠妇一般蠕动时，艺术品也变成手段，它被套上锁链，它的目的与原则变成它外部的东西；它被从外部统治着，它不再要求什么，它以腹部与下腹部打动人；作家保留才能的外表，即找到一些闪光字眼的艺术，但是，在内部，有些东西死了，文学变成宣传[20]。然而却是共产党员和宣传家加罗蒂先生指责我是掘墓人。我本可以回敬他这个辱骂，但是我宁可作有罪辩护：如果我有权力，我宁可亲手埋葬文学也不愿意让文学服务于加罗蒂先生利用它达到的目的。可你说什么来着？掘墓人是诚实的人，肯定是工会会员，可能还是共产党员。我宁可当掘墓人也不当仆人。

既然我们还是自由的，我们就不去与共产党的看家狗会合；我们有没有才华不取决于我们，但是，由于我们选择了写作职业，我们每个人都对文学负有责任，文学是否再次被异化取决于我们。人们有时硬说我们的书反映了小资产阶级的犹豫彷徨，小资产阶级拿不定主意拥护无产阶级还是赞成资本主义。这么说是错的：

我们已经拿定主意。对此人们又会回答说,我们的选择是无效的、抽象的,这一选择如不以我们加入革命政党为伴随条件,就成了一种智力游戏:我不否认这一点,但是共产党不再是革命政党并非我们的过错。今天在法国,确实只有通过共产党才能接近劳动阶级,但是,只有思想糊涂的人才把劳动阶级的事业与共产党的事业等同起来。即使我们作为公民在一些严格规定的场合可以投票支持共产党的政策,这并不意味着我们的笔应该屈从于它。如果只能在资产阶级与共产党两者之间进行选择,那么选择是不可能的。因为我们无权仅为压迫阶级写作,也无权与一个要求我们怀着内疚与自欺心理写作的政党团结一致。共产党几乎不由自主地集中了整个被压迫阶级的愿望,被压迫阶级不可阻挡地推动它由于害怕"在左翼被超越"而要求诸如在越南实现和平和提高工资等措施,而它的全部政策却倾向于避免这些措施。只要共产党集中了被压迫阶级的愿望,我们就与它在一起反对资产阶级;只要资产阶级中某些善良人士承认精神性应该同时是自由的否定性与自由的建设性,我们就与这些资产者站在一起反对共产党;只要一种僵化的、机会主义的、保守的、决定论的意识形态与文学的本质相矛盾,我们就同时反对共产党与资产阶级。这就清楚地意味着,我们为反对所有人而写作,我们有读者,但没有读者群。

我们是与本阶级决裂,但保留着资产阶级生活习惯的资产者。共产党的屏障把我们与无产阶级隔开,同时我们又丢掉了贵族幻想,因此我们上不着天下不着地,我们的善良愿望对谁都没用,甚至对我们自己也没用。我们进入找不到读者群的时代。更糟的是,我们是在逆着潮流写作。十八世纪的作者们有助于创造历史,因为当时的历史前景是革命,既然已被证明除了革命没有别的手段可能终止压迫,作家可以而且应该站在革命一边。然而今天的作家无论如何不能赞成战争,因为战争的社会结构是独裁,因为战争的结果总难预料,而为战争付出的代价总比它带来的好处不知大多少倍,最后还因为人们在战时要使文学为欺骗性宣传服务,这样就异化了文学。由于我们的历史前景是战争,由于人们迫使我们在盎格鲁-撒克逊集团与苏联集团之间选择,也由于我们拒绝站在一方或另一方准备战争,我们就掉到历史外面去了,我们在沙漠中说话。我们甚至不抱在上诉法庭打赢官司的幻想:不会有上诉法庭,我们知道自己的作品在我们身后的命运不取决于我们的才华或努力,而是取决于未来冲突的结果;假定苏联获胜,将不再有人提到我们,直到我们第二次死去;倘若美国获胜,我们之中最优秀的将被装进文学史的大口玻璃瓶,从此不许出来。

对最阴暗的处境的清醒认识本身已是一个乐观主义行为:这一认识确实意味着这个处境是可被思考的,即我们没有在其中如在不见天日的丛林中一样迷失方向,相反我们可以至少从精神上挣脱这一处境,把它置于我们的目光之下,也就是说已经超越了它,并且面对它作出决定,即使这是些绝望的决定。当所有的教会都排斥我们,把我们革出教门时,当写作艺术夹在各种宣传中间,似乎丧失了自身的效力时,我们的介入应当开始了。问题不在于在文学的要求上加码,而是同时为所有的要求服务,即便不抱希望。

(一)首先调查我们潜在的读者,即不读我们的书但可能读我们的书的社会范畴。我不相信我们已深入小学教师阶层,这是很可惜的;他们在文学与群众中间充当中间人的事情已经发生过[21]。今天,他们中许多人已做出选择:他们根据自己的立场向学生们传授基督教意识形态或者斯大林主义意识形态。另一些教师犹豫不决:我们应该接触他们。关于小资产阶级,人们写了不少,说他们怀有戒心,总是被愚弄,受到迷惑后特别容易追随法西斯煽动家。可我不以为人们经常为他们写作[22],除非是一些传单。然而人们可以通过小资产阶级的某些成员接触到这个阶级。最后还有民众中的某些派别,他们不赞同共产主义或者对共产主义失去兴趣,有可能采取顺从、冷漠态度或者不能把不满情绪指向具体对象,这些人离得更远,很难与其他人相区别,更难达到。除此以外,什么也没有了:农民一般不读书——比一九一四年以前读得多一些——工人阶级已被锁起来。这些就是问题的已知数:它们不令人鼓舞,但是必须适应它们。

(二)怎样把这些潜在的读者并入我们实在的读者群?书有惰性,它对打开它的人起作用,但是它不能强迫人打开它。所以谈不上"通俗化":若要这么做,我们就成了文学糊涂虫,为了使文学躲开宣传的礁石反而让它对准礁石撞上去。因此需要借助别的手段:这些手段已经存在,美国人称之为"大众传播媒介";报纸、广播、电影:这便是我们用于征服潜在的读者群的确实办法。自然我们必须压下一些顾虑;书当然是最高尚、最古老的形式;我们当然还要转回去写书,但是另有广播、电影、社论和新闻报道的文学艺术。根本不需要注意"通俗化":电影本质上就是对人群说话的;它对人群谈论人群及其命运;广播在人们进餐时或躺在床上时突然袭来,此时人们最少防备,处于孤独的、几乎在生理上被抛弃的境地。今天广播利用这个情况哄骗人们,但是这一时刻也是最适合诉诸人们的诚意的时刻:人们此时不扮演自己的角色或者不再扮演。我们在这块地盘上插下一脚:必须学会用形象来说话,学会用这些新的语言表达我们书中的思想。

问题根本不在于让别人为银幕或法兰西电台的广播节目改编我们的作品:必须直接为电影和广播写作。我在上文提到的困难的原因在于广播和电影是些机器,由于它们作为机器需要动用巨额资本,今天它们不可避免地掌握在国家或保守的股份公司手里。人们寻求作家的协作是出于误会,作家以为人们要求得到他的劳动成果,其实人们用不着它,人们要的只是他的签名,签名便能赚到钱。由于作家如此缺乏实际观念,以致一般说来人们不能使他下决心只卖签名不卖作品,于是人们设法至少做到使他取悦于人,保证能为股东带来利润,或者使他说服人,能为国家政策服务。在这两种情况下,人们都用统计数字向他证明,坏作品比好作品更易成功,而当人们让他认识了公众的恶俗趣味后,人们就请求他屈从这一趣味。当作品完成后,为了能有绝对把握使它处于最低水平,人们就把它交给庸碌之辈,让他们去掉超出来的部分。但是我们恰巧应该在这一点上展开斗争,不应该为取悦于人而降低水平,而是相反,应该向公众揭示他们自身的要求,逐渐提高他们,直到他们有阅读的需要。必须在表面上作些让步,使我们成为不可缺少的,并且,如果有可能,通过轻易得到的成功巩固我们的阵地;然后利用政府部门的混乱与某些制片人的外行把这些武器反过来针对他们。到那个时候,作家就将投入陌生之中:他将在黑暗中对一些他不认识的人说话,以前从未有人对这些人说话,除非向他们撒谎;他将用自己的声音代这些人表达他们的愤怒和关注;这些人以前从未照过镜子,已经学会像瞎子一样微笑和哭泣但却看不见自己,他们将突然面对自己的形象。谁敢说文学这样做的时候将有所失呢?相反我以为它将有所得:从前整数与分数便是全部算术,今天它们只代表数学科学的一小部分。书亦如此:"整体文学"若能问世,它将有自己的无理数、代数和虚数。且别说这些工业与艺术无关:说到底印刷业也是一种工业,而过去的作者为我们征服了印刷业;我不以为我们能使用全部"大众传播媒介",但是为了我们的后来人而开始征服它们是一件壮举。肯定无疑的是,无论如何,如果我们不去使用大众传播媒介,我们就得甘心永远只为资产者写作。

(三)有善良意愿的资产者,知识分子,小学教员,非共产党员的工人:假定我们能同时接触到这些驳杂的成分,怎样才能把他们变成一个公众,即读者、听众与观众的有机统一呢?

我们要记住,阅读者在某种程度上解除了他的经验人格,逃脱了他的怨恨、恐惧与觊觎心理,从而使自己位于自身自由的巅峰;这一自由把文学作品当作绝对目的,并且通过文学作品把人性也作为绝对目的;它使自己成为相对于它自身、作者与可能有的读者而言不受制约的要求:因此它可以等同于康德的善良意志,这一意志在任何场合都把人看作目的而不是手段。就这样,读者由于他提出了要求便参加了康德称之为目的之城邦的善良意志,而在地球上每一处,在每一时刻,有几千名彼此不相识的读者致力于维持这一合唱团。但是,为了这一理想的合唱团能变成一个具体社会,它必须满足两个条件:首先,读者应用一种直觉,或者至少用对自身在这个世界中的肉身存在的预感来取代他们大家作为人类的个别样品而彼此对别人怀有的原则性认识;其次,这些抽象的善良意志不应该彼此不通声气,徒然向虚空发出关于人的一般状况的不触及任何人的召唤,而是应该于真实事件发生之际在相互之间建立实在的联系,换句话说,这些非时间性的善良意志应该在维护它们的纯洁性的同时使自己历史化,应该把它们的形式要求改变成物质的、有确定日期的要求。做不到这一点的话,目的之城邦对于我们每一个人就只在我们进行阅读的时间内存在;当我们从想象生活回到现实生活时,我们就会忘掉这一抽象的、隐含的、建立在虚无之上的同声相应、同气相求关系。我称之为阅读的两种主要愚弄作用即来源于此。

当一个年轻的共产党人阅读《奥雷连》①或者一名基督徒大学生阅读《人质》②时，他们感到片刻的审美愉悦，他们的情感包含一个普遍要求，目的之城邦用虚幻的城墙包围他们；但是，这些作品同时各自受到一个具体的集体的支撑——对于前者是共产党，对于后者是基督徒社团——集体对作品表示认可并在字里行间显示自己的存在。一名神甫在布道时曾提到某一作品，《人道报》曾推荐另一作品；大学生在读书时从不感到自己是孤身一人，书取得一种神圣性，它是宗教崇拜的道具，阅读变成仪式，正好类似共领圣餐。反之，当纳塔那埃尔打开《地粮》时，他一旦兴奋起来，就向人们的善良意志发出同一个无力的呼唤，而被魔法召请的目的之城邦是不会拒绝显现的。然而，他的热情本质上是孤独的，在这一场合阅读起分隔作用；人们诱使读者与家庭、与周围的社会对抗，人们切断他与过去和未来的联系，把他还原为他自身在瞬间中赤裸裸的存在；人们教会他潜入内心底层以便辨认、计算他最特殊的欲望。至于在世界上不管什么地方是否有另一个纳塔那埃尔埋头阅读同一本书，体验到同样的激昂情绪，我们这位纳塔那埃尔毫不在意；信息仅是向他发出的，辨读这个信息是内心生活行为，是寻求孤独的努力；到头来人们请他把书扔掉，毁弃把他与作者联结在一起的那个规定相互提出要求的协议，结果他除了自己没有找到任何别的东西。他自己作为被隔离的实体。套用涂尔干的说法，我们不妨说克洛岱尔的读者们的团结一致是有机的，而纪德的读者们的团结一致是机械的。

---

① 《奥雷连》，阿拉贡的小说。
② 《人质》，克洛岱尔的作品。

在这两种情况下,文学都在经历最严重的危险。当书具有神圣性时,它的宗教美德并非来自它的意图或它本身的美,它是从外部如接受一个印记一样接受这一美德,由于在这种情况下阅读的主要瞬间是同气相求,即象征性地与团体相结合,写成的作品转而成为非主要的,即它真的变成仪式的一种道具。尼赞的例子足以说明这一点:当他是共产党员时,党员们怀着热忱读他的文章;当他叛党,死去,没有一个斯大林分子会想起重读他的书;在这些抱有成见的人眼中,他的书体现了背叛的形象。但是,由于《特洛亚之马》与《密谋》的读者在一九三九年发出不受条件制约的、非时间性的召唤,要求所有自由人表示赞同,由于另一方面这些作品的神圣性却是有条件的与暂时的,并且包含着当作者被革出教门时由读者把它们如同被玷污的圣餐饼一样切掉,或者当共产党改变政策时至少把它们忘掉的可能性,这两个相互矛盾的内涵就把阅读的意义也毁灭殆尽了[23]。这也不足为奇,既然我们看到共产党作家在他那一方面毁灭写作直到毁灭其意义:于是大功告成。那么是否必须凑合着被人秘密地、几乎是偷偷地阅读呢,还是必须使艺术品如同一个美丽的、金光闪闪的恶习在孤独灵魂的最深处慢慢成熟?在这里我也以为觉察到一个矛盾:在艺术品中我们发现全人类在场;阅读是读者与作者,与其他读者沟通:那么它又怎么可能同时劝诱人们彼此隔离呢?

不管我们的公众有多少人,我们既不愿意他们仅是个别读者的重叠,也不愿意由一个政党或一个教会的超越性行为赋予他们以一致性。阅读既不应该是神秘的心心相印,也不应该是手淫,而是一种同伴关系。另一方面,我们承认纯形式地求助于抽象自由意志会使每个人留在原先的孤立处境中。然而必须以此为出发点：如果人们失去这条线索，人们就会突然迷失在宣传的丛林里或者一种"喜爱自身胜过一切"的文体带来的自私的快感中。所以必须由我们通过我们的作品的内容，来把目的之城邦改变成具体的、开放性的社会。

如果说目的之城邦仍是一种萎靡不振的抽象物，那是因为没有历史形势的客观改变就不可能实现它。我以为康德看清了这一点，但是他一会儿寄希望于道德主体的纯主观改变，一会儿又不相信能在世界上遇到一个善良意志。对美的观赏确实能在我们身上引起把人看做目的的纯形式意愿，但是这一意愿在实践中不起作用，因为我们社会的基本结构仍是压迫性的。当前的道德悖论在于此：如果我专心致志于把几个经过选择的人，如我的妻子、儿子、友人、我在路上遇到的穷人，当作绝对目的，如果我拼命履行我对他们的全部义务，那么我将在这番努力中耗尽自己的生命，我势必将避而不谈当代的不公正现象，阶级斗争，殖民主义，反犹太主义，等等，结果是我利用压迫去行善。此外，由于这一压迫必将出现在人与人的关系里，甚至以更微妙的方式出现在我的意愿里，我企图做的善事必将在根子上已经腐败，它将变成彻底的恶。然而，如果我反过来投身革命事业，我就可能没有闲暇去照管个人关系，更糟的是我可能被行动的逻辑引向把大部分人，甚至我的同志们看作手段。但是，如果我们从审美情感不自觉地包含的道德要求开始，我们就有了好的出发点：必须使读者的善良意志历史化，即尽可能通过我们的作品的形式安排促使读者在任何情况下都把人看作绝对目的的意愿，并且通过我们的作品的题材引导读者把他的意愿引向他的邻人，即我们这个世界上的被压迫者。但是，如果我们不是除此之外还在作品的脉络本身中向读者指出，在当代社会中他恰巧不可能把具体的人当作目的,那么我们等于什么也没有做。就这样,人们挽着读者的手为他引路,直到让他明白,他实际上要求的是取消人剥削人制度,而他一下子就在审美直觉中确立的目的之城邦仅是一个理想,我们只有走完一个漫长的历史进化过程才能与之接近。换言之,我们应该把读者形式上的善良意志改变成通过确定的手段改变这个世界的具体物质意志,以便为既定的具体社会的来临出一把力。因为当今之世一个人的善良意志是不可能的,或者确切地说,一个人的善良意志仅是,也只可能是使普遍善良意志成为可能的想法。于是产生我们的作品应该表现的特殊张力,这一张力有点像我在上文谈论理查·赖特时提到的张力。因为我们想争取的读者中的一部分还在人与人之间的关系中消耗他们的善良意志,也因为另一部分读者因其属于被压迫群众,便把通过一切手段获得自身命运的物质改善作为任务。所以必须告诉前者,目的的统治不经革命是不可能实现的,同时告诉后者,革命者不是为目的的统治做准备,也是不能想象的。如果我们坚持不懈,这一持久的张力将促成我们的读者群的统一。简单地说,我们应该在我们的作品里兼为人的自由与社会主义革命而斗争。人们常说这两者是不能调和的,我们要做的正是锲而不舍地证明这两者是相互关联的。

我们出身资产阶级,这个阶级教会我们认识它的征服成果,诸如政治自由,人身保护等的价值;由于我们的文化教养,生活方式和我们现有的读者群,我们仍然是资产者。但是,与此同时历史形势敦促我们与无产阶级会合以便建设一个无阶级社会,毋庸置疑,无产阶级目前很少关心思想自由:它有别的事情要做。另一方面,资产阶级佯作不理解"物质自由"这个名词的意思。所以,至少在这一方面,每个阶级都可以保持心安理得,既然它不知道二律背反的一项。但是虽说现在没有任何东西需要我们对之深思①,我们仍处于中介人的地位上,我们夹在两个阶级中间,每个阶级都把我们朝自己这一边拉,我们注定要像耶稣受难一样承受这一双重要求。这一双重要求既是我们的个人问题,也是我们时代的悲剧。人们自然会说,这一使我们身心分裂的二律背反的原因在于我们身上还有残留的资产阶级意识形态,我们还不善于清除这些残余;另一方面人们会说,我们以革命为时髦,我们想使文学服务于它并非为之而存在的目的。这么说本来无足轻重,但是我们当中感到内疚的某些人心中,这些声音会引起交替的回声。所以我们应该确信下列真理:放弃形式自由以便更彻底地否定我们的资产阶级出身可能是吸引人的,但是这就足以从根本上贬损写作计划的信誉;也许更简单的是对物质要求不感兴趣以便怀着宁静的心境去创造"纯文学",但是这一来我们将放弃在压迫阶级之外选择我们的读者。所以我们应该也是为了自己并且在自己身上克服这一对立。首先我们要相信对立是可以克服的;文学本身为我们提供了榜样,因为它是一个完整的自由诉诸一些充盈的自由的结果,也因为这样它就以自己的方式,作为一项创造性活动的自由产品,显示了人的整体状况。再则,另一方面,如果说设想一种整体解决方案非我们的力量所能及,我们的责任却在于在成千上万次局部综合中克服对立。我们每天必须在我们作为作家的生活中,在我们的文章和书中表明立场。既然如此,那么我们理应始终把作为形式自由与物质自由的实际综合的整体自由的权利当作指导原则,理应让这个自由显示在我们的小说、评论和剧本里。由于我们笔下的人物如果是当代人就不享

---

① 统观下文,"深思"(méditer)疑为"作中介"(médier)之误,那么这句话应读作"没有什么东西需要我们为之作中介"。

有这一自由,那么我们至少应该指出,不拥有这一自由使他们蒙受多大损失。用漂亮的文体揭露滥用权力与不公正,对资产阶级作出色的否定性心理分析,甚至连用我们的笔为社会政党服务都不够了:为了拯救文学,必须在我们的文学里表明立场,因为文学就其本质而言是表明立场。我们应该在各个领域一齐排斥不以严格的社会主义原则为指导的解决方案,但是同时也应该背弃所有把社会主义看作是绝对目的的学说和运动。对我们来说社会主义不应该代表终极目的,而是开始的终结,或者不妨说是达到目的之前的最后手段,而目的则是使人身享有其自由。因此我们的作品应以否定性与建设性的双重面貌呈现于世人之前。

　　首先是否定性。大家知道批判性文学的伟大传统可以上溯到十七世纪末:问题在于运用分析方法分离每一概念里属于它自己的内容与传统或压迫者的愚民手段添加进去的成分。如伏尔泰或百科全书派学者这样的作家把行使这一批判职能当作他们的主要任务之一。既然作家的材料与工具是语言,由作者们负责清扫自己的工具是正常的事情。说实话,文学的这一否定性职能在下一世纪被弃置了,其原因可能是统治阶级使用了过去的大作家们为他们确定的观念,而且一开始在统治者们建立的各种体制、他们的意图以及他们行使的压迫与他们赋予自己使用的词语的意义之间有某种平衡。举例说,"自由"这个词在十九世纪显然仅指政治自由,人们用"混乱"、"放荡"这类词来称呼所有其他形式的自由。同样地,"革命"这个词必定指的是一场伟大的历史革命,一七八九年的革命。由于资产阶级出于普遍的默契忽视这一革命的经济方面,由于资产阶级在其历史书中几乎不提格拉古斯·巴贝夫①,

---

① 格拉古斯·巴贝夫(1760—1797),法国革命家,其学说属空想共产主义。

也很少谈及马拉与罗伯斯庇尔的看法,从而只对戴穆兰与吉隆特党人表示正式景仰,结果便是人们用"革命"这个词来称呼成功的政治暴动,而且人们可以把这一名称用于一八三〇年和一八四八年的事件,虽说这些事件说到底仅仅引起统治者的人员变动而已。词汇上的这一狭隘性显然使人们无视历史、心理与哲学现实的某些面貌;但是由于这些面貌本身并不明显,由于它们与其说与社会或个人生活中的某些实际因素相对应,不如说对应于群众或个人意识中潜在的不自在感,所以给人们深刻印象的与其说是词汇的不足,不如说是它们那种干枯洁净的性质以及词义的明确不变性。在十八世纪,撰写一部哲学辞典便是悄悄地破坏统治阶级的基础。在十九世纪,利特雷和拉罗斯①是信奉实证主义的、保守的资产者:词典的目的仅在于普查词汇并确定其形义。两次大战之间文学遇到语言危机,其原因在于历史与心理现实中被忽视的面貌于暗中成熟之后,突然跃居首要地位,然而我们用来称呼这些原先被忽视的面貌的词汇却一如既往。这个问题本来可能不太严重,因为在大多数场合需要做的仅是深化一些观念和变更一些定义:举例说,当人们指出"革命"这个词应当指一种同时包括所有制的改变、执政者的变动与采用暴动手段的历史现象,从而便更新了这个词的意义时,人们没费多大力气就使法语的一个部门重焕青春,而这个词一旦浸透了新的生命,便能踏上新的征程。不过必须指出,有待施加于语言的基本工作是综合性的,而在伏尔泰的时代这一工作却是分析性的:现在需要加宽、拓深,敞开大门,让新思想成群结队地进来并在它们进门时实施监督。这正是反学院派之道而行之。不幸的是我们生活在一个充满宣传的时代,这使我们的任务

---

① 拉罗斯(1817—1875),法国语法学家,词典编纂人。

变得极其复杂。在一九四一年,敌对的双方仅以上帝为争夺对象,问题还不严重。今天却有五六个敌对阵营以争夺关键性概念为务,因为这些概念对大众产生的影响最大。大家都还记得德国人怎样保留了战前法国报纸的外观、报名、版面乃至字体,利用它们来传播与我们习惯在报上找到的思想完全相反的思想:因为装潢依旧,他们指望我们不会发觉药丸已经变了。词语亦复如此:每一派都把词语如同特洛亚木马一般往前推,我们则把它们放进来,因为人们用它们在十九世纪具有的意义来迷惑我们。它们一旦进入位置,就敞开自身,于是一些陌生的、闻所未闻的含义如同百万大军在我们身上向四处散开,我们还没来得及留神,堡垒已被攻占。从此以后谈话与争论都不可能了;勃里斯-帕兰看得很明白,他大致说过如下的话:如果你在我面前使用自由这个词,我顿时就会情绪激昂,我或者同意或者反驳;但是我这个词指的意思与你指的截然不同,因此我们是在白费唇舌。此话不假,不过这却是一种现代病。在十九世纪,利特雷词典就能使双方的理解达成一致;在这次大战之前,我们可以查拉朗德①的词汇。今天不再有仲裁。何况我们都是同谋犯,因为这些游移不定的概念有助于我们的自欺。这还不算完:语言学家们经常指出词语在动乱时期保留着人类大迁移的痕迹:一支野蛮人的大军穿过高卢,士兵们寻开心学说当地居民的语言,于是这一语言将在长时期内变质走样。我们的语言还带着纳粹入侵的印记。"犹太人"这个词从前指某种类型的人;法国反犹太主义可能给这个词带上轻微的贬义,但是洗刷掉这层贬义并不难做到:今天人们害怕使用此词,它听起来好像一项威

---

① 安德烈·拉朗德(1867—1963),《哲学技术词汇批判释义》(1902—1903)的主编。

胁,一个辱骂或挑衅。"欧洲"这个词过去指旧大陆这个地理、经济与历史单位。今天它保有日耳曼主义与奴役的气味。连"合作"这个无辜的、抽象的名词也未能幸免,变得臭名昭著。另一方面,由于苏俄出了故障,战前共产党人使用的词也出了故障。如同斯大林主义知识分子的思维停留在半路上一样,这些词的意义也在半路上停住,要不然就在岔路上迷失方向。在这一方面"革命"这个词的遭遇很能说明问题。我曾在另一篇文章中引用一位通敌的新闻记者的话:"维持,这就是民族革命的箴言。"今天我要加上出自一位共产党知识分子的另一句话:"生产,这就是真正的革命。"事情走得那么远,以致法国人最近能在竞选招贴上读到:"投共产党一票,即为保护财产投票。"[24]反过来,今天谁又不是社会党呢?我记得一次作家聚会,与会者均属左翼,大家拒绝在宣言中使用"社会主义"这个词,"因为它已被贬得太厉害了"。而今天的语言事实上又是如此复杂,我不知道这些作者排斥这个词是出于他们声明的理由呢,还是因为——不管它有多么陈旧过时——它叫他们害怕。此外,大家知道"共产党人"这个词在美国指任何不投共和党一票的美国公民,而"法西斯分子"在欧洲指任何不投共产党一票的欧洲公民。为了把牌进一步搅乱,还得补充说法国保守派宣称苏联实行的制度是一种国家社会主义,尽管这一制度并非以一种种族理论或反犹太主义理论为依据,同时左翼则有人宣称美国陷入法西斯主义,尽管美国是一个民主国家,由公众舆论实施散漫的专政。

　　作家以直言不讳为职能。如果词语得了病,治愈它们是我们的责任。许多作家思不及此,却以词语的疾病为生,现代文学在许多场合是词语的癌症。我不反对别人去写"黄油的马",但是,在某种意义上,人们写这种文章等于谈论美国的法西斯主义或者斯大林的国家社会主义。我尤其以为最凶险的莫过于被称为诗体散文的文学练习,这类文字使用词语时看重的是在它们周围震响的、由与明确含义矛盾的模糊意义组成的各种朦胧的和声。

我知道:许多作者曾以毁灭词语为务。犹如超现实主义者以主体与客体同归于尽为目的:这是消费文学的极致。但是我已指出,今天需要建设。如果人们不是与勃里斯-帕兰一样惋惜语言与现实不相适应,人们就成为敌人,即宣传的同谋犯。因此我们作为作家的首要义务是恢复语言的尊严。说到底我们是用词语来思想的。我们必须十分狂妄,才能相信自己藏有语言不配表达的不可名状之美。再则,我对不可言传的东西总有戒心,这是一切暴力的根源。当我们觉得不可能使别人分享为自己确认不疑的信念时,剩下可做的事情只有殴打,烧死或绞死别人。不:我们并不比我们的生命更有价值,应该根据我们的一生去评判我们,我们的思想也不比我们的语言更有价值,应该根据思想使用语言的方式去评判思想。如果我们要使词语恢复其能力,那就必须做双重工作:一方面是分析性的扫除,以便清除词语的蔓生意义,另一方面是综合性的扩展,以便它们适应于历史形势。假如单独一位作者献身于这项任务,他毕生的精力也不够用。如果我们一齐动手,我们不必费多大劲就能达到目的。

不仅如此:我们生活在愚弄的时代。有一些根本性的愚弄与社会的结构有关。无论如何,今天的社会秩序建立在对群众意识的愚弄之上,混乱亦然。纳粹主义是一种愚弄,戴高乐主义是另一种,天主教是第三种;法国共产主义无疑是当今的第四种愚弄。我们当然可以不计较这一切,诚实地做我们自己的工作,不去招惹别人。但是,由于作家对读者的自由说话,由于每个被愚弄的意识因其与束缚它的那项愚弄同流合污,趋向于维持自己的状态,我们只有致力于为读者们揭穿骗局,才能拯救文学。基于相同的理由,作家的责任是表明立场反对所有不正义行为,不管它们来自何方。由于我们如果不以自由通过社会主义将在远期来临为目的,我们的作品就没有意义,因此在每一有关场合都需要指出曾经有过对形式与个人自由的侵犯或者有过物质压迫,或者两者兼而有之。从这一观点来看,我们应该既揭露英国在巴勒斯坦与美国在希腊推行的政策,也揭露苏联流放政治犯。如果有人对我们说,我们把自己看得太重,我们希望自己能改变世界的进程未免太幼稚了,我们将回答说我们不抱幻想,但是某些事情是应该被说出来的,即使这样做仅是为了在儿辈面前不丢面子。何况我们并没有影响美国国务院的狂妄想法,有的只是不那么狂妄的对我国同胞的意见施加影响的想法。然而我们不应该不加区分地用我们的笔墨任意发难。我们需要在每一场合考虑追求的目标。一些前共产党人愿意我们把苏俄看成头号敌人,因为苏俄败坏了社会主义这一观念本身,它把无产阶级专政变成官僚专政;因此人家希望我们把全部时间用于谴责苏俄的敲诈行为及暴力;同时人家让我们看到,资本主义的种种非正义行为昭然若揭,不可能欺骗人:所以我们若去揭露资本主义的非正义便是白费精力。我只怕猜透了这类劝告的用心所在。不管我们审察的暴力是什么性质,在评判它们之前总需要考虑行使这一暴力的国家的处境以及它是在什么前景下行使暴力的。举例说,首先应该证明苏联政府当今的行为,归根结底受到它保护出了故障的革命的愿望的驱使,它希望能"挺"到有可能继续前进的时刻。反之,美国人的反犹太主义与仇视黑人,我们的殖民主义以及列强对佛朗哥的态度虽说往往引向一些不那么彰明较著的非正义行为,却无不以维持当前的人压迫人制度为目的。人们会说,这是大家都知道的。可能真是这样的;但是,如果谁也不把这一点说出来,知道这一点又有什么用呢?我们作为作家的任务是表现世界并提供关于这个世界的证词。再说,即便业已证明苏联与共产党追求真正革命的目的,这也不能使我们免于评判它们的手段。如果人们把自由当作任何人类活动的原则与目的,那么根据目的去评判手段与根据手段去评判目的同样都是错的。目的毋宁是被运用的手段的综合整体。所以有些手段仅因其存在便打破了它们想进入的那个综合整体,因而就有可能毁坏它们企图实现的目的。人们曾尝试用准数学公式确定在什么条件下一项手段可被说成是合法的:人们在这些公式中引入实现目的的概率,目的的邻近区域以及与运用的手段要求付出的代价相比该项目的能带来多大好处。这很像边沁①的快乐计算法。我不认为某一类似公式不能应用于某些场合。例如在一个本身具有数量性的假定中,人们需要牺牲一定数量人的生命以便挽救其余的人。但是在大多数场合,问题截然不同:被使用的手段在目的中引入一个质的变异,而这一变异是不能用数量测定的。试想有一个革命政党为了保护其成员不致动摇其信念,不产生精神危机并不受敌对宣传的影响,就对他们一贯撒谎。追求的目的是消灭压迫制度;但是谎言本身就是压迫。难道人们可以以结束压迫为借口而维持压迫?难道必须奴役人才能更好地解放人?人们会说,手段是过渡性的。不,如果手段帮助创造一个接受谎言并且说谎的人类,它就不是过渡性的,因为这样一来,将要掌权的人就不再是配得上夺取政权的那些人了。因此,共产党对自己的队伍撒谎、造谣诬蔑、掩饰自己的失败与过错的政策连累了它追逐的目的。另一方面,人们不难回答说在战争中——任何革命政党都处于战争中——不可能把全

---

① 边沁(1748—1832),英国哲学家。

部真相告诉士兵。这就需要掌握分寸:没有现成的公式能使我们免于审察每一特殊情况。应该由我们担任这个审察工作。假如听任政治家自行其是,他总会采用最方便的手段,即顺坡往下走。群众受宣传的欺骗,就会追随它。除了作家,谁还能向政府、政党、公民指明被运用的手段的价值?这并不意味着我们必须系统地反对使用暴力。我承认不管以何种形式显示的暴力都是失败。但这是一种不可避免的失败,因为我们生活在一个暴力的世界中;如果用暴力对抗暴力真有可能使暴力得以延续,那么同样真实的是:暴力是结束暴力的唯一手段。某家报纸曾大言不惭地宣称必须拒绝与暴力——不管它来自何方——发生任何直接或间接的同谋关系:第二天它却报导了印度支那战争的最初几次战斗。今天我要问这家报纸:怎样才能做到拒绝以任何间接方式参与暴力?假如你讳莫如深,你必定赞成继续战争;人们总要对人们没有试图去阻止其发生的事情负责。但是,如果你能做到使战争不惜任何代价立即停止,你将成为几起屠杀的根源并将伤害所有在那边拥有利益的法国人。当然我不谈论妥协,既然战争是从一项妥协中诞生的。反正需要行使暴力,那就必须有所选择。根据别的原则进行选择。政治家考虑运送部队是否可能,继续战争是否会导致公众舆论对他不满,在国际上又会引起什么影响。作家的责任是评判手段;他不是从一种抽象道德观点出发,而是把手段置于一项明确的目的,即实现社会主义民主的前景之下进行评判。所以我们不仅在理论上,而且应该在每一具体场合思考关于目的与手段的现代问题。

如同大家看到的那样,有待做的事情很多。但是,即使我们把毕生精力都消耗在批判上,谁又能因此责备我们呢?批判的任务变得具有整体性,它要求人们整个儿投入其中。在十八世纪,工具已经锻成,使用分析理性便足以清扫观念;今天必须同时进行清扫和补足，需要把因为停留在半路上而变质走样的概念推向完成；它不局限于使用一种由两个世纪的数学建立起来的理性，相反它将造成现代理性，以便最终它能建立在创造性的自由的基础之上。当然这一批判本身不能带来积极的解决方案，但是今天谁又能带来积极方案呢？我到处只见到陈旧的公式，重新粉刷的门面，缺乏诚意的妥协，业已过时又草草重漆一遍的神话。除了逐一戳破所有这些充满空气的膀胱，即便我们没有做其他事情，我们也对得起读者了。

然而一七五〇年左右的批判曾是改变制度的直接准备工作，因为它通过粉碎压迫阶级意识形态削弱了压迫阶级。今天的情况不同，因为有待批判的观念属于所有意识形态和所有阵营，所以，光是运用否定性已不再能为历史效力，即便这一否定性以肯定性告终。单独一个作家可以限于以批判为务，但是我们的文学作为整体首先应该是建设。这并不意味着我们应该大家一起或各自努力寻找一种新的意识形态。我已指出，在每一时代，文学整个儿都是意识形态，因为它构成这一时代视不同历史形势与人才配备而异，为照亮自身而生产的一切东西的综合的、往往是矛盾的[25]整体。但是，既然我们已承认必须创造一种实践文学，我们理应奉行不渝，坚持到底。现在不再是描写与叙述的时代；我们也不能局限于解释。描写，即便是心理描写，无不是纯粹的静观享受；解释即是接受，它原谅一切；两者都以事情已告终结为前提。但是，如果感知本身即是行动，如果对于我们来说表现世界始终意味着在一种可能发生的变化的前景下揭示这个世界，那么在这个宿命论的时代我们需要在每一具体场合向读者显示他的做成与拆散的能力，简单说就是他的行动能力。当今的形势因其完全无法忍受而带有革命性，然而它仍处于停滞状态，因为人们失去了对自身命运的控制；欧洲面对未来的冲突放弃了自己的权利，它寻求的主要不是防止这一冲突，而是使自己预先站在战胜者那一边；苏俄以为自己处境孤立，犹如一头野猪被一群拼命咬上来的猎犬逼得走投无路；美国不必害怕其他国家，却对自己的重量感到惊慌；它越富有就越笨重，它脑满肠肥，趾高气扬，闭着眼睛听凭自己滑向战争。至于我们，我们只为我们国家的几个人以及欧洲很少一些人写作，但是我们必须到他们所在的地方去寻找他们，——虽然他们迷失在各自的时间里犹如麦垛里的缝衣针——还要提醒他们看到自己的力量。让我们在他们的职业活动里，在家庭里，教室里，在他们的国家里找到他们，与他们一起测定他们所受的奴役，但是这样做的目的不是为了使他们陷入更深的奴役之中：应该让他们看到，在劳动者最机械的动作中也包含着对于压迫的全部否定；我们决不应该把他们的处境当作既成事实，而是当作一个问题来考虑，让他们看到这一处境的形式与界限来自可能性的无垠的地平线，总之让他们认识到他们的处境除了由他们选择的超越它的方式所赋予它的面貌之外不能有别的面貌：应该教他们知道，他们既是受害者也要对一切负责，他们兼为被压迫者、压迫者与他们自己的压迫者们的同谋，而且人们绝不可能分清哪些是一个人不得已而忍受的，哪些是他接受的，哪些是他要求的；应该让他们看到他们生活在其中的世界从来只能参照他们投向自己面前的未来得到定义，而且，既然阅读向他们显示他们的自由，我们就应该利用他们读书的机会提醒他们：他们把自己位于其中以便评判现在的那个未来即是人与自身汇合，人最终通过目的之城邦的建立作为整体达到自身的那个未来；因为只有对于正义的预感才能使人对某一特殊的非正义产生愤慨，也就是说使之成为非正义；最后，在敦促读者从目的之城邦的观点出发去理解他们的时代时，我们还应该让他们知道这一时代具备的有利于实现他们的意愿的因素。从前的戏剧是所谓"性格剧"：舞台上出现一些复杂程度虽有不同，但都是完整的人物，他们的处境起的作用仅是使这些性格发生冲突，表明每一性格怎样在其他人的性格的作用下发生变化。我已在别处指出，前不久在这一领域产生了重大的改变：好多作者返回来创作处境剧。不再有性格：主人公是与我们大家一样坠入陷阱的自由。出路何在？每个人物无非是对一种出路的选择，而且他本身不比他选定的出路更有价值。但愿整个文学与这一新戏剧一样具有道德性并且提出问题。道德性不是说教：文学仅须指出人也是价值，人对自己提出的问题总是有道德性的。在某种意义上，每一处境都是陷阱，四面都是墙壁：我表达得不好，没有可供选择的出路。出路是人们自己发明的。我们每个人在发明自己的出路的同时也就发明了自己。人需要每天被发明。

　　特殊地说，如果我们要在准备战争的强国之间进行选择，那就一切都完了。选择苏联，这就是放弃形式自由却又无望获得物质自由：苏联工业的落后使它不可能在战胜后组织欧洲，于是专政和贫困将无限期地延续下去。但是，美国获胜后共产党将被消灭，工人阶级将丧失勇气，迷失方向。这里不妨借用一个新名词，它将被"原子化"，而资本主义因为成了世界的主人就会变得更加冷酷无情，在这种情况下人们难道相信一个从零开始的革命运动会有成功的可能吗？人们会说，应该把未知因素也考虑在内。可我只想根据我知道的东西进行考虑。不过有谁强迫我们去选择呢？难道说，人们果真只有在已有的群体之间进行选择——它们被选择的理由仅是它们已经形成——只有站在强者这一边，才能创造历史？要这么说的话，法国人在一九四一年理应如合作者们建议的那样，站在德国这一边。然而，历史行动显然从来不限于在原始材料之间进行选择，它的特点始终是从某一已定处境出发发明新的解决方式。

对"群体"的敬畏纯属经验主义,人在科学、道德与个人生活中早就超越了经验主义:佛罗伦萨的公共水池管理员"在几个建筑群之间进行选择";托里拆利却发明了大气压,我说他发明了而不是发现了大气压,因为当所有人的眼睛都对某一物体视而不见时,必须从头到尾发明这一物体后才能发现它。我们的现实主义者们到处宣扬创造力,那么他们为什么,出于什么自卑情绪,在涉及历史事实时却排斥这一创造力呢?推动历史的几乎总是这样一种人,他们面对一个两难推理突然亮出前所未见的第三项。在苏联和盎格鲁-撒克逊集团之间确实必须选择。社会主义的欧洲却不"待选择",既然它还不存在:它有待创造。首先不是与丘吉尔,也不是与贝汶①的英国一起创造欧洲,而是在大陆上,联合有同样问题的国家一起创造欧洲。人们会说为时已晚,但是果真如此吗?再说人们尝试过没有?我们与近邻的联系总要通过莫斯科、伦敦或纽约:人们是否不知道也有直接的通路?不管怎么说,只要情况没有改变,文学的机遇总是与社会主义欧洲的建立联系在一起的。社会主义的欧洲即一群具有民主与集体主义结构的国家的集合,每一国家在它能做到更多之前先得为了整体的利益而放弃一部分主权。只有在这个假设下才有希望避免战争,也只有在这个假设下思想才能继续在大陆上自由流通,文学才能重新找到一个对象和一个读者群。

人们会说,这样岂非提出许多互不协调的任务?此话不假。但是柏格森曾很好地说明,眼睛因其并列多项职能而言,是一个极其复杂的器官,如果人们把它置放在进化的创造性运动中去考察

---

① 贝汶,当时任艾德礼内阁的英国外交大臣,力主与美国接近。

便重新呈现某种单纯性。作家亦然：如果你借助分析方法列举卡夫卡阐发的主题及他在书中提出的问题，然后，如果你在追溯他的生涯的起点时看到这些对他来说都是有待处理的主题与有待提出的问题，你会受到惊吓。不过人们不应该以这种方式看待他：卡夫卡的作品是对中欧犹太—基督教世界的一种自由的、单一的反应；他的小说是对他作为犹太人、捷克人、不甘就范的未婚夫、肺病患者等等的状况的综合性超越，马克斯·勃罗德赞叹不已的他的握手、微笑与目光也是同样性质的超越。在批评家的分析下，他的小说分崩离析，变成问题；但是批评家错了，应该在其运动中阅读这些小说。我无意给予我同辈的作家们布置惩罚性作业：我凭什么权利这样做？又有谁请我这样做？我对发表文学流派宣言也没有兴趣。我只想描写一种处境，带着它的前景，它受到的威胁和它接到的指令：一种实践文学诞生于找不到读者群的时代：这便是已知数；每个人有他自己的出路。他的出路即他的风格、技巧、题材。如果作家与我一样痛感这些问题的迫切性，人们可以确信他将在他的作品的创造性整体里，即在一种浑成的自由创造运动中提出这些问题的解决办法。[26]

没有任何东西为我们保证文学是不朽的，今天文学的机会，它的唯一机会，就是欧洲、社会主义、民主与和平的机会。必须碰一下运气；如果我们失去机会，不仅我们这些作家将要倒霉，社会也要倒霉。我曾指出，集体通过文学达到反思与中介，它内心负疚，获得自身的一种失衡的形象，不断设法改变并改善这一形象。但是，归根结底，写作艺术不受不变的天意的保护；写作艺术就是人们把它造成的那个东西，人们在选择自身的同时选择了它。如果写作艺术注定要变成纯粹宣传或纯粹娱乐，社会就会再次坠入直接性的泥潭,即膜翅目与腹足纲动物的没有记忆的生活之中。当然,这一切并不重要:没有文学,世界照样存在。但是,没有了人,世界可以存在得更好。

注释

〔1〕 美国文学仍处于地区主义阶段。

〔2〕 我一九四五年路过纽约时,曾请一位文学经纪人代为取得纳塔那埃尔·威斯特的《孤心小姐》的翻译权。这位经纪人不知道有这本书,遂与某一部名叫《孤心》的书的作者,一位老小姐达成一项原则协定,那位老小姐大为惊奇竟有人想把她的书译成法文。经纪人弄清楚情况以后,便继续寻找,最后找到威斯特的出版者。后者对他承认不知道作者的近况。在我的坚持下,他们分别去做调查。最后得知威斯特已于几年前死于车祸。似乎他在纽约的银行里还有账号,出版商不时寄去一张转账支票。

〔3〕 茹昂多笔下的资产者灵魂具有同一神奇性;但是这一神奇性变换了符号:它变成否定性的、魔鬼性的。人们确实有理由认为资产阶级的黑魔法比它获准摆出的豪华排场更令人眩惑。

〔4〕 充当暴力的神职人员,这就要求人们自觉地采用暴力作为思想方式,即人们通常求助于恫吓与权威原则,高傲地拒绝证明与讨论。这一特点使得阐述超现实主义教条的文章与夏尔·莫拉斯的政论具有纯形式的相似性。

〔5〕 这是与莫拉斯的"法兰西行动"的另一相似之处。莫拉斯曾说"法兰西行动"不是一个政党,而是一个密谋集团。超现实主义者们的惩罚性行动难道不与出售保王党报纸①的人们相似吗?

〔6〕 这些心平气和表述的见解却引起了严重的风波。然而,别人的防卫和攻击非但没有说服我,反而使我愈加坚信超现实主义失去了——可能是

---

① 指莫拉斯的《法兰西行动报》。

暂时地——它的现实性。人们把超现实主义当作一种"高度重要的"文化现象，一种"模范的"态度，人们并且试图把它悄悄归入资产阶级人道主义范围。如果超现实主义生机犹存，难道人们相信它会接受添加弗洛伊德的胡椒面与阿尔基埃先生略嫌乏味的唯理主义调料吗？事实上它是它与之猛烈抗争的那种理想主义的牺牲品；《文学报》《喷泉》《十字街头》等刊物都是努力消化它的胃囊。如果某位戴斯诺斯能在一九三〇年读到克洛德·莫里亚克这位第四共和国年轻的淀粉酶的下面这段话："人与人作战，殊不知所有各种精神首先应该结成联合阵线反抗关于人的某种狭隘的、错误的观念。但是超现实主义知道这一点，并且二十年来大声疾呼指出这一点。作为认识举动，超现实主义宣布一切有待从传统的思想和感受方式出发，被重新发明"，戴斯诺斯必定会表示抗议：超现实主义不是一个"认识举动"，它指名道姓地依托马克思的名言："我们想的不是理解世界，而是改变世界"；它从未要求这一"各种精神的联合阵线"，这一提法令人愉快地想起法国人民联盟。与这一相当愚蠢的乐观主义针锋相对，超现实主义一贯指出内部审查与压迫是紧密相连的；如果应该存在所有各种精神（"精神"一词使用复数已与超现实主义不符！）的联合阵线，那是革命以后的事情。超现实主义在其全盛时期甚至不能容忍人们审视它以便理解它。它认为——在这一点上它与共产党相同——一切不是完全地、排他性地赞同它的人都是反对它的。今天它是否明白人家怎样摆弄它了？为了帮它明白，我得透露巴塔叶先生在公开通知梅洛-庞蒂他要撤回为我们写的文章之前，曾在一次私人谈话中表明他的意图。这位超现实主义的斗士当时宣称："我对勃勒东极为不满，但是我们总得联合起来对付共产主义。"这就够了。我以为追溯超现实主义的红火时代与讨论它的宗旨，比起狡诈地试图招纳它乃是对它表示更大敬意的做法。然而超现实主义并不因此领我的情，因为它与所有极权主义政党一样声称自己的主张有连贯性以便掩饰它们的不断变化，因此它不愿意人们考察它过去的宣言。今天我在超现实主义展览会《一九四七年的超现实主义》目录上看到的、得到这一运动的领袖们认可的文章比起早期超现实主义顽强的反抗更接近克洛德·莫里亚克先生温和的折中主义。试以帕斯图罗先生的一段文章为例:"使超现实主义在将近十年时间内围绕共产党演进的政治试验很明显地令人醒悟,企图继续这一试验将导致陷入妥协与无效的两难推理。共产党已走上阶级合作的道路,追随共产党走这条路是与当初推动超现实主义采取一种政治行动的动机相矛盾的。这些动机既是在精神领域,特别是在道德领域的直接要求,也是追求人的完全解放这一远期目标。然而,明显不过的是人们可以依靠它来实现无产阶级的要求的政治并非共产党的所谓左翼反对派的政治,亦非无政府主义小组的政治……超现实主义以在精神领域要求改革,特别是引伦理改革为己任,所以超现实主义不能参加一种因其有效必定是不道德的政治行动,也不能参加一种因其遵守它认为不应违背的原则而必定是无效的政治活动,除非它放弃以人的解放为目标。于是超现实主义收敛退缩。它仍将努力促使同一些要求的实现并加速人的解放,但将是通过别的手段。"

(人们可以在法国小组一九四七年六月二十一日通过的宣言《最初的决裂》第8—11页上找到相似的文章,甚至同样的句子。)

顺便需要注意"改革"这个词以及未曾有过的求助于道德的做法。有一天我们是否会读到一份名叫《超现实主义为改革服务》的期刊?不过这段文章主要表明超现实主义与马克思主义的决裂:现在认为人们不必改革经济基础也能对上层建筑产生作用。一种伦理的、改良主义的超现实主义愿将其行动局限于改变意识形态;这可是危险地散发着理想主义气味。剩下要做的是确定什么是人们对我们提到的"别的手段"。超现实主义是否要为我们提供新的价值体系?不,超现实主义将"追逐它的一贯目标",致力于"还原基督教文明并为后来的 weltanschauung① 的来临准备条件"。我们看到,需要做的始终是否定。帕斯图罗先生本人也承认西方文明已奄奄一息;一场规模无比巨大的战争威胁着它,最终必将埋葬它;我们的时代呼唤一种能使人生存下去的新的意识形态;但是超现实主义将继续攻击文明的"托玛斯主义基督教阶段"。那么人们怎样才能攻击它呢?借助一九四七年超现实主义展览这

---

① 德文:宇宙观,世界观。

块漂亮的、很快就溶化在嘴里的糖果？我们还是回到真正的超现实主义，即《曙色》《娜佳》与《相通的花瓶》的超现实主义上去吧。

阿尔基埃与马克斯·保尔-富歇特别强调超现实主义曾是一项解放努力。按照他们的说法，超现实主义旨在肯定人类整体的权利，它把一切都纳入人类整体，甚至包括无意识、梦幻、性欲与想象物。我完全同意他们的说法：这正是超现实主义愿意做到的；超现实主义事业的伟大之处正在于此。不过需要指出"整体化"观念带有时代印记；是这一观念激活了纳粹意图，马克思主义意图，今天则激活着"存在主义"意图。但是我在超现实主义的根源上发现一个严重的矛盾：为了使用黑格尔的语言，我不妨说这一运动曾抱有整体性的观念（勃勒东的名言："自由，即人的色彩"很清楚地表明这一点），但在其具体显示中却实现了完全不同的东西。人的整体必定是一项综合，即人的全部次要结构的有机的、概括性的统一。一种自命为整体性的解放运动应该以人对自身的整体认识为出发点（我不想在这里证明这一整体认识是可能的：大家知道我对此深信不疑）。这并不意味着我们应该先验地认识——我们也不可能认识——人的实在的全部人类学内容，而是意味着我们可以首先在我们的行为、情感与梦想的既深刻又明显的统一中达到我们自身。超现实主义是一个特定时代的果实，它在出发时就受到反综合性子遗的羁绊：首先是对日常现实起作用的分析性否定性。黑格尔关于怀疑主义写过："思想完全成为一种否定的思维，否定了那么多方面地有规定性的世界，而自由的自我意识的否定性在生活的这种多样性形态中成为真实的否定性……所以怀疑主义就与这一意识的实现，与对对方、对欲望和劳动的否定态度相对应。"（《精神现象学》，依波利特译本第172页）①同样地，我以为超现实主义活动的主要性质是否定精神下降到劳动中去：怀疑主义的否定性变成具体的，杜尚的糖块与狼—桌子一样都是些劳作，即它们正好是具体地、费力地毁灭了怀疑主义者仅用语言予以毁灭的东西。对于作为超现实主义爱

---

① 参见《精神现象学》中译本（贺麟、王玖兴译）上卷第136页，商务印书馆1962年版。

情的主要结构之一的欲望,我的话同样适用:众所周知,这一欲望是消费与毁灭的欲望。人们现在看清走过的路了,这一历程恰好相似于黑格尔指出的意识的各种变化形式:资产者的分析方法是通过消化以理想主义方式毁灭世界;归顺资产阶级的作家们的态度配得上黑格尔关于斯多葛派的说法:这一态度仅是否定性的观念;它犹如主人的意识凌驾在此生之上。反之,超现实主义却"如奴隶的意识渗透此生"。超现实主义的价值肯定在此,而且,毫无疑问,正是由于这一点,它可以声称与劳动者的意识相汇合,而劳动者是在劳动中感到自己的自由的。不过劳动者是为了建设而从事毁灭:他毁灭了树,却制造了大梁和木桩,所以他认识了自由的双重面貌:否定性与建设性。超现实主义借用了资产阶级的分析方法,把过程颠倒过来了:它不是为了建设而毁灭,而是为了毁灭而建设。在超现实主义那里,建设始终被异化,它溶化在一个以毁灭为目标的过程中。然而,由于建设是实在的,而毁灭是象征性的,超现实主义物体也可以被直接设想为它自身的目的。视注意力的方向而异,它是"大理石的糖"或者对于糖的异议。超现实主义物体必定是绚丽多彩的,因为它表现被颠倒的人类秩序,也因为,作为这样一种物体,它在自己身上包含着它特有的矛盾。正是这一特性使其制造者能声称他同时毁灭了实在的事物,又在现实之外以诗的方式创造了一种超现实。事实上,如此这般创造出来的超现实事物变成世界上各种物体中的一种,仅是对于世界可能遭受的毁灭的一个凝固的指示。上届超现实主义展览上的狼—桌子既是为使我们的肉体产生对于木质的朦胧感知而作的混合努力,也是惰性与活性的相互争议。超现实主义者们的努力在同一运动的统一性中展示他们的产品的这两种面貌。但是缺少综合:这正是这些作者不愿意的事情;他们认为合适的是在展示这两个瞬间时把它们视为已溶化在一个占据主要地位的统一性中,同时又认为其中每一瞬间都是主要的——这一做法不能使我们走出矛盾。无疑,预期的效果是达到了:被创造、被毁灭的物体在观众的头脑里造成一种张力,这一张力便是确切的超现实主义瞬间:被给出的东西由于内在争议而被毁灭,但是争议本身以及毁灭又受到创造活动的积极性及其具体的在此的争议。不过,不可能的事物的这一令人恼火的绚丽多彩实际上什么也不是,除非是一个矛盾对立的两端之间不可能填平的距离。在这里需要做到的是用技术手段引起波德莱尔式的不满足感。我们没有受到任何启示,没有产生对新物体的任何直觉,对于材料或内容没有任何把握,只是对作为超越、召唤与虚空的精神产生一种纯形式意识。我要再次把黑格尔关于怀疑主义的说法应用于超现实主义:"在(超现实主义)中意识事实上把自身作为在自身内反驳自身的意识来体验。"那么意识至少是否将翻一个身,完成一次哲学改宗呢?超现实主义物体是否将具有当它被假设为狡狯的精灵时应有的具体效力呢?不过到这里超现实主义的第二项偏见就起作用了:我已指出超现实主义与排斥自由意志一样排斥主体性。它对物质性(它的毁灭行动的对象与深不可测的支撑)的挚爱促使它宣扬唯物主义。所以它刚发现了意识,马上又把意识掩盖起来,它使矛盾取得物质形态;从而出现的不再是主体性的一种张力,而是世界的一种客观结构。请读《相通的花瓶》:标题与正文一样令人遗憾地显示任何中介均付阙如;与醒是相通的花瓶,这就是说有混合、涨潮与落潮,但是没有综合统一。我明白别人会对我说:可是,这一综合统一有待创造,这正是超现实主义提出的目标。阿尔巴·墨寨说道:"超现实主义以意识与无意识各自区分的现实为出发点,走向这些成分的综合。"我明白了;但是它打算用什么来实现综合呢?什么是中介的工具呢?看到一大帮仙女在一只南瓜上旋转(即使这是可能的,虽说我表示怀疑),这是混合梦幻与现实,这不是把两者统一在新的形式中,这一新形式将在改变与超越梦幻与现实的成分后,把它们保留在自己身上。事实上我们始终处于争议的层面:由整个现实世界支撑的真实的南瓜对在它的表皮上奔跑的这些渐趋暗淡的仙女提出异议,而仙女们反过来也对这一葫芦科植物提出异议。剩下意识,它是这一相互毁灭行动的唯一见证人,唯一助力;但是人们不要它。不管人们是画出还是雕出我们的梦幻,总是清醒状态吞噬了梦幻:骇人听闻的物体被置于电灯光下,在一个封闭的房间里与其他物体一起展出,它离一堵墙2.1米远,距另一堵墙3.15米,作为积极的创造物变成世界上的东西(这里我采用超现实主义假定,这一假定确认图像与感知有相同的性质;如果人们如我一样认为这些性质是根本不同的,那就连讨论的余地都没有了),并且作为纯否定性逃脱这个世界。因此超现实主义的人是用加法得出的和数,是一种混合,绝非综合。超现实主义作者们从精神分析学说借用了这么多东西并非偶然:精神分析学说用"情绪"这个名称为这些作者提供了他们到处使用的众多的、没有真正一致性的自相矛盾的解释的范例。"情绪"确实是存在的。但是人们未予足够注意的,是情绪只能存在于一个事先给出的综合现实的基础之上。所以整体的人对于超现实主义来说仅是他的全部表现的总和而已。由于缺乏综合观念,他们制造了由相反事物组成的旋转栅门,存在与非存在的令人眼花缭乱的闪烁本可以揭示主体性,如同被感知的事物的矛盾把柏拉图引向可理解的形式;但是他们对主观的排斥把人变成一座闹鬼的屋子;意识对于他们而言好比朦胧的罗马式建筑的中庭,一些自行毁灭的、一些与物严格相似的物体在其间出现、消失。这些物体通过眼睛或通过后门进入。一些没有躯干的宏亮的声音犹如宣告潘神死亡的声音在那里回荡不已。比起唯物主义,这一套七拼八凑的收藏品更使人想起美国新现实主义。在这以后,为了取代由意识操作的综合统一活动,人们就设想通过参加能产生某种魔幻的统一性,这一统一性的显示将是任意的,人们将称之为客观偶然。不过这无非是人类活动的倒错形象。人们不能解放一套收藏品,人们只能清点登记它们。超现实主义正是这样一种东西:一次清查,而不是一个解放。因为没有任何人有待解放;需要做的仅是与人类收藏品中的某些部分遭受的贬损做斗争。超现实主义受到现成的、固态的东西的纠缠,它厌恶诞生与出生;创造对于它从不是一种衍生,不是从潜在能力到行动的一种过渡或一种孕育过程;创造是从 ex nihilo① 中涌现,是某一业已形成的物体突然出现,丰富已有的收藏品。归根结底是一个发现它怎么可能"把人从妖魔鬼怪的控制下解放出来"呢? 它可能杀死了妖魔鬼怪,但也杀死了人。人们会说,还有欲望呢。超现实主义曾想解放人的欲望,他们宣布人就是欲望。但是这不完全属实;首先他们禁止属于整整一个范畴的欲望(同性恋、恶习等),却从不解释为什么禁止。其次,他们认为如精神分析学说所做的那样,永远只通

---

① 拉丁文:虚无。

过其产物来获悉欲望是符合他们对主观的憎恨的。所以欲望仍是物,是收藏品。只不过超现实主义者不是从物(失误行为,梦中所见的有象征意义的形象等)上溯到其主观根源(即严格意义上的欲望),而是固定在物上。实际上欲望是贫乏的,它本身并不使超现实主义者感兴趣,它代表对情绪及其产物提出的矛盾的合理解释。在勃勒东那里人们只能找到很少的,并且是很模糊的与无意识和力必多有关的东西。使他激奋的不是灼热的欲望,而是结晶后的欲望,借用雅斯贝斯的说法人们可以称之为"世上欲望的数字"。所以在与我有来往的超现实主义者与前超现实主义者那里,给我印象最深的从来不是欲望或自由的辉煌绚丽。他们过着谦卑的、充满禁忌的生活,他们阵发性的暴力毋宁使人想到一个着了魔的人的痉挛,而不是一个策划好的行动;而在其余方面,他们都被一些强大的情绪牢牢攫住。我一直以为,文艺复兴时代脾气暴躁的大师们乃至浪漫派们为解放欲望做得要多得多。人们会说,至少这都是些大诗人。说得好:在这一点上我们看法一致。有些幼稚的人说我"与诗作对"或"反对诗"。此话之荒诞不经等于说我反对空气或水。相反,我高度肯定超现实主义是二十世纪前五十年里唯一的诗歌运动;我甚至承认它从某一方面为人的解放做出贡献;但是它解放的不是欲望,也不是人的整体,而是纯想象。然而纯想象事物与实践是很难相容的。我见到一位一九四七年的超现实主义者颇为感人地招认这一点,他的姓氏似乎注定他表现最完全的诚恳①:

"我得承认(在一些不愿轻易满足自己的人中间,我想必不是孤独的),在我的反抗感、我的生活现实、我可能开展、我的友人们的作品也帮助我开展的诗歌战斗之间存在差距。不由他们做主,也不由我做主,我不太知道该怎样生活。

"想象的事物是对社会状态的批判,是抗议,是加速历史进程。求助于想象的事物会不会有切断把我们同时与现实及人们联系起来的桥梁的危险?我知道对于一个孤独的人无自由可言。"(伊夫·博纳富瓦《让人生活》,见《一九四七年的超现实主义》,第68页)

---

① 指博纳富瓦(1923—2016),这个姓氏原意为"诚恳"。

但是，在两次大战之间，超现实主义却是用另一种调门说话的。我在上文抨击的也是别的东西：当超现实主义者们签署政治宣言，审判他们中间不忠于路线的人，确定一种社会行动方法，加入共产党然后又大肆张扬地退出共产党，接近托洛茨基，用心表明他们对于苏俄的立场时，我很难相信他们以为自己是作为诗人而行动的。对这一责难，人们会说人是一个整体，不能把他分成政治家与诗人。我同意这个说法，我甚至想补充说，比起某些作者，我更乐意承认这个说法，这些作者把诗歌变成自动写作的产品，把政治变成自觉的、反思的努力。不过这是一句大实话，与所有的大实话一样亦真亦假。因为，如果说人是同一个人，如果说以某种方式人们到处重逢这个人的印记，这并不意味着他的活动是相同的；如果说，在每一场合他的活动都调动了全部精神，不能因此得出结论说这些活动以同样方式调动精神，也不能说一种活动的成功可以为另一种活动的失败辩解。如果人们对超现实主义者们说，他们用诗人的做法搞政治，难道人们以为超现实主义者们会觉得这是对他们的恭维吗？然而，一个作家若愿显示他的生活与作品的一致性，用一种理论来表明他的诗歌与他的实践追求相同的目标，他不难做到这一点。但是这一理论本身只可能是散文。有一种超现实主义散文，而我在人们责难的那些文字里研究的正是这一散文。只不过超现实主义是不可捉摸的；它是普洛透斯①。刚才他还整个儿介入现实、斗争与生活，然而当人们要求与他结账时，他却叫嚷说他是纯诗，人们要谋害他，人们对诗一窍不通。下面这则逸事大家都知道，但是它意味深长，足以说明这个情况。阿拉贡写了一首诗，不无理由地被看成是挑动谋杀；需要追究他的法律责任；于是超现实主义团体郑重声明诗人不负责任：自动写作的产品不能等同于经过思考后发表的言论，然而，任何人只要稍稍试验过自动写作，便能看出阿拉贡那首诗的性质大不相同。这是一个怒火填膺的人用激烈、明确的字句要求处死压迫者；压迫者被惊动了，然而他在自己面前忽然只找到一位诗人，这位诗人刚醒过来，揉搓惺

---

① 普洛透斯是希腊神话中能占卜未来的老人，生活在海中。他知道过去、现在和未来的一切，但不告诉任何人，并能随心所欲地变化。

松的睡眼,奇怪人们因为他做过的梦而责备他。这也是刚才发生的情况:我企图对作为对世界的介入的"超现实主义"这一总体事实作批判性的审察,看超现实主义者们如何尝试用散文解释超现实主义的多种意义。人们却说我伤害了诗人们,说我忽视他们对内心生活的"贡献",但是他们根本看不上内心生活,他们想使内心生活爆炸,摧毁主观与客观之间的堤防,与无产阶级一起搞革命。

结论是:超现实主义进入退缩时期,它与马克思主义和共产党决裂。它要逐一拆下托玛斯—基督教大厦的砖石。好得很。但是我想知道它指望达到什么样的公众。换言之,它打算在什么样的灵魂里摧毁西方文明。它说过并且反复说它不可能直接触及工人,工人还够不着它的行动。事实证明它说对了:有多少工人观看了一九四七年超现实主义展览会?反之,有多少资产者进入会场?所以超现实主义的意图只能是否定性的:在构成它的公众的资产者的头脑里摧毁尚存的最后一些基督教神话。我想证明的正是这一点。

〔7〕 近百年来,由于存在一种把伟大人物与公众隔开并且迫使他们自己决定他们才华的标记的误会,这一骄傲尤其成为伟大人物的特征。

〔8〕 普雷沃不止一次声明他对伊壁鸠鲁主义的好感,不过这是一种经过阿兰重阅、修改的伊壁鸠鲁主义。

〔9〕 如果我在上文没有提到马尔罗与圣埃克絮佩里,这是因为他们属于我们这一代。他们从事写作比我们早,年龄也必定比我们大。但是,我们必须遇到一场冲突的物质现实及其紧迫性才能发现自身,而他们两人中前者从自己第一部作品起就觉察我们处在战争中,并且着手创造一种战争文学——这是一项巨大的功绩——而这个时候超现实主义者们乃至上帝都献身于一种和平文学。至于后者,他与我们的前辈们的主观主义与寂静主义针锋相对,勾勒出一种劳动与工具文学的轮廓。我将在下文说明他是一种建设文学的先驱者,这一建设文学趋向于取代消费文学。战争与建设,英雄主义与劳动,做,有,存在,人的状况:人们在本章结尾将看到,这些都是今天主要的文学与哲学主题。因此,当我提到"我们"时,我以为也可以把他们包括在内。

〔10〕 加缪、马尔罗、凯斯特莱、卢赛等人创作的如果不是一种极端处境文学,又能是什么呢?他们创造的人物居于权力的顶峰或者身陷囹圄,即将死去,或者即将受刑或杀人;战争,政变,革命行动,轰炸与屠杀对他们是家常便饭。在每一页,每一行出现的始终是完整的人。

〔11〕 当然,某些意识比别的意识更丰富,更具直觉或者更宜于分析或综合;甚至还有善预言的意识:某些意识所处的地位更宜于作预言,因为它们掌握了某几张牌,或者因为它们发现了更加广阔的地平线。但是这些差别是后天的,而对现时与最近的未来的判断,总有猜测性。

对于我们也一样,事件仅通过一些主体性显示出来。但是事件的超越性在于它越过所有这些主体性,穿过它们而展开,并且向每一主体性揭示它自身以及这一主体性自身的不同面貌。所以我们的技术问题在于找到一种协调众多意识的方法,这一协调应使我们能表现事件的多维性。再则,在放弃假定叙述者无所不知的虚构时,我们承担了取消读者与我们的人物的主体性—观点之间的中介人的义务,需要做到的是让读者如同任意进入磨坊一样进入这些意识之中,甚至还需要使读者逐一与这些意识重合。于是我们从乔伊斯那里学会寻找第二种类型的现实主义:没有中介与距离的主体性的原始现实主义。这就使我们公开主张第三种类型的现实主义:时间性的现实主义。如果我们果真使读者不经中介潜入某一意识之中,如果我们夺走他的一切飞越手段,那么就应该不加缩减地把这一意识的时间强加给他。如果我用一页文字概括六个月,读者就会跳出书外。现实主义的后一面貌引起的困难我们中任何人都未曾解决,可能它们是部分地不能解决的,因为使所有小说都限于叙述一天内发生的事情既不可能,也非人们所愿。即便人们不得已而为之,也会存在下列事实,即限定一本书叙述二十四小时而不是一小时,一小时而不是一分钟,这样做本身意味着作者的干预以及一项超越性的选择。那就必须用纯美学手法掩饰这一选择,制造一些可以乱真的假象,并且采用艺术上的一贯做法,即为了达到真实而说谎。

〔12〕 从这一观点来看,绝对客观性,即第三人称叙述与绝对主观性是严格等位的。第三人称叙述仅用人物的言行来介绍人物,在遵守严格的时间

顺序时不作解释也不侵入他们的内心生活。逻辑上人们自然可以声称至少有一个起着见证作用的意识:读者的意识。但是,事实上读者在他观看的时候忘了看到他自身,因而历史对他来说保留着原始森林的无邪性,这森林里的所有树木远离所有人的目光而生长。

〔13〕 我有时想,德国人有一百种办法得到全国作家委员会的成员名单,是否有意放过我们。对于他们来说,我们也是些纯消费者。在这里,过程被颠倒过来了:我们的报刊的发行极其有限;逮捕艾吕雅或莫里亚克将对所谓的合作政策带来的危害大于让他们在自由状态轻声低语。盖世太保无疑更愿意集中力量对付秘密武装与游击队(他们的实质性毁灭活动比我们的抽象否定性更使盖世太保不安)。他们诚然逮捕并枪决了雅克·德古尔。但是当时德古尔还不怎么出名。

〔14〕 在《人类的大地》里尤其可见。

〔15〕 例如海明威的《丧钟为谁而鸣》。

〔16〕 不过也不宜夸大。大体上说作家的处境改善了。不过人们将看到,这主要是通过作家以前不掌握的文学之外的手段(广播、电影、新闻)。不可能或不愿意求助于这些手段的作家不得不从事第二职业或拮据度日。于连·勃朗写道(《一个作家的愁苦》,一九四七年四月二十七日《战斗报》):"我难得有咖啡喝或有足够的烟抽。明天我不能在面包上涂黄油,我缺乏磷,而药房里磷的价格高得吓人……从一九四三年起,我动过五次大手术。过几天我将接受第六次更大的手术。作为作家,我不享受社会保险。我有妻子和一个孩子……国家只有在要求我为我微不足道的版税支付超额税金时才对我提醒它是存在的……我必须申请减免我的住院费用……文学家协会与文学基金会又做了些什么呢?前者将会支持我的申请,后者上个月赠送我四千法郎……不提也罢。"

〔17〕 天主教"作家"们自然例外。至于所谓的共产党作家,下文我会讲到他们。

〔18〕 马克思主义者把"存在主义的"焦虑描述为一种时代与阶级现象,对此我不加责难就能接受。当代形式的存在主义是在资产阶级解体时出

现的,它的起源是资产阶级的,但是这一解体能够揭露人的状况的某些面貌并使某些形而上的直觉成为可能,这一事实并不意味着这些直觉和这一揭露是资产者意识的幻觉或是对于处境的形而上的认识。

〔19〕 工人是在环境压力下加入共产党的。他不怎么可疑是因为他的选择可能性较受限制。

〔20〕 在法国的共产主义文学里我只找到一位真正的作家。他写作关于合欢树和卵石的诗歌并非偶然。

〔21〕 他们曾让学生读雨果的书;更近一些时候他们曾在某些乡区传播吉奥诺的著作。

〔22〕 我把普雷沃及其同时代人流了产的努力作为例外。我已在上文说到这一点。

〔23〕 这一矛盾到处存在,尤其见于共产党的友情中。尼赞有过许多朋友。他们现在到哪里去了?他最热烈地爱过的人们属于共产党;今天对他横加责难的也是他们。对他仍旧保持忠诚的人们都不是共产党员。这是因为斯大林主义团体及其逐出教门的权力存在于爱情与友谊之中,而爱情与友谊本是人与人的关系。

〔24〕 还有自由这一观念指的又是什么呢?人们对存在主义提出的令人惊愕的批评证明人们其实对之一窍不通。难道错在他们吗?有一个自由共和党是反民主,反社会主义的,它在前法西斯分子、前合作者与前社会党人中间吸收党员,然而它却自称为自由共和党。如果你反对它,你就是反对自由。但是共产党人也以自由为依仗,不过这是黑格尔的自由,即必然的升华。超现实主义者们也标榜自由,他们却是决定论者。一名年轻傻瓜有一天对我说:"在《苍蝇》里你谈论俄瑞斯忒斯的自由谈得很对,这以后,在写作《存在与虚无》时你不去建立一种决定论的与唯物论的人道主义,这样你就背叛了自己也背叛了我们。"我明白他想说的意思:这是因为唯物主义把人从其神话中解放出来。我同意说唯物主义是解放,但是它解放是为了更好地奴役。然而,从一七六〇年起,有些美国殖民者就以自由的名义捍卫奴隶制:如果殖民者作为公民和拓荒者想买一名黑奴,他不可以自由地这样做吗?买下黑奴

以后,他不可以自由地使用他吗?这个论证方法至今有效。一九四七年,一座游泳池的业主拒绝接待一名犹太上尉,战争中的英雄,上尉遂给报纸写信投诉。报纸发表他的抗议并作结论:"美国真是令人赞叹的国家。游泳池的业主有拒绝犹太人入内的自由。但是犹太人作为合众国公民有在报纸上抗议的自由。而报纸如众所周知是自由的,它报导事实,不表示赞成或反对。结果所有人都是自由的。"唯一的麻烦是自由这个词覆盖着这些如此不同的含义——还有一百种其他含义——人们在使用它时却不以为有必要告知它在每一场合被赋予什么意义。

〔25〕 因为它与精神一样,属于我在别处称之为"被非整体化了的整体"的那种类型。

〔26〕 加缪的《鼠疫》刚出版不久。我以为它为统一运动提供了好的榜样,这一运动把批判性及建设性主题的多元性融化在单独一个神话的有机统一性中。

《一个陌生人的肖像》序[1]

我们这个文学时代最古怪的特征之一,是到处出现生机勃勃却都具否定性的作品,人们可以称之为反小说。我把纳巴科夫[2]、伊弗林·沃[3]的作品,在某种意义上也把《伪币制造者》归入这一类。这类作品不是以与罗杰·卡约瓦写的《小说的力量》相同的方式反对小说体裁本身的论著;至于后者,我乐意在确认两者之间的差别的前提下,把它和卢梭的《论戏剧的书简》相比。反小说保留了小说的外表和轮廓;这都是些凭想象力写成的作品,它们向我们介绍虚构的人物,为我们叙述他们的故事。但是这样做是为了使我们更加失望:作者们旨在用小说自己来否定小说,就在我们眼皮底下,他们似乎在建立小说的同时把它毁掉;他们写的是一部不成其为,也不可能成其为小说的小说,他们创造的虚构与陀思妥耶夫斯基和梅瑞狄斯的伟大作品相比,犹如米罗那幅题为《谋杀绘画》的油画与伦勃朗和鲁本斯的作品相比。这些奇特的、难以归类的作品并不证明小说体裁的衰落,它们只是标志我们生活在一

---

[1] 本篇译自《处境种种》第四集。原系作者为法国新小说派著名作家娜塔莉·萨洛特(1900—1999)的《一个陌生人的肖像》一书所写的序言,于1957年由加利马出版社出版。
[2] 纳巴科夫(1899—1977),俄国诗人、小说家,一九四五年入美国籍。
[3] 伊弗林·沃(1903—1966),英国小说家。

个思索的时代,小说正在对自身进行反思。娜塔莉·萨洛特的这本书便是如此:一本读来像侦探小说的反小说。这本书甚至是对所谓"寻求"小说的滑稽模仿,作者引入一个狂热的业余侦探,他被一对平常的男女——一个老父亲和他已不年轻的女儿——迷住了,窥伺他们,跟踪他们,有时还能通过某种意念传递方式,从远距离猜到他们的想法,但从来不太清楚他在寻找什么,也不清楚他们究竟是什么人。何况他后来一无所获,或者说几乎一无所获。他由于自身发生变化最后放弃调查,好像阿加莎·克里斯蒂小说里的侦探在他就要发现罪犯的时候突然自己变成罪人。

娜塔莉·萨洛特极度厌恶小说家的自欺——这一必要的自欺。小说家是与他的人物"在一起",在他们"后面"呢还是外面?当他站在他们背后的时候,他不是想使我们相信他仍在里面或者外面吗?娜塔莉·萨洛特虚构了这个灵魂侦探,他撞到这些"巨大的食粪虫"的外壳,即"外部",隐约感到"里面",却永远无法触及。她就以这种方式努力维护她作为故事讲述者的诚实无欺。她不愿意从内部,也不愿从外部处理人物,因为我们对于我们自己和别人,都是整个儿地同时既在外面又在里面。外部就是一块中立场地,它就是我们愿意对于别人是,也是别人鼓励我们对于自己是的那个里面。这是老生常谈的一统天下。因为这个漂亮词儿有几重意思:首先它想必指的是最平庸的思想,但是这些思想却成了群体的会面场所。每个人在这里找到自己,也找到别人,老生常谈属于大家,因此也属于我;它在我身上属于大家,它便是大家在我身上的存在。它的本质便是一般性;为了获得一般性,必须完成一个行为:通过这个行为我剥夺自己的特殊性以便加入一般,以便变成一般性。不是与大家相似,确切说是成为大家的化身。通过这个极具社会性的加入行为,我就在普遍性的无差别境界中与所有其他人认同。娜塔莉·萨洛特似乎区分出一般性的三个同心层次：性格层次，道德性的老生常谈层次和艺术层次，确切说是小说层次。如果我做个坏脾气的好心人，像《一个陌生人的肖像》里那个老父亲，我就局限在第一个层次里；如果，当一个父亲拒绝给女儿钱花时，我表示："看到这种事真叫人难受；何况他就这么一个女儿……啊！他死了又不能把钱带走，算了吧"，这时候我投入第二个层次；如果我把一个少妇比作塔纳格拉陶塑①，面对一个景色说它像柯罗②的画，把一个家庭故事说成是巴尔扎克式的，我就位于第三个层次。与此同时，其他人因为也能随时进入这些领域，他们就对我表示赞同和理解；他们在折射我的态度，我的判断和我的比喻的同时，赋予它一种神圣性质。我于是使别人放心，也使自己放心，既然我已躲进这个中立的公共地带。它既非完全客观，因为我是奉命进入的，又非纯属主观，因为大家都能在这里遇到我，也找到他们自己。人们不妨把这个地带同时叫作客观的主观性和主观的客观性。因为我声称自己尽在于斯，声明我没有秘密抽屉，我就获准在这个层面上闲聊、激动、气愤，表现一种"性格"，甚至做一个"怪人"，就是说以一种前所未见的方式组合老生常谈：确实有所谓"老一套的悖论"。总之，人们让我从容不迫地在客观性的界限内保留主观性。我在这局促的范围内越显得主观，人们就越感谢我：因为我将借此证明，主观性无足轻重，不必害怕它。

娜塔莉·萨洛特在她的第一部作品《向性》里已经指出，妇女们怎样利用老生常谈来相互沟通，消磨终生："她们在交谈：'他们之间搞得很糟，为了点鸡毛蒜皮的事就吵个不停。我应该说，在这

---

① 塔纳格拉是希腊一小镇，公元前四世纪生产优美的小塑像。
② 柯罗（1795—1875），法国风景画家。

些事情里我还是可怜他。多少？至少二百万。光是约瑟芬姑妈的遗产就有……不……你有什么法子呢？他不会娶她的。他需要的是一个会当家的女人，他自己还不明白。不，我告诉你，他需要一个会当家的女人……当家的……当家的……'人家总是跟她们说这一些。她们总是听到别人对她们说这一些，她们知道：感情、爱情、生活，这是她们的天地。这个领域属于她们。"

  这就是海德格尔的"人云"，就是"别人"，总而言之，就是非真实性①的统治。许多作者想必都在路过时碰上非真实性之墙，蹭下墙上的灰皮，但是我不知道有人曾有意识地把非真实性作为小说的题材：这是因为非真实性不适合小说体裁。小说家们相反努力使我们相信，世界是由不可替代的人们组成的，他们即便是坏人也个个美妙，人人热情，各有特色。娜塔莉·萨洛特让我们看到非真实性之墙，她指给我们看这堵墙无处不在。墙后面有些什么呢？正好空空如也。或者几乎空空如也。有的只是人们为躲避被猜到潜伏在暗处的某个东西而做的不分明的努力。真实性，即人与别人，与自身，与死亡的真正关系无处不被提出，但是看不见。因为人们躲避它，所以人们是预感到它的存在的。如果我们接受作者的邀请，向人们内心瞥上一眼，我们会隐约看到软绵绵的，触手一般向四方伸展的逃遁、蠕动。有的逃到宁静地反映着普遍性和恒久性的客体之中，有的逃到日常事务中，有的逃向鄙俗。书中写"老头儿"为了逃避面对死亡的焦虑，光着脚，只穿衬衫冲到厨房里去检查女儿是否偷了他的肥皂：我很少读到比这段文字给人印

---

① 海德格尔认为存在有两种基本的具体方式，一种只关心别人的想法，说法，做法，避而不见自身的真正可能性，这就是非真实的方式。真实的方式是根据自身的可能性而存在，而每一项可能性都导致清醒地接受"为了死亡的存在"。

象更深的篇章。娜塔莉·萨洛特看到我们的内心世界好比一团原生质：搬开老生常谈的石头，你就会找到熔岩、涎沫、黏液，犹豫不决的阿米巴虫一般的运动。她用来暗示这种黏糊糊、活生生的溶液缓慢的、离心的爬行运动的词汇无比丰富："像某种发黏的涎沫，他们的想法渗入他体内、黏贴上去，从内部铺满他全身。"（《向性》第11页）这里有位纯洁的老姑娘"默坐灯下，犹如一株覆盖着活动吸盘的柔弱的海底植物"。（同书第50页）这是因为这些摸索着方向的、可耻的、不敢直言其名的逃避也是与别人的关系。俨乎其然的对话是老生常谈的交换仪式，在它底下隐藏着一个"潜对话"，吸盘相互摩擦、舔吮、吸引。首先会感到不自在：如果我疑心你并非你说的那个简单、浑成的老生常谈，我身上所有疲软无力的魔怪都会苏醒过来，我害怕："她蹲坐在安乐椅一角，扭动伸直的脖子，鼓出眼睛。她说：'是的，是的，是的'，每说一次就晃一下头表示赞同。她的样子吓人，柔软扁平，十分光滑，只有双目突出。她身上有某种令人焦虑、不安的东西，连她的温柔也带着威胁。他觉得必须不惜任何代价把她改正过来，使她平静下来，但是只有一个具有超人力量的人才能办到……他害怕了，他快急疯了，不能再为推理和思考耽误一分钟。他开始讲话，讲个不停，想到谁就说谁，想到什么就说什么，他浑身骚动（像蛇听到音乐？像鸟看到蟒蛇？他也不清楚），越动越快，不能停顿，一分钟也不能耽误，越快越好，趁现在还来得及，要使她就范，要安抚她。"（同书第35页）娜塔莉·萨洛特的书里充满这一类恐怖场面：人们在说话，某种东西即将爆炸，突然照亮一个灵魂青绿色的底部，每个人都将感到自己灵魂底部也铺满游动的污泥。然而不然：威胁被挡开了，危险躲过了，人们重又平静地交换着老生常谈。但是这些老生常谈有时会崩塌，于是令人毛骨悚然的原生质便赤裸裸地显示出来："他们似乎觉得自己的轮廓在松开,向各个方向延伸,甲壳和爪牙纷纷断裂,他们现在赤裸裸,无依无靠,相互纠缠着往下滑,好像掉进一口深井的底部……这里,即他们现在滑下来的地方,像是海底的景色,所有东西都像在摆动、晃动、像噩梦中所见的物体既清晰又不真实,它们膨胀,变得硕大无比……一大堆软绵绵的东西靠在她身上,把她压垮了……她笨拙地试图挣脱出来,她听到自己的声音,一个滑稽的过于中性的声音……"其实什么也没有发生,永远不会发生什么。对话者一致同意拉上一般性的帘幕,遮住这个暂时的虚弱。所以不必到娜塔莉·萨洛特的书里去寻找她不愿意给我们的东西;对于她,一个人不是一个性格,而且首先不是一个故事,甚至不是一张习惯织成的网:一个人是特殊性与一般性之间无休止的、软弱无力的往返运动。有时,贝壳是空的,一位"杜蒙台先生"突然走过来,他巧妙地摆脱了特殊性,使它变成不过是多种一般性的迷人的、生动的组合。于是大家喘过气来,重新产生希望:原来这是可能的!原来这还是可能的啊。一种死一般的安静随同他走进房间。

  以上的看法只是为了给读者在这本难懂而又出色的书里引路;它们无意解释该书的全部内容。娜塔莉·萨洛特作品里最宝贵的,是她那种断断续续的、左右摸索的、如此诚实、频频修改的风格。这种风格先是虔诚地小心翼翼接近对象,继而又出于在事物的复杂性面前产生的某种羞耻心或腼腆心理而突然离开对象,最后,借助形象的神奇力量,骤然把那个浑身淌着黏液的怪物交给我们,却又几乎没有碰到它。这就是心理学吗?娜塔莉·萨洛特十分赞赏陀思妥耶夫斯基,可能她愿意让我们相信她在表现人物的心理。至于我,我以为她在让人们猜到一种不可捉摸的真实性,在表现从特殊性到一般性的不断往返,在努力刻画非真实性的令人安心但荒凉的世界的同时,她完善了一种技巧,能使人超过心理学,在人的存在本身之中触及人的实在。

《艺术家和他的良心》序[1]

我亲爱的莱博维茨,你曾希望我为你的书写几句话:这是因为不久前我曾有机会写过关于文学介入的文章,而你希望通过把我们两个人的名字连在一起的做法来表明,在同一时代,艺术家们与作家们关心的问题是相同的。如果光凭我们的友谊还不够的话,对团结一致的关注也会促使我接受下来的。但是现在需要动笔时,我得承认我感到很为难。我对音乐并非内行,你已经用确切的语言说得那么好的话再由我笨拙地复述一遍,岂非可笑?我不想这么做。我也没有笨到想把你介绍给对你十分了解,而且满怀热情注视着你作为作曲家,乐队指挥和音乐评论家的三重活动的读者们。我当然也很乐意说出我想到的你这本书的全部优点,它如此简洁、明晰,教给我许多东西,澄清了最混乱、最隐晦的问题,使我们习惯用新的眼光去看待它们。但是有必要说这些吗?读者不需要我帮助他们评价本书的长处,他们一开卷就知道了。说到底,我能做的最合适的事情是假设我们正在进行交谈,像过去我们之间常有的那样,由我向你披露你的著作在我心头引起的不安和疑问。你说服了我,但是我仍有保留和为难之处;我应该把这一切都

---

[1] 本文译自《处境种种》第四集,原系作者为勒内·莱博维茨的《艺术家和他的良心》所写的序言。于一九五〇年由阿尔什出版社出版。

告诉你。当然这是一个外行在向内行提问，一名学生在课后同老师讨论，但是毕竟你有许多读者也是外行，我以为我的感觉反映了他们的感觉。总之这篇序文没有别的目的，只是用他们的名义和我的名义请求你再写一本书，或者不过写一篇文章来解除我们最后的疑惑。

共产主义蟒蛇对毕加索这头庞然大物感到恶心，既吞不下去又吐不出来：我倒不觉得这有什么好笑的。在共产党的这一消化不良症中，我辨认出蔓延整个时代的一种传染病的症状。

当特权阶级稳坐在他们的原则之上，当他们心安理得，当被压迫者相信自己天经地义是下等人，以自己的奴颜婢膝为荣的时候，艺术家便得其所哉。照你说，文艺复兴以来音乐家的听众群一贯是由专家组成的。但是这个听众群无非是统治阶级，他们不满足于在全部领土上行使军事、司法、政治和行政权力，还要定期组成审美法庭。由于这个奉天承运的精英集团决定着人的形象，从前歌手或唱诗班指挥可以让全人类听到他们的交响乐或大合唱。艺术可以自称是人性的，因为社会是非人性的。

今天的情况一如既往吗？这正是使我大惑不解，轮到我向你提出的问题。因为我们西方社会的统治阶级今天总算不再认为应由他们单独提供人的尺度。被压迫阶级觉悟到自己的力量，拥有自己的仪式、技术和意识形态。关于无产阶级，卢森贝格有一段话说得好极了："一方面，现存社会秩序一贯受到劳动者异常强大的潜在力量的威胁，另一方面，由于这股力量掌握在一个无名范畴，一个历史的'零'手里，这就诱使所有现代神话制造者把工人阶级当作能使社会听命于己的新集体的原料。这个没有历史的无产阶级难道不能与变成它自身同样容易地变成随便什么吗？工人阶级是为自身的利益而进行革命呢还是被别人用作革命的工具,这场红的结局未定,无产阶级的悲壮性笼罩着现代史。"①恰恰是音乐——这里只谈音乐——起了变化:这门艺术的法则和局限来自它自以为的本质;你极其高明地证明了,音乐怎样在一个严格的然而又是自由的进化过程的终端从异化中解脱出来,并且考虑通过自由地为自己选定法则来创造自己的本质。它帮助向劳动阶级展示"整体人"的形象,这个整体人已摆脱了异化和人的"本性"的神话,他在日常战斗中锻造自己的本质以及他用以判断自身的价值标准;音乐在这样做的时候,它难道不能为影响历史的进程聊尽绵薄之力?当音乐先验地承认自己的局限时,它就不由自主地加强了异化,颂扬既定事实,在它以自己的方式显示自由的同时,它表明这个自由有天然的局限;"神话制造者"们利用音乐向听众传达一种神圣的激动,从而愚弄他们,这种事情屡见不鲜,例如军乐队或唱诗队就是这样做的。但是,如果我没有理解错你的意思,难道不应该在这门艺术的最新形式中看到某种类似不带任何修饰的创造力的东西吗?我以为我明白你与在布拉格宣言上签字的共产党艺术家们的分歧所在:他们想使艺术家服从一个社会——客体,让他为苏维埃世界大唱赞歌,犹如海顿赞美上帝创造了世界。他们要求艺术家照抄存在的东西,要求他模仿而不得超越,并为公众提供服从既定秩序的典范;如果音乐把自身定义为一场不断的革命,那么它难道不会在听众心里唤起把这场革命搬到别的领域去的愿望?你和他们相反,你希望向人指出他没有定型,他永远不能定型,他无时无地不保有超过所有已形成的东西去进行创造和创造自身的自由。

---

① 《现代》第 56 期,第 2151 页。——原注

但是下面的事实叫我为难：你已经证明有一种内在的辩证法把音乐从无伴奏齐唱引向复调音乐，又从复调音乐最简单的形式引向最复杂的形式。这意味着音乐可以前进，但不能后退：但愿音乐恢复它以前的形象和希望我们的工业社会回归牧歌式的纯朴是同样天真的想法。音乐的发展当然是好事，只不过它日益增长的复杂性使它——你也承认这一点——限于被极少数专家欣赏，而这些专家必定来自特权阶级。勋伯格①与工人之间的距离比从前莫扎特与农民的距离还大。你会说，大部分资产者对音乐一窍不通；确实如此。但是同样确实的是能够品味音乐的人都属于资产阶级，享有资产阶级文化，拥有资产者的闲暇，一般说从事自由职业。我知道：音乐爱好者们不是富翁；他们主要属于中产阶级，难得有大企业家迷上音乐。然而却有这个情况：我不记得在你的音乐会上遇见过一个工人。现代音乐肯定在打破框框，破除陈规，闯自己的路子。但是它是在向谁谈论解放、自由、意志和人创造人呢？向一批精力衰竭、高雅脱俗、被理想主义美学堵住耳朵的听众。音乐说的是"不断革命"，资产阶级听到的是"进化、进步"。即便在青年知识分子中有几个人听懂了，他们目前的无能为力又使他们把这个解放看作一个美丽的神话，而不是他们的现实。话得说清楚：这既不是艺术家，也不是艺术的过错。艺术没有从内部发生改变：它的运动、它的否定性和它的创造力量一如既往。马尔罗那句话在今天和昨天都是正确的："任何创造的起源都是一种潜在形式与一种因袭形式的斗争。"理所当然，但是在现代社会的天空里出现了巨大的星体，即群众，他们搅乱一切，从远距离，无须接触，便能改变艺术活动，夺走其意义，使艺术家的良心不得安宁：

---

① 勋伯格(1874—1951)，奥地利作曲家，后加入美国籍。

这都是因为群众也在为人而斗争，不过是盲目的，因为他们总有失落自身、忘记自己是什么、受到一个神话制造者的声音的诱惑的危险，也因为艺术家没有找到能使自己被群众理解的语言。艺术家讲的的确是他们的自由——因为只有一个自由——但是他使用了陌生的语言。这是我们时代固有的历史矛盾，不是艺术家们的主观性应负其咎。资产阶级丑闻，苏联文化政策的困惑足以证明这一点。当然，如果人们相信苏联是魔鬼，人们可以假设苏联领导人怀着恶毒的快乐进行清洗，使艺术家们惶恐不安，耗尽元气。如果人们相信上帝拥护苏维埃，那也没有困难：上帝做的都是对的，一了百了。但是，如果我们敢于支持一下这个新的悖论，认为苏联领导人也是人，是一些处境困难，几乎难以撑持的人，他们力求实现他们以为是好的事情，但是事态的发展往往超过他们的计划，使他们有时不由自主地走过了头，总之他们是与我们一样的人。如果我们这样看问题，那就一切都变了。我们可以认为他们并非兴高采烈地甘冒损坏机器的危险，老是突然改变航向。俄国革命在摧毁阶级的同时打算摧毁精英集团，即人们可以在所有压迫社会里找到的那些精美的寄生器官，它们像生产气泡一样生产价值和作品；精英是贵族中的贵族，他们为贵族勾勒整体人的形象，凡有精英施展才能的地方，新的价值和艺术作品不但不能充实被压迫者，反而使他的贫困化更加趋于绝对：精英的产品拒大多数人于门外，让他们感到自己的空白和局限；我们的艺术爱好者们的趣味必然决定了劳动阶级趣味低劣或者丧失趣味。当才子们认可一件作品时，世界上便多了一件工人不能占有的"珍宝"，不能欣赏和理解的美。价值只有当它是大家的共同产品时才能成为每个人的积极规定性。社会的一项新成果——无论是新的工业技术或新的表达方法——既然是大家创造的，就应该对于每个人都是世界的一种充实和一条新开辟的路，总之是他最内在的可能性。贵族阶级的整体人夺走了大家的全部机会，他可以定义为一个知人所不知，欣赏人所不能欣赏，为人所不为的人，总之是人中最无法替代的人，而社会主义社会的整体人在他出生时可定义为全体向每个人提供的机会的总和，在他死时则可定义为每个人向全体提供的新的机会——不管这机会有多微小。所以全体是每个人通向自身的道路，而每个人则是全体通向全体的道路。但是正当苏联在努力实现一种社会主义美学的时候，行政管理、工业化和战争的需要迫使它首先执行一种干部政策：它需要工程师、官员、军事领袖。于是形成一种危险，即这个事实上的精英集团因其文化、职业和生活水平与大众相差悬殊，也会产生一些价值与神话，在他们内部会出现一些对艺术家有特殊需求的"爱好者"。你引用了一段经过波朗审阅修订的中国文章，这段文章相当好地概括了压在一个处于建设中的社会身上的威胁。一种新的隔离可能形成：会产生一种伴有抽象价值和晦涩作品的干部文化，而劳动大众会陷入一种新的野蛮状态，他们不理解为新的精英集团服务的作品的程度正好用来衡量他们的野蛮程度。我以为，我也能解释使我们极其反感的有名的清洗运动：随着干部队伍的壮大，随着官僚阶层如果不能变成一个阶级，至少可能变成一个压迫性的精英集团，艺术家们就会发展唯美主义倾向。领导者既要依靠精英集团，又要尽力维持——至少作为一种理想——由整个集体创造其价值的原则。他们必定被迫采取自相矛盾的做法，既然他们一般来说推行干部政策，在文化领域却实施大众政策：他们用一只手造成一个精英集团，又用另一只手夺走这个精英集团生生不已的意识形态。但是，反过来，当苏联的对手们责备苏联领导人既创造一个压迫阶级又要砸烂阶级美学时，他们自己也陷于思想混乱。确实无疑的是苏联领导人和资产阶级社会的艺术家撞上同一个不可能性:音乐按照自身的辩证法发展,它变成依赖一种复杂技巧的艺术;这一事实令人遗憾,但是音乐需要有专门素养的听众是个事实。总之,现代音乐需要精英集团,而劳动大众需要音乐。怎样解决这个冲突呢?通过"赋予民众深刻的感受性以形式"?但那是什么样的形式呢?樊尚·丹迪①"根据一支山歌"编出深奥的乐曲。难道有人相信山民们能认出这是他们自己的歌?再说民众的感受性在创造自己的形式。民歌、爵士乐、非洲的单调旋律都用不着专业艺术家去审查修改。相反,把一种复杂的技巧用于这一感受性的自发产品必定会使这些产品变质。这正是海地艺术家们的悲剧所在,他们未能使正式文化与他们想处理的民间素材相结合。布拉格宣言大致认为必须降低音乐的水准,同时提高群众的文化水平。要么这等于白说,要么这就是承认艺术及其公众将在绝对平庸中携手会合。你有理由指出艺术与社会的冲突是永恒的,因为这与两者的本质有关。但是这一冲突在当代采取了一种新的、更尖锐的形式:艺术是一场不断革命,而且四十年来,我们社会的基本处境是革命的;然而社会革命要求审美的保守主义,而审美革命却违背艺术家本人的意愿,要求社会保守主义。毕加索是真诚的共产党人,却受到苏联领导人的谴责,而有钱的美国爱好者倒争购他的作品:他就是这一矛盾的活生生的体现。至于富热隆,他的画作不再博得精英集团的青睐,却也没有唤起无产阶级的兴趣。

何况只要人们去审察音乐灵感的源泉,这一矛盾就更为突出、深化,布拉格宣言声称应该表达"人民大众的感情和崇高的进步思想"。感情倒还说得过去。但是所谓"崇高的进步思想",鬼知

---

① 樊尚·丹迪(1851—1931),法国作曲家。

道怎样才能把它们谱成音乐。因为音乐归根结底是一种无所指的艺术。有些思路不缜密的人喜欢说什么"音乐语言"。但是我们知道得很清楚,"乐句"不确指任何客体:它本身就是客体。这个哑女怎么能向人提示她的命运呢?布拉格宣言提出一个天真得令人好笑的解决方案:人们将培植"促成达到这些目的的音乐形式,如声乐、歌剧、清唱剧、大合唱、合唱等"。显而易见,这类杂交作品都是多嘴婆;它们用音乐来交谈,倒不如直说音乐只应该是个借口,一种为歌词增光设色的手段,是歌词在歌颂斯大林、五年计划和苏联的电气化。用别的歌词,同样的音乐可以颂扬贝当、丘吉尔、杜鲁门、增值税。只要变换字眼,一首献给在斯大林格勒阵亡的俄国士兵的颂歌会变成对于在同一个城市战死的德国人的悼词。声音给人什么呢?一阵铿锵作响的英雄主义情绪;是语言带来明确的意义。只有当作品只能接受唯一一种文字解释时,才谈得上音乐的介入;总之,必须使声音结构抵制某些词而又吸引另一些词。这可能吗?在某些幸运场合也许可能:你举了《华沙幸存者》做例子。可就是勋伯格也不能不借助词语。如果没有词语,人们怎么能在"野马奔腾"中听出死者的数目?人们只会听出一阵疾驰。诗意的比喻不在音乐内部,而在音乐与歌词的关系里。但是,你会说,至少在这里歌词是作品的组成部分,它本身就是一种音乐因素。就算是这样吧:难道因此必须放弃奏鸣曲、四重奏、交响乐?必须如布拉格宣言所要求的那样致力于创作"歌剧、清唱剧和大合唱"?我知道你不这么认为。你还写道:"被选中的题材仍是一个中性因素,有点像有待进行纯艺术加工的原料。最终是这一处理的质量将证明或否定……艺术之外的关注和情感对纯艺术计划的依附",我很赞成。

不过这一来我不太清楚音乐的介入体现在什么地方。我担心它已从作品中逃走,躲到艺术家的行为和他对艺术的态度中去了。艺术家的生活可以被引为表率:他自甘贫困,拒绝轻易获得的成功,从不满足,对别人和对自己进行不断革命,这都值得效法。但是我担心他本人的清苦自律仍是对他的作品的一种外部说明。音乐作品本身不是否定性、摒弃传统、解放运动:它是这一摒弃和这一否定性的积极后果。作为发声的客体,它揭示作曲家的疑惑、极端绝望心情和最终决定,并不比发明证书揭示发明者的磨难和不安更多一些;它不为我们指出旧法则的解体:它让我们看到另一些法则,它们是它自身发展的积极规律。对于听众来说,艺术家不应该是他的作品的解释:如果音乐介入了,人们将是在那个直接诉诸我们耳朵的发声客体中,在直觉实在中找到音乐的介入,无须参照艺术家本人和过去的传统。

  这是可能的吗?我们似乎以另一种形式重遇我们开头碰上的两难推理:如果迫使音乐这一无所指艺术表达预先规定的意义,人们就使音乐异化;然而若把意义都扔给你所谓的"艺术之外的成分",音乐的解放岂非会引向抽象,并把作曲家变成黑格尔称之为恐怖的这一明确不移、纯粹否定的自由的榜样?不是奴役就是恐怖,可能我们的时代不能为艺术家提供别的选择①。如果必须选择,我承认我宁可要恐怖:不是为了恐怖本身,而是因为,在这个退潮时期,恐怖能坚持艺术特有的审美要求,以便它在不受过多的损害的情况下等待更有利的时代。

  可是我得向你承认,在读到你的书以前我没有那么悲观。我在这里告诉你我作为一个相当缺乏素养的听众的天真的感受:当

---

① 我得明确一点:对我来说艺术家与文学家的区别在于前者从事无所指性艺术。我曾在别处说明,文学的问题大不相同。——原注

人们为我演奏一首乐曲时,我在这一连串的声音里找不到任何意义,我也不在乎贝多芬谱成某一丧礼进行曲是为了"悼念一位英雄之死",或者肖邦想在第一叙事曲结尾暗示华伦罗德魔鬼般的笑声;相反,我以为这一串声音有一个意境,而我喜爱的正是这个意境。我确实一直区分意义和意境。我认为当人们通过一个客体着眼于另一个客体时,前一个客体就是有所指的。在这种情况下思想不去注意符号本身:它超越符号而趋向所指的事物;常有这样的事情:我们早就遗忘了使我们得以构想某一事物的词语,而对事物本身却牢记不忘。相反,意境与客体不可区分,我们越是注意包含某一意境的事物,这一意境就越明显。当一个客体体现一个超越它的实在,但是人们不能在它之外把握这一实在,而且后者的无限性又使人们不可能用任何符号系统来恰当表现时,这个客体便有一个意境。这里说的总是一个整体:一个人,一个环境,一个时代乃至人的状况的整体。我以为蒙娜·丽莎的微笑不"想"表示什么,但它有一个意境:通过它实现了文艺复兴时期的特征,即神秘主义与自然主义,明证与神秘的古怪混合。我只消看一眼就能把它和隐约浮现在埃特鲁斯坎①的阿波罗雕像唇间的那个同样神秘,但比较令人不安,比较生硬,带着讥讽的,天真而神圣的微笑区别开来,或者与乌东②的伏尔泰像流露的那个"丑恶"的、世俗的、唯理主义的、机智的微笑相区别。当然,伏尔泰的微笑是有所指的:它在某些场合显示,它想说:"我可没有上当",或是:"听他怎么说,这个宗教狂!"但是它同时是伏尔泰本人,作为无以名状的整体的伏尔泰。关于伏尔泰你可以无止境地谈下去,他的存在实

---

① 意大利埃特鲁里亚地区的古代民族。
② 乌东(1741—1828),法国雕刻家。

在(réalité existentielle)不能用语言来测定。但是只要他莞尔一笑,你就不费吹灰之力,整个儿有了他。我以为音乐是一个美丽的以目传神的哑女。当我听到《勃兰登堡协奏曲》时,我从不想到十八世纪,莱比锡的严肃刻苦风气,德国王公清教徒式的迟钝,以及精神发展的这一特定时刻,那时理性虽已拥有臻于成熟的技术,但仍屈从于信仰,那时概念的逻辑正在变成判断的逻辑。但是一切尽在于斯,由音响给出,如同文艺复兴时代在蒙娜·丽莎的唇际微笑一样。我一直相信正因为整个时代及其世界观默默依附在任何发声的客体上,像我这样对作曲史知之不多的"普通"听众当场就能断定斯卡拉蒂①、舒曼或拉威尔②一部作品的年代,即便他可能搞错作曲家的名字。难道不能设想音乐是在这个层次上介入的?我预料到你会这样回答我:如果艺术家把自己整个儿地——而且连带着把他的时代——表现在作品里,他是无心的:他的本意只是唱歌。是今天的听众事隔一百年才在客体里发现一些当初未被纳入的意图:上个世纪的听众感知的只是旋律,我们在回顾时看到一些反映那个时代的公设,同时代人看到的只是自然的和绝对的法则。此话不错,但是能否设想今天有一位更觉的艺术家对自己的艺术作出反思,试图在艺术中体现他作为人的状况?我只不过向你提出问题;你才有资格回答。但是,我承认,如果说我和你一同谴责荒谬的布拉格宣言,日丹诺夫那篇有名的,曾启迪了整个文化政策的演说③中有几段话却不由得使我大为困惑。你我都知道,共产党之所以有罪是因为他们有理的方式是错的,而且他们使我们变成有罪的,因为他们有错的方式是对的。布拉格宣言是一

---

① 斯卡拉蒂(1685—1757),意大利键盘乐作曲家。
② 拉威尔(1875—1937),法国作曲家。
③ 指一九三四年八月十七日日丹诺夫在苏联作家第一次代表大会上的演说。

种完全自圆其说的艺术理论的愚蠢的极端结果,这一理论并非一定包含美学专制主义。日丹诺夫说:"必须认识生活以便真实地在艺术作品里表现生活,不是用经院式的、僵死的方式来表现,不仅把它作为客观现实来表现,而是在其革命发展中表现现实。"他这番话无非是说,现实从来不是静止的:它总处于变化之中,而评价或者描绘现实的人本身也在变化。所有这些相互制约的变化的深刻统一,便是整个体系的未来方向。所以艺术家应该打破已经凝固的、使我们用现在时看待业已被超越的制度和习俗的习惯;为了提供我们时代的真实形象,他应该从时代正在锻造的未来的高度俯视时代,因为是明天决定着今天的真理。这一看法在某种意义上符合你的看法:你曾指出,介入的艺术家"超前"他的时代,他用未来的眼睛观看他那门艺术现在的传统。当然日丹诺夫和你都对否定性和超越有所暗示,但是他不限于做否定的时刻。对于他来说,作品的价值主要在于其积极内容:它是一大块坠入现在的未来,它超前我们对自己的判断好几年,它解放我们的未来可能性,它以同一运动跟踪、伴随或者领先于历史的辩证发展。我一向认为,没有比这类想确定一个人或一个社会集团的精神水平的理论更蠢的东西了。无水平可言:对一个孩子来说,"与自身年龄相符"即同时既高于这个年龄,又低于这个年龄。我们的智力和感觉习惯亦然。马蒂斯写过:"我们的感官有一个发展年龄,它并非来自直接氛围,而是来自文明所处的某一时刻。"是的,反过来我们的感官超越这一时刻,朦胧感受到人们将在明天看到的一大堆东西,在这个世界里辨认出另一个世界。但是这并非我说不清楚的某种预言才能的结果,而是时代的矛盾和冲突高度刺激感官,以致它们具有某种透视能力。所以一件艺术品既是个人的产品,又是一桩社会事实。人们在《平均律钢琴曲集》中找到的不仅是宗教与君主制的秩序:巴赫向这些兼为高压传统的受害者和受益者的高级教士和男爵提供了一种自由的形象,这一自由在它好像把自己局限于传统范围内的同时超越传统,趋向新的创造。他用一种开放性传统来反抗专制小朝廷的封闭传统;他教给人们在同意接受的纪律中发现新颖独到之处,总之他教给人们怎样生活:他指出在宗教与君主集权政体内部的精神自由机制,他描绘服从国王的臣民和祈求上帝的信徒们高傲的尊严。他完全置身于他的时代之中,接受并反映这个时代的偏见,但是他同时处于时代之外,默默地、按照半个世纪以后将产生康德的伦理学的一种虔信派道德主义暗含的法则来评判这个时代。他演奏的无数变奏,他迫使自己遵循的公式,使他的继承者们差点没有改动这些公式。诚然他的一生是循规蹈矩的楷模,我也不以为他发表过什么革命性的言论,但是,他的艺术难道不同时是对服从的颂扬又是对这一服从的超越?就在他想为我们证明这一服从的时刻,他以一种当时尚未诞生的个人主义的唯理主义的观点评判这一服从。后来,艺术家没有丢失他的贵族听众,又赢得另一部分听众:通过他对自己的艺术技巧进行的思考,通过他对习惯手法的不断改进,艺术家提前向资产阶级显示了他们希望完成的那个不引起冲突和革命的进步。我亲爱的莱博维茨,我以为你对音乐介入的看法适用于那个幸福的时代:艺术家的审美要求与他的公众的政治要求若合符契,以致同一个批判分析既可以用来证明关卡、过桥费、封建法权的无用有害,也能证明调节音乐主题的长度,其再现频率及展开方式的传统规定同样无益。而且这一批判同时尊重社会的基础和艺术的基础:调性美学仍是一切音乐的天然法则,犹如产业所有权是一切群体的天然法则。人们可以猜到我无意用所有制去解释调性音乐,我只想指出,对于每个时代,否定性在所有领域内行使的对象之间及其在各个方向遇到的界限之间存在着深刻的对应性。"人性是有的,别碰它!"这就是十八世纪末各种社会和艺术禁令的共同含义。贝多芬的艺术如演说,悲愤激越,有时嫌啰唆,它为我们提供了——不过稍为晚了一些——革命议会的音乐形象:这就是巴纳夫①、米拉波②,可惜有时成了拉利-托朗达尔③。我不去考虑他一时高兴赋予他作品的意义,而是想着作品的意境,归根结底是这个意境表达了他投入这个混乱的、雄辩的世界的方式。不过说到底这滔滔不绝的言词和洪水般涌来的眼泪好像虚悬在一种几乎如死一般宁静的自由里。贝多芬没有打乱他的艺术的法则,他没有越过界限,然而人们可以说他超越了大革命的胜利,甚至超越了大革命的失败。如果说有那么多人想到从音乐中寻求安慰,那是因为,我以为,音乐对他们谈论他们的痛苦时用的声音是他们得到安慰后自己也会用的那种声音,也因为音乐让他们用明后天的眼光去看他们的痛苦。

那么今天一个没有文学意图,无意有所指的艺术家是否不可能以足够的热情投入我们的世界,以足够的真诚体验它的矛盾,并以足够的恒心计划改变它,以便这个世界,带着它的野性的暴力、它的野蛮、它精密的技术、它的暴君和奴隶、它的致命的威胁和我们吓人的但却是伟大的自由,通过这位艺术家变成音乐?如果说音乐家分担了被压迫者的狂怒和希望,他是否不可能被那么多的希望和狂怒席卷而走,以致超越他自己,在今天用未来的声音歌唱这个世界?如果这是可能的,那么还说得上什么"审美以外"的关注、"中性"题材和意义吗?还能把材料与处理方式区别开来吗?

---

① 巴纳夫(1761—1793),法国大革命时期制宪议会最出色的演说家之一。
② 米拉波(1749—1791),制宪会议员,著名的演说家。
③ 拉利-托朗达尔(1751—1830),制宪会议员。他的辩才不能与前两位相比。

亲爱的莱博维茨,我是向你,不是向日丹诺夫提出这些问题的。日丹诺夫的回答我已经知道:因为,正当我以为他向我指明道路时,我发现他自己迷路了:他刚刚提出超越客观现实,随即补充说:"表现的真实性及其历史性和具体性应该与用社会主义精神对劳动者进行意识形态改造和教育的任务相结合。"我本以为他邀请艺术家强烈而自由地在其整体里体验时代的各种问题,以便作品能以自己的方式反映这些问题。可是我看到事实上只是向一些官员预订他们将在党的领导下制作的说教作品。既然人们不是让艺术家自己去发现对未来的看法,而是强加给他们,那么这一未来在政治上还有待实现就无关紧要了:对于音乐家来说,木已成舟了。整个体系沉没在过去里;借用他们爱用的一个说法,苏联艺术家们是厚古派,他们歌颂苏联的未来犹如我们的浪漫派讴歌君主制的往昔。在王政复辟时期,这样做是为了用人们佯装在旧制度初期发现的同等的光荣与我们的革命者的无上光荣相抗衡。今天人们移动了黄金时代的位置,把它挪到我们前面去了。但是无论如何,这个游来逛去的黄金时代万变不离其宗:它是个反动的神话。

要反动还是恐怖?要自由但抽象的艺术,还是具体但负债累累的艺术?要没有文化的群众,还是有专门素养的资产者听众?亲爱的莱博维茨,你充分自觉地,既不需要中介也不作任何妥协,体验着自由与介入的矛盾。应该由你来告诉我们这一冲突是否永恒的,或者只是历史的一个时刻;如果属于后一种情况,艺术家是否今天在自己身上拥有解决冲突的手段,或者为了看到冲突的出路,我们是否应该期待社会生活和人际关系发生一种深刻的变化。

纪 德 活 着[①]

人们一直以为他已经取得神圣地位,涂了防腐香料:临到他死了,人们才发现他一直活着。在人们老大不乐意为他编织的花圈底下隐约可见的尴尬和怨恨,表明他过去不讨人喜欢,今后还将长期不招人爱:他能做到使右翼和左翼的正统者联合起来反对他。只要想象几具道貌岸然的木乃伊的欢呼:"感谢吾主;是他错了,既然我还活着",以及在《人道报》上读到"刚才死去的那个人,早就是僵尸",便能知晓这个八十岁的,已经不再写作的老人对当今的文坛具有多大的影响。

思想也有其地理:如同一个法国人不管前往何处,他在国外每走一步不是接近就是远离法国,任何精神运作也使我们不是接近就是远离纪德。他的明澈、清醒,他的唯理主义和他对哀婉的拒绝,使其他人得以让自己的思想怀着一些不甚分明、不甚确定的企图从事探索:人们知道,与此同时,一个明亮的智慧维护着分析、纯化和某种传统的权利:即便人们会在一次发现之旅中沉没,人们不会连累精神也遭灭顶之灾。近三十年的法国思想,不管它愿意不愿意,也不管它另以马克思,黑格尔或克尔恺郭尔作为坐标,它也应该参照纪德来定位。

---

① 本文译自《处境种种》第四集,法国加利马出版社 1964 年版。

就我个人而言，那些悼念他的文章所体现的精神狭隘、虚伪和那种——一言以蔽之——令人作呕的腐败气息，使我十分不悦，以致我不想在这里标明把我们与他分开的东西。倒不如提醒大家，他曾给予我们不可估价的馈赠。

我是在某些从未以其莽撞使我吃惊的同行的笔下读到，"他穿着三件法兰绒背心仍战战兢兢过日子"。愚蠢的嘲笑。针对其他人的大胆，这些懦夫发明了一种奇怪的防卫手段：他们只有当其他人的大胆同时显现在各个领域时，才予以承认。假如纪德敢于拿生命去冒险，特别是他假如不把胸部炎症当一回事，人们才能原谅他用思想和名声去冒险。人们佯装不知有各种不同的，因人而异的勇气。不错，纪德是谨慎的。他字斟句酌。假如他对某一思想或舆论运动感兴趣，他总是设法使他的参加附带条件，以便把自己放在边缘位置上，随时准备撤退。可是这同一个人敢于在《科里东》里公布自己的信念，在《刚果之旅》中提出自己的指控，他有勇气公然站在苏联一边——而当时这样做是很危险的，且有更大的勇气公开改变看法，当他不管是否有理，认为自己过去是搞错了的时候。可能正是这一狡黠和大胆的混合使他具有榜样的意义：侠义之举只有出自那些了解事物的代价的人，才值得尊重；同样，唯有经过深思熟虑的大胆行为最能感动人。假如《科里东》是一个冒失鬼的作品，它将缩小为一桩风化案子；但是，如果作者是这个狡猾的，掂量一切的中国人①，这本书就变成一篇宣言，一个证词，它的意义就远远超过它引发的那个丑闻。这一谨慎的大胆应该成为"指导思想的法则"：直到获得明证以前对自己的思想蓄而不发，而信念一旦确立，就得为它付出任何代价。

---

① 此处"中国人"意谓工于心计的人。

勇敢与谨慎，这一配比得当的混合为他作品的内在张力提供了解释。纪德的艺术想在冒险与规则之间达成平衡；在他身上新教信仰与同性恋者的习性，大资产者骄傲的个人主义与清教徒对社会约束的偏爱达成平衡；某种生硬冷酷，一种沟通的困难，一种源于基督教的人道主义和一种活跃的、要求自己是无邪的对感官享乐的追求；遵守规则与寻求自发性在他身上相结合。这种平衡游戏是纪德为当代文学做出的无法估价的贡献的根源：是他把当代文学从象征派的泥辙里拉出来。第二代象征派作家深信作家只有处理极少数量的十分高尚的题材，才不失身份。但是对于这些明确界定的题材，他怎么表达自己的见解都是可以的。纪德把我们从这种天真的物化主义中解放出来：他教给我们，或者重新教给我们，一切都可以被说出来——这是他的大胆之处；但是需要遵循某些把话说得好的规则——这是他的谨慎所在。

他的反复无常，从一个极端到另一个极端摇摆不定，他对客观性的激情，应该说乃至他的客观主义——我承认这是很具资产阶级性的——那种使他到对手身上也要去寻找理性，能使他对别人的观点入迷的客观主义，一切都来自这种谨慎的大胆。我不以为这些如此富有特性的态度今天可以对我们有用，但是它们使他得以把自己的一生变成一场认真从事的试验，而且我们不需任何准备就能予以吸收；总而言之，他亲身经历了他的种种想法，尤其是其中一个想法：上帝已死。不能想象今天有一个信徒是被圣波那旺图尔或者圣安塞姆的论据引向基督教的；但是我也不以为有一个信徒是因为服膺相反的论据而背离信仰的。上帝的问题是个涉及人们之间关系的人性问题，这是个总体问题，每个人用自己的一生去解答这个问题，而且人们的解答反映人们针对其他人和自身所做的选择的态度。纪德提供给我们的最宝贵的东西，是他决心把上帝的垂危和死亡体验到底。他本可以像许多其他人一样，拿一些观念来打赌，在二十岁时就决定信神还是不信神，然后终身坚持下去。他却不这样做，他要体会自己与宗教的关系，而那个最终把他引向无神论的活的辩证法，是一个可以在他身后重走一遍，但不能由一些概念或观念确定的历程。他与天主教徒的无休止的争论，他的感情抒发，屡屡回头的反讽，他的妩媚，突然决裂，进步，退步，坠落，他作品中上帝这个词的模棱两可性，他即便在不再相信人的时候也拒绝放弃人，说到底，所有这些严格的经验带给我们的启发比起一百个证明更多。他为我们活过的一生，我们只要读他的作品便能重活一次；他使我们能避开他曾经坠入的陷阱，或者像他走出陷阱那样走出来。他只消公布他们的书信，便能使他的对手们在我们心目中声望大跌，从而再也不能迷惑我们。黑格尔说过，任何真理都是变成的。人们经常忘记这一点。人们看到结果，而不是过程。人们把理念看成一个成品，没有发觉它实际上是它自身的缓慢成熟过程，是一系列必然发生的、自行改正的错误，一系列自行补足并拓展的片面观点。纪德是个不可替代的榜样，因为他相反选择了变成他自身的真理。他的无神论若是在二十岁时抽象地决定的，就可能是虚假的；因为它是慢慢争得的，是半个世纪探索的结果，这个无神论便变成他的和我们的具体真理。从这里开始，今天的人们可以变成一些新的真理。

《现代》第 65 期，一九五一年三月

阿尔贝·加缪[1]

六个月以前,乃至昨天,人们还在想:"他将要做什么呢?"他为一些必须尊重的矛盾所折磨,暂时选择了沉默。不过他是那样一种罕见的,人们可以放心等待的人,因为他们选择得很慢,而且忠于他们的选择。有一天,他会说话的,我们甚至不敢猜测他会说些什么。但是我们想他会和我们之中的每个人一样,与世界一起改变;这一点就足以使他的存在保有活力。

我与他曾经失和:反目,即便双方永远不再见面,也算不了什么,这无非是另一种在属于我们的那个窄小的世界里一起生活的方式,并且谁都知道谁的近况。这不妨碍我想念他,感到他的目光停在他阅读的书页和报纸上,并且对我自己说:"他又会说些什么?此刻他会说些什么?"

他保持沉默。根据不同的事件和我自己的情绪,我有时认为他的沉默出自过分的谨慎,有时认为他过于痛苦。但是这种沉默是每一天的品质,如同温暖和光明,不过是一种人性的品质。如同他的书——尤其是《堕落》,这部可能是他最美的,也是最不为人理解的作品——所披露的那样,人们活着不是与自己的思想一致,就是反抗自己的思想,但总是通过它而活着。这是我们的文化的

---

[1] 本文译自《处境种种》第四集。

特殊历险,是人们企图猜出其各个阶段和终点的一场运动。

他在这个世纪里与历史对抗,代表着一个漫长的道德家谱系的当代继承人,而这个道德家谱系的作品可能是法国文学中最有特色的部分。以他那种固执的、既狭隘又纯洁的、既严峻又耽于肉欲的人道主义,他向这个时代种种巨大的、畸形的事件做意义含糊的战斗。不过,反过来,以他顽强的拒绝,他在我们时代的中心,针对马基雅弗利主义者和拜金的现实主义,再次肯定了道德事实的存在。

不妨说他曾是这个不可动摇的肯定。人们只要阅读或思考,就会撞上他攥紧拳头维护的人文价值:他对政治行为提出质问。必须绕过他或者与他斗:总而言之,他对赋予精神以生命的那种张力是不可缺少的。即便是他近几年的沉默也有某种正面意义:这个发现了荒谬的笛卡儿主义者拒绝离开道德的可靠场地,投入实践的不确实的道路。我们猜出他的心思,我们也猜出他秘而不宣的种种内心冲突:因为单独而言的道德同时要求反抗又谴责反抗。

我们一直在期待,必须期待,必须知道:不管他后来会做什么决定或决定做什么,加缪永远是我们的文化场的主力之一,永远会以他的方式代表法国和这个世纪的历史。然而我们可能本应该知道并且理解他的历程。他做了一切——一个完整的事业——而一切始终有待去做。他说过:"我的作品在我的前面。"现在结束了。他的死亡特别不能令人接受之处,是人的秩序毁于非人的因素。

人的秩序现在还处于混乱状态,它不公正、脆弱,在这个秩序里人们杀戮、饿死;不过至少它已为一些人所确立、维护和反对。加缪必须在这个秩序里生活。这个不断前进的人向我们提出质问,他本人就是一个寻找答案的问题。他活在一个漫长的生命的中心;对于我们,对于他,对于维持这个秩序的人和拒绝这个秩序的人，重要的是他走出沉默，是他做出决定，得出结论。另一些人活到很老才死去，另一些人的死亡总被延期，他们可以在任何一分钟死去，而他们的生命的意义，人生整体的意义却不会因此改变。可是对于我们这些缺乏把握，迷失方向的人来说，必须让我们中最优秀的人走到隧道的尽头。全部作品的性质和历史瞬间的条件如此明确地要求一个作家活下去，这种情况不多见。

我称杀死加缪的事故为丑闻，是因为它在人的世界的中心显示了我们最深层的要求的荒谬性。加缪二十岁时突然患上打乱他生活的疾病，于是发现了荒谬——对人的愚蠢否定。他习惯了荒谬，他思考了自己不能忍受的状况，他解脱出来了。然而人们却认为唯有他的早期作品说出他一生的真理，既然这个治愈的病人被不可预见的、来自别处的死亡所击倒。荒谬便是这个不再有人向他提出，他也不再向任何人提出的问题，便是这个甚至不再是一种沉默，绝对不复是任何东西的沉默。

我不这么认为。非人的因素一旦显示，便成为人性的一部分。任何一个被停止的生命——即便是一个如此年轻的人的生命——都同时是一张被打碎的唱片和一个完整的生命。对于所有爱过他的人来说，他的死亡里有一种无法忍受的荒谬性。可是应该学会把这个残损的作品看成一部整体著作。既然加缪的人道主义包含一种面向必将向他突然袭来的死亡的人性态度，既然他对于幸福的骄傲追求意味并且要求非人性的死之必然，在相应的程度上，我们要在这部著作中和与之不可分离的作者的一生中辨认出一个人为与自己未来的死亡抗争，从而赢得每一瞬间而作出的纯洁的、胜利的努力。

《法兰西观察家》第505期，一九五〇年一月七日

关于《家中的低能儿》[①]

——你研究福楼拜已经很久了,你能否告诉我们你的工作经历了哪些不同的阶段,特别是,为什么你的研究成果迟至今日才出版?

让-保尔·萨特:你们从《文字生涯》里已经知道我童年时读过福楼拜。我在高等师范学院求学时用心重读了一遍,我还记得后来,在三十年代又读过一次《情感教育》。我对福楼拜作品里的人物一直抱有某种敌意。这是因为他把自己放进人物里面,因为他自己既是虐待狂又是被虐待狂,他就同时让我们看到他的人物既很不幸又招人反感:爱玛又笨又恶毒,其他人物也比她强不了多少。查理是个例外,我事后才发现,他代表作者的理想之一。

我真正与福楼拜正面交锋,是在德国占领时期,那时我读了夏庞蒂埃出版社出的四卷本《书信集》;当时我觉得自己不喜欢福楼拜这个人物,但是在他的书信里发现一些因素有助于我理解他的小说。经过一番考虑之后,一九四三年我对自己说,有一天我一定要写一本关于福楼拜的书;而且在《存在与虚无》里关于存在精神分析法的那一章结尾我宣布了这个计划。

[①] 本文系米歇尔·贡塔和米歇尔·里巴卡记录的谈话稿,原载一九七一年五月十四日的《世界报》,收入《处境种种》第十集。

在《什么是文学?》里我没有掩饰我对福楼拜的反感。但是，总的来说，从一九四三年到一九五四年我不怎么想起他：我当时有别的书需要写。一九五四年我接近共产党的时候，罗杰·加罗蒂向我提议："让我们挑选一个什么人，尝试着解释他，我用马克思主义方法，你用你的存在主义方法。"他以为我会从主观角度处理问题，而他用的是客观方法。所以比较研究的倡议是他提出的，不过是我想起《包法利夫人》，选中了福楼拜：福楼拜本人始终憎恶这本书，这本书为他赢得不虞之誉，同时也使他蒙受耻辱。

我在三个月内写满一打笔记本：我写得既快又很肤浅，但是我已在运用精神分析法和马克思主义方法。我把这些笔记本拿给蓬塔利斯①看，他当时刚写完一篇关于福楼拜的疾病的研究文章，便对我说："你为什么不利用这些笔记写一本书呢?"于是我就动手写了将近一千页，到一九五五年又撂下这项工作。此后不久，我想我不能老是半途而废（我在《存在与虚无》里宣告将要写一本伦理学，结果没有写出来；《辩证理性批判》只出了第一卷；关于丁托列托的研究有始无终，等等），我一生中总得有一天做完某项工作。这一有始有终的需要，这一决心，从此就没有离开过我：《福楼拜》占去我七年的光阴。我可以说，从《阿尔托纳的隐居者》以后——虽说我当然还有别的工作——我做的只是这件事。《文字生涯》已经部分完成：我只需要在一九六三年花三个月修改初稿，去掉我当初赋予它的过于嘲讽的笔调就行了。所以我的这部研究著作在今天问世之前，有过三四个稿本，一九六八到一九七〇年间我还把

---

① 蓬塔利斯，萨特的朋友，《现代》杂志的同人。

它从头到尾改写了一遍。现在出的是头两卷,我想以后还有两卷。①

至于你们说的迟至今日才出版的问题,那是因为我决心深入开掘和加入新的内容。

——关于《辩证理性批判》,你说过那部书本可以写得更好,更紧凑。你好像跟马克思一样,没有时间"写短"。你对这本著作现在的形式满意吗?

——在材料方面,我在翻阅这本书的时候发现一些错误:例如福楼拜的父亲写过一本生理学著作而不是哲学著作;结尾部分我想说的是埃尔白农,马拉美的《伊吉图尔》中的人物,等等。

在形式方面,《福楼拜》的文体正是我有意使用的,因为我不愿意太费力气。人们应该写几本这样的书,永远不要把主要精力用在修饰文体上。风格是福楼拜的事;假如人们用精致的文体去写关于一个毕生以寻找风格为务的作家的事情,这等于发疯。(为什么把时间浪费在造漂亮句子上?)我的目的是说明一种方法,一个人。

这本书是信笔写成的:最简单、最通用的形式就是最好的;如果有时出现了风格,那是因为人们只能用讲究的文体来讲某些"不能言传"的或者难以言传的事情。

《文字生涯》讲究文体,这是因为那本书是我向文学告别:一个否定自身的物体应尽可能写得好。如果《福楼拜》有些段落像《文字生涯》,那是因为,写了五十年文章以后,一个人必定会浸透了自己的文风,有些表达方式会自动来到笔下,用不着费半点脑子。

---

① 《家中的低能儿》第一、二卷于一九七一年出版,第三卷于一九七三年出版,本来萨特还计划写第四卷,但三卷出版后,他认为自己想说的话都已包括在三卷书里了,所以没有写第四卷。

虽然多年以来我只是在做这件事，我在写作《福楼拜》时曾感到乐趣，这对我来从不是罚做的作业。反过来，我对书本身不再有什么看法；我在书里陷得太深，我又经处在书外了。尤其是我现在处于中间阶段，一个半真空阶段，位于已经完成的这两卷和续编之间。这并不使我感到不安。因为我有把握写完《福楼拜》。从十月底到现在我几乎没有写过一行字；从战前算起，我这还是第一次连着休息六个月。

——你在写作《家中的低能儿》时好像怀有双重雄心：一方面是写一部小说性的作品，尽管它是一种创新，人们还是可以把它归入十九世纪的"修业小说"；另一方面是写一部因其严谨性将成为科学典范的研究著作。

——我愿意人们把我的研究著作当作一部小说来读，因为它的确讲了一个人的修业故事，他的学业导致他终生的失败。同时我希望人们在读它的时候想到这都是真的，这是部真实的小说。

就整体而言，这本书写的是我想象中的福楼拜，但是，因为我想我使用的方法是严谨的，我同时认为这也是福楼拜的本来面目，他就是这个样子。我在从事这项研究时，每时每刻都需要发挥想象。

——果真是在发挥想象呢，还是在发挥一种能在各种成分之间确立关系的智性？

——你们知道，对我来说，智性、想象、感性是一回事，我可以用亲历①这个名词来称呼它们。举例说，我手里有一封一八三八

---

① "亲历"（vécu）是萨特创造的一个术语，兼指意识与无意识（conscient-inconscient）；它可以被"了解"，但不能被"认识"。"我想借此表达关于一个总体的想法，这个总体的表面完全是被意识到的，但其余部分对于这个意识却是不透明的，它既非无意识，却又是你本人觉察不到的。"以福楼拜为例，萨特认为"他不认识自己，同时又出色地了解他自己"。

年的信和另一封一八五二年的信，无论是福楼拜本人，还是他的通信对方或批评家们，都没有确立这两个文件之间的关系。那个时候，这一关系还不存在。如果我建立了这一关系，那是因为我想象了它。一旦我把它想象出来，这就可能给我一个真实的关系。

——但你是否把《家中的低能儿》看做一本科学著作？

——不，正是为了这个原因我把它放在《哲学丛书》里出版。科学性意味着概念的严格性。作为哲学家，我试图借助观念来达到严格性，而我是这样区分概念（concept）和观念（notion）的：概念是外在性的定义，同时它不具时间性；我认为观念是内在性的定义，它不仅包括了引起观念的那个客体需要的延续时间，而且包括认识这个观念所需要的时间。换言之，这是一个把时间引入自身的思想。所以，当你研究一个人及其历史时，你只能通过观念来进行。举例说，被动性在福楼拜身上非常重要，如果人们把它当作一个概念，它就毫无意义了，因为人们此时位于外在性的层面上。如果你想把被动性看作一个历史整体，你就得表明它是从哪里来的，又是怎样发展的（写作《包法利夫人》的福楼拜的被动性当然不同于婴儿的被动性）；再说，在被动性这个观念本身里，还应该让人们看到它是怎样被发现的以及思想——具体说是我的思想——是怎样彻底把握它的。于是你就有了两个时间性因素：被动性的生成和发展，附带试图把握它的那个方法，同时还有内在性，即一些相互锲入的想法，它们之间存在内在否定关系，简单说就是辩证关系。观念包含了这一切。我对概念与观念的区分对应于我对认识和理解的区分。为了理解一个人，就必定要采取情感同化法（empathie）。

——这正是你对居斯塔夫的态度，但不是对他父母……

——说句公道话：我没有过分攻击他的父母。我认为他们造就了福楼拜,即一个曾经是不幸的,后来又把神经官能症作为摆脱不幸的办法的人。所以我让他们承担大部分责任。话是这么说,但我并非不喜欢福楼拜的父亲,阿希尔-克列奥法斯:在他身上人们感到有些因素——人们很想认识这些因素,但是缺乏有关文件——表明他与人们通常期待于他的那个人不同:例如他与自己的回忆的关系,还有他也爱哭这个事实。爱哭可能是十八世纪革命的敏感性留下的遗产:卢梭爱哭,狄德罗爱哭,所有这些人都哭得很凶。为了这一切,也为了他花许多时间解剖尸体,我还是比较喜欢他的。最后,从职业观点看,他作为医生有所发明,相反他的儿子阿希尔只知道袭用父亲的方法。不过我确实不喜欢福楼拜的母亲。

——这很明显。人们有时觉得,通过福楼拜一家这个细胞,通过他父母,特别是通过他的母亲,你在和这个家庭,和所有资产阶级家庭结算你自己的账。

——有点和所有家庭算账的意思。我的书里毋庸争议老在攻击当时的资产阶级,福楼拜一家很能代表这个资产阶级。至于我对福楼拜母亲的恶感,据此推论我通过她在攻击我自己的母亲就大谬不然了。我母亲不仅恪尽职守,而且无比温柔。作为小居斯塔夫的对立面,我用暗笔画出另一个孩子的肖像,这个小男孩充满自信,他有坚定的信念是因为他从小就得到一个孩子为发展个性、为建立一个敢于肯定的自我所需要的全部爱,这个小男孩就是我。实际上,我之所以厌恶卡罗琳正是因为我自己备受爱护。

不妨说,我在这里采用了与分析家不同的观点。分析家会说:"我们在研究福楼拜,我们就他家庭的本来面目,就是说客观地、冷静地考察它,我们看这个孩子怎样从客观结构出发给自己制造困难。"而我以为家庭起了坏作用,父亲滥用权利,母亲令人大大失望,她几乎没有感情——福楼拜的孤僻倾向来源于此——长子则引起福楼拜的嫉妒心,以某种方式毁了他的一生,虽说这里没有当兄长的过错。我强调兄弟俩关系的这一方面,因为传记作家,特别是蒂博代往往忽略这一点。然而只要用心研究福楼拜青年时代写的故事就能到处发现一些主题表明兄弟俩关系很坏。

——你的研究大部分建立在福楼拜青年时代的作品上。你是否为了证实事先的直觉才去分析它们的?

——不,我是在读这些作品时才发现许多东西的,例如福楼拜的性欲。只要加以解释就够了。后来,不久以前,我读到他在东方旅行时写的信件中未曾发表的段落——柯那尔版的《书信集》删去了这些段落——才证实了我的看法。福楼拜的性欲的被动性,还有他的同性恋倾向,在这里表现得再明显不过了。我非常重视被动性这个观念,它不属于精神分析学说的一个范畴,而且我在与儿科医生交谈时发现他们很少考虑它。对他们来说,被动性只能作为一种盲目欲求(conatus)的效应而存在,然而对于我,就福楼拜而言,它有两个起因。一个缺乏爱心的母亲对婴儿的任意摆布,以及居斯塔夫满七岁后学习读书时经历的危机,当时他父亲专断地、强制性地亲自教小儿子识字,认为此事有关家庭的荣誉。长子阿希尔一直被家里人当作模范指给居斯塔夫看,后者的自卑感便由此产生,他知道自己的兄长是不可企及的,这就加深了他先天的被动性。从这个观点看,好像是福楼拜作为幼子的地位注定他具有被动性。

——注定?对于那些把你看作宣扬自由的哲学家的人,你也这么说会叫他们大吃一惊的。

——我们大家都被以某种方式预先规定了命运。家庭与社会在一定时间的处境从一开始就注定我们将从事某种类型的活动。

举例说,一个生于一九三五年的阿尔及利亚青年注定要去打仗,在某些场合,历史事先就作出判决了。在我的思想里命中注定代替了决定论:我认为我们不是自由的——至少今天暂时如此,既然我们都是被异化的。人们永远在童年时代失落自我:教育方法,父母与子女的关系,学校教育等,这一切造成一个自我,不过是一个失落的自我。但是各种异化之间显然存在巨大的差别:就拿孤僻的儿童和狼孩做例子好了……

这不等于说这一命中注定不包含任何选择,但是人们知道自己不能实现自己的选择。举例说,福楼拜受到的制约不是完全促使他选择写作的。从他学会读书那一天起,他才逐渐形成这个想法。这一切与我在《辩证理性批判》中描述什么是被异化的自由的那一部分相对应。何况福楼拜说过:"我不觉得自己是自由的。"家庭的强制为他形成严格的制约:在一个科学家家庭里人们拒绝给他当学者的可能性,因为父亲的事业归长子继承。一切都已事先决定好了:居斯塔夫还能作一些抉择,不过都是受制约的抉择。我在我的书里说明这一点。

——根据拉康①的说法,自我是一种想象结构,一种人们在事后认同的虚构:这就是拉康所谓的镜子阶段,即与社会和家庭指令(désignation)构成的人物认同。你对福楼拜的自我的描述似乎在各方面都符合拉康的理论,但你认为这是福楼拜特有的,拉康却认为这是普遍的。

——我在描述福楼拜的构成(constitution)时没有想到拉康,说实在的我不是很了解他,但是我的描述离他的观点不远。我没有把人的构成看成福楼拜特有的,事实上我们大家都有这个过程。所谓

---

① 拉康(1901—1981),法国精神病学专家,精神分析学家。

构成就是从我称之为已构成的人出发创造一个人,使他扮演期待的角色,具有期待的行为。换句话说,应该对大家——也对一些主动性很强的人——做我对福楼拜做过的工作:说明个人的构成和个性化,即超越家庭结构的抽象制约而迈向具体。在福楼拜身上非现实成分肯定是完整的:福楼拜与别人的区别——当然在别人身上不可能不出现想象成分——在于福楼拜愿意完全成为想象人。

你们知道我是怎样理解自我的,我的看法没有改变:自我是我们面前的一个客体。就是说当反思统一被反思的意识时,自我就向反思显现:于是就产生一个反思极,我称之为自我,超越性的自我,它是一个准客体。福楼拜却自愿使他的自我成为想象物。

——你怎样看待福楼拜的神经官能症?

——分析神经官能症,这属于反精神疗法。我只想说明神经官能症可以是解决问题的一种办法。

——我们谈到现在一直没有离开精神分析学说。从什么时候起,你在研究中不得不运用以精确的历史知识为基础的马克思主义方法?

——我一开始就同时使用两种方法。我以为若要谈论一个儿童或者一个年轻人,不把他放到他所处的时代中去是办不到的。假如福楼拜是五十年以后一位外科医生的儿子,他与科学的关系显然就会大不相同。同样道理,必须说明人家从他幼年时起就教给他的那个意识形态。所以两种方法都是必要的。但是,确切说,我这本书的前两卷用情感同化法来说明孩子怎样内化外部社会。不过这还不够:第三卷将说明为什么福楼拜的神经官能症是一种被我所谓的客观精神要求的神经官能症。换句话说,我不以为艺术或文学必定是神经官能症患者的事情——虽然艺术家往往有神经官能症,我以为为艺术而艺术要求一种神经官能症。应该研究的是——我打算在两三年后发表的第三卷里做这项工作——以几名作家为实例,其中有龚古尔兄弟,更重要的是勒贡特·德·利尔①,研究一八五〇年左右的艺术运动史。这些作家多少都有神经官能症。在头两卷里,我好像在说明福楼拜从他的个人冲突出发发明为艺术而艺术。实际上,他发明为艺术而艺术是因为客观精神使一个在一八三五到一八四〇年间立志写作的作家采取后浪漫主义的神经官能症立场,即为艺术而艺术。

——什么是你在研究工作中遇到的主要困难?

——我认为最大的困难是引入想象物这一想法,我把想象物看作一个人的主要规定性(détermination)。这本书就其现在的样子而言,以某种方式与我在战前写的《想象》一脉相承。但是我在《福楼拜》里还尝试应用历史唯物主义方法,所以当我谈到词语时,我参照了它们的物质性:我认为说话是一个物质事实,思想亦然。我重新思考了在《想象》中阐述过的某些观念,但是我得说,尽管我读到关于那本书的批评,我仍以为它是正确的:如果人们唯一采取想象的观点(比如说排除社会观点),那么我的看法不变:显然需要用一种更为唯物的观点来修正它。

另一个困难在于达到这个情感同化法。过去我对福楼拜常有反感;这种反感逐渐消失了。今天我想我不会喜欢跟他共进晚餐的,因为这个人实在叫人受不了,但是我把他看作一个人。

——这么说情感同化法要求排除任何道德判断?

——当然啰,写一本这种性质的书就必须这么做。如果我用价值标准去衡量福楼拜,我的判断仍会与我从前的判断很接近。可能我再也不能对他作出判断,可能是因为他受过的苦太

---

① 勒贡特·德·利尔(1818—1894),法国诗人。

大了——既是太大,同时又不够,因为你们知道,他有些痛苦是自己想象的——但总之他是不幸的。他的不幸里既有痛苦,也有想象。再说,我认为,福楼拜当年说过"臭做工的",今天谁也不可能这么说,因为法西斯分子也不说"臭做工的",他们说"工人站在我们这一边"。这个距离也是我能达到情感同化法的原因之一。

——在《福楼拜》里,你在多大程度上使用了你在《辩证理性批判》中锻造的工具?

——在前两卷里我用得不多,但是在第三卷里我将使用它。因为在那一卷里我们遇到集体和系列①;我还需要讲到客观精神,等等。到那时候将更多地用马克思主义方法来进行整体化(totalisation)。

——是否因为这一整体化对于十九世纪是可能做到的,对于当代却做不到,所以你不在自己身上做你对福楼拜做的澄清工作。

——这是一方面的原因。另一方面的原因,是我对自己不能产生情感同化。人与自己的关系中总带有一点同情或厌恶。但是情感同化是对于他人的态度。人们紧贴自身。这是一位女笔迹学家的漂亮说法。她向一位女士描述了她的个性后,那位女士说她极为满意。于是女笔迹学家说:"那是因为你紧贴自身。我把我以为是准确的关于你的事情告诉你,你以为这都是对你的赞许;这是因为你愿意这么看。这完全不等于说,用别的标准来衡量,这些事情也是值得赞许的。"我想我们可以作出努力挣脱自身,走向客观性和情感同化,但是我们身上有些东西我们认为是"有价值的",而实际上,从另一个观点来看,可以是缺陷、缺点、自我迁就。

---

① 萨特区分集体(collectif)和系列(sérialité)。简单说,集体是走向未来(和过去)的群体的超越,系列是每个人在他与别人的关系决定他的存在并且已在等待他的意义上对这一关系的实践惰性现时化。见《辩证理性批判》法文版第316页。

所以我不认为人们可以用感情同化法来认识自己。比如说,《文字生涯》就完全不是这么一回事。

——然而从日期上看,写作《福楼拜》的计划与你写自传的计划是相联系的。发现福楼拜的神经官能症是否多少与你发现自己的神经官能症有关?

——不,我不以为说我在福楼拜身上发现自己,与从前人们说我在热内身上发现自己同样有意义。关于热内,这可能更正确一点,因为他在许多方面与我很接近。但是我与福楼拜极少共同点。我选择了他正是因为他离我很远。一个作家描绘了一个肖像后,总有人说:"他在描绘别人时描出了自己。"当然,这本书里必定有一些属于我的东西,但是主要的是一种方法。

——能否设想,通过分析你的早年著作或者你的书信,尝试把这个方法用到你自己身上?

——如果我能找到我青年时代的全部信件,如果我有兴趣仔细审视《可人儿耶稣》或者这一时期的其他作品,我必定会发现自己身上某些我还不知道的面貌。何况我在重读自己的文章时,曾发现一些有关自己的事情令我大为吃惊,好像它们是从我手中逃脱似的,我的意思是说发现了一些我不由自主在其中披露了自己的成分。所以情感同化法总是可能的;但它有局限性。我不认为对我自己做这项工作有多大意义。有别的寻找自己的方式。梅洛-庞蒂有一次对我说,我想写一本自传性的关于自己,关于他的经历的书。过不久他又对我说:"不,实际上我最好还是去写一部小说。为什么呢?因为在小说里我可以把一个想象的意义给予我的生活中自己还不理解的各个时期。"不妨说这是个与自我分析相同的问题。人们以为自我分析是可行的,但它是不科学的。同样,如果我试图研究自己,由于人对自身的紧贴,不可避免会在研究里掺入一些预先假定。

——那不等于宣布你在《存在与虚无》里说到的那个作为真实性的条件,起涤清作用的,或者说不混杂的反思,是不可能的?①

——你们知道我从未描述过这种反思,我说过它可能存在,但是我只指出了一些混杂的反思的事实。后来我发现不混杂的反思不是与混杂的、直接的目光不同的目光,而是人们可以通过一种实践,终生对自己进行的批判工作。

最后还有一个与整体化方法有关的附加理由:不可能把一个活人整体化。这个方法是遵循年代顺序的,但从不拒绝用未来说明过去。为了说明福楼拜的假作慷慨,我利用了两个年代相隔很远的例子:福楼拜童年时与他妹妹卡罗琳的关系和一八七五年左右福楼拜与他最后的朋友拉保特的友情。这两个例子可以相互说明。但是我之所以能这么做是因为福楼拜是一个完成的整体。比如说我在《圣热内》里做的工作就远远不够完整。活着的作家隐蔽自己:人们写作时就乔装改扮。

——你不担心有人会对你做你在福楼拜身上尝试做的澄清工作?

——相反,我会感到高兴的。与任何作家一样,我隐蔽自己。但是我是一个社会活动家。人们怎么想我都可以,即使他们的想法很严厉。并非所有作家在这方面都那么安详。例如热内,当他读到我写的关于他的那本书的手稿时,他第一个反应是想把原稿扔到火里去。

——你一点不害怕后代的评判?

——一点不怕。这倒不是因为我确信后代会给我好评。但是

---

① 参见《存在与虚无》中译本第217页。"混杂的"(complice)直译为"同谋的"。

我希望后代作出评判。我从未想到毁掉一些信件和有关我的私生活的文件。这一切都将公之于众，如果这能使我在后代人眼中——如果后代人对我有兴趣——具有与福楼拜在我眼中相等的透明度。

——这个如上帝洞察造物一样洞察福楼拜的一切的意志，是否一种创世神的谋划，是否人想做上帝的那个原始谋划？

——绝无此意。《福楼拜》的深层谋划，是指出实际上一切都是可以传达的，作为普通人，不必成为上帝，只要掌握了应有的材料，也能完全理解一个人。我能预见福楼拜，我了解他，我的目的就是证明任何人都是完全可以被认识的，只要你使用适当的方法并且掌握必要的材料。我不以为我的方法是金科玉律。可以有许多与我的方法不同的，但是邻近的做法。

——假如福楼拜的作品只有《包法利夫人》传世，你的研究的目的仍是重组福楼拜这个个人，这个假设的客体，或者像当代相当大一部分批评家那样，你会放弃作品有个作者的想法，让创造者主体消隐，总之你会把注意力更多集中在文本上，而不是在作者这个人身上？这里是在当代符号学家赋予它的意义上使用"文本"这个词。

——我完全反对文本的想法，这正是我选中了福楼拜的原因。福楼拜留下数量众多的书信和一些习作，他为我们提供了相当于"精神分析语句"的材料。另一方面，正好我很了解十九世纪，这样我就能说明社会因素在写作了《包法利夫人》的福楼拜这个个人的构成和个人化在过程中的重要性……

——但是人家会对你说，今天再也没有人怀疑童年的经验和一个时代的社会条件是作家成年后创作作品的必要条件，因此与其研究这一毋庸争议的因果关系，不如研究某一文本的特殊面貌。

——应该通过研究社会经济条件,意识形态条件,分析条件等等去研究文本的特殊面貌。举例说,福楼拜首先写了《圣安东尼的诱惑》,然后,几年以后,写出《包法利夫人》。只有一个人看出两本书写的是同一个题材,这就是波德莱尔。在他之后,谁也没有重提这一看法,谁也没有指出《包法利夫人》是部宇宙小说。如果你们想理解这两部作品之间的关系,那就必须看到《圣安东尼》失败以后——布耶宣称:这本书最好扔进茅坑——福楼拜的想法,看到他与马克西姆·杜冈结伴在东方旅行时的反思,然后看到他重新捡起这个题材,把十六世纪一位少女当作主人公,她生活在家人中间,经过一系列事件后变成圣徒。到这里我们已经拥有一些能使我们接近《包法利夫人》的材料了。然后福楼拜又去写另一个题材,最后,有一天,这就是《包法利夫人》。人们于是看到,他寻求的正是从某一具体故事中找出一种宇宙认识——在一定意义上,当人们还处在《圣安东尼》阶段时,这一宇宙认识其实平常得很。这个时候他明白了,只要进行整体化,人们可以讲述随便什么。假如你不知道福楼拜在《圣安东尼》之后发生过精神危机,是这个危机使他写出《包法利夫人》,你又怎么能看到这一切呢?不从人着手,即从研究能使我们看透这个人的文件着手,就不可能研究作品。显然这并非总是可能的,但是如果文件全付阙如,你的处境就与想研究一个已经消失的居民群的民族学家们一样了:对象不复存在!只有假设-演绎性的科学,如数学,可以白手起家,就是说从精神出发。我想弄清人与作品的关系。与福楼拜打交道,我不难达到这个目的。他在书信里就像躺在精神分析医生的长沙发上那样把自己和盘托出。相反,举例说,乔治·桑却一直在书信里躲躲闪闪。在她那里,写作起着审查作用,在福楼拜那里恰恰相反:人们有了他的十四卷书信集,便对这位老先生了如指掌。遇到另一个作家，就要略为改变方法了。仍以乔治·桑为例：需要用一些信去核实另一些信的内容，也需要与她的通信人或她的朋友提供的证词进行核对。这比较困难，但还是可能做到的。

在研究《包法利夫人》时，我们首先找到的是失败，即找到这样一个人，他有自己的命运，他在童年时失落了自身，后来在某种不大的程度上又找回自身，因此把他的失败写进书里。但是一本书不仅是一个失败，它也是一个胜利。所以应该指出为什么书作为胜利要求一个与不幸的把自身投影到书里去的福楼拜不同的作者，而我在前两卷里描写的是那个不幸的福楼拜。不存在先验的理由使他的书必定是本好书：它可以是一个疯子的作品。所以还有另一个福楼拜。实际上只有一个，他总在失败与胜利这两极之间游移。如果我研究他的生平，我只能找到被战败的福楼拜；如果我研究《包法利夫人》，我必须发现作为战胜者的福楼拜。换句话说，研究到了某一时刻就要考虑文本了：这是胜利的时刻。我研究到《包法利夫人》时，当然会重遇一些失败的因素：例如大量使用被动动词，这往往是福楼拜的句子的缺点，使得他的作品成为马尔罗所谓的"美丽的瘫痪小说"。从这一点看，文体也表现了我在前两卷中用我的方法研究福楼拜这个人时解释的失败，不过作品却取得成功，它独立于作者传之后世。应该解释这个成功。我想做一次整体化批评：所以最后一卷也可以说是对《包法利夫人》的文本研究或文学研究，我将尝试在那一卷里运用"结构主义"技术。

——你说的这种技术与你的方法相容吗？

——我以为是相容的。但是要改造这种技术使之与方法相适应。不过现在说这句话还太早：对我的书我只"知道"到第三卷，该卷已部分写成，到十月份我将继续写下去。我想还需要三年功夫，一年用于写完神经官能症，即用于说明福楼拜的风格要求神经官能症，两年用于《包法利夫人》。《包法利夫人》在某种程度上是从《家中的低能儿》推导出来的，但是我对《包法利夫人》感兴趣的程度相应于它不是推导出来的程度，它将促使我运用新的技术，最终又回到肖像。

——你了解当代在形式主义和修辞学启发下开展的研究的情况吗？

——了解的。举例说我刚读完巴赫金关于陀思妥耶夫斯基的书。我看不到新形式主义——符号学——为旧形式主义增加了什么内容。总的来说，我不满意这类研究是因为它们不能引向任何目标：它们没有紧紧把握住对象，这是些东鳞西爪的知识。

——然而在你写作《福楼拜》的十五年里，你不得不根据当代研究成果调整你的某些想法。

——是的，我通过阅读二手材料吸收了某些想法，如拉康的主张。以同样方式，我在一九三九年吸收了黑格尔许多东西——当时我对他谈不上了解，到战后，我读到依波利特的译文及译注，才真正接触到黑格尔。事实上，我很少有计划地读书。决定读什么不读什么多少有点偶然：人们几乎寄给我所有的出版物，于是我就拣我感兴趣的来读。不管是《批评》，是《如实》，还是《诗学》，我都读。但是我觉得十年前的《批评》比今天的有意思得多。语言学家们想把语言作为外在性来处理，源自语言学的结构主义者们也把整体作为外在性来处理：对他们来说，这是尽可能扩大应用范围。但是我不能使用这个办法，因为我不是位于科学层次，而是哲学层次，所以我不需要把整体外在化。

——换句话说，若要否定你，就要整个儿排斥你。

——我认为必须这么做，何况对大部分哲学家人们也必须这么做。

——你经常用"亲历"来代替你以前称之为意识的东西。"亲历"这个观念有何新颖之处？

——不妨说，对我而言，这个观念相当于意识-无意识，就是说我一直不相信某些形式的无意识，虽然拉康对无意识的看法比较有意思……我想提出一个关于总体的想法，这个总体的表面是完全被意识到的，但是其余部分对于这个意识是不透明的，它虽不是无意识，对你却是隐蔽的。当我说明福楼拜怎样不认识自己，但同时又对自己十分了解时，我指的就是我所谓的亲历，即生命对自身的了解，但却没有指出一种认识，一种正题意识。这个亲历观念是我使用的一个工具，但我还没有把它理论化。我不久会做这项工作的。不妨说，福楼拜的亲历就是他谈到自己在获得顿悟之后又陷入黑暗，再也找不到通向光明的途径。一方面他在事先和事后都处于黑暗中，但是另一方面有一时刻他曾看到或理解了关于自己的某个东西。

——你怎样看待福楼拜与语言的关系，他所谓的"不可言传"的问题？

——我前不久才发现福楼拜与语言的全部关系，他给予口头语言优于书面语言的地位。福楼拜所谓的"不可言传"，实际上是他不愿意说出来，但他却知道的事情，例如他对父亲与兄长的感情，这在今天也是不能表达的。我在书里说明福楼拜最初怎样以为"诗意"不能外化成一首诗，它是被词语泄露的一种生活方式。那个时代他爱说："找不到词来形容一个女人的艳丽或者一块李子布丁的美味。"后来他发现语言的想象用途可以形容想象的事物。从那个时候起，他在一个总体里找到使人在想象中感到一个女人的艳丽或者一份布丁的美味的可能性。但是他仍坚信亲历是不可传达的。大家知道，人与人之间无法沟通是十九世纪与二十世纪初资产阶级的重大主题之一。这一主题而且产生了重要的作品。而福楼拜被引向人与人之间无法沟通的想法,是因为他幼年的遭遇使他不习惯使用肯定性的语言。所以这两者不完全相同。当然我绝对反对福楼拜的观念,我在我的书里只是阐述这些观念:我希望人们不至于误会。

——以前,你曾多次讲到福楼拜的"整体解脱",而在《方法问题》里你谈到他的"文学介入"。这两个看法是怎样联结的?

——如果人们从表面上看他写的作品,这时出现的是整体解脱。但是人们然后看到他在第二个层次上介入了,不管怎样我要把这个层次叫作政治层次。这里说的是那个曾经,举例说,辱骂巴黎公社社员的人,一个大家知道是业主和反动派的人。但是如果人们停留在这个看法上,人们就对福楼拜不够公道。为了真正把握他,应该一直走到那个深层的介入,他企图借以拯救自己一生的介入。重要的是福楼拜在另一个层次上彻底介入了,即便这一层次的介入意味他在所有其他地方都采取了理应受到谴责的立场。文学介入,这归根结底就是承担全世界,承担整体。普莱注意到福楼拜作品的循环性主题,但是他没有走到底,他不懂这一循环性就是整体化。把宇宙作为一个整体,其中有人,然后从虚无的观点解释它,这是一种深层的介入,这不是简单的在"承诺写书"意义上的文学介入。这里的情况与马拉美——他是福楼拜的孙子——相同,是圣经意义上的真正激情①。

——说到这里,你尚未发表的关于马拉美的研究著作与《家中的低能儿》之间有没有关系?

——关于马拉美的研究著作我已经遗失了,它不如《福楼拜》

---

① 圣经意义上的激情(passion),指耶稣为拯救世人而受难。

那样有系统性,更加接近《圣热内》。两者的关系是明显的,因为我经常需要参考马拉美和象征主义以便理解福楼拜。

——为什么你最后宁愿写《福楼拜》,而不是《辩证理性批判》的第二卷?

——写这第二卷要求阅读大量材料,我不知道在我有生之年有没有这个时间。当然,我可以局限于历史上某一点。如果我动手写这本书,我想必会这样做的。

——你不考虑建立一个研究班子,在你领导下撰写这第二卷书?

——我觉得这不太可能,因为我必须自己读完所有的材料。写《福楼拜》时大家帮了我一把,给我弄到一些文件,但是这个帮助不起决定作用。

——你现在想着两桩计划:写一个历史内容的剧本,起草带自传性的政治遗嘱。

——我只是一般想想罢了。由于多种原因,我现在应该写一个剧本。但是我没有写剧本的愿望,于是我很恼火……至于遗嘱,我知道它会写出来的,但是我还没有写下一行字,也不知道什么时候动手。

眼前我只有一个令人愉快的任务:写完《福楼拜》。

——这个规划怎样实现你从小就有的当作家的计划?

——你们知道,大多数像我这样生于一九〇五年前后的人都曾反映、内化了某一种社会,而从某一特定时刻起发生过两次断裂,第一次是在一九一四至一九一八年,第二次断裂更彻底,是在一九四五年。所以我们后来又产生另一个计划。一切来自童年,但是一方面我现在的计划与我十二到十五岁时的计划毫无关系,——那时候我想当小说家,受到我外祖父带有淡淡的人道主义色彩的为艺术而艺术思想的影响。

——你今天只把艺术看作一种"微型实践"？

——是的。不过，无论如何，我不再搞文学了！

——你刚才说《文字生涯》是你向文学告别。《家中的低能儿》难道不能以某种方式看成你向文学的回归？

——我的极左派朋友们一直向我提出这个问题。就《福楼拜》的小说性而言，它与我以前写的东西是一致的。但是就我试图给出一种因其是马克思主义的所以多少带革命性的方法而言，它又与我当前的问题有联系。

这里肯定有种模棱两可性，我在写书时也感到这一点：一方面，到十九世纪去寻找某人然后关心他一八三八年六月十八日做的事情，这可以说是一种逃避；另一方面，我的目的是提出一种方法，在这个方法的基础上人们以后可以建立另一种方法，而这一条我以为是有现实意义的。所以，当我看这本书的内容时，我感到在逃避——确实我也有点逃避——，但是当我看到方法时，我感到自己是跟上时代的，这里就产生两个距离，一个是建立一种方法，另一个是逃避。可能这正是我能做到情感同化的原因之一？话说回来，假如我今天只有五十岁，我不会去写《福楼拜》的。

——你会去斗争？

——斗争？……另有一种更有意义的用笔为极左派服务的方式，比如在人民法庭上发言或者为《我控诉》撰稿……我不十分满意这些政治文章，因为它们不够彻底。但是这里有个我还没有很好解决的实际问题：怎样把一个想法发挥透彻又让人民群众能够理解？

我以为，今天的新型知识分子应该把一切都献给人民。我深信人们可以在这个方向上走得很远，但是我还不知道怎样走，无论如何,这是我正在探索的目标之一。

何况极左派显然不太关心理论。他们感兴趣的——甚至他们中的知识分子亦复如此——是讨论已经做出的行动,总结经验,或者讨论下一个行动。

——最近人们屡次建议你写一部为革命事业服务的小说。

——是的,但是我看不出有这个必要,再说我内心也没有这个需要:我有那么多的事情要做……

七十述怀[1]

米歇尔·贡塔:一年以来,关于你的健康状况流传着一些说法,有些是好心的,有些却不那么好心。到这个月你满七十岁了。萨特,你身体好吗?

让-保尔·萨特:很难说我身体好,但是我也不能说身体坏了。这两年来,我遇到一些意外。特别是我的腿,只要我走路超过一公里就会痛,一般我不超过这个距离。另一方面,我的血压相当成问题,不过这个毛病近来突然消失了:我曾有相当严重的高血压,而现在,经过服药治疗,我恢复到一种几乎是低血压的状态。

最后,特别严重的是我的左眼后面出过血,——我只有左眼看得见,因为右眼在我三岁那年就基本上丧失视力了——现在我还能模模糊糊地看到形状,我看得见光线、颜色,但是我不能清晰地辨认物体和人脸。因此我再也不能读书和写作。说得确切一些,我能够写字,就是说用我的手描出一些字,我这样做,眼前勉强还过得去,不过我自己看不见我写下的东西。至于读书,对我来说是绝对不可能了:我看见一行一行字和字与字之间的空白,但是我不

---

[1] 本文是一九七五年萨特年满七十岁时与米歇尔·贡塔的谈话记录,主要内容曾分三次在当年六月二十三日、六月三十日和七月七日的《新观察家》周刊上连载,全文收入一九七六年加利马出版社出版的《处境种种》第十集。这里译出的是全文。

再能分辨这些字本身。我已丧失阅读与写作能力,再也不能作为作家从事活动:我的作家职业已彻底断送了。

然而我还能说话。因此,如果电视台能筹到经费,我的下一项工作将是一套电视节目①,我将设法在这套节目里谈论本世纪七十年间的事情。这项工作,我是与西蒙娜·德·波伏瓦、彼埃尔·维克多②和菲利普·加维合作的,他们也有他们自己的见解要发表,此外他们还担负我自己无力胜任的编辑事务:我对他们口述,他们做笔记,或者我们在一起讨论,然后他们把我们商定的提纲写下来。偶尔我也动手写字,就是说我把这套节目应当包括的一篇演说的内容记下来。不过只有他们能辨认我的笔迹并且念给我听。

我目前的处境就是这样。除此之外,我身体很好。我睡得很香。与同志们合作的这个工作,我干得很有效率。与十年前相比,我的智力也许同样敏锐——并非更加敏锐但也未见衰退,而我的感受性也没有变化。我的记忆力通常情况下是好的,就是人名不太记得住,往往要费很大劲才想得起来,有时候还是忘了。我能根据物体占据的位置来辨认它们,使用它们。我一个人上街困难不大。

——再也不能写作,这毕竟是个巨大的打击。你讲到这一点的时候却显得很平静……

——在某种意义上,这个打击夺走了我存在的理由:你不妨说我曾经存在过,现在我不再存在。我本应十分沮丧,但是由于我自

---

① 经与电视台商定,这套节目由萨特建立一个班子,独立制作,预定于一九七五年十月分十次播送,每次一小时零一刻钟。脚本写成后,内务部长与内阁总理以萨特受到他的班子中某些成员的操纵为借口,拒绝批准经费。

② 彼埃尔·维克多,即法国极左派组织的领袖贝尼·莱维。

己也不明白的原因,我自我感觉还不坏:我从来没有因为想到自己失去的东西而忧伤、消沉。

——没有任何反抗?

——你叫我反抗谁,反抗什么呢?别以为这是斯多葛主义——虽然你知道,我素来对斯多葛派有好感。不是的,既然事已如此,我无能为力,所以我没有理由难过。我有过难受的时刻,因为两年以前,有一个时期,病情比较严重。我患过轻度的谵妄症。我记得与西蒙娜·德·波伏瓦同在阿维农的时候,我曾在外面转悠,寻找一个与我约定在某个场所一条长椅上会面的姑娘。当然,根本没有什么约会……

现在,我能做的全部事情是将就我的现状,对之作通盘的考虑,衡量各种可能性并且尽量利用它们。当然,最使我感到不方便的,是我失去视力。在这件事情上,我请教过的医生们都认为无法挽救。这叫人恼火,因为我感受到的东西足以使我产生写作的愿望。这种愿望并非始终存在而是随机触发的。

——你感到无所事事吗?

——是的。我散散步,听人家给我读报,收听广播,有时候隐隐约约看点电视。这确实是无所事事的人才干的事情。我生活的唯一目的是写作。过去我预先想好了再动手去写,不过主要的时间是写作过程占据的时间。我现在仍旧在思索,但是,因为我已不可能写作,思维的实在活动已以某种方式被取缔了。

从此以后不允许我去做的,正是今天许多年轻人轻视的事情:在文体上下功夫。不妨说文体是表达一个想法或一种现实的文学手段。讲究文体就必须反复修改,有时候要改上五次六次。我连修改一次都办不到,因为我不能复读我写下的东西。因此,我所写的或者我所说的必定停留在最初的状态。另一个人可以复读我写的或说的话，实在必要的时候我可以做一些细节上的改动，但是这一切和我自己动笔重写，实在不能相比。

——你不能使用录音机，口述，听自己的录音，再录下你要做的改动吗？

——我以为说话和写作有巨大的区别。人们可以复读自己写下来的东西，不过读的时候或快或慢；换句话说，你并不预先规定你将在某一句话上停留多久，因为你可能一下子觉察不到这句话里有不妥之处：这可能是话本身不妥，也可能是这句话与前面或后面的句子，或者与整段整章的文字的关系没有摆好。

这一切就要求你看待你的文章有点像一本天书，要求你依次在这里那里改动几个字，然后你又推翻原来的改动，另起炉灶，接着你又变动下文隔得很远的地方的某一成分，如此等等。倘若我听录音，听的时间的长短是由磁带的转速而不是由我的需要规定的。因此录音机给我的时间不是有富余就是不够用。

——你试过没有？

——我将要试验，我将要老老实实地去试验，不过我确信这不会使我满意的。由于我的过去，我的教养，由于我迄今为止的主要活动，我首先是一个从事写作的人，现在叫我改弦易辙已经太晚了。假如我四十岁上失明，情况可能不一样。我也许会学会其他表达技术，例如使用录音机，我知道有些作者是用录音机的。但是我不认为，对我来说，录音机能提供写作给过我的东西。

在我身上，智力活动仍和过去一样，就是说对思考保有一种审查能力。因此我在反省的时候能对我的思考结果加以改正，不过这一改正活动是严格的主观性的。我再说一遍，如我所理解的文体功夫必定要求写作。

今天许多年轻人毫不留心文体，他们认为人们想说什么就应该直截了当说出来，这就够了。对我来说，文体首先是用一句话说出三个或四个意思的方法，但是这并不排斥简洁，恰恰相反。有简单的句子，首先带着它的直接含义，然后在这下面，同时还包含着在深层相互配合的不同含义。如果人们不能使语言表达这种多义性，那么大可不必去写作。

文学与，比方说与科学报告的区别，正在于文学不是单义的；语言艺术家有一种本事，他巧妙地遣词造句，结果他用的词的意义随着他为它们安排的照明强度和赋予它们的分量的不同而变化，它们表示一件东西，又一件东西，还有一件东西，每次都在不同的层次上。

——你的哲学手稿是一气呵成的，几乎文不加点；相反你的文学手稿却是用心推敲，十分精练的。为什么有这个差别？

——这是对象的差别：在哲学上，每句话都只应该有一个意思。比如说我在《文字生涯》这本书里力求让每句话都带有多种相互重叠的意思，这番功夫用在哲学著作上就糟糕了。如果我要解释自为和自在①，这可能是很困难的，我可以利用不同的比喻，不同的论证以达到这个目的，不过我必须局限于使用一些应该能够合拢的观念：完整的意义并不处在这个层次上，它可以而且应该处在整部作品的层次上。我确实不想说，哲学和科学报告一样是单义的。

文学始终以某种方式与亲历打交道，在文学上，我说的任何东西都没有被我说的话完全表达出来。同一个现实可以用实际上无穷无尽的方式来表达。需要整本书才能指明每句话要求的阅读类

---

① 萨特早期的哲学著作《存在与虚无》以两个基本概念为出发点："自在"的存在与"自为"的存在。万物处于静止、不变、浑一、充实状态，归入"自在"的范畴；人有意识，可变、脆弱，归入"自为"的范畴。

型,指明这个阅读类型要求使用什么语调,需要不需要高声朗诵。

一句如同人们经常在斯丹达尔笔下遇到的那种纯客观类型的句子必定会舍弃许多东西,但是这句话却在它身上容纳了所有其他东西,因而包括一个整体含义。作者脑子里应该始终想着这个整体含义才能传达所有这些东西。因此文体工夫与其用于锤字炼句,毋宁用于始终在脑子里设想整个场景,整章情节,乃至整本书。如果你心目中有这个整体,你会写出好句子来。如果你没有这个整体,你的句子不是不协调就是无所为而为。

这个功夫或大或小,或费力或轻松,视作者而异。不过,一般说,用一句话来表达四句话的意思总比用一句话来表达一句话的意思要困难一些。比如"我思故我在"这样一句话可以在各个方向引起无穷尽的后果,但是作为句子,它有的是笛卡儿给予它的意思。然而,当斯丹达尔写道:"……只要还望得见维立叶尔城教堂的钟楼,于连总不断地回过头去看",他在简单地告诉我们他的人物在做什么事情的同时,也把于连感受到的,以及德·瑞那夫人感受到的等,都告诉我们了。

因此,很显然,找到一句能顶好几句的话比起找到一句例如"我思故我在"那样的话更为困难。笛卡儿那句话,我猜他是一下子找到的,就在他想到这句话的那一瞬间。

——你曾责备自己在《存在与虚无》中使用了文学味太足的提法,如"人是一种无用的激情"①这个公式就过分凄怆。

---

① 人作为"自为"的存在,由于他有意识,便"与自身不相符合",他"是他不是的那个东西,又不是他是的那个东西"。他羡慕"与自身相符合"的"自在"的存在,但又不愿放弃意识。换句话说,他想成为"自在-自为"的存在,但这只有上帝才做得到。《存在与虚无》全书以这段话告终:"因此人的激情与基督的激情相反,因为人之所以作为人丧失自己是为了上帝能够诞生。但是上帝的观念是矛盾的,于是我们徒然丧失自己:人是一种无用的激情。"

——是的,如同大部分哲学家做过的那样,我错误地在一篇本应该毫无例外地使用技术性语汇,就是说使用单义词的文章里,使用了文学性的句子。在你引证的那个公式里,显然是"激情"和"无用的"这两个词的歧义歪曲了原话的意思,引起一些误解。哲学有一套技术语汇,必须使用这套语汇,必要的时候更新这套语汇,如果人们提出新的概念。技术性句子的集合才能创造整体意思,而这个整体意思是一个有多种层次的意思。然而在小说里,提供整体的是每句话的多种意思的重叠,从最明了、最直接的意思到最深刻、最复杂的意思。通过在文体上下功夫从而在意思上下功夫,这正是我现在不再能做的工作,因为我再也不能修改自己的文章了。

　　——再也不能读书,这对你是不是一个很严重的障碍?

　　——眼前还不是。我不再能亲自了解任何一本现在出版的、可能会使我感兴趣的书。不过有人对我提到这些书或者读给我听,我大体上对当前的出版物有所了解。西蒙娜·德·波伏瓦读给我听许多书,各种著作都有,我们在一起把这些书都读完了。

　　然而我从前有浏览我收到的书籍和杂志的习惯,现在不再能这么做,这是个损失。但是对我目前准备的历史节目来说,如果我想了解某一部著作,比方说社会学或历史著作,我用自己的眼睛去读或者我让西蒙娜·德·波伏瓦读给我听,结果是一样的。相反,如果我不仅要吸收一些知识,并且要批评它们,要审查它们是否彼此一致,要知道这本书在结构上是否遵循它自己的原则,等等。在这种情况下光听人家读就不够了。那时候我就必须要求西蒙娜·德·波伏瓦反复读上好几遍,要求她即便不是每句话都作一个停顿,至少每段话作一个停顿。

　　西蒙娜·德·波伏瓦朗读和说话的速度极快。我让她用她习惯的速度去读，使我自己设法去适应她的朗读节奏。当然这要求我做某种努力。然后，每读完一章我们就交换意见。问题在于，当人们用自己的眼睛去读的时候，这个反省批判成分是始终在脑子里的，而在高声朗读的时候，这个成分就不那么清楚了。那个时候占主导地位的只不过是为理解而做的努力，批判成分退居背后。只有当我与西蒙娜·德·波伏瓦切磋我们的看法的时候，我才感到自己从脑子里抽取出被朗读掩盖了的东西。

——像这样依赖别人，对你来说是不是很难受？

——是的，虽说难受这个词太过分了，既然，我再说一遍，眼前对我来说还没有什么可难受的。不管怎么说，我对依赖别人总有点不愉快。我有独自写作、阅读的习惯，我今天仍旧相信，真正的脑力劳动要求孤独。我不是说某些脑力劳动——甚至有一些书——不能由几个人合作。但是真正的劳动，能同时导致一部写成的著作和一些哲学思考的劳动，我不认为可以由两三个人一起来做。在目前情况下，用我们习惯的思想方法面对一个对象去揭露一个思想必然需要孤独。

——你不以为这一点是你特有的吗？

——我曾经参加过集体工作，比如我在高等师范学院念书的时候。这以后，在勒阿弗尔，我曾和别的教员一起搞过一个高等教育改革方案。我忘了我们在这里面说了些什么，想必没有多大价值。但是我所有的书，除了《造反有理》和我当年与大卫·卢塞和钱拉·罗桑塔尔合作的《政治谈话录》，从头到尾都是我一个人写的。

——我询问你自己的事情，这样做是否使你感到不便？

——不，为什么会感到不便呢？我认为每个人在采访记者面前都应该可以把自身最深藏的东西讲出来。按照我的看法，人们之间的关系之所以变坏,原因在于每个人都对别人保留某些隐蔽的、秘密的东西,不一定对所有人都作保留,但是对于当时他正与之说话的人有所保留。

我以为任何时候都应该用透明性来替代秘密,我不难设想这样一天,那时候两个人之间将彼此没有秘密,因为他们将对任何人都没有秘密,因为主观生活和客观生活一样都将被完全提供、给予。不能接受的是,我们交付我们的身体如我们现在所做的那样,但我们却掩盖我们的思想,因为对我来说,身体和意识之间没有本质性的区别。

——是不是唯独对于那些我们在事实上交出我们的身体的人,我们才完全交出我们的思想?

——我们把我们的身体交给大家,通过目光,通过接触:这可以在任何性关系之外发生。你把你的身体交给我,我把我的交给你:我们中间每一个人对于另一个人都作为身体而存在。但是作为意识,作为观念,我们并非以同样方式存在,虽然观念是身体的一些变化形态。

如果我们想真正地为了别人而存在,作为身体,作为永远可以被剥光衣服的身体而存在,——即使人们从来不会这样做——那么观念对于别人来说应该好像是来自身体的。言语是用舌头在嘴里划出来的。所有的观念都应该以这个样子出现,即便最模糊的、最飘忽的、最难把握的观念也应该这样。换句话说,不应该有这种秘密状态、这种秘密性,某几个世纪曾经认为这是男人和女人的荣誉所在,我认为这样做是愚蠢的。

——对你来说,什么是对于这个透明性的主要阻碍?

——这首先是恶。我指的是在不同原则启发下做出的行为可能导致我不赞同的结果。这个恶使得所有各种思想的传送变得困难,因为我不知道别人在多大程度上从与我相同的原则出发来形成他的思想。在某种程度上,这些原则当然可以得到澄清、讨论、确立;但是我不能与随便什么人讨论随便什么问题。我可以和你讨论随便什么,但是我不能与我的邻居或者穿过马路的行人也这样做:逼急了,他宁可打一架也不跟我讨论到底。

因此,事实上有一种来源于不信任、无知和恐惧的矜持心理,这种心理使我每时每刻都不能信任别人,或者使我过分信任。我个人也不是在所有问题上都向我碰到的人发表自己的见解的,但是我努力做到尽可能地透明,因为我认为我们身上的这个阴暗区域同时既对我们自己也对别人都是阴暗的,我们只有在力图对其他人做到襟怀坦白的时候才能为我们自己照亮这个阴暗区域。

——你是不是首先在写作中寻求这个透明性?

——不是首先,而是同时。你倒是可以说我在写作中朝这个方向走得最远。不过还有每天的谈话,与西蒙娜·德·波伏瓦,与别的人,与你,既然我们今天在一起。在谈话中我努力做到尽可能地襟怀坦白和真实,以便能够把我的主观性全部交付出来,或者尽力把它全部交付出来。事实上我没有把我的主观性交给你,我没有把它交给任何人,因为还剩下一些东西即便对我自身也拒绝被讲出来,我可以对自己讲出这些东西,但是它们不允许我对别人把它们讲出来。

——你指的是无意识?

——完全不是。我指的是我知道的东西。总有一种处于边缘状态的东西没有被说出来,也不愿意被说出来,但是它愿意被知道,被我知道。你知道人们不能把什么都说出来。但是我想以后,就是说我死以后,也可能在你死以后,人们将会越来越多地谈论他们自己,这将带来一个巨大的变革。我想这个变革并且是与一场真正的革命相联系的。

　　一个人必须完整地为他的邻人而存在,而他的邻人也必须完整地为他而存在,这样就能建立真正的社会协调。这在今天不可能实现,但是我以为当人与人之间的经济、文化与感情关系发生变化之后,这就能实现。要改变这些关系首先要消灭物质匮乏,我以为,如同我在《辩证理性批判》中指出的那样,物质匮乏是人与人之间过去和现在的对抗的根源。

　　到那个时候想必还会有新的对抗,我不能想象那将是什么对抗,谁也不能想象,但是那些对抗不会形成对一个新型的社会的障碍,在那个社会里每人都将把自己完整地奉献给某个人,后者也将把自己完整地奉献出来。这样一个社会当然只可能是世界性的,因为只要世界上还有一个地方还存在不平等和特权,这些不平等现象引发的冲突必将由近而远地扩展,直到把整个社会都卷进去。

　　——写作不是起源于秘密和对抗吗？在一个协调的社会里,写作可能就不再有存在理由了……

　　——写作肯定起源于秘密,但是不要忘记它不是致力于掩盖这个秘密和撒谎——这种情况下它就没有意义——就是对这个秘密提出一个看法,甚至为人们对于其他人是什么样子提供佐证,从而尽力破除这个秘密。这种情况下它就与我要求的这个透明性相符合。

　　——一九七一年有一次你曾对我说过:"现在该是我最终说出真理的时候了。"你还补充说,"但是我只能在一部虚构的作品中说出真理。"这又是为什么呢？

　　——那时候我打算写一篇小说,我本打算把我在这以前想在一种政治遗嘱里说的话都以间接方式写进这篇小说。那份政治遗嘱本应该是我的自传的续篇,后来我打消了这个计划。虚构成分应该是很少的；我本想创造这样一个人物，读者必定会说："这里写的那个人，就是萨特。"

这并不意味着，对于读者来说，人物与作者本来会相吻合，这意味的是，最好的了解人物的方法本应该是在他身上找出自我的东西。我本来想写的正是这样一种东西：既是虚构，又不是虚构的。这只不过表示今天写作是什么罢了。我们对自己的了解还不深，我们还不能彻底地把我们自己交出来。写作的真理，这应该是我说："我拿起笔，我叫萨特，这就是我的想法。"

——一项真理难道不可以独立于表达这项真理的那个人而得到阐述吗？

——那样就没有意思了。那就是把个人和人从我们生活在其中的世界里抽掉，局限于客观真理。人们可以达到一些客观真理而不去思考他们自身的真理。但是，如果需要同时谈到人们自身所构成的这个客观性以及在这个客观性背后的、与他们的客观性在同等地位上成为人的组成部分的主观性，那个时候就应该写道："我，萨特。"由于目前还不可能做到这一点，由于我们对自己还没有足够的了解，借助虚构拐了一个弯子以后就能更好地接近这个由客观性和主观性共同组成的整体。

——你是不是会说，你通过罗冈丹①或者马第厄②比在写作《文字生涯》的时候更接近你的真理？

——也许是这样，或者不如说，我认为《文字生涯》并不比《自由之路》更真实一些。并非说我在《文字生涯》里讲述的事情不是真的，而是因为《文字生涯》也是一种小说，一部我信以为真的小

---

① 罗冈丹，萨特的长篇小说《恶心》的主人公。
② 马第厄，萨特的多卷本长篇小说《自由之路》的主人公。

说,但无论如何仍是一部小说。

——你说过最终说出真理的时候来到了,人们会理解成,迄今为止,你一直在撒谎。

——不,不是撒谎,而是在说只有一半真实、四分之一真实的东西……比方说,我没有描写我生活里的性关系和性爱关系。而且我看不出有什么理由要这样做,除非是在另一个社会里,那时候大家都把牌摊在桌面上。

——但是你自己确信知道自己的一切吗?你从未动过心想去做一次精神分析吗?

——动过心的,但是目的完全不在澄清一些我自己也不理解的东西。当我重写《文字生涯》的时候——一九五四年我写出这本书的第一稿,后来到一九六三年我又重写——我问一个当精神分析学家的朋友蓬塔利斯,是不是愿意给我做一次分析,与其说这是为了更好地了解我自己,不如说是出于对精神分析法本身怀有的求知欲。他有理由认为,鉴于我们二十年来的关系,他不可能给我做精神分析。再说我只是随便想想罢了,以后再也没有重新考虑过。

——从你的小说中,人们可以推导出许多与你体验性生活的方式有关的东西。

——是的,甚至从我的哲学著作中也能推出来。不过这只代表我的性生活的一个阶段。我的书里没有关于我的性生活的足够的细节和复杂性,所以人们不可能在这里面真的找到我。那么你可能会说:你又何必谈论它呢?我要回答你:因为作家,根据我的看法,应该在谈论整个世界的同时完整地谈论他自己。

作家的职责是谈论一切,就是说谈论作为客观性而言的世界,同时谈论与它相对抗的、与它处于矛盾地位的主观性。这一个整体,作家应该在彻底揭露它的过程中说明它。所以他不得不谈论他自己,而事实上这也是他一直在做的事情,他做得或好或坏,完全的程度也有区别,但他一直在做。

——那么写作的特殊性又在哪里呢?谈论这个整体,似乎通过说话也可以做到,不对吗?

——原则上这是可以做到的,不过事实上人们在口头表达时从来没有说出如在写作时那么多的东西。人们不习惯使用口头语言。目前可能有的最深刻的交谈是知识分子之间的交谈。不是因为知识分子必定比非知识分子更接近真理,而是因为,在目前情况下,他们有知识,有一种思想方式,——比如说精神分析学的、社会学的——这使他们在了解自己和别人方面能够达到某一点,不是知识分子的人自然达不到这一点。通常谈话是这样进行的,每人都以为自己什么都说了,也以为别人什么都说了,而事实上,真正的问题是在被说出来的东西之外开始的。

——总之,你说的这个到了说出来的时候的真理,指的是要表达某些并非你讳莫如深的东西,而是你以前还不理解的东西?

——我指的尤其是把我自己放到某一个位置上,从那个角度出发我必然会看到我过去不认识的某种类型的真理。我指的是,通过真实的虚构——或者通过虚构的真实——去重新审查我一生的行动和思想,以便努力把它们组成一个整体,仔细察看它们所谓的矛盾和局限,弄清楚它们是否确实有这些局限,或者人们是否强迫我认为某些想法是矛盾的,而实际上它们却不是,弄清楚人们是否正确理解我在某个时刻采取的某一行动……

——可能也是为了摆脱你自己的体系?

——是的,我的体系在多大程度上可能没有说明一切,我就必须在同等程度上把我自己置于这个体系之外。由于是我自己创造了这个体系,很可能我会重新陷进去;因此,这就将证明,对我来说不能在这个体系之外去构想真理。不过这同样可以表示这个体系在某一水平上是有效的,即便它不能达到深度的真理。

真理始终有待寻找,因为它是无穷尽的。这不是说人们不能获得一些个别真理。我想,如果我能够做到我在那篇本应说明我的真理的小说里企图做到的事情,运气好的话,我本可以获得某些真理,一些不仅关于我自己,而且关于我所处的时代的真理。但是我不会获得全部真理。我只不过会让人们明白真理是可以达到的——虽然今天谁也没有能力达到它。

——如果你现在能够写作,你就会去做这项工作?

——是的,而且我一直在以某种方式从事这项工作。

——但是,人们从西蒙娜·德·波伏瓦的回忆录得悉,大约从一九五七年起,你怀着极端紧迫的感觉进行工作。西蒙娜·德·波伏瓦说你在"与时间、与死亡作精疲力竭的赛跑"。我以为,如果你有如此强烈的紧迫感,这是因为你认为只有你能说出某些绝对应该被说出来的东西。对不对?

——在某种意义上是的。我是从那个时候起写《辩证理性批判》的,这本书把我咬住了,占去我的全部时间。我每天工作十小时,服用科里特拉纳①——最后我每天吃二十片,我的确感到必须完成这本书。苯丙胺使我的思想和写作十分敏捷,至少是正常速度的三倍,而我正想尽快写。

正是这个时期,我在布达佩斯事件之后与共产党人决裂了。并非全面决裂,但是联系切断了。一九六八年以前,共产主义运动似乎代表整个左翼,以至于与共产党决裂就使你处于一种流放境

---

① 一种苯丙胺类药片。

地。一旦人们脱离这个左翼,人们不是向右转——如那些投向社会党的人所做的那样,就是处于某种期待状态,那个时候唯一可做的事情就是努力把共产党人拒绝人们加以思考的东西一直思考到底。

写作《辩证理性批判》对我来说是在共产党对思想施加的作用之外为我自己的思想结账的一种方式。《批判》是一部马克思主义著作,但却是反对共产党人的。我那时候认为真正的马克思主义被共产党人完全歪曲、篡改了。现在我不完全这么想。

——我们以后再回到这个问题上去。你之所以有这种紧迫感,是否也因为你上了岁数,感到年龄不饶人?一九五四年,在莫斯科,你的健康第一次出现问题。

——那一次问题不严重;我的高血压发作了,我以为这是劳累过度引起的暂时不适,也和我正在苏联首次小住有关,那次逗留对我并不愉快,把我搞得很疲劳。我当时没有感到自己身上已发生某种变化。但是这以后不久,戴高乐取得政权的时候,我就有这种印象了。

我当时在写《阿尔托纳的隐居者》,有一天,一九五八年冬天,我开始感到很不妙。

我还记得那一天,是在西蒙娜·贝里欧家里:我正在喝一杯威士忌,我想把酒杯放回到一张小桌子上去,自然而然地,我的酒杯从旁边掉下去了;不是我手笨,而是平衡失调。西蒙娜·贝里欧立刻发现了,她对我说:"去看医生吧,情况很糟糕。"确实如此,几天以后,我还在写《阿尔托纳的隐居者》的时候,与其说我在写作不如说在涂抹:我写出一些没有意义,与剧本没有关联的句子,叫西蒙娜·德·波伏瓦大为惊慌。

——你自己那会儿也感到害怕吧?

——不,但是我看到自己的健康毁了。我从未感到过害怕。但是我停止工作:我想有两个月工夫我什么也没有干。然后,我重新开始工作。不过这使《隐居者》晚一年脱稿。

——我以为,那个时期,你强烈地感到自己对读者、对你自己负有责任,感到你在《文字生涯》里面谈到的那些"人们缝入你的皮肉的指令":总之,要么写作,要么完蛋。从什么时候起你开始放松了,如果说你也有过放松的时候?

——最近几年,自从我放弃写《福楼拜》以来。对于这本书也是这样,我付出巨大的劳动,服用科里特拉纳。十五年来我断断续续写这本书。我写点别的东西,然后我又回到《福楼拜》。但是我不会写完它。不过我并不感到多么不幸,因为我认为我想说的主要东西,我在前三卷里都说了。另一个人可以从我写成的三卷书出发写出第四卷来。

尽管如此,这部未完成的《福楼拜》还是使我感到内疚。说"内疚",可能是过分了;归根结底,我是迫于实际情况才放弃的。我本想完成它的。同时,这第四卷要研究《包法利夫人》的文体,这对我既是最困难的又是最乏味的。不过,我告诉你:主要的已经完成了,即便作品还悬在那儿。

——这个评价是否适用于你的著作的整体?人们几乎可以说,这个著作整体的一个主要特点,是它没有完成。难道这不使你……

——不使我烦恼?一点也不。因为所有的著作都是未完成的:所有从事一项文学或哲学著作的人都不会完成它。这又有什么办法呢,时间不够!

——今天你是否不再感到时间的催迫?

——不,因为我做出决定——我说得很明白:我做出决定——

认为我已经说出所有我想说的。这个决定意味着我把所有我还想说的,所有我没有说的,都一刀割断了,因为我把我已经写出来的看成是主要的。我对自己说,剩下来的不值得去费劲,这不过是人们偶尔心血来潮,比如说想用这个或那个题材写一部小说,后来又取消这个打算了。

事实上不完全是那么回事:如果我把自己当作一个来日方长、身体健康的人来提出要求,那么我会说我没有竣工,我没有说出我想说的一切,还差得很远。不过我不愿意对自己这么说。如果我还能活上十年,这就很好了,这就不错了。

——这十年你打算用来做什么呢?

——用来做一些类似我们正在准备的电视节目那样的工作,这套电视节目我认为应该成为我的著作的组成部分。还用来写一部对话录,我已和西蒙娜·德·波伏瓦开始写这部书,这是《文字生涯》的续编,但是这一次将根据主题编次,而且在文体上将没有《文字生涯》那样讲究,因为我再也不能在这上头下功夫了。

——但是在你说到的这些计划里头,你投入的心血少了。

——我投入的心血少了是因为我可以少投入一些。因为我在七十岁的时候不能指望在剩下的十年有效的生命里,我会产生我毕生最重要的小说或哲学著作。大家知道从七十岁到八十岁这十年是怎么一回事……

——所以原因与其在于你的半失明状态,不如说在于你上了岁数?

——半失明状态是个意外事故,我本来还可能遇到别的意外。我只是通过这个半失明状态以及死亡的临近才感到自己上了岁数。死亡是绝对否认不了的。并非我老想着它,我从来不去想它;但是我知道它要来的。

——你以前就知道这一点了!

——是的,但是我以前不去想它,真的不想。你知道,有一个时期,一直到三十岁左右,我甚至以为自己是不会死的。但是现在我知道自己会死,虽然从来不去想它。我只不过知道自己处在生命的最后阶段,因此有些事情不允许我去做。由于它的规模太大,并非由于它们太困难,因为我以为自己的智力水平与十年以前差不多。对我来说,重要的是应该做到的事情已经做到了。做得好坏,关系不大,但是,无论如何,我试过了。再说还剩下十年呢。

——你使我想起纪德在《忒修斯》(Thésée)里说过的话:"……我完成了我的事业,我没有虚度此生……"他那时候七十五岁,他也有这种宁静的心理,这种因完成职责而感到的满足。你也会说同样的话吧?

——完全一样。

——用同样的精神?

——需要补充其他东西。我不是以与纪德相同的方式想到我的读者们。我不是以与他相同的方式想到一本书的作用。我想到的未来社会与他想的不一样。但是,只拿个人来说,在某种意义上是相同的;不错,我做了我要做的事情……

——你对你的一生满意吗?

——非常满意。我想如果我的运气更好一些,我还可以探讨更多的东西,做得更好一些。

——如果你略微注意自己的健康,你本可以做得更多更好。因为你在写《辩证理性批判》的时候把身体搞垮了。

——健康是干什么用的?与其有一个很好的身体,不如去写《辩证理性批判》——我这么说没有骄傲的意思——不如去写一部长的、紧凑的、对自己来说是重要的著作。

——几个月以前,你既带着幽默又不无感伤地对我说过:"我衰退了,我活过头了。"你今天有没有感到自己不被人理解?

　　——不被人理解,这说不上,如果你是在有些十九世纪的诗人和作家不被人理解这个意义上用这个词。不过也不能说很被了解。

　　——你小时候有两个野心:做一番事业和出名。你从什么时候起知道自己赢了?

　　——我总相信自己会赢的,因此我从来没有很明确的获得成功的印象。不过,说到底,战后我是赢定了。

　　——换句话说,这个毋宁说是个负担的名望,是一九四五年掉到你头上来的……

　　——非常沉重的负担……

　　——它也让你高兴吧?

　　——你倒是想想看,它并不叫我高兴,因为这个名望里有那么多的辱骂,甚至还有诬蔑,它叫人恼火。但是它不叫人灰心,远远不是,因为这以后我在里面找到一些乐趣。不过,一开始这是以最令人不快的方式强加给我的:仇恨。

　　——仇恨影响你的情绪吗?

　　——不,现在不再触动我。不过当时我在领教它的滋味。我刚熬过德国占领,这很不好受,偏偏我又在我的同胞们身上找到仇恨。这真叫我不知怎么办才好。后来,这事最终解决得很好。他们始终恨我;但是,重要的是,年轻人与我的关系很好。一直到一九六五年。我的意思是说,六八年五月的事件是在与我无关的情况下发生的,我甚至没有看到事情的来临。后来,一九六八年以后,一九六九年的时候,我又接近他们,至少是他们中间某些人,我继续保有一个由年轻人组成的读者群。现在情况又不同,这开始变成别的东西了:该我卷铺盖了……

——你遗憾青年知识分子对你的书读得不多,他们通过一些关于你的不正确的看法来了解你?

——我说这对我来说很可惜。

——对于你,还是对于他们?

——要说实话,我觉得对他们也很可惜。不过我想这只是一个阶段。

——其实你会乐意接受罗兰·巴尔特①刚刚做出的预言,他说人们会重新发现你,这将是不久以后自然而然地发生的事情。是吗?

——我希望是这样。

——你希望新一代人捡起你的著作的哪一部分?

——《处境种种》《圣热内》《辩证理性批判》和《魔鬼与上帝》。你不妨说《处境种种》集是非哲学部分中最接近哲学的:批评和政治。我很愿意这一部分能留下来,愿意看到人们去读它。还有《恶心》。我以为,从纯文学观点来看,这是我写得最好的书。

——六八年五月以后,你对我说过:"如果人们重读我的全部著作,人们将会明白,我在骨子里没有改变,我始终是无政府主义者……"

——这是真的。人们将在我为电视台准备的节目里看到这一点。不过在一个方面我有所改变。当我写《恶心》的时候我还不知道自己是无政府主义者,我不明白对我写的东西可以有一个无政府主义的诠释,我只看到与"恶心"这个形而上学观念以及与形而上学的存在观念的关系。后来我通过哲学发现了活在我自己身

---

① 罗兰·巴尔特(1915—1980),法国批评家和符号学家。

上的这个无政府主义者。但是我做出这个发现的时候没有用这个词,因为今天的无政府主义与一八九〇年的无政府主义毫无关系。

——你确实从来没有在自称的无政府主义运动里认出你自己来!

——从来没有。相反,我离它远得很。不过我从来没有接受人家对我行使任何权力,我始终认为无政府主义,即一种没有权力的社会,是应该得到实现的。

——总之你可以说是一种新的无政府主义、一种自由的社会主义的思想家。是否由于这个原因,当一个朋友对你说你将是二十一世纪的马克思的时候,你没有怎么反对!

——啊,你知道,像这一类的预言!不过,说到底,我为什么要反对呢,既然我希望一百年以后人们还读我的书——虽然对这一点我不怎么有把握。但是我希望人家在我做过的工作的基础上再做点工作,超过我的工作。

——不管怎么样,你是否承认,如果说你拒绝任何权力,你自己却行使过一种权力……

——我有过一种虚假的权力:教师的权力。但是一个教师的实际权力在于,比如说,禁止在课堂上抽烟,——我从来不去禁止,或者是淘汰某些学生,——我总是给及格分数。我传授一种知识;按照我的看法,这不是一种权力,或者这要看人们是怎样教书的。你去问博斯特,我是否自认为对我的学生们拥有一种权力,我是否有点权力。

——你不以为名声给你一种权力吗?

——我不认为。也许,警察要我出示证件的时候确实比对别人要礼貌一些。不过我看不出在这些敬意之外我还有什么权力。我不以为自己除了我说出的真理的权力之外还享有别的权力。

——你的意思是不是说,你的权力在于你通过你的书取得的道义权威。

——但是我没有权力!你给我解释解释,我有什么权力!我是一个普通公民……

——并非随便哪一个公民都可以主持,比如说,罗素法庭……

——这又怎么能是一种权力呢?有一天有几个人来找我,对我说:"应该组织一个关于越南的法庭,你愿意参加吗?"我说行。"你同意当主席吗?——如果你们认为这有用,那我同意。"这就是事情的经过。这以后,我在瑞典,然后在丹麦参加法庭的工作的时候,人家就管我叫主席。但是我并不比在场的随便哪一位代表有更多的权力。

——对于美国政府来说,即便它没有在罗素法庭面前发抖,这个法庭还是代表一种它不能完全忽视的力量。你和法庭其他成员在道义上的威望使你们的指控具有分量,从而这个法庭可以对世界舆论产生影响。

——这正是我们的愿望。但是根据我与美国人的接触来判断,我的印象是美国政府根本不理睬罗素法庭。至于世界舆论,我不太知道这是什么东西……我们希望法庭的结论将被各国人民接过去,希望它们不仅是某一些人根据纽伦堡法庭确立的国际法制而作出的结论,而这一点,人们不能说它已经实现了。所以,你看,我不知道我在这件事情里有什么权力……

——实际上,你不容易估量你自己的名望有多大……

——我不知道。现在我不太清楚我说的话是否还有效力,或者占据当前知识界的其他文学和哲学思潮是否把我完全掩盖或隐藏起来了。

——可能今天法国青年知识分子读得更多的是德勒兹或者福柯的书。但是他们的名气还是没有你大，而且肯定在国外没有你那么多的读者。你想到德国监狱中去探望巴德尔①，人家就准许你去。为什么呢？因为你是名流。一部分德国报刊辱骂你。为什么呢？因为它们害怕你的影响……

　　——在这个问题上，除了新闻界以及给我写信的那些人表示的这种神圣的狂怒之外，我没有引起别的反响。换句话说，我以为那次探望巴德尔是一个失败。德国舆论并未改变态度。倒不如说这件事反而促使它反对我企图支持的事业。

　　我在我举行的记者招待会上，一开头就声明我考虑的不是人们责备于巴德尔的行为，而是他受囚禁的条件。我白费唇舌，记者们认为我支持巴德尔的政治行动。因此我以为这是一次失败，但是这并不妨碍我再干一次，如果需要再干一次的话。

　　——不管你愿意不愿意，萨特，你不是随便什么人……有些人对《文字生涯》的最后一句话大为反感："如果我把不现实的救世观念束之高阁，还剩什么呢？赤条条的一个人，无别于任何人，具有任何人的价值，不比任何人高明。"按照他们的说法，一个人要求做随便什么人，那时候他必须已经不再是随便什么人了。

　　——这就大错特错了。你在街上随便找一个人，问他他是什么：他是一个人，充其量就是一个人，此外什么也不是，和大家一样。

　　——这个人可能处于完全无名的境地，他可能十分厌恶他的生活：他只是一个数列里一个简简单单的号码！使许多人寝食不安的，正是这种无名地位。只要能够不再成为随便什么人，他们什

---

　　① 巴德尔，西德一个恐怖组织"赤军派"的头头。

么都豁得出来……

——但是做随便哪一个人不等于无名无闻！这是要做自己，完全地成为他自己，在他的村子里，在他的工厂里或者在他的大城市里，而且在与随便哪一个人都是平等的地位上与其他人发生关系……为什么个人必须是无名无闻的呢？

——你自己，萨特，你曾希望成名！

——我不知道我现在是否还希望成名。一九三九年的战争之前我希望成名，战争之后那几年我也希望成名，你知道那时候人们把我宠得厉害。而现在……

——这正是我想说的：现在你已经成名……

——我出名了，但是我感觉不到这一点。我在这个地方，我跟你谈话。好吧，这将在《新观察家》上发表，但是在骨子里我不在乎这一些……

——如果说你曾希望成名，这是某种存在方式。前几天我有一个朋友这么说过："新的笛卡儿公式是：报上谈到我，故我在。"

——倘若某人想出名，他要的不是出名：他要一切。他要使自己独立于繁衍他的生命的卵巢滤泡而保留在人们的记忆里。他将有读者，但这是因为人们记得他，而不是相反。我从不认为报纸或者随便哪一部关于我的著作应该使我永垂不朽和使我满足。这个任务，我在还没有写下第一行字以前就指派给我自己的作品：它应该使我名垂千古，因为它便是我。只有我自己能照管我自己。其他人可以从我的著作得到混杂的收益。但是必须有一个十分高明的精神分析学家才能知道我到底是什么样的人，我是什么以及我有多大价值，而这样一个精神分析学家是不存在的。

——你自己在《文字生涯》里面解释说,你之所以渴望光荣是因为你害怕死亡,也因为你感到自身的偶然性①,感到你的存在的无法辩解的无目的性。

——确实如此。一旦获得光荣,情况也没有任何改变:人们还是同样得不到辩解。其次,你知道,光荣这个想法不是自发产生的:我是在书本里找到它的。你是一个与其他男孩一样的男孩子,你想比其他人强一些:光这样并不含有光荣的想法。光荣是文学内部的一个想法:一个在一九一○年前后接触文学作品的男孩子会在书本里找到一整套起源于上一个世纪的文学意识形态,这个文学意识形态组成一整套命令。我把它叫作"有待去做的文学"。你会找到像福楼拜那样的人,对他们来说文学与死亡,光荣与不朽,都是一回事。就这样我也染上了这种想法。我后来花了好长时间才摆脱这种想法。

——你是否以为,在一个并不一开始就给它的成员们以合理地位的社会里——如在神权社会或封建社会里,对个人光荣的渴望是人人共有的?

——一个个人如果他愿意就能被社会合理化。实际上任何东西都不能使他合理化,但是大部分人看不到这一点。母亲由于她的子女而成为合理的,女儿由于母亲而成为合理的,等等。他们在自己人中间想办法……

——大概是这样的。但是难道不是因为你在童年时代感觉不

---

① 偶然性(Contingence)是萨特常用的哲学术语。世界上出现人以前,万物处于混沌状态。人被抛掷到这个世界上来,他安顿下来,但总觉得万物作为纯粹的存在与他格格不入。人有烦恼,物无烦恼,这表明人在世界上不得其所。宇宙间有人存在,并非一种逻辑必然性,因此人生是偶然的。见《存在与虚无》。

到任何一种合理性,所以你才如此强烈地追慕光荣,而且这么一来你就得到了光荣?

——我是这么想的。我想人们只要愿意就可以出名。不是靠才能或天赋。但是你要从这一切得出什么结论呢?

——我想你难以体会你对其他人是什么。我以为这是克洛德·罗阿说过的话:"萨特不知道他是萨特。"

——我完全不知道这一点。但是我想你同样不知道。

——我知道你对于我是什么。

——是的,但是问题正在这里:你是我的至交之一,至交们不把我看作一个人物。但是那些不认识我的人,我又怎么知道我对于他们是什么呢?我没有提供关于我自己的任何一种可以被把握的、可以被我自己把握的形象。确实有些人见到我之后就说:"喔!他倒是不吓唬人的。"那就是说,他们本以为我是吓唬人的。另有一些人对我说:"我很喜欢你的书。"但是所有这一切并不使我得到一种外部形态,这只不过表示与我的一些关系,如此而已。

——但是,与此同时,你经常在报纸上,不久还要在电视上遇到你自己,或者你在人们拿你做题目写的著作里遇到你自己。你很清楚,你比大部分人在公众中得到更多的传播。

——是的,我想到这一层的,虽然现在我不再知道了。几年以来,我不再知道了。

——你说这句话带着遗憾吧?

——不,我跟你说我不在乎。因为我曾想就世界和我自己写点东西,我做到这件事了。我曾想被人阅读,这个事情也发生了。一个人拥有许多读者,人家就说他出名了。好吧,我同意说我出名了……我小时候梦寐以求的全部生活;从某种意义上说,我是如愿以偿了。不过这还代表别的东西,我也说不上是什么。至于这个东西,我却没有得到……

——人家说你有为自己做广告的天才……

——我以为这么说是不对的。我没有做过任何事情去为自己做宣传。

——你耸人听闻。

——喔!现在不这样了。

——证据是:前不久你去探望巴德尔。

——报上说我老糊涂了。即便是为了损毁我的信誉,迄今为止人们没有说过这种话。是我的年龄使人们可以这么说。你看,人们总是回到同一个话题上去。

——不过,从我们刚说过的这些话来看,你不怎么见老。从什么时候起你觉得自己正在变老?

——这很复杂,因此,从某种意义来说,实际上丧失视力,只能走一公里路,等等。这个事实就是衰老。因为这些病痛实际上不是病痛,我可以带着它们活下去,它们的起因是我的路已走到尽头了。因此,这是真的。不过,另一方面,我不怎么去想它。我看到我自己,我感到我自己,我像一个四十五岁、五十岁的人那样工作。我没有垂老之感。然而,一个人活到七十岁总是个老人了。

——你是否认为,这对大部分与你岁数相同的人都适用?

——我毫无所知。我不能跟你这么说。我不喜欢与我岁数相同的人。所有我认识的人都比我要年轻得多。我跟他们最谈得来:他们跟我有同样的需要,同样的无知,同样的知识。我见面最多的人,目前几乎每天上午都碰头的,是彼埃尔·维克多和菲利普·加维。他们三十岁。还有你,跟你在一起我完全觉得好像跟一个三十岁的人在一起一样。我知道你比我年轻得多,不过我感觉不到这一点。

——与你岁数相同的人身上,有什么东西叫你不舒服呢?

　　——他们上了岁数!他们叫人讨厌……

　　——我不觉得你讨厌……

　　——是的,但是我跟上了岁数的人不一样。上了岁数的人,他们出尔反尔,他们有一套固定想法,他们对人们今天写的东西感到不舒服……他们真叫人讨厌!上了岁数,这就是惩罚,通常都是这样。还有,他们丢失了自己身上的新鲜东西。遇到一些当他们年轻的时候我就认识的老年人,总叫我很不愉快。跟我还谈得拢的岁数最大的人们,是《现代》社的同人,他们比我小十五岁或二十岁。跟他们还过得去。但是我只跟三十岁的人才能有正常的接触。

　　——是他们寻求这个接触吗?

　　——反正不是我。

　　——这也是你身上叫人纳闷的事情之一:你从不主动与人谋面。

　　——从不。我对人们没有好奇心。

　　——然而你曾经写过:"我的热情就是要去理解人们。"

　　——是的,一旦我面前有一个人,我就产生要理解他的强烈愿望,但是我不会走老远的路去见他。

　　——这是一个孤独者的态度。

　　——孤独,是的。请注意我周围有不少人,不过都是些女人。我生活里有好几个女人。西蒙娜·德·波伏瓦在某种意义上是唯一的,但是总还有好几个。

　　——这恐怕要占去你不少时间。这已经占去你不少时间,既然你所希望的一切,归根到底是从事写作。你有一次对我说:"我唯一真正喜欢做的事情是伏案写作,最好是写哲学书。"

——是的,我真正喜欢过的是这件事情。但是人们老把我拉开:必须下定决心抛开别的事情,才能回到我的书桌跟前来。

——当你不工作的时候,你喜欢自个儿待着吗?

——在某些场合,我很喜欢自个儿待着。战前,有时候海狸①晚上没有空,我喜欢独自去吃晚饭,比如在巴尔扎餐厅。我那时候体会自己的孤独。

——战争结束以来,你不常独自外出了……

——我记得,三四年前,我有一个晚上独自度过,我很高兴。我去找一位女友,她不在家。我喝酒了,喝得酩酊大醉。我步行走回家去,我的秘书布依格在远处跟着我,他是来看看有没有出什么事。后来我摔倒了,他把我扶起来,搀着我走,领我回家。我就是这样使用我的孤独的。所以,每当我对西蒙娜·德·波伏瓦说我喜欢一个人待着,但是人家不让我这么干的时候,她总是说:"你叫我好笑。"

——你今天怎样生活?

——我的生活很简单,既然我不能多走路。我早晨八点半起身。我经常睡在西蒙娜·德·波伏瓦那里,我在路上一家咖啡馆里吃过早饭再回我自己的家②。我在蒙巴那斯区就像在自己家里一样。战前我有很长一段时期住在一家出租带家具的房间的小旅馆里,是密斯特拉尔旅馆,今天还在赛尔街,在蒙巴那斯公墓和曼恩大街中间。我还在快乐街的一家旅馆里住过。

人家用塑性炸药炸毁我在波拿巴特街42号的住所以后,我离开草场圣日耳曼区,在拉斯巴依林荫道222号住了十二年。现在

---

① 即西蒙娜·德·波伏瓦。——原注
② 萨特与西蒙娜·德·波伏瓦未遵照资产阶级的法律登记结婚,双方各保有自己的寓所。

我住在新落成的大厦附近。几乎所有接近我的人都住在蒙巴那斯,我认识这个区的居民,咖啡馆里的侍应生,女报贩,还有几个店主。

——你是一个"蒙巴那斯名人"……

——不是的。有时候我在路上听到:"瞧,这就是让-保尔·萨特。"不过说这个话的肯定不是本区的居民,他们对看到我已习以为常了。在圆顶咖啡馆,经常有人来要求我签名留念或者向我提出各式各样的问题;因为这一点,我不再上那儿去了。我在咖啡馆里待着,最好人家别来打扰我……

——你每到一个公共场所便会引起小小的骚动,这是否叫你感到不便?

——不,我不去注意它。但是有那么一些人老爱跟在我后面,这就特别令人讨厌了。你要看到这并非一定是恶意的,通常不过是发表一种无关紧要的意见,比如说"看,这是某人"。

——不相识的人对你的友好表示是否让你高兴?

——我很少遇到这类友好表示。有些人跟我说他们很爱我:我不一定相信他们。

——但是这种咖啡馆生活,你是留恋的?

——是的,这是我的生活,我一直是这么生活的。这不完全是一种咖啡馆生活:我午饭吃得迟,两点才吃,我在咖啡馆一直待到四点钟。每隔一段时间,不过这不常发生,我与西蒙娜·德·波伏瓦同在一家饭馆用晚餐。她有时会发现一家饭店,要我去品尝;我自己不会有这种好奇心。

——你现在是否会见许多人?

——总是同一些人,不过为数很少。主要是女人,她们在生活里非常接近我。然后有三四个男人,固定日子会面:《现代》社的同仁,每半月碰一次头,星期三。

——为什么你的生活这么有规律呢?每个星期都与上个星期一样过,你会见的每一个人都有固定日期,固定钟点,总是同一些人……

——我以为这是因为生活必须有规律,才能从事大量的写作。我并非一生只写了三部小说,我写了好多好多页书。一个人若不遵守工作纪律就写不出比较多的书。话是这么说,我在哪儿都可以写。比如说《存在与虚无》的一部分是在比利牛斯山脉一个小山峰上写成的,那时候我与西蒙娜·德·波伏瓦和博斯特一起骑自行车旅行。我第一个到达,在岩石底下坐下来,就开始写书。后来他们追上来了,在我身边坐下来,我继续写作。

当然我在咖啡馆里写了很多。例如《缓期执行》和《存在与虚无》的一大部分是在圆顶和曼恩街的三剑客,后来在弗洛尔咖啡馆写成的。但是从一九四五到一九四六年起,我住在波拿巴特街42号我母亲那里的时候,还有一九六二年以后,住在拉斯巴依林荫道,我几乎总是在书房里写作。但是我出门旅行的时候也写书,我去过好多好多地方……

所以,你讲的这些习惯,都是从我根据我的工作时间安排生活的那个时候起养成的:九点半或十点到一点半工作,然后从五点或六点起到九点。我一辈子都是这么工作的。现在在这几个钟点里我不怎么干活了。不过我仍旧保留这几个钟点,我的作息时间表没有改变。比如说,这一阵子,每天大约十点半或十一点,我在家里与跟我和西蒙娜·德·波伏瓦一起准备电视节目的同志们会面,我们一直工作到一点半或两点。然后我到附近一家啤酒店去吃午饭,四点半回家。

通常西蒙娜·德·波伏瓦在我家里,我们说一会儿话,然后她为我读书，要么读一本对我们准备节目有用的书，或者随便什么书，要么读《世界报》或者《解放报》，或者别的报纸。这样我们一直待到八点半或九点。到九点，通常我们就一起回到她在蒙巴那斯公墓附近的单间公寓里去，我和她一起度过夜晚，几乎总是听音乐，偶尔她继续朗读，我总是在同一个时间上床，大约夜里十二点半。

——很少人知道音乐在你的生活中占据很大位置……

——音乐对我来说是很重要的，它既是一种娱乐，又是文化修养的一个主要成分。我的家庭里人人都是音乐家：我外祖父会弹钢琴和风琴，我外婆的钢琴弹得相当好，我母亲也能弹，还能唱歌。我的两个舅舅是出色的钢琴家，乔治舅舅尤其出色，他的妻子也是音乐行家。你知道我的表兄阿尔培的风琴也弹得不坏……总之，施韦泽家里人人都会乐器，我整个童年都是在音乐气氛中度过的。

八九岁的时候，我上过钢琴课。后来一直到十二岁，迁居拉罗歇尔之前，没有再学过。我跟母亲和继父住的拉罗歇尔那座房子里有个大客厅，只有开招待会时才启用，那里摆着一架三角钢琴。我自己重新学会弹钢琴，先是演奏轻歌剧的乐谱，后来跟我母亲一起四手演奏，比如弹门德尔松的曲子。后来逐渐过渡到比较难的曲子，贝多芬，舒曼，然后是巴赫。我的指法不太正确，但是大致跟得上速度，不是很精确，但是能遵守节拍。

最后我学会弹相当难的曲子，如肖邦的作品或者贝多芬的奏鸣曲。贝多芬最后几个奏鸣曲太难了，我只能弹一部分。我还演奏舒曼，莫扎特，还有歌剧和轻歌剧的曲调，边弹边唱。我唱男中音，不过我从未在唱歌上下功夫。严格地说，在钢琴上我也没有下功夫：我从来不做速度练习；但是由于我老弹那几个曲子，结果勉强还过得去。我二十二岁上，在高等师范学院读书的时候，还教过钢琴呢。

　　到头来演奏变成我的一件重要事情了。比如在波拿巴特街42号,每天下午西蒙娜·德·波伏瓦到我这里来工作,她先开始阅读或写作,而我呢,我去弹钢琴,往往一弹就是两个钟头。我弹给自己听,要么弹一段新的乐谱,边读边弹,要么弹一首巴赫的序曲或赋格曲,贝多芬的奏鸣曲,我也说不上是第几遍了。

　　——你有没有为朋友们演奏过?

　　——不,谁也没有向我提出这个要求。后来我跟我的养女阿莱特合作过:她唱歌或者吹笛子,我给她伴奏。有好几年我们都这么合作,后来,到现在,我当然再也不能演奏了。眼睛出毛病前不久我就停止了,因为我一双手已失去灵活性,很难相互配合。现在我听音乐比以前多了。可以说我有很好的音乐修养,从巴洛克音乐一直到无调性音乐。

　　差不多每天晚上我们都在西蒙娜·德·波伏瓦家里听唱片,各种各样的作品,有时候我在白天听电台的法国音乐节目。以前我从来没有一边写作一边听广播,好像有些作家是这么做的。但是今天我工作少了,我喜欢听法国音乐节目,这套节目总的来说编得不坏。

　　——你最喜欢哪些作曲家?

　　——我要说贝多芬,他对我来说是最伟大的音乐家,还有肖邦、舒曼。现代音乐里三个最著名的无调性音乐家:勋伯格、贝尔格①和韦伯恩②,我很喜欢他们三位,特别是韦伯恩,还有贝尔格,例如《纪念一个天使的协奏曲》,当然还有《沃采克》。对勋伯格的

---

　　①　贝尔格(1885—1935),奥地利作曲家。
　　②　韦伯恩(1883—1945),奥地利作曲家。

喜爱稍为差一点,因为他学究气太重。另有一个我很喜欢的音乐家,那是巴尔托克①。一九四五年我在美国,在纽约发现了他。这以前我不知道他。巴尔托克曾经是,现在还是我最喜欢的音乐家之一。

此外我也很喜欢布莱②;他没有天才,但有很高的才能。你看得出来,我的趣味很杂。我也很喜欢旧的音乐:蒙特威尔第③,杰苏阿尔多④,那个时代的歌剧。一般说,我喜欢歌剧。

所以你看,在我患病以前,音乐占去我一天中四个钟头;现在占去的时间更多。当然,如果让我在听觉和视觉之间选择一项,我宁可丧失听觉,不过这也会叫我感到很不方便的,正是由于音乐。

——你从未作过曲?

——作过的,我甚至写了一部奏鸣曲。我想海狸还保存着这份曲谱。这有点像德彪西,我不太记得清了。我很喜欢德彪西,还有拉威尔。

——你在音乐上没有特别厌恶的人吗?

——没有特别厌恶的。如果你硬要我指出一个,那么是舒伯特,特别是他的歌曲。他的歌曲和舒曼的没法比。舒伯特的歌曲粗糙,旋律俗气,你拿舒曼的一首歌曲的旋律和他比比看!

——你还喜欢爵士音乐吗?

——我曾经很喜欢。但是我不能把它看作一种我真正了解的音乐。米歇尔·维昂,博里斯·维昂的妻子,会演奏爵士乐,我看她很有修养;她可以谈论爵士乐。我没有这个资格。战前我听过

---

① 巴尔托克(1881—1945),匈牙利作曲家。
② 布莱(1925—2016),法国作曲家。
③ 蒙特威尔第(1567—1643),意大利作曲家。
④ 杰苏阿尔多(1560—1613),意大利作曲家。

许多爵士乐,都是好的爵士乐,不过我是碰上什么就听什么。现在我和西蒙娜·德·波伏瓦有时候还听;例如塞洛纽斯·蒙克①我现在很爱听,还有查理·派克②、查理·明格斯③……我一九四九年在巴黎见过派克,他对我表示,如果有时间,他想到巴黎音乐学院来学习。我收听广播的爵士乐,但是通常我听不出是谁在演奏,可能除了派克,丢克·艾灵顿④我也勉强听得出来;当然还有蒙克,从头几个和声就能认出他来……不过我知道的差不多就是这一些。然而我认为真正的音乐修养应该包括从旧音乐到当代最新的音乐,爵士乐当然也在其内。

——不包括流行音乐吗?

——这上头,坦白说我一窍不通。我偶尔听到一些流行音乐,我不能说它令人不快,不过我有个印象,好像每个乐师在演奏的时候不太关心其他人在干什么。我认识一个搞流行音乐的人,这是帕特里克·维昂,米歇尔和博里斯的儿子,我觉得他有一张唱片很好。不过我跟你说——你问我爵士音乐的事是因为你自己演奏爵士音乐——对我来说真正有价值的音乐是古典音乐。

说到这里,确实很奇怪的是我没有在我的书里头谈论音乐。我想这是因为除了大家都知道的以外,我没有什么好说的。我从前为勒内·莱博维茨的一本书写过序⑤,他是我认识的有限几个音乐家之一。不过在那篇序里我讲得更多的不是音乐,而是音乐上的意义问题,再说这肯定不是我写得最好的文章之一。

---

① 塞洛纽斯·蒙克(1920—1982),美国黑人爵士乐团指挥,又是钢琴家和作曲家。
② 查理·派克(1920—1955),作曲家,萨克管演奏家,美国黑人爵士乐团指挥。
③ 查理·明格斯(1922—1979),作曲家,低音提琴手,美国黑人爵士乐团指挥。
④ 丢克·艾灵顿(1899—1974),钢琴家,作曲家,美国黑人爵士乐团指挥。
⑤ 即收入本书的《〈艺术家和他的良心〉序》。

——还有《恶心》里那一段有名的话,人家会以为你讨厌大型音乐:"音乐会堂里挤满了被侮辱与被损害的人……他们以为美是同情他们的。这帮混蛋。"

——是的,我从不以为音乐是用来在音乐会上演奏给人家听的。音乐应该是一个人听的,听广播或者听唱片,或者由三四个朋友在一起演奏。跟一大堆你不认识的、和你一样在听音乐的人一块儿听音乐,这没有意义。音乐是供每一个人个别地听的。迫不得已的时候,可以在音乐会上听交响乐——虽然交响乐也是供人们单独听的——但是在音乐会上演奏室内音乐和小型音乐,那就荒唐了。

——你偏爱小型音乐作品?

——我想谁都不知道写真正的交响乐,这太难了。

——连贝多芬也不知道?

——贝多芬也不知道。虽然,第九交响乐几乎称得上一部美的交响乐。

——你拒绝音乐会,是否因为你根子里拒绝礼仪和社交活动?

——可能有这个原因。不管怎样,除了我真正的朋友们——他们很少邀请我去做客,我从不到人家家里去。我一直讨厌被人请去与陌生人一起吃饭:这种场合不是人吃东西,倒是人被吃掉了。

——但是有过一段时期,你很喜欢与新人会面。

——是的,比如战后,我会见了海明威、多斯·帕索斯。我会见一些作家,如萨拉克鲁、莱里斯、格诺、科克多。是的,我有过任何作家都与他同时代的作家们保持的关系。这也只是从一九四二年或一九四三年开始的。所有与我会面的作家都是反纳粹的,都以这种或那种方式参加抵抗运动。战后我会见一些美国、意大利作家,还有几个英国人。还有那些到法国来,要求见我的作家:一九四五年到一九四八年间,许多人要求见我。

——为什么这些经常是友好的文学交游,到后来就疏远了呢?

——有他们的原因,也有我的原因。与外国作家疏远的原因很简单,国家之间的距离,加上我很少写信:我从未与作家们保持通信联系。我们只是不时见上一面,趁他们到巴黎来的机会。与法国作家们的情况又不同了。有一些人我后来失去联系,并非因为有什么争执,只因为我们忙的事和我们关心的事变得太不相同了——你知道这是怎么发生的。

另一些人,尽管有分歧,我继续跟他们保持良好关系。比如我很喜欢科克多,我一九四四年认识他,跟他经常见面,直到他去世:他去世前几天我们还在一起吃饭。我觉得他很可亲,人家现在说他为人轻浮,我觉得他远非如此。

我们俩在一起,主要是他说话。他讲他对世界的看法,他的想法——他那些话我听来心不在焉,因为照我看他很浅薄。他的谈吐迷人,他有敏感性,但缺少思想。这不等于说我不认为他是一个有很大价值的诗人。

——事实上,在那个时期,你参加了人们所谓的巴黎社交界。

——我没有真正加入巴黎社交界。不如说是戏剧使我会见一些否则我绝对不会认识的人。比如我在西蒙娜·贝里欧家里遇到科莱特。我跟西蒙娜·贝里欧很熟,因为我的全部剧本,除了《阿尔托纳的隐居者》,都是在她的剧院里上演的。她认识许多许多人,善于招待客人。

我喜欢伊夫·密朗德,那时候他与西蒙娜·贝里欧同居,他叫我开心。他为人敏感、滑稽。我记得有一天我对茹威朗读《魔鬼与上帝》,一方面我只写完这个剧本的第一幕,另一方面茹威已经请求他的忏悔神甫允许他上演这部戏。就这样茹威在西蒙娜·贝里欧的客厅里听我念完第一幕,密朗德在他身边。

茹威一言不发,他皱起眉头听着,样子像要打架。我念完以后,沉默了好久,密朗德说:"你用的词有力量,像硝镪水。"这句话是唯一的评论,因为茹威立即站起来告辞:他第二天要到美洲去。这个可怜的密朗德,他想说一句恭维话,结果找到这么一句过时的俗套!

这一类始终与戏剧有关的事情是我对巴黎社交界的唯一让步。此外,我总是在同一个时间接见来访者,每天下午一点,在我结束上午的工作之后。他们有的想见到我,有的想给我看他们写的一本书,在这件那件事上征求我的意见……

——你今天仍旧接见研究关于你的一部或另一部作品的年轻人?

——是的,我一直接见他们。前不久我见到一些中学生,他们是布依格的朋友,准备做一篇关于《恭顺的妓女》的作文,要求我跟他们稍为谈谈我自己对这个剧本的看法。

——但是有一个时期你似乎乐于会见名流?

——事实上,从来不是我要求见他们。他们给我写信,或者通过戈跟我联系,我回答同意或者不同意。我就是这样见到一位我很喜欢的演员,爱里克·封·斯特罗亨的。我跟他见面好几次。不过跟这样的人交谈总带点不自然的劲儿,即便他们也说点真心话。如果人们遇到一个正在变得出名的人,那就有趣多了,人们会看到他正在经历什么阶段,什么程度。但是如果你见到的一位先生已经是卓别林先生或者封·斯特罗亨先生,那么你只看到他习惯让人看到的东西,他扮演的那个角色永远留在他身上。这倒不是他在演戏:他被他的角色霸占了。

——而且这么一来,你自己也被你的角色霸占了?

——不,因为我不怎么扮演角色,我知道存在着我的形象,不过这恰好是我在别人心目中的形象,不是我自己心目中的。我不知道我在自己心目中是什么形象:关于我自己,关于我自己作为个人而言,我想得不多。当我反省的时候,我思考的是对人人都适用的想法。

十九岁的时候我曾对自己感兴趣。这以后,当我为了写作《想象》而观察自己,搜索自己的意识的时候,我更多探求的是一般性的道理。至于《文字生涯》这本书,写它的目的是要理解我的童年,过去的自我,从而明白我怎样变成写作时候的这个我。不过还需要写许多别的书才能说清我今天之所以成为我。现在,当我有空的时候,我与西蒙娜·德·波伏瓦一起写这卷自传,做的就是这一项工作。

我力求解释事情是怎样变化的,某些事件是怎样对我产生影响的。我不认为一个人的历史是在他的童年注定的。我想还有别的很重要的时期:少年、青年,甚而壮年。我在自己生活中看得最清楚的,是有一个断痕。这道断痕把我的生活分成两截,我现在处于下半截,甚而认不清上半截里那个我来了。我指的是战前和战后。

你看,目前为止,我们的谈话主要涉及我的私生活,好像私生活可以与其他一切,即与我的思想,我发表的书,我支持的政治主张,我有过的行动,总之与人们可以笼统称之为我的公众生活的那一部分分开似的。然而我们知道事实上并不存在私生活与公众生活的界线,这个界线纯属幻想,是一种愚弄。所以我不能要求有一个私生活,即一种隐蔽的、秘密的生活,所以我乐于回答你的问题。然而在这个人们称之为"私生活"的生活里有一些矛盾,它们起因于人际关系的目前状态,它们在某种程度上迫使我们保守秘密和说谎,我在前面已经跟你谈到这一点。不过一个人的存在是一个整体,不能分割:内部和外部,主观和客观,个人和政治必然相互影响,因为它们是同一个整体的不同方面。一个人,不管是什么人,人们只有把他看作一个社会存在才能理解他。任何人都有政治性。不过这个道理我是在战争中为自己发现的,而且从一九四五年起我才真正理解它。

战前我把自己仅仅看作一个个体,我完全看不到我个人的存在与我生活于其中的社会之间有什么联系。高等师范学院毕业以后,我在这上头建立了一整套理论:我是"孤独的人",就是说是一个因其思想的独立性而与社会相对抗的人,这个人不欠社会任何情分,社会对他也不起任何作用,因为他是自由的。这对我是不言而喻的事实,一九三九年以前我想的、我写的、我亲身经历的一切,都以此为基石。整个战前时期我都没有政治观点,当然我也不去投票选举。我洗耳恭听尼赞的政治演说,他是共产党员,但是我同样去听阿隆或别的社会党人的讲话。至于我自己,我认为我要做的事情是写作,我绝对不把写作看作一项社会活动。我断定资产者都是坏蛋,我想我恰恰可以通过对资产者说话,毁坏他们的名声,从而说明我这个判断,我当然也这么做了。《恶心》并非唯独把资产阶级作为攻击对象,不过它在很大程度上是攻击资产阶级的:请看书里写博物馆的场面……你不妨说《恶心》是"孤独的人"的理论在文学上的结穴。我的立场扼要地说在于把资产者作为坏蛋来谴责,并且在努力为孤独的个人规定一个不受蒙蔽的存在的条件的同时企图说明我自己的存在。即便我已经隐约看到这个立场的局限性,我也不可能从中脱身。说出关于存在的真理,揭穿资产阶级的谎言,这是同一回事,而且我为了完成我作为人的命运要做的正是这桩事情,既然我生来就是为了写作。至于其他事情,即我的私生活,我以为它应该是一连串赏心乐事——跟大家一样我后来也遇到烦恼,烦恼掉到我脑袋上来,躲也躲不开,不过总的来说我后来过的是愉快的生活:女人,美餐,旅行,友情……我是教书的,当然啰,因为总得有个饭碗,不过我不讨厌教书,恰恰相反,虽然过渡到成年,负起成年人的责任,对于我是很不愉快的事情:一九三五年左右,我有过一种消沉情绪,延续好几个月,今天我多少把它解释为与我过渡到成年人生活有关的一种认同危机。但是最后我设法做到把我作为一个教师的社会义务缩小到最低限度,结果很好。所以我跟你说,我以前是这样看待自己的生活的:首先是写作,在这之余,愉快地过日子。

我看到实际情况并非如此,是从一九三六年开始的。首先是人民阵线。海狸讲过,我们曾从远处对人民阵线表示赞赏:我们站在人行道上目睹人民阵线的游行队伍通过,队伍里头有我们的同学;我们却在外面,靠边站,我们感到这一点。不过这毕竟迫使我们放弃绝对冷漠的态度,我们是完全拥护人民阵线的。但是我没有做任何事情使我足以被看作人民阵线的支持者。后来社会运动发展了,事态急遽地变化,后来是一九三八年夏天,慕尼黑。慕尼黑会议期间,我身上个人主义的和平主义与反纳粹主义如水火相攻;然而至少在我脑子里,反纳粹主义已经占上风了。因为这个时候纳粹主义已对我们呈现为一种要打垮我们法国人的敌对力量,这也与我的一个经历相符合,这不单是个人的经历,已经是社会经历了,虽然我当时还不明白这一点。我指的是一九三三年我在纳粹德国住了一年。我结识一些德国人,我跟他们谈话,我看到一些为躲避纳粹分子而隐蔽起来的共产党人。当时我不以为这在政治上有什么重要性,但是事实上这对我想的或者我经历的已经产生影响，不过我自己还不明白。纳粹德国简直叫我冒火，而那个时候在法国已经出现杜梅格——他是一种天真善良的法西斯分子，各种联盟，火十字团等等，所以我回国后不久就采取与尼赞以及与我的共产党或社会党同学们接近的立场，就是说反法西斯的立场，但是我显然没有从中得出实际上的结论……所以你看，人们可以在我战前时期的生活里找到一些预示我日后的态度的因素。

——就是不了解你战前的生活，也能看出《恶心》是一部左翼小说！至于《一个企业主的童年》，我认为当时对法西斯主义提出的责难没有比它更彻底的，至少在马克思主义立场之外提出的责难没有比它更彻底的。再说，如果把这两篇作品与尼赞同一时期的作品相比较，显然你的作品要辛辣得多。

——这是因为我有一个敌人：资产阶级读者；我为了反对他而写作；至少部分是为了反对他，而尼赞却希望有他为之写作的读者。由于他是一个共产党作家，而他的读者群大体上与我的读者群相同，是那些读书的人，这就使他处于一种矛盾境地，而我没有这个矛盾。最终，我相当舒服地作为反资产阶级的和个人主义的作家安顿下来。

使这一切分崩离析的，是一九三九年九月份的一天，我接到应征令，不得不到南锡兵营报到。跟那些素不相识，像我一样被动员入伍的人混在一起。这一下，"社会"的意识印入了我的头脑：我突然明白，自己是一个社会动物：从原先所在的地方，从亲友熟人之间，给强行拉走，火车把我载到我并不想去的地方，周围的伙伴并不比我更想去，也跟我一样是平民百姓，也跟我一样在纳闷怎么会落到这步田地；我在营房里团团转，不知道该做什么，不时与他们交臂而过。我看到他们尽管千差万别，都有一个共同的向度，也是我的向度：他们不再是我几个月以前在我的中学里碰到的简单的人,那时候他们和我都没有想到我们是有社会性的个人。在这以前我以为自己是至高无上的,只有等到我通过应征令遇到对我自身的自由的否定,我才意识到世界的重量以及我与所有别的人和所有别的人与我的联系的重量。

　　战争正好把我的生活分成两截。开始打仗时我三十四岁,结束时我四十岁,我真的从青年转入壮年。同时战争向我披露了我自己和世界的某些面貌。比如说,我是在战争中才体会到被囚禁这一深刻的异化,我也是在战争中才体会到与人的关系,体会到敌人。真正的敌人,不是与你生活在同一个社会里或者用言语来攻击你的对手,而是只消对几个武装的人做一个简单的手势就可以逮捕你、把你投入牢房的敌人。

　　其次,我也是在战争里体会到社会秩序和民主社会的。尽管受压迫,被打倒,社会秩序依然存在。正因为民主社会受压迫,被摧毁,因为我们为保全它的价值而斗争,希望它能在战后重生,我们才体会到它。你不妨说在战争中,我从战前的个人主义和纯粹个人转向社会,转向社会主义。这是我生活中真正的转折点:战前和战后。以前这使我写出《恶心》那样的著作,在那里与社会的关系是形而上学的,以后这慢慢导致我写出《辩证理性批判》。

　　——一九五二年,你靠拢共产党人的那一年,还有一九六八年,不也是有决定意义的转折点吗?

　　——一九五二年不是很重要的。我有四年时间与共产党人很接近,但是我的想法与他们不一样,他们知道这一点。他们利用我而且不受什么牵累,他们料想得到,如果发生布达佩斯那样的事件,我就会与他们分手;我也没有错过这么做的时机。客观上这可以代表一个重要的转折点,但是主观上算不了什么,因为我差不多已经形成我自己的想法,在与共产党人做邻居的时候我没有放弃这些想法；我在《辩证理性批判》中重新找到并且发展了这些想法。

至于一九六八年，这是重要的。对大家都重要。但是对我特别重要，因为，如果说我曾经靠拢共产党人，那是因为归根结底一九六八年以前在他们左边什么也没有了，除非有托洛茨基分子，而托洛茨基分子实际上是一些倒霉的共产党人。如果战后有过一个极左派运动，我马上就会加入的。

——那时候有个组织叫"不是社会主义就是野蛮"……

——这是一个小宗派，联合百来个知识分子和几个工人。这些知识分子因为有这几个工人而感到骄傲，他们有了"他们自己的"工人……我不喜欢他们的正是这一点，同时还因为他们没有摆脱托洛茨基主义的遗产。这个组织里唯一与我有联系的知识分子是勒福尔，因为他也在《现代》社工作，他远没有说服我。于是我就在《给勒福尔的回答》里表达了我对他们的看法，这篇文章是紧接着《共产党人与和平》写的，梅洛-庞蒂和勒福尔都不同意我在《共产党人与和平》里的观点。

——是的，而且如果人们重读你那时候写的文章和他们的文章，人们会发现你今天重新引为依傍的自由社会主义，与其说在你这边不如说在他们那一边。

——听着，我知道他们的想法对于准备一九六八年五月的事件起过作用，我知道柯恩-邦迪①了解这些想法，彼埃尔·维克多也对之感到兴趣。但是，在那个时候，"不是社会主义就是野蛮"与一九六八年表现出来的行动意志毫无关系。今天看来他们的想法可能比我在一九五二年提出的想法更为正确，但是那个时候他

---

① 柯恩-邦迪，一九六八年五月法国学生运动的领袖。

们的想法是不正确的,因为他们的立场不对头。

——因此你对《共产党人与和平》不作任何自我批评？然而你在那篇文章里关于党的作用发挥了一种与你目前的立场不相容的列宁主义观点。

——我现在批评我从前对知识分子作用的看法。但是我当时不可能有别的看法,当时必须支持共产党,因为政府要阻止共产党发表它的见解。

——就是为了支持共产党,你也大可不必在思想上反对你自己直到反对自由的地步。你后来绕了好大一个弯子才重新找到自由。

——这个弯子转得不大,三四年的工夫。

——但是为什么你今天仍然认为你在一九五二到一九五六年间的立场是正确的,而"不是社会主义就是野蛮"的立场却不对头？

——这是因为我仍然认为在冷战年月共产党人是有理的。苏联尽管有我们知道的种种过错,那时候它毕竟是受迫害的,它还没有能力在战争中抵抗美国,所以它要求和平。因此我们当时可以认可共产党人的言论:大致上,他们指责美国的也就是我们指责的。

——这同样也是"不是社会主义就是野蛮"指责美国的……

——但是这个组织根本算不了什么！

——你从不信任少数派？

——不是这样的,自从……

——那你为什么不承认他们当时没错呢？你的态度使我想起高茨不久前跟我讲的一个小故事,我觉得这个故事对于毛的中国特别意味深长:一九五九年左右,有些身为中共党员的技术人员警告他们的党要提防俄国人,他们说两国之间的合作归根结底只对苏联有利。于是他们就因为"损害无产阶级国际主义"而被开除出党。后来中苏关系破裂了。这些技术人员要求重新入党,党却拒绝他们的要求,大体上对他们这么说:"你们错在懂得毛本人由于当时历史条件的限制还没有懂得也不可能懂得的事情。只要你们不对你们的立场作自我批评,党只能把你们视为不守纪律分子。"这等于对他们说:你们错在你们对了,我们对在我们错了。你对"不是社会主义就是野蛮"说的,总而言之也是这个意思。

——我没有说过任何类似的话,因为他们也没有懂得某些我还不懂得的事情:他们有他们的想法,我有我的,在对于共产党人应该采取什么立场的问题上我们意见不一致。并非因为我今天对共产党的看法与他们当时的看法一样,所以他们的理由就必定是对的。真理是"变成"的,重要的是通向真理的道路,是人们在自己身上以及与其他人一起为达到真理而做的工作。没有这个工作,一个真理只能是一个真正的谬误。

——不妨说他们赢得了时间。你今天与柯恩-邦迪在主要政治抉择上意见一致,而柯恩-邦迪这样的人正是亏了他们才赢得时间。

——这是可能的,但这完全不是可靠的;你说的那个"赢得时间"可能日后使你丧失时间,相反的情况也可能发生。

——对你来说,一九六八年五月事件深刻的独特性体现在什么地方?

——按照我的看法,五月运动是第一个暂时实现了某种与自由相近的东西的大规模社会运动;从这一点出发,这个运动曾努力探求什么是行动中的自由。这个运动产生一些人——其中包括我,他们决定,当自由被理解为政治目的的时候,现在必须努力去从正面描述自由。因为,归根结底,在街垒上造成一九六八年五月事件的那些人要求的是什么呢?他们什么也不要求,至少不要求政府可以让给他们的任何明确的东西。这就是说他们要求一切:要求自由。他们不要求政权,他们没有试图夺取政权,因为今天对于他们,对于我们来说,需要消灭的是使得行使权力成为可能的那个社会结构本身。我不久将设法写一本名叫《权力与自由》的书,在那本书里我要说明这一点。

——正是在这个问题上,我看到你的态度即便在一九六八年以后也是矛盾的。因为,根据你刚才说的话,人们在一九七〇到一九七一年间本来期待你会和"革命万岁"这样一个组织站在一起,而不是与前无产阶级左派站在一起。"革命万岁!"企图把在五月的街垒上出现的这个新的自由精神付诸实施并且亲身体验,而前无产阶级左派却是一个等级极为森严的团体,它在组织先锋党问题上遵循传统的列宁主义观念。

——毛派团体内部确实等级森严,同时他们又不愿意有这种等级制度。另一方面,他们寻求与群众结合,不是作为先锋队而是作为表达群众意志的活动家与群众结合。他们既要组织性,又要群众的自发性,于是他们就陷入矛盾。毛派就是这个样子,至于我自己,一九六八年五月之后将近两年,我还在思考已经发生了的、我却没有理解的事情:我看不出这些年轻人要求什么,也看不出像我这样的老家伙能在这件事情里起什么作用;于是我就跟在后面走,我对他们倍加赞扬,我到索邦①去与他们谈话,但是这并不说明什么问题。到后来,我与毛派有了比较密切的关系的时候,我才真正理解了。一开头他们要求我当《人民事业报》的社长,他们想

---

① 索邦,即巴黎大学。

的就是要利用我,不过他们对我直说了,所以谈不上玩弄权术,我是在了解底细的情况下接受的。后来这已变成和一个著名的知识分子与他支持的一个团体之间的关系完全不同的东西。

——在你的政治历程中,引人瞩目的是你的尾巴主义。一九四一年你发起成立的"社会主义与自由"组织是唯一的例外,可能一九四八年的"民主与革命联盟"也是一个例外。你总是以对一个已经形成的运动表示声援的形式来设想你的政治介入。

——这不是尾巴主义。这是因为我认为不应当让知识分子去结成团体。并非我以为知识分子只应该充当配合力量。不是的,知识分子应该做团体的成员,参加团体的行动,同时要坚定地维护原则并且批评团体的行动,如果这个行动背离原则的话。我以为这就是当前知识分子的作用。这并不妨碍知识分子作为代替别人去思想的人注定要消失:代替别人去思想,这是荒谬的,这使知识分子这个概念本身站不住脚。

——然而在我们目前的处境,知识分子还是必要的。因此他们应该做他们的知识分子工作,而不是像你在一九七一年主张的那样到工厂里去"落户",那时候你本人却在继续心安理得地写你的《福楼拜》。

——你说得太过分了,我从未说过所有的知识分子都应该去落户。我说他们应该超越他们的矛盾,除了在请愿书上签名或者写文章给别的知识分子看之外,还应该发明别的介入方式。那些去落户的知识分子不比其他人过得坏,即便他们今天干别的事情了。至于我自己,如果我去敲一家工厂的门,要求人家把我当不熟练工人来雇用,这将是很滑稽的:不说别的,光讲岁数,我已大大超过退休年龄了。这是没有办法的事,我只是到六十七岁上才彻底懂得,一个人与政治的真正关系应该是怎样的,一个政治人——就任何人都有政治性而言——的真正处境是什么。在某种意义上,多亏毛主义我才能有这个彻底的了解,但是这对于我不能如对于一个比我年轻、身体比我好的人那样在实践上产生相同的后果。

——你的意思是说,如果你四十岁或者五十岁,你会屈从毛派对知识分子施加的压力,——毛派使知识分子产生一种犯罪感——你会放弃做你喜欢做的事情?

——我什么也不会放弃。什么也不能阻止我继续去写我认为我可以写、应该写的东西,以及我愿意写的东西。彼埃尔·维克多要求我与其继续写作《福楼拜》,不如写一部平民小说:我丝毫没有去考虑写这样一部小说。

——反过来,某个时候你不是考虑过写一部爱情小说吗?

——哦,那是很久以前的事了!那一年,一九六一年或一九六二年,我在罗马,不知道写什么好。于是我寻找一个小说题材。一会儿我想写一部爱情小说,一会儿我想写这么一个人,他在罗马街头转悠,望着月亮,想着他自己在世界的过程中占什么位置……

——还是那个"孤独的人"?

——你可以这么说,不过这个人已经改变很多了……

——今天,除了你的知交,或者用你的话来说,在"自家人"之外,你很少与人见面。对那些写关于你的著作的论文的人,你是否也闭门不见?

——不,对那些写作关于我的文章并且我可以在这方面给予帮助的人,我是乐意接见的。例如你认识的这个青年批评家,米歇尔·西卡,他在准备一篇关于《家中的低能儿》的论文。有些英国或美国的大学教员以我的著作的这一或那一方面做论文题目,他们经常向我提出问题,因为我的书对这些问题提供的回答是模糊不清的。对于一个作家所说的那么少的话,总可以有许许多多解释。还不如去问他自己,趁他还活着……

——反过来,是否有些评论家也为你阐明了你的著作的某些方面?

——不,从我的评论家们那里我什么也没有学到。不过,从一九四五年起,我曾经想这种事情会发生的,有一天某一个人将关于我写出足以阐明我的思想的某些东西。我看到,当人们在一九四〇年或者一九四五年读左拉或者雨果的时候,人们把作者自己没有有意识地放进去的东西放到他们的书里边去,因此人们就以另一种方式辨读他们。于是我想,对一个活着的作家也会发生同样情况。这是不对的:只有作家死后才会出现这种情况。要不然评论家本人就得比他研究的作家走得更远,他必须完全读透后者的所有著作,必须已经比后者更加深入,不过这种情况非常非常罕见。

——在人们关于你写的堆积如山的文章和著作中,难道没有任何真正有用的东西?

——要那么说未免过分。不过我可以说,在我读到的关于我的论述中——当然我没有全部阅读,我读的勉强够十分之一——总的来说我什么也没有学到。

要么我遇到对我的思想的一个忠实的介绍,这是最好的情况;要么我对人家提出的异议不能给予任何重视,因为这些异议都是建立在对我想说的东西明显不了解的基础上的——对我来说这种不了解是明显的。

——无论如何,有一个人长期以来持之以恒地和你的思想交锋,这是你的老同学雷蒙·阿隆。

——说到这儿,我太了解阿隆的思想了。我太知道他往哪里去。至于我自己,我早就超过他的观点了。他在写关于我的文章

427

的时候,实际上阐述的是他自己的思想,对于我的思想他没有带来任何东西。我读过他最近写的那本对《辩证理性批判》提出异议的书。他提出一些问题,从他的立场出发他完全有权利这么做,不过他提的问题与我绝对没有关系。依我看,他歪曲我的思想以便能更好地提出异议。

——阿隆说你除了用辱骂,没有以别的方式来反驳他的论点。他说这番话的时候不无辛酸,很是伤心⋯⋯

——我一生中很少辱骂他,硬要那么说的话,我在一九六八年辱骂过他,因为我觉得他当时的立场叫人无法忍受。这位聪明、博学的教授竟然如此看待一九六八年五月事件,这说明他的智慧和学识有局限:他不理解那时候正在发生的事情。

——这未必是一个辱骂他的理由。

——不。我是有意这么做的。我以这种方式来表示他把自己置身于一九六八年五月预告的那个社会之外,也表示我同意把他排除在外。在这以前,他是一位教授,对他的思想我可以不赞成,但是他讲授的思想学生们可以加以讨论。这一切,我在一九六八年以前是完全接受的。但是,当我看到他对上过他的课、对整个教育制度提出争议的学生们的想法的时候,我想他一点不了解他的学生们。我攻击的是教授,是对学生抱敌意的教授,而不是《费加罗报》的社论作者。作为写社论的,他想说什么都行。

——一般说,你不乐意与人讨论思想⋯⋯

——我写书,思想都在书里头,人家只消写出别的书来回答我的思想。

——但是你没有回答梅洛-庞蒂、莱维-施特劳斯[①]和雷蒙·

---

① 莱维-施特劳斯(1908—2009),法国人类学家、作家、哲学家。

阿隆,他们都写过文章表示不同意你的见解。

——没有回答他们,回答又有什么用? 我想说的我都说了,他们表达了与我不同的观点。谁不同意他们写的关于我的文章,谁都可以直说。不需要我去说。这倒不是出于蔑视。比如说我绝不蔑视莱维-施特劳斯——相反我认为他是一个很好的人类学家——但是他关于《辩证理性批判》写的那些话,我以为是荒唐的,不过我不必跟他说,说了又有什么用?

——单单交流思想呢?

——我讨厌知识分子之间讨论思想,人们总是低于自己的水平,总说一些傻话。

——你从未在向一个交谈者表述你的思想的时候才发现这个思想?

——从未。我可以在我的思想尚未定型的时候向西蒙娜·德·波伏瓦表述它。我还没有写《存在与虚无》的时候,就向她阐述了这本书的主要论点。那是在"滑稽战争"①时期。我所有的想法还在形成过程中的时候,都对她阐述过。

——因为她的哲学知识达到与你同样的水平?

——不仅因为这个,还因为唯有她对于我自己、对于我想做的事情的认识达到与我同等的水平。因此她是最理想的对话者,人们从未有过的对话者。这是个独一无二的恩赐。可能有许多作家,男的或者女的,得到过某个非常聪明的人的爱护和帮助。比如乔治·爱略特:她的第二个丈夫给她很多帮助。在西蒙娜·德·波伏瓦与我之间独一无二的事情,是这种对等的关系。

——可以说你们相互签发"出版许可证"。

---

① 第二次世界大战初期,西线无战事,人称"滑稽战争"。

——确实如此。这个说法完全合适。以后在报刊上发表的批评意见可能使我高兴或不高兴,不过这些批评都不是真正重要的。自从《恶心》以来,一直是这种情况。

——毕竟也有过你不接受西蒙娜·德·波伏瓦的批评,起来为自己辩护的时候,是吗?

——这种时候太多了!我们甚至相互辱骂……不过我知道最后还是她有理。这不是说我接受她所有的批评,但我接受大部分。

——你对她的严厉程度与她对你的严厉程度相等?

——绝对相等。最大限度的严厉。当人们有幸爱着他们批评的那个男人或女人的时候,人们做的批评如果不是很严厉就没有意思了。

——按你说,你唯一的对话者是西蒙娜·德·波伏瓦。但是你学生时代与尼赞或者阿隆的辩论总会留下一些东西吧……

——并非真是这样。我与阿隆或者波利采有过许多次辩论,不过这没有起什么作用。与尼赞的辩论起过一点作用。只不过使我们产生分歧的原因是他变成马克思主义者了,就是说他信奉了一种当我们订交的时候他还没有接受的思想,而这种思想引起的牵连比他意识到的要丰富复杂得多。这样一来我就面临一个我不甚了解、我还知之甚少的思想——我读过《资本论》,但是没有读懂,就是说我读完以后没有发生改变——这个思想变得碍事,简直该死,它扮着鬼脸,爱捉弄人,因为有另一个人,另一个我所爱的人,拿这个思想既当作严肃的真理,又当作跟我开的玩笑。

我感到马克思主义对我提出争议,因为这是一个朋友的思想,因为这个思想横在我们的友谊中间。至少一直到战争爆发,马克思主义仍是某种妨碍我的东西,它让我不好受,它为我指出我并非认识一切,差远了,还得学习。但是我没能学会它。有个时期,我在勒阿弗尔读过一些马克思本人的或者马克思主义的著作;但是我没记下什么,我看不出这些著作有什么意义。

到了德国占领时期,当我参加一个有共产党人在内的抵抗组织的时候,这就开始成为问题了。后来,在战后,我为写一部伦理学做了满满十来本笔记:这些笔记的内容正是与马克思主义展开一场辩论。我很遗憾把笔记本都丢失了。

——你今天还像你在一九五七年说过的那样,坚持存在主义在马克思主义内部的自主性?

——是的,完全如此。

——也就是说你接受存在主义者的标签?

——这个名词很没意思。而且你知道不是我自己选上它的:人家硬把它贴在我身上,我就接受了。但是现在谁也不管我叫"存在主义者"了,除非在教科书里,在那里它什么也说明不了。

——反正是个标签,你更喜欢"存在主义者"的标签,还是"马克思主义者"的标签?

——如果非有个标签不可,我宁可要存在主义者。

——存在主义没有经历掌权的考验。今天许多人说,马克思主义在变成一个政权——苏联政权——的意识形态的时候便显示了它作为权力思想的深刻本质。你怎么看?

——这是对的,因为我想,虽然马克思主义在苏联偏离了方向,它本身毕竟还是存在于苏联制度中的。马克思主义绝不是被二十世纪的一种独裁制度用来作掩护的一种十九世纪德国或英国哲学。我想马克思主义正是处于苏联制度的核心,它没有被这个制度篡改本质。

——但是你也认为苏联制度是个彻底失败。这难道不抵消你一九五七年说过的话:"马克思主义是我们时代不可超越的哲学"?

——我想马克思主义有些主要方面是站得住的:阶级斗争、剩余价值等等。苏联人吸取的是马克思主义中的权力成分。作为权力哲学,我想马克思主义在苏联已经充分表演过了。我认为,像我在《造反有理》里曾说过的那样,今天需要的是另一个思想,这个思想应该顾及马克思主义,以便能超越它,扬弃它,重新捡起它,把它包容在自己身上。为了达到真正的社会主义,这是必要条件。

我以为自己与今天其他许多从事思考的人一起为这个超越指出了道路。我现在很愿意朝这个方向努力;但是我年事已高,无能为力了。我的全部希望是有别的人接替我的工作。比如说我希望彼埃尔·维克多去做这项他愿意完成的既是知识分子的又是活动家的工作。

——你在彼埃尔·维克多身上看到这项工作取得成功的最大可能?

——是的。在所有我认识的人里头,唯有他在这方面使我完全满意。

——你赏识他的,似乎是他的抱负的彻底性。你在吉亚柯梅蒂[①]身上赏识的也是这一点?

——是的,也是这一点。尼赞没有同样彻底的抱负。党使他不能走到底。如果他没有死,可能他会达到同样彻底的程度,既然照他的说法,党出卖了他。

——实际上,你给予完全器重的人都是一些,用十九世纪的话来说,怀有"对绝对之渴求"的人?

——是的,当然啰。我器重那些要求一切的人。我自己也要

[①] 吉亚柯梅蒂(1901—1966),瑞士画家、雕刻家。

求一切。自然人们不会达到一切,但是必须要求一切。

——在你的同时代人中间,你有没有对别的人也同样予以完全的器重?比如你在一九六〇年曾公开声明你对菲德尔·卡斯特罗的器重和友谊。

——是的,但是我不知道他现在变成什么样子了。当我们抗议囚禁巴第亚的时候,他不理睬我们。他对我们很粗暴,我们对他没有那么粗暴,因为我在心底对于我过去认识的那个人还有点友情。我喜欢过他,这种事不常见,我曾经很喜欢他。

——还有别的人吗?

——毛。我给予毛以完全的器重,至少一直到前几年。我不太理解"文化大革命",并非我反对它,一点也不,而是因为我弄不清这意味着什么,我想这在事实上也是不清楚的。

我的余年还愿意去几个地方旅行,其中有中国。我在它的历史的一个瞬间,在一九五五年,见过这个国家。后来发生了"文化大革命"。我很乐意现在重新见到它,我想这样我就能更好地理解它。

——钦佩是不是一种为你熟悉的感情?

——不,我谁也不钦佩,我也不喜欢人家钦佩我。人们不需要让别人钦佩:他们都是一样的,都是平等的。重要的是他们做的事情。

——但是有一天你跟我说过你钦佩雨果……

——不怎么样。我说不清对雨果到底怀有什么样的感情。他身上有许多东西应受到责备,另一些东西却是非常美的。这种感情混杂不清,为了摆脱困境我就说我钦佩他。不过,实际上,我并不钦佩他甚于钦佩别的人。不,钦佩这种感情意味着人们不如他们钦佩的那个人。而你知道,按照我的看法所有的人都是平等的,人与人之间用不着钦佩。器重,这才是人们可以要求一个人对另一个人怀有的真正的感情。

——甚于爱?

——不,爱与器重,这是同一个现实的两个方面,是与别人的同一个关系。这不等于说器重是为爱所绝对必需的,也不是说爱是为器重所绝对必需的。但是当人们具备两者的时候,人们就有了一个人对另一个人的真正态度。我们还没有达到这个境界。当主观被完全发现的时候我们将能达到这个境界。

——但是你怎样对自己解释你在友谊上有始无终,而在爱情关系上却始终不渝?

——我并非在友谊上有始无终。如果你愿意,你可以说对我来说友谊不如爱情那么重要,你为什么说我有始无终?

——我想到加缪,举例说吧。

——但是我从未反对过他。我反对的是他寄给《现代》的那篇文章,他在那篇文章里管我叫"社长先生",对弗朗西斯·詹松的文章①提出一些荒谬绝伦的看法。他可以反驳詹松,但是不应该以那种方式:使我发火的是他那篇文章。

——以后你们决裂了,这没有使你感到难受吗?

——没有,没有真正感到难受。那时候我们见面的次数已经少得多了,最后几年里,我们每次见面他都要骂我一顿:我做了这桩事,我做了那件事,我写了几句他不喜欢的话,总之他把我臭骂一通。还没有到决裂的地步,不过已经不那么愉快了。加缪变得很厉害。一开始他还不知道自己是个大作家,他是个活宝,我们在一块儿很开心:他讲话不避粗野的字眼,我也和他一样,我们讲了

---

① 见一九五二年八月《现代》第82期。——原注

许多关于女人的下流话,他妻子和西蒙娜·德·波伏瓦听了装出大为反感的样子。两三年间,我与他的关系真的很好。我们在知识领域不能谈得很深,因为他容易受惊;实际上他有一面是阿尔及尔的小流氓,很无赖,很逗乐。他可能是最后一个好朋友。

——有许多人后来脱离你的生活圈子,这里头主要是男人。

——也有许多女人后来脱离我的生活圈子。有的由于死亡,另一些人则别有原因。不过,总的来说,我不认为自己在友谊上比别人更没有常性。比如我与博斯特的关系几乎同我与海狸的关系一样老。我们过去称之为"自家人"的那些人,我现在几乎还和他们都见面……比如布庸①,他是三十五年的朋友……

然而我与吉亚柯梅蒂的关系却有个奇怪的结局:是个误会,我不太明白究竟,不过这是另一回事……他也是,他死前不久曾以某种方式转过来反对我,我以为这是他那方面的误会。

——许多人奇怪你竟然长期用约翰·考这样一个人当秘书,因为约翰·考后来变成这个样子。

——听着,约翰·考的演变与我毫无关系。

——回过来谈女人吧……

——我与女人的关系一直很好,因为狭义的性关系更容易使主观和客观一起被给予。与一个女人的关系,即便你不和她睡觉,也比与一个男人的关系要丰富——如果你和她睡过觉,或者你本可以这样做,那么你与她的关系就更加丰富了。首先有一种语汇,不是语言,而是手的语汇,面部表情的语汇。我且不说狭义的性语汇。至于语言本身,当你在一种爱情关系里使用它的时候,它便发自心灵最深处,发自性器官。人们与一个女人在一起的时候,便把

---

① 布庸,萨特的朋友,办《现代》杂志的伙伴。

他们自己整个儿都交出来了。

——自从我认识你以来,另有一件事也引起我的注意,那就是,你提到自己的朋友,往往毫不留情……

——因为我知道他们是什么样的人!也知道我自己是什么样的人!我对我自己同样可以毫不留情。

——如果人家对你不留情面,你又会怎么想呢?

——人家指责我,大体上总是因为我没有把自己的主张贯彻到底。我这一生当然犯过许多错误,或大或小,原因不同,但是每次我犯错误,事情的本质总在于我做得不够彻底。

——反过来,认识你的人一般都认为你的主要优点之一是没有自我陶醉心理。你同意这个看法吗?

——我想我没有自我陶醉心理是一件好事,我的行为确实像一个没有这种心理的人。不过这不等于说这个看法完全正确。按照我的看法,自我陶醉是某种自我欣赏、自我爱怜的方式,是人们要在自己做的事情中找到自己为自己想象的那个样子的一种方式,简单说,这是一种与自我发生的经常关系,而这里的自我不尽然是那个在说话、思想、做梦、行动的积极的自我,毋宁说是以那个积极的自我为基础制造出来的一个人物。在这个意义上,我不能说我完全排除自我陶醉心理了。我致力于取消这种心理,有一些时候我完全不存这种心理。比如说现在这个时候,我们在谈论某些与我有关的事情,因此我本可以自我陶醉,但是实际上我想的是怎样尽可能好地回答你的问题,因此我没有自我陶醉。不过换一个时候这种心理会回来的:从其他人看待我的方式可以产生自我陶醉心理,与我在一起的某个人说的一句话也可以引起我这种倾向。

——难道你不认为,做一个幸福的人,有一项条件是要爱自己？

——难道人们爱他们自己吗？难道人们对自己怀有的不是另一种感情？爱某一个人，这比较简单，比较容易理解，因为你爱的那个人并非老在那儿待着，他不是你。这两个理由足以说明你对你自己的感情是一种可能不存在的感情，因为你老在那儿，你是你自己，于是你既是施爱的那个人又是被爱的那个人。除非你引入一些形象，这种感情才可能存在，不过到那个时候我们又处在自我陶醉的境地了。我不以为自我与自我的关系应该是一种爱的关系。我想爱是自我与其他人之间的真正关系。反过来，不自爱，经常责备自己、讨厌自己，同样妨碍人们充分地占有自我。

——相当令人惊讶的，是你看来果真没有犯罪感。

——我没有犯罪感，这是真的。绝对没有。我从不觉得自己有罪，我没有罪。

——然而你在你的作品里描写过这种感情，这甚至是一个重大主题。我以为你必定体验过犯罪感才能把它描写得那么生动。如果你今天毫无犯罪感，这可能不是你的本性，而是经过努力才达到的。

——在我的家庭里，人们一开始就使我相信我是一个大有价值的孩子。然而我同时还感觉到我的偶然性，这与价值的观念有点矛盾，因为价值好比一团旋风，把各种意识形态，各种异化都卷进去了，而偶然性是赤裸裸的现实。但是我想出一个高招：我认为自己的价值正在于我能感到其他人感觉不到的偶然性。于是我就成为谈论偶然性的那个人，因此也就是把他自身的价值用来寻找偶然性的意义和含义的那个人。这是再清楚不过的。

——你不认为，比如说在你处理钱财的方式中，人们可以找到犯罪感的痕迹？

——我不认为。我要说的第一件事情是,在我出身的家庭里,金钱与劳动的关系没有被明确地把握为某种严酷的、艰难的东西。

我外祖父工作很勤奋,但是他的工作是写作。而对我来说,阅读和写作是一种娱乐。他写作,并引以为乐,我见过他改正的校样,觉得这很有趣;其次是他的工作室里有许多书;再次是他与一些人说话,给他们上德文课。他就是靠这一切挣钱的。你看得出来,关系不是很清楚的。

后来,当我自己从事写作的时候,我收到的钱和我写的书之间完全不存在关系:我不懂这两者之间会有关系,既然我认为一本书的价值只有在悠久的岁月中得到确立。因此,我的书带给我的钱本身就是偶然性的一种标志。你可以说金钱与我的生活最初发生的关系后来一直延续下去。这是种糊涂的关系。

我的工作,我的生活方式,我乐意做的努力——我一直很高兴写作——附带着还有跟这一切多少有点关联的教师职务,都没有叫我不愉快的地方。我喜欢做这些事。在这种情况下,为什么人家一定要给我钱呢?然而人家还是给我了。

——我讲到犯罪感的时候,主要想到的是你给钱的方式。

——我先得有钱然后才能给人家钱。我只是从十八九岁起才有钱给人家,那时候我在高等师范学院上学,同时给人上个别辅导课,收到一点钱。我在这上头搞到一点钱,于是也给别人一点。不过我到底给了人什么?几张我在做了一件自己感到满意的工作之后收到的纸币罢了。我没有感到金钱的价值,感不到钱的分量:我只感到几张钞票,我无缘无故地拿到,又无缘无故地给出去。

——你本可以给自己买点东西,占有些东西。

——有过这样的事。我没有把我拿到的钱都给出去,于是我就给自己买了点东西。不过我从来不想拥有属于我自己的房子或一套房间。说清这一点之后,我不以为在我给钱的方式里有一星半点犯罪感的痕迹。我给钱是因为我有这个能力,因为我对之感兴趣的那些人需要钱用。我从未为了洗刷一个错误,或者因为钱已成为我的一个负担而给钱。

——我认识你以后,起初有件事给我印象很深,那就是你经常随身携带大捆钞票。这是为什么?

——这是真的,我经常口袋里揣着一百万旧法郎。人们屡次责怪我身上带的钱太多。比如西蒙娜·德·波伏瓦就觉得这么做很可笑,这确实是件蠢事。不过,说实话,如果说我现在不这么做了,这不是因为我可能丢失这些钱或者人家可能把它偷走,而是因为我眼睛不行了:我分不清钞票的面值,这会造成很尴尬的局面。但是我仍旧喜欢随身带着钱,现在不能这么做了,对我是桩不愉快的事情。我跟你说这还是头一回有人问我为什么……

我知道掏出一大沓钞票是阔佬的举动:我记得当我与西蒙娜·德·波伏瓦一起住在天蓝海岸一家旅馆里的时候,有一天,接替老板娘的那个女人对西蒙娜·德·波伏瓦抱怨说我付账的当儿拿出来的钱太多了……然而我不是阔佬。不是的,我以为,如果说我喜欢身上带许多钱,这在某种意义上是与我对待其他东西的方式相适应的:我喜欢周围有我自己的家具,喜欢穿日常衣服,几乎老穿同一件衣服,喜欢带着我的眼镜、打火机、烟盒……

我的想法是要随身带着尽可能多的能确定我毕生是什么样子的东西,带着能在此时此刻代表我的日常生活的一切东西。也就是说,我想在眼前这个时刻完全是我是的那个样子,不依赖任何人,不需要向任何人要求任何什么,能够立即调用我的全部可能性。这种想法代表某种觉得自己比别人优越的方式,这样想当然是错的,我十分明白这一点。

——你经常给显然过多的小费。

——我总是多给。

——对于接受小费的人来说,这可能使他难堪。

——你要这么说未免过分。

——轮不到我来告诉你,只有当对方也有可能回敬的时候,一方的慷慨举动才不至于使他感到某种形式的屈辱。

——回敬是不可能的,不过他可以用盛情来报答。咖啡馆侍者们对我给他们巨额小费深为满意,他们用他们的盛情来做回报。我的想法是,既然有一个人是赖我们给的小费为生的,我就要尽可能地多给,因为我想,如果需要我养活一个人,我应该让他活得好。

——你挣了好多好多钱……

——是的,我挣了一点钱。

——如果给你挣的钱算一笔总账,会得出一个庞大的数字。这笔钱你干什么用了?

——我很难告诉你。我把一部分钱给人了,另一部分自己花掉了,花得很多,花在买书和旅行上——我的旅行开支很大。我以前有的钱比现在多,我老爱随身携带超过必要数目的款项。

——你怕短钱?

——可能有点。我外婆给我钱的时候老对我说:"万一你打碎一块玻璃什么的,你好有钱赔人家。"这种想法对我有影响。直到今天,每当我的银行户头所剩无几,我就不太高兴。眼前我正处于这种情况。我有过身无分文的时候。有一次我母亲为了帮我纳税给我一千二百万旧法郎。你不妨说我花掉的钱总是超过我的收入……我不知道留下纳税的钱……几年以来,加利马出版社在我名下预扣应交的税金……

——现在你怎样开支?

——除去旅行,我花在自己身上的钱相当有限。每天上一次饭馆,不过总有人作陪——这需要一万旧法郎一天①,抽烟,难得买几件衣服,书有人送我——我买过许多书,不过这是很久以前的事了——女用人,一套相当贵的房间——月租二十万。不过所有这一切还不代表我每月开销的总数。

——你每月花多少钱?

——全算上吗?有些人靠我养活:一共是一百五十万旧法郎,再加上我自己的花销将近三十万,总数大约是每月一百八十万。加利马出版社每月付给我七十二万五千旧法郎,布依格代我去领这笔钱,再加上一百万,大致上就够了。

——这一百万又从哪里来呢?

——一部分来自著作者协会,这是我的作品在法国上演或改编为广播、电视节目应得的收入,另一部分来自吉赛儿·哈利米,她是我的律师,并以这个资格照管我与国外的合同,这部分钱的来源是我的剧本,或者是电影、答记者问等等。我从这一切得到的收入比我的版税要多得多。我想我去年交了一千五百万旧法郎的税金。此外,我有一份自由职业退休金,每半年约有八十万。我的主要收入是由吉赛儿·哈利米经手的:每年两次,一般很多,每次有几百万。不过目前什么也没有了,我第一次发愁,怎样才能渡过难关。

——所以就谈不上资助一些团体,像你过去曾经援助过《解

---

① 一百旧法郎等于一个现行法郎。一九七五年前,法国最低工资不到一千五百法郎(十五万旧法郎)。

放报》那样。

——这一点,我现在办不到了。

——西蒙娜·德·波伏瓦挣的跟你一样多吗?

——少一点,不过数字也不小。

——你们不再合伙开支了?

——不,没有理由这么做。再说她的开销比我省得多。

——你是否认为,一般说这个与金钱的关系是意味深长的,如果人们了解细节并且予以巧妙的解释,人们就会发现你自己也意想不到的有关你的真相?

——我不认为。因为事实是我从未把金钱当作它作为金钱币具有的价值。我从未花钱买股票,或者去买耐久的东西。

——事实上,你刚才讲的那种怕缺钱的心理,你本可以用别的方式来驱除它:像大部分人所做的那样去购买安全。你没有这么做,是否因为从一九四五年起,看到你已取得的地位,你完全确信自己再也不会缺钱花?

——大体上,我确实曾经以为金钱对我不会再成为问题。实际上它将会成为问题的:如果我一直活到八十岁,到某一个时候我将除了我以前写的书以外没有别的收入。

——你有没有主要为了挣钱而做过一些工作?

——有过的。至少有一件,那是我为约翰·休斯敦写的关于弗洛伊德的电影脚本。那时候我刚发现自己身无分文——我想正是那个时候我母亲给我一千二百万旧法郎用来纳税。税交清了,我不欠任何人的钱,但是我不名一文。这个时候,人家跟我说休斯敦想见我。一天上午他来了,对我说:"我建议你写一部关于弗洛伊德的电影脚本,我付给你两千五百万。"我答应了,我收到两千五百万。

——假如是一个不知名的或者没有才能的导演向你提出这个建议,你也会接受的?

——不。在这个计划里头已经有个滑稽的成分。那就是人家要求我来写关于弗洛伊德的东西:弗洛伊德是无意识理论的祖师爷,而我毕生都在宣布无意识是不存在的。再说,一开头,休斯敦不愿意我谈论无意识。归根结底,我们还是在这个问题上意见不合而散伙了。通过为这部电影而做的工作,我主要的收获是对弗洛伊德有了进一步的了解,使我重新考虑我以前关于无意识的想法。

——换个话题吧。你在一九六七年说过:"七星文库是一块墓碑,我不愿意人家把我活埋。"后来你改变看法,米歇尔·里巴卡和我不久就要在七星文库里出版你的小说。你为什么改变你原先的决定?

——主要是海狸对我的影响,还有别人,我向他们征求对这件事的意见,他们都说这是件好事。何况七星文库也收入别的还活着的作家,因此它的墓碑性质就不那么大了。被收入七星文库只不过表示达到另一种类型的名声:我进入古典作家的行列,而这以前我是一个普通作家。

——概括说是功成名就?

——是这么回事。这毋宁叫我高兴。说真的我急于看到这一册七星文库。我想这来自我的童年。那时候对我来说出名就是看到自己的作品被印成精致的版本,大家都抢着买。这种想法多少没有磨灭:让自己的名字与马基雅弗利并列在同一套丛书里……其次,作为带有批评资料的丛书而言,我很喜欢七星文库。我差不多有全套书。长期以来,罗贝尔·加利马每出一册就送我一册,我唯独拒不出借的就是这套书。我经常使用它,我总是读所有的注

443

释,因为这些注释原则上包罗当代有关一部著作的全部知识,因此能告诉我一些我不知道的东西。

——然而,被收入七星文库在某种意义上标志你的著作已告结束。

——确实已告结束:我将发表这后一本自传性对话,电视节目可能将会完成,——你知道我们在这上头遇到多少困难——然后我还能做什么呢?我总不能去写爱情小说!我想我可能零零碎碎地,关于我正在思考的某些事情写一本两本书;不过,主要的工作已经完成了。

——正是从这个观点出发,我觉得有点不好理解你当初为什么拒绝我和里巴卡把你未发表的哲学论著结成一个集子出版。我们想汇集《心灵》、一九四七到一九四九年写的《伦理学》和《辩证理性批判》未发表的那两章等等。

——这些文章都没有完工。在《伦理学》里我有一个想法要表达,但是没有写成。我写成的是第一部分,这一部分应该引入一个主要思想,恰巧在这上头我遇到障碍。我的大部分笔记本都丢失了。这里头倒是有值得发表的东西。还留下一本,其余的不知道到哪儿去了。

——我想说的是,你的拒绝表明你与你的著作还有另一种类型的关系。一方面是已经发表的著作,这一部分著作已经定型、告终,你希望它们能收入七星文库,以便得到尽可能多的读者;另一方面是这些未发表的著作。你始终怀着一个主要目的从事写作,就是要有读者,结果你就不在乎你自己在别人心目中是个什么形象。可是,当我跟你说我们认为你未发表的哲学论著是有意义的,所以我们希望发表它们的时候,你却回答说:"不,你们等我死后再发表吧。"我不明白,从读者的观点来看,这些文章到你去世以后会起什么变化。

——它们将变得更有意思,因为它们将代表我在某一时间曾经想做但又放弃完成的事情,这后一点是有决定性的。不同的是,只要我还活着,——除非我衰弱到极点,什么也干不了——我总有可能捡起这些文章,或者用几句话说明我想怎样写下去。如果到我死后再发表,这些文章就处于未完成状态,如它们的本来面目那样晦涩费解,因为我在这里头提出的想法没有全部得到充分发挥,将由读者自己去猜测这些想法本来会引出什么结论。我活着的时候情况相反,始终存在着我自己捡起这些想法、把它们引到另一个方向上去的可能性。一旦我去世,这些文章就以它们在我生前确实具有的面目保留下来,种种费解之处也都保留下来,即便对我本人来说这可能并不费解……我让你发表的那些未发表文稿都是完全死去了的,如你收入七星文库的那几篇小作,我甚至认不出是我的手笔,或者更确切地说,我不无惊讶地认出它们,好像认出很久以前一度熟悉的一个陌生人的文章那样。

——我刚才讲的那个明显的矛盾实质上在于:一方面你认为你的著作已经完成,另一方面,只要你还活着,你就想保留对它的控制。所以,你在某种意义上认为你的著作更多地属于你自己而不是属于读者。

——著作属于谁,这个问题很复杂。它属于作者,同时又属于读者,双方很难调和。再说读者很少以为著作归他所有,而作者以为他的著作是属于他的。至于我本人,我认为一个人的著作在他意识到的灭亡之前,——我指的是确实的死亡,意识与身体一同死去——或者在他无可挽回地发疯以前,是属于他自己的。只要他还活着,他写下的著作仍然属于他。如果这一著作尚未完成,那么它尤其是属于作者的,因为作者可能产生继续写下去的兴致。就

445

我自己的著作而言,《伦理学》和《辩证理性批判》都是这种情况。特别是《伦理学》。因为对于《批判》来说,还有一个时间问题:我若续写,就得重新研究历史。

——对于那些未发表过的著作,你有什么指示留给你的继承人们?

——我还没有立遗嘱,不过我会对继承人们说:我已经指定一些人维护我的著作权,听凭他们和出版者去行事吧。这些被指定的人里没有我的家属和接近我的人。说真的,这个问题我不怎么操心,因为没有多少未发表的著作。

——你有大量手稿分散在各地,有一天必定会出现。肯定还有许多信件。几年以前你对我们说,像对于《福楼拜》那样,你希望读者能接触到全部材料。你现在还是这么想?

——跟你说实话,我无所谓。我的信不比赛维涅夫人的信,不值得大惊小怪。我写信的时候从未想到发表,我从不讲究文体,写信的时候怎么想就怎么写。我写给海狸的信如果还找得到,倒是可以发表的,你知道,除了她交给你供七星文库采用的那些信件,她在一九四〇年逃难时至少丢失了二百封。另有一些必定相当有趣的信也不见了,那是我写给"图卢兹",就是西蒙娜·若利威①,杜兰的女伴的信。你知道我在高等师范学院念书的时候与她有一段很长的缘分。我写给她的好多好多信,她死前几年还都保存着,后来有一天,她把信统统烧了。我在信里讲一些有关师范学院的事情,发挥一些小小的想法。我是伏脱冷,她是拉斯蒂涅②。说到底,除了一个例外,我不反对人家有一天发表我的书信——我的信

---

① 西蒙娜·若利威,原籍图卢兹,早年与萨特相好,后来与名导演杜兰结合。
② 拉斯蒂涅,巴尔扎克的小说《高老头》中的人物。

都是写给女性的，不过我确实不在乎人们发表或者不发表这些信。

——你从来不愿意有弟子。为什么？

——因为照我的看法，弟子是这样一种人，他捡起另一个人的思想，却不给这个思想增添任何新的、重要的东西，不以他个人的工作去丰富、发展这个思想，使它得到延续并且向前进。比如说我毫不认为高茨的《叛徒》那本书是弟子的著作。如果说这本书使我感到兴趣，——正是因为这一点我才给它写序——这不是因为我在书里找到我的某些想法，找到一种力求完整地理解一个人的方式，而是因为我从他那里学到一些东西：使我感兴趣的是来自他的东西而不是可能来自我的东西。这是本很好的书，我的意思是说这本书是新的。

——弗朗西斯·詹松呢？

——他的情况不同，他拿我做题目写了几本书；而且最后几本书不那么有趣：我想他本人现在感兴趣的是别的东西，他最好去写那些东西。不，我看不到目前有谁从我出发以新的方式从事思考。

——你不把彼埃尔·维克多看作弟子吗？

——绝对不。他不是通过我的著作而是出于一个明确的政治目的与我接近的：为了《人民事业报》能继续出版，他要求我当这家报社的社长。我一九七〇年认识他的时候，他离我的思想相当远：他来自另一个知识天地，使他的思想定型的是阿丢塞尔式的马列主义。他读过我的一些哲学著作，但是他绝非全部接受。与他打交道对我是一种幸运，我得以接触一个坚实的、站得住脚的思想，这个思想与我的思想相对立又不笼统地排斥它。两个知识分子之间若要产生一种真正的关系，一种能使他们彼此都向前进的关系，必须具备这个条件。我们在一起关于自由做过许多次讨论，我想这些讨论是有收获的。

——另外,我特别觉得你在他身上看到新型知识分子的化身,这种新型知识分子融合并且超越了迄今为止一直分开的两个类型:你曾经以某种方式代表过的古典知识分子类型以及活动家、实干家类型。

——你不妨这么说。彼埃尔既代表彻底的、自主的理论活动——就是说不受任何政党指令的约束——又代表与一个具体的群众行动相联系的政治活动家。你马上会对我说——而且你说得对——彼埃尔曾是一个领袖,正因为这一点他曾与我认为必须达到的境地相矛盾:我认为必须在一个组织的成员之间,而且推而广之在一个社会的成员之间达到完全平等。当然我与前无产阶级左派的关系的历史主要是我与一个人的关系的历史。这个人便是彼埃尔,他是无产阶级左派的领袖,对这个组织拥有巨大的权威。他最终明白过来,这个权威是有害的。这正是前无产阶级左派自行解散的原因之一。我们在这个问题上做过许多次讨论——这可以在《造反有理》里见到——彼埃尔逐渐接近我的想法,特别是我关于自由和拒绝等级观念,一切等级观念,拒绝领袖这个概念本身的想法。

——你讲到相互改变。发生的情况却是,他改变了,你没有变。你们之间难道还不是一种父子关系?父亲由于未能陶冶儿子的思想便改变他的思想。

——但是我丝毫不把彼埃尔看作我的儿子,他也没有把我看作父亲!你要那样理解我们的关系,就大错特错了。我们之间是一种平等的关系,尽管年龄悬殊,这与父子关系毫不相干。我跟你说:我从未希望自己有儿子,我也不在我与比我年轻的人的关系中寻找父子关系的替代品。

——彼埃尔目前做的工作——与你合作的历史节目,他从事的理论工作——凭什么使他与古典知识分子有所区别呢?难道这不代表一种失败,使新型知识分子这个观念本身都发生动摇?

——不,我不认为。这只不过代表新型知识分子形成过程中的一个阶段——一个短暂的阶段。我们处于革命力量遣散、低落时期。彼埃尔不太知道往哪里去,但是他当活动家的经验帮助他明确了一个方向,他就在那个方向探索。我确信他的努力会有收获的,不过这显然并非完全取决于他本人。他现在做的工作是他以前做的工作的继续,这既不是决裂——即便他今天对自己过去的许多立场都有异议——也不是倒退。

——你为什么不让彼埃尔加入《现代》的编委会呢?

——问题没有提出来过。彼埃尔还有别的活动。再说《现代》已经出版三十年了,编委会成员除了西蒙娜·德·波伏瓦和我都是五六十岁的人:他们亲身经历了法国半个世纪的历史,这段历史使他们的思想定型,而彼埃尔没有这个经历;他们有亲昵的关系,共同的过去,共同的思想习惯和语言。这些人都有很强的个性,而且各不相同。他们的想法长期以来就形成了,他们的抉择都很明确;他们并不怎么想改变自己的想法和抉择。声明这一点之后,我相信他们会彬彬有礼地接待彼埃尔,会承认他的价值的。他们一定会与他展开讨论,对他想说的话会感兴趣的。我们的《现代》为毛派出了一期专号,我们发表了好几篇赞同他们的观点的文章。但是我们也发表了别的文章,——比如反对中国的外交政策的——那些文章毛派当时是接受不了的。

——《现代》毕竟是你的刊物,而你本人对它是否远不如过去那样感兴趣?

——原则上,我参加每半个月在西蒙娜·德·波伏瓦家里举行的编委会。她不时需要督促我:她说:"萨特,你已经三次没有到会了,这一次你应该……"于是我就出席,我听取对文章内容的介绍,我与编委会其他成员一样发表我的意见,人们予以考虑,但是我的意见并不比其他人的意见更起作用。去年我想发表无产阶级左派一位前领导写的一篇关于列宁在苏联引入泰罗制的文章,作者大体上说当时不能有别的办法。我们之间对这篇文章的意见有分歧,结果就没有刊登;然而我曾要求发表它,即便我并非完全赞同它的内容。不过意见分歧的情况很少发生。班戈和蓬塔利斯有点代表《现代》的右翼的意思,他们一九七〇年辞职不干,因为他们不同意发表高茨的一篇文章,高茨在文章里说必须摧毁大学。这以后,还有一位编委会成员提出辞职,不过我说了些必要的安慰话,总算把事情弄妥了。总的来说,我们相处很好,只消半句话就能相互理解,在主要问题上我们的意见自动趋向一致。

——取得一致的代价是回避可能使你们意见分歧的题目。比如说《现代》对去年的总统选举没有表态。

——我们之间的意见不一致:西蒙娜·德·波伏瓦、博斯特和朗芝曼想投密特朗的票;布庸、高茨和我不想去投票,但又不是出于同样的理由。不过一家杂志不需要在政治生活的所有场合都表明立场。前一年,举行议会选举的时候,我们曾明确表态反对投票,反对共同纲领①一味收罗选票的倾向。但是我们不是一个有严格规定的路线的政治团体。《现代》当然是一家极左翼杂志,但它首先是进行思考、提供证词的杂志,这样一本刊物的一致性体现在另一个层次上:通过我们发表的文章的整体,即便这些文章有时候初看起来似乎各不相容,这个一致性终究会呈现出来。这是一个更深一层的一致性,我们自己也可能没有马上觉察到,但是它来

---

① 法共与以密特朗为领导人的社会党联合提出的竞选纲领。

自我们的分歧在共同基础上得到综合。我想读者们是看到这个一致性的,既然我们有一个读者群。当然是极左翼的读者群,但是我们对之了解不多,它随着岁月的流逝而更新,但它是存在的:杂志的印数大约与创办时期相等,一万一千册。我们每个人都通过它推荐发表的文章来表明自己的影响,因为除了布庸和高茨不时写一篇文章之外,我们中任何一个人目前都不怎么写了。比如西蒙娜·德·波伏瓦的影响主要表现为由她的女权运动的革命同志们撰写的"日常性别歧视"专栏。她读其他人推荐的所有文章,她自己也推荐一些。她非常认真、坚定地领导着杂志。不过具体领导工作,实际工作——我们称之为"出一期"——是由布庸和高茨轮流担任的。我们遇到的唯一问题是要维持平衡,以免有一个个性特别强的人最终把他的路线强加给杂志。还要保留对完全由我们邀请的人编定的各期杂志的控制权——这样的期数相当多——同时又要给他们很大的自由,既然是我们请他们来的。一般说,进展顺利。

对我来说,《现代》在战后曾经很重要,然后在阿尔及利亚战争期间又重要起来,一九六八年以后也有点重要性。总之,如果说我近来对它的关心不如过去,那是因为杂志已经取得自己的生命,不需要再作重大决定,除非作出破坏它的决定。不过我看不出有任何破坏它的理由。其他人珍惜它,我以为这是一份好杂志,它有读者,它经常发表一些只有我们愿意刊登的文章。但是我也看不出有什么理由要引进一些与我们观点不同的年轻人以便改变这份杂志:那还不如去创办另一份杂志。

——一年来你以个人身份在有关国际政治的若干问题上表了态。对国内问题你没有一次表态。你是否认为,假如左翼在总统选举中获胜,你今天对于权力的反对态度会激烈得多?

——这很难说。假若密特朗在总统选举中获胜,到今天他一定会与共产党人兵刃相见的。左派分子的阵容可能也会得到加强。有一点是肯定无疑的:我会反对社会党并与既反对社会党人,也反对共产党人的极左派组织保持联系。不过不可能知道左翼的一次胜利将会引起的社会运动能有多大力量。你不能要求我对假定的情况表态。就法国政治问题而言,我真的看不出自己可以做些什么:目前法国的局面太糟糕了!近期没有希望,没有一家政党代表哪怕是最微弱的希望……

——一般说,你发表乐观的政治声明,即便你在私底下非常悲观。

——是的,我是悲观的。而且我的声明也从来不是非常乐观,因为在每一个与我们休戚相关、涉及我们的社会事件中,我总是对它明显的或者还不很明显的矛盾很敏感:我看到错误和风险,看到所有能妨碍一个形势向有利于自由的方向演进的东西。这上头我是悲观的,因为每一次确实都遇到巨大的风险。就说葡萄牙吧。我们今天想要的那种类型的社会主义在葡萄牙得到它在四月二十五日以前完全没有的一个小小的机会,但是它同时面临最大的风险,可能受到挫折,要推迟很久才能实现。在总的方面,我这样想:要么人是完蛋了——在这种情况下他不仅是完蛋了,他从未存在过,人们只不过是与蚂蚁一样的一个种类而已——要么人将在实现自由社会主义的同时完成他自身。当我考察个别社会事实的时候,我倾向于认为人是完蛋了。不过,如果我考虑到为了人成其为人而必须具备的全部条件,我想唯一应该做的事情是用全部力量去强调、去支持那些在个别的政治和社会形势中能引来一个由自由的人组成的社会的因素。如果人们不这么做,人们就得接受人是粪土。

——这正是格拉姆西①说过的:"必须带着智慧上的悲观主义和意志上的乐观主义去进行斗争。"

——我不会完全采用这个说法。必须斗争,这是对的。不过这并非唯意志论。如果我确信任何为自由而进行的斗争都注定要失败,斗争就没有丝毫意义了。不,如果说我并非完全悲观,这首先是因为我在自己身上感到的要求不仅是我自己的,而且是任何人都有的。换句话说,正是我亲身体验的对我自身的自由的确信——我自身的自由也是所有人的自由——使我既要求一个自由的生活,又确信这个要求尽管其明确程度与自觉程度因人而异,也是每个人的要求。正在来临的这场革命将与以前的革命大不相同,它延续的时间将长得多,它将严酷得多,深刻得多。我想到的不仅是法国:今天我把自己与全世界展开的革命斗争等同起来,所以法国目前的形势尽管不利,我并不因此产生更大的悲观情绪。我只是说,至少需要五十年的斗争,人民的权力才能从资产阶级权力那里夺到部分果实,斗争有时前进有时后退,成绩有限,但失败并非不能挽回,最终才能实现新社会,那时候一切权力都将被取消,因为每个个人都将完全地占有他自己。革命不是一个权力推翻另一个权力的时刻,它是一个漫长的放弃权力的运动。没有任何东西担保革命会成功,但也没有任何东西能说服我们相信失败是命定的。不过我们只有在两者之间作选择:不是社会主义就是野蛮。

——结果,你与帕斯卡尔一样打了一个赌。

——是的,不同的是我把赌注押在人身上,而不是上帝身上。不过,确实如此,要么是人垮台,——那个时候,人家只能说,在有

---

① 格拉姆西,意大利共产党创始人。

过一些人存在的两万年期间,有几个人曾努力创造人,后来失败了——要么是这场革命取得成功,并在实现自由的同时创造了人。没有比这更不可靠的了。所以社会主义不是一个确信,而是一项价值:这是自由把自身当作目的。

——这就要求有一个信仰。

——在一定范围内是的,因为不可能合理地确立革命乐观主义,既然只有当前的现实才是存在着的。何况怎样才能确立未来的现实呢?没有任何东西允许我这么做。我确信一点,就是必须搞彻底的政治。不过我不确信它一定会成功,要不然就有信仰了。我可以知道自己拒绝什么,我可以证明拒绝这个社会的理由,我可以说明这个社会是不道德的,它不是为了人,而是为了利润而建立的,因此就应该彻底改变它。这一切都是可能的,但不包含一种信仰,而是导致行动。作为知识分子,我能做的一切是努力争取尽可能多的人——就是说争取群众——加入为彻底改变这个社会而采取的行动。这正是我努力做过的事情,我不能说我成功了还是失败了,既然未来尚未定局。

——你经历了这个世纪七十年的历史,你经过两次世界大战,你目睹巨大的社会变革,你看到一些希望破灭了,另一些未曾预料到的希望出现了。你会不会说我们比本世纪初有一个"更好的出发点",或者说在我们目前的处境里人的历险遭到决定性失败的可能性与过去一样大?

——我既说我们有所前进,我们开始走向历史的决定性时刻,就是说走向革命,又说风险与过去一样大。换句话说,我看不出有任何理由使我们比五十年前或六十年前更乐观。不过,另一方面,我认为许多危险已经避免,我们毕竟以某种方式有所前进。如果你经历过一九一四到一九一八那几年,那时候我刚开始生活,你就会像我一样估量发生的变化有多么大,而且看到这些变化是令人鼓舞的。

——变化令人鼓舞,尽管有上次世界大战的千百万死者,有希特勒的集中营,有原子弹和古拉格群岛?

——是的,你别以为埃及法老不希望杀死五千万敌人!如果他们没有这么做,那是因为他们做不到。今天可以这样做,这个事实本身几乎足以使人产生乐观情绪:这标志着某一方面的进步。

——这并不妨碍受害者都是些个人,而他们蒙受的损失是不可挽回的……

——我完全同意:从个人角度来看,忍受到的恶永远不会得到辩解。我只不过说,本世纪受害者的数字巨大也与世界人口增长有关,不必由此产生某种绝望情绪。

——你在政治上始终是诚实的吗?

——尽可能地诚实。有过一些场合,既然政治是那种样子,我可能支持一些我不太有把握的主张,不过我认为自己从未蓄意肯定与我的想法相反的见解。

——即便在有关苏联的问题上也如此?

——说到这上头,一九五四年,我第一次访问苏联回来以后,我确实撒过谎。不过"撒谎"这个词可能太重了:我写了一篇文章——而且是戈代我写完的,因为我患病,我刚在莫斯科住过医院——文章里说了苏联一些好话,其实我没那么想。我之所以这样做,一方面是因为我认为,当你刚才还接受邀请在人家那儿做客,你不能一回到自己家里就把人家骂个狗血淋头,另一方面是因为我当时还不太清楚怎样处理我与苏联、与我自己的思想的关系。

——你第一次到苏联去的时候,是否已经知道集中营的存在?

——我已经知道,既然四年以前,我与梅洛-庞蒂一起揭露过这件事。负责接待我的作家们拿这个跟我开玩笑,他们说:"千万别撇开我们去看集中营!"但是当时我不知道斯大林死后集中营依然存在,尤其不知道这是古拉格群岛!那个时候西方没有人确切地知道……

——你难道不担心有一天获悉中国也有古拉格?

——人们多少已经知道一点了:你读过若望·帕斯卡利尼写的那本讲中国劳改营的书①!我一九五五年访问中国的时候,人家带我参观几所监狱,不过这些监狱和有关的报道毫无相同之处,而我不怀疑有关报道。但是我想中国的集中营现象即便是可怕的,与苏联相比总要小得多……

——你不以为人们可能会遇到一些意想不到的很不愉快的事件?

——我以为会的。所以不应该寄信仰于中国革命,也不能寄望于今天的任何一场革命。不过,再说一遍,这不妨碍你抱乐观主义。

——唯独在一个政治问题上你不顾一切保持毫不动摇的强硬态度,那就是以色列与阿拉伯国家的冲突。你为这样做付出的代价是脱离你的战友们,使自己处于某种孤立境地。我认为总有许多人因为你这种独立的立场而感激你的。

——我不认为有人因此感激我。我觉得恰恰相反:两个阵营的每一方都希望我与对方破裂。但是我在双方都有朋友,我承认

---

① 若望·帕斯卡利尼,汉名包若望,父亲是法国人,母亲是中国人。他在北京出生、长大,曾在美国驻华海军陆战队任翻译。五十年代因反革命罪被捕,中法建交之际作为我国政府对法国表示的友好姿态被提前释放。他到法国后与一名美国记者合作写了一本书:《毛的囚徒》,讲他本人在监狱和劳改农场的经历。该书在西方有一定影响。

每一方都有正当权利。我知道我的立场纯粹是道义上的,但是正是这一类情况证明我们必须拒绝政治现实主义,因为政治现实主义导致战争。我想说,以阿冲突以及它在我感情上引起的波动,对我放弃政治现实主义是起了作用的。一九六八年以前我在某种程度上贯彻的也是政治现实主义。这上头,我确实与毛派有分歧。

——关于你的思想的影响,前不久我遇到一件很有趣的事情,使我有所体会。那一天我在蒙巴那斯塔顶上看下面的中学生游行队伍通过。一个约莫三十五岁的妇女,是塔上的工作人员,站在我身边。我们就讲起示威游行的事情。她是反对的,因为她不赞成任何反抗。她说,如果她不赞成任何反抗,那是因为她认为自己要对自己的命运负全部责任:她并非特别爱她的生活,但是她认为在她生活的每一个阶段她都有过选择,一直到她今天的境地。比如说她在十七岁上自由地选择结婚,中止了学业。她说每个人都同我一样是自由的,因此每个人都要对他的境遇负责。特别引起我注意的,是她几乎一字不差地照搬若干你最有名的提法。这个妇女可能上中学的时候读过你的著作,她可能从你那里得到为她的忍让态度辩解的想法,对她你会说什么?

——我会对她说起异化。我会对她说,我们是自由的,但是我们需要解放自己,因此自由必须起来反抗异化。你跟她也是这么说了?

——当然啰,大致上我跟她说的就是这个意思。不过她固执己见……

——既然如此,那就是她自己的事了。结局怎么样?

——这一类谈话永远是这样告终的:双方就此分手。你知道,你必须非常爱一个人才能改变他。不过我刚才想问你的是这一点;你是否觉得:正是你的思想里传播最广的那一部分,即关于自由和个人责任的概念,最能阻碍人们在政治上真正地觉醒?

——这是可能的。但是我想,当一部著作深入公众的时候,这类误会总会发生的。一个思想的最活跃、最深刻的部分,同时既是能带来最多好处的那一部分,又是能带来最多害处的那一部分,如果它没有得到正确理解的话。我确实认为一个关于自由的理论,如果它不同时解释什么叫异化,自由在何种程度上会受到摆弄,偏离正道,转过来反对它自己,这样一个理论可能会十分残酷地欺骗某一个不了解这个理论的全部内容并且相信自由是无所不在的人。不过如果人们好好读我写的东西,我不以为人们会犯这样一个错误。

我将在电视节目里,在政治领域说明我的观点。这将是最后面三次节目的重大主题之一。不过我将用明确的、具体的例子来解释,这将不是哲学,至少这将不用哲学方式来表达。

——你以为你能说服人?

——我不知道。我将尽力而为。

——弗朗索瓦·乔治最近在《现代》上发表一篇文章,他大致是这样写的:"如果我的思想未能说服大家,想必是因为我的思想并非完全正确。"你也会说类似的话吗?

——这话说得好,大家在某个时刻都会产生这种想法。但这并不证明这种想法是对的;有些思想要过很长时间才能叫人信服。人人都有灰心丧气的时刻。我想我在这种时刻也可能说这一类话。不过这样说既是过分抬举"大家",——既然这里要讨论的是思想是否正确而不是大家怎么想——又是接受正确思想会马上取得胜利的看法——这同样是不对的。假设苏格拉底临死前讲过这样一句话,那岂非一大笑话!他的思想影响了世界,不过是在他死后很久。

——而你呢,你觉得你的思想产生影响了吗?

——我希望我的思想将有影响。我想人们自己对于他们的思想在他们活着的时候有过的重要性所知甚少,这种情况是件好事。

——读者写给你的信不说明一点问题吗?

——一个读者的信又能代表什么呢?况且人家现在不怎么给我写信了。有个时期,我收到许多信。现在几乎没有人给我写信。我对我收到的信也不太感兴趣了:就算有人跟我说他很爱我吧,这对我起不了大作用,这不说明什么。我曾与许多我不认识的人通信,他们给我写信,我给他们回信。总有一天关系中断了,不是他们对我某一封回信不满意,就是他们突然去忙别的事情了。这一切使我在收到一封看样子很诚恳的信的时候也不抱什么幻想。何况我收到不少疯子的来信,我不知道比如纪德这样一个作家收到的信件里,疯子来信是否占同样比例。至少对我来说,从我开始发表作品起,总有几个疯子跟在我背后。我不知道这与我写的内容有关呢,还是所有的作家都会引起疯子向他们倾吐衷情或提出要求。《恶心》发表以后,许多人说我是疯子或者说我讲的是一个疯子的故事;这足以使某些人产生与我建立联系的想法。《圣热内》发表以后,我也收到许多同性恋者的来信,这只是因为我讲了一个同性恋者的事,而他们觉得自己孤立无援。不过我跟你说,虽然我有时还能收到一些信,我对它们已不感兴趣了。

——你是否觉得,遇事冷漠,这就是到了老年?

——我没有说我冷漠了!

——还有什么东西使你真正感兴趣?

——音乐,我已跟你说过。哲学和政治。

——但是这让你激动?

——不,不再有什么东西能让我激动了。我把自己放在比较超脱的位子上……

——你还想补充什么？

——在某种意义上，不妨说需要补充一切，在另一个意义上，又什么都不需要补充了。说一切，因为相对于我们说过的话而言，还有所有剩下来的一切有待于用心发掘。不过这不是人们在一次答记者问里能够做到的事情。我每次接受记者采访都有这种感觉。在某种意义上，答记者问总不能尽如人意，因为本来你确实还有许多话要说。你在回答问题的同时会想起那些话，而那些话跟你的答复恰巧相反。不过，说清这一点之后，我想作为我七十岁上的肖像，我们这次谈话是符合实际的。

——你不至于像西蒙娜·德·波伏瓦那样，临了说你"受骗上当"了？

——不，我不会这么说。何况她本人，你也知道，她的意思不是说她受到生活的欺骗，而是说她在写这本书①的场合里，就是说在阿尔及利亚战争之后等等，感到自己受骗上当了，她这样解释是对的。至于我，我不会说这个话：我没有上过任何东西的当，没有任何东西曾使我感到失望。我见过一些人，好坏都有——坏人只是对于某些目的而言才成其为坏人——我写过书，我生活过，我什么也不遗憾。

——总之，迄今为止，生活对于你是美好的？

——总的来说是好的。我看不出我有什么要责怪它的地方。生活给了我想要的东西，同时它又让我认识到这没多大意思。不过你又有什么办法呢？

〔最后这番声明看破一切的调子引起哈哈大笑，谈话就此

---

① 指《时势的力量》，加利马出版社1963年版。——原注

结束。〕

——应当保留笑的能力。你要加上:"伴随着笑声。"

提倡一种处境剧[①]

伟大的悲剧,无论是埃斯库勒斯还是索福克勒斯的,或者是高乃依的,都以人的自由为主要动力。俄狄浦斯是自由的,安提戈涅和普罗米修斯也是自由的。人们自以为在古代戏剧中看到的宿命力量不过是自由的反面。情欲本身是堕入自己设置的陷阱中的自由。

心理戏剧,无论是欧里庇得斯、伏尔泰还是小克雷比庸[②]的,都宣告了悲剧形式的没落。性格之间的冲突不管有多少跌宕变化,永远只是几种力量的组合,而组合的效果是可以预见的:一切都已事先决定好了。一个被各种情况凑在一起必定引向毁灭的人打动不了别人。只有当他由于自己的过错而沉沦时,他的陨落才有伟大之处。如果说心理学不宜于戏剧,这倒不是因为心理学讲得太多,而是讲得不够。很遗憾现代剧作家在这方面仅是一知半解,却滥用他们的知识。他们不去表现意志,誓言和达到疯狂程度的骄傲,而悲剧的优点和疵点尽在于斯。

所以,一个剧本的中心养料不是人们用巧妙的"戏词儿"来

[①] 本文发表在一九四七年十一月《街》杂志第 12 期,译自《萨特论处境剧》,米歇尔·贡塔与米歇尔·里巴卡合编,加利马出版社 1973 年版。

[②] 小克雷比庸(1707—1777),法国小说家,擅长心理分析。此处可能与他的父亲、剧作家老克雷比庸(1674—1742)混淆了。

表现的性格,后者无非是我们各项誓言(发誓动辄发怒、毫不让步、忠贞不渝等等)的总体合成,而应该是处境。它也不是斯克里布①和萨尔杜擅长的那种肤浅的复杂情节。如果人在某一特定处境中真的是自由的,如果他真的在这个处境中并且通过这个处境选择自己,那么应该在戏剧中表现一些单纯的、人的处境,以及在这些处境中选择自身的自由。性格是幕落以后出现的。它不过是选择的僵化和硬化,它是克尔恺郭尔所谓的重复。戏剧能够表现的最动人的东西是一个正在形成的性格,是选择和自由地作出决定的瞬间,这个决定使决定者承担道德责任,影响他的终身。处境是一种召唤:它包围我们;它向我们提出一些解决方式,由我们去决定。为了使这个决定深刻地符合人性,为了使它能牵动人的总体,每一次都应该把极限处境搬上舞台,就是说处境提供抉择,而死亡是其中的一种。于是自由在最高程度上发现它自身,既然它同意为了确立自己而毁灭自己。因为只有达成全体观众的一致时才有戏剧,所以必须找到一些人所共有的普遍处境。你把一些人置于这类既普遍又有极端性的处境中,只给他们留下两条出路,让他们在选择出路的同时作自我选择:你能这样做就赢了,剧本就是好的。每个时代都通过特殊的处境把握人的状况以及人的自由面临的难题。在索福克勒斯的悲剧里,安提戈涅需要在国家的道德和家族的道德中间作出选择。这一左右两难的问题今天已没有多大意义了。但是我们有我们自己的问题,目的和手段的问题,暴力的合法性的问题,行动后果的问题,人和集体的关系问题,个人事业与历史常数的关系问题等等。我以为剧作家的任务是在这些极限处境中选择

---

① 斯克里布(1791—1861),法国剧作家,作品甚多。

那个最能表达他的关注的处境,并把它作为向某些人的自由提出的问题介绍给公众。只有这样,戏剧才能找回它失去的引起共振的力量,才能统一今天看戏的各类观众。

铸 造 神 话①

我在报上读到有关卡萨琳·考奈尔导演的阿努依的《安提戈涅》②的评论时,印象是这部戏在纽约剧评家们的头脑里引起某种不自在。他们中许多人奇怪为什么把一个如此古老的神话搬上舞台。另一些人指责安提戈涅这个人物缺乏生气,不可信,用戏剧行话来说是没有"性格"。我以为误会产生于剧评家们不了解许多法国青年剧作家。虽说各人朝不同方向努力,没有一致的目标,却都在尝试去做的事情。

在法国有很多关于"悲剧回归""哲理剧复兴"的议论。这类标签容易引起混淆,概在摒弃之列。我们认为,悲剧是在十七世纪与十八世纪之间臻于全盛的历史现象,我们毫无让它复活的愿望。

---

① 本文是萨特一九四六年第二次访问美国纽约期间的一次讲演的记录。这次讲演旨在向美国公众介绍德国占领期间和战后初期法国戏剧界的情况,它被译成英文发表在美国的《戏剧艺术》杂志一九四六年六月号上,题作《铸造神话:法国青年剧作家》。后由米歇尔·贡塔回译成法文,收入他与米歇尔·里巴卡合编的《萨特论处境剧》一书。
② 据希腊传说,无意中犯下杀父娶母重罪的底比斯国王俄狄浦斯弃位出走后,他的儿子埃台奥克勒斯和波里尼斯互争王位,在阵前决斗时双双毙命。俄狄浦斯的妻舅克雷翁继位,下令禁止埋葬波里尼斯的尸体。波里尼斯的妹妹安提戈涅违抗禁令,掩埋了波里尼斯,因而被克雷翁活埋处死。索福克勒斯之后,罗特鲁(1638)、阿尔菲利(1776)、科克多(1927)、阿努依(1944)、布莱希特(1948)都用这个题材写过剧本。阿努依的《安提戈涅》于一九四六年二月十八日在纽约首次演出。

我们也无意生产哲理剧,如果哲理剧指的是在舞台上图解马克思哲学、圣托玛斯哲学或存在主义而特意编写的作品。但是这两种标签都包含一部分真理:首先,我们更多关心的不是创新而是回归一种传统,这是事实;另一个事实是,我们今天想在戏剧里处理的问题不同于我们在一九四〇年之前关注的问题。

两次大战期间人们理解的戏剧是一种性格剧,可能今天美国人还是这样理解的。戏剧主要关心的是性格分析和性格交锋。设置人们所谓的"情景"的唯一目的是使性格更突出。这一时期最优秀的剧本是对一个懦夫、一个说谎者、一个野心家和一个受压抑者的心理研究。有时剧作家努力阐明一种激情——通常是爱情——的机制,或者去分析一种自卑情结。

用这种原则判断,阿努依笔下的安提戈涅根本不具性格特色。她也不是按某种心理学说的定律发展的一种激情的简单依托。她代表一个赤裸裸的意志,一项纯粹的、自由的选择;人们不能在她身上区分激情和行动。法国青年剧作家们不相信人有共同的、一经形成就一成不变的"人性",而认为它在一定情境影响下是会变化的。他们也不相信人可以受一种只能用遗传、环境和情境来解释的激情或癖好的支配。他们认为,有普遍意义的不是本性而是人处于其中的各种情境,也就是说不是人的心理特性的总和,而是他在各个方向遇到的极限。

对他们来说,人不应该定义为"有理智的动物"或"社会动物",而应定义为一个自由的、完全不确定的存在,他应该面对某些必然限定选择他自己的存在。必然限定之一是他已经介入一个既有对他有利的因素,也有威胁性的世界;他生活在其他人中间,其他人已在他之前做出自己的选择,预先决定了这些因素的意义。他必须工作和死去,必定被投入一个已经先他而在,然而又是他自己的事业的世界;他在这个世界里的所有举动都不容反悔,他出牌必须承担风险,不管这个代价会有多大。所以我们深感有必要把某些情境搬上舞台,这些情境能照亮人的状况的重要面貌,使观众参与人在这类情境中做出的自由选择。

因此,阿努依的安提戈涅就可能显得抽象,因为与其说她被写成一个由某些影响和几桩可怕的回忆塑造定型的年轻希腊公主,不如说被表现为一个自由的女人,她在自己选定自己的性格特征之前无性格特征可言,在她不顾得胜还朝的暴君的禁令,确定以死亡为自己的自由的那一瞬间,她便完成了自己的选择。同样地,在西蒙娜·德·波伏瓦的《白吃饭的嘴》里,当沃塞尔市市长犹豫不决应该用牺牲一半居民(妇孺、老人)的办法来解救他被围困的城市呢,还是努力保全全体居民而甘冒全城生灵涂炭的风险时,我们关心的不是他耽于感官享受呢还是清心寡欲,他有恋母情结呢还是脾气暴躁或者生性快乐。当然,假如他鲁莽、无远见、虚荣心强或者胆小怕事,他会做出糟糕的决定。但是我们用不着事先安排好将迫使他做出不可避免的选择的动机或理由。我们更关心的是展示一个人的焦虑,这个人是自由的、充满善良愿望,他真心实意地努力寻求他应该采取的决策,他知道在决定别人命运的同时就选择了自己的行为准则,并且不容反悔地决定自己将是暴君或是民主派。

如果我们之中也有人在舞台上表现性格,那是为了随即摆脱这个性格。譬如阿尔贝·加缪的《卡利古拉》一剧开始时,主人公卡利古拉①是有性格的。人们相信他性情温和,很有教养,而且他

---

① 卡利古拉(12—41),罗马皇帝(37—41 在位)。他即位七个月后忽然患了一场重病,病愈后性格陡变,成为嗜血的暴君,要求臣民对他像神一样崇拜。他最后遭刺杀。加缪的《卡利古拉》(1945 年首演)写卡利古拉在他的妹妹德卢西亚死后发现人生的荒谬,决心行使自己的自由以对抗人和神的秩序,否认善恶界限,倒行逆施。

大概确实如此。但是，一旦皇帝得出世界是荒谬的这个可怕的结论，他的温良和谦让就突然消失了。从这个时候起，他选择自己做说服其他人相信世界的荒谬性的人，于是剧本便叙述他怎样完成这个计划。

在他所处的情境范围内自由无羁的人，当他为自己选择时，不管他愿意不愿意同时也为其他人做出选择的人——这就是我们的剧本的题材。我们想用一种处境剧来代替性格剧，我们的目的在于探索人类经验中一切共同的情境，在大部分人的一生中至少出现过一次的情境。我们剧本中的人物的区别不是懦夫与吝啬鬼的区别或吝啬鬼与勇士的区别，而是行为之间的分歧和冲突，权利与权利之间可以怎样发生冲突。在这一点上完全可以说，我们继承了高乃依的传统。

因此，人们不难理解为什么我们很少考虑心理学。我们不去寻找"准确"的词以便突然揭示一种激情的发展，也不去寻找能使观众感到最可信、最不可避免的"行为"。我们认为心理学是最抽象的科学，因为它在研究我们的激情的机制时不考虑它们真正的人际背景，不考虑它们的宗教和道德价值背景，社会的禁忌和律令，民族之间和阶级之间的冲突，权利之间、意识之间和行动之间的冲突。我们认为人本身就是一个完整的事业。激情是这个事业的组成部分。

我们在这一点上回到古代希腊人的悲剧观念。黑格尔曾经指出，在希腊人看来，激情从来不仅仅是一场简简单单的感情风暴，在根本意义上，它永远是对一项权利的确认。克雷翁的法西斯主义、安提戈涅的固执对于索福克勒斯和阿努依来说，卡利古拉的疯狂对于加缪来说，既是根源于我们内心最深处的感情激化，也是一个不可动摇的意志的表达方式，它们旨在确认某些价值和权利体系，诸如公民的权利、家庭的权利、个人的道德、集体的道德、杀人的权利、向别人揭示他们的处境可悲的权利，等等。我们并不排斥心理学，那样做将是荒谬的，我们只是把生活纳入戏剧。

五十年以来，法国最有名的作文题目之一是："请评论拉布吕耶尔这句话：'拉辛按照人们的本来面目描绘他们，高乃依描绘他们应该成为的样子。'"我们以为这个判断应该颠倒过来。拉辛描绘心理学上的人，他以抽象的、纯粹的方式研究爱情、嫉妒的机制，就是说他从不允许出自道德的考虑或者人的意志改变它们必定的运动趋势。他的人物是他自己的精神创造物，剧本的结局是理性分析的结果。高乃依则相反，他在感情最激烈的时候表现出意志，从而写出了人的全部复杂性及其完整的真实性。

我讲到的这些青年作者都站在高乃依这一边。对他们来说，戏剧只有要求自己具有道德意义时才有能力表现完整的人。我们的意思不是说戏剧应该图解行为准则或教给儿童们实用的道德，而是说应该用表现权利之间的冲突来取代对性格冲突的研究。一个斯大林分子与一个托洛茨基分子之间谈不上性格冲突，一九三三年一个反纳粹分子和一名党卫军的冲突不是他们的性格；国际政治的难题并非源于各国领导人的性格；美国的罢工并不揭示企业家和工人的性格冲突。在上述各种场合，尽管利害关系有所不同，归根结底是人的价值体系、道德体系和观念体系在对峙。

因此，我们的戏剧自觉地背离所谓"现实主义"戏剧，因为"现实主义"产生的剧本无非是拼凑一些失败、纵容和弃权不争的故事，它总是喜欢表现外部力量怎样压垮一个人，粉碎他，最终把他变成一个随风转动的风标。但是我们要求真正的现实主义，因为我们知道，在日常生活中不可能区分事实与权利，现实与理想，心理与道德。

这种戏剧不是任何一种"论题"的依托，它不受任何先入之见的影响。它只是试图探索全部状况，向当代人展示他自己的肖像，表现他的问题、希望和斗争。我们认为，如果我们的戏剧描绘个别人，即便它描绘的是如同吝啬鬼、厌世者、戴绿帽的丈夫这样普遍的典型，它也背叛了自己的使命。因为戏剧应该面向群众说话，应该对观众谈论他们普遍关心的事情，用每个人都能深刻理解和感受的神话形式表达他们的不安。

我的首次戏剧尝试特别幸运。一九四〇年我在德国当俘虏时，编写、导演并参与演出了一部圣诞剧。这部戏借助简单的象征手法瞒过了德国检查官的警惕性，直接对我的难友们讲话。它仅仅在表面上以《圣经》为题材。它由一名俘虏编写、导演，由几名俘虏绘景并演出，以俘虏们为唯一对象（以至后来我从未允许公演或出版这个剧本①）。它面向俘虏讲话，对他们讲述他们作为俘虏关心的问题。剧本无疑没有写好，演出也不成功。评论家们会说这是业余作者的作品，特殊情况下的产物。然而，我在这个场合得以越过舞台的脚灯向我的伙伴们说话，对他们讲述他们作为俘虏的处境。当我看到全场突然鸦雀无声、专心致志时，我明白戏剧应该是什么了：它应该是一个伟大的集体的与宗教的现象。

当然，在这个场合我得力于例外的情况：你的公众被一项重大的共同利益、一桩巨大的损失或一个巨大的希望聚集在一起，这种情况不是每天都会发生的。一般讲，戏剧观众的成分非常复杂。一位大实业家坐在一名旅行推销员或一名教授身边，一个男人与一个女人为邻，而每个人都有自己的心事。这种情境对于剧作家

---

① 《巴里奥纳》，又名《雷电之子》，一九七〇年首次收入《萨特文集》，但从未公演。

是一种挑战：他必须创造他的观众，把所有这些庞杂的成分组成一个单一的整体，在他们思想深处唤醒一个特定的时代、一个特定的群体的所有成员去关心大家的事情。

这并不是说我们这些作者想利用象征手法，如果象征指的是用间接的或诗化的手法表现人们不能或不愿去直接把握的现实。今天我们很厌恶如梅特林克做过的那样用一只不可捉摸的青鸟来表示幸福①。我们的戏剧太严肃了，容不得这类幼稚的玩意儿。然而，如果说我们排斥象征剧，我们却要求自己的戏剧成为一种神话剧：我们企图为公众描绘关于死亡、流放、爱情的伟大神话。加缪的《误会》②里的人物不是象征，而是有血有肉的活人：一个母亲，一个女儿，一个出远门归来的儿子。他们的悲剧经历本身足以说明问题。然而这些人物也是神话式的人物，因为使他们分离的误会可以代表所有使人和他自己、和世界、和其他人分离的误会。

法国公众没有看错作者的意图，某些剧本引起的争论可以证明这一点。以《白吃饭的嘴》为例，评论界没有局限于讨论剧情，剧情依据的本是中世纪经常发生的真实事件：评论家们在剧本里认出对于法西斯手段的谴责。……阿努依的《安提戈涅》也曾引起激烈的争论。……如此强烈的反应证明我们的剧本触动了公众，而且正是在他们身上需要触动的地方触动了他们。

但是这些剧本都是朴实无华的。既然我们首先感兴趣的是情境，我们的戏剧从一开始就表现情境即将达到顶点的那个确切时

---

① 这里萨特指的是比利时著名象征主义剧作家梅特林克（1862—1949）于一九〇八年创作的充满梦幻色彩的童话剧《青鸟》。
② 《误会》的剧情发生在中欧某地。一对母女开了一家黑店，一心指望凑够一笔钱后可以出去看看外部世界。某日有一青年男子来投宿，母女俩害死他以后，发现他是自幼离家的儿子、兄长。

刻。我们没有工夫去做深奥的研究,我们不觉得有必要详细描述某一性格或某一情节的微妙演变过程:人们不是逐渐等待死亡的,人们突然一下子面对死亡——如果人们是逐渐接近政治或爱情的,突然之际也会出现一些紧急情况,不允许你缓步前进。我们从第一场戏起,就把主人公抛到他们的冲突的中心,这就借用了人所共知的古典悲剧手法,即在剧情趋近结局时开始叙述。

我们的剧本简洁、强劲,围绕单一的事件展开;演员不多,故事被压缩在很短的时间内,有时只有几个小时。所以他们遵循某种稍经改变的年轻化的"三一律"。只用一堂布景,上下场次数很少,人物满怀激情维护各自的权利,他们之间发生激烈的争论——这些特征使我们的剧本与百老汇花哨的幻想剧相距甚远。然而,其中有些剧本的朴实无华和高度紧张,还是得到了巴黎观众的赞赏。如今需要知道纽约是否会欢迎它们了。

既然我们的剧作者的目的是创造神话,把观众自身的痛苦放大了、丰富了以后再放映给他们看,我们的剧作者就摒弃现实主义作者念念不忘的想法,即尽可能缩短观众与演出之间的距离。一九四二年,加斯东·巴蒂①导演的《驯悍记》上演时,舞台与大厅之间有一通道,以便有几个剧中人能走到观众席中来②。我们很不赞同这类设想和这类手法。我们认为一部戏绝不应该显得太亲昵。戏剧的伟大在于它的社会职能,从某种意义上说,在于它的宗教职能:它仍旧应该是一种宗教仪式。甚至当一部戏对观众谈论它们自己时,它也应该使它采用的语调和风格不但不能引起观众

---

① 加斯东·巴蒂(1885—1952),法国著名导演、戏剧理论家。
② 据我们所知,巴蒂从未导演过《驯悍记》,萨特想必是弄混了。除非他指的是费尔曼·热米埃一九一八年用同一手法导演的《驯悍记》,但是萨特显然不可能看过这一演出。——原编者注

的亲昵感,反而增加作品与观众的距离。

所以我们关心的问题之一曾是找到这样一种台词风格:它极其简单,只使用日常词汇,但却能保持几分我们的语言古老的尊严。我们一致从剧本中排除离题的话、哗众取宠的演说和我们法国人所谓的"对答如流的诗意":所有这类废话只能贬损语言。我们认为,如果我们用词尽可能精练,我们就能多少找回一些古代悲剧的气派。就我个人而言,我在《死无葬身之地》中,每当我觉得这样一种语言适合人物的处境时,我就不禁止自己使用一个粗俗的说法、咒骂乃至黑话。但我力图通过对话的风格保持极端精练的表达方式、省略、突然停顿以及句子中的某种内应力,这些做法使我的句子一上来就有别于日常生活语言的随随便便。加缪在《卡利古拉》中应用了另一种风格,但是这种风格的简洁性和紧张性极其出色。西蒙娜·德·波伏瓦在《白吃饭的嘴》里使用的语言如此简朴,以致被有的人指责为干瘪。

德国占领时期,尤其是战争结束以来在巴黎形成了一种严肃、有道德性、带神话和宗教礼仪色彩的戏剧,产生了一批新剧本,其特点可以概括如下:这是一些简短、强劲、有时压缩为一幕长戏的正剧(《安提戈涅》演出时间为一个半小时,我自己的剧本《隔离审讯》为一小时二十分,无幕间休息),完全围绕单一的事件——往往是关系到某一种相当普遍常见的情境的权利冲突——展开,用一种明朗的、极端紧张的风格写成,上场人物为数不多,不是表现他们的个性,而是把他们投入一个迫使他们做出选择的情境之中。这些新剧本适应一个精疲力竭但是要求很高的人民的需要,对这个人民来说,解放并不意味回到富裕生活,他们只有厉行节约才能生存下去。

这些剧本的严峻性与法国生活的严峻性是一致的,它们的题材的道德意义和形而上性质反映一个民族的关注，这是一个同时进行重建和重新创造、正在寻求新的原则的民族。这些剧本只是地区性情况的反映呢，还是因为它们采取了严峻的形式，从而能够在物质条件优越的国家里得到人数更多的观众？在把它们移植到别国之前，我们应该坦率地对自己提出这个问题。

布莱希特与古典主义戏剧家[1]

布莱希特[2]在某些方面和我们是一家人。他的作品的丰富性和独特性不应该妨碍法国人在其中重新发现他们自己的古老传统,即被浪漫主义和资产阶级统治的十九世纪埋葬了的传统。当代大部分剧本努力使我们相信舞台上发生的事情都是真的。相反它们不在乎舞台上的事情是否启示真理:只要能使我们期待并且害怕剧终时的枪声,只要这一声枪响震耳欲聋,它与真理不相干又有什么关系?我们"进入剧情"了。资产者欣赏学员的与其说是表演的准确性,毋宁说是一种神秘的属性,即"有戏"。谁有戏?演员有戏?不是的,是他扮演的人物有戏:只要白金汉在台上活龙活现,我们随他说什么蠢话都由他去。这是因为资产阶级只相信个别的真理。

我以为布莱希特既没有受到我国大戏剧作家的影响,也没有受到被后者视为楷模的希腊悲剧家的影响:他的剧本使人想起的

---

[1] 一九五七年四月四日至二十一日,法国举办各民族戏剧节。作为该项活动的一个内容,出版了一本题为《布莱希特国际纪念文集》的小册子,本文即在此小册子中发表。

[2] 布莱希特于一九五六年逝世后,他生前领导的柏林剧团首次到巴黎演出《伽利略传》和《大胆妈妈和她的孩子们》。一九五七年四月四日在萨拉-贝尔那特剧院举行布莱希特纪念晚会,同时举行各民族戏剧节德国戏剧的首场演出。萨特出席了这个晚会。

与其说是悲剧,不如说是伊丽莎白时代①的戏剧。然而他与我们的古典主义戏剧家和古代戏剧家有一个共同点:和他们一样,他有一种集体意识形态,一种方法和一个信仰;和他们一样,他重新让人置身于世界之中,也就是说置身于真实之中。于是真实和虚幻的关系就颠倒过来了:与他们的剧作一样,被表现的事件自动揭露自己的不在场性;它发生在过去或者它从未存在过,真实性融化在纯粹的表象之中;但是这些伪装却为我们揭示了支配人类行为的真正法则。是的,对于布莱希特和对于索福克勒斯和拉辛一样,真理是存在的:戏剧家要做的不是说出真理,而是表现它。不求助于欲望或者恐惧的靠不住的魔法就把人指给人看,这一雄图无疑就是所谓的古典主义。布莱希特因为关心统一性,所以是古典主义者;如果存在一个总体的真理,戏剧的真正对象便是把社会各阶层和诸色人等搅拌在一起的整个事件,这个事件把个人的混乱变成集体混乱的反映,并以其急遽的变化揭示冲突和制约冲突的总的秩序。基于这个原因,布莱希特的剧本有一种古典主义的节约手法:当然他无意统一地点和时间,但是他去掉了所有可能使我们分心的因素;如果一些细节上的革新会使我们忽略整体,他就拒不采用。他一点不想过分激动观众,为的是每时每刻都留给我们充分的自由去听,去看,去理解。然而他要对我们谈论的是一个可怕的妖魔:我们自己身上的妖魔。但是他不想在谈论这个妖魔时吓着我们;于是你看到这样的结果:一个既非现实却又真实的形象,缥缈不可捉摸,在这个形象里暴力、罪恶、疯狂和绝望都变成宁静的观照的对象,犹如布瓦洛说的"艺术模仿"的怪物。

---

① 英国女王伊丽莎白一世(1558—1603)在位期间,是以莎士比亚为代表的戏剧的黄金时代。

是否应该认为,当人们在舞台上喊叫、施刑、杀人的时候,我们坐在观众席上无动于衷呢?不,既然这些凶手、受害者和刽子手就是我们自己。拉辛也对他的同时代人谈论他们自己。但是他留心只让人们看到拉开距离后缩小了的形象。他在《巴雅泽》序言里为把一个最近发生的故事搬上舞台而表示歉意:"应该用与我们通常用来看待离我们很近的人物的不同的眼光来看待我的悲剧人物。不妨说主人公离我们越远,我们对他的敬意就越大……时代离我们太近带来的不便在某种程度上因地域相距遥远而得到补偿。"这正好用来做布莱希特的"间离效果"的定义。因为在涉及嗜血成性的萝姗娜①时,拉辛所说的敬意无非是一种切断我们与人物的联系的做法。人们把我们的爱欲、嫉妒心和杀机展现给我们看,人们先把它们冷却了,与我们分开,变得不可接近,狰狞可怖。正因为这些情欲本是我们自己的情欲,我们自以为能控制住它们,正因为它们在我们力所不及的地方,带着我们在发现的同时予以承认的严酷性毫不留情地展开,它们就显得更加奇特。布莱希特的人物亦复如此:他们像巴布斯人和卡纳克人②一样叫我们惊讶,我们在他们身上认出我们自己,但是我们的惊愕并不因此减少。这些滑稽的或悲惨的冲突,这些过失,这些畏葸行为,这些苦难,这些同恶相济的做法,这一切都是我们自己的。但凡能有一个英雄就好了:不管哪一位观众都乐意与这类优秀人物认同,他们在自己身上为大家实现了对立面的和解以及惩恶扬善。即便英雄被活活烧死或碎尸万段,如果夜色宜人,观众就会散戏后吹着口哨步

---

① 萝姗娜,拉辛的悲剧《巴雅泽》的女主人公,土耳其苏丹王妃。苏丹统兵在外,派人回来处死他的弟弟巴雅泽。萝姗娜爱上巴雅泽,用心保护他。当她得知后者别有所爱后,就把他交给苏丹的使者。
② 巴布斯人和卡纳克人两者都是大洋洲的部落。

行回家,心安理得。但是布莱希特不把英雄或烈士推上舞台。——要不然,如果他讲述一个新的圣女贞德的生平,我们看到贞德是一个十岁的孩子:我们便无缘与她认同;相反,童年时代已萌发的英雄主义对于我们尤其高不可攀。这是因为不存在个人得救:必须整个社会发生变化;剧作家的职责仍是亚里士多德说的"净化"作用。剧作家让我们看到我们是什么:既是受害者,又是同谋。布莱希特的剧本感动人的原因正在于此。但是我们的感动很特殊:这是一种恒久的不适感,——既然我们是在静观不知结局的演出——既然我们是观众。幕落时这一不适感也不消失;它反而增长,与我们日常的不自在相汇合。我们不知道这一日常的不自在的存在,我们以自欺的态度带着它一起生活,我们回避它,而布莱希特在我们身上引起的不自在照亮了这一日常的不自在。今天"净化"有另一个名称:它叫作"觉悟"。但是——在另一个时代,带着另一种社会和意识形态背景——十七世纪《巴雅泽》或《费德尔》在一位女观众的灵魂里引起的平静但严厉的不自在难道不也是一种觉悟吗?因为这位女观众突然发现了人的情欲不屈不挠的法则。所以我认为布莱希特的戏剧,这个体现革命的否定性的莎士比亚式戏剧——虽然作者本人从来没有这个意思——好像是在二十世纪为重新追攀古典主义传统而作出的异乎寻常的努力。

作者,作品与公众[①]

《快报》:你为什么写了《阿尔托纳的隐居者》?我不是特别指这个剧本,而是想问,当你有话想说的时候,为什么选择戏剧来表达?

萨特:首先是因为我在完成那部小说[②]时遇到麻烦。第四卷应该讲到抵抗运动。当时不难做出选择——即便以后需要许多力量和勇气才能坚持下去。当时人们不是反对德国人,就是跟他们站在一起。这是黑白分明的。今天——一九四五年以来——情况变得复杂了。也许做出选择时不需要那么大的勇气,但是选择变得困难多了。我不可能在这部以一九四三年为背景的小说里表现我们时代的进退两难。另一方面,这部未完成的作品成为我的负担:我很难在完成它之前动手写另一部作品。

——你是否觉得,你通过戏剧比起通过小说能触及人数更多的公众?

——一个剧本演出成功,作者就触及人数更多的公众,至少当

[①] 本文是值《阿尔托纳的隐居者》上演之际萨特的一次谈话记录,原题为《在萨特身边两小时》,发表在一九五九年九月十七日的《快报》周刊上。
　　与萨特交谈的是弗朗索瓦丝·吉罗,罗贝尔·康台尔,弗朗索瓦·埃瓦尔,克洛德·朗芝曼。
　　译自《萨特论处境剧》,加利马出版社《思想》丛书,1973年版。
[②] 指长篇小说《自由之路》,此书只完成了前三卷。

时如此。以后的事我就不得而知了……但是一出戏若能在一家大剧场连演一百场而不衰,那它就触及十万名观众。一本书有十万名读者却是少有的事……

——你的书有收入《袖珍丛书》的,印数已大大超过十万册……何况总有好几个人读同一册书。

——当然。不过你可以去看一个剧本的演出,也可以读剧本。你提到的《袖珍丛书》已经出了我好几个剧本。此外还有巡回演出和重演。

但是主要是问题的性质不同:销数不一定是衡量一本书成功与否的尺度。我知道有些杰出作品的印数不超过三四千,但是它们至少间接影响了整整一代人。卡夫卡的书在法国不是畅销书,但是没有他,许多我这一辈的知识分子不会是今天的样子。戏剧是花钱的事业,必须立竿见影,所以它要求一个剧本不是马上取得成功,就是销声匿迹。这就意味着剧作家与公众的关系是不同的。一本书会慢慢地形成自己的读者群。一个剧本却必定是"戏剧性"的,因为作者知道他马上就会赢得掌声还是嘘声。它好比是一次性考试,没有补考。再说,一出戏就是击一猛掌:如果没有击中,它就反过来打击作者本人。在美国,近来在法国亦然,如果批评界的反应不好,戏票又卖不出去,演过几场以后剧场就会停演。一本书可以低声细语:正剧和喜剧应该高声说话。戏剧对我的吸引力正在于此:这一猛掌,这个洪亮的声音以及一夜之间失去一切的风险。这就迫使我换一种方式说话,这样就有变化。

——你认为去看你的戏的观众们期待你带给他们什么?

——我也在想这个问题。戏剧是公共事物,公众的事物,观众一入场,剧本就脱离作者了。无论如何,我的剧本,不管它们的遭遇如何,几乎都不归我掌握了。它们变成客体。这以后你会说:

"这不是我的意思",就像威廉二世在第一次世界大战期间说的那样。但是生米已成熟饭。

——这种情况对于影片是明显的,如果影片本来有一个意义。观众在"接受"影片时使它偏离其意义或者发现新的意义。但是对于戏剧来说,作者难道不能出来干预,改变导演手法,作一些修正,引向另一个方向?

——不能。作者面对自己的剧本突然发现魔鬼已做了手脚。说这是导演搞的,那又是演员们弄的,未免太简单了。一个剧本应该能重演和在国外上演;它应该经得起由一些不完全符合角色要求的演员来演出。每个角色和整个作品都应该留有大小不等的变化余地。重要的是别的东西:首先是各场戏和各幕戏内部在成千件东西(人物的姿势、神态、行为,剧情发生的时间和地点、布景、灯光等等)之间涌现的出乎意料之外的关系。人们可以对这一切施加影响,但是不能做到尽如人意:一个客体正在形成,它的各项客观性质不由我们控制。

我在《魔鬼与上帝》里把大部分场景安排在黄昏或夜里。有一天,在彩排前最后一次排演时,我发现由于这些场景连续出现,这个剧本变成一出夜戏。而观众——不管他们是否高兴——在作者之前发现的正是这一点,即便他们没有说出他们的发现。

我还记得《死无葬身之地》的一场戏:亲德的民兵在一九四四年拷打抵抗者。对我来说重要的不是具体地表现肉刑,而是表现这两组人的关系及其冲突。再说导演兼演员维托尔及其他演员和我的关系很融洽。我们在排演时一直兴致很好。维托尔忙得顾不上吃饭,临到下场后才扑向一片三明治狼吞虎咽起来。因为他应在幕后发出受刑者的惨叫声,而他嘴里又塞满食物,这就使我们不太"相信"这场戏。后来,彩排那一天,有些观众觉得戏里这一时刻叫人无法忍受。我通过他们，而且我得承认是大吃一惊地发现古典主义的审慎手法的真正价值：不应该表现一切。你知道今天有些画家的说法：一幅画首先是一个客体。好啊！一出公演的戏，它首先是个客体。一个有其自身结构的客体。不过这个客体的出现有赖观众与作者的合作。

——你是否总是同意这种变化？

——不。可又有什么办法呢？一个公众是一群人的集合。就是说，每一名观众在想到自己对戏的看法的同时想到他的邻座的看法。我上剧场，听到一出戏里有些对白可能大大冒犯与我见解不同的人，而我又猜到他们就在场子里时，我就不能完全自由地进行判断，我由于他们而感到不安。至于他们，如果他们不去想与他们同一党派、同一圈子或同一宗教的观众，他们也不至于觉得自己受到那么大的冒犯。从这种循环反应产生一个陌生的现实，谁也不能对之完全负责。

新闻界的作用由此而来。人们以为新闻界制造舆论，其实不然，他们只是解说和集中舆论。剧作家惯于指责新闻界使他们的剧本失去一部分观众。这里有误会：一家日报或一家周刊的专栏剧评家实际上是某一派观众公认的代表。只有当他的判断一般说都被读者们证实时，他才有威信。换句话说，事情好像是他猜到了将读他的文章的那个圈子的观众的意见，而他能做到这一点正因为他本人是其中一分子。

《脏手》公演时，人们大为赞扬弗朗索瓦·佩里埃和安德烈·吕盖，他俩也当之无愧。对于剧本本身的评价，人们却不无犹豫：它是不是反共的？极左派评论家和资产阶级报刊的评论家都在等待对方首先表态。后来，前者终于断定这个剧本是反对他们的党的——其实我毫无此意——于是后者就鼓掌喝彩，这样一来前者就言之成理了。从此以后,剧本获得一个客观意义,我再也不能改变它。

——但是这以后你曾有机会把你的意图告诉公众?

——我是在沙漠里呐喊。在戏剧里意图不起作用。起作用的是出来的东西。公众与作者在同等程度上创作剧本。当然,公众所处的时代,它的需要以及它特有的冲突起到制约公众的作用。举例说,人们曾把《科里奥拉努斯》①看作一出反民主的戏,一九三四年法西斯分子特地到法兰西剧院为它鼓掌。相反,最近在米兰剧院的演出却突出了同一出戏批判性的一面,强调它研究独裁政体如何愚弄群众。话说回来,当然莎士比亚不是拿民主政体,而是拿合法的世袭君主政体与独裁者相对抗。

——这类变化是否总要发生?

——我以为或多或少要发生的。但是在戏剧史上的重大时刻,作者与观众之间曾有真实的一致性。这是因为观众带着程度不等的自觉性亲身经历着剧作者在舞台上展示的矛盾。如同黑格尔指出的,安提戈涅无疑代表了正在解体的大贵族世家与反对他们、在限制他们的权力的过程中形成的城邦之间的冲突。无疑雅典人深感自己被安提戈涅和克雷翁的冲突触及。所以当时戏剧有一个一致的公众。同样,在十七世纪的英国,当英语不断丰富,绝对王权确立时,英国民族通过伊丽莎白时代的戏剧意识到自身。

在我们这个时代,观众来自不同阶层,他们的利益有时极端对立,以致人们难以预料由他们组成的那个相当庞杂的公众的反应。无论如何,戏剧总的来说属于资产阶级。这是因为资产阶级同意

---

① 莎士比亚写的最后一本罗马剧。科里奥拉努斯是傲慢、顽固的罗马首领。他能在战场上为罗马作出任何牺牲,却不能用妥协来博得罗马公民的欢心。

戏票价格不断上涨,是他们在买票看戏,支持剧院。中产阶级乃至统治阶级内部冲突重重,以致戏剧展示的我们社会的形象如果取悦一部分观众,就可能得罪另一部分。妥协的结果是戏剧往往不去表现人与世界的变化,而是表现在一个恒久不变的世界里永远与自身相似的人。

举个明显的例子:《小茅屋》①演了不下上千场,观众无不捧腹大笑。《小茅屋》到底是什么呢?人家会告诉你:把资产阶级三角恋爱即妻子、丈夫、情人的全部环境统统改变,把他们送到一个荒岛上去,又会发生什么事情呢?三角关系仍以这种或那种形式存在下去。什么也没有改变。一切照旧。在《可敬的克赖顿》②里,我们看到仆人克赖顿的权威得到同船其他遇难者的承认,他赢得他们的尊敬,因为他是"最优秀的"。这是否意味着世界可以改变?不。当人们看到远处出现一条船时,克赖顿决定搭船归国,回到他的低贱地位上去。人与人之间的关系恢复原样。这个鲁滨孙漂流记式的经历大概会使主人们由于仆人的德行而变得好一些。英国永远不变,这才是需要表现的。但是我们大家知道世界在变,世界在改变人,人在改变世界。如果这不应成为任何剧本的深层主题,那么戏剧就不再有主题了。

——布莱希特在他的全部剧本中处理的不正是这个主题吗?

——确实如此。人们常说他想用马克思主义解释世界的整体。其实不然。他诚然深信马克思主义。但是,作为戏剧家,不管怎样他感兴趣的是个人的戏剧性遭遇。他只想表现,没有完全不

---

① 《小茅屋》,安德烈·卢善的剧本,一九四七年在新作剧院公演,从此成为林荫道戏剧中最叫座的剧目之一。
② 英国剧作家詹姆斯·巴里的喜剧(1903),一九二〇年首次用法文在法国上演。

受历史形势制约的个人遭遇，而个人遭遇同时也反过来制约社会形势。所以他的人物总是模棱两可的：他强调指出他们的矛盾也是他们所处时代的矛盾，同时企图表现他们怎样创造自己的命运。

我想到伽利列奥·伽利略。在布莱希特的剧本里，我们看到他完全受他生活的那个时刻所制约。那个时刻新生的科学与传统、信仰、教会和贵族的利益发生严重的顶撞。而这个集科学于一身的人同时又是第一个背叛科学的人。为什么？因为他缺乏让皮肉受苦的勇气，尤其因为他不明白自己的命运不在这个世界的强者这一边，而是在为自身发展而需要科学，因而制约着科学的另一部分社会成员那一边。当时就是资产阶级。伽利略选择了主教与王侯的阵营，拒绝资产阶级给他的支持。所以伽利略要对自己的命运负责。他创造了自己的命运。但是，他的错误只能在历史的某一时刻得到解释，那时候科学家是贵族老爷或高级教士的一种仆人，所以他在创造将改变他自身状况的东西的同时却不认识自己的力量。

——那么布莱希特的作品又怎样免于被观众改变呢？

——首先因为，尽管东德观众有他们的问题，他们的深刻冲突和内部张力，这一观众群是相对统一的。这个在建设中的社会——不管人们对它怎么想——为戏剧提供了有共同关注和抱共同希望的观众，而且与我们这里不同，他们不是来自许多不同的地平线。证据是，我们只是在布莱希特在别处获得成功时才理解他的剧本的艺术和意义所在。

——但是布莱希特写剧本时这个社会还不存在……

——是的。但是他真正获得成功是后来的事……

——你有把握这么说吗？布莱希特在德国，还在希特勒掌权之前，在魏玛共和国时代就已取得成功。后来，纳粹时期，他在纽约取得成功。今天他在西德、瑞士和伦敦都取得成功。所以他超越了那个一致的公众。

——这话不假。但是请注意今天的布莱希特和当年巴黎公演《三分钱歌剧》时的布莱希特之间的差别。我在战前与西蒙娜·德·波伏瓦一起观看《三分钱歌剧》①时,我们只见到所谓的社会讽刺。戏很有趣,迷人。好吧。可是我们完全不了解布莱希特的真正意图。二十年前,当我走出剧院时,——这就是公众对作品的改变——我认为这个剧本是无政府主义的:资产者统统烂掉了,警察局长是强盗;但是,另一方面,剧本把群众表现为一帮乞丐,把他们的领袖表现为欺骗他们的盗贼。我与当时的全体观众一样,看不到这一双重批判的积极方面……

——布莱斯特的影片在法国却被看作是"左翼"影片。这是对《三分钱歌剧》最通行的解释……

——因为人们抨击了银行家和警察。不过人们也可以从右翼抨击银行家。一切在于方式。当布莱希特能直接面对观众时,一切误会都消失了。他决定让观众也入伙,反正无论如何观众总在与作者合作,他就试图在这一合作中引导观众。一部剧本,这是人的活动形象,也是世界在人面前的形象。需要知道观众与形象之间存在什么关系。我认为布莱希特想摧毁的,是参与关系,即资产阶级戏剧与观众的正常关系——古典主义戏剧又作别论。参与演出,举例说这就是多多少少把自身等同于剧中被害的英雄的形象或情人的形象……于是人们就害怕情人受骗或英雄在剧终时死去。

参与,这就是与形象保持一种几乎是肉体接触的关系,因而就

---

① 该剧于一九三〇年在蒙马特尔剧场上演,由加斯东·巴蒂执导。

不能认识这个形象。道理是一样的,当人们爱上一个人,对他产生强烈的激情时,人们不能真正认识他。

如果人们"参与"了——这叫布莱希特为难——人们就在改变作品。

一部戏里有一个真正的英雄,一个革命家,他超越了自身的矛盾,在死亡中战胜了矛盾;对于这部戏,人们可以很有道理地说一个资产者也能参与。为什么呢?因为他不会感到不自在。因为归根结底,资产者可以与这个英雄认同,就像某些人说:"我是主张阿尔及利亚归属法国的,但是我尊敬英勇捐躯的民族解放阵线战士"那样,当这个左翼分子解决了自身的矛盾,为了某种理想社会而英勇牺牲时,观众可以说:"我不赞成他希望来临的那个社会,但是我不由自主在他身上看到一个能调和自身矛盾倾向的人的形象。我也有相互矛盾的倾向,——虽然是另一种性质的——而这个故事说明人们总能超越矛盾。"于是他散场时心情很好。他想必明白了,在任何社会和任何处境中,超越总是可能的,因此他一面拒绝剧本的内容,一面对英雄主义的表现模式感到满意。在这个意义上,苏联剧本的正面主人公不妨碍资产阶级观众。

布莱希特认为超越一个难受的、矛盾的处境从来不是个人的事情,只有整个社会才能在历史运动中改变自身。他希望人们离开剧场时感到不自在,就是说从其起因上把握矛盾,但又不可能单凭灵机一动就超越矛盾。

——人们看完《答尔丢夫》离开剧场时,应该也感到很不自在……

——我认为古典主义剧作家与布莱希特的关系很清楚①;人

---

① 参看收入本书的《布莱希特与古典主义剧作家》。

们在古典主义剧作家那里能同时找到时空距离和间离效果。我不以为人们对奥尔贡或者欧米尔①的命运特别感兴趣。答尔丢夫令人厌恶,但不至于引起极度反感。所以人们相当冷静。人们笑得也有节制。主要是距离造成剧本的力量。

布莱希特想做到的,古典主义剧作家也想做到的,是引起柏拉图所谓的"一切哲学之源泉",就是说把我们熟悉的事物当作陌生的事物拿给我们看,从而引起我们的惊奇。请注意,伏尔泰在他的小说中用过这一手段。只要让来自另一个世界的人物出场就行了。以致人们先是笑,然后在散戏时想着:"啊呀,这个世界就是我的世界!"布莱希特戏剧的理想,是观众好比突然遇到一个野蛮部落的一批民族学家。他们走近这些野蛮人,大吃一惊,突然对自己说:野蛮人就是我们自己!正是在这一时刻,观众变成作者的合作者:观众在一个古怪的形状中认出自身,似乎这是另一个人;在这个过程中他使自己作为客体面对自己而存在,他看到自己但不认同,于是便能理解自己。

——刚才你说到剧本的动力应该是柏拉图式的惊奇。你以为戏剧单有这一项动力就够了吗?在观众与舞台之间有没有别的情感联系?要不然演出是否会显得冷冷清清?

——肯定如此。但是这并非布莱希特的本意。他只是希望观众的激动不是盲目的。说到底,他的妻子,也是他的剧本的出色表演者,海伦娜·韦格尔演《大胆妈妈》时曾叫观众掉眼泪。

理想的做法是同时"说明"和"打动"。我不以为布莱希特认为这是个荒唐的矛盾,不可克服。讲故事时,一切取决于人们位于什么前景之下。要么人们采用永恒的观点:事情就是这样的,它将

---

① 莫里哀名剧《答尔丢夫》中的人物。

永远如此,女人永远是永恒的女性,等等。在这种情况下,我们又回到"人性"戏剧的老路上去,我把它叫作资产阶级戏剧。要么人们把故事看作正在开始的一个运动或正在进行的一场清算的信号。就是说从历史的观点,或者更进一步,从未来的观点。《玩偶之家》在妇女解放问题还没有被提出来时就处理这一题材了,易卜生把自己置于未来的前景之下:他从未来的观点看到这个专制然而无能的丈夫的垮台和娜拉的解放。

——这个未来是离现在很近的立即将来时。你在自己的作品里怎样看待这个立即将来时的引入?

——至今为止,我不怎么关心这个问题。在《阿尔托纳的隐居者》里我做了一些尝试。整个剧本都立足在一个既真又假的未来之上。隐居者的疯狂在于他为了不感到自己有罪,便把自己看作一个正在逝去的世纪的见证人,向一个高级法庭陈词。当然他说的都是昏话,他讲的不是这个世纪的真实情况,但是我愿意观众多少也感到自己面对着这个法庭……或者只是面对着未来的世纪。

我们的世纪将受到审判,就像我们审判了十九世纪或十八世纪一样。它将在它以某种方式创造的历史上有一个位置,它将要求以客观的道德标准审判人们。我希望观众通过我的人物说的废话感到自己面对着这个法庭。

当然这一切都是一厢情愿。但是,如果事情能成功,观众就会产生滑向过去的印象。我试图让人们在意识到这个世纪正在逐渐离去的程度上感受我们的时代……就像人们每年年终时说的那样:一九五九年"不过如此"……但愿一九六〇年会好一些!

我希望观众从外部——这事情有点怪——作为证人去看我们的时代。同时又希望他参与其事,既然他在创造这个时代。何况我们这个时代有点个别:因为我们知道我们将受到审判。